# 원경

| 일러두기 |

1. 여러 기록을 바탕으로 실존 인물과 실제 사건을 참고해 썼으나, 이 작품은 소설이다.

2. 작중 역사에 이름이 알려진 바 없는 인물의 이름은 작가의 창작이다.

# 원경

1

서자영 장편소설

고즈넉이엔티

차례

왕좌의 옆에 서다

# 서장
序章

도적이 천하를 제패하여 황제가 되었다. 심지어 백성들은 도적을 좋은 황제라고 칭송했다. 신하들은 두려워한다지만 백성들은 따르고 찬양하니, 좋은 군주라고 아니할 수 없었다.

직접 만나본 주원장은 예상했던 대로 만만치 않은 인물이었다. 강탈하는 도적 출신답게 모든 신하를 끊임없이 의심하고 경계할 뿐 아니라 가진 것도 모자라 아직 가지지 않은 모든 것들까지도 욕망했다. 하지만 반대로 백성들에겐 한정 없이 너그럽게 베푸는 성현과 같은 태도를 보였다. 학문은 짧았고 정치를 한 경험도 없었지만, 그는 민제가 지금까지 만났던 그 어느 군주보다 정략적이었다.

도적 출신의 황제라.

"나으리, 다 왔습니다요."

골똘히 생각에 잠겨 있던 민제가 저를 부르는 소리에 퍼뜩 정신을 차려 앞을 보았다. 저 앞에 백여 칸은 될 듯한 크고 화려한 집이 보였다.

"저기가 이성계 장군의 댁입니다요."

"어서 가서 성균사예 민제가 명나라 사신으로 다녀오는 길에 잠깐 들른다고 전해라. 딸년이 너무 추워하니 잠깐 쉬어가기 위해 신세 좀 지겠노라고."

"예."

고개를 끄덕인 시종이 나르듯이 뛰어가자 민제가 몸을 돌려 자경이 탄 가마를 쳐다보았다. 가마의 문을 빠끔히 열고 밖을 구경하고 있던 자경과 눈이 마주치자, 민제가 눈을 끔뻑였다. 자경이 다 알겠다는 듯 까르르 웃으며 목을 움츠리더니 가마 안으로 쏙 들어갔다.

영특한 딸은 아마도 가마에서 내리자마자 측간이 급하다거나 배가 아프다고 꾀병을 부려서 아비의 거짓말이 진실이 될 수 있도록 도와줄 것이다. 명나라 사행길에 고생스럽게 왜 어린 딸을 데려왔느냐며 다들 한 마디씩하고, 저 역시도 굳이 따라가겠다고 조르는 자경의 청을 거절하지 못해 데려온 걸 후회했는데. 저 어린 것이 이리 도움이 될 줄은 몰랐다.

***

"연통도 없이 갑자기 큰 실례를 범해 죄송합니다."

"거, 무슨 그런 말씀을 하십네까. 따님은 어데 괜찮습네까?"

"따뜻한 차를 마시고 몸을 녹이면 금방 괜찮아질 것입니다. 몸이 약한 아이는 아닌데, 이곳 날씨가 너무 춥군요. 아직 가을인데 여긴 벌써 한겨울 같습니다."

"눈도 아이 왔는데요. 아직 시작도 아이 했습네다. 헌데 어찌 사행길에 따님을 데려가신 겁네까?"

"어미가 연이어 남동생을 줄줄이 낳느라 저 아이를 보기 어려워해 대신해서 제가 끼고 키우게 됐습니다. 그랬더니 도통 떨어지려고 하질 않아서요. 제가 오랫동안 집을 비운다니 울고불고 난리가 났는데, 그 모습을 본 이들이 안쓰럽게 보고 데려가라고, 황제께서도 어린아이들에게 유독 너그럽다고 하니 의외로 좋은 외교사절단이 될지도 모른다고 하면서 부추기지 뭡니까. 그 말을 귀동냥한 딸아이가 절대로 떨어지지 않겠다고 고집을 부려서 어쩔 수 없이 데려갔지요."

"그래서 황제께서 좋아하셨습네까?"

"뭐, 외교에 별 도움은 안 됐습니다만 황제께서 어여뻐 하시긴 하시더이다. 은전을 하나 내리셨으니까요."

"고만하면 따님이 아주 큰 일을 했는데요. 원 이거 술이라도 한잔 대접하면서 이야기를 나눠야 할 터인데 그러지 못해 아쉽습네다."

"아니오. 민망하게 어찌 그런 신세까지 지겠습니까. 갈 길이 멀기도 하고요. 다음에 개경에 오시면 제가 보답으로 술상을 차리겠습니다. 이 장군 댁에 축하할 일도 있으니."

민제가 뒷말을 길게 끌며 성계의 눈치를 살폈다. 성계가 쑥스러운 듯 뒷목을 긁적였다.

"이제 자식도 보셨는데, 개경에 더 자주 오세요."

"어린 딸이 눈에 삼삼하긴 합니다만, 자주 가봤자 제가 할 일이 없디 않습네까. 여긴 제가 할 일이 있구 말입네다."

서경까지 몰려온 홍건적을 물리치고 나하추 군사들을 일망타진한 이성계를 왕은 지극히 총애했다. 덕분에 부친인 이자춘은 함흥의 실력자에 머무르고 말았어도 그는 단숨에 고려의 실력자로 떠오를 수 있었다.

왕은 권문세족이 가지고 있는 군사력을 견제하는 데 성계를 이용하고자 했다. 그에게 힘을 실어주기 위해 개경에서 미인으로 소문난 강득룡의 여동생과 중신을 서준 것도 지금의 왕이었다.

"가신 일은 어이 되셨습네까?"

"딸까지 앞세워 보았습니다만, 잘 안 되었습니다. 황제께서 허락해주지 않으시더군요. 저희의 준비가 많이 부족했던 모양입니다."

민제는 고려의 사신으로서 명나라에 충성을 맹세하며 화학무기 만드는 법을 알려 달라 간청하고자 떠났었다. 그러나 단칼에 거절당하고 오는 길이었다.

"고런 말씀은 가당찮지요. 황제께서는 글자 하나라도 제 마음에 안 들면 고걸로 꼬투리를 잡아 죽이네 살리네 한다던데, 별 탈 없이 다녀온 것만 해도 성균사예인 대감 덕분이지요."

"그리 말씀해주시니 송구합니다."

"그나저나 전하께서 크게 실망하시겠습네다. 오랜만에 의욕을 가지신 일인데."

"장군께서도 실망하셨지요?"

"뭐, 화포가 있으면 좀 쉽기야 하겠디만 그거 관리하는 것도 보통 일이 아일 텐데."

성계가 무어라 더 말을 하려다 입을 다물었다. 더 하지 않아도 민제는 그가 하려고 했던 말을 가히 짐작할 수 있었다. 지금 조정의 상황에서 화포 같은 신무기를 들여온들, 그것을 누가 쓸 것이며 누가 관리하겠는가. 어쩌면 득이 되긴커녕 독이 될지도 모른다는 염려도 당연했다.

"전하께선 여전하십네까."

"그러시지요. 신돈을 없애고 친정을 선포하실 때만 해도 예전으로 돌아오신 것 같았는데."

"자제위들에 둘러싸이면서 더 나빠지신 거 같습네다. 대체 그놈아들은 뭐 하는 놈들인지."

성계가 저도 모르게 흥분했다가 민제의 눈치를 보며 목소리를 낮추었다. 자제위가 대부분 권문세족의 자식들로 이루어졌다는 것을 뒤늦게 떠올린 까닭이었다.

"그러게요. 처음엔 인질로 잡아두는 건가 했는데, 돌아가는 상황을 보면 전하가 인질이 된 거 같으니."

씁쓸한 기색을 숨기지 못하는 민제의 얼굴을 보며 성계가 한숨을 내쉬었다.

아직까지도 스무 살 무렵 제 아비를 따라간 개경에서 처음 만난 왕의 모습이 생생했다. 그 시절 왕은 참으로 군주다웠다. 그때만 해도 그가 고려를 완전히 바꿀 것이라, 모두가 믿어 의심치 않았더랬다.

"주원장은 어떤 인물이더이까? 도적놈 출신이라던데. 도적놈이 황제가 되다니, 놀랄 일입네다. 성질도 보통이 아이라서 뭐 하나 트집 잡히믄 피바람이 분다고 하던데. 오죽하면 관리들이 입궐할 때 집에 유서를 써 두고 들어갈 정도라고요."

"신하들에게 가혹한 건 사실인 듯 보였습니다. 근데 백성들은 아주 좋아합디다."

"백성들이요? 좋아해요?"

"예. 백성들에겐 아주 너그럽다더이다."

"허허, 그저 싸움이나 잘하는 도적놈 출신인 줄 알았는데, 그게 아인가 봅네다."

"어쩌면 도적 출신이기에 백성들에게 더 잘하는 거 아닐까 싶기도 합니다."

"도적 출신이라서 더 잘한다?"

"관자가 말하길 의식이 풍족해야 염치를 알고, 창고에 곡식이 가득해야 예의가 일어난다고 했지요. 도적은 인성의 선악에서 연유하는 것이 아니라 경제생활의 안정 여부에 달려있다고 할 수 있으니, 황제는 자신이 도적이었기에 백성들의 마음을 더 잘 헤아려 그들을 위한 정치를 할 수 있는 것 아니겠습니까."

"그리 생각할 수도 있겠군요."

성계가 크게 깨달은 얼굴로 민제를 보았다.

"부족한 소신은 차마 거기까지는 생각지 못합니다. 한 수 배웠습네다, 대감."

"무엇을요. 제가 이리 말로만 하는 것을 직접 실천하시는 분이 장군 아니십니까. 장군 휘하의 군졸들이 얼마나 장군을 칭송하는지, 잘 알고 있습니다. 포은 역시 많이 감동하였다고 하더이다."

갑작스러운 칭찬에 성계가 쑥스러운 듯 머리를 긁적였다. 그럴 땐 전장을 휘젓는 위대한 장군이라고 믿을 수 없을 정도로 아주 순박한 얼굴이 드러났다. 군령이 엄격하고 아랫사람을 단호히 다루는 최영에게선 상상할 수 없는 모습이었다. 바로 이런 부분 때문에 젊은 선비들의 마음은 최영이 아닌 성계에게 쏠리고 있었다.

"황제를 직접 뵙고 나니 여러 생각이 들더이다."

"무슨?"

"도적도 황제가 될 수 있으니, 군사력이 있고 민심만 얻는다면, 누구든 무엇이든 될 수 있겠구나, 하는."

나직이 말하며 민제가 성계를 빤히 쳐다보았다. 둘의 눈이 마주쳤다. 이내 무언가 깨달은 듯 성계의 두 눈이 흔들렸다. 성계가 급히 눈을 아래로 떨어뜨려 시선을 피했다.

"장군에 대한 기대가 큽니다. 딸 핑계라도 대고 개경에 자주 오세요. 자주 오셔서 저희와 함께하세요."

젊은 선비들은 최영에 대한 기대를 버린 지 오래였다. 그는 올곧은 인물이지만, 멀리 보는 시야가 부족했다. 그는 늘 현재만을 살았다. 최영에게 선비들이란 그저 탁상공론만 일삼는 버러지에 불과했다. 그 탁상공론이 결국 나라를 옳은 방향으로 이끌어 나가는 원동력임을 깨달을만한 정신체계가 그에겐 없었다.

"제까짓 게 무슨 도움이 된다고, 과찬이십네다."

신돈의 개혁은 짧고 허무했으나 남긴 것은 분명했다. 그는 결국 개혁은 아무것도 거리낄 게 없는 인물이 해야 함을 보여줬다. 왕이 그를 택할 때 했던 지적은 정확했던 것이다.

왕은 권문세족이 서로 칡뿌리처럼 서로 얽혀 있어 서로 눈치를 보고 봐주느라 결코 개혁이 되지 않음을 비난하며 신돈을 기용했다. 그것은 분명 사실이었다. 토지개혁을 주장했던 익재 이제현의 부친조차 토지를 찬탈해 피해자가 목을 맸을 정도이니, 이런 상황에서 권문세족들에 의한 획기적인 개혁이 가능할 리 만무했다. 당장 민제 자신만 해도, 제 손에 권력이 주어졌을 때 그것을 가차 없이 휘두를 수 있을지 자신할 수 없었다.

신돈처럼 개경과 어느 정도 떨어져 있으면서도 자신만의 세력이 확고히 있고 동시에 애민 정신이 있는 이가 필요했다. 성계는 그런 지점에서 딱 맞아떨어지는 인물이었다. 중요한 것은 그가 얼마나 성장할 수 있을 것인지 성장한 후에도 초심을 잃지 않을지가 문제였다. 그래서 그를 주목한 지 오래되었지만, 젊은 선비들은 그에게 선뜻 손을 내밀지 못하고 있었다. 무인을 잘못 끌어들이면 아니함만 못한다는 것을 이미 경험으로 알고 있는 까닭이었다.

"그나저나 올해도 수확량이 형편없어서 큰일났습네다."

"그러게요. 가는 길에 굶어 죽은 이들을 여럿 보았습니다. 아, 그리고 한 녀석을 구하기도 했고요."

"구해요? 누굴요?"

"아, 그것이 말하자면 긴데."

그러고 보니 그 녀석은 지금 자경과 함께 있으려나, 꼬질꼬질했던 상인의 첫 만남을 떠올리며 민제가 이야기를 시작했다.

***

푸르르, 하는 말의 기침 소리를 들은 자경이 뒤도 돌아보지 않고 소리가 난 쪽을 향해 달려갔다. 도착한 곳엔 자경의 예상대로 마구간이 있었다. 유모보다 먼저 뒤쫓아 온 상인의 도움을 받은 자경이 말에 올라타려는 순간, 어디선가 나타난 자경보다 한 뼘은 작은 사내아이가 말고삐를 붙든 채 고개를 저었다.

"이 말은 타믄 아이 됩니다."

올려다보는 똘망똘망한 눈엔 약간의 두려움과 수줍음이 숨어 있었다. 그래서인지 말고삐를 잡은 작은 손에 제법 힘이 들어가 있었지만, 내뱉는 말투는 끝으로 갈수록 점점 기어들어가는 게 영 자신이 없었다.

"뭐?"

안으로 사그라드는 목소리였던 탓에 아이가 하는 말을 제대로 듣지 못했다. 자경이 저보다 한 뼘은 작아 보이는 아이를 향해 몸을 숙이며 귀를 기울였다. 그러자 움찔한 아이가 반보 정도 뒤로 물러났다. 저를 향해 찡그린 얼굴을 하는 자경이 제법 무서운 모양이었지만, 그러는 와중에도 고삐를 쥔 손은 풀지 않는 것을 보면 꽤 강단이 있는 성격임이 분명했다.

"뭐라고?"

성격이 급한 자경이 답답한 듯 거듭 재촉했다. 큰 눈을 굴리던 아이가 크게 심호흡하며 다시 입을 열었다.

"이 말 아픈 말입네다."

아까보다 좀 더 단호하고 분명하게 말한 덕에 아이의 말을 알아들은 자경이 뒤로 물러나 제가 타려던 말을 살펴보았다. 갈색의 말은 눈이 맑았고 털엔 윤기가 흘렀다. 내쉬는 숨도 거칠지 않아서 자경이 보기엔 전혀 아파 보이지 않았다.

"멀쩡한데?"

"아이 멀쩡합네다. 아픈 말이라 타믄 아이 됩니다."

조용하지만 분명한 어투로 아이가 고개를 저었다. 마구간 지기라고 하기엔 아이가 입은 옷이 너무 깨끗하고 단정했고 태도가 흠잡을 데 없이 반듯했다. 이 집의 도련님 같긴 한데, 아무리 봐도 저보다 몇 살은 어려 보이는 애가 아는 체하는 게 비위가 상했다. 자경이 께름칙한 눈빛으로 앞에 선 아이를 쳐다보았다.

"네 말이야?"

"제 말은 아인데요."

"그럼 너 말 탈 줄 알아?"

자경의 물음에 움찔한 아이가 고개를 저었다. 자경이 코웃음을 쳤다. 아마도 이 집의 철없는 도련님이 제 집의 말을 손님이 타는 게 싫으니 헛소리를 하는 게 분명했다. 자경이 상인에게 다시 손을 내밀며 올려 달라고 고갯짓했다.

"타믄 아이 되는데……."

한편 말고삐를 붙든 아이, 방원은 금방이라도 다시 말 위에 올라탈 기세인 자경의 모습에 초조해서 발을 굴렀다.

측간 가는 길에 오색 빛의 반짝이는 비단옷을 입은, 태어나서 처음 보는 예쁜 자태의 계집애가 뛰어가는 모습을 보고 저도 모르게 홀린 듯이 쫓아온 참이었다. 붉은 비단에 감싸인 피부는 눈처럼 새하얗게 빛났고, 얼굴의 반이나 될 법한 커다란 새카만 두 눈은 빛을 내며 반짝이는 게 꼭 밤하늘에 박힌 별과 같았다. 처음에 방원은 자경이 하늘에서 내려온 선녀인가 싶었다.

그런데 타면 안 된다는 말을 타겠다고 고집을 부리는 암팡진 얼굴을 보니 이젠 지옥에서 온 요물 같아 보일 지경이었다. 방원이 다시 한 번 말고삐를 단단히 잡아당기며 안 된다고 고개를 저었다. 그런 방원의 모습에 자경이 어이없다는 듯 웃었다.

"이 말 멀쩡해 보이는데? 넌 말도 탈 줄 모른다면서 타면 되는 말인지 아닌지 어떻게 안다는 거야?"

"말 탈 줄 몰라도 보믄 알지비. 아픈 말이라요."

억울하다는 듯 중얼거리는 방원을 흥, 하고 비웃고는 자경이 상인의 도움을 받아 날랜 몸짓으로 말에 올라탔다. 능숙하면서도 가벼운 몸짓에 방원이 저도 모르게 두어 걸음 뒤로 물러나 놀란 눈으로 자경을 바라보았다. 어린 계집이 이리 말을 능숙히 잘 타는 건 처음 보는 광경이었다.

"너도 탈래?"

어느새 허리를 반듯이 세우고 자세를 바로 한 자경이 경외 어린 시선으로 저를 보는 방원을 향해 손을 내밀었다. 놀란 방원이 움찔하며 반보 정도 뒤로 물러났다가 다시 슬금슬금 앞으로 다가왔다.

눈앞에 내밀어진 흰 손은 그야말로 위험한 유혹이었다. 지금까지 방원에게 말을 태워준 건 두란뿐이었는데, 그마저도 두란의 품에 폭 감싸듯이 안긴 채 탄 거라서 그건 제대로 된 말을 탄 경험이라고 할 수조차 없었다. 만약 덩치 차이가 크지 않은 이 소녀와 함께 말을 타게 된다면, 같이 말고삐를 쥐고 움직이게 된다면 정말 말을 타는 기분이 들 거다. 형들처럼 허리가 들썩일 거고, 뛰어다니는 말의 생생한 근육이 제 다리로 느껴질 게 분명했다. 상상만으로도 등허리가 저릿해지는 기분이라 입이 말랐다.

"아이 되는데."

하지만 이 말은 아픈 말이었다. 아직 아무도 눈치채지 못하고 있었지만, 방원은 알고 있었다. 그래서 두란이 삼촌이 돌아오면 말을 봐달라고 할 참이었다. 아픈 말이었다. 타면 안 된다.

"안 탈 거야?"

하지만 눈앞에서 까딱하는 흰 손을 무시하기엔 아직 방원은 고작 일곱 살밖에 되지 않는 어린애였다. 머릿속으로는 수없이 안 된다고 중얼거리면서도 방원은 어느새 자경의 손을 향해 움찔거리며 손을 내밀고 있었다.

"고삐는 나가 쥐어도 됩니까?"

"너 말 탄 적 없다며?"

"혼자 탄 적이 없는 거이지, 탄 적은 있지비. 고삐도 잡아본 적이 있고. 그리고 이 말은 나가 잘 아니까 나가 잡는 게 더 맞는 거 아님둥?"

거짓말은 아니었다. 두란과 함께 말을 타면 두란이 말고삐는 잡게 해주니까 말이다. 다만 그저 잡고 있을 뿐, 그것으로 무언가를 한 적이 없긴 했지만.

"그럼 같이 잡자."

잠깐 고민하던 자경이 타협점을 제시했다. 혼자 말을 탄 적도 없다는 꼬맹이에게 말고삐를 모두 맡기는 건 영 내키지 않았지만, 이 말을 잘 안다는 아이의 주장을 완전히 무시하기도 찜찜했다.

잠깐 고민하던 방원이 고개를 끄덕이며 자경의 손을 잡았다. 자경이 고갯짓하자 뒤에 서 있던 상인이 아이의 허리를 잡아 위로 올려주었다. 아이가 자경의 앞에 앉자, 자경이 익숙하게 말고삐를 양손에 잡은 채 허리를 발로 찼다. 방원이 급히 자경의 손 위로 제 손을 겹쳐 말고삐를 쥐었다. 그때였다.

"아씨!"

갑자기 말이 앞발을 높이 쳐들며 몸을 흔들어대기 시작했다. 발을 구르고 소리까지 크게 내면서 온몸을 흔드는 바람에 말 위에 타고 있던 자경과 방원이 그대로 바닥으로 떨어지고 말았다. 상인이 급히 몸을 던져 자경의 몸을 감싸 안았다. 덕분에 팔다리에 작은 생채기가 나긴 했지만, 자경은 큰 화를 면할 수 있었다.

한편 방원은 바닥에 떨어지기 직전 두 팔을 뻗어 땅을 짚은 뒤 곧장 몸을 둥글게 말면서 머리를 감쌌다. 그건 두란이 처음 말을 탈 때 가르쳐 준 거였다. 말에서 떨어지려 할 때 잘 떨어져야지, 잘못하면 크게 다친다고 두란은 신신당부했다. 말 타는 법을 가르치기도 전에 떨어지는 법부터 가르치는 게 어딨느냐고 툴툴거렸는데, 그게 이렇게 크게 도움이 될 줄은 몰랐다. 콩벌레처럼 몸을 둥글게 만 채 재빨리 옆으로 구른 덕분에 방원은 제멋대로 날뛰는 말의 다리를 피할 수 있었다.

"자경아!"

"방원아!"

시끄러운 소리에 밖으로 나왔던 두 아버지가 놀라서 자식들에게 뛰어왔다. 아비들의 부름에 방원과 자경이 자리에서 일어났다. 갑작스러운 일에 매우 놀란 둘은 그제야 정신이 좀 돌아오는 듯 서로를 살핀 후 상대가 안전함을 확인하고 마음을 쓸어내렸다.

"어찌 된 것이냐?"

"두 분이 함께 말을 탔다가 떨어졌습니다."

민제의 물음에 상인이 재빨리 답했다. 상인의 대답에 성계의 얼굴이 순식간에 새하얗게 질렸다.

자신의 집에 온 손님이다. 심지어 민제는 권문세족 중에서도 손꼽히는 여흥 민 씨 가문의 수장 아닌가. 그런데 그의 딸이 자신의 집에 와서 크게 다칠 뻔한 거다. 그것도 제 아들과 함께 자신의 집에 있는 말을 탔다가!

민제에게 자경이 어떤 딸인가. 자식 중 제일 예쁘고 똑똑하여 민제가 유독 어여뻐하는 것으로 유명했다. 셋째 딸이긴 했으나 자경이 태어난 이후부터 기다렸다는 듯이 아들이 줄줄 태어나서 특히나 자경은 민제에게 보물같이 귀한 대우를 받았다. 오죽 귀하게 키웠으면 민제의 무릎에 늘 올라앉아 있어 발이 땅에 닿는 것을 본 적이 없다는 소문이 다 났을까.

그런 딸이 다칠 뻔한 거다. 그것도 성계의 아들 때문에!

"어이고, 죄송합니다. 죄송합니다."

하얗게 질린 성계가 어쩔 줄 몰라 하며 민제에게 거듭 고개를 숙여 사과한 뒤 방원에게 몸을 돌렸다.

"이 새끼가! 말도 탈 줄 모르는 게 그건 와 탔네!"

흥분하니 민제 앞에선 애써 티 내지 않으려 했던 사투리가 마구 튀어나왔다.

"내래 먼저 탄 거 아입메. 내래 이 말 타면 아이 된다고 캤는데……."

"둘이 탔다고 하지 않았네? 똑바로 말하라. 너가 탄 거가 아이 탄 거가?"

처음엔 말리긴 했으나 결과적으로 타긴 탄 거라서 방원이 한껏 억울한 얼굴로 고개를 끄덕였다.

"이기이기! 말도 못 타는 기 타기 와이 타네! 게다가 타믄 아이 되는 말인 걸 알면 타지 말라고 말렸어도 모자랄 판에! 이 버르장머리 없는 새끼!"

버럭 화를 내는 성계 앞에서 방원이 입을 불퉁하게 내민 채 고개를 숙였다. 성계의 말이 맞았다. 타면 안 되는 말인 걸 알고 있었으니 타지 말았어야 했다. 알면서도 탔으니 제 잘못이었다.

"제가 탄다고 고집부렸어요."

그때 자경이 방원의 앞을 막아섰다.

"얘 말이 맞아요. 얘는 타면 안 되는 말이라고 했는데 제가 고집부려서 탄 거예요. 제 잘못이에요."

고개 숙여 깍듯이 성계에게 인사한 자경이 몸을 돌려서 방원을 보았다.

"미안. 네 말을 들었어야 했는데, 고집부려서 미안해."

사과의 뜻으로 자경이 손을 내밀어 악수를 청했다. 얼떨떨한 얼굴로 자경을 보던 방원이 저도 모르게 홀린 듯이 그 손을 잡았다. 자경이 이리 나올 줄은 꿈에도 몰랐다. 가만히 있었어도 되는 일인데 나서서 사과하고 잘못을 인정하다니. 당장 제 형들만 해도 같이 혼나야 하는 상황이면 발뺌하기 바쁘지, 이렇게 먼저 나서서 제 잘못을 인정한 적은 한 번도 없었다.

"정말 네가 타겠다고 고집을 부렸니?"

"네. 말이 너무 예뻐서 그랬어요. 이 말 타면 안 되는 말이라고 했는데."

민제의 물음에 자경이 부끄럽다는 듯 고개를 끄덕이며 말했다.

"제 여식이 잘못했군요. 죄송합니다."

"아이, 아임메. 크게 다치지 않았으믄 그걸로 됐지비."

당황한 성계가 말을 더듬으며 뒤로 물러나자 민제가 뒤에 선 상인에게 눈짓했다.

"아씨 모시고 물러가거라."

"예."

"심려를 끼쳐 죄송합니다."

성계와 민제에게 인사한 자경이 상인을 따라갔다. 자경이 멀리 가고 나서야 민제가 싱긋 웃으며 방원에게 다가갔다.

"그런데 너는 이 말이 타면 아니 되는 말인지 어찌 알았니?"

방원이 제게 말을 거는 민제를 경계심 어린 시선으로 쳐다보았다. 낯선 이라 저도 모르게 잔뜩 긴장하던 방원은 저를 보는 민제가 아주 인자하게 웃는 것을 보고 비로소 마음이 놓인 듯 천천히 입을 열었다.

"요 며칠 이상했으니까요. 소리도 이상하게 내고 식욕도 줄고 오줌도 너무 자주 누고. 그래서 두란이 삼촌 오믄 물어볼라 캤는데."

"말을 볼 줄 아는구나."

뜻밖의 칭찬에 잔뜩 얼었던 방원의 얼굴이 봄눈 녹듯 풀렸다.

"말 보는 건 제대로 배웠습네다."

"쓸데없는 소리 하기는."

방원에게 눈을 부라린 성계가 어쩔 줄 몰라 하며 민제를 보았다.

"인석이 몸이 약해 형들이 아이 놀아주니까 두란이가 끼고 앉아 이런저런 말을 지껄인 모양입네다. 크게 신경 쓰지 마시라요."

"쓸데없는 말 아인데."

"맞는 말 같은데 왜 그러십니까."

성계의 구박에 시무룩해진 방원을 보던 민제가 무릎을 굽히며 눈을 맞추었다.

"건강한 말이 어떤 말인지 말해보련?"

민제의 제안에 방원이 머뭇거리며 뒤에 선 성계의 눈치를 보았다. 성계가 어쩔 수 없다는 얼굴로 그러라는 듯 고갯짓했다. 그러자 방원이 제법 신이 난 얼굴로 마구간 안으로 들어가 윤기 나는 가라말(털빛이 검은 말) 한 마리를 끌고 왔다.

"이게 우리 집서 제일 건강한 말임메. 이래 눈이 맑고 크고 귀가 서 있고 콧구멍이 크고 앞가슴이 크고 허리와 엉덩이가 미끈하고 털에 윤기가 흐르고 핏줄이 보일 만큼 피부가 얇은 말이 건강한 말이라고 배웠지비."

하나하나 짚으며 따박따박 말하는 방원의 두 눈이 맑게 빛났다. 민제가 빙긋 웃으며 방원의 머리를 다정하게 쓰다듬었다.

"네 말이 맞다. 내가 봐도 이 말이 아주 좋아 보이는구나."

다정한 손길, 따스한 눈빛, 애정 가득한 어투에 방원이 놀라 눈을 크게 떴다. 방금 민제가 해준 것 같은 일을 해주는 이는 방원의 삶에서 흔치 않았기 때문이다.

"너한테 좋은 말 고르는 법을 배웠으니, 네가 아프다고 했던 말이 왜 상태가 좋지 아니한지 내가 알려주랴?"

"아시는 병입네까?"

"아마 발정이 온 걸 게다."

"발정은 이미 지난봄에 지나 갔습둥."

"저 말은 봄 발정 때 새끼를 가지지 못했지?"

"예."

"그래서 그런 게다. 가끔 발정기 때 새끼를 가지지 못한 암말 중에는 계절을 잊고 저리 뜬금없이 발정을 하는 경우가 있다. 수태할 수도 없는데 저러는 게야. 제 나름대로는 새끼를 갖고 싶다는 표를 내는 게지."

찬찬한 민제의 설명에 방원이 고개를 끄덕였다.

"헌데 며칠 전부터 보고 이상했으면 두란이 삼촌을 기다리지 말고 아버님께 여쭤보지 그랬니? 아버님이 나보다 더 잘 아실 터인데."

민제가 웃으며 성계를 돌아보자 뒤에 서 있던 성계와 눈이 마주쳤다. 방원이 곧장 목을 움츠리며 고개를 숙였다.

방원에게 성계는 어려운 아버지였다. 가뜩이나 집을 자주 비워서 낯선 데다 저는 형들처럼 자랑스럽게 내세울 만한 것도 없어서 칭찬한 번 들어본 적이 없었다. 하물며 이젠 새장가까지 들어 거기서 귀한 아들이라도 본다면 저는 어찌 되는 건지. 어머니와 가까이 지내면서 어린아이가 하지 않아도 좋을 걱정을 벌써부터 모두 다 껴안은 탓에 고작 일곱 살의 나이임에도 방원은 아버지에게 어리광 한 번 마음껏 피운 적이 없었다.

"다음부턴 나한테 물어보라. 들어가라."

성계가 일갈하자 고개를 푹 숙여 인사한 방원이 재빨리 안채로 뛰어갔다.

"놀라게 해서 죄송합네다."

"우리 딸이 고집을 부린 거라지 않습니까. 제가 더 죄송합니다."

거듭 사과를 건네는 이성계에게 민제가 공손히 맞절했다.

"아이라요. 하마터면 크게 다칠 뻔했는데, 아까 그 어린애가 행동이 재빨라서 큰일을 면했습네다."

"오랜만에 좋은 일을 했더니 하늘에서 복을 준 모양입니다."

"아, 그럼 아까 그 사내 아이가 사행길에 만났다고 말씀하신 그 아이입네까?"

"예. 혼자 가는 길이라면 푼돈이나 쥐여주고 그냥 갔을 터인데, 딸아이가 보고 있으니 데려갈 수밖에 없었어요. 처음 만났을 땐 비쩍 말라서 영 볼품없더니 그래도 한 달 따라다니면서 잘 먹었다고 저리 멀끔해졌습니다."

"대감이랑 전생에 아주 깊은 인연인가 봅네다."

"그런가 봅니다."

"개경까지 데리고 가시려고요?"

"어차피 부모 형제도 다 굶어 죽었다고 하고 갈 데도 없다 하니까요. 장군 말씀대로 보통 인연이 아닌 듯하니 데리고 가서 키워볼까 합니다."

"꽤 똘똘한 놈으로 보입니다. 사고에 대처하는 행동거지도 그렇고 또박또박 말하는 것도 그렇고."

"똘똘하기는 제가 보기엔 장군의 아들이 제일 똘똘해 보입니다. 저 아이 이름이……."

"방원입네다. 이방원."

"몇째입니까?"

"다섯째입네다. 제 형들에 비해 몸이 영 약해서리."

"이방원, 방원이라. 제가 보기엔 저 아이가 아주 영특해 보입니다."

"저 녀석이요?"

민제의 말에 성계가 의아한 듯 고개를 갸웃했다. 성계가 아는 방원인 여전히 어미의 치마꼬리에 매달려 있는 어린 아들이었다. 약골이라 형들처럼 활기차지도 건강하지도 않지만 그렇다고 해서 동생처럼 아주 병약하진 않은, 그저 얌전하고 조용한 아들이었다. 딱히 애교 있게 안기지도 않고, 영 반푼이는 아닌데 눈에 차지 않는 어딘가 모자라다 싶은 놈이었다. 차라리 바로 위인 방간이처럼 온갖 데를 휘젓고 다니면서 일을 치면 두어 대 패면서 가까워지기라도 할 텐데 이놈은 사내놈이라는 게 늘 두어 발짝 떨어져서 빤히 쳐다보기만 하니, 도통 예뻐하기도 친해지기도 어려운 놈이었다.

"자식 교육에 관심이 많으시다고 들었습니다. 아이들을 공부시키러 개경에 데려오기도 하셨지요."

"예. 저놈들 형들을 그리 유학 보낸 적 있습니다만, 별 소득이 없어서. 다들 애비 닮아 칼잡이나 할 놈들이지 붓 잡을 놈들은 아닌 성싶습네다."

"저 보기엔 저 아이가 붓 잡을 놈일 듯합니다."

성계는 아직 눈치채지 못한 듯싶지만, 어린아이들을 가까이 두고 가르쳐본 경험이 많은 민제는 한눈에 방원이 보통이 아님을 알아보았다. 저 나이의 어린아이가 그 정도 집중력과 관찰력을 가지는 건 쉬운 일이 아니었다. 특히 말처럼 매일 달라지는 동물들을 집중해서 볼 줄 알 뿐 아니라 어른이 말로 가르쳐 준 내용을 똑똑히 기억하고, 그것으로 실제 달라진 점을 찾아내기까지 한다니 정말 대단한 일이었다. 저와 눈이 마주치고서도 조금의 주눅도 들지 않고 또박또박 배운 내용을 설명하는 당당함과 자신이 아는 것에 대해서만큼은 자신만만한 태도 역시 민제에겐 인상적이었다.

"다시금 아이들의 학업을 위해 개경으로 유학을 보내실 생각이라면 방원이를 제게 보내세요. 제가 가르쳐보지요."

민제의 제안에 성계의 눈이 보름달처럼 휘둥그레졌다.

"그래도 가문에 과거 급제자가 하나쯤은 있어야 하지 않겠습니까."

다 큰 성인은 통제하기 어렵지만, 자라는 아이는 그보다 훨씬 쉽다. 이성계의 가장 똑똑한 아들에게 학문을 가르쳐 저희 쪽 사람으로 만든다면, 어쩌면 모든 일이 훨씬 수월하게 풀릴지도 모른다. 민제가 성계를 보며 부처님처럼 인자하게 미소 지었다.

1장

# 경신년

庚申年

"와 이래 꾸물거리네."

기다리던 한 씨가 결국 참지 못하고 방원의 방문을 열고 잔소리를 시작했다.

"아직도 고거밖에 안 쌌으믄 어카네. 아바지가 재촉하시자네. 방간이는 아까 벌써 준비 다 끝냈다는데 너래 대체 뭐 하는 거이가?"

"방간이 형이야 가서 놀 생각밖에 없으이까 지금 신이 났지비. 거서 기집아들 원 없이 만날 거라 카드만."

"형 험담 그리하믄 몬 쓴다. 비키라. 너한테 맡겨 놨다가는 오늘 출발도 몬 하겠다."

결국 방으로 들어온 한 씨가 타박을 하며 방원이 짐 싸는 것을 돕기 시작했다. 그러자 꿈지럭거리며 느려 터지게 움직이던 방원이 그마저도 손을 놓고 방에 털썩 주저앉았다.

"가기 싫다."

급한 손길로 방원의 옷가지를 챙기던 한 씨가 하던 일을 멈추고 몸을 돌려 방원을 보았다. 그제야 입이 댓 발이나 나온 아들의 두 눈이 그렁그렁한 것이 보였다.

"방원아."

"어무이, 나 가기 싫우다."

"가서 그카지 말라. 아바지 섭섭해 하신다. 아바지가 니들 생각해서……."

"공부는 여기서도 할 수 있는 거 아임메? 필요할 때 개경 오가믄서 이때까지 잘만 했는데."

"더 좋은 스승님 밑에서 공부하라는 거지비. 가서 잘 배우믄 우리 방원이는 급제할 끼야."

"나는 어무이 옆에서 떨어지기 싫음둥."

드센 형들과 약하디 약한 동생 사이에 끼여 태어난 아들은 어미의 손이 필요할 땐 동생 때문에 저를 봐 달라 내색할 수 없었고 아비에겐 잘난 형들 때문에 제 존재감을 드러낼 수 없었다. 방원은 언제나 정이 고팠다. 알면서도 넉넉히 방원을 품어주지 못한 것이 한 씨는 언제나 미안했다.

"개경가믄 사투리도 고치고. 거 가서 이케 말하믄 무시당한다지 않음메."

방원이 태어나 한창 자랄 때, 한 씨는 인생에서 가장 큰 고비를 지나고 있었다. 방원에 이어 태어난 방연은 몸이 약해서 자주 아파 하루가 멀다 하고 의원에게 데려가야 했다. 거기다 그 무렵 성계는 개경에 있는 스물한 살이나 어린 여인에게 새장가를 가겠다고 한 씨에게 통보하기까지 했다.

나름 함경도에서는 유지라고 불리는 집안의 딸로 귀하게 자라서 그 지역에서 가장 잘났다는 성계와 혼인했다. 그리고는 남들은 하나도 낳기 어렵다는 아들을 줄줄이 낳아 남부럽지 않게 길렀다. 거기다 혼인 후 성계 역시 승승장구하니, 모두가 한 씨를 부러워했다. 한 씨 역시 아무 걱정 없이 아주 평화로웠다.

그런 한 씨에게 십여 년 전 즈음 일어났던 여러 사건은 맨정신으로는 견디기 힘든 일들이었다. 마침 그 모든 사건이 방원이 태어난 이후 기다렸다는 듯이 줄줄이 터졌던지라, 잠깐이나마 한 씨는 방원을 낳아서 이리된 건가 원망하기도 했다. 물론 금방 쓸데없는 생각이라고 부처님께 절을 올리며 떨쳐버리긴 했지만.

"개경 어무이한테도 어무이라고 하고."

여러 일이 겹치고, 그 겹친 일들로 인해 몸과 마음이 모두 힘들었던 터라 한 씨는 방원이 한참 손이 많이 가야 하는 시절에 제대로 보살피지 못했다. 거기다 더 나빴던 건 어미 정이 고픈 방원이 떨어지지 않고 한 씨 옆에 붙어 있으면서 그 모든 한 씨의 괴로움을 같이 겪었다는 것이다. 방원은 한 씨의 곁에서 당시 한 씨의 슬픔과 분노, 서러움을 똑같이 느끼며 자랐다.

"싫소! 그 여자가 왜 어무이요? 내 어무이는 어무이 한 분뿐이오!"

한 씨는 새로 생긴, 스물한 살이나 어린, 그리고 빼어난 미인이라는 소문이 자자한 이성계의 개경 부인 강 씨를 여인으로서 질투했고, 어머니로서 염려했다. 그녀에게 이성계의 총애가 뺏길까 봐 속상해했고, 그녀가 아들이라도 낳아 제 자식들의 위치가 밀려날까 봐 걱정했다. 자신이 아무리 함경도 유지 가문의 여식이라 한들 개경 귀족인 강 씨에게 댈 바가 아니었다. 제 잘난 자식들이 어미 때문에 뜻을 못 펼까 봐 한 씨는 마음을 졸여야 했다. 그리고 방원은 가장 가까이서 그런 한 씨의 걱정과 염려를 가장 생생히 지켜본 자식이었다.

"니가 잘 몬 하믄 누이가 욕을 먹지비? 아바지가 니한테 제일 기대가 큰 걸 알지 않니. 가서 잘하라."

"어무이."

머리가 좀 굵어진 뒤부터 방원은 책을 읽기 시작했다. 처음엔 그저 어미 곁에서 시간을 때우기 위함이었다. 그러나 방원이 책 읽는 모습을 본 성계가 크게 반색하고 그런 성계의 모습에 한 씨가 새로운 기대를 품는 것을 보고, 방원은 그때부터 공부에 열을 올리기 시작했다.

"이화 숙부도 두란 숙부도 너가 제일 잘 났다고 하지 않았음메? 너는 과거 급제 꼭 할 거이다. 니가 과거 급제해야 내래 너를 따라 개경에 가지."

여태 풋내 나는 어린 아들에게 참 몹쓸 짓을 하고 있구나, 부처님께 매일매일 반성하면서도 한 씨는 물에 빠진 사람 지푸라기라도 잡는 심정으로 방원에게 기대를 걸었다. 방원 역시 한 씨의 마음을 누구보다 잘 알고 있었다. 한참을 서러운 얼굴로 올려다보던 방원은 한 씨의 마지막 말에 이내 씩씩하게 고개를 끄덕이더니 자리에서 일어나 남은 짐을 챙기기 시작했다.

"내 가서 잘 하겠음메. 금세 과거 급제해서 어무이 모시러 올 테니 기다리고 있음메."

한 씨가 기특한 얼굴로 고개를 끄덕였다. 방원이 손을 뻗어 그런 한 씨를 꼭 껴안았다.

* * *

"이성계 장군의 아들?"

"넷째랑 다섯째 아들이라는군."

"오호라, 장군의 아들이라."

"이성계 장군 아버지도 그 지역에서 아주 유명한 장군이었다더군."

"저번 황산 대첩 때 장군 옆에 서 있던 늠름한 이들이 바로 이 장군의 첫째랑 둘째라던데 그럼 대대로 장군의 집안이네."

"대대로 무공이 뛰어난 집안이구먼."

민제의 집 안채 뒤쪽 후원은 개경 귀족 중에서도 난다 긴다 하는 가문의 어린 자식들이 모이는 화합의 장소였다. 민제가 그들의 스승이어서 어려서부터 공부를 하러 드나들면서 자연스레 어울리다 보니 이젠 굳이 약속하지 않아도 하루가 멀다 하고 그곳으로 모이곤 했다. 민제가 어린 친구들이 제 집에 드나드는 것을 반겨 늘 후하게 대접해주는 것도 이곳으로 발걸음을 향하게 하는 큰 이유기도 했다.

매일 같이 만나도 매일 같이 새로운 주제를 찾아내는 한창 혈기 왕성한 시기인데 오늘은 특히 흥미로운 소재가 튀어나온 까닭에 오늘 모인 이들은 평소보다 좀 더 흥분한 상태였다. 무려 이성계 장군의 아들들이 민제의 제자로 들어오기로 했다는 소식 덕분이었다. 그래서인지 일찍이 급제하여 관직 생활을 하느라 근래 잘 나타나지 않던 이직까지 드물게 모습을 드러낸 데다 민제의 자식들인 자경, 무구, 무질에 더해서 박석명, 김한로, 이래, 윤규, 성부, 박은까지 모인 덕분에 후원은 아주 왁자지껄했다.

"그럼 이번 새해 격구는 우리가 이기겠네?"

"갑자기 웬 격구?"

"몰랐어? 이성계 장군 격구 실력 아주 죽인다던데. 우리 아버지가 지금까지도 말씀하셔. 그때 이전에도 이후에도 그렇게까지 격구를 잘하는 사람을 본 적이 없대. 이렇게, 이렇게 말 위에 누워서 말 다리 사이로 빠져나온 공을 치기도 하고, 이렇게 몸을 말에서 일으켜 세운 뒤에 공을 치고 다시 앉기도 하고."

흥분한 한로가 침을 튀겨가며 어설픈 자세로 설명을 늘어놓았다. 그 모습을 보던 이직이 피식 웃었다.

"형님 하여튼 허풍은 못 말리오. 형님이 지금 설명하는 게 뭔 줄 알기나 하고 말하는 거요?"

"에이, 내가 뭘 그리 모른다고!"

"모르는 거 같은데? 빨리 달리는 말 위에서 심지어 경기 중에 그렇게 기예를 한다고? 말 같지도 않은 소리."

"진짜 이랬다니까? 우리 아버지가 그러셨어!"

"그런 소문은 나도 듣긴 들었수다. 신기에 가까운 실력이었다고 그러긴 하던데."

펄펄 뛰는 한로가 안쓰러운 이래가 조심스럽게 한로를 두둔했다.

"아, 그래, 그래. 이성계 장군이 그런 건 진짜라 칩시다. 헌데 그건 그 아비지, 그 아들이 그만큼 한다는 보장이 어딨어. 안 그래 박석명이?"

"어?"

"갑자기 석명이는 왜 끌어들여?"

"얘네 집에 종종 그 이방원인지 뭔지 하는 놈 다녀갔잖우. 걔가 형님이 말한 그런 거 할 줄 아는 인물이면, 얘랑 놀겠수?"

이인임의 조카인 데다 무리 중 가장 빨리 과거에 급제한 이직은 코가 하늘 높은 줄 몰랐다. 그런 이직이라서 할 수 있는 말이었다. 거기다 이직 역시 과거에 급제한 문신이긴 하나 무신 가문에서 자란 지라 무리 중 격구 실력이 가장 뛰어났다. 이직의 잘난 척에 다들 재수 없어 하면서도 무어라 반박하지 못하는 건 그런 이유였다.

"방원이 형은 얌전한 성격인데, 방간이 형은 방원이 형이랑 정 반대라 그런 거 잘할 걸."

"한 배에서 낫는데 성격이 그리 달라?"

"응. 방원이 형은 형제 중 제일 얌전한 편인데 그 바로 위인 방간이 형은 형제 중 제일 별나서 아마 몸으로 하는 건 뭐든 다 잘할 거야. 직이 형님이 긴장해야 할 거 같은데."

"함흥 촌뜨기가 잘해봤자지. 개경 격구를 알 리 있나."

"말을 뭐 그렇게 하십니까."

경솔한 이직의 언행에 얌전한 박은조차 눈살을 찌푸렸다.

"맞어."

"형님 너무 하오."

박은이 입을 열자 기다렸다는 듯이 너도나도 박은을 두둔하고 나섰다. 박은은 부친 박상충이 일찍 돌아가신 바람에 유독 무리들이 끼고돌며 챙기는 인물이었다. 민제의 집을 드나드는 어른들도 박은이라면 유독 머리를 한 번 더 쓰다듬어주곤 해서 그런 어른들의 분위기가 아이들에게까지 전염된 탓도 있었다.

"그러니까. 이성계 장군 아들인데 함흥 촌뜨기라니."

"이성계 장군은 이성계 장군이고, 그 아들은 그 아들이지. 아비가 장군이라고 아들도 장군인가."

이직은 지지 않고 끝까지 제가 옳다고 우겼다. 헌데 본인 역시 가문의 득을 만만찮게 보는 인물인지라, 하는 말과 행동이 영 앞뒤가 맞지 않아 모순이었다. 결국 내도록 조용히 뒤에서 듣고 있던 자경마저도 어이없다는 듯 웃음을 터뜨리고 말았다. 갑작스러운 웃음소리에 돌아봤던 이직은 자경과 눈이 마주치자 급히 몸을 바로 했다. 그 모습을 본 윤규가 갑자기 무언가 재밌는 것이 떠올랐다는 듯 개구진 표정을 지었다.

"그러고 보니 자경이, 그런 거 좋아하지 않나."

"뭐를?"

동갑인 데다 모친까지도 친구라 어려서부터 스스럼없이 자란 까닭에 윤규는 자경에게 사감을 품지 않은 몇 안 되는 사내였다.

"너 남자다운 사내 좋아하잖아. 칼 잘 쓰는 거 멋있다며. 이러다가 너 이방간인가 하는 사람한테 홀딱 넘어가는 거 아냐?"

자경에게 이런 농을 건넬 수 있는 거의 유일한 인물이기도 했고.

"헛소리하네."

"왜에. 과거 급제자보다 그런 사람한테 더 흔들리는 거 아니었어?"

윤규의 장난에 이직이 인상을 찌푸렸다. 몇 해 전, 과거에 붙은 이직이 자경에게 청혼했다는 소문이 자자했더랬다. 하지만 그러고 얼마 지나지 않아 이직은 자경이 아닌 다른 이와 혼인했다. 계속 보고 지내야 하는 사이였기 때문에 둘 다 자신들의 의지와 상관없이 집안에서 추진하다가 엎어진 걸로 유야무야 넘어갔지만, 실상은 이직이 자경에게 차였다는 것은 알 만한 이들은 다 아는 사실이었다.

"칼 쓰는 사내가 좋긴 하지만 칼만 쓸 줄 아는 무식한 사내는 별로거든."

"방간이 별로면 방원이는?"

"거긴 나보다 두 살이나 어리잖아. 그런 어린애를 어따 써."

"하여튼 까다롭기는. 그러니 혼기를 놓치지."

퉁명스럽게 내뱉는 이직의 말에 자경의 눈이 금세 뾰족해졌다.

"그러고 보니 누이랑은 어렸을 때 만난 적 있지 않아?"

무어라 자경이 이직에게 따지려던 순간, 무구가 끼어들었다.

"그때 아버지 따라 사행 갔을 때 본 이가 그이 아니우?"

"맞아. 어렸을 때 본 적 있어. 아마 내가 본 게 맞을 거야."

"아마라니? 기면 기고 아니면 아닌 거지, 아마가 무슨 뜻이야?"

"아버지 따라서 명나라 사행 다녀오는 길에 함주 이성계 장군 댁에 들렀거든. 그때 만난 적이 있는 거 같은데, 걔가 걔인지 확실히는 모르겠어. 대충 나이로 따지자면 걔가 맞긴 한 거 같은데 아들이 그리 많다니까 혹시 다른 아들일 수도 있는 거 아냐? 서로 통성명을 안 했으니 정확치 않은 게지. 게다가 하도 어릴 때라 기억이 가물가물하기도 하고. 아마 갠 나 기억 못 할걸?"

"몇 살이었는데?"

"그때 내가 여덟 살이었나 아홉 살이었지, 아마?"

"누이가 그 나이 때였음 방원이 형이 여섯이나 일곱 살쯤 되었으려나."

"그 정도 나이면 기억하지."

"기억하려나?"

"누이는 기억할 거 아니오?"

"나는 기억하지."

"그때 어땠소?"

"그때는."

미간을 찌푸린 자경이 생각에 잠긴 채 기억을 더듬었다. 흐린 기억 저편에서 제게 말을 타면 안 된다고 앵앵거리던 어린아이가 톡 튀어나왔다. 갑작스럽게 떠오른 기억에 자경이 피식 웃었다.

"어린애였는데."

"뭐야, 그땐 다 어린애지."

영 뜬금없는 자경의 대꾸에 둘러앉은 이들이 와그르르 웃음을 터뜨렸다.

***

"저 아이들은 매일 만나도 저리 즐겁나 봅니다."

안채 후원에서 들려오는 웃음소리에 사랑채에 앉은 어른들이 미소 지었다. 막 나온 찻상엔 방금 한 약밥이 올라와 있었다. 안팎으로 오늘 유독 많이 모인 이들을 위해 민제의 부인 송 씨가 급히 솜씨를 부려 만든 간식이었다. 따끈하고 달짝지근한 약밥의 고소한 냄새에 사랑채에 모여 앉은 조준과 정몽주, 남재, 권근의 근엄한 얼굴이 녹아내릴 것처럼 부드러워졌다.

"저 때는 본래 낙엽 굴러가는 소리만 들어도 즐거울 때 아닙니까. 우리도 처음 학문을 배울 때 얼마나 즐거웠습니까."

"하긴 스승님께서 화를 내시는데도 우리끼리는 웃음을 참느라 애를 썼었지요."

과거를 반추하는 몽주와 권근의 표정이 아련해졌다. 저리 혈기 왕성했던 때가 엊그제 같은데 어느새 흰 수염이 한두 개 나는 나이가 되었다. 그때와 비교해보면 세상은 바뀐 게 없는데, 하는 일 없이 나이만 먹고 있다는 게 한심할 따름이었다.

"헌데 갑자기 왜 이성계 장군의 자식들을 맡아주기로 하신 겁니까?"

"논공행상에서 밀려난 게 안쓰러워 그러시는 거 아니겠습니까. 재주는 누가 부리고 돈은 누가 가져간다더니, 지금 꼭 그 꼴 아닙니까. 황산 대첩이 누구의 공인데, 엉뚱한 인물이 정방제조가 되어 떵떵거리는 꼴을 보자니 원, 기가 차서."

황산 대첩은 누가 뭐래도 이성계와 그의 의형제 이두란이 빚어낸 승리였다. 그러나 조정은 성계의 공을 축소하고 변안렬을 키웠다. 문하시중 이인임이 성계를 견제한 까닭에 빚어진 촌극이었다.

"이 시중의 뜻이니 감히 누가 거스르겠습니까."

"변 제조도 만만찮은 인물인데 위험을 감수하고서라도 그리한 것을 보면 이 장군이 두렵긴 두려운 모양입니다."

"변 제조야 이 시중이 마음만 먹으면 언제든 쳐낼 수 있는 개경 사람 아닙니까. 허나 이 장군은 그렇지 않으니 경계하는 게지요."

"전하의 기행은 점점 더 심해지시는데, 조정은 이 시중의 뜻대로만 돌아가니."

"솔직히 말해 이 시중이 전하를 그리 만든 것 아닙니까. 전하께서도 목숨을 부지하고자 애쓰시는 게지요."

"아무리 그렇다 해도 요즘은 좀 심하지 않습니까. 엊그제도 말에 내시 하나를 매달고 사거리를 질질 끌고 다녔다고 합니다. 당연히 피투성이가 된 그 내시는 숨이 끊어졌고요. 명덕태후마마까지 돌아가시고 나니, 이제 전하에게 충언을 올릴 인물이 없어요."

"장 씨와 지윤이 성공했어야 했는데. 그래도 그들이 이 시중보단 낫지 않았습니까."

지난해 구월 그나마 왕을 돕던 유모 장 씨와 지윤은 둘이 간통을 저지른 뒤 역모를 꾀하려 했다는 억울한 누명을 쓰고 이인임에 의해 축출되었다. 왕은 어떻게든 유모 장 씨만은 살리고자 했으나, 끝내 실패하고 말았다. 장 씨의 죽음 이후 왕은 서서히 망가지기 시작하더니 올 일월 명덕태후마저 졸하자 점점 통제할 수 없는 지경에 이르고 있었다. 좁은 도성 골목 안에서 사냥을 한답시고 말을 탄 채 달리고, 길거리에서 만난 아무 계집이나 마구 끌고 가서 욕을 보이고, 활 연습을 한다며 가만히 서 있는 사람에게 활을 쏘아댔다. 왕의 그러한 비행으로 인한 고통은 고스란히 백성들이 몫이었다.

"이 시중보다 나았을까요. 저는 그것도 잘 모르겠습니다. 지윤도 권력을 잡았으면 결국 이 시중과 같아지지 않았겠습니까."

"사람됨은 지윤이 이 시중보다도 못하지요."

"그래도 그들이었으면 전하께서 친정을 하셨을 테니 지금과는 다르지 않았겠습니까. 애초에 장 씨가 지윤을 움직인 것도 전하의 친정을 위함이었으니."

"공민왕 때 일을 잊으셨습니까? 측근이 권력을 잡고 나면 자신이 세력을 잃을까 봐 전하의 주변에 충신들이 가까이 오지 못하도록 더더욱 경계하지 않더이까?"

공민왕의 개혁정치를 가로막았던 것은 귀족 연합의 저항뿐 아니라 측근들과 젊은 유학자들 사이의 신경전도 한몫했다. 원나라에서부터 공민왕을 목숨 걸고 모셨던 측근들은 젊은 관리들이 공민왕 가까이 오는 것을 경계했다. 공민왕 역시 자신을 지킨 이들이 여러모로 부족한 점이 많다는 것을 알고 있음에도 불구하고 그들을 완전히 내치지 못했다. 그로 인해 개혁 세력과 공민왕의 측근들은 자주 충돌했고, 그 과정에서 공민왕은 양측 모두에게 상처 입었다. 공민왕이 정치에게 환멸을 느끼기 시작한 것이 바로 그때부터였다.

"그래도 지윤이었다면 최영 장군 대신 이성계 장군께서 전하의 곁에 계셨을 테니 우리에겐 그편이 더 나은 거 아닙니까?"

"왜 그리 생각하십니까?"

"지윤의 딸이 이 장군의 장남과 혼인했으니까요. 이 시중을 쳐내고 나면 최 장군도 자연스레 같이 물러났을 테니, 그리되면 세력이 약한 지윤 입장에선 사돈인 이 장군을 끌어들일 수밖에 없지 않았겠습니까."

"설마 그래서 최 장군이 이 시중의 곁에서 지윤과 장 씨를 척결하는 데 그리 앞장선 것일까요."

"최 장군은 거기까지 생각할 그릇도 못됩니다. 우리더러 불평불만이나 일삼는 불온 세력이라고 하시는 분 아닙니까."

"하긴 그 정도 정치력이 있었으면 이 시중 옆에서 저리 있었겠습니까? 육 년 전 우리를 벌주는 데 가장 앞장선 것도 최 장군 아니십니까."

"모르지요. 이 시중 옆에 있는 게 최 장군의 정치력일지도."

남재가 한껏 비꼬며 투덜거렸다. 그 모습을 보던 민제가 빙긋 웃었다.

"이거 다들 이야기가 너무 심각해졌습니다. 모자란 인물이 한가할 때 시간을 보내고자 고작 제자 두 명을 받는 것인데 왜 이리 진지하신 겝니까. 아이들을 가르치는 거야 뭐 제가 평소에 시간만 나면 늘 하는 일 아닙니까."

"보통 아이들이 아니라 이 장군의 아이들을 굳이 예까지 불렀으니 그러는 게지요."

이미 둘째 딸을 이성계의 이복형인 이원계의 아들 이자천에게 딸을 시집보낸 민제였다. 그런 민제가 이번엔 아예 이성계의 아들들을 제가 끼고 가르치겠다고 나섰으니 다들 그 속내를 궁금해할 만했다.

"그리 거창한 이유로 가르치겠다 한 게 아닙니다. 논공행상이라니요. 그런 건 조정에서 할 일이지요. 그리고 제가 이 장군의 아들을 가르치는 일이 조정의 논공행상과 견줄 만큼 대단한 일도 아니고요."

"허면 왜 맡아주기로 하신 것입니까?"

"이 장군의 아들이 기특해서 가르쳐보고 싶었습니다. 똑똑한 아이를 보면 가까이 두고 가르쳐 성장하는 모습을 보고 싶은 게 선비의 흔한 욕심 아닙니까."

민제의 말에 다들 수긍하여 고개를 끄덕였다. 하긴 우수한 제자를 기르는 일은 조정에 나가 정사를 하는 것만큼이나 중요하면서도 동시에 그보다 훨씬 더 큰 기쁨을 주는 일이기도 했다. 목은 이색만 하더라도 건강상의 문제로 조정에서 물러났을 때조차 후학을 양성하는 일은 쉬지 않았으니 말이다.

"허면 이 장군의 아들들이 대감께서 욕심낼 만큼 그리 똑똑합니까?"

민제의 선택이 당연히 정치적일 것이라 짐작했기에 너무나 순수하고 사심 없는 민제의 대답은 이해가 가면서도 한편으론 놀라웠다.

"만약 이 장군의 문중에서 과거 급제할 인물이 나온다면, 그건 다섯째 아들 이방원일 겁니다. 아주 영특해요."

"다섯째만요? 넷째도 온다면서요?"

"다섯째만 달랑 보내기가 뭣한지 넷째도 같이 보내면 아니 되냐고 하시기에 그러라고 했지요. 넷째는 저도 이번에 처음 보는 것입니다."

"허면 다섯째는 본 적이 있습니까?"

"아, 그러고 보니 오래전에 만난 적이 있다고 그러셨던 게 기억이 납니다. 십 년 가까이 된 일 같은데, 설마 그때부터 눈여겨보신 겝니까."

"제가 명나라 사신으로 다녀올 때이니 십 년까진 아니고 한 칠팔 년 되었습니다. 맞아요. 그때 처음 보았는데, 보자마자 점찍어 두었지요."

"대감께서 이리 말씀하시는 걸 보니 아주 떡잎이 남다른 인재인가 봅니다."

"그러게 말입니다."

"근데 대체 언제 온답니까?"

"벌써 해가 떨어지려고 하는데."

"오늘 도착한다고 하던데, 아마 개경 본가에 들렀다 오느라 좀 늦는 거 아니겠습니까."

"그럼 그 아이들은 여기서 지내는 것입니까?"

"제가 그러라고 했습니다만 그런 신세까진 질 수 없다고 사양하시더이다. 아마 개경 본가에서 지내지 않겠습니까."

"제 배로 낳지 않은 아이들을 거둘 만큼 넉넉한 성품이 아닐 터인데."

개경에서 나고 자라 어려서부터 봐온 강 씨의 성격을 다 아는 이들이 걱정스러운 시선을 주고받았다.

"눈칫밥 먹어가며 공부를 잘할 수 있을지 모르겠습니다."

"눈칫밥을 먹어야 공부를 더 잘할 수 있을지도 모르지. 원래 공부란 게 한없이 마음이 편한 것보다는 마음이 좀 불편하고 어디 쫓기는 기분이어야 더 열심히 하게 되지 않나."

"그런가."

자꾸만 드는 쓸데없는 걱정을 애써 다들 가벼운 농으로 지우며 다들 대문이 여닫히는 소리를 놓치지 않기 위해 귀를 쫑긋 세웠다.

***

"오랜만이구나."

절을 한 뒤 자리에 앉는 방간과 방원을 보며 강 씨가 환하게 웃었다. 그늘 없이 말간 미소를 보자마자 하루하루 미간에 주름이 늘어나는 한 씨가 떠오르면서 절로 두 사람이 비교되었다. 굳이 그러려고 한 것도 아닌데, 저도 모르는 사이 그리되었다.

도착하고 인사를 하러 가기 전 마당에서 잠깐 서성이는 사이, 서방님이 되게 잘해주시긴 하는 모양이라고 우리 아씨 성격에 배다른 자식들을 받아주고, 라며 시종들끼리 쑥덕거리는 것을 우연찮게 엿들었다. 배다른 자식들, 이라는 말보다 서방님이 잘해주신다는 말이 방원의 귀에 더 걸렸다. 아무 걱정 없어 보이는 얼굴을 보고 있자니 아까 들은 그 말이 더더욱 사무쳤다.

"어머니는 얼굴이 더 고와지셨습네다. 아이쿠, 좋아지셨습니다. 이렇게 하는 게 맞지요?"

사투리를 고쳐가며 방간이 강 씨 앞에서 사람 좋게 빙글거렸다. 형제 중 가장 사고뭉치였지만 동시에 애교도 많고 넉살도 좋아서 가장 미워할 수 없는 인물 역시 방간이었다. 방원은 종종 그런 방간이 일견 한심하면서도 한편으론 그 구김 없는 성격이 부러웠다. 지금도 그랬다. 저는 목 끝에 뭐가 걸린 것처럼 말 한마디가 안 나오는데, 방간은 너무나 스스럼없이 어머니라 부르며 강 씨와 즐거이 대화를 나누고 있었다.

"그래, 맞다. 이제 사투리를 제법 많이 고쳤구나."

"이제부터 여기서 살아야 하니, 애를 썼지요. 그래야 계집애들도 만나고 연애도 할 거 아닙니까."

"조신하게 있어야지. 혼인이야 아버지랑 내가 다 알아서 해줄 터인데 공부하러 온 애가 무슨 연애야, 연애는."

"어머니를 택하신 거 보면 저희 아버지 안목이야 믿을 만하지만, 그래도 평생 살 사람인데 제가 먼저 좀 봐야죠. 에이, 사고 치진 않을 테니 걱정 마십시오. 어머님 말씀대로 공부하러 온 건데, 공부해야죠. 안 그래도 오늘 곧장 민 대감님 댁으로 가서 인사드릴 겁니다."

자연스레 추켜 세워주는 방간의 말에 좋아하는 기색을 숨기지 못해 얼굴이 더 환해진 강 씨가 그 옆에 앉은 방원을 보았다.

"너는 또 말이 없구나. 여독이 아직 풀리지 않은 게냐?"

"아니요, 괜찮습니다. 편히 왔습니다."

"하긴, 본래 조용한 성품이었지. 그럼 민 대감님 댁에 다녀오너라. 저녁상을 준비해두마."

"저녁은 민 대감님이 차려주신다고 하셨습니다. 신경 쓰지 마십시오."

"그래? 그럼 너희가 지낼 방을 먼저 보고 가련? 안 그래도 두란 서방님이 지금 짐 정리를 하신다고 하던데."

강 씨가 자리에서 일어나자 방원이 다급히 방간의 옷자락을 끌어당기며 눈짓했다. 방간이 세상 귀찮은 얼굴로 혀를 차더니 자연스레 강 씨를 붙잡았다.

"어머니, 방원이 짐은 정리하지 마세요."

"왜?"

"방원인 석명이, 박석명이 집에서 지낸답니다."

"어이해서?"

휙 돌아보는 기세에 방원이 목을 움츠리자 강 씨가 눈을 찌푸렸다. 성계의 아 중 외모는 성계를 가장 많이 닮아 제일 인물이 훤한데, 성품은 성계와 가장 다른 아들이었다. 개중 방과가 다소 과묵하긴 하다 해도 저리 답답하진 않았다. 그 외 아들들은 정도의 차이는 있지만 대부분 성격이 사내답고 무난해서 딱히 대하기 어렵지 않았다. 그러나 방원은 나이가 어림에도 불구하고 쉽지 않았다. 그의 고요함은 신중하다 못해 때때론 계집애 같다고 느껴질 정도였다.

"그 집에서 석명이와 같이 공부하기로 했답니다. 둘이 아주 친하지 않습니까."

"여기 올 때도 늘 박 대감 집에서 지내지 않았느냐. 그때야 잠깐 다녀가는 것이니 내 가만히 있었지만, 거처를 완전히 옮긴 뒤에도 그 집 신세를 지게 되면 개경 사람들이 나를 보고 무어라 하겠느냐? 내가 구박해서 네가 이곳에 있지 못하는 것이라, 그리 말하지 않겠느냐?"

"에이, 어머니. 제가 여기 있는데 감히 누가 그리 말한답니까?"

"방간이 넌 여기 있으니까 그러니 더 그렇지. 넌 여기 있는데 방원이 혼자 떨어져 있다는 게 더 이상해 보이지 않겠냔 말이다. 혹 내가 불편한 게냐?"

"그것이 아니라……."

방원이 슬쩍 고개를 들어 강 씨의 눈치를 보았다. 강 씨의 표정이 아까와 달리 잔뜩 흐려져 있었다. 그 얼굴을 보자니 함주에 두고 온 제 어미가 떠올랐다. 계집을 속상하게 만드는 사내는 되기 싫었다. 강 씨와 잘 지내라고 한 씨 역시 당부하지 않았던가. 방원이 마른침을 꿀꺽 삼켰다.

"공부를 더 오래, 더 깊이 하고 싶어 그러기로 한 것인데 제가 생각이 모자랐습니다. 죄송합니다. 이곳에서 지내겠습니다."

길게 고집부리지 않고 순하게 고개를 숙이자 강 씨의 얼굴에 썩 만족스러운 미소가 피어올랐다.

"그래. 공부가 길어지거나 하면 언제든 연통을 주고 외박하여도 된다. 내 그것은 허락해주마."

"어이구, 어머니 역시 여장부이십니다."

"이놈, 아부는."

"진짠데요!"

과장되게 펄쩍 뛰는 방간을 보고 강 씨가 웃음을 터뜨렸다. 진짜 모자 사이처럼 사이좋게 두 사람이 방을 나섰다. 방원이 조용히 뒤를 따르며 티 나지 않게 한숨을 내쉬었다.

***

"방금 두 도련님이 사랑채로 들어가셨습니다."

마당에 보초를 세워둔 상인이 후원으로 전한 소식에 앉아 있던 아이들이 모두 자리에서 벌떡 일어났다.

"하도 안 와서 해 떨어지는 줄 알았네."

"나가보자."

"없어 보이게. 어차피 여기서 저녁 먹는다며? 그럼 그때 겸상할 텐데 뭘."

"말은 없어 보인다고 하면서 형님도 자리에서 일어났구만, 뭐."

"너희들 다 일어나니까 얼결에 일어난 거지. 다시 앉을 거다."

"사랑채까진 아니더라도 마당까진 나가는 게 오히려 예의 아닌가."

"그래, 손님인데."

서로 눈치를 보면서도 궁금해서 모두 몸을 들썩이고 있었다. 꽤 오랜만에 나타난 개경의 새 얼굴이었으니 그럴 만도 했다.

"이러고 발 구르고 있느니 나가봅시다."

개중 제일 어리고 제일 곰살맞은 무질이 가장 강경한 이직의 팔짱을 끼며 달랬다. 결국 못 이긴 척 이직이 발을 떼자 다른 이들도 기다렸다는 듯이 모두 재빨리 움직이기 시작했다.

"누이는?"

"아씨는 아까 어머님이 부르셔서 안채로 가셨습니다."

"누이도 엄청 궁금해하고 있을 터이니 어서 가서 알려주어라. 이 장군님 아들들이 드디어 왔다고."

"네."

상인에게 당부한 뒤 무구가 재빨리 무리의 뒤를 따랐다. 모두 후원을 나간 뒤에야 비로소 상인이 안채로 향했다.

***

"그래, 너희 둘이 왔느냐?"

"아니요. 두란 숙부께서 동행해주셨습니다."

"그래? 그럼 모시고 오지."

"에이, 한창 신혼 재미가 좋을 터인데, 여기까지 올 리 있습니까."

"개경에 온 것도 애들 데려다준다는 핑계 삼아 색시 보러 온 걸 텐데요."

두란이 얼마 전 강 씨의 조카와 혼인한 것 때문에 나오는 이야기였다.

“보통 미색이 아니라면서요?”

“뭐 그 집안 인물이야 워낙에 유명하지 않습니까.”

“개중에서도 제일 예쁜 애로 골랐다던데.”

“허니 어린애들 떨어뜨려 놓자마자 달려간 거겠지요.”

“자격 없는 숙부로고.”

“어찌 뭐라 하겠습니까. 사람 마음이 다 거기서 거기인 것을.”

“가만, 근데 촌수로 따지자면 얘네가 숙부라고 하면 아니 되지 않습니까?”

“그럴걸. 가만 보자 촌수가 어찌 되나. 어머니의 조카의 신랑이니까, 외사촌의 남편 되는 사람인 건가.”

“사촌이 아니라 육촌 아니오?”

“거, 머리 아프니 그만 합세. 뭐 중요한 일이라고 그걸 따지고 있나.”

별 뜻 없이 나누는 잡담에 불과했고 방간은 속 편한 얼굴로 옆에서 따라 웃고 있었지만, 방원은 자꾸만 굳으려는 얼굴을 풀기 위해 애써야 했다.

두란이 혼인할 때 서방님마저 그리 가시면 저는 어쩌느냐고 한 씨는 많이 서운해 했더랬다. 두란은 한 씨에게 형님과 아이들을 위해 이러는 것이니 걱정 말라고 하면서도 참 많이 미안해했다. 어려서부터 두란에게 매달려 자랐던 방원에게도 그의 혼인은 충격이어서 이번 동행 역시 내도록 제게 뚱해 있는 방원을 달래기 위해 두란이 먼저 성계에게 자청한 것이었다. 지금도 두란은 강 씨의 집에 남아서 방원이 지내는 동안 불편하지 않도록 여러모로 마음 써서 이것저것 챙기느라 바빴고, 이따가 이화의 집에 간다고 했다.

하지만 속 모르는 사람들의 시선은 저런 거다. 당장은 두란도 눈치를 보지만 언젠가는 저들의 말이 현실이 될지도 모른다. 우울하게 이어지는 생각에 자꾸만 씁쓸해지는 건 어쩔 수 없었다.

"날이 많이 찬 데다 위쪽엔 벌써 눈도 많이 왔다던데, 눈길에 고생하지 않았느냐."

"예. 저희가 올 때는 다행히 따뜻해서 크게 고생하지 않았습니다."

씩씩하게 대답하는 것은 방간이었으나 방 안에 앉은 이들의 시선은 방간의 옆에 얌전히 앉은, 인물이 미려한 방원에게 쏠렸다.

"너는 박석명과 친하다고?"

"예."

저를 향한 남재의 물음에 방원이 조용히 답했다. 태도가 아주 음전해서 곱게 자란 양갓집 규수 같다는 생각이 들 정도였다. 장성한 성계의 아들인 방우나 방과를 여러 번 만난 적 있는 이들은 서로 놀란 눈빛을 주고받았다. 방간은 누가 봐도 성계의 아들이었으나, 방원은 그들과는 완전히 달랐다.

"형이 아버지의 성품을 많이 닮았고, 대신 동생은 아버지의 외모를 많이 닮은 듯합니다."

"그렇습니까? 그럼 제가 이 녀석보다 더 잘생긴 건 어머니 덕분인가 봅니다."

방간의 넉살에 모여 앉은 이들 사이에서 웃음이 터져 나왔다. 잔뜩 긴장해 있던 방원 역시 그제야 겨우 가벼운 미소를 띠었다. 그 모습을 민제가 유심히 보았다.

"우리 이 친구들을 빨리 보내줘야 할 거 같습니다."

웃음 끝에 권근이 좌중을 둘러보며 가만히 말을 건넸다.

“저기까지 아이들이 나와서 기다리고 있어요. 노친네들은 이만 빠져줍시다.”

조준까지 거들자 그제야 어른들이 고개를 옆으로 내밀어 밖을 보았다. 사랑채 앞마당에 아이들이 옹기종기 모여서 목을 길게 빼고 안을 살피고 있었다.

“저 녀석들에겐 오랜만에 새 친구가 생긴 것이니, 궁금하기도 하겠지요.”

“벌써 술상을 거나하게 차려줘야 하는 건 아니겠지요?”

“직이야 받아도 되긴 합니다만, 아직 다른 녀석들은 수학 중이니 아니 될 말이지요. 밥상은 아주 거나하게 차리라고 안채에 일러두긴 했습니다.”

민제가 인자한 할아버지처럼 아주 다정한 눈으로 둘을 바라보았다.

“그럼 이만 나가보거라. 내일 일찍부터 공부를 시작할 터이니, 너무 늦게까지 놀지는 말고.”

“예.”

방간이 무어라 더 말하기 전에, 방원이 그의 소매 끝을 잡아당기며 먼저 대꾸했다. 몽주가 그것을 발견하고 가벼이 웃었다.

“그래, 어서 나가보아라. 또 보자꾸나.”

“그럼 또 뵙겠습니다.”

역시나 마지막으로 씩씩하게 인사한 건 방간이었다. 방원은 옆에서 다소곳하게 절을 하고 뒤로 물러날 뿐이었다. 아이들이 나간 뒤 남재가 급히 문을 닫았다.

“아주 얌전합니다.”

“그러게요. 목소리를 들은 게 가물가물할 정도인데요.”

"저리 참해서, 공부를 잘하겠다 생각하신 겝니까?"

궁금증이 가득한 권근의 물음에 민제가 빙긋 웃었다.

"김 안 나는 숭늉이 더 뜨겁다는 말 들어보지 못했나? 벌써 안달내지 마시고 지켜보시게나. 어찌 되는지 앞으로 두고 보면 알 거 아닌가."

바둑을 기가 막히게 잘 두는 민제였기에 그의 호언장담은 허풍이 아닐 게 분명했다. 아까 제가 보았던 모습을 떠올리며 몽주가 지긋이 미소 지었다.

"잘해야지요. 가문에서 과거 급제자가 나오기만 한다면, 이 장군에게 더 이상 부족할 게 무에 있겠습니까."

"암."

"그렇지요."

몽주의 말에 모두가 고개를 끄덕였다. 방원에게 거는 기대는 비단 성계의 집안만을 위한 것이 아니었다. 황산 대첩으로 그가 백성들의 영웅이 되는 순간, 성계가 원하든 원치 않던 그는 개경 정치의 가장 뜨거운 자리에 위치하게 되었다. 그것이 역사가 될 것인지, 사건으로 끝날지는 앞으로 하기 나름이었다. 허니 영특한 성계의 아들을 보는 모두의 시선은 남다를 수밖에 없었다. 어쩌면 그 아들이 아버지의 역사를 만들지도 모르는 일이기 때문이었다.

***

사랑채 앞마당에 오글오글 모여서 눈치만 보던 아이들은 방간과 방원이 자리에서 일어나자 눈이 커졌다.

"나온다, 나온다."

"허리 좀 펴라, 없어 보인다."

"형님이나 어깨 좀 펴슈."

다들 헛기침을 하고 옷매무시를 바로 하며, 새로 온 이들 앞에서 근엄한 척 보이려 애를 썼다. 그러나 그런 노력도 잠시, 사랑채 밖을 나오는 방간의 모습에 다들 당황하여 눈이 휘둥그레지고 말았다.

개경에 간다는, 그것도 그냥 다녀가는 것이 아니라 그곳에서 지내면서 또래들과 어울리게 되었다는 소식에 방간은 한껏 들떴더랬다. 그래서 며칠 전부터 어미를 들볶아 옷을 맞추고 노리개들을 사들이는 법석을 떨다가 공부하러 가는 놈이 웬 삿된 짓거리냐며 성계에게 혼쭐이 나기까지 했다. 그런데도 정신을 못 차리고 방간은 자기를 꾸미는 데 치중했다. 이 옷만 해도 개경 집에 들렀을 때 갈아입고 나온 것이었다. 방을 안내해준 강 씨가 나간 후, 방간은 입고 온 옷을 훌훌 벗더니 싸 온 옷을 모두 꺼냈다. 그리고는 그나마 최근에 혼례를 하기 위해 개경에 자주 다녀온 두란에게 무얼 입는 게 제일 나으냐, 이게 나으냐, 저게 나으냐, 아주 지겹게 묻고 또 물었더랬다. 그 꼴을 보고 있자니 아무래도 방간이 하고 싶은 대로 내버려 두었다가는 해가 다 떨어질 판이라 두란이 급히 옷을 골라 입힌 뒤 쫓아내다시피 내보낸 것이다.

"저거 글 배우러 온 놈이냐, 새 잡으러 온 놈이냐."

덕분에 지금 방간이 한껏 멋을 부려 걸친 옷은, 다분히 두란의 취향이 반영된 동북면 함주에서나 먹힐 법한 옷이었다. 등은 호랑이 가죽으로 되어있고, 양어깨엔 사슴 털이 달렸으며, 앞은 화려한 비단으로 수 놓인 조끼를 본 개경의 젊은이들은 경악했다.

"뒤따라 나오는 애는 글 배우러 온 거 같은데."

“재도 촌스럽긴 하다만.”

“저것보단 나은데 뭘.”

방간이 촌스럽다고 펄펄 뛴 방원의 옷은, 개경의 젊은 귀족들 취향으로 보건대 다소 시대에 뒤떨어진 것이 사실이긴 하나, 방간의 옆에 있은 덕분에 상대적으로 매우 괜찮아 보이는 지경이었다.

“앞에 선 게 방간이 형이고 뒤가 방원이 형이오. 방간이 형 성깔 있는 사람이니 괜히 시비 걸지 마슈. 저 형 싸움 잘하니까.”

그나마 안면이 있는 석명이 앞으로 나서며 빠르고 낮게 무리에게 당부했다. 산적 같은 옷을 입은 것만으로도 질린 아이들이 얌전히 고개를 끄덕였다.

“형님!”

“어, 석명아!”

석명이 손을 흔들며 아는 체를 하자 방간이 크게 반가워했다. 방원 역시 이곳에 오고 처음으로 환하게 미소 지었다. 아까 잔뜩 얼어 있을 때와 달리 해사하게 웃으니 흰 얼굴이 더욱 고왔다.

“서로 인사합시다. 여기는 이성계 장군님의 넷째와 다섯째 아드님이신 이방간, 이방원. 이쪽은 사부님들의 제자들입니다. 앞으로 자주 만나게 될 것입니다.”

“처음 뵙겠습니다. 김한로요.”

“반갑소, 나는 이직이오.”

인사를 하는 사이, 사내들 사이에선 으레 그러하듯 상대를 훑어보며 가늠하는 시선들이 빠르게 오갔다. 웃으며 서로 손을 마주 잡은 채 입으로는 반갑네 어쩌네 지껄이고 있지만, 실은 그 어느 때보다 진지하고 심각하고 긴장되는 순간이 바로 이때였다. 서로 눈에 보이지 않는 기 싸움이 오가느라 긴장감이 극에 달했을 때였다.
"이게 뭐야."
숨이 넘어가게 깔깔거리는 자경의 발랄한 웃음소리 덕분에 살얼음판 위를 걷는 것 같은 긴장감은 산산조각이 나고 말았다. 자경은 방간의 옷을 손가락질하며 웃어댔고, 무질이 무안한 얼굴로 옆에서 제 누이를 열심히 말렸다.
"어디 산에서 방금 내려왔니?"
어찌나 웃었는지 눈꼬리에 눈물까지 그렁그렁 매단 자경이 방간의 가까이 다가와 그의 옷을 손가락으로 가리켰다. 방간의 얼굴이 순식간에 벌겋게 달아올랐다.
"저 위에선 이리 입고 다녀?"
우연히 스치듯 지나쳤어도 돌아봤을 법한, 눈에 확 띌 정도로 예쁜 계집애가 저를 대놓고 놀리는데 어느 사내가 부끄럽지 않으랴. 거기다 더 큰 문제는 자경 때문에 애써 참고 있던 다른 녀석들까지도 피식피식 웃기 시작한다는 거였다. 이 위기를 잘 넘기지 못하면 평생 놀림감이 될 게 분명했다. 방간은 이 상황을 모면하기 위해 돌아가지 않는 머리를 써가면서 애를 썼지만, 마음이 급해서인지 원래 잘 쓰지 않던 머리라서인지 쉽사리 대답이 떠오르지 않았다.
"위에선 이리 입습니다. 함주는 개경과 달리 상상할 수 없을 만큼 추우니까요."
그때 뒤에 서 있던 방원이 딱딱하게 굳은 얼굴로 앞에 나서며 둘 사이에 끼어들었다.
"함주처럼 척박한 곳에서 의복은 사치스럽게 몸을 꾸미기 위해 입는 것이 아니라, 몸을 보호하기 위해 입는 것입니다. 그러니 짐승의 가죽과 짐승의 털을 이리 이용할 수밖에요."

낮고 조용했지만 날카로웠다. 자경이 흥미로운 시선으로 방원을 보다 무언가 깨달았다는 듯 눈을 크게 떴다.

"어렸을 때 얼굴이 그대로 남아 있구나."

예상치 못한 반응에 방원이 움찔했다.

"내가 기억나지 않아?"

저를 보며 빙긋 웃는 얼굴이 낯설지 않았다. 어렸을 적 말을 태워 주랴, 물었던 당돌하면서도 눈이 휘둥그레질 만큼 예뻤던 계집애를 또렷이 기억하고 있었기에 지금의 자경에게서 그 어린 여자애를 떠올리는 건 그리 어렵지 않았다. 다만, 그 이야기를 즐거이 나누기엔 상황이 적절치 못했다.

"왜 하대하십니까?"

"뭐?"

"서로 통성명도 안 하고 인사도 안 했는데, 어찌 아랫사람 대하듯 하대를 하시냔 말입니다. 무례하지 않습니까."

"방원아!"

미간을 찌푸린 채 쏘아대는 어투에 놀란 방간이 방원의 팔을 다급히 붙잡았다. 낯선 모습이었다. 형제간의 서열 관계가 확실해서 감히 형들에게 덤빌 수 없는 분위기임에도 방간이 때로 형들에게 뻗대기도 하고 대거리하기도 하는 반면 방원은 제법 억울한 일이 있어도 아주 분한 얼굴로 돌아서거나 서러워서 울지언정 이리 따박따박 따진 적은 없었다. 공부를 가르치던 스승들이 방원의 입이 제법 맵다는 이야기를 하긴 했지만, 제가 아는 방원은 처음 보는 상대에게 심지어 여자에게 이럴 성격은 아니었다. 거기다 낯가림이 있어 낯선 사람과 이야기를 나누는 것도 좋아하지 않는 방원이 아니었던가.

"나는 이 집 셋째 딸 민자경이다. 너는 이성계 장군의 다섯째 아들 이방원 아니냐? 우린 몇 해 전 어렸을 때 만난 적이 있어 반가워서 아는 체를 한 건데 그게 그리 기분이 나빠? 그리고 내가 너보다 두 살이 많으니 하대를 하는 게 당연하지. 그럼 두 살이나 어린 동생에게 존대를 하랴?"

"두 살이 어린 제게만 하대를 한 게 아니지 않습니까? 제 형님에게도 처음 보자마자 하대를 하지 않았습니까?"

방간이 급히 나서서 손을 내저었다.

"아니, 나는 괜찮다. 보아하니 또래인 거 같은데, 서로 하대하는 게 편하지, 뭐."

"형님!"

발끈한 방원이 원망스럽게 방간을 노려보았다.

"그렇잖냐. 앞으로 계속 볼 사이인데 불편하게 무슨 존대야."

방간을 노려보다 이를 악문 방원이 몸을 돌렸다.

"형님은 그렇다 해도 저는 싫습니다."

우습게 보이고 싶지 않았다. 공부를 하러 온 것이지 시답잖게 어울리며 쓸데없는 짓을 하러 온 게 아니었다. 하지만 어울리지 못한다고 해서 무시당하고 싶지 않았다. 특히 눈앞에 서 있는 이 계집애에겐 더더욱 그리 보이고 싶지 않았다.

고집스러운 얼굴로 저를 보는 방원의 모습에 자경이 어이없다는 듯이 웃었다. 제게 이런 식으로 뻗대는 사내는 태어나 처음이었다. 자경이 아는 세상에서 사내들은 언제나 자경에게 친절하고 다정했고, 함부로 대하지 않았다. 그런 대우를 받는 데는 빼어난 자경의 미모뿐 아니라 누구에게도 지지 않는 자경의 성격도 한몫했다. 자경이 따지고 들면 대부분 방간처럼 물러났지, 방원처럼 맞서는 사내는 지금까지 없었다.

"쓸데없는 고집이구나. 나이 많은 사람이 나이 어린 사람에게 하대하는 것이 무에 이상하다고 이러는 게야?"

"허나 저희는 처음 만났고, 친분도 없는데 예의에 어긋나지 않습니까."

자경이 지적한 대로 이상한 고집을 부리고 있다는 것을 저 역시 알고 있었다. 하지만 그런데도 자경에게 하대를 듣고 싶진 않았다. 자신도 이상하다는 생각이 들긴 했지만 마음이 그러했다. 내키지 않았다. 왠지 모를 마음이지만, 자경에게 존중받고 싶었다.

"그럼 우린 앞으로 영 만나지 않으면 되겠구나."

"누이!"

"자경아!"

"거, 뭐 말을 그리하나?"

자경의 단호한 선언에 초조하게 지켜보던 이들이 깜짝 놀라며 끼어들었다.

"내가 하대하는 게 싫다니 그럴 수밖에."

"아직 한참 어린 동생이 한 말을 가지고 그리 반응하면 못쓰지."

이직이 제법 어른티를 내며 점잖게 타일렀다. 그러자 자경과 방원, 둘이 동시에 눈이 뾰족해졌다.

"한참 어린 동생이라뇨? 고작 두 살 차이입니다."

"그런 반응이라니? 내 반응이 무에 어때서?"

갑작스러운 둘의 공격에 이직이 순간 멍한 얼굴이 되었다. 자경과 방원이 서로를 쳐다보다 이내 팩하니 누가 먼저랄 것도 없이 고개를 돌렸다.

"아씨, 마님이 찾으십니다."

그때 상인이 멀리서 자경을 불렀다. 자경이 속이 다 시원하다는 얼굴로 돌아섰다.

"괜히 와서 쓸데없는 말이나 지껄였구나."

"누님!"

무질이 다급히 자경을 붙잡았으나, 자경이 매몰차게 그 손을 뿌리쳤다. 그리고 안채로 쌩하니 들어갔다. 마당에 남은 이들 사이에 잠깐 어색한 침묵이 돌았다.

"저기, 어머님이 저녁상을 차려주신다고 하셨으니 들어갑시다."

개중 집주인 격인 무구가 어색하게 웃으며 분위기를 풀려 애를 썼다.

"그러자. 어우, 오래 나와 있었더니 춥다."

"그러게요. 손이 얼었습니다."

"어서 들어가자."

서 있던 이들이 자연스레 방간과 방원을 사이에 두고 서두르며 걷기 시작했다. 얼결에 밀려서 걸어가던 방원이 다급히 방간의 소매를 잡아끌었다.

"왜?"

방간이 돌아보자 방원이 난처한 얼굴로 고개를 저었다. 방간이 귀찮다는 듯 혀를 찬 후 그나마 개중 제일 만만한 석명을 붙잡고는 낮게 속삭였다.

"우리 둘 측간에 들렀다 가마."

"설마, 형님."

"에이, 그런 거 아니다. 내가 이런 자릴 마다할 인물이냐? 정말 측간에 들렀다 갈 것이니 걱정 말아라."

석명을 안심시킨 후 방간과 방원이 자연스레 뒤로 물러났다. 얼마 지나지 않아 둘만 무리로부터 멀어졌다. 앞서가던 이 중 몇몇이 의아한 얼굴로 뒤를 돌아보자, 석명이 급히 그들에게 상황을 설명하며 먼저 가자고 재촉했다. 얼마지 나지 않아 어둑한 마당 구석에 방원과 방간 둘만 남았다.

"어찌 그러는 게야?"

"난 이만 집에 가겠소."

"쓸데없는 소리! 대체 너 왜 그러냐? 아니 평소답지 않게 왜 안 하던 짓을 하고 그래? 갑자기 버럭 성질을 내지 않나 처음 보는 사람이랑 싸우질 않나. 왜 그래? 뭐 점심 먹은 게 체했냐?"

"무시하는 게 기분 나쁘잖소! 형님은 기분도 안 나쁘오?"

"처음엔 당황하긴 했다만, 그럴 수도 있지, 뭐."

"형님!"

"에이, 두란 숙부 얘길 괜히 들어가지고는. 당장 장에 가서 옷부터 다시 맞춰야겠다."

세상 느긋해 보이는 방간을 보며 방원이 가슴을 쳤다. 인간이 어찌 저럴 수가 있는지 기가 막혔다.

"옷이 문제가 아니잖소!"

"너야말로 참 이상하다. 아니, 너를 비웃은 것도 아니고 내 옷을 웃은 건데, 네가 왜 난리냐? 하대도 할 수도 있지. 그게 뭐 그리 예의에 어긋난다고 모두가 어색해질 정도로 그리 펄펄 뛰는 거냐? 너답지 않게?"

방간의 말에 방원이 입을 한 일 자로 꾹 다물었다. 저답지 않은 짓을 했다는 걸 저도 알았다.

"생각할수록 이상하네. 왜 그랬냐?"

사랑채에서 나오고 나서 쭉 방원은 방간의 뒤에서 두어 걸음 물러서 있었다. 덕분에 방간과 다른 아이들이 인사를 하느라 정신없는 사이, 저는 안채에서 달려오는 자경을 제일 먼저 발견했다. 양손으로 치마를 붙잡은 채 발랄하게 뛰어오는 자경의 웃음 띤 얼굴에서 눈을 뗄 수 없었다. 저도 모르는 사이, 멍하니 그 모습을 보고 있었더랬다.

그런데 그 예쁜 얼굴의 계집애가 방간을 손가락질하며 웃기 시작하는 순간 방원은 냉수를 머리끝에서부터 뒤집어쓰는 것 같았다. 저를 보고 웃은 것도 아닌데, 저를 놀린 것도 아닌데 제가 당한 것마냥 부끄러웠다. 창피했다. 그리고 화가 났다. 왜인지 모를 분노가 치솟아서 저도 모르게 평소 저답지 않은 짓을 하고 말았다. 저질러 버렸을 땐, 아차 싶어 후회하는 마음이 조금 들기도 했으나 그땐 이미 엎질러진 물이었다.

"왜 그러긴 뭐, 형님을 비웃으니 속이 상해 그랬지. 형제 아니오."

방원이 급히 둘러대며 고개를 돌렸다. 기억을 되짚어보면 과거 어린 시절 처음 만났을 때도 자경은 제게 자연스레 하대를 했고 저는 존대를 했었다. 그때나 지금이나, 여전히 저는 자경에게 하찮게 보이는 어린애에 불과했던 것이다. 어쩌면 화가 났던 진짜 이유는 그것 때문일지도 몰랐다.

"그래, 그렇긴 한데. 아무리 그렇다고 해도 내가 괜찮다고 하는데도 너 계속 싸운 건 진짜 이상했다."

"그거야 뭐……."

"그게 그렇게까지 화를 낼 거였나."

방간이 도무지 모르겠단 얼굴로 고개를 갸웃하다 미간을 찌푸렸다. 뭔가 가물가물한 것이 생각이 날 듯 말 듯했다.

"아무튼 난 집으로 갈 테니 형은 저녁 먹고 오시오."

"야, 네가 이대로 가면 안 되지. 너 이 집 드나들면서 공부해야 하는데, 이 집 딸내미랑 그렇게 싸우고 안 풀면 어쩌려고 그러냐."

"공부를 걔랑 하오? 사부님과 하지."

"사부님이 알면 신경 쓰실 거 아니냐. 같이 가서 저녁 먹자."

"싫소. 껄끄럽소."

"아니, 애가 오늘따라 왜 이래?"

고집을 부리며 뚱한 얼굴로 서 있는 방원을 보던 방간이 갑자기 알겠다는 듯이 눈을 가늘게 떴다.

"너 어렸을 때, 세상에서 제일 이쁜 계집애 보고 왔다고 했잖아. 개경에서 왔던. 그때 그 이쁜 계집애가 쟤였지? 아까 쟤가 너랑 어릴 때 만난 적 있다드만. 그 계집애가 쟤 맞지?"

갑작스러운 방간의 말에 당황한 얼굴을 숨기기 위해 방원이 고개를 획 돌렸다. 방간은 그 순간을 놓치지 않았다.

"맞구나, 쟤! 너 그래서 그리 발끈한 거이구나?"

신이 난 방간이 방원에게 제 얼굴을 들이대며 빙글빙글 웃었다. 빽하면 샌님 같고 부처 같은 소리를 지껄여서 동생임에도 고까운 적이 많았더랬다. 그런데 그런 녀석이, 계집을 보고 제 감정을 어쩌지 못해 저리 맨얼굴을 드러내다니, 정말 놀랄 노 자였다.

"너 쟤가 마음에 드는데, 쟤는 너를 사내 취급 아이 해주니 창피해서 발끈한 거이구나!"

세 살 차이밖에 나지 않았지만, 방원보다 방간은 경험이 많았다. 일찌감치 싸돌아다닌 덕분에 방원은 꿈에도 상상할 수 없는 일들을 벌써 여러 계집과 이미 해본 방간이었다. 아무리 책 읽는 건 방원이 몇 수위라 한들, 실전이 중요한 남녀관계에 있어서 방간을 이길 수가 없었다.

"이야, 좋아하는 계집애한테 그리 등신처럼 굴면 어이하네? 그캐서는 그 딸아가 네 마음을 어찌 알갔어?"

애써서 쓰던 개경 말조차 집어치워버린 방간은 간만에 잡은 건수에 아주 신이 났다.

"그라니 저 딸아 눈에 니가 얼마나 어린애처럼 보였갔어? 봐라. 지금도 집에 간다고 빡빡 우기고 자빠졌으니, 이건 뭐 다섯 살짜리도 얼라도 아이고."

무어라 항변하고 싶은데 할 말이 목에 뭔가 걸린 것처럼 꽉 막혀서 한 마디도 나오지 않았다. 대신 억울한 마음에 눈에 금세 눈물이 고였다. 이리 잘 우는 사내는 누가 봐도 등신 같아 보일 거다. 방원이 이를 악물고 눈에 힘을 주며 방간을 노려보았다.

***

"그래서 결국 어찌했답니까?"

"결국 방간이가 질질 끌고 가서 저녁먹이고 들어왔드만. 기껏 데려가이까 밥상엔 딸아가 나오지도 않았다 카드라. 방원인 어깨가 이래 떨어져서는 아주 땅속으로 꺼질 기세던데, 방간인 아주 신이 나서 집에 와서도 놀려쌌드라. 꼬라지 보기가 싫어서 내래 엉덩이를 주차줬지비.”

두란이 툴툴거리며 신경질을 냈다. 워낙에 어려서부터 방원을 끼고돌았던 두란이었다. 방원이 제 형들이랑 어울리지 못하고 주위만 맴도는 것을 보면 제 어릴 때가 생각난다고 했다. 어렸을 때 두란은 얼굴이 과하게 곱상하게 생겼다는 이유로 형들과 친구들에게 놀림을 당했었다. 너 같은 게 어찌 말을 타고 활을 쏘겠냐고 하도 놀려서 더 이를 악물고 말을 타고 활을 쏘다 보니 어느새 선봉대가 되었고 그 덕에 성계를 만날 수 있었다.

평생 별로 좋아하지 않았던 여진족답지 않은 곱상한 외모는 뒤늦게 빛을 발해서, 그 얼굴 덕에 두란은 별 거부감 없이 고려 사람들과 어울릴 수 있었다. 덕분에 이젠 제 외모를 부끄러워하긴커녕 꽤 자랑스럽게 여기지만, 그렇다고 해서 어릴 적 끔찍했던 기억이 사라진 건 아니었다. 그래서 방원이 풀 죽어 있는 것을 보면 제가 더 못 견뎌하면서 마치 제 자식처럼 마음을 쓰곤 했다.

형들보다 나은 게 하나라도 있었으면 하는 마음에 두란은 어린 방원을 끼고 앉아 말 고르는 법을 가르쳤다. 무엇을 가르쳐주든 방원은 두 번 묻는 법 없이 한 번에 모두 기억했다. 방원이 놀라울 정도로 영특하다는 것을 그 누구보다 두란은 가장 먼저 알아차렸다.

후에 민제의 이야기를 듣고 의아한 성계가 방원이 진짜 그러하냐고 물었을 때 방원이는 꼭 공부를 시켜야 한다고 두란은 열변을 토했다. 두란의 말에 솔깃한 성계가 여기저기 물어 구해온 책을, 누가 가르치거나 시키지 않았음에도 붙들고 읽는 방원의 모습에 그제야 한 씨나 성계는 방원에게 기대를 품기 시작했다.

“방원이한테는 무어라 해주셨습니까?”

"신경 쓰지 말고 어깨 펴서 당당히 공부하러 가라 했지비. 거 공부하는 데 아임메? 가서 니가 얼마나 똑똑한지 보여줘서 코를 납작하게 만들어라 해줬음메. 똑똑한 사내를 싫어하는 딸아는 세상천지에 없으니, 가서 니 할 일만 잘하면 그 딸아도 너를 좋아하게 될 거라고."

"괜한 말씀을 하셨습니다."

"왜?"

"민 대감의 여식이라면서요. 진짜로 방원이가 연정이라도 품으면 어찌하시려고 그리 말씀하셨습니까. 잘못하면 방원이만 상처받을 텐데요."

대대로 권세 높은 귀족 가문인 데다 과거도 척척 붙을 만큼 학식이 깊었고 높은 벼슬을 하면서도 행동거지로 흠 잡히지도 않는, 말 그대로 뿌리 있고 유서 깊으며 뼈대 있는 여흥 민 씨 가문이었다. 거기다 민제의 삼녀인 자경이 민제의 여러 자식 중 가장 빼어나다는 것은 개경 바닥에서 모르는 이가 없었다. 예쁘기도 제일, 똑똑하기도 제일이라 사내로 태어났으면 벌써 소년등과하여 벼슬길에 올라 가문을 드높이며 이름을 날렸을 거라고 입을 모았다. 그뿐인가, 키도 훤칠하니 크고 몸도 날래서 격구 같은 운동도 웬만한 사내보다 나았다.

개경의 모든 사내가 자경을 탐냈고, 개경의 모든 여인네가 자경을 부러워했다. 그러니 당연히 눈이 높아 어지간한 사내는 자경에게 갖다 댈 수도 없을 정도였다. 벌써 청혼했다가 거절당했다는 말이 나오는 집안만도 양 손가락을 넘어갔다. 말이 나오는 이들 모두 개경에서 난다 긴다 하는 집안에 자식들이어서, 이쯤 되자 대체 자경이 누구랑 혼인할 것인가를 모두가 궁금해 할 정도였다.

"우리 방원이가 어때서? 딸아가 아무리 잘나본들 딸아지. 방원이가 과거 급제해서 벼슬에 나가보라. 모자랄 게 하나 있나."

큰소리치는 두란을 보며 이화가 쓰게 웃었다. 저 말처럼 그리만 된다면 얼마나 좋을까. 하지만 과거에 급제한다 한들 요즘과 같은 때에 과연 탄탄대로일 수 있을는지. 알 수 없는 일이었다.

"그나저나 이리 밤새 저와 술을 마시면 어찌합니까. 개경에 온다고 댁에 알리지 않았습니까?"

"뭐 연통이야 갔겠지."

"그럼 댁으로 가셔야지요. 어찌 예서 미적거리시는 겁니까."

혼례 한 지 얼마 되지도 않았는데, 왜 부인이 기다리는 집으로 가지 않고 저를 찾아와 술을 마시는지 이해되지 않았다. 아이들의 이야기야 급한 것도 아니니 내일 해도 될 말들이었다.

"그거이……."

두란이 무안한 얼굴로 뒷머리를 긁적였다. 방원이가 강 씨를 좋아하지 않는다는 것을, 그래서 제 혼인 역시 서운해하였다는 것을 쉬이 이화에게 털어놓기가 어려웠다. 이화는 성계의 이복동생으로 이화의 어머니는 성계 부친 이자춘의 시종이었다. 물론 이화의 모친이 본부인인 데다 귀족 출신인 강 씨와 같은 처지라 할 수는 없지만, 거기나 여기나 따져보면 후처인지라 잘못 말을 했다가 이화가 괜히 속이 상하지 않을까 염려되었기 때문이다.

"방원이가 아직도 개경 어머니를 좋아하지 않습니까?"

이화의 물음에 두란이 찔끔하여 그를 쳐다보았다. 속내를 영 숨기지 못하는 그 얼굴이 이미 말하지 않아도 답을 알려주고 있었다.

"함주 형수님이 아직 마음이 힘드신가 봅니다. 그러니 방원이도 그러는 게지요. 하긴 그 마음이 어찌 편해지겠습니까."

한숨을 길게 내쉬는 이화의 어투에 애잔함이 묻어났다. 뜻밖의 반응에 두란이 놀란 얼굴을 했다.

"너는 괜찮네?"

"저는 함주의 형수님을 보면 돌아가신 제 어머니 생각이 많이 납니다."

이자춘의 시종으로 가장 가까이서 모든 시중을 든 것이 이화의 모친 김 씨였다. 가장 많은 시간을 함께 보내면서 누구보다 이자춘에 대해 많은 것을 알았으니 자연스레 마음이 이자춘에게로 향했다. 이자춘 역시 그 누구보다 김 씨를 가장 편하게 여기면서 지극히 총애하였다. 하나 여종 출신인 김 씨는 절대로 자춘과 혼인을 할 수도 감히 앞에 나설 수도 없는 처지였다.

이자춘의 가까이서 힘들고 고생스러운 일은 김 씨가 다 했지만, 화려한 영광을 누리는 것은 성계의 모친이었다. 성계의 모친은 귀족 출신이었고 이자춘의 본부인이었기 때문이다. 거기다 김 씨는 시종이란 이유로 가끔 뜻 없이 부리는 성계 모친의 심술마저도 묵묵히 감내해야 했다. 그나마 성계가 품이 넓어 뒤늦게라도 제 어머니에게 잘 대해준 덕분에 말년을 편히 보낼 수 있었지만, 젊은 시절 내내 이런저런 일들로 속상해 눈물짓는 어미의 곁에서 자라면서 저 역시도 마음이 많이 무너져 내렸더랬다. 그래서 이화는 방원을 누구보다 이해했다. 함주의 한 씨가 더 안쓰럽고 마음이 쓰였고, 개경의 강 씨에게 별로 정이 가지 않았다.

가만히 술잔을 기울이는 이화를 보던 두란이 다 알겠다는 얼굴로 고개를 끄덕였다. 빈 잔을 서로 채워주며 한동안 둘은 묵묵히 술잔을 비웠다.

"아들이 잘 되믄 되는 거이지. 방원이가 효도할 거다."

그나마 기대를 걸 것은 그것밖엔 없었다. 방원이 제대로 자라준다면 강 씨가 지금 성계를 돕고 있는 부분을 대체할 수 있지 않을까 하는 것. 그리만 된다면 얼마나 좋을까. 강 씨와의 혼인이 끝내 내키지 않았음에도 이화는 차마 제 형을 말릴 수가 없었다. 당시 식구 중 누구도 정치적으로 성계에게 도움을 줄 수 있는 형편이 아니었기 때문이다. 하지만 방원이 급제하여 관직에 나아가게 된다면 강 씨보다 성계에게 더 큰 도움을 줄 수도 있다. 그리된다면 함주 형수의 마음이 좀 편해질 것이다.

"그래야지요."

"헌데 말이다. 그 민제인가 하는 대감이 와 하필 방원이를 불렀을까?"

"어려서 우연히 만났을 때 유독 똑똑한 게 인상에 남아서 그랬다고 하지 않았습니까?"

"말은 그카는데, 고거이 진짤까? 형님도 아리까리하는 거 같은데. 한 번 만나서 말 몇 마디 주고받은 걸로 방원이가 똑똑하다고 확신하는 게 어딘가 이상하지 않네? 혹시 딴맘이 있는 건 아닐까 영 걱정이 되어서리."

"아마 괜찮을 겝니다."

"어찌 아네?"

"성품이 좋고 행실이 반듯하기로 유명합니다. 삿된 이야기로 남의 입에 오르내린 적 없다 하더이다. 거기다 또……."

"또?"

"바둑을 아주 잘 둔다 들었습니다."

"바둑? 그 검은 돌 흰 돌 말이네?"

"예."

"그걸 잘 두는 거랑 이게 뭔 상관이네?"

"바둑은 몇십, 몇백 수 앞을 내다봐야 이길 수 있습니다. 그런 분이 방원이를 보고 영특하다 느꼈다면, 가까이 있는 우리조차도 몰랐던 어떤 부분까지도 알아보신 걸 겁니다."

확신하는 이화의 말에 두란이 아까보다 한결 안심한 얼굴로 고개를 끄덕였다.

"이 잔만 비우고, 이만 들어가세요."

"에?"

"개경에 왔는데 오늘 밤을 저희 집에서 보낸 것을 형수가 알면 뭐라 하겠습니까? 트집이 잘못 잡히면 아이들한테도 불똥이 튀지 않겠습니까."

두란이 쓰게 입맛을 다시며 고개를 끄덕였다.

"그래도 너가 개경에 있으니 한결 마음이 놓인다야. 방원이랑 방간이 자주 들여다 봐주라."

"예. 알토란 같이 귀한 조카들인데 당연히 그래야지요."

마지막 잔을 부딪치며, 이화와 두란이 환히 웃었다.

2장

# 신유년 정월

辛酉年 正月

설날이 되면 손님맞이 세찬을 준비하느라 오전 내내 안채는 정신없이 바쁘기 마련이었다. 하지만 정오가 지나고 손님치레가 끝난 뒤엔 여인들은 자유로이 외출할 수 있었다. 친정에 다녀오기도 하고 절에 다녀오기도 하고 다점에 가서 차를 마시기도 하면서 고단했던 명절의 피로를 풀곤 했다.

"이 댁이 이리 조용한 것도 참으로 오랜만입니다."

민제의 집 안채에 모인 여인네들 역시 세찬을 끝낸 후 각자가 만든 설음식을 가지고 마실을 나온 참이었다. 따뜻한 온돌에 발을 길게 뻗고 앉아 느긋하게 다과를 즐기며 수다를 떨자 명절 손님맞이를 하느라 이른 새벽부터 종종거렸던 피로가 날아가는 기분이었다.

"어른들이야 신년 인사를 다니느라 바쁘다 쳐도 애들은 다 어디 간 겝니까?"

"격구를 하러 간다더구먼."

"아이구, 이 추운 날 격구를요? 누가 겨울에 격구를 한답니까."

"한창때라 몸이 더운 애들 아닌가. 눈이 성에 차게 오질 않아 다른 놀이 할 게 마땅찮으니 그걸 하기로 정한 모양이네."

"눈은 안 왔어도 땅은 얼었는데, 잘못하다 떨어지면 크게 다칠 텐데요. 말리지 그러셨어요."

"말린다고 들었겠나. 힘이 뻗쳐 주체를 못 해 저러는 것을. 다들 말 타는데 귀신인 데다 험하게 몸싸움하는 애들도 아닌데 뭐 큰일 있으려고."

"원숭이도 나무에서 떨어진다고 하질 않습니까. 이 엄한 날에 잘못해서 뼈라도 상하면 붙는 데 오래 걸릴 텐데요."

"아이고, 자네가 이리 싸고도니 한로가 샌님 같단 소릴 듣는 게야."

"얘기가 왜 그리 됩니까?"

"벌써 장가보내 자식까지 있는 아들을 그리 끼고돌며 품 안의 자식마냥 보니 하는 말 아닌가."

"부모 눈에야 자식이 환갑이 되어도 물가에 내놓은 세 살짜리 어린애로 보이는 거 아닙니까. 형님들도 자식 키우시니 그 마음을 모르시는 것도 아니시면서 어찌 제게만 뭐라 하십니까."

다들 기다렸다는 듯이 한 마디씩 말을 보태자. 한로의 모친 이 씨가 입을 삐죽이며 서운해했다.

"그럼 부모 눈에야 다 똑같지, 샌님은 무슨. 한로가 사내치곤 워낙에 음전하니 괜히 그러는 게야. 맘 쓸 거 없네."

이숭인의 부인 홍 씨가 다정히 이 씨를 달랬다. 민제의 부인 송 씨 역시 빈 잔에 차를 채워주며 눈을 찡긋했다.

"그나저나 자경인 작년도 그냥 넘겼습니다."

개중 어린 축에 속하는 권근의 부인 이 씨가 말을 꺼내놓으면서

아차, 하는 얼굴을 했다. 어색해진 분위기를 풀기 위해 급히 이야기를 던졌는데 하필 나온 말이 이 모양이라, 더 큰 실수를 하는 건 아닐까 싶어 뒤늦게 눈치가 보였다.

"안 그래도 내 그것이 걱정이네."

다행히도 송 씨는 다정히 받아주었다. 이 씨가 그제야 안도한 얼굴로 차를 들었다.

"지난해를 넘겼다고 한들 이제 열일곱 아닙니까. 게다가 자경이면, 열일곱이어도 골라갈 혼처가 널린 판에 무에 문제라고요."

"아무렴요. 자경이가 고르기만 하면 어느 사내가 마다하려고요."

"두말하면 입 아프지. 자경이한테 눈도장 찍으려고 이 집에 드나드는 사내 녀석들이 한둘인가. 개경에서 제일 잘난 여식인데, 무얼."

다른 여인들도 자경의 칭찬을 한 마디씩 거들었지만, 송 씨의 표정은 밝지 않았다.

"주위에서 자꾸 이러니 그년이 천지를 모르고 더 기고만장하는 게지. 잘나본들 계집인 것을. 그냥 직이가 좋다고 할 때 보내버릴 걸 그랬네."

"본인이 싫다는 혼인을 그냥 시키면 어찌합니까. 평생 해로해야 하는 부부의 연을 맺는 것인데요."

"세월 보내다 노처녀가 될까 봐 그러지."

"아이구, 형님도 엄살은. 지나가는 사람 아무나 붙잡고 물어보세요. 자경이가 노처녀가 되겠냐고. 워낙에 민 대감님께서 자경일 끼고도니 형님께서 자경이에게 부러 박하게 대하는 것을 알고는 있습니다만, 그래도 너무 엄살이 과하십니다."

다들 와그르르 웃음을 터뜨렸지만, 송 씨는 웃을 수가 없었다. 세상 모든 사내를 제 발아래로 두고 보는, 지나치게 잘난 딸이 송 씨는 언제나 걱정스러웠다.

"요즘 민 대감님한테 공부 배운다고 드나드는 제자 중에 맘에 드는 이는 없으십니까."

"그러게요. 떡잎이 남다른 애가 있으면 미리 찜해뒀다가 자경이한테 슬 밀어줘 보시지요."

"나만 이리 애가 닳지. 그 양반은 자경이 시집 못 가면 못 가는 대로 끼고 살면 되지, 하시는 분인데 뭐. 자경이 년이 뭘 믿고 저러겠나."

송 씨의 투덜거림에 다들 민 대감이라면 그럴 만도 하지, 라는 얼굴로 고개를 끄덕였다.

"참, 여기 오는 길에 이성계 장군의 아들들과 마주쳤습니다. 이름이……."

"방원이랑 방간이."

"예. 그 아이들이요. 동생이 방원이지요? 몇 달 사이에 아주 몰라보게 컸더이다. 깜짝 놀랐어요."

"자고 일어나면 크는 거 같네. 처음 봤을 땐 제 형에 비해 덩치가 영 작아서 이 장군의 아들이 맞긴 한가 싶었는데 쑥쑥 크는 걸 보면 그 골격이나 자태가 영락없이 이 장군이야. 이래서 씨도둑질은 못 한다는 게지."

"방원인 얌전하고 참해서 우리 한로와 가까이 지낸다고 하더이다."

"이 장군의 아들인데 한로와 상성이 맞다니 그것도 놀라운 일이네."

"그러게 말입니다. 그 아이도 책만 읽는 샌님이라고 하더라니까요?"

흥, 하는 얼굴로 새치름하게 말하는 이 씨를 보던 송 씨가 피식 웃었다.

"나도 방원이가 어울려 노는 무리가 한로에 석명이 은이기에 개네와 꼭 같은 줄만 알았는데, 이번에 보니 이 장군의 아들이긴 하더라고."

"그게 무슨 말씀이십니까?"

"오늘 우리 세찬으로 나간 떡국 말일세. 국물이 아주 달지 않던가?"

"꿩고기로 만든 거 맞지요? 안 그래도 이 댁에는 사냥하는 사람도 없는데, 누가 가져다줬을까 하긴 했습니다."

"그거 방원이가 잡아 온 거라네. 설 선물이라고 이틀 전에 갖다 주었어."

"꿩 사냥이오? 개가 사냥도 할 줄 안답니까?"

"사냥을 좋아하고 잘한다더군."

송 씨의 말에 모두 놀라 잠시 한 말을 잃은 채 눈만 끔뻑였다. 자주 보진 않았지만, 마주칠 때마다 느꼈던 분위기로는 사냥과는 영 거리가 먼 소년처럼 보였던 까닭이었다.

"하기야 아버지가 장군이고 제 형들이 모두 그 뒤를 잇는데, 거기서 자란 애가 마냥 얌전하진 아니 하겠지요."

"그러게. 나도 이번에 아주 깜짝 놀랐다니까."

"그럼 격구도 이 장군만큼 잘한다나? 내 소싯적 단오절에 봤던 이 장군의 격구를 잊을 수가 없어. 횡방이니, 방미니 하는 그런 기예는 그 전엔 한 번도 보지 못한 것이라 처음 봤을 때 정말 어찌나 놀랬던지."

"안 그래도 궁금해서 물어보았는데, 격구는 썩 즐기지 않는다고 하더이다. 저는 사냥이 더 취향이라 했습니다. 제 형들이 워낙에 격구 귀신이라 치이기만 해서 취미를 붙이지 못했다고요. 형제 중엔 방원이만 격구가 별로고 방간이만 해도 제법 한다고 합디다."

"하긴, 이 장군만은 못해도 그 집 둘째도 격구를 제법 잘해서 지난 단오절에 우승을 했더랬지."

"사냥을 잘하는 것도 이 장군을 닮은 것 아닙니까. 이 장군이 활을 그리 잘 쏘신다면서요. 오죽하면 활도 백우전만 쓰신다지 않습니까."

"쏘았다 하면 백발백중이라고 하더군."

"아버지의 재능을 두 아들이 나누어서 이어받았나 봅니다. 하나는 격구고 하나는 사냥으로."

"그럼 방간이는 격구를 하러 가고 방원이는 사냥을 하러 간 겐가?"

"나가기는 둘이 나란히 나가던데요?"

"응, 그건 둘이 본가에 세배하러 간 게야."

"세배요? 이 장군님이 이번 설엔 오셨나 봅니다? 하긴 이제 여기 아들들도 있으니."

"아닐세. 이 장군님은 안 오셨다는데, 그렇다고 아니 갈 수 있나."

"그럼 그냥 세배만 하러 간 것입니까?"

"응. 그렇다고 들었네."

"그러고 보니 애들이 그 집에서 나온 지 벌써 달포도 넘었지요?"

"그렇지. 태기가 있고 얼마 지나지 않아 입덧이 심하다며 내보냈으니."

"둘이 그럼 어디서 지낸답니까?"

"방간이는 숙부 댁에서 지내고 방원인 석명이 집에 잠시 의탁하고 있다더군. 우리 집에서 지내라고 했으나 그런 신세까지 어찌 지겠냐며 극구 사양하기에 더 권하면 불편할까 봐 그러라 했네. 그래도 내도록 석명이 집에 둘 수는 없으니, 기회 봐서 다시 권할 참이야."

"애들 건사를 못할 정도로 그리 입덧이 심한 겐가? 딸아이는 외가에 안 보내고 끼고 있는 걸 보면 정도는 아닐 듯한데."

"모르지요. 입덧이 심한 것인지, 혹 머리 큰 아이들이 임신한 저를 못마땅하게 여겨 해코지할까 봐 몸을 사리는 건지."

"설마요. 그럴 아이들처럼 보이진 않던데요. 형님도 그러셨잖습니까. 아이들이 아주 괜찮다고요. 방간이는 서글서글하니 붙임성이 좋고 방원이는 입 댈 것이 없이 참하고요."

"애들이 문제가 아니라, 그 사람이 문제인 게지. 애들이 그리한다는 게 아니라 그 사람이 그리 생각할 수 있다는 게야. 충분히 그런 의심을 할 성정 아닌가."

한데 나고 자란 데다 혼인을 한 뒤에도 다닥다닥 붙어살았던 까닭에 옆집 숟가락 개수까지 알 정도로 가까운 사이였기에 할 수 있는 말이었다.

"설마, 어린애들인데 그러겠어요. 그저 조심하는 거겠지요. 방원이를 아주 예뻐하던데요."

정몽주의 부인 이 씨가 조심스럽게 다른 의견을 내놓았다.

"자네가 그걸 어찌 아나?"

"방원이가 벌써부터 학문이 아주 깊다면서요? 밤에 가끔 책 읽는 소리가 문 밖으로 새어나올 때가 있는데, 그럴 때마다 왜 저가 낳지 못했나 안타까울 정도라고 하더이다."

"어이구, 그래서 이번에 애가 태인 모양입니다. 왜 남의 자식한테 샘을 내면 제 애를 가진다질 않습니까. 방원이를 탐을 내고 샘을 내다보니 애가 들어선 건가 봅니다."

"그럼 이번에 떠는 그 극성은 아들을 얻기 위함인가 보군."

"당연하지요. 아니면 그렇게까지 할 리 있습니까."

첫 딸을 얻은 뒤 한동안 강 씨는 아이가 없었다. 그러다 어렵게 얻은 둘째여서인지 아주 유난스럽기 짝이 없어서 벌써 절에 갖다 바친 공양미만 수백 섬이 넘어가고 있다는 소문이었다.

"방간이는 별생각 없는 듯하나 방원인 그보다 생각이 훨씬 깊은 아이라, 속이 마냥 편치는 않을 걸세. 고향에 계신 제 어미 생각도 아주 끔찍하던데 저랑 나이 차이 얼마 나지도 않는 새어머니가 아이를 가진 것이 어찌 무심히 넘겨지겠나."

지방에 있다 개경으로 올라온 관리들은 향처와 경처를 두는 것이 관례였다. 그리고 그건 개경에서 쭉 나고 자란 귀족 가문 출신 여인들에겐 절대 좋아 보일 리 없는 풍습이었다. 아무리 가까이 알고 지낸 것이 강 씨라 해도 혼인한 입장에선 누군가의 부인이고 어미인 것이 앞서는지라, 아무래도 먼저 결혼한 데다 고향에서 고생하고 있는 한 씨가 심정적으로 더 안쓰럽게 여겨지기 마련이다.

특히 송 씨는 몇 달 밥을 먹였던 방원을 예쁘게 보아서인지 유독 더 그랬다. 특이하거나 맛있는 음식이 상에 올라오면 방원은 조심스럽게 안채로 와서 그것이 무엇으로 어찌 만든 것인지 꼭 물어보곤 했다. 왜냐고 물으면 어머니께 보낼 서신에 조리법을 써서 재료와 함께 보내어 어머니가 드시게 하고 싶어서 그런다고 했다. 자식 키우는 어미로서 마음 씀이 그러한 아이가 예쁘지 않을 리 없었다.

"하긴 입덧만이 문제면 이제는 들어오라 해도 될 일인데. 이제 슬슬 가라앉을 때 아닌가."

"핑곗김에 마침 잘 됐다 이참에 둘 다 내보내자, 이리된 거 아닌가 싶기도 합니다."

"하기야 아무리 이 장군이 잘해준다 한들 제 배로 낳지 않은, 나이 차이도 얼마 나지 않는 애들을 아들이라고 데리고 있기가 무에 편했겠나. 그 성격에 오래 참았지."

홍 씨의 말에 다들 고개를 끄덕이며 동의했다. 정몽주의 부인 이씨만이 무어라 말을 하려다 그만두었다. 이런 오해를 받을 만큼 나쁘지는 않은데 싶다가도 또 한편으로는 자업자득이지 싶었기 때문이다.

***

"입덧은 이제 좀 괜찮아지셨습니까?"

"좀 나아졌다. 계속 그랬으면 어찌 살겠니."

"그럼 이제 뭐 먹고 싶은 게 생길 때 아닙니까? 뭐 드시고 싶으신 거 없으십니까?"

"왜? 있으면 네가 사다주려고?"

"아, 당연히 구해다드려야지요."

방간의 넉살에 강 씨가 웃음을 터뜨렸다.

"숙부님께서야 어련히 잘해주실 터이고, 방원이는 석명이 집에서 지내는 것이 힘들지 않으냐?"

"괜찮습니다."

"내 몸이 이래서 너희를 오래 돌보지 못해 미안하구나. 한창 배불렀을 때는 와봤자 내가 해줄 수 있게 없을 터이니, 좀 더 있다가 몸 풀고 나면 곧장 들어 오거라. 아버지랑도 그리 의논해 두었다."

부풀어 오를락 말락 하는 배를 문지르며 강 씨가 방원과 방간을 보았다.

"예. 그리하지요."

시원스러운 방간의 대답과 달리 방원은 살짝 미간을 찌푸린 채 고개를 갸웃했다.

“백 일은 지나야지요. 집에 찬바람이 드나들면 갓난쟁이에겐 좋지 아니합니다.”

분명 내용은 저를 생각해주는 것인데, 그리 생각되지 않았다. 강 씨가 잔뜩 인상을 쓰며 버럭 역정을 냈다.

“그리 들어오기가 싫은 게냐? 내 입덧 핑계를 대고 나간 김에 아예 아니 들어올 작정인 게야?”

입덧이 심해서 물조차 넘기지 못할 때 방원이 먼저 방간과 함께 나가서 지내겠다고 했다. 한창 몸을 조심해야 할 때인데 자신들 때문에 신경을 써서 입덧이 더 심해지는 게 아닐까 마음이 쓰인다는 이유였다. 저를 생각해준 것이 기특하기도 하고, 몸이 좋지 않은 게 사실이어서 강 씨는 기쁘게 방원의 제안을 받아들였더랬다. 그런데 그렇게 방원과 방간이 나가고 나서 개경 바닥엔 영 생뚱맞은 소문이 돌기 시작했다. 강 씨가 방원과 방간을 구박하여 임신을 핑계 삼아 내보냈다는 거였다. 아니라고 오해를 풀려 했으나, 사람들을 강 씨의 말을 그다지 믿어주는 눈치가 아니었다. 상황이 그쯤 되자 슬슬 방원이 부러 저를 골탕 먹이려 나가겠다 한 건 아닐까, 혹시 저런 소문도 방원이 낸 건 아닐까 의심이 들던 참이었다.

“그런 것이 아닙니다. 몸이 약한 방연이 때문에 전전긍긍하는 어머니 옆에서 같이 맘 졸이며 자랐습니다. 오랜만에 생긴 동생이지 않습니까. 그래서 마음이 쓰여 그리한 것입니다.”

“이 녀석이 쓸데없는 생각이 많긴 하지만, 남한테 해코지할 성정은 못 됩니다. 복중 태아한테 해롭게 왜 그런 오해를 하십니까.”

차분한 방원의 설명이 이치에 조금도 그르지 않은 데다 방간까지 두둔하고 나서자 강 씨도 더 이상 할 말이 없었다. 여기서 무어라 더 따져봤자 강짜 놓는 계모밖에 되지 않을 게 뻔해서 그녀는 입을 꾹 다문 채 방원을 제법 매섭게 노려보았다.

저 자신도 이유를 알 순 없었으나, 살갑게 어머니, 어머니 하는 방간보다 곁을 두는 방원에게 왠지 더 마음이 갔다. 특히 우연히 밤에 지나가다 방원의 글 읽는 소리를 듣고 난 뒤부터는 더더욱 그랬다. 방원은 언제나 침착하니 별 변화가 없는데 강 씨 혼자 좋았다가 서운했다가 화가 났다가 풀렸다가 그랬다. 영락없이 짝사랑하는 계집애와 같은 꼴이었다.

"심기를 불편하게 해드렸다면 죄송합니다. 하나 진정 다른 뜻은 없었습니다."

양손을 바닥에 댄 채 고개를 숙여 사과하는 태도가 깍듯했다. 강 씨에게 보이는 방원의 태도는 흠잡을 게 없이 완벽했다. 그런데 이상하게 그래서 더 불편했다. 대체 무엇이 이토록 자신의 신경을 긁는 걸까. 미간에 깊게 주름이 진 강 씨가 방원을 노려보았다.

"어머니라 불러보아라."

그랬다. 이제 와 곱씹어보니 저 깍듯한 태도에 속아서 한 번도 어머니라는 말을 듣지 못했다. 그것을 이제야 깨달았다. 워낙에 과묵해서, 그리고 옆에 늘 붙어 다니는 방간이 넉살 좋게 어머니, 어머니 그래서 강 씨는 이제껏 방원에게 어머니란 말을 듣지 못했음을 몰랐다. 그 사실을 깨닫고 나자 제가 방원을 불편하게 여겼던 이유가 모두 거기 있는 것처럼 느껴졌다. 겨우 잠재웠던 짜증이 다시 치솟기 시작했다.

"네게 그런 말을 들은 적이 없었다. 그럴 수도 있지, 무심히 넘겼으나 곱씹어보니 어머니라 부르는 게 싫어서 부러 이제껏 피한 것이 아니더냐?"

강 씨의 지적에 방간이 놀란 눈으로 방원을 돌아보았다. 방간조차 이제껏 그런 것을 깨닫지 못한 모양이었다.

고개를 숙이고 있던 방원이 천천히 몸을 일으켰다. 허리를 세우고 반듯이 앉자, 너른 어깨가 이제 제법 사내 티를 내고 있었다. 방원과 강 씨의 눈이 마주쳤다. 방원의 두 눈은 고요했다. 제가 그러라 시켜 놓고는 괜히 긴장하여 강 씨가 마른침을 삼켰다.

"어머니."

낮지만 분명한 목소리였다.

"서운하게 해드렸다면 잘못했습니다. 부러 어머니라 부르지 아니한 것은 아니니 오해 푸시어요, 어머니."

말하는 동안 표정이나 어투에 아무런 변화가 없었다. 평소 다녀오겠습니다, 다녀왔습니다, 인사할 때와 하나 다를 바 없는 태도였다. 그러자 이젠 강 씨가 괜히 부끄러워졌다. 엄한 애를 붙잡고 내 성질을 못 이겨 말도 안 되는 분풀이를 했구나, 싶었다. 복중에 태아가 있으면 평소와 달리 감정이 제멋대로 날뛸 때가 종종 있는데 오늘이 그런 날인 모양이었다. 강 씨가 급히 고개를 돌리며 헛기침했다.

"이만 나가보거라."

"예."

범상치 않은 분위기를 느낀 탓인지 더 이상 말을 보태는 것도 없이 방간이 급히 자리에서 일어나더니 방원을 재촉해 밖으로 나갔다. 홀로 남은 강 씨가 쓰러지듯 보료에 몸을 기댔다.

"어리석은 짓을 했어."

아직 입가에 푸른 자국조차 생기지 않은 어린애를 데리고 제가 무슨 짓을 한 건지, 무슨 쓸데없는 생각에 사로잡혀 있었던 건지, 생각할수록 정말 창피하기 그지없는 일이 아닐 수 없었다.

***

"네가 어머니라 부른 적이 한 번도 없는 줄은 몰랐다."

안채에서 제법 멀어지자 방간이 혀를 내둘렀다.

"그런 것을 곱씹고 있을 줄이야. 그럴 성격처럼 보이진 않았는데. 너 설마 진짜로 부러 그런 거냐?"

"그럴 리가요. 저도 몰랐습니다."

방원이 무심히 대꾸하자 방간이 그럼 그렇지, 하는 얼굴로 고개를 끄덕였다. 그러나 실은 거짓말이었다. 방원은 강 씨를 어머니라고 여태껏 부르지 않았다는 것을 알고 있었다. 일부러 부르지 않았으니 모를 리 없었다.

강 씨는 품이 넓은 편은 아니었지만 그렇다고 해서 딱히 나쁜 사람도 아니었다. 그저 평범한 여인이었다. 저희들에게 강 씨가 마냥 편하지 않은 것처럼 강 씨 역시 저희들이 마냥 편할 리 없었다. 저와 몇 살 차이도 나지 않는 배다른 자식들을 제 자식처럼 예뻐한다는 것이 오히려 더 말도 안 되는 소리였다. 그런데도 강 씨는 딱히 성계의 아들들을 박대하지 않았다. 당연히 남보다는 훨씬 더 나았고, 강 씨 나름대로도 이런저런 마음을 쓰고 있다는 것을 방원은 알고 있었다.

그래도 강 씨에게 마음을 열 수 없었다. 미안하다고 생각하지 않는 건 아니었으나, 마음이 움직이지 않았다. 강 씨를 보면 어쩔 수 없이 함주에 두고 온 제 어미가 떠올랐다. 강 씨가 동생을 가졌다고 하자 더 그랬다.

처음 강 씨가 아이를 가졌다는 소식을 들었을 때 한 씨는 밤새 숨죽여 울었더랬다. 방원은 그때 자는 척 눈을 감고 있었지만, 실은 잠들지 않은 채였다. 아니, 정확히는 잠들지 못했다고 해야겠다. 눈을 감고 누워 있는 방원과 방연의 얼굴을 쓰다듬고 또 쓰다듬으면서 한 씨는 어찌 될지 모르는 제 아이들의 앞날을 걱정했고 강 씨와 비교되는 제 처지를 서러워했다. 그 후로도 며칠을 어쩔 줄 몰라 하며 불안해하던 한 씨는 갑자기 유독 열심히 절에 드나들었다. 그러다 얼마 후, 좋아해야 할지 어쩔지 모르겠다는 얼굴로 방원에게 강 씨가 딸을 낳았다고 알려왔다. 누군가에게 무슨 말이든 하지 못하면 죽을 것 같은 얼굴로 그런 말을 해와서 방원은 제 어미가 혹 잘못될까 불안해서 그날 밤에도 잠들지 못했다. 한 씨는 밤새 나란히 누운 방원과 방연을 쓰다듬으며 중얼중얼 불경을 외웠다. 중간중간 내가 죽일 년이지, 내가 죄인이지, 부처님께 그런 몹쓸 것을 빌다니, 라며 자책해가면서.

아마 이번 강 씨의 수태도 한 씨에게 소식이 전해졌을 것이다. 그 생각만 하면 방원은 명치 저 끝이 저렸다.

이번에도 제 어미는 그때처럼 밤새 울음을 삼키고 있을까. 그리고 또 계집애가 태어나게 해 달라고 부처님께 가서 빌까. 빌고 돌아오면서 자신이 이기심이 끔찍해서 가슴을 치면서도 제 자식들을 보며 그리할 수밖에 없는 제 처지를 서러워할까.

"형님, 오늘 저랑 사냥 안 가시렵니까?"

"사냥? 갑자기 사냥은 왜? 석명이 집에 여러 친척이 놀러와 시끄러우니 오늘 사부님 댁에 가서 공부하겠다며? 그래서 세배하고 나오면서 이따 다시 오겠노라 인사까지 하지 않았더냐?"

"그렇긴 한데……."

마음에 무언가 얹힌 것처럼 답답해서 풀 것이 필요하단 말을 할 순 없었다. 형제지만 방간은 그런 속내를 털어놓기에 적절한 상대는 아니었다. 그리고 제가 봐도 복잡한 제 심경을 방간에게 이해시킬 자신도 없었다.

오히려 함주에 있을 땐 강 씨를 그저 마음껏 원망하고 미워할 수 있어 마음이나마 편했다. 하지만 개경에 올라오고 난 뒤 그럴 수 없게 되자, 방원의 마음은 하루하루가 매우 괴로웠다. 저에게 잘해줌에도 불구하고 아무 죄도 없는 강 씨를 미워하고 원망해야 하는 제 처지가 서글펐다. 왜 한 씨가 그리 초조해하면서도 그리 미안해하고, 부처님께 잘못했다고 비는지 이제야 비로소 이해할 수 있었다.

대체 왜 이런 일을 겪어야 하는가, 이 일의 해결책은 진정 없는 것인가, 생각을 거듭할수록 처음부터 잘못된 혼인이라는 결론밖에는 나오지 않았다. 누구도 거리낌 없이 행복할 수 없는 혼인이라니, 오로지 권력만을 위한 혼인이라니, 대체 이런 혼인이 무슨 의미가 있단 말인가. 등 뒤에 마음 졸이는 여자를 둘이나 남겨두고, 그로 인해 갈대처럼 흔들리는 애꿎은 자식들을 피해자로 만드는 이런 혼인을 왜 해야 하는지, 왜 이런 혼인의 결과로 애꿎은 이들이 고통받아야 하는 건지 방원은 도무지 이해할 수 없었다.

절대로 이런 혼인은 하지 않겠다고, 저는 꼭 반드시 사랑하는 여자를 만나 그와 혼인할 것이며 그 사이에서 태어난 자식들을 조금도 불안하거나 불행한 마음이 들지 않게 만들겠노라고, 방원은 요즘 매일 같이 스스로 다짐하는 중이었다.

"책 안 볼 거면 격구하자."

"격구는 그리 내키지 않아서요."

"그럼 구경이라도 하던지. 어차피 사냥 가겠다는 건 놀겠다는 건데, 그런 마음으로 책이 읽어지겠냐."

방원의 생각을 잘못 해석하긴 했으나, 방간이 하는 말이 또 영 틀린 말은 아니었다. 지금 이 상태로 책을 읽는다 한들 집중할 수 있을 거 같진 않았다. 잠깐 고민하던 방원이 그러겠노라 고개를 끄덕이며 방간의 뒤를 따랐다.

"마구간에 가서 말이나 골라라. 혹시나 해서 내 소근이한테 말을 있는 대로 다 준비해두라 했으니 그중에 골라서 가면 될 게다."

방간의 말대로 마구간에 가니 그때까지도 소근이가 열심히 말들의 털을 윤기 나게 빗기고 있었다. 나란히 선 말들은 하나같이 갈기가 화려하고 꼬리가 길고 탐스러웠다. 방간이 한껏 뿌듯한 표정으로 그중 덩치가 제일 좋은 가라말을 골랐다.

"그 가라를 타시려고요?"

"응. 이 말이 제일 크고 화려하지 않느냐."

"갈기가 너무 길고 꼬리털도 숱이 너무 많은데요. 두란 숙부가 격구에 나갈 때 말 관리하는 거 못 보셨습니까. 소근아, 가위 가져와라."

"왜?"

"갈기털이랑 꼬리털 좀 자르려고요."

"이기이 돌았나! 얼마나 정성들여 기른 건데 이거를 짤라!"

"누가 격구할 때 이리 치렁치렁한 말을 끌고 나간답니까?"

말에 탄 채 편을 나누어 구문에 모구를 넣는 것인 만큼, 격구에선 기술도 기술이지만 말이 큰 역할을 했다. 말을 탄 채 몸싸움을 하기 일쑤였기에 당연히 힘이 좋아야 했을 뿐 아니라 격구 전용 말은 꼬리나 갈기 털을 짧게 깎아두는 것이 유리했다. 그래야 상대에게 붙잡히지 않고 시야를 방해받지도 않기 때문이었다.

"우리가 두란 숙부처럼 목숨 걸고 하는 것도 아인데 뭐 그거까지 짤라! 그저 가볍게 또래들끼리 시간 떼우기로 하는 거인데! 이럴 때 아니믄 이리 좋은 말 언제 자랑해본다고 그걸 짤라서 가라는 거이가? 모양 안 살구로."

방간의 항변에 방원이 헛웃음을 터뜨렸다.

"아무리 그렇다 해도 꼬리가 이리 풍성하고 땅에 끌리기 직전인데, 이래서는 말이 뛸 때 버거워서 아니 됩니다."

"개네 꼬락서니 보아하니 딱히 엄청 잘하는 애도 없을 거 같은데 뭐 그런 거까지 신경 쓰나. 꼬리가 땅을 끌어봐라. 내가 지겠나. 쓸데없는 소리 하지 말라!"

하긴 거기 모일만한 사람들을 떠올려보니, 어떤 말을 데려가도 제가 이긴다는 방간의 말이 영 허풍은 아니었다.

"만약에 지더라도 모양 나게 져야지. 우린 함주에서 온 이성계 장군의 아들인데 격구의 수준이 다르다는 걸 보여줘야 하지 않간!"

뭐 어차피 제가 참여하는 경기도 아닌데, 싶어서 방원이 더 고집부리지 않고 순순히 물러났다.

"너도 그러니 예쁜 걸로 타라. 화려한 녀석으로 골라. 내가 가라를 타니 넌 백마가 좋겠다."

방간이 호들갑을 떨며 잘 관리된 백마를 골라주었다. 방간의 가라만큼 꼬리털이 치렁치렁하게 길고 갈기가 화려하게 관리되어 있었다. 어차피 저는 격구를 안 할 터이니 별 상관이 없겠다 싶어 그저 고개를 주억거렸다.

***

그런데 이게 와 이래 돌아가는 거이네?

"인원수가 모자라니 방원이가 들어와야겠다."

"인원수가 왜 모자랍니까?"

"방금 한로 형님 시종이 와서 데려갔다. 어머니가 돌아오라고 난리가 나셨단다."

"그럼 은이는요?"

"은이야 어머님 모시고 외가에 갔지. 여기 오겠냐?"

그 외에도 생각나는 인물이 몇 명 더 있긴 했지만 이미 제가 들어가는 것으로 정해진 것을 보건대 더 캐물어봤자 아무 소용없을 듯했다. 제 의지와 아무 상관 없이 결론이 나 버린 것이 짜증스러웠지만, 여기서 저도 안 한다고 했다가는 말이 더 길어지고 일이 복잡하게 꼬일 게 뻔해서 방원이 썩 내키지 않는 얼굴로 고개를 끄덕였다.

"그래도 하나가 비는데?"

"누이 불렀습니다."

"자경이? 추워서 꼼짝도 안 할 거라며? 온대?"

"구경이야 싫다지만 직접 하라고 하면 좋다고 오지요. 마다할 리 있습니까. 금방 도착할 겁니다."

"그럼 자경이 오기 전에 편이나 나눠볼까?"

"저기."

너무나 자연스럽게 넘어가는 상황이 이상해서 방원이 조심스럽게 끼어들었다.

"여자가 격구를 합니까? 예종 때부터 금지된 거 아닙니까?"

말을 타는 여자는 흔했다. 특히 함주는 지역이 험해서 가마보단 말이 더 편한지라, 사내보다 더 말을 잘 타는 계집도 왕왕 있었다. 허나 격구를 하는 여인은 없었다. 예전엔 여인들도 격구를 했다고 들었지만, 금지된 지 오래였다.

"사치하는 까닭에 금지하긴 했지만, 그거야 공식적인 행사나 하지 말라는 거지, 사적으로 노는 거야 무슨 상관있나."

"게다가 자경이 집이 사치를 걱정할 집도 아닌데."

"누이 격구 잘해요. 적어도 한로 형님보단 훨씬 잘할걸?"

"너 그 말 자경이 앞에서 하지 마라. 또 싸움 난다. 계집이 뭘 하면 되니 마니 하는 순간 걘 돌아버리니까."

"그래, 조심해. 너네 아직도 어색하잖아."

무안해진 방원이 입을 꾹 다문 채 뒤로 물러나는 순간, 저 멀리서 말발굽 소리가 들려왔다.

"자경이다!"

윤규의 고함을 따라 방원이 고개를 돌리자 호복을 입은 채 말을 타고 달려오는 자경이 보였다. 위는 붉은 비단에 솜을 누빈 짧은 옷을 여러 번 겹쳐 입었고 아래는 활동하기 편하도록 허벅지 쪽이 살짝 부푼 흰 솜바지였다. 거기에 발목을 감싸는 가죽신을 신었는데, 그 모습이 참으로 잘 어울렸다. 여러 번 물을 들여 아주 진한 홍화색 상의는 자경의 흰 얼굴을 더욱 돋보이게 해주었는데 거기에 말을 타고 달리느라 바람에 검은색 머리카락이 흩날리자 그 모습 자체가 마치 한 편의 그림 같았다. 저도 모르는 사이 넋을 잃고 보던 방원은 옆에서 제 팔을 툭 치는 바람에 퍼뜩 정신이 들었다. 고개를 돌려보자 방간이 꽤 짓궂은 얼굴로 웃고 있었다.

"아주 침 떨어지겠다, 야."

"내가 무얼."

괜히 버럭 퉁명스럽게 대꾸한 방원이 방간을 지나 말을 잡고 있는 소근에게 다가갔다.

"가위 안 가져왔지?"

"안 가져왔지요. 왜 그러십니까요?"

방원이 잔뜩 찌푸린 얼굴로 제가 타야 하는 말을 이리저리 둘러보았다.

"갈기야 넘어간다 쳐도 이 꼬리털 너무 거슬리는데."

"왜요? 도련님도 격구를 하셔야 한답니까?"

"그렇단다."

"그럼 집에 가서 도련님이 원하는 말로 바꿔올까요?"

"그럴 시간까지는 없을 거 같고."

미간에 깊게 주름을 새긴 채 한참 동안 말을 보던 방원이 순간 번쩍 한 듯 고개를 끄덕였다.

"이 꼬리털을 땋아라."

"예?"

"머리 땋듯이 이 말 꼬리털을 땋으란 말이다."

"더 불편하지 않으실까요?"

"아냐. 털이 펄럭이는 게 더 꼴뵈기 싫을 거 같다. 그러니 땋아 보아라."

"예."

소근이 머리를 긁적이며 말 꼬리를 땋기 시작했다. 그러는 사이 방간이 저 멀리서 방원에게 이쪽으로 오라는 듯 손짓했다.

"편을 나눠야 하는데, 형제나 남매를 한 편으로 둘 순 없으니 갈라야지. 무구랑 자경이 다른 편을 하고, 방원이랑 방간이도 다른 편을 해야 하는데."

"무구랑 자경이 중에선 자경이가 더 잘하는데 형님이랑 방원이 중엔 누가 더 잘하오?"

"내가 낫지. 딱 봐도 모르겠냐."

"그럼 형님이랑 무구가 한 편을 하고, 자경이랑 방원이가 한 편을 하면 되겠네."

"나는?"

"이직 형님이 방간이 형님이랑 비슷할 듯하니, 방간이 형님이랑 반대편으로 가는 게 맞지 않겠소?"

"그럼 이직 형님이랑 자경이랑 같은 편이 되는데."

편을 나누던 윤규가 슬쩍 이직과 자경의 눈치를 보았다.

"난 상관없어."

"나도."

자경의 대답에 이직이 지기 싫은 듯 빠르게 답했다.

"그럼 이직 형님이 자경이 편으로 가고."

"남은 셋 중엔 윤규가 제일 어리니 윤규가 자경이 편으로 가면 되겠네."

"그래, 그럼 대충 맞겠다."

방원은 입 한 번 떼어 보지 못한 채 편 나누기가 끝이 났다. 그러고 나자 곧장 전술을 짜기 위해 같은 편끼리 모여야 했다. 석명에 한로까지 모두 불참이라 같은 편인 이 중 누구와도 친하지 않은 까닭에 방원이 영 불편한 얼굴로 어색하게 끼였다.

"한 명이 공격을 하고, 두 명이 수비를 하고, 다른 한 명이 구문을 막아야 하는데."

"당연히 형님이 공격을 하셔야지요. 자경이는……."

"나한테 구문 막으라고 하기만 해."

기껏 불러놓고 문지기나 시킬 셈인 거냐고 눈을 한껏 위로 치켜뜬 자경이 으르렁거렸다.

"구문은 제가 막겠습니다."

방원이 손을 들었다.

"저는 격구를 그리 즐기는 편이 아니라 썩 잘하지 못합니다. 구문은 제가 막지요."

"그리 해라. 어차피 누군가 피로하거나 말이 상하면 중간에 교체해줄 거다. 그럼 너도 경기에 참여할 수 있을 게야."

"예."

처음 만났을 때 인상이 너무 강하게 남은 탓인지 순하게 대답하고 물러나는 방원이 자경은 왠지 낯설었다. 게다가 사냥으로 꿩을 잡아 올 정도인데 격구는 못한다고 사양하는 것도 이상했다.

"방원이 원래 저래."

구문으로 가는 방원의 뒷모습을 유심히 보는 자경의 속을 다 안다는 듯이, 어느새 가까이 다가온 윤규가 툭 어깨를 치며 말을 건넸다.

"그러고 보니 그때 싸우고 그 뒤로 처음 보는 건가?"

"아니? 집에서 오가며 인사를 하긴 했지. 목례는 꼬박꼬박 잘하더라."

"방원이가 어울리고 노는 성정이 아니라 그 외엔 딱히 너랑 마주칠 일이 없긴 했겠다. 근데 그게 원래 성정이더라고. 학문할 때 보면 학문과 관련된 것에는 물러섬이 없는데 평소 생활에선 그리 나서지 않아. 양보도 잘하고 제 고집도 안 부리고 목소리도 크게 내지 않고. 제 형이랑 영 딴판이야."

"나한테 따질 때는 엄청 나서더니만."

첫 만남의 앙금이 아직 남아 있는 자경이 툴툴거렸다.

"야, 그거야 제 형을 건드리니까. 가족애가 좀 애틋하더라고. 개경에서 자란 우리랑은 확실히 달라."

개경에서 나고 자라게 되면, 정방에 굳이 나가지 않아도 정치적인 인간이 될 수밖에 없었다. 그리하여 가족도 친구도, 이러한 사소한 모임조차도 따지고 들면 실은 모두 정치였다. 방간과 방원은 어쩌면 그런 것을 모른 채 오늘 이 자리에 나왔을 수도 있지만.

그래서 저리 순순히 구문이나 지키겠다고 나서는 걸까. 아니, 어쩌면 저것도 정치적인 선택이려나. 벌써부터 다 알고 머리를 굴릴 애 같지는 않은데.

"같은 편이니까 괜히 서로 긁지 말고."

"난 그런 건 철저하거든. 그런 거 신경 썼으면 애초에 직이 오라버니랑 같은 편을 못 했지."

틀린 말은 아니었다. 윤규가 자경의 어깨를 격려하듯 두드린 후 제 자리로 돌아갔다. 막 경기가 시작하려 하고 있었다.

***

왜 저러는 거지.

구문 앞에 선 방원을 보며 자경이 고개를 갸웃했다. 격구에 자신이 없다던 말과 달리 방원은 의외로 구문 앞으로 오는 모구를 아주 잘 막아냈다. 모구가 언제쯤 올지 예측하는 감도 좋았고, 몸도 날랬다. 저 정도면 공격수를 해도 잘할 거 같았다.

그런데 경기가 중반을 넘어가기 시작하면서 자경은 무언가 이상하다는 것을 깨달았다. 방원이 구문 앞에 온 상대의 모구를 걷어낼 때 너무 멀리 보냈다. 굳이 그럴 필요가 없어 보이는데 방원은 힘껏 모구를 쳐서 저 멀리 보냈다. 구문 앞에 온 것을 걷어내다 보면 열에 아홉은 경기장을 넘어가기에 그런 경우 상대편의 것이 되니, 상대가 그 모구를 주우러 갔다 와야 한다. 모구가 멀리 갈수록 주워오는 데 시간도 오래 걸리고 사람이나 말도 지치게 마련이다. 가까이 던지면 근처에 있는 시종들이 주워주기라도 할 터인데 그럴 수도 없게 방원은 모구를 저 멀리 보내서, 꼭 상대편의 누군가가 공을 주우러 움직여야 했다.

"저거 못 한다더니 진짜 못 하네. 왜 저리 힘 조절을 못 해서 번번이 멀리 보내?"

또다시 방원이 모구를 저 멀리 보내는 바람에 무구가 그것을 가지러 가느라 경기가 중단되었다. 그러자 성질 급한 이직이 버럭 신경질을 냈다.

"가까이나 보내면 시종더러 주워오라 시키고 다른 모구로 일단 하면 될 텐데, 애들 시킬 수도 없이 매번 저리 보내는 건 뭐야, 대체."

다들 그것을 방원이 모구를 잘 다루지 못해 실수하는 거라 생각하는 듯했지만, 자경의 생각은 달랐다. 그것은 고의였다. 방원은 모구를 경기장 안의 우리 편에게 줄 때는 절대로 힘을 주어 치지 않았다.

방원이 늘 이를 악물고 모구를 쳐낼 때는 어쩔 수 없이 경기장 밖으로 내보내야 할 때였다.

분명 이유가 있을 것이다. 그 이유가 뭔지 바로 알아차리지 못하는 것이 자경은 왠지 약이 올라서 눈을 가늘게 떴다. 그때였다.

“저 말 꼬리 땋은 거야?”

내내 구문을 막느라 앞을 보며 서 있는 까닭에 이제야 방원의 말 꼬리가 달랑달랑한 것이 눈에 들어왔다.

“그러게. 땋은 모양이네. 저게 함주식인가. 아닌데, 방간이 형님 말은 안 그런데. 왜 저렇게 했지?”

윤규가 이해가 안 간다는 듯 고개를 갸웃하다 이내 무구가 모구를 가지고 돌아오자 흥미를 잃었다는 얼굴로 어깨를 으쓱하며 제 자리로 갔다.

이번 격구에서 단연 두각을 드러내는 것은 방간이었다. 방간은 이성계 장군의 아들답게 각종 화려한 기술들을 뽐냈다. 특히 수양수 같은 건 아주 일품이었다. 어설프긴 하지만 지피 같은 기술도 제법 흉내를 내서 경기를 하던 아이들의 환호를 받았다. 무리 중 격구를 잘하는 이직이 정확한 자세와 힘 그리고 날랜 몸짓으로 점수를 올리고 있었지만, 각종 묘기를 선보이며 모구를 구문에 넣는 방간을 따라가긴 역부족이었다.

지금도 방간과 이직은 서로 공 하나를 가지고 다투느라 바빴다. 긴장한 채 그런 둘을 보던 자경이 순간 무언가를 깨닫고 저도 모르게 감탄사를 내뱉었다. 둘이 한데 뒤엉켜있는데 말 두 마리의 꼬리가, 평소에는 그토록 아름답던 그 풍성함이 매우 방해가 된다는 것을 깨달았기 때문이다. 길고 풍성한 꼬리는 모구를 보는 데 대단히 방해가 될 뿐 아니라 슬쩍슬쩍 반칙을 하는 데 좋은 가림막이 되기도 했던 것이다. 그러고 보니 단옷날 하는 격구 대회에선 늘 말 꼬리가 평소보다 짧고 단정했던 것도 같다.

그래서 땋았던 건가.

“거길 막았어야지!”

“오늘따라 이 말이 둔하네. 벌써 지쳤나.”

“내 말도. 날씨 탓인가.”

“다들 이상한 핑계 대기는! 저 편은 멀쩡한데, 갑자기 뭔 날씨 탓을 하고 그래?”

그러는 사이, 이직이 재빨리 방간을 제치고 안으로 들어가 구문에 모구를 넣었다. 방간이 수비를 못했다고 같은 편에게 투덜거리자 다른 셋이 무안한 얼굴로 이런저런 변명을 늘어놓았다가 오히려 한소리를 더 들었다. 자경을 빼고 나머지는 재밌다고 웃었으나, 자경은 왠지 웃음이 안 나왔다.

우리 편 말에 비해 저 편 말이 오늘따라 유독 빨리 지쳤다는 거지.

다들 개경에서 이름난 귀족 가문인 만큼 가지고 있는 말의 수준도 다 비슷한 편이었다. 평소와 오늘이 다른 점이라면, 방원 때문에 모구를 가지러 이리저리 좀 많이 뛰어다녔다는 것밖엔 없었다. 다들 좀 귀찮기만 할 뿐이라고 생각하는 듯했지만, 어쩌면 그게 가장 큰 문제였던 건지도 모른다.

어렸을 때도 말을 잘 안다고 했었지.

함주에서 처음 만났을 때, 열 살도 되지 않은 나이에도 방원은 멀쩡해 보이는 말이 실은 아프다는 것을 알고 있었다. 그토록 어린애가 알기엔 쉽지 않은 일인데, 방원은 그때도 아주 자신만만했다. 그리고 그 말은 사실이었다. 방원의 말을 무시하고 억지로 탔다가 결국 떨어져서 크게 다칠 뻔했으니까.

"야, 조금만 쉬었다가 다시 하자. 말들 물이라도 먹여야겠다."

성부의 제안으로 잠깐 경기를 중단하고 다들 휴식을 취했다.

"에이, 우리 한창 기세 좋은데 흐름 끊으려고 부러 쉬자는 거 아닙니까?"

윤규의 말대로 초반에 신나게 점수를 올리던 방간의 편은 뒤로 갈수록 힘이 딸려서 영 맥을 못 추고 있었다. 처음에 꽤 나던 점수 차는 이제 제법 따라잡아 막 역전이 되려던 차인데 쉬자고 하니 마음에 안들만도 했다.

"에이 씨, 압도적으로 이길 수 있었는데."

방간이 못마땅한 듯 인상을 찌푸렸다. 그러자 울컥한 성부가 잔뜩 억울한 얼굴로 손을 내저었다.

"우린 애 썼다. 말이 지쳐서 못 따라가는 걸 어쩌라고. 그리고 너도 재주 부리느라 바빠서 구문 앞에서 몇 번 놓쳤잖냐."

"뭐요? 재주 부리느라 바빠?"

"그 재주 진짜 끝내줍디다, 형님."

성부의 지적에 방간이 버럭하는 순간, 윤규가 재빨리 끼어들었다.

"그러니까. 역시 이 장군님 아들이구나, 싶던데요. 근래 보기 힘든 기술이었습니다."

눈치 빠른 이래 역시 얼른 동조했다. 덕분에 잠깐이나마 어색해질 뻔했던 분위기가 웃으며 넘어갈 수 있었다. 언제 왁왁거렸냐는 듯 어느새 격구의 기술에 대해 말하느라 정신없는 이들을 두고 자경이 슬그머니 뒤로 빠져나와 방원에게 갔다. 방원은 구문 앞에 주저앉아

물을 마시고 있었다.

"내가 구문을 지키마."

자경이 제게 와서 툭 내뱉는 말이 영 생뚱맞아서 방원이 멍한 얼굴로 눈만 끔뻑거렸다.

"왜? 아직도 내가 하대를 하는 게 못마땅해서 그러느냐?"

"아니, 아닙니다."

그때 그리 대거리를 해놓고는 괜한 짓을 했다고 얼마나 후회했는지 모른다. 가끔 우연히 오가다 마주칠 때마다 사과를 건네고 싶었는데 입이 안 떨어져서 인사만 하고 보낸 뒤에 숫기 없는 스스로 한심해했더랬다.

"그래? 그럼 계속 하대를 해도 되지?"

"네. 그러세요."

사내 동생이 넷이나 있고, 어려서부터 민제의 집에 드나드는 사내들에게 둘러싸여 자라느라 사내들과 어울리는 데 스스럼이 없는 자경이었다. 방원에게만 존대를 하는 게 더 이상했다. 제가 자경과 특별한 관계도 아닌데, 그런 말도 안 되는 고집을 계속 부릴 수는 없는 노릇이었다. 무엇보다 민제가 사부인데, 사부에게 학문을 배우면서 굳이 그의 심기를 거스르고 싶지 않았다.

순하게 나온 대답에 자경이 눈을 크게 떴다가 이내 환하게 미소 지었다. 윤규의 말대로 가족 간의 정이 두터워 잠깐 욱했던 것뿐 본래 성정이 나쁜 아이는 아닌 모양이다. 하긴 제 모친도 방원이 속은 방간이보다 더 깊은 애라고 칭찬을 했더랬다. 순순히 고개를 끄덕이는 모습이 자경의 마음에 들었다.

"그럼 편히 말하마. 남은 경기 동안 구문은 내가 지키마. 네가 내 자리에 서거라."

존대를 하냐, 하대를 하냐 가지고 이야기 나누느라 처음 자경이 제게 무엇 때문에 말을 건 것인지 잠깐 까먹고 있었다가 뒤늦게 깨달은 방원이 놀란 얼굴을 했다.

"말도 멀쩡해 보이는데 왜 그러십니까."

"말이 멀쩡한지, 아닌지 네 눈엔 보이는 게로구나."

자경의 지적에 방원이 저도 모르게 움찔했다.

"그것이 아니라 제가 들어가면 질 거 같아서요. 저보다 잘하시지 않습니까."

"지금은 네가 들어가도 이길걸?"

"네?"

제가 짐작한 게 맞는지 확인해야 했다. 본래 자경은 궁금한 건 못 견디는 성정이었으니 말이다. 어떻게든 의문이 생기면 그걸 해결해야 직성이 풀렸다. 모친은 그런 자경의 성격을 극성맞다고 했고, 부친은 총명한 기질이라고 했다. 어쨌거나 그런 성격 덕에 확실히 다른 계집들과는 다르게 사는 거 같긴 했다.

자경이 천천히 말을 내뱉으며 방원의 얼굴을 뚫어져라 쳐다보았다. 제 말에 어떤 반응을 보이는지 알아야 했다. 그래야 제가 짐작한 게 맞았는지 확인할 수 있었고, 제 의문에 대한 답을 찾을 수 있었다.

"네 실력이 모자라도 우리가 충분히 이길 수 있단 말이다. 네가 그리 만들지 않았더냐?"

크게 놀란 듯 방원의 눈동자가 어지러이 흔들렸다. 언제나 나이답지 않게 고요한 얼굴을 하고 있던 방원이 저 때문에 어쩔 줄 몰라 하는 것을 보자 자경의 입가에 미소가 피어올랐다. 제가 짐작한 게 맞았다. 누군가가 그런 것을 알 거라고는 꿈에도 생각지 못한 게 분명했다. 격구에 재주가 저리 좋은 방간도 눈치채지 못한 것을 제가 제일 먼저 알아차렸다는 것이 자경은 뿌듯했다.

"그것이, 그러니까……."

무어라 둘러대야 할 거 같은데, 설마 누군가 눈치챌 거라곤 조금도 예상하지 못한지라 머릿속에 아무것도 떠오르지 않았다. 무엇보다 자경이 얼마나 정확히 알고서 하는 말인지 몰랐다. 괜히 슬쩍 던진 미끼에 도둑이 제 발 저려 자백하게 되는 걸 수도 있다. 제 수를 얼마나 아는지, 어떻게 알아차린 건지도 모르니, 잡아떼야 할지 자백해도 괜찮은 건지 판단하기 어려우니 참으로 답답한 노릇이었다.

"이제 저쪽 말들이 모두 힘이 빠졌으면 이제 이기기 쉬운 판 아니냐. 설마 이런 판에서조차 질 정도로 격구를 못 하는 것이냐?"

자경은 이런 수를 쓴 방원이 진짜 격구를 알아서 이리한 것인지, 그저 얕은 수를 쓴 것인지 궁금한 모양이었다. 자경은 방원의 격구 실력을 직접 보고 판단할 작정인 듯했다. 호기심 어린 두 눈을 보자 갑자기 숨어 있던 방원의 승부욕이 솟았다.

"그리합지요."

그저 고집부리고 심통이나 내는 어린애가 아니라는 것을 보여줄 수 있는 절호의 기회였다. 방원이 아무리 격구에 별 재주가 없다 한들, 자경의 말대로 이런 판에서도 질 정도로 못하지는 않았다. 어차피 들킨 거라면, 얻어걸린 바보보다는 잔꾀를 쓴 영악한 놈이 되는 편이 나았다. 방원이 자리에서 일어나며 자신만만하게 씩 웃었다. 그런 웃음은 처음 보는 거라서 자경의 눈이 커다래졌다.

***

"이야, 너 끝내준다."

"잘 못한다고 구문이나 지킨다더니, 이놈 이거 순 거짓말쟁이 아냐."

"가만히 서 있기만 해서 체력이 많이 남아 있었던 덕이지요. 형님들은 계속 뛰지 않으셨습니까."

"야, 아무리 그래도 그렇지, 순식간에 혼자 다섯 점을 따는 게 어디 있냐. 이거 무서운 놈일세."

"하나는 기교가 뛰어나고 하나는 점수 귀신이라. 둘이 한 편으로 됐으면 큰일 날 뻔했네. 하나가 기교를 부리며 혼을 빼놓는 사이 하나가 득점했으면 볼만 했겠어."

"그 아버지의 그 아들들이긴 한데, 아버지의 재능이 양쪽으로 나뉜 모양이야."

최종 점수는 방간의 편이 십 점, 이직의 편이 십삼 점을 따서 결국 방원이 속한 이직의 편이 이겼다. 그중에서도 특히 방원이 홀로 다섯 번이나 멋지게 모구를 구문에 넣어 짧은 시간에 가장 많은 득점을 해 모두를 놀라게 했다.

방간과 달리 방원의 움직임은 매우 빨랐고 군더더기가 없었다. 그는 최대한 몸을 낮게 숙였고, 되도록 몸싸움을 하지 않으려고 했다. 그리하여 남들에게 가로막히기 전에 재빠르게 움직여 득점했다. 가뜩이나 말들이 힘이 빠져 헉헉거리던 방간의 편은 아주 날랜 방원을 조금도 막지 못해 속수무책으로 점수를 내주고 말았다.

"야, 이기기는 우리 편이 고루 잘해서 이긴 건데, 왜 다 방원이한테만 그러냐? 니네 서운하다."

"에이, 형님 잘하는 거야 여기서 모르는 사람 누구 있다고."

괜히 툴툴거리는 이직에게 윤규가 달라붙어 애교를 떨었다. 앞서 가는 사내들이 이런저런 장난을 투닥거리는 사이 자경이 부러 말을 천천히 끌어 뒤로 쳐졌다. 그것을 눈치챈 방원 역시 고삐를 당겨 걸음을 늦추었다.

"격구를 즐기지 않는다더니, 즐기지 않는 것치곤 잘하던데."

어느새 방원과 자경의 말들이 뒤로 쳐지게 되어 둘만 남게 되자 자경이 조용히 말을 건넸다.

"즐기지 않는데, 이기고는 싶어서 모구를 멀리 던지는 수를 쓴 것이냐?"

역시나 정확히 다 알고 있었구나.

제게 말을 꺼낼 때부터 짐작하긴 했지만, 직접 이리 확인받으니 또 놀라웠다. 어찌 그것을 알아봤을까 생각할수록 신기했다.

"어찌 아셨습니까."

"그냥 보이던데."

그냥 보일 만한 일이 아니다. 그게 그냥 보일 만한 일이었으면 다른 이들도 눈치챘어야 했다. 그러나 다른 이들은 모두 그저 저를 격구를 잘 못하는 등신 취급할 뿐이었다. 그게 술수라는 걸 알아차린 건 자경뿐이었다. 언제 어떻게 무엇을 보고 안 거냐고, 아주 자세히 캐묻고 싶은데, 자경은 별로 말해줄 생각이 없어 보였다. 언젠가는 들을 날이 있겠지. 방원이 자꾸만 튀어나오려는 물음들을 저 속으로 꾹 밀어 넣은 뒤 자경을 보며 씩 웃었다.

"그런 수는 저도 오늘 처음 써본 것입니다. 늘 쓸 수 있는 수가 아니질 않습니까."

"하면 오늘 경기장과 당시 상황을 보고 즉석에서 생각해낸 것이냐?"

"예."

사실 모구를 멀리 던져 상대편 말의 힘을 빼는 것 같은 건, 본 경기에선 절대로 쓸 수 없는 방법이었다. 진짜 경기라면 주변에 사람도 여럿일 거고 심판이나 시종들도 즐비할 테니 모구를 어디로 보내본들, 경기엔 아무런 영향을 주지 못하는 게 당연했다. 반면 이것은 그런 정식 경기가 아닌 데다 주변 시종은 민제 집에서 온 상인과 방원, 방간과 함께 온 소근밖에 없었다. 그들은 말이 없어서 모구를 찾으려면 천상 뛰어가야 했다. 헌데 마침 지형은 또 너르고 매우 평평해서 모구가 굴러가면 한없이 굴러가는 바람에 사람이 달려가는 속도보다 모구가 달아나는 속도가 더 빨랐다. 그래서 뛰어가는 것보단 말 탄 이가 달려가서 가져오는 게 훨씬 나았다. 방원은 그런 여러 상황을 모두 고려하여 남들이 눈치채지 못하게 꾀를 낸 것이었다. 특히 제가 격구를 못한다고 다들 생각하니, 더더욱 써먹기가 좋았다. 그래서 당연히 모두가 의심하지 않았는데, 예민하게 그것을 알아채는 이가 있을 줄은 정말 꿈에도 몰랐다.

진짜 보통이 아니구나.

민제가 그리 아낀다더니, 사내들과 겨뤄도 무엇 하나 지지 않는다더니 그럴 만도 했다. 이 정도 재주를 갖췄으니, 스스로 당당한 게 당연했다.

"헌데 격구는 왜 즐기지 않는 게냐? 재미가 없어서?"

"아뇨, 그런 건 아니고."

"그럼?"

"잘못하면 말이 상하니까요. 말이 다치는 게 싫어서 좋아하지 않습니다."

"말을 그리 귀하게 여기는 게냐?"

"예. 어려서부터 유일한 친구여서."

형제가 많은 것으로 알고 있기에 이런 대답은 의외였다.

"비밀로 해주실 거죠?"

"무얼?"

"제가 모구를 부러 멀리 보냈다는 걸요. 어차피 두 번 쓸 수도 없는 방법이기도 하고, 다시 쓸 생각도 없으니까요."

"말할 생각도 없지만, 네가 잘못한 것도 없는데 굳이 마음 쓸 거 없다. 만약 뒤에라도 나 아닌 다른 이가 혹시나 뭐라 하거든 네가 잘못한 게 아니니 당당히 나가거라. 정해진 규칙 안에서 이기기 위해 최선을 다하는 것은 경기에 임하는 선수가 으레 가져야 하는 마음가짐인데. 그런 머리를 못 쓴 저들이 어리석은 거지, 네가 잘못한 게 아니지 않느냐."

단호한 어투였으나, 내용은 분명 저가 저들보다 낫다는 칭찬이었다. 다른 누구도 아닌 자경에게 인정을 받았다는 사실에 기분이 썩 좋았다. 방원이 비싯비싯 새어나오는 웃음을 감추기 위해 입술은 안으로 말았다.

"헌데 말은 그리 아낀다면서 사냥은 왜 좋아하지?"

"네?"

"사냥은 좋아한다며? 사냥은 생명을 죽이는 거 아니냐. 말이 상할까 봐 격구도 즐기지 않는다면서 사냥을 좋아하는 건 모순 같은데."

"사냥을 좋아하시지 않습니까?"

"해본 적 없어. 부처님이 되도록 살생을 하지 말라고 하셨으니까. 하물며 단순한 즐거움을 위해 생명을 빼앗는 일을 해서는 아니 되지."

그 오래전엔 복날같이 더운 여름엔 기력이 딸릴까 봐 개고기를 먹기도 했다는데, 불교가 성행한 뒤로 그런 풍습은 더 이상 고려에서 찾아보기 어려웠다. 대신 악귀를 쫓고 더위를 이겨내기 위해 팥죽을 먹었다. 사내들이야 과시를 위해 사냥을 하는 일이 왕왕 있었으나 불심이 깊은 여인들은 그러한 살생을 금기하고 꺼렸다. 형제들과 똑같이 공부하고 똑같이 대우받으며 자라긴 했으나, 어려서부터 모친을 따라 절을 자주 다닌 까닭에 자경 역시 사냥만큼은 조금도 궁금해하지 않았고, 하려고 시도한 적조차 없었다. 마침 민제 가문의 사내들이 거의 다 문과에 급제한 문신들이라 가문에 사냥 같은 걸 즐기는 무인이 없기도 했다.

"사냥은 단순한 살생이랑은 다릅니다."

"살아있는 짐승을 죽이는 것인데, 어찌 다르다는 게야?"

자경이 도무지 이해할 수 없다는 듯 고개를 갸웃했다. 무어라 말할 것처럼 입을 두어 번 떼던 방원이 쉬이 말이 나오지 않는 모양인지 눈을 찌푸렸다. 답답한 건 못 참는 자경이었으나, 방원의 성미를 알기에 가만히 기다렸다.

"같이 가보시겠습니까?"

그러자 꽤 시간이 흐른 뒤 방원의 입에서 나온 것은 전혀 다른 제안이었다.

"그것이, 직접 가서 보시면 다른 것을 알 수 있거든요. 한 번도 안 해 보셨다니 한 번 해보시는 것도 새로운 경험이지 않겠습니까."

자경의 눈치를 보며 머뭇거리긴 하지만, 제 할 말은 끝내 하고야 만다. 말없이 저를 가만히 보는 자경의 태도가 편치 않은 모양이지만 그래도 시선을 피하진 않는다. 그 모습을 보던 자경이 웃음을 터뜨렸다.

"그래. 언제 한 번 데려가다오. 보지 않고 무작정 비난하는 것은 옳은 태도가 아니니까."

자경이 흔쾌히 고개를 끄덕이자 방원의 입가에 미소가 피어올랐다.

"누이! 왜 그리 뒤처져 있는 게요?"

"어, 가마!"

앞서가던 무구가 자경에게 손짓하자, 자경이 방원에게 눈인사한 뒤 말을 달려 앞으로 나갔다. 그 모습에서 방원이 눈을 떼지 못하는 사이, 어느새 다가온 방간이 슬쩍 방원을 건드렸다.

"둘이 뭔 얘기 했냐?"

"뭐 그냥."

"사과는 했냐?"

"그게 언제 적 일인데요."

"오오, 그래? 꽤 친해진 모양이다?"

캐묻는 방간의 두 눈엔 호기심이 가득했다. 처음 만났을 때부터 지금까지 쭉 방간이 자경의 외모에 반했다는 것을 알고 있었다. 신경 쓰지 않는 듯한 태도를 취하긴 했지만, 실은 방원은 그런 방간이 은근히 신경이 쓰이던 참이었다.

"아주 태도가 시원스러운 것이 여장부가 따로 없더이다. 그러니 형님 거 괜히 오르지도 못할 나무에 얼쩡거리다가 혼꾸멍나서 아버지나 사부님 난처하게 하지 마시고 꿈 깨시오."

"뭐? 이놈이 뭔 소릴 하는 거야?"

"형님한테 갖다 댈 게 아니니까 쓸데없는 짓 하지 말란 말이오."

"야!"

성질이 난 방간이 버럭 고함을 지르거나 말거나 방원이 말의 옆구리를 세게 찼다. 뺨을 스치는 겨울의 찬 공기가 이리 상쾌할 수가 없었다.

3장

# 신유년 상사일

辛酉年 上巳日

"이게 재밌다고?"

오랜 시간 수풀 속에 엎드려 있느라 어깨가 뻐근했다. 참다못한 자경이 활을 놓고 몸을 돌려 벌러덩 드러누웠다. 구름 한 점 없이 푸른 하늘이 시야에 가득 차자 비로소 가슴이 좀 트이는 기분이었다. 언제 나올지 도무지 기약 없는 짐승을 기다리느라 내도록 몸을 숙인 채 숨 쉬는 것조차 조심하느라 무지하게 갑갑했더랬다.

"이건 뭐 종류만 다르지 낚시랑 다를 게 없잖아. 내가 이래서 낚시도 얼마나 싫어하는데."

"낚시요? 낚시가 이와 비슷합니까?"

"낚시 해본 적 없어?"

"네."

"한 번도?"

"네."

자경이 놀란 눈으로 방원을 보았으나, 방원은 뭐 그게 놀랄 일이냐는 무심한 얼굴이었다. 방원이 자란 함주는 내륙지역이라 바다와 떨어져 있었다. 그래서 낚시가 무엇인지 들어보긴 했어도 해본 적이 없을 뿐 아니라 자세히 알지도 못했다.

"낚시도 이와 비슷하게 지루하지. 아버지가 좋아하셔서 몇 번 따라갔다가 식겁한 이후론 안 가거든. 대 끝에 미끼를 건 다음 물에 떨어뜨려 놓고 한없이 기다리는 거야. 물고기가 미끼를 물 때까지. 물고기를 잡기나 하면 뭐 잡아서 먹는 재미라도 있다는데, 아버지는 심지어 그걸 방생해주시거든. 한없이 기다렸다가 잡은 물고기는 놔주는, 그런 일을 왜 하는 건지 도무지 모르겠더라."

"낚시라는 게 그러니까 물고기를 잡는 겁니까? 어떻게요?"

"이렇게 기다란 대 끝에 요렇게 갈고리처럼 휘어진 바늘을 매달거든. 그리고 그 바늘엔 물고기가 좋아하는 지렁이 같은 걸 꿰어서 물속에 떨어뜨려 두는 거야. 그럼 미끼 냄새를 맡은 물고기가 그 바늘을 물 거 아냐. 그럼 대가 흔들리고. 그때 낚아채면 고 갈고리에 주둥이가 꿰어서 물고기가 잡혀올라오는 거야."

"아, 그러니까 낚시는 그 바늘에 달린 먹이를 물고기가 먹길 기다리는 거네요?"

"그렇지. 물고기가 먹어야 그 대가 흔들리니까."

"대가 흔들릴 때 그걸 잡아 올리는 거구요?"

"맞아."

"그렇다면 그건 덫을 놓고 포획하는 것과 비슷해 보입니다. 허나 사냥과는 좀 다른 거 같아요."

"이리 숨어서 짐승이 올 때까지 마냥 기다리는 거나, 물고기가 미끼 물길 기다리는 거나. 기다리는 건 똑같은데 뭐가 달라?"

"그런 부분은 일견 비슷해 보이기도 하지만, 자세히 보면 조금 다르지요. 낚시는 기다리는 것이고, 사냥은 기회를 잡는 것이니까요."

저와 나이 비슷한 또래의 사내가 잘난 척하며 가르치려 드는 것은 자경이 가장 못 견디는 것 중 하나였다. 왜냐면 자경은 제 또래 중에서 저보다 더 똑똑한 사내를 본 적이 없었기 때문이다. 아버지나 아버지의 벗 중에도 자경이 존경할 만한 사내는 손에 꼽을 정도인데, 하물며 또래 중에 그런 이가 있을 리 없었다.

이직과의 혼례가 끝내 어그러진 것도 그런 이유였다. 과거 하나 급제했다고 어찌나 잘난 척을 해대는지, 평소 제 실력을 빤히 아는데 마치 딴 세상 사람이 된 양 구는 꼴을 보고 있자니 속에서 구역질이 나와서 도저히 혼인할 마음이 들지 않았다.

헌데 방원의 어투는 보통의 사내들과는 달랐다. 방원은 저가 모르는 것을 애써 아는 척하지도 않았고, 또 모르는 것을 부끄러워하지도 않았다. 오히려 모르는 것을 알려주면 순하게 잘 들었고, 새로이 알게 된 사실을 신기해했다. 그렇다고 해서 아는 것을 잘난 척하는 것도 아니었다. 겸손하지만 무조건 물러나지 않았고, 제 의견이 분명하지만 극성스럽게 그것을 드러내지 않았다. 방원의 이런 성격이 자경은 마음에 들었다. 그랬기에 오늘 사냥을 가겠냐는 방원의 제안에 두 번 생각하지 않고 응할 수 있었다.

"기다리는 것과 기회를 잡는 것이 다르다?"

그러면서도, 왠지 제가 이겨 먹어보고 싶은 마음이 삐죽이 고개를 들었다. 분명 방원의 말이 맞을 거 같긴 한데, 만약 끝까지 제가 우기면 어찌 반응할지 궁금했다. 처음 제게 방간의 문제로 대거리할 때와 그 뒤의 방원은 아주 딴 사람 같아서 과연 어느 게 진짜 방원의 얼굴인지 알고 싶기도 했고.

제 형을 건드릴 때 발끈한 것처럼 제가 아는 지식을 아니라고 끝까지 우길 때도 그리 발끈할까?

“어찌 다른데?”

“예를 들어, 사냥은 이렇게 짐승이 잘 다니는 길목에서 기다리지 않습니까?”

“낚시도 그래. 고기가 잘 나오는 데가 있어. 거기다 낚싯대를 드리우지.”

“그래요?”

당연히 그런 사실을 전혀 몰랐던 방원의 눈이 휘둥그레졌다.

“그럼. 명당자리 싸움이 얼마나 치열한데.”

“물속에도 설마 산길처럼 길이 있는 겁니까?”

“뭐 우리 눈엔 아니 보여도 물고기들은 아는 그런 게 있지 않을까? 그러니 물속에서도 부딪히지 않고 다니는 거겠지.”

“그럼 대 끝에 먹이가 매달려 있음에도 자기가 다니는 길이 아니면 그쪽으론 안 오는 겁니까? 냄새가 나는데도?”

“어? 글쎄. 그런 거 같던데? 그러니 잡히는 데는 잘 잡히고 안 잡히는 데는 안 잡히는 거겠지.”

화를 내기는커녕 매우 흥미로운 표정으로 방원이 캐묻기 시작하자 역으로 자경이 당황하기 시작했다.

“허면 물고기도 잘 나타나는 때가 따로 있습니까? 사냥은 사냥감에 따라서 나타나는 때가 다르거든요. 계절이 달라지기도 하고, 아침저녁에 따라 달라지기도 하는데, 물고기도 그렇습니까?”

“그렇지. 그래서 제철 생선이란 게 있잖아.”

“아, 하긴 생각해 보니 그렇습니다. 먹으면서도 그런 생각을 못 했네요. 그럼 낮과 밤도 다를까요?”

“글쎄. 아버지가 주로 낚시를 새벽녘에 가시긴 하셨는데.”

“물속이 어두워지면 물고기는 더 많이 움직이는 건가요? 물고기들한테 있는 눈은 우리와는 보는 법이 다른가 봅니다.”

“그런 모양이던데…….”

어설프게 더듬거리며 답해주는데도 방원은 별로 불만스러운 기색이 아니었다. 이 녀석이 나를 놀리려고 부러 이러나, 잠깐 그런 생각이 들기도 했지만 고개를 갸웃거리며 진지하게 이런저런 생각을 해내는 걸 보면 그런 건 아닌 듯했다.

“짐승은 사냥 방법도 다 다른데, 고기도 그렇습니까?”

“다르지. 그물로 잡기도 하고 낚시로 잡기도 하니까. 또 종류에 따라선 배 타고 멀리 나가야 잡히는 것도 있고, 바닷가 근처에서만 잡히는 것도 있고 그렇거든.”

“상에 생선이 올라올 때마다 맛있게 먹기만 할 줄 알았지, 그걸 어찌 잡는지는 생각해본 적이 없습니다. 하긴 생각해 보면 물고기도 고기는 고기라, 육지에서 사냥하듯이 그것들도 잡아 올린 것일 텐데, 왜 여태까지 그런 생각을 해보지 못했을까요. 재밌네요. 낚시도 아주 재밌겠습니다.”

진심으로 감탄하는 얼굴을 보자 잠깐 멍해져서, 자경은 제가 처음에 낚시 이야기를 왜 꺼냈는지조차 잊어먹을 정도였다. 방원의 신경을 긁기 위해 부러 시비를 걸기 시작한 거였고 대부분의 사내는 이런 식으로 제가 하는 말에 자경이 하나하나 반박하면서 톡톡 건드리면 발끈하기 마련이었다. 지금 방원과 같은 이는 하나도 없었다. 아직 덜 자라서 그런가, 생각하기엔 방원보다 더 어린 무구조차도 자경이 말꼬리를 잡고 늘어지면 얼굴에 대번 짜증스러운 기색을 보였다. 그나마 무구가 자경에게 온순한 축에 속하는 사내였음에도 불구하고 말이다.

"다음에 데려가 주세요."

"뭐? 어디를?"

"낚시를요. 한번 가보고 싶습니다. 그것도 재밌을 거 같습니다."

눈을 반짝이며 부탁하는 방원의 얼굴을 보자 어이가 없기도 하고 허탈하기도 하고, 또 한편 귀엽기도 해서 자경이 웃음을 터뜨렸다.

"이번엔 네가 여기에 날 데려왔으니 다음엔 낚시에 널 데려가 달라고?"

"네. 아니 됩니까?"

이리 되물을 땐 또 당돌하다. 하긴 윤규가 방원이 학문을 할 땐 물러섬이 없다고 하긴 했었다.

"데려가주마. 대신 낚시와 사냥이 다른 점이 무엇인지 제대로 설명하면 데려가주지. 이제 낚시에 대해서 알게 되었으니, 더 잘 말할 수 있겠지. 낚시와 사냥의 차이를 제대로 말해보아라. 만약 한 치 한 푼 다를 바 없이 낚시와 사냥이 꼭 같다면 굳이 낚시를 하러 갈 이유가 없지 않느냐."

이번엔 시비 거는 게 아니었다. 학문에서 보인다는 방원의 물러섬 없는 태도가 궁금했고 그게 어떤 모습인지 보고 싶었다.

"아까 네가 사냥은 기회를 잡는 거라더니, 설마 네가 말한 기회라는 게 그게 전부인 게냐?"

"아니, 그렇진 않습니다. 멧짐승과 물짐승인데, 어찌 그게 같을 수 있겠습니까. 짐승을 잡는다, 라는 큰 틀은 같지만 잡고자 하는 대상이 다르니 차이가 있기 마련이지요."

마치 질문할 것을 미리 알고 대비한 사람처럼 대답이 곧장 나온다.

"그게 무어냐?"

"낚시는 물고기가 미끼를 무는 순간, 들어 올릴 때 실수만 하지 않으면 잡는 것이겠지요?"

"거의 그렇지."

물고기가 아주 힘이 좋아 몸부림쳐 도망치거나, 낚시하는 이가 기술이 없어 머뭇거리다 놓치는 경우가 있긴 했으나, 흔하지는 않았다.

"사냥은 이리 오래 기다리다 짐승이 나타나도, 그게 내 것이 되지 않을 경우가 허다합니다. 오히려 내 것이 되는 경우가 더 적지요. 낚시는 물고기가 나타나면 그 순간 끝이지만, 사냥은 짐승이 나타나는 순간부터 시작인 겝니다."

막힘없이 이야기하는 것을 보면 자경에게 낚시에 대한 설명을 들으면서 벌써 머릿속으로 정리를 해둔 게 분명했다. 묻자마자 이리 술술 대답한다는 건 이미 자경의 이야기를 들을 때 생각을 해뒀어야 가능한 일이니 말이다. 열심히 들으면서 감탄하기에 그런 줄로만 알았는데, 언제 그 이야기를 듣고 차이점과 공통점을 정리해둔 건지 놀라웠다. 마치 자경이 다시 이런 식으로 캐물을 거라고 미리 알고 있었던 사람 같았다.

"또?"

"그리고 아마도 물고기는 산 채로 잡을 것입니다. 미끼를 문다고 해서 죽지는 않을 테니까요. 아까 사부님께서도 잡은 뒤 물고기를 방생한다고 하신 걸 보면 살아서 올라오는 게 분명합니다. 맞지요?"

"그렇지."

"하지만 사냥감은 산 채로 잡는 경우는 드뭅니다. 대부분 죽어야 잡히지요. 그렇기에 사냥감을 고통 없이 죽이는 것도 사냥꾼에게 필요한 덕목입니다. 비록 필요에 의해서 어쩔 수 없이 사냥을 하지만, 그 생명이 가는 길에 많이 괴로워하지 않도록 하는 게 우리가 해줄 수 있는 마지막 배려이기 때문이지요."

살생을 즐기기에 사냥을 한다고만 생각했는데, 짐승을 고통 없이 죽이기 위해 노력한다는 걸 보면 피를 보는 것을 좋아하지는 않는 모양이다.

"사냥꾼이 그저 살생을 즐기는 잔혹한 도살자라고 생각하시면 안 됩니다."

마치 제 속마음을 다 들여다보고 있는 것 같은 말에 자경이 괜히 찔끔하여 방원을 보았다.

"사냥꾼은 절대로 어린 새끼를 데리고 다니는 어미를 잡지 않습니다. 다 자라지 못한 어린 새끼도 잡지 않지요. 뿐만 아니라 수태한 어미도 사냥하지 않습니다. 그런 아이들이 덫에 걸리면 심지어 치료까지 해서 놓아주기까지 하지요. 사냥꾼들은 오히려 무자비한 살육을 가장 경계한답니다."

처음 듣는 말이었다. 설마 사냥꾼에게 그런 규율이 있을 거라는 생각은 해본 적이 없어서 신선했다.

"또? 다른 점이 또 더 있느냐?"

"사냥하는 방법이 아무래도 다양하지요. 저희야 지금 단출하게 활만 가지고 나왔지만, 개들을 몰고 오기도 하고, 매를 이용하기도 하고, 연기를 피우기도 하니까요. 때론 무작정 기다리는 것이 아니라 사냥감이 나오도록 유도합니다. 어쩌면 그게 낚시와 가장 큰 차이점이 아닐까 합니다. 아, 튀어나온 사냥감을 잡기 위해 주변 지형지물도 적극적으로 이용합니다. 그래서 사냥꾼은 산에 대해서도 잘 알아야 합니다. 그렇지 않으면 사냥꾼이 더 위험해지기도 하거든요."

"왜?"

"사냥감 중엔 사냥꾼보다 덩치가 더 크고 더 힘이 센 짐승들도 많으니까요. 잘못하다간 사냥꾼이 오히려 목숨을 잃을 수도 있습니다. 실제로 목숨을 잃는 경우도 부지기수라, 살기 위해선 도망치는 법도 잘 알아둬야 합니다. 또 맹수들이 다니는 길 역시 평소엔 피하는 게 상책이니 산의 지리를 잘 아야 목숨을 부지하고 사냥에 성공할 수 있는 게지요."

"사냥감을 때론 불러내기도 하고, 나온 사냥감을 잡기 위해 그 종류에 따라 다양한 방법을 이용한다. 그래서 네가 기회를 노린다고 한 거구나."

설명을 듣다 보니 방원이 말한 기다린다는 것과 기회를 노린다는 것의 차이가 어떤 것인지 알 것 같았다.

"맞습니다."

자경의 대꾸에 순간 눈앞에 불이 번쩍하는 기분이었다. 역시나 알아들었구나, 싶었다. 정말 놀라울 정도로 똑똑한 여자가 아닐 수 없었다.

"위험하긴 해도, 위험한 사냥일수록 이득이 크겠지?"

"예. 잡기 어려운 것을 잡는 것이니 그 대가가 클 수밖에요. 그러니 목숨을 걸고라도, 그런 사냥을 하는 이들이 있는 게지요."

"그러면 너도 위험한 것을 잡는 걸 즐기느냐?"

자경의 물음에 방원이 허탈하다는 듯 웃었다.

"여전히 제가 피 보는 것을 좋아하거나, 자극을 쫓느라 사냥한다고 여기시는 겝니까?"

아니면 무엇 때문이지? 사냥이 단지 살생이 전부가 아니라는 것은 이제 이해했지만, 나이 어린 사내들이 사냥에서 얻는 즐거움이 그런 류의 짜릿함이 아니라곤 생각되지 않았다. 설마 제 아비가 낚시를 하는 것처럼 하염없이 시간을 보내는 게 좋아서 사냥을 즐기는 건 아니지 않겠느냔 말이다.

"말씀드렸다시피 사냥을 잘하기 위해선 짐승에 대해서도 잘 알아야 하고 산에 대해서도 잘 알아야 합니다. 눈으로도 짐승이 나타났나 안 나타났나 살펴야하지만, 그뿐 아니라 귀로도 듣고, 온몸으로 짐승의 움직임을 느껴야만 합니다. 숲속이긴 해도 대부분의 짐승들은 매우 조심스럽게 움직이기 때문에 그것을 알아차리는 것은 쉬운 일이 아니거든요. 즉, 사냥을 하는 동안은 제가 이 산의 일부가 되어야만 사냥에 성공할 수 있는 것입니다."

이리 들으니 낚시보단 확실히 온몸을 적극적으로 활용하는 일이란 생각이 들긴 했다.

"그러다 보면 겸허해집니다. 우리 역시 단지 자연 속에 살아가는 미물일 뿐이라는 것을, 그 미물로서 살기 위해선 순리를 거스르지 않고 이치에 따라야 한다는 것을 느끼게 되지요. 책상 앞에만 앉아 있다 보면 그 학문에 매몰되어 우리가 정작 마음으로 느껴야 하는 인간다움을 잊을 때가 많거든요. 헌데 사냥을 하게 되면 잊고 지냈던 것들을 다시 깨닫게 됩니다. 머릿속으로만 생각하는 일에서 벗어나 그것을 한 번 겪어내고 나면 우리가 살면서 반드시 가져야 하는 미물로서의 야생성 같은 감각이 새로이 예민해지지요. 저는 그게 좋습니다."

"짐승이 산에서 살아가는 데 필요한 동물적인 감각을 사냥을 통해서 느낀다는 게냐? 그게 일상에서도 도움이 되고?"

"네. 사냥을 온다고 해서 늘 짐승을 잡는 게 아니니까요. 때론 눈앞에서 다 잡은 것을 놓칠 때도 있고, 때론 별다른 노력 없이 내 손에 그것이 떨어질 때도 있어요. 그럼 인생이 꼭 노력만으로 되는 건 아니라는 걸, 그러니 내가 잡은 결과에 대해서 마냥 잘난 척해선 안 된다는 걸 깨닫게 되지요. 그리고 저는 그저 그런 것이나 느끼러 이곳에 나오지만 생계를 유지하기 위해 사냥을 하는 사냥꾼은 하루하루가 얼마나 고단할까, 라는 생각이 들기도 하고요. 그럼 먹고 사는 일이 얼마나 쉽지 않은지, 새삼 곱씹게 되지요. 뱃속에 새끼를 가진 어미를 잡으면 그 어미는 다른 짐승과는 눈빛부터 다릅니다. 굳이 배를 확인하지 않아도, 눈이 마주치면 자연히 보내줄 수밖에 없어요. 새끼와 함께 있는데 쫓기게 되면 아무리 순한 사슴도 호랑이처럼 변하지요. 제 새끼를 지키기 위해 이를 드러내고는 목숨을 걸고 덤비는 모습을 보면 모성에 대해서 떠올리게 됩니다. 부모에게 자식이 무엇이며, 자식에게 부모가 어떤 존재인지를요. 그것은 그저 책상 앞에서 이론으로 배우던 것과는 전혀 다른 느낌을 주지요. 그래서 저는 사냥이 좋습니다. 단지 짐승을 잡아서가 아니라, 한 인간으로서 자연 속에서 나 역시 다른 이들과 함께 살아감을 느끼는 것이 좋아서 사냥을 나오는 것을 즐기는 것입니다."

무슨 말인지 알 거 같았다.

"어쩌면 사부님도 그래서 낚시를 즐기는 것 아니실까요? 낚시를 하다 보면 이런 감정을 비슷하게 느낄 거 같은데요. 그런 감정이 필요해서 낚시를 하는 것이라면 굳이 물고기를 잡아 올 필요가 없지요. 그래서 방생하시는 거 아니겠습니까."

그런 식의 생각은 해본 적이 없었다. 충격이었다. 아직 정치가 무엇인지도 하나도 모르는 게 분명한 애가 민제가 낚시 가는 이유를 짐작해 내다니, 놀라웠다.

아버지에게 낚시가 그런 의미였던가.

"이제 와서 보니 사냥과 정치가 꽤 비슷하긴 하구나."

멍하니 있던 자경이 저도 모르게 중얼거렸다.

"네?"

제대로 듣지 못했는지, 방원이 고개를 갸웃했다. 자경이 급히 고개를 가로저었다.

"아니다."

지금은 설명해봤자 방원은 이해하지 못할 것이다. 함주에서 자란 데다 아직 과거에 급제하지도 못한 방원이 정치가 무엇인지 알 리 없으니까.

그러나 개경에서 태어나 자란 자경은 정치가 무엇인지 이미 너무나 잘 알았다. 정치란 야만적이었다. 입으로는 세상에 다시없는 것 같은 철학을 이야기하고 대단히 심오한 온갖 이론을 다 갖다 대었지만, 실상 하는 짓은 짐승들과 다를 바가 없었다. 아니 짐승보다도 못했다. 짐승은 적어도 형제를, 자식을, 부모를 죽이진 않으니까.

그래서 정치판에서 살아남기 위해선 오히려 머리보다 본능이 중요했다. 방원이 말하는 그러한 야생성이 그 무엇보다 필요했다. 허나 제 아비는 비단 그러한 이유만으로 낚시를 하는 건 아닐 게다. 방원이 말했던 책으로만 봐서는 온전히 느낄 수 없는 동물적이면서도 인간적인 것을 느끼기 위해서 낚시를 하러 가는 것이리라. 개경 귀족들 사이에서 살다 보면 잊게 되는, 보통의 백성들이 한 끼의 식사를 하기 위해 얼마나 애를 쓰는가 하는 것들 말이다.

골똘히 생각에 잠긴 자경의 옆모습은 장인이 대단히 공을 들여 빚어놓은 조각품처럼 흠잡을 데 없이 고왔다. 저 작고 예쁜 머릿속으로 무슨 생각을 하고 있을지 궁금했다. 그러나 더 캐물을 수가 없었다. 정치라는 건 낚시나 사냥처럼 제가 답을 듣는다고 하여 명쾌하게 알 수 있는 분야가 아니었기 때문이다. 아마 자경도 그걸 알아서 제게 말을 안 하는 것일 테다.

말해봤자 모를 게 분명해서 제게 말을 안 하는 자경이 일견 이해가 가면서도, 한편으론 서운했다. 그리고 스스로가 한심했다. 저 똑똑한 여자가 말하는 것을 제가 모두 알아들을 수 있게 된다면 얼마나 좋을까. 언젠가 그런 날이 와서 같이 대화를 나눌 수 있게 된다면.

제가 이리 앞에 있음에도 불구하고 저 새카맣고 커다란 두 눈이 허공을 보며 생각에 잠기는 것이 안타까웠다. 저 눈을 맞추고 같이 격조 있는 이야기를 나누고 싶은데, 그러기엔 아직 많이 부족한 자신이 속상했다.

"사부님께 낚시를 데려가 달라 부탁드려도 실례가 아니겠지요?"

긴 침묵을 깬 방원의 말에 자경이 눈을 동그랗게 뜬 채 방원을 보았다. 그러고 보니 방원이 저보다 먼저 민제에게 낚시가 어떤 의미인지 유추해낸 것은 확실히 놀라운 일이었다. 사냥이 왜 중요한지 설명을 들으면서도 자경조차 그것을 민제의 낚시와 연결할 생각은 못 했는데 방원은 그것을 용케 잡아냈으니까. 함께 한다면 방원은 민제의 좋은 낚시 친구가 될 것이다. 좋은 낚시 친구가 될 수 있다면, 좋은 정치적 동지도 될 수 있으려나.

"생각보다 네가 정치를 잘할 수도 있겠구나."

자경이 무심히 중얼거렸다.

"네?"

"어?"

"무어라 하셨습니까?"

"아, 아버지가 좋아하실 거라고."

방원은 살짝 눈살을 구겼다. 분명히 자신과 정치에 대해 무어라 한 거 같은데, 또 제대로 듣지 못했다. 이번에도 설명해주지 않고 둘러대며 다른 말을 하는 자경에게 더 캐물을 순 없었다.

"언제 말씀드려 보거라. 정말로 좋아하실 게다. 자식 중에 흥미 있는 애가 없다고 속상해하셨거든."

아직 저는 모르고 있겠지만, 아마도 방원은 정치를 하면 잘할 것이다. 정치인은 살아남기 위해선 짐승과 같은 야생성이 필요하지만, 좋은 정치인이 되기 위해선 백성들의 생사에 대한 인간적인 연민을 가지고 있어야 했다. 그렇지 않으면 사리사욕만 채우는 짐승만도 못한 인간이 될 뿐이었다. 방원은 이미 그러한 자질을 갖고 있었고, 어찌하면 그러한 부분이 둔해지지 않게 갈고 닦을 수 있는지도 벌써 알고 있었다. 거기다 사냥으로 다져진 본능적인 위기관리 능력이 거기 더해진다면 그는 확실히 책상 앞에 앉아서 주야장천 공부만 한 이들과는 좀 다른 인물이 될 게 분명했다. 다만 그러기 위해선 일단 과거에 급제해야 할 것이고, 거기에 더해 주변에서 훌륭히 끌어주는 이를 잘 만나야 할 거다. 정치란 혼자 하는 게 아니니까.

반짝반짝 빛나는 재능이 있었던 수없이 많은 인재가 불운하게 사그라지는 것을 지켜보았던 기억이 떠올라 자경이 방원을 걱정스러운 시선으로 바라보았다.

"쉿."

방원이 갑자기 몸을 낮추더니 숨소리마저 죽였다. 자경이 재빨리 방원을 따라했다. 그리고 온몸의 감각을 잔뜩 세우자 저 구석에서 바스락거리는 소리가 들려왔다. 방원이 자경에게 소리가 난 방향을 한 번 보라 눈짓했다. 자경이 눈만 도로록 굴려 그쪽을 쳐다보았다. 토끼였다. 살이 잘 오른 새하얀 토끼 한 마리가 보였다.

"아."

솜뭉치마냥 아주 귀여운 자태에 저도 모르게 자경이 감탄하는 순간, 토끼가 귀를 쫑긋 세웠다. 그러자 곧장 방원이 자리에서 벌떡 일어나 달려나가기 시작했다.

"토끼는 뒷다리가 길고 앞다리가 짧아 오르막길은 잘 가지만 내리막길은 사람보다 느립니다. 그러니 내리막길로 몰아야 합니다."

크게 고함을 지른 방원이 토끼를 향해 뛰어 내려가기 시작했다. 자경이 얼른 그 뒤를 따랐다. 놀란 토끼 역시 빠르게 도망쳤다.

방원은 자경에게 말한 대로 토끼를 내리막길로 몰고 갔다. 잘 달리던 토끼는 내리막길에 이르자 걸음이 느려지기 시작했다. 방원은 달리면서 활을 꺼내 토끼를 향해 겨냥했다. 활을 쏠 수 있는 거리에 들어오자 곧장 휭, 화살을 날렸다.

"앗!"

방원의 손을 떠난 화살이 기가 막히게 토끼 바로 앞에 꽂혔다. 놀란 토끼가 저도 모르게 멈칫했다가 다시 달려 재빨리 도망쳤다. 그런데도 방원은 더 이상 토끼를 향해 화살을 쏘지 않았다.

"아시겠지요? 사냥은 이리하는 것입니다. 어떻습니까? 직접 해보니 낚시와 비슷한 점이 더 많습니까, 아니면 다른 점이 더 많습니까."

"왜 토끼를 그냥 보내주었느냐?"

사냥을 어찌 하는 것이냐 하는 것보다 방원이 왜 다 잡은 토끼를 눈앞에서 일부러 놓친 것인지가 자경은 더 궁금했다.

"잡을 수 있지 않았느냐? 토끼가 달려나가는 거리까지 계산하여 활을 쏠 줄 알면서 왜 그 앞에 꽂히게 한 게냐? 왜 부러 놓친 게야?"

"활도 잘 쏘십니까?"

격구를 할 때 몸놀림도 어지간한 사내 못지않았다. 그런데 활까지 잘 쏘다니, 그저 쏠 줄 아는 게 아니라 상대가 쏜 활이 어떤지 알 정도라니 기가 막혔다.

"왜 토끼를 그냥 놓쳤냐니까?"

지금 자경은 방원의 물음에 답해줄 정신이 없었다. 왜 뻔히 눈앞에서 잡을 수 있는 것을 부러 놓쳤는지, 놓아주었는지 그것만이 궁금했기 때문이다. 방원에게서 곧장 답이 나오지 않자 흥분한 자경이 저도 모르게 얼굴을 코앞에 들이밀며 눈을 부라렸다.

갑자기 언성을 높이며 화를 내는 모습에 무섭기도 했지만 동시에 닿을 것처럼 가까이 다가온 얼굴이 멀리서 볼 때보다 더 고와서 방원은 저도 모르게 마른침을 삼켰다.

"왜 그랬냐니까!"

"귀여워서요."

"뭐?"

"토끼가 귀엽다고 생각하셨잖습니까."

"어?"

예상치 못한 대답에 놀란 자경이 방원에게서 떨어지며 몸을 바로 했다.

"귀여워서 죽이기 싫다고 생각하신 거 아닙니까? 토끼를 보자마자 감탄하며 좋아하셨잖아요. 그러니 제가 쏜 화살에 맞아 죽어 축 늘어진 토끼를 보면 슬퍼하셨을 테지요. 그래서 살려둔 것입니다. 그저 사냥이 어떤 건지 알고 싶어 나오신 것이지, 살생을 즐겨서 나오신 건 아니니까요."

대체 얘는 뭘까.

차분히 설명하는 방원을 보는 자경의 얼굴이 일순 멍해졌다.

보통의 사내들은 이러지 않았다. 대부분은 자신들을 과시하기 위해 상대의 감정 따윈 무시했다. 상대의 감정 같은 건 자신이 돋보이기 위해 무시해도 좋은 것이었고, 때론 상대의 감정을 마치 승자의 전리품처럼 취급하기 일쑤였다.

방금도 보통의 사내였다면 분명 자경의 눈앞에서 토끼를 사냥했을 거다. 그리고 그것을 잔혹해하고 끔찍해하는 자경 앞에서 오히려 자랑하며, 그것이 사내인 자신들의 특권이고 그것을 싫어하는 게 여자의 한계라며 오만방자하게 굴었을 거다. 자경이 아는 사내들은 거의 다 그랬다. 철없는 또래들은 대놓고 그리 행동했고, 나이 많은 치들은 배려해주는 척하면서 무시했다.

그러나 방원은 그리하지 않았다. 그는 자경이 싫어하는 감정을 이해했고, 존중했다. 자신이 활을 잘 쏘고 사냥을 잘하는 것을 자경 앞에서 자랑하는 것보다, 같이 사냥 나온 자경의 감정이 불편해지는 것을 더 우선했다. 제 아비를 제외하고 그리 행동하는 사내는 방원이 처음이었다.

"그래서 놓아준 게냐? 내가 싫어해서?"

"네. 그리고 이미 사냥에 대해 충분히 아시지 않으셨습니까. 궁금증은 다 풀리셨을 테니, 굳이 살생까지 할 필요는 없지요. 고기가 필요해 나온 것도 아니니까요."

"그래."

"저기 개울가에서 목 좀 축일까요? 뛰었더니 땀이 납니다."

성큼성큼 걸어 근처 개울로 간 방원이 목을 축이더니 땀에 절은 얼굴과 목덜미를 씻어냈다. 자경이 새삼스러운 시선으로 그런 방원을 물끄러미 쳐다보았다. 그때였다.

"으아아악!"

개울가에서 갑작스럽게 툭 튀어나온 개구리를 본 자경이 혼비백산했다. 허둥지둥거리며 도망치던 자경을 방원이 급히 잡아챘다. 얼결에 방원에게 폭삭 안긴 자경의 몸이 가늘게 떨리고 있었다.

"개구리, 개구리!"

"벌써 절로 갔습니다. 이제 괜찮아요. 산에서 그리 움직이면 다칩니다."

그제야 자경은 제가 방원에게 폭 안겼다는 것을 깨닫고 후다닥 떨어져 나왔다. 몹쓸 꼴을 보이고 말았다. 무안한 기색을 숨기지 못하는 자경의 얼굴을 보던 방원이 저도 모르게 웃음을 터뜨렸다.

"왜!"

불퉁한 자경이 빽 하니 고함을 지르며 방원을 노려보았다.

"개구리를 무서워하십니까?"

똑똑하기는 말할 것도 없고 격구도 사내들과 자웅을 겨룰 정도고,

사냥을 가자고 권하자 두 번 고민하지도 않고 덥석 갈 만큼 대담하고, 활 쏘는 재주도 못지않은데 고작 개구리에 벌벌 떨 줄은 몰랐다. 세상 무서울 게 하나 없는 사람인 줄 알았는데.

"무서워하는 게 아니라 싫어하는 거다."

"개구리를요?"

"그래."

"왜요? 엄청 작은데. 엄지손가락만 합니다."

"싫어하는데 크고 작고가 무슨 상관이냐. 난 개구리가 싫다."

"왜요?"

"미끄덩하니 손에 안 잡히잖아. 그게 싫다. 내가 통제할 수 없어. 제멋대로잖아."

불퉁한 얼굴로 툴툴거리는 자경을 보던 방원이 눈을 가늘게 떴다.

"혹시 낚시를 싫어하시는 게, 단지 지루해서가 아니라 물고기가 싫어서입니까?"

자경이 저도 모르게 움찔했다. 혹시나 해서 던진 말인데 사실이었던 모양이다. 살생이 싫다면서도 사냥을 따라와서 제법 진지하게 이야기를 경청해 준 걸로 봐선 낚시가 싫다는 이유가 지루함이 전부는 아니다 싶긴 했다만 설마 미끌거리는 활어가 싫어서일 줄이야.

"웃지 마!"

웃음을 참지 못하고 킥킥대는 방원의 모습에 자경이 발끈했다.

"웃지 말라니까!"

하지만 웃음을 참을 수가 없었다. 어느 사내보다 더 위풍당당했는데, 무서워하는 게 고작 개구리나 물고기라니! 그것도 다른 이유가 아니라 손안에 잡히지 않는 게 싫어서라니, 재밌지 않는가.

"야!"

자경이 발끈해서 씩씩거리며 방원을 노려보았다. 하나 길게 화를 낼 순 없었다. 제가 생각해도 이런 걸로 성질을 내는 스스로가 너무 웃겼던 탓이었다. 끝내 자경의 입가로도 웃음이 샜다. 그 모습에 애써 참으며 끅끅거리던 방원이 호쾌하게 웃음을 터뜨렸다. 자경 역시 뒤따라 크게 웃고 말았다. 깊은 산속, 둘의 웃음소리가 메아리로 울려 퍼졌다.

***

"손안에 안 잡히는 게 왜 싫습니까?"

"말 그대로 잡히지 않으니까. 뜻대로 되지 않잖아. 미끈미끈한 촉감도 별로고."

"진짜 그게 다입니까?"

"그렇대도. 그만 캐물어라."

버럭 하며 자경이 노려보았다. 눈치를 보던 방원이 입을 합 다물었다.

"다 왔다. 들어가자."

둘이 도착한 곳은 개경에서 제일 큰 다점이었다. 보우 스님의 권력이 가장 강할 때 지어진 이 층의 목조건물은 크고 화려하기가 이루 다 말할 수 없었다. 홍건적이 쳐들어왔을 때 잠깐 불에 타긴 했으나 후에 재건하면서 더 크게 지은 건물이었다. 수입해서 들어오는 특이한 차들을 많이 팔아서 자경이 종종 마시러 들르기도 하고, 맛본 뒤 맘에 드는 찻잎을 사가기도 하는 곳이었다.

"그러니까 여기가 찻집이라고요?"

"찻집? 그런 셈이네. 차를 사고파는 집이니까."

개경엔 이러한 다점이 많았다. 백성들이 자주 가는 아주 싼 곳부터 이렇게 귀족들이나 승려들이 드나드는 고급 다점까지 종류도 다양했다. 함주에서는 보지 못한 광경이라 방원의 눈이 솥뚜껑처럼 커다래졌다.

"뭘 마시겠느냐?"

"전 잘 모릅니다. 대신 시켜주세요."

"그럼 난 박하차를 마실 터이니 넌 자순차를 마셔 보거라."

"예."

방원이 순하게 수긍하자 자경이 곧장 점원에게 차 두 잔을 주문했다. 이 층 바깥쪽에 놓인 탁자에 앉자 거리가 훤하게 다 내려다보이는 것이 또 새로운 느낌이었다.

"이런 곳은 처음 와 봅니다."

"그래? 개경에 종종 다녀갔었다면서 여기 와 본 적은 없느냐?"

"네. 그땐 어렸고, 어린 사내들끼리 이런 곳에 오긴 좀 그렇지 않습니까."

방원의 말을 듣고 자경이 주위를 둘러보았다. 정말 어린 사내 둘이서 온 경우는 거의 없었다. 대부분 남자와 여자거나, 여자끼리거나. 남자끼리일 경우엔 중년의 나이였다. 하긴, 혈기왕성한 젊은이들이 차를 마시러 오는 게 그리 흔한 풍경은 아니구나 싶었다. 당장 무구나 무질만 봐도 다도 같은 데 아직 흥미를 느끼지 못하니 말이다.

"박하차는 어디로 드릴까요?"

"여기로 주세요. 자순차는 저쪽으로."

그러는 사이 점원이 차를 가져왔다. 차관에 잎차를 넣고 우려, 작은 찻잔에 따라 마시는 식이었다.

"둘이 어찌 다른 것입니까?"

"찻잎이 다르지. 그러니 향이나 맛도 다르고."

자경이 권하는 대로 자경의 찻잔에 코를 대어보니 코끝에 맴도는 향이 시원스러웠다.

"내 건 박하차고 네 건 자순차야. 찻잎 빛깔이 자주색 죽순과 같다 하여 자순차라 부르지. 당나라 시대에는 제일로 치는 차였다고 하더라. 맛도 향도 은은하여 대부분의 사람들이 모두 좋아하지. 내 것은 싫어하는 사람은 입도 대지 못하게 싫어하거든. 나는 입안이 깔끔해지는 느낌을 좋아해서 즐기지만."

자경의 말대로 은은한 색을 띤 방원의 차는 향도 순했을 뿐 아니라 입안을 감싸는 맛 역시 기분 좋게 은은했다. 추운 데서 사냥감을 기다리느라 내내 굳어 있던 몸이 비로소 느슨하게 풀렸다. 자경이 왜 다점에 가야 한다고, 산에서 내려오자마자 계속 그랬는지 알 것 같았다.

"이런 곳도 이리 꾸며놓다니, 참으로 개경은 화려한 도시입니다."

차를 마시느라 고개를 든 사이 눈에 걸린 다점의 색 고운 단청을 보며 방원이 감탄했다.

"예전엔 이보다 더 오색찬란했다더라."

"이보다 더해요?"

이미 제 눈엔 충분히 화려해 보였기에 방원이 깜짝 놀랐다.

"귀족들의 저택이 궁궐과 다를 바 없이 화려하여 금벽이 휘황하고 단청이 늘어섰다더라. 비단으로는 기둥을 싸고 채전으로 땅을 깔고, 그것도 모자라 온갖 진기한 나무와 이름난 화초들로 후원을 가꾸니 그야말로 절경이었다더구나. 나도 직접 보진 못했고, 최자라는 이가 남긴 글로만 보았다. 홍건적이 침입하기 전엔 눈이 호사스러울 정도로 면면이 참으로 대단했다고 하더라."

벽은 금이고 기둥을 비단으로 감쌌다니, 상상만으로도 호화스럽기 그지없었다. 그렇게까지 꾸밀 수가 있구나, 그런 건 정말 상상해 본 적 없는지라 방원은 놀랍기만 했다. 제 집도 함주에선 최고로 부잣집인데, 개경의 귀족 가문엔 감히 댈 수가 없었다.

"그런데 너 격구 말이다."

"격구요?"

"그래. 설날에 한 격구 말이다."

방원은 몇 달이나 지난 일을 왜 갑자기 묻는가, 싶었지만 자경은 물을 기회가 없어 여태껏 미뤄온 질문이었다. 때마침 이리 차를 마시느라 마주 앉았으니 자세히 묻고 답을 듣기엔 더할 나위 없이 좋은 순간이었다.

"어찌 그런 수를 생각해 낸 게냐? 네 말대로 그때 그 경기에서만 생각해낼 수 있는 수인데, 어찌 그런 것들을 그 순간 떠올린 게야?"

처음엔 그저 참 기막히고 신기하다, 하고 넘어갔는데 돌아서서 생각해 보니 대체 어찌 그런 수를 낼 수 있었던 것인지 놀라웠다. 어디서부터 시작되어 어찌 나온 생각인지 궁금했다.

"제가 말을 잘 압니다."

"그랬지. 어렸을 때도 그랬잖아."

"기억하십니까?"

"그럼. 너는 잊어먹었느냐?"

자경의 물음에 방원이 고개를 저으며 슬쩍 시선을 떨어뜨렸다. 자경이 저를 기억하고 있다는 것은 알고 있었지만 그리 또렷이 기억하고 있을 줄은 몰랐다. 괜히 열이 올라 방원의 귓등이 붉어졌다. 물론 저 역시 그 어린 날의 자경을 생생히 기억하고 있다. 그때 자경은 꼭 눈 속에 핀 동백꽃처럼 그렇게 고왔더랬다. 어린 마음에도 그리 예쁜 사람은 처음이라 방간에게 가서 자랑을 했었으니까.

"그날 모두의 말을 보니 오래 뛸 수 있는 말들이 아니었습니다. 하나같이 덩치가 크고 힘이 좋긴 한데 필시 오래 뛰면 제풀에 지쳐 나가떨어질 아이들이었어요. 그럼 저 말들의 힘을 빼기만 하면 경기가 수월해지겠구나, 싶어서 어찌하면 힘을 뺄 수 있을까 고민하다 보니 생각해낸 것입니다."

"그렇구나."

"하나 잔재주지요. 그런 특별한 상황 외엔 쓸 수 없는걸요. 덕분에 망했습니다. 그날 제가 재주 부린 것을 모르고 다들 제 실력이 진짜 좋은 줄 알고 있어요. 저도 모르는 사이 단옷날 벌이는 격구 경기에 저를 선수로 넣어놨더이다."

단오에 계집들이 그네뛰기를 하였다면 사내들은 격구를 하였다. 나라에서는 특히 격구를 적극 권장하여 국가적인 대회를 개최할 정도였다. 큰길에 용봉의 장전을 설치하고 길 복판에 구문을 세운 뒤 젊은 무관과 귀족 자제들을 뽑아서 격구를 하도록 했는데, 개성의 난다 긴다 하는 가문의 일족들이 모두 참석할 뿐 아니라 왕까지 참석하여 구경하고 잘한 이에게 상을 내리곤 했다.

공식 행사 외에도 크고 작은 격구 대회가 여기저기서 벌어졌는데, 방원이 말하는 것은 아직 관직에 나아가지 않은 귀족 가문의 젊은이들끼리 하는 작은 격구 대회였다.

"무구와 무질이도 나가는 그 대회 말이지?"

"예."

공식적으로 여자들에게 격구는 금지되었기에 단옷날 하는 정식 경기엔 참석할 수 없어 구경밖에 할 수 없었지만, 그 경기는 자경 역시 익히 잘 아는 것이었다. 거기 참석하는 인물들의 면면 역시 자경에겐 아주 익숙했다.

"움직임이 날래고 구문에 모구를 넣는 것도 백발백중이었잖아. 잘할 거 같은데."

"그건 수비수들이 다 힘이 빠져 저를 막지 못하니 상대적으로 그리 보였던 거고요. 정말 별로 자신 없습니다. 그렇다고 지는 건 싫은데."

퉁퉁 부은 얼굴로 투덜거리던 방원이 자경과 눈이 마주치자 한숨을 내쉬었다.

"하긴 격구를 잘하시니, 제가 무얼 걱정하는지 이해 못 하시겠지요. 수비수임에도 모구를 구문에 세 번이나 넣으셨잖습니까."

그날 방원과 위치를 바꾸기 전까지 방원의 편은 이직이 사 점, 자경이 삼 점, 윤규가 일 점을 땄다. 그러니까 공격수인 이직보다 수비수인 자경이 고작 한 점 덜 딴 것이었다. 딱히 계집이라고 봐줘서 그런 결과가 나온 것도 아니었다. 방원이 뒤에서 보기에도 자경의 움직임은 아주 날렵해서 상대들이 어쩔 줄 몰라 하는 게 멀리서도 느껴질 정도였다.

"내가 격구를 잘하더냐?"

"잘하시지 않습니까. 어지간한 사내들보다 훨씬 더 잘해서 정말 깜짝 놀랐습니다."

사심 없는 칭찬에 자경의 입꼬리가 위로 쓱 올라갔다. 칭찬을 받는 건 기분 좋은 일이었다. 흔히들 사내들의 영역이라고 하는 분야에서 잘했다는 소리를 듣는 것을 자경은 특히 좋아했다.

"내가 그 우락부락한 사내들을 제치고 어찌 그리 많은 점수를 딸 수 있었는지 궁금하지 않니?"

자신만만한 자경의 미소에 방원이 홀린 듯이 고개를 끄덕였다. 자경이 몸을 숙여 방원의 가까이 다가가며 목소리를 낮추었다.

"나도 너처럼 특별한 수를 쓴 거였는데, 몰랐구나?"

몸을 바로 한 자경이 여유로운 자태로 의자 등받이에 편하게 기대 앉았다.

"무슨, 무슨 수를 쓴 것입니까?"

자경이 쉬이 입을 열지 않고 느릿느릿 차를 마시면서 뜸을 들이자 기다리다 초조해진 방원이 재촉했다.

"이방간. 잔재주 부리는 것을 좋아하고 덩치가 좋아서 몸싸움에서 쉬이 밀리지 않지. 온 관심은 상대로부터 공을 빼앗아 그것으로 화려한 묘기를 부리는 거야. 그래서 그는 상대를 막는 것보다도 그 상대로부터 공을 뺏는 데 집중하지. 그를 피하기 위해선 공을 먼저 던진 뒤 그가 놀라는 사이 재빨리 빠져나가면 돼. 그럼 몸싸움을 하지 않고도 쉽사리 구문 앞까지 갈 수 있지."

갑작스럽게 술술 나오는 자경의 설명에 방원의 눈이 휘둥그레졌다.

"이래는 눈치가 빠르고 날래긴 하나 몸싸움을 싫어하지. 그래서 이래와 부딪힐 땐 마치 싸울 것처럼 기세를 올리면 겁을 먹고 저도 모르게 뒤로 물러나고 말아. 성부는 주의 깊고 신중한 성품이라 잘 속지. 상대가 거짓된 행동을 하는 것도 진짜라고 믿어버리거든. 그래서 성부를 피하기 위해선 다른 쪽으로 가는 것처럼 굴면 돼. 그럼 진짜 줄 알고 그쪽으로 가 버려서, 따돌리기가 매우 쉬워. 마지막으로 무구. 무구는 너무 머리를 굴려서 무조건 내가 치는 쪽과 반대 방향을 막으려는 경향이 있어. 그뿐 아니라 상대가 오른쪽으로 쳐서 넣었으면 다음번엔 왼쪽으로 쳐서 넣을 거라고 혼자 생각해 버려. 그런 것을 머릿속에 넣어두면 무구가 이번엔 어디를 막을지 알 수 있어. 그래서 무구가 구문을 지킬 때면, 난 한 번도 모구를 넣지 못한 적이 없었어."

"이게 다 무슨……."

"이게 내 수다. 너는 말을 보았지. 나는 사람을 봐. 그 사람의 평소 성정, 그 사람이 이 경기를 통해서 보여 주고자 하는 욕망, 그 사람의 신체적 특징, 장단점, 그것을 보지. 그것을 보고 그에 따라 움직이지. 그게 내가 사내들 사이에서도 격구를 잘할 수 있는 비법이야."

"아."

상대편에서 뛰는 선수들의 특성을 알아두는 것은 두란 숙부도 흔히 하는 일이었다. 단 두란 숙부는 그것을 이리 분석하여 이용하진 않았다. 그놈아는 오른 다리가 힘이 장사지비, 라거나, 그거 왼손잡이, 라고 하는 정도였다. 그러고 경기에 임하면 그저 본능적으로 몸을 움직였을 뿐, 상대편 선수들의 특성이 두란 숙부의 움직임에 영향을 끼친다고 생각된 적은 없었다. 아니, 영향을 끼쳤다 한들 두란 숙부라면 알고 그리한 것이 아니라 그저 본능적으로 몸이 그리 움직인 것일 거다.

반면 자경은 상대 선수의 특성을 관찰하고 그것을 제가 경기하는데 적극적으로 활용하고 이용했다. 그리고 그에 따라 제 행동을 정했다.

자경이 격구를 왜 좋아하는지 이제야 비로소 알 것 같았다. 자경에게 격구는 단지 말을 타고 하는 운동이거나 이기고 지는 게 중요한 경기가 아니었다. 자경에게 그것은 마치 바둑처럼 치열하게 머리를 쓰는 일이었다. 한 인간을 통째로 읽고 이해하고 이용하는 것이었으니 말이다.

"그리 관찰했기 때문에 제 수도 읽으신 거군요."

감탄한 듯 멍한 얼굴로 읊조리는 방원의 말에 자경이 뿌듯한 기색을 감추지 못한 얼굴로 고개를 끄덕였다.

"단옷날 격구에서 이기게 해주랴?"

그날의 기억을 곱씹는 건지 혼자 고개를 절레절레 저으며 기막혀하는 방원을 흥미롭게 보던 자경의 머릿속에 불현듯 재밌는 생각이 떠올랐다.

"내가 격구에 나가는 선수들 특성을 이리 알려주면, 네가 이기지 않겠느냐?"

알려주면 이 아이도 이것을 이용하여 응용할 수 있을까? 사실 이런 건 무구나 무질에게도 종종 알려주는 것이었지만, 무구나 무질은 알아봤자 써먹지 못했다. 막상 경기에 들어가면 정신이 하나도 없는데 그런 걸 어찌 생각해서 하느냐고 오히려 버럭 신경질을 내기 일쑤였다.

"선수들의 특성을 알려주신다고요?"

솔깃한 듯 확인하는 방원의 얼굴을 보자 자경은 문득 그에게 진짜 알려주면 써먹을 수 있을지 궁금해졌다.

"응. 알려주랴?"

"알려주세요."

"알려주면 써먹을 수 있겠느냐?"

"알아두면 요긴히 써먹겠지요."

자경이 웃으며 고개를 끄덕였다.

"그래, 그럼 알려주지. 그럼 일단 네가 경기를 같이 해본 적 없는 이들부터 말해주마."

"네."

"일단 이지강. 그는 아주 고지식해. 그래서 격구도 딱 정석대로 지독하게 규칙을 꼬박꼬박 지켜가면서 하는 원리원칙주의자야. 그래서 상대가 쓰는 잡기술을 잘 읽어내지 못해. 하지만 기본적으로는 실력이 아주 월등하니 일대일로 붙는 것은 삼가야 할 게다."

"오승은 어떻습니까? 그도 고지식하지 않습니까?"

"아니야. 그 인간은 학문을 대할 때와 일상생활은 전혀 딴판이다."

"그래요?"

꼬장꼬장하니 입바른 소리를 잘하는 인물인 줄만 알았기에 자경이 그를 이야기하며 싫은 티를 내는 것이 방원은 의외였다.

"성질이 나면 종도 마구 패는 놈이야. 성격도 급하고, 욱하고, 지고도 못 살고. 그래서 경기장 안에서는 그런 무법자가 또 없다. 반칙도 자주 하거든. 아주 형편없어. 몸싸움이 아주 거칠기 짝이 없지."

"단둘이 붙는 것을 피해야겠군요."

"그래야지. 붙으면 아마 네가 크게 다칠걸? 앞뒤 안 가리는 놈이거든."

"제가 같이 하면 좋은 상대는 누구입니까."

"윤사수나 권원이 너와 맞을 게다. 윤사수가 좀 깐깐하긴 하지만 그만큼 꼼꼼하고 머리가 좋아서 전략을 잘 짜거든. 그리고 권원은 다소 지루하고 재미가 없는 성정대로 격구도 저처럼 재미없게 하긴 하나 대신 성실하여 잠시도 쉬지 않아. 경기 끝까지 뛰는 인물이니 같이 있으면서 그에게 수비를 부탁하면 아주 열심히 도와줄 게야."

"은이도 있지 않습니까."

"은이? 박은? 걔랑 한로는 격구엔 영 취미 없다. 나이에 비해 성실하니, 학문의 동지로는 좋겠지만, 격구 동지로는 접어 두어라."

"설마 이들 모두 경기를 해보신 것입니까?"

"직접 해보기도 하고, 구경하면서 관찰하기도 했고."

"그렇다 해도 사람 보는 눈이 귀신이십니다. 어찌 이리 잘 아신단 말입니까. 사람을 보는 눈이 타고나신 모양입니다."

과찬에 자경의 어깨가 으쓱하다 의미심장한 시선으로 방원을 보았다.

"넌 대신 말을 잘 보지 않느냐."

"예. 저도 말 보는 눈은 고금 누구에게도 지지 않는다고 자신합니다."

"그럼 너와 내가 함께 있으면 기가 막힌 말과 매우 뛰어난 사람을 찾아낼 수 있겠구나."

"그렇겠습니다."

자경과 방원이 서로를 보며 유쾌한 웃음을 터뜨렸다. 그때였다.

"살려주십시오! 살려주십시오!"

일 층이 매우 소란스럽더니 무언가 깨지는 소리와 함께 계집애의 찢어지는 듯한 고함 소리가 온 다점에 울려 퍼졌다. 자경과 방원이 놀라 아래를 내려다보았다.

다점 입구 쪽에 많은 사람이 모여 시끄러웠다. 가장 안쪽엔 고급스러운 비단옷으로 화려하게 치장한 귀족 무리들이 한데 몰려 있었고, 길을 지나가던 이들이 멈춰 서서는 그들을 감싼 채 안쪽을 흘끔거리며 삼삼오오 무리를 지어 웅성거리는 중이었다. 자세히 보니 가운데선 귀족 중 한 명이 다점 점원의 손목을 붙잡은 채 어딘가 끌고 가려 하고 있었고, 점원은 버티면서 도와달라고 고함을 지르는 중이었다. 한데 몰려 있는 무리는 그들을 감싼 채 낄낄거리며 비웃는 중이었고, 조금 떨어진 데 모여 선 이들은 걱정하면서도 차마 나서지 못하는 모양이었다.

"감히 내가 누군 줄 알고 이러는 게냐! 이뻐해주려는 것이니 곱게 따라와라."

"살려주십시오, 제발 살려주십시오!"

울려 퍼지는 점원의 목소리가 애처로웠다. 주변에 선 이들은 다들 발을 동동 굴리면서도 차마 앞으로 나서지 못했다. 아무리 대낮에 불의한 일을 저지르고 있다 하더라도 그들은 귀족이었다. 항거했다가 어떤 몹쓸 꼴을 당할지 알 수 없었다.

"저런……!"

분개한 자경이 저도 모르게 자리에서 벌떡 일어나자 의자가 끌리는 소리가 크게 울렸다. 그 순간 점원의 손목을 잡고 있던 이가 고개를 들어 위를 쳐다보았다. 아래에서 올려다보는 사내와 위에서 내려다보는 자경의 시선이 마주쳤다.

왕이다.

귀족 무리 가운데 선 이는, 계집의 손목을 잡고 저속하게 희롱하는 이는, 바로 이 나라의 왕이었다.

눈이 마주치자 자경을 본 왕이 눈썹을 치켜올렸다. 호기심 어린 시선이 재빨리 자경의 위아래를 훑고 지나갔다. 노골적인 사내의 눈길에 온몸에 소름이 돋은 자경이 주춤했다.

방원이 자경의 앞을 막아섰다.

"무슨 일입니까."

말로는 이유를 묻고 있긴 했지만, 대답을 듣지 않아도 그 연유를 안다는 듯이 방원이 아래를 노려보았다. 이번엔 왕과 방원의 눈이 마주쳤다. 왕 역시 지지 않고 방원을 노려보았다. 방원도 끝까지 시선을 피하지 않았다. 뒤에 선 채 한숨을 돌리던 자경은 그제야 방원이 왕의 얼굴을 모를 거라는 생각이 들었다.

"전하이시다. 고개를 숙여라."

자경이 재빨리 방원에게 속삭였다. 저를 노려보고 있는 저 건달패가 왕이라는 것이 믿기지 않았으나 자경이 틀린 말을 할 리 없었다. 잠깐 움찔하던 방원이 천천히 고개를 숙여 예를 표했다.

왕의 옆에 서 있던 누군가가 빠르게 귓속말을 했다. 이야기가 끝나자 방원과 자경이 있는 쪽을 흘깃 쳐다본 왕이 손목을 쥐고 있던 점원을 멀리 내팽개쳤다.

"이만 가자. 입맛을 버렸다."

휙 돌아선 왕이 다점을 나섰다. 그러자 그 무리 역시 왕을 따라 우르르 몰려나갔다. 잠시간 점원을 위로하며 웅성거리던 이들 역시 이내 흩어졌다.

한숨을 돌린 방원과 자경이 무거운 얼굴로 자리에 앉았다.

"진정 저 자가 전하란 말입니까."

"그래. 여러 번 본 적이 있어. 너도 이번 단옷날에 격구 대회를 구경 가면 보게 될 게다."

"망나니 같다는 소리는 많이 들었습니다만, 저 정도일 줄은 몰랐습니다. 어찌 저런 자가 왕이 되었단 말입니까?"

"처음부터 그런 건 아니었다."

공민왕의 아들이냐, 신돈의 아들이냐의 논란 속에서 모니노가 처음 왕위에 올랐을 때 모두가 그의 자질을 염려했더랬다. 그 염려를 불식시킨 것은 다름이 아닌 왕 자신이었다. 왕은 성실했고, 공부도 열심히 했으며, 총명했다. 누구보다 왕의 출생이 미덥지 못하다는 이유로 반대했던 명덕태후조차 후엔 그를 흡족하게 여길 정도였다. 그래도 핏줄은 핏줄이구나, 이런 말들이 나오면서 자연스레 태생에 대한 논란은 사그라졌다.

"처음엔 아니 그랬다고요? 그럼 언제부터 저리된 것입니까? 왜 저리된 겁니까?"

눈을 크게 뜨는 방원에게 자경이 고개를 찬찬히 저으며 이야기를 이었다.

군왕 수업을 받던 이가 성장하게 되면 자연스레 제가 배운 것을 실천하고 싶기 마련이다. 그러기 위해선 친정을 할 만한 권력이 손에 쥐어져야 했다. 허나 세상은 이 시중의 것이라 왕이 친정을 할 수 있는 형편이 못 되었다. 그래서 왕은 제 편을 만들고자 했다. 문제는 이 시중을 견제하기 위해 그런 식으로 끌어들인 인물이 이 시중과 별다를 바 없었다는 거였다.

"이 시중에 의해 측근을 모두 잃은 뒤부터 저리되었지. 혹자는 더 이상 이 시중 눈 밖에 나지 않고 살아남기 위해 저런 기행을 벌인다고 하는 이들도 있긴 하더라."

왕은 유모 장 씨와 지윤을 이용해서 이 시중에게 뺏긴 권력을 되찾아 오려 했다. 그러나 그것은 공민왕이 신돈을 이용한 것보다 더

부질없었다. 신돈을 젊은 신료들이 믿지 않은 것만큼이나 개혁적인 성향의 유학자들은 유모 장 씨와 지윤을 믿지 않았다. 심지어 최영조차도 그랬다. 일견 이 시중에게 최영이 이용당한 부분이 있는 것은 사실이나 그렇다고 해서 인물됨이 이 시중만도 못하다는 평을 듣는 지윤에게 최영이 힘을 실어줄 순 없는 노릇이었다.

그런 여러 이유로 왕은 이 시중에게 완패했다. 지윤과 유모 장 씨는 끝내 죽임을 당했고 그 외 왕의 수족 노릇을 하던 이들도 모두 이 시중에 의해 제거되었다. 마지막으로 그나마 왕의 지탱해주던 명덕태후까지 졸하고 나자, 왕은 마치 정신을 놓은 이처럼 막 나가기 시작했다. 그리고 이 시중은 그러한 왕의 방임을 기꺼이 방관했다.

한비자가 말하기를, 내시와 같은 인간들이 왕을 제 맘대로 가지고 놀기 위해 음주와 가무, 사냥, 계집과 같은 감각적인 자극을 이용한다고 했다. 왕이 쾌락에 빠지면 자연히 정치에 무관심하게 될 테니 말이다. 이인임은 이러한 한비자의 말을 아주 열심히 써먹는 중이었다.

"아무리 그래도 어찌 저렇게까지 한단 말입니까. 저건 애초에 본성이 그른 것입니다. 저런 자에게 권력이 가지 않은 게 다행입니다. 친정을 했다면 폭군이 되지 않았겠습니까."

"아니, 난 그리 생각하진 않아."

선비들은 대부분 방원처럼 생각했다. 왕의 그릇이 저것밖에 되지 못하는 걸 보니, 지윤과 유모 장 씨가 성공했어도 문제가 되었을 게 뻔하다고 말이다. 자경은 그건 비겁한 변명이라고 여겼다. 자신들의 용기 없음을 이런 식으로 핑계를 대는 거라고.

자경이 생각하기엔 이 시중보단 지윤이 그래도 나라를 바로 잡고자 하는 관료들에겐 훨씬 나은 인물이었다. 신돈이 미친놈이었어도 적어도 한때나마 그로 인해 고려가 개혁하는 데 큰 도움을 받았음을 기억했다면 그들은 지윤의 손을 잡았어야 했다. 그리고 최대한 얻어낼 것을 얻어냈어야 했다. 이 시중에겐 받아낼 것조차 없으나, 지윤과 협조했다면 충분히 이득을 취할 수 있는 부분이 있었다.

허나 대부분은 지나치게 머리를 굴리면서 이미 단단한 돌다리를 두드리고 또 두드리느라 아무것도 하지 않았다. 그러고선 그래도 아무것도 하지 않은 덕분에 이 정도라도 유지하고 있는 거지, 라고 자위했다. 이 얼마나 어리석으냔 말이다.

결국 변화를 무서워하는 것은 부패한 관리들만이 아니었다. 기존 제도에 젖어버린 젊은 유학자들 역시 그들과 똑같았다. 유학자들은 젊은 왕이 권력을 잡으면 어찌할지 몰라서, 실패할 경우 이 시중에게 보복당할 게 두려워서, 선뜻 왕에게 힘을 실어주지 못한 거다. 그런 주제에 반성하지는 못할망정 구구절절 변명하는 것을 보면 기가 막혔다.

"적어도 왕이 권력을 잡았다면 이런 기행은 안 했을 테니까. 정치를 잘 못했을 순 있지만, 이리 망가지진 않았을 거고, 그럼 백성들이 직접적으로 받는 고통도 적었을 테니 그는 권력을 잡았어야 했어. 왕 노릇을 하라고 왕으로 세웠으니까 그에게도 기회를 줬어야지. 왕 노릇을 못 했다면 그 문제는 후에 해결하면 될 일이었어."

그렇다고 자경이 왕의 모든 기행을 이해하는 건 아니었다. 오히려 자경은 그의 기행을 사내들이 살기 위해 어쩔 수 없는 행위라고 두둔하는 것이 역겨웠다. 자신이 살기 위해 아무 의미 없는 타인에게 위해를 가하는 것이 어떻게 이해될 수 있단 말인가. 누구라도 그래선 안 되는 일이었다. 그것은 언제나 사내들에게만 통하는 변명이자

자기 위로였다.

여인들이 살기 힘들다고 해서 저런 짓을 한다는 건 풍문으로라도 들어본 적조차 없었다. 오히려 이 세상을 살기 어렵다면 여자들이 더 살기 어려울 터인데, 끝내 어떻게든 살아남는 것은 여자들이었다. 당장 정비나 명덕태후만 하더라도 똑같이 힘든 상황에 처했음에도 왕보단 훨씬 낫게 살지 않느냔 말이다. 그러나 사내들은 그렇지 못했다. 사내들은 유약했다. 긴 생각 끝에 자경의 결론은 늘 그렇게 내려지곤 했다.

"권력을 놓친 왕은 두려움에 사로잡혔고, 권력을 잡아본 적조차 없는 관리들은 용기가 없었지. 그게 지금 우리가 보는 이러한 결과야. 사내들은 유약해. 유약하지 않으면 멍청할 정도로 꼿꼿해서 제 이름에 흠이 갈까 봐 타협하는 것을 거부해버리고. 그러한 어리석음이 만들어낸 최악의 상황이 지금 우리가 보고 있는 정치의 현실이다."

민제의 사랑채엔 늘 수많은 사람이 모였고 언제나 매일 같이 나라 걱정을 했으나 대부분은 말로만 그칠 뿐이었다. 분명 그들에겐 이러한 상황을 타개할 수 있는 몇 번의 기회가 있었다고, 자경은 민제에게 말하기도 했다. 그들은 명분을 찾았고 자격을 따졌으며 옳고 그름을 판단하기에 바빴다. 그러는 사이 시간은 속절없이 흘러가고 말았다.

"과거에 급제해서 벼슬에 나아가더라도 사냥은 계속하는 게 좋겠다."

오늘 사냥을 하면서 자경은 왜 끝내 역사 속에서 최종 승자는 문신들이 아닌 무신들이 되는지 깨달았다. 그들은 동물적인 본능으로 기회를 잡을 줄 알았던 거다. 문신들이 쓸데없는 탁상공론에 세월을 보내는 동안 무신들은 스스로 기회를 만들거나 우연히 만들어진 기회를 기막히게 잡아챘다. 그뿐인가, 그들은 위험이 클수록 돌아오는 이득이 크다는 것도 이미 알고 있었다. 거기다 더해서 원하는 것을 얻기 위해선 한 가지 방법만이 있는 게 아니라 여러 가지 방법이 있다는 것 역시 이미 경험을 통해 알고 있었을 거고 말이다. 문신들이 머릿속으로 생각하는 동안 무신들은 벌써 행동에 옮기니, 결국 승자는 무신이 될 수밖에 없는 거다.

이론과 명분도 결국 권력이 손에 들어오고 그것을 실현할 수 있는 자리에 올라야 의미가 있는 것이다. 아무것도 손에 쥐지 못했는데 입으로 떠들어봐야 대체 소용이 있단 말인가. 하다못해 최영 장군조차 이쪽 편으로 제대로 끌어들이지 못해 이 시중에게 끌려다니는 판인데 대체 이 수준으로 무엇을 하겠다는 건지, 생각할수록 답답한 일이 아닐 수 없었다.

"정치란 참으로 어렵습니다."

현 상황에 대해 정보가 턱없이 부족한 방원에게는 자경이 하는 모든 말이 어렵기만 했다. 분명 무슨 뜻이 있는 말들일 텐데 선뜻 이해가 가지 않아서 속이 상했다. 허나 사내들이 유약하고 기회를 제대로 잡지 못한다는 것 정도는 알 수 있었다. 방원 역시 다른 이들과 토론하며 어렴풋이 느꼈기 때문이다.

같이 학문을 하다 보면 대부분의 동기는 너무나 명분에 얽매였다. 때론 현실적으로 타협해야 하는 부분도 있을 게 분명한데, 나이도 어린 이들이 지나치게 꼬장꼬장했다. 그리고 꼬장꼬장하고 융통성이 없을수록 그들 사이에선 좋은 인재라 칭송받았다. 방원으로선 조금 이해하기 어려웠다. 사부인 민제마저 이런 식이었다면 학문을 하는 게 많이 힘들었을 텐데, 다행스럽게도 민제는 매우 유연하여 방원의 이러한 답답함을 해소해주곤 했다.

"쉽지 않지. 너는 특히 개경에서 나고 자라지 않아 이런 문화를 자연스레 몸에 익히지 못했으니 더더욱 관직 생활을 하는 게 쉽지 않을 게다."

"그럴 것 같습니다."

"그래도 어떤 정치를 하고 싶은지 생각해둔 게 있을 거 아니냐?"

"부끄럽게도 딱히 그런 생각을 해본 적이 없습니다. 그저 성실하고 이치에 맞는 사람이 되고자 합니다."

"과거에 급제해서 무엇이 되고 싶다, 어떤 직책을 받아 어떤 일을 하고 싶다, 그런 생각도 해본 적이 없느냐?"

"성균관에서 일하면 좋겠다는 생각 정도랄까요."

무안한 듯 방원이 뒷머리를 긁적였다. 사실 이런 이야기가 나올 때마다 방원은 불편했다. 학문과 실제는 다를 터이고 자신들은 아직 급제하여 관직에 나가지 못한 처지이니 실제를 모르는 게 당연했다. 허나 같이 수학하는 이들은 벌써 문하시중쯤은 된 마냥 큰 그림을 그려댔다. 어찌 그럴 수 있는 건지 오히려 방원은 신기하기까지 했다.

"솔직히 말하자면 지금은 그저 과거에 급제해야겠다, 그 생각밖엔 없습니다. 일단 급제해서 직접 정치를 해 봐야 좀 더 분명한 목표가 생길 것 같아요. 과거에 급제해야겠다는 것도 부끄럽지만 다른 이들처럼 나라를 바꾸겠다, 뭐 그런 큰 목표를 가지고 시작한 일도 아닙니다. 나라를 어찌 저 하나가 노력한다 해서 바뀔 수 있겠습니까. 수많은 이가 노력해야 할 일이고, 저는 제 위치에서 제가 맡은 일을 부끄럼 없이 다할 따름이지요. 그저 아버지와 어머니께서 제가 과거에 급제하기를 많이 바라시니 그 뜻을 이뤄드리는 게 효라 생각하여 성실히 할 따름입니다. 제가 과거에 급제하여 개경에 자리 잡게 되면 어머니를 이리로 모시고 오는 것이 현재로선 가장 큰 바람입니다."

"좋은 목표인데, 무얼. 쓸데없는 허풍 떠는 사내들보다 네가 훨씬 낫다."

방원의 솔직한 대답이 자경은 마음에 들었다. 나이도 얼마 먹지 않은 이들이 세상을 다 구할 수 있는 양 떠드는 것을 수없이 보고 자랐다. 정작 그중에 잘난 사내는 하나도 없었다. 그리 세상 잘난 척을 하다가 변절하는 이는 수도 없었고, 말로는 나라를 위한다면서 제 일신의 안위에만 관심이 있는 인물들이 수두룩했다. 더 최악은 저를 위하는 일을 나라를 위하는 일처럼 포장하는 거였다. 까놓고 말해서 나라를 위하니 어쩌니 하지만 결국 개인의 영달이 출세의 근본적인 이유일 수밖에 없었다. 제 한 몸을 오롯이 희생하면서 온전히 국가와 백성을 위해 헌신하는 이는 지금까지 한 명도 보지 못했다. 하다못해 스님 중에서도 그런 인물은 찾기 어려웠는데 사가에 있는 중생들이 어찌 그럴 수 있겠냔 말이다.

차라리 방원처럼 솔직히 가문이나 개인의 영달을 위해 하는 것이라, 인정하는 것이 더 보기 좋았다.

"철이 일찍 들었구나."

"그런 겁니까. 너무 속물적인 인간 같아서 좀 창피했는데요."

"모든 인간은 속물적이지. 속물이지 않다고 자신하는 인간일수록 오히려 더 속물적이더라. 사익과 공익 사이에서 균형 잡기 위해 노력하는 게 범인이 할 수 있는 최선이 아니겠느냐. 헌데 아버지가 장군이시고 형들도 다 무인인데 어찌 너는 과거를 볼 생각을 했느냐."

"형님들은 모두 아버지를 닮아서 타고난 장군감이시니까요. 저는 어려서부터 몸이 약해 형님들 발뒤꿈치도 쫓아갈 수가 없었습니다. 당장 방간이 형님만 해도 저보다 훨씬 월등하지 않습니까. 그래서 늘 많은 자식 중에 아버지 눈에 차지 못하는 아들이었지요. 헌데 제가 글을 읽기 시작하니 아버지가 절 보는 눈빛이 달라지더이다. 형님들보다 제가 잘하는 게 딱 하나 있는데, 그게 공부라는 것을 알게 되었습니다. 그리하여 시작한 것입니다."

잘할 줄 아는 게 공부밖에 없고, 공부를 잘해야 부모에게 주목받을 수 있다는 방원의 대답이 찌르르하게 자경의 속을 울렸다. 그러한 결핍이 무엇인지 알고 있다. 자경 역시 위로는 언니를 둘, 아래로는 사내동생 네 명과 여동생 하나를 둔 셋째였다. 어린 시절 아버지에게 가장 예쁨을 받고 컸기에 자경은 자신을 둘러싼 세상이 흠 하나 없이 완벽한 줄 알았다. 갖고 싶은 것은 쳐다만 봐도 눈앞에 놓였고, 원하는 것은 말하기도 전에 얻을 수 있었으며, 먹고 싶은 것은 입만 벌려도 누구든 입에 넣어주었으니까.

"형님들보다 아버지에게 잘나 보이고 싶은 게로구나. 그게 뭔지 알지. 나도 그렇거든."

허나 머리가 굵어진 뒤에 자경은 제가 생각보다 아무것도 아니라는 것을 깨달았다. 저는 고작 자식 많은 집의 셋째였고, 심지어 계집이었다. 아무리 총명하다고 예쁘다 한들 자경이 앞으로 얻을 수 있는 세상은 너무나 하찮았다. 제가 민제의 무릎에서 커나가면서 꿨던 꿈이 순식간에 물거품처럼 사라졌다. 이상과 현실 사이의 그 간극을 견딜 수가 없어 자경은 한동안 괴로웠다.

"누구보다 사랑받고 자라시지 않으셨습니까. 저와는 영 다르신걸요."

"글쎄. 어려서는 그랬을지 몰라도 클수록 오히려 너보다 내가 더 슬프지. 너는 그래도 관직에 나가 출세할 기회라도 있지, 계집은 그런 기회도 없지 않느냐."

영 똑같지는 않지만, 자경이 어떤 부분을 슬퍼하고 어떤 부분에서 좌절감을 느끼는지 어렴풋이 알 것도 같았다.

"모든 인간은 세상에 태어난 이상 어쩔 수 없이 좌절할 수밖에 없고, 인생은 곧 그것을 극복해나가는 과정인 게지. 결핍이 없는 인간이 어디 있겠느냐."

"그렇지요."

"나는 앞으로 태어날 내 자식들에겐 나보다 좀 더 큰 세상을 물려주고 싶어. 내 자식들은 나보다는 큰 꿈을 꾸며 살 수 있는 곳이었으면 좋겠다."

"저도 그렇습니다. 저보단 편히 살았으면 좋겠습니다. 불안해하지 않으면서요."

저처럼 혹여나 아비의 사랑을 빼앗길까, 행여나 제 어미가 뒤로 밀려날까 걱정하는 자식들을 만들고 싶지 않았다. 존재 자체만으로 든든한 울타리가 되는, 그런 아비가 되고 싶었다. 진정 사랑하는 사람과 혼인하여 그런 가정을 만들고 싶었다.

"나도 그래. 그래서 혼인만큼은 개경 최고의 사내와 하고 싶다. 날 위해서뿐 아니라 내 자식을 위해서라도."

제 아비의 무릎에서 자랐던 그 시절, 그 온 세상에 제 것 같았던 그 기억이 얼마나 달콤했는지 아직도 생생히 기억하고 있다. 그 기억을 조금이라도 되찾기 위해 최선을 다해 살았다. 앞으로 저는 다시 그리 살 수 없더라도 적어도 제 아이들은 그런 기억을 갖게 해주고 싶었다. 이왕이면 제 아이들이 진짜로 세상을 손에 다 쥐게 된다면 더

할 나위 없이 좋을 거다.

"저는 저와 혼인한 여자가 뒤에서 홀로 울게 하지 않을 것입니다. 적어도 여자를 울리는 사내는 되지 않을 겁니다."

자경과 방원의 시선이 마주쳤다. 자경이 살포시 웃으며 잔을 들었다.

"그럼 우리 서로의 소원이 이뤄지길 바라며."

두 사람의 잔이 가벼이 부딪혔다. 차를 마시는 두 사람의 눈빛이 뒤엉켰다. 차 때문인지 더운 열기가 둘 사이에서 피어올랐다.

4장

# 신유년 단오

辛酉年 端午

격구 경기는 단옷날 가장 큰 행사였다. 왕이 직접 거동하여 구경하였으니 말이다. 당연히 그 꾸밈 역시 화려하기 그지없었다. 왕과 귀족들이 격구를 구경하는 장막은 오색 비단으로 만들고 명화와 채색 요로 화려하게 치장했을 뿐 아니라 장식하는 꽃을 비단으로 만들어 매달았을 정도였다.

이 격구 경기에서 두각을 드러내면 왕과 신료들뿐 아니라 백성들의 눈도장까지 받을 수 있었다. 그래서 단옷날 격구는 참여하는 귀족들에게도 매우 중요했지만, 구경하는 백성들에게도 매우 흥미로운 일이었다. 그다음 정치 권력이 누구의 손에 갈지 감히 백성들이 예측해 볼 유일한 기회였기 때문이다.

격구 구경이 끝나고 나면 나이든 사내들은 미리 빚어둔 각서를 가지고 성묘를 하러 갔고, 집안 살림을 관장하는 안주인들은 장을 담갔다. 젊은 사내들은 삼삼오오 모여서 자신들끼리 편을 나눠 격구를 즐겼다. 젊은 처자들은 단오장이라 하여 창포 삶은 물에 세수하고 창포 뿌리를 잘라 비녀를 만들어 머리에 꽂은 뒤 그네를 뛰러 나갈 준비를 했다.

본래 단옷날 창포를 쓰는 까닭은 액운을 쫓고 병마를 물리치기 위함이었다. 허나 그러한 표면적인 이유 외에 젊은 여인들이 단오장에 공을 들이는 이유는 바로 그네뛰기 때문이었다. 그네뛰기를 하다 보면 바람에 머리카락이 흩날리게 마련이다. 그때 좋은 향이 멀리까지 퍼져나가게 만들어서 구경하는 사내들을 유혹하는 것이 젊은 처자들이 창포를 사용하는 숨은 이유였다. 특히 혼인을 안 한 처녀들의 경우 그러한 모습을 보고 끌리듯 다가온 사내가 마음에 들면 그네를 밀어주는 것을 허락했다. 그럼 두 사람은 그날 밤 함께 축제를 즐길 수 있었다.

단옷날 밤에 젊은이들은 도성에 나와 함께 어울려 술을 마시고 노래를 부르고 악기 연주에 맞추어 춤을 추는 것이 풍습이었는데, 그네뛰기는 축제 전에 하는 일종의 짝짓기였던 셈이다. 그런 연유로 그네뛰기가 남녀의 문란함을 부추긴다고 하여 금지된 적도 있었다. 그러나 젊은 남녀들의 뜨거운 상열을 고루한 법으로 막는 데는 한계가 있기 마련이라, 단옷날 이루어지는 그네뛰기는 남녀가 모두 기다리는 커다란 행사였다.

형편이 여유로운 귀족 가문의 여인들은 비단 창포로만 만족하지 않았다. 그네를 뛸 때 입을 의복을 전날 밤 미리 향내를 쐬어둘 뿐 아니라 그네를 뛰러 나가기 전 향재를 달인 물로 훈목을 했다. 거기에 향낭이나 향노리개를 패용하기도 하였다. 그래서 좋은 가문의 여식일수록 그네를 뛸 때 고급스럽고 우아한 향이 멀리 퍼져나갔다. 저 멀리서 향내만 맡아도 그네 뛰는 여인의 집안 수준을 가늠할 수 있을 정도였다.

그리하여 오늘 자경의 첫째 언니와 사촌 오라버니 민여익과 혼인한 곽 씨, 막냇동생에 자경까지 총 네 명의 여인네들이 자경이 지내는 별당 뒤편에 모여서 함께 훈목을 하는 중이었다. 둘째 언니는 태기가 있어 집에서 쉬는 중이었다.

"번거롭게 굳이 향을 따로 낼 게 무에 있다고."

자경의 첫째 언니가 툴툴거렸다. 자경이 자신은 아직 미혼이고, 막내는 까마득히 어리니, 기혼인 곽 씨나 언니가 쓰는 향을 같이 쓸 수 없다고 고집하는 바람에 잠깐 소란스러웠던 것이 아직도 불만인 모양이다.

"혼인한 사람들이야 임자가 있으니 보란 듯이 사향을 써도 되지만, 내가 쓰기에 그 향은 너무 색이 짙어 좋지 않아. 영묘향 정도가 적당하지. 게다가 막내는 이리 어린데 어떻게 벌써부터 사향을 쓰란 거야?"

"막내야 그렇다 쳐도 너는 사향을 써야지. 그래야 사내를 낚아채지. 얼른 혼인해야 할 것 아냐?"

언니의 말에 자경이 눈살을 찌푸렸다. 자경이 보기엔 무엇 하나 부러울 것 없는 혼인인데, 혼인한 후부터 언니들은 뭐 대단한 일을 해낸 양 자경 앞에서 으스대곤 했다. 말끝마다 넌 혼인을 안 해서 모르지, 혼인을 해야 알지, 혼인을 하면 달라질 걸, 어서 혼인을 해야 할 텐데, 라고 꼭 덧붙여서 마치 혼인을 먼저 한 자신들이 자경보다 대단히 앞서 나가고 있을 뿐 아니라 심지어 자경이 자신들을 부러워하고 있다고 믿고 있는 듯이 굴어서 자경은 종종 기가 막혔다. 형부들은 그리 모자라거나 대단히 부족한 사람은 아니었지만 그렇다고 해서 자경이 훌륭하다고 평가할 만한 상대도 아니었다. 무엇보다 저는 성에 차는 사람이 없어 혼인을 미루고 있을 뿐이지 '못'하는 게 아닌데, 언니들이 저러니 어이가 없었다.

"자경 아가씨야 마음만 먹으면 개경 시내에 사내들을 줄을 세울 것인데요. 좋은 시절 일이 년 더 즐기다 가는 것이 전 부럽기만 합니다. 다시 오지 않을 처녀 시절 아닙니까."

어려서부터 자경을 가까이서 지켜보면서 늘 동경해온 곽 씨가 자경을 두둔했다.

개경에서 함께 자란 자경의 또래 중 자경을 질투하여 시샘하고 험담하는 이들도 있긴 했으나 그보다는 자경을 동경하고 숭배하는 이들이 훨씬 더 많았다. 빼어난 외모만큼이나 똑똑하기로 유명한데 심지어 신장도 훤칠하여 못하는 운동이 없어 사내들과 격구를 같이 겨뤄도 지지 않을 뿐 아니라 의복을 차려입고 꾸미는 것 역시 남달라서 모두의 시선을 잡아끌기까지 하니, 자경을 흠모하다 못해 따라하는 이들조차 있을 정도였다.

곽 씨 역시 그런 이 중 하나라서 여익과 혼인한 이후부터 핑계 삼아 민제의 집을 열심히 드나드는 중이었다. 그래서 오늘 훈목도 같이 하게 된 거였다.

"자꾸 주변에서 이리 물색없는 소리를 하니까 재가 천지를 모르지. 벌써 오월이니 당장 오늘 누굴 만나거나 이미 만나는 사람이 있지 않은 한 자칫하면 올해도 그냥 넘어갈 거 아닌가. 올해를 그리 넘기면 그땐 벌써 열여덟이야. 내로라하는 귀족 가문 여식 중에 열여덟까지 혼인을 안 하는 경우가 흔한가? 어머니가 재 때문에 얼마나 속을 썩이시는지 뵐 때마다 아주 흰머리가 한 움큼씩 늘어나 있더구만."

"내 걱정할 시간에 형부 걱정이나 하지 그러우? 내년엔 과거에 붙어야 면목이 있을 거 아냐? 작년에 그리 똑 떨어졌는데 내년에도 떨어지면 대체 몇 살이야? 서른이 되기 전엔 붙어야 하지 않겠어? 애들은 태어났는데 아비는 관직에 없으니, 이 일을 어쩌면 좋아."

"뭐야?"

얼굴이 벌게진 채 화가 나서 어쩔 줄 몰라 하는 언니를 둔 채 자경이 흥, 하는 얼굴로 자리에서 일어났다. 물 위로 드러난 백옥같이 흰 피부에 군살 없이 미끈한 몸매는 흠잡을 데 없이 태가 고와서 지켜보던 곽 씨가 저도 모르게 감탄했다.

목간통을 빠져나간 자경이 대청마루에 놓인 수건으로 몸을 감쌌다.

"행아는 어디 간 게야? 시중들지 않고."

분풀이할 곳을 찾지 못한 언니가 괜한 트집을 잡으며 툴툴거렸다.

"기다리는 소식이 있어 어디 좀 보냈수다. 이리 착착 다 챙겨두고 갔는데 몸에 차례대로 걸치는 게 뭐 그리 큰일이라고 시중까지 필요하대? 누가 보면 오늘내일하는 기력 없는 노인네인 줄 알겠네."

하여튼 자경은 입이 매워서 말로 해서는 이길 수가 없다. 더 붙어 봤자 제 손해라는 생각에 언니가 못마땅한 얼굴로 입을 꾹 다물었다. 그사이 벌써 자경은 푸른 치마에 상아색 저고리를 입은 뒤 노리개까지 패용하고 있었다.

"헌데 어찌 붉은 치마가 아니라 푸른 치마를 입으셨습니까?"

자경이 몸을 꾸미는 것을 지켜보던 곽 씨가 고개를 갸웃했다. 치마가 붉은색일수록 파란 하늘, 흰 구름과 대비되어 그네를 뛸 때 예뻐 보였다. 그래서 되도록 푸른색이나 흰색은 단오에 입지 않는 편이었는데 하필 오늘 같은 날 자경이 푸른 치마에 흰 저고리를 고른 것이 이상했다.

"언제나 붉은색만 입는 것이 지루해서."

고개를 갸웃하던 곽 씨는 자경이 나뭇가지를 엮어 머리 묶는 붉은 댕기를 유독 길게 늘어뜨리는 것을 보고 고개를 끄덕였다. 멀리서 보면 저렇게 하나만 붉은색인 채 나부끼는 게 더 독특하고 더 고와 보일 것이다. 역시 자경이구나 싶었다.

"우리도 이만 나가자. 물이 다 식었다."

"네."

자경의 언니 민 씨의 말에 따라 막내와 곽 씨가 모두 목간통에서 막 몸을 일으킬 때였다.

"아씨, 아씨!"

자경의 몸종인 행아가 숨을 헐떡이며 달려 들어오자 명경을 들여다보며 눈썹을 그리던 자경이 자리에서 벌떡 일어났다.

"상인, 상인 오라버니가 왔습니다요."

"그래? 무어라더냐?"

"이겼답니다. 무구 도련님 편이 이겼대요!"

"그래?"

"예. 혹시 지금 그리로 가실 거냐고, 아씨께 여쭤보고 오라고 했습니다."

"내 곧 준비하고 나갈 터이니 잠깐만 기다리라고 해라."

"말을 준비해두라고 할까요?"

"그러면 좋겠다."

행아가 다시 쏜살같이 밖으로 달려나갔다. 자경이 급히 자리에 앉아 눈썹을 마저 그린 뒤 연지로 입술을 찍었다.

"뭐냐? 어딜 간다는 게야?"

"무구가 격구 하는 데 가보려고."

"거길 왜 가?"

언니가 묻거나 말거나 자리에서 벌떡 일어난 자경이 미리 준비해 둔 가락지를 손가락에 낀 뒤 급히 신을 신고 밖으로 나섰다.

"야! 더 필요 없으면 행아나 이리로 좀 보내! 목간통도 치우고 할 일이 많다고!"

"행아가 언니 몸종이요? 다른 사람 불러서 하라 그래요!"

급히 뛰어가면서도 끝까지 한 마디를 지지 않는다. 분에 겨워 씩씩거리는 민 씨에게 곽 씨가 대신 수건을 건넸다.

"그나저나 오랜만에 보니 행아가 참 많이 고아졌습니다."

"그렇지? 어렸을 때도 봐줄 만했는데 요즘 더 예뻐졌어. 죽은 어미가 인물이 있는 편이었는데 어미를 닮았거든. 거기다 자경이가 제 동생마냥 끼고돌면서 챙긴 덕에 몸종치곤 곱게 자랐으니 더 고울 수밖에."

"언니는 나보다 행아를 더 좋아해."

막내가 불퉁하니 중얼거렸다. 아직 열 살도 되지 않아 아직 꾸미는 데 영 서툰 막내를 챙기면서 민 씨가 고개를 끄덕였다.

"그러니 말이다. 어떨 때 보면 누가 몸종이고 누가 아씨인지 모르겠어. 둘이 네댓 살 정도밖에 차이가 안 나는데 꼭 어미처럼 군다니까."

"형님도 참. 무슨 그런 말씀을 하셔요."

"진짜야. 유모가 죽은 뒤 행아 아비가 행아를 데려가겠다는 것을 자경이가 못 내준다고 난리 쳐서 우리가 거두기로 한 건데? 덕분에 박행아가 김행아가 된 거 아니냐. 재 아비는 박 씨인데 유모가 김 씨였거든. 키우지도 않은 아비 성을 뭣 하러 따르냐고 자경이가 빡빡 우겨서 김 씨가 된 거야. 행아야 뭐 자경이 말대로 지 아비보다 자경이랑 더 가까운 데다 자경이가 워낙에 잘해주니 여기 있는 게 싫을 리 없겠지. 저야 편하고 좋으니 아비를 안 따라가고 여기 있겠다고 한 것이겠지만, 부인도 잃고 하나밖에 없는 딸까지 내준 아비는 안 됐지."

행아의 모친인 김 씨는 본래 민제의 부인 송 씨의 몸종 출신으로 시집올 때 함께 데려온 이였다. 십 년 정도 같이 살다가 김 씨가 민제의 집을 드나들며 잡일을 하던 박 씨의 아들과 혼인하게 되자 송 씨가 따로 살림을 내줬더랬다. 그러나 자경이 태어나고 얼마 지나지 않아 줄줄이 사내아이들을 얻게 된 송 씨가 도무지 그 많은 아이를 홀로 감당할 수 없어 다시 김 씨를 불러들여 그녀에게 자경을 맡겼다. 위에 둘은 여자애답게 순하고 손이 많이 가지 않았는데 셋째인 자경은 유달리 예민하고 까다로워서 도무지 눈을 뗄 수가 없었기 때문이다.

그래서 자경은 어린 시절 거의 김 씨의 손에서 자라다시피 한 까닭에 김 씨에 대한 애착이 대단했다. 자경이 김 씨로부터 도통 떨어지려 하지 않는 바람에 혼인하고 한참이 지난 뒤에야 겨우 얻은 자식이 바로 행아였다.

이상하게 자경은 제 동생들은 질투하면서도 행아는 처음부터 매우 예뻐했다. 덕분에 행아는 어린 시절부터 자경과 거의 자매처럼 자랐다. 자경에게 모친 송 씨보다 김 씨가 더 어미 같았다면, 행아에겐 자신의 모친 김 씨보다 자경이 더 어미 같았다. 그래서 행아가 일곱 살 때 김 씨가 열병으로 죽은 뒤에도 자경과 행아는 떨어지지 않고 쭉 같이 지낼 수 있었다.

“몸종이 저리 예쁘면 보통 주인이 경계를 하고 미워하기 마련인데요.”

“그뿐인가, 몹쓸 사내놈들에게 손 타기도 십상이지. 아랫것들이야 인물이 반반하면 반반할수록 살기가 편치 않은 경우가 더 많은데, 저리 지낼 수 있으니 행아의 큰 복이지.”

“저리 끼고도시니 혼인할 때도 데려가시겠지요?”

“자경이야 그런다고 하겠지만, 네 말대로 계집애 인물이 너무 좋은데 혼인할 때 데려가는 거 좀 찝찝하지 않니?”

“에이, 행아 인물이 좋은 편이긴 하나 자경 아가씨한테는 댈 것이 아닌데요. 그리고 행아 어머니도 숙모님 몸종으로 따라오신 거라면서요.”

“그렇긴 하다만.”

민 씨는 영 마뜩잖은 얼굴이었다. 그 모습을 보고 있자니 손 위인데 너무 따박따박 대들었나, 뒤늦게 곽 씨는 조금 염려스러웠다.

“뭐 염려되신다면 이 댁에서 혼인시킨 뒤 데려가시면 되지 않겠습니까? 행아도 이제 혼인할 나이지 않습니까? 보아하니 또래보다 키도 훨씬 크고 몸도 다 자란 듯한데.”

“혼인?”

그저 수습하고자 툭 던진 말이었는데 민 씨가 눈을 반짝했다.

“행아는 상인이를 좋아해.”

큰언니에게 머리를 묶어 달라고 제가 골라온 댕기를 내밀며 막내가 당당히 말했다.

“뭐?”

"행아 말이야. 상인이만 보면 양 볼이 발개지던데."

"그래? 행아가?"

기운차게 고개를 끄덕이는 막둥이의 얼굴이 귀여워서 곽 씨와 민 씨가 웃음을 터뜨렸다.

"하긴 상인이도 꽤 인물이 좋으니, 행아가 그럴 만도 하지요."

"행아랑 상인이라, 언제나 붙어 다니는 것을 보면서도 그런 생각은 하지 못했는데. 너무 어린 시절부터 늘 같이 다녀서 감히 생각하지 못한 거 같기도 하고."

"둘이 좋아한다면 오히려 잘된 일 아닙니까?"

"하기야, 둘이 혼인하면 좋지. 어차피 자경이가 시집갈 때 둘 다 데려간다고 할 게 뻔하니까 내내 붙어 다닐 사람들끼리 혼인시키는 게 복잡하지 않고 편하겠지."

길에서 굶어 죽기 전에 운 좋게 민제와 자경에게 구조된 상인은 개경으로 돌아온 후엔 자경의 호위무사로 길러졌다. 자경이 처음부터 그리 원했고, 상인 역시 동의한 까닭이었다. 제 입으로 어떤 집에서 어찌 자랐는지 한 번도 말한 적 없을 뿐 아니라 심지어 묻는 말에도 기억나지 않는다고 대답하였으나, 민제가 가르쳤을 때 이미 글을 제법 알고 있는 걸 봐서 그리 낮은 출신은 아닌 게 분명했다. 거기다 똑똑하고 몸도 날래서 무엇을 가르치든 빨리 배웠다. 오죽하면 호적을 어떻게든 만들어 줄 터이니 과거를 한 번 쳐 볼 테냐, 민제가 권할 정도였다. 그러나 상인은 자신은 그리 큰일을 할 사람이 못 된다며 자경 아가씨나 잘 보호하겠다고 민제의 제안을 거절했다. 그리고 제가 한 말을 지키려는 듯 어쩔 땐 행아보다 더 성실히 자경의 수족 노릇을 하곤 했다.

"상인이 나이가 어찌 됩니까?"

"몰라. 저도 모른다고 하니까. 처음 데려올 땐 하도 작아서 의당 자경이보다 어린 줄 알았는데 좀 잘 먹이니까 신장이 쑥 길어지는 걸 보고 어쩌면 자경이보다 나이가 많을지도 모르겠다 싶더라. 헌데 또 수염 나는 것이 저리 더딘 걸 보면 어린 거 같기도 하고. 대충 자경이와 또래지 않을까 싶긴 한데."

"자경 아가씨와 비슷하다면 행아와 나이도 딱 맞지 않습니까. 안 그래도 둘이 인물이 훤해서 나란히 세워두면 그림 같던데요."

"그렇기야 하지."

아무리 귀족 가문의 여식이라 한들 몸종 하나 정도 데리고 다니는 것이 대부분인데, 자경만 독특하게 호위무사랍시고 상인까지 있는 것이 언니지만 좀 빈정이 상하던 참이었다. 심지어 저는 그런 것을 가진 적이 없었기 때문에 더 고까웠다. 거기다 자경이 인물이 좀 처지거나 상인이 좀 못났으면 말이라도 나왔을 터인데, 워낙에 자경이 잘난 데다 데리고 다니는 상인 역시 빠지는 게 없어서 자경이가 저리 예쁘니 집에서 불안하여 누굴 붙여 줬는갑다, 저 정도는 되어야 자경이랑 다닐 만하지, 이런 소리밖에 안 들려서 더 신경질이 났더랬다.

"그래, 정말 그럼 되겠구나. 어찌 둘이 혼인시키면 된다는 생각을 여태 못했을꼬?"

안 그래도 무슨 왕실의 공주님도 아니고 자경 하나를 사이에 두고 행아에 상인까지 끼고도는 게 영 마음에 안 들어서 어떻게든 저 셋을 좀 떼어 놓고 싶었으나 딱히 방법이 없었다. 자경이 혼인이라도 하면 핑계 삼아 행아든 상인이든 떼어 놓을 수 있지 않을까 하긴 했지만 행아와 상인이 혼인할 수도 있다는 것까지는 미처 생각하지 못했었다.

행아와 상인이 혼인한다면 셋의 관계가 달라질 수밖에 없을 것이다. 행아와 상인이 서로에게 집중하게 된다면, 자경은 자연스럽게 소외될 테니까. 어느 미친놈이 제 옆에 지어미를 두고 자경에게 목숨을 바치겠는가. 또 어느 여인이 지아비에게 자신보다 앞서는 여자가 있다는 것을 이해해주겠는가.

"둘이 먼저 그네 뛰러 가거라. 나는 어머님께 좀 들렀다 가야겠다."

"숙모님께요?"

"그래, 말 나온 김에 말씀드리려고 그런다. 행아랑 상인이."

"그걸 당장 숙모님께 말씀드린다고요? 그저 한 말이 아니라 진심이십니까?"

"그냥 한 말은 무슨, 아주 기가 막힌 생각이다. 잊어버리기 전에 당장 말씀드려야지."

신이 난 민 씨가 자리에서 일어나며 신을 꿰 신었다.

"어머님께 가는 길에 아랫것들에게 이것들을 치우라고 시킬 터이니 너희들은 신경 쓰지 말고."

둘이 혼인시키는 게 뭐 그리 급하고 뭐 저리 신날 일이기에 저러는 걸까. 어깨를 들썩이며 신나게 달려가는 민 씨를 보며 곽 씨가 고개를 갸웃했다.

***

"방원이가 어찌 이기더냐?"

"아씨처럼 상대편의 약점을 노려 경기했습니다. 혼자 다섯 점이나 땄습니다."

상인의 대답에 신이 난 자경이 말의 옆구리를 세게 찼다. 말이 콧김을 내뿜으며 속도를 더 빨리했다. 짐이 달려 있어 그만큼 따라갈 수 없는 상인이 앞서가는 자경의 뒷모습을 보며 애타는 얼굴을 했다.

훈목을 하러 가기 전, 자경은 상인과 행아를 불렀다. 상인에겐 무구를 따라가서 격구를 구경하라고 했다. 그리고 무구와 방원의 편이 이기는지 지는지, 특히 방원이 어찌 이기는지 잘 관찰한 뒤 경기가 끝나면 곧장 제게 알리라고 일렀다.

행아에겐 중문에서 상인을 기다리라고 했다. 여인들이 훈목을 하는 별당 근처까지 상인을 오라고 할 수 없는 노릇이라 생각해낸 방법이었다. 상인이 중문까지 와서 행아에게 경기 결과를 알려주면 행아가 별당으로 달려와 자경에게 말해주는 것이었는데, 모든 게 아주 기가 막히게 딱 맞아떨어지는 바람에 훈목이 끝나자마자 이리 격구장으로 달려갈 수 있게 되니 절로 신이 났다.

자경이 막 격구장에 도착하자, 냇가에서 등목을 하며 더운 땀을 씻어낸 선수들이 모여서 몸을 닦아내고 있었다.

"누이! 그네 뛰러 안 가고 여기 왜 왔소?"

"이겼다고 하여 축하해주러 왔지."

자경이 뒤쪽으로 눈짓하자 술동이를 들고 오는 상인이 보였다.

"그네 뛰는 거 구경 가기 전에 가볍게 목이나 축이라고."

"아, 역시! 우리 자경이 재치 있는 건 알아줘야 한다니까!"

윤규가 과장되게 감탄하자 여기저기서 박수가 터져 나왔다. 술동이가 가운데 놓이고 둘러싼 사내들 사이에서 잔이 도는 사이, 자경이 슬그머니 방원의 곁으로 다가갔다.

"다섯 점이나 땄다며?"

제 옆에 선 이가 자경이인 것을 확인한 방원의 눈이 휘둥그레졌다가 이내 부드럽게 휘었다.

"네, 덕분에요. 감사합니다."

담백한 대답이었으나 쳐다보는 눈빛이 깊었다.

"그리 고마우면 말로만 할 게 아니라 한턱내야 하는 거 아니냐?"

"그렇습니까? 뭘 해드릴까요? 뭐 갖고 싶으신 게 있으십니까?"

실제 경기에서 뛴 것은 방원이었기에 모른 척 잡아떼도 그만이련만 반박 한 번 하지 않고 곧장 고개를 끄덕이며 대답하는 게 좋았다. 딱히 필요하거나 원하는 것도 없었으나 그 마음이 예뻐서 자경의 기분이 둥실둥실해졌다.

"됐다. 그냥 해본 말이다."

"농이 아닙니다. 뭐라도 제가 해드리고 싶어서 그래요. 말씀해 보세요. 뭐든 갖고 싶은 게 없습니까?"

"진짜 해주려고?"

"그럼요."

단호한 얼굴로 방원이 고개를 끄덕였다.

"딱히 당장 생각나는 게 없는데."

"천천히 생각해 보세요. 뭐든요."

그럼 아주 작은 거라도 하나 받을까. 하나 놓아두면 두고두고 추억할 거리가 될 거 같긴 한데. 무얼 달라 할까. 칼이나 활을 달라고 해볼까. 아니다, 그건 너무 큰가.

일생 부족하게 자란 적이 없을 테니 당연히 대단히 필요한 것이나 원하는 것이 있을 리 없었다. 뭐 엄청난 것을 달라고 할 것도 아니면서 세상 진지한 얼굴로 고민하는 자경의 모습이 고왔다. 방원은 저도 모르게 자경의 얼굴을 뚫어져라 보느라 잠깐 넋을 놓았다.

"도련님."

그 바람에 가까이 온 소근이 방원을 부르다 못해 가볍게 손을 흔들고 나서야 비로소 정신이 들었다.

"어?"

"저기서부터 불렀는데 어찌 이리 못 들으십니까."

"왜? 왜? 무슨 일이 있느냐? 혹 함주에서."

"함주가 아닙니다. 함주가 아니라……."

말을 하기 전 소근이 마른 침을 삼켰다.

"개경 마님께서 방금 해산하셨습니다."

방원이 저도 모르게 숨을 한 움큼 들이켰다. 자경이 그제야 긴장된 얼굴로 소근을 보았다.

"아들이랍니다."

순간 눈앞이 아득해졌다. 한참이나 허공 어딘가를 정처 없이 떠돌던 두 눈은 새카맣고 커다란 두 눈과 마주치고 나서야 비로소 멈출 수 있었다. 방원과 자경이 숨조차 멈춘 채 잠깐 눈을 마주쳤다. 그러다 누가 먼저랄 것도 없이 급히 서로 고개를 돌렸다.

강 씨가 첫 아들을 낳았다. 방원의 이복남동생이 드디어 태어난 것이다.

***

"본래 이달 말쯤이 예정 아니었나? 좀 이르게 태어난 듯한데 아이는 괜찮다던가?"

"안 그래도 걱정되어 물어보았더니, 좀 작긴 해도 별다른 이상 없이 아주 건강하답니다."

"결국 아들을 보았구먼. 그 아들을 보자고 절에 시주를 얼마나 했나. 만약 딸이 태어났더라면 부처님 은덕이 없다고 욕을 했을 걸세."

"설마요. 그게 어찌 부처님 은덕입니까. 삼신할미가 점지해주시는 일인 것을요."

"이러나저러나 쌀 갖다 바친 데는 절이니, 제가 원하던 결과가 안 나오면 원망이 그리 향하지 않았겠나."

"그렇기야 하겠습니다만."

덖을 찻잎을 가져오면서 정몽주의 부인 이 씨는 강 씨가 아들을 낳았다는 소식도 함께 가져왔다. 덕분에 차를 덖는 내내 두 사람 사이에선 강 씨와 이성계 장군, 그리고 그 자식들의 이야기가 오가는 중이었다.

"방원이만 안 됐지. 이복동생이라니, 그것도 사내아이라니 얼마나 속이 심란할꼬."

"왜 방원이만 안됐습니까. 방간이도 있잖습니까?"

"방간인 덩치만 커다랬지, 아직은 애 같은 구석도 있고. 또 다 컸다 한들 별생각이 없어. 갠 아직 한참 더 커야 뭐가 뭔지 알게야. 허나 방원이는 그렇지 않거든."

"하긴, 아까 들어오는 길에 방원이랑 마주쳤는데 저는 애들과 술 마시러 가지 않고 책 읽는다고 하더이다."

"격구 끝나자마자 냉큼 술 마시러 간 방간이랑 비교되지 않나? 그런 애라니까. 심란하니 어울려 놀 정신이 있을 리 있나. 그러니 책이나 읽겠단 핑계로 집에 들어온 게지. 지금 책상 앞에 앉아 있어도 글이 눈에 들어올 리도 없을 텐데."

덖은 찻잎을 통에 옮겨 담으며 송 씨가 혀를 찼다.

"제가 과거에 급제하여 아버지가 개경에서 자리를 잡게 되면 어미도 개경으로 모시고 오는 게 꿈이라던데. 저는 과거에 언제 붙을지 기약도 없고 개경에 있는 어머니는 턱 하니 아들을 낳았으니 어린 게 얼마나 갑갑하겠나."

"똑똑한 아이이니 과거에 붙겠지요. 과거에 붙기만 한다면야."

웃으며 말을 잇던 이 씨가 고개를 갸웃했다.

"방원이가 과거에 붙으면 이 장군을 개경에서 자리 잡도록 돕고 싶다고 했다고요?"

"그러더군. 제 형들은 아버지 옆에서 직접 돕는데, 저는 그런 재주가 없으니 학문을 하는 거라고."

"이상하네요."

"무엇이?"

"부모가 자식을 위해서 헌신하는 게 일반적이지 않습니까. 헌데 이 장군 집은 어째 이 장군을 위해서 자식들이 애쓰는 거 같습니다. 저번 전투에서도 아들들이 그리 아버지를 위해 열심히 뛰어다니고서 정작 그 공은 다 아버지에게 몰아줬다던데 방원이도 급제하는 이유가 아버지를 위해서라고 하고요."

"그거야 아직은 그 집안에서 이성계 장군이 제일 유명하니 그런 거 아니겠나. 이 장군이 일단 잘 돼야 모두가 그 덕을 볼 수 있다고 생각하는 게지. 대대로 개경 귀족으로 살아온 가문과는 처한 현실이 다르니 아이들이 그리 생각할 수 있지 않겠는가. 내가 안쓰러운 것은 이제 강 씨가 아들을 낳았으니 고생은 누가 하고 공은 누가 보겠다 싫어서일세. 생각해 보게. 전장에서 칼 쓰는 것도 어렵지만 정치도 그만큼이나, 아니 어쩌면 그보다 더 어려운 일 아닌가. 방원이가 급제한다 한들 누가 후견인이 되어 그 아이의 뒤를 봐줄 것이며, 누가 가까이서 정치적인 조언을 해줄 거냔 말일세. 강 씨에게 아들이나 없었다면, 방원이에게 기대를 걸고 도와줬겠으나 이제 제 아들이 있는데 배다른 자식들이 잘 나가는 걸 마냥 곱게 보고 있을 성정도 아니지 않나. 내 그래서 유독 방원이가 안타깝다는 게야. 방간이야 보아하니 어차피 공부보단 칼 쓰는 쪽이라, 여차하면 이미 자리 잡은 제 형들 곁으로 가 그것을 물려받으면 되겠지만 방원인 그런 것도 아니니 천상 이곳에서 버텨야 할 터인데. 실컷 고생만 하고 이용만 당하는 건 아닐지."

"설마요. 걱정이 너무 과하십니다. 저희 집 어른도 그렇고 민 대감님께서도 방원이를 아주 기특하고 어여쁘게 생각하던데 많이 가르쳐주고 도와주겠지요. 어차피 강 씨의 가문이야 제 오라비가 죽고 나서는 이름뿐인 것을요. 방원이는 벌써 장성하여 자리 잡은 형들이 넷이나 있는 다섯째인데."

"아이쿠, 너 언제 돌아온 게냐?"

차 통을 정리하던 송 씨가 멀리 서 있는 자경을 보고 화들짝 놀랐다.

"자경이구나. 왔으면 기척이라도 내지, 왜 그러고 선 게야? 언제부터 게 있었느냐?"

"방금 들어왔습니다."

거짓말이었다. 실은 아까 차를 덖기 시작할 때부터 이곳에 있었다. 두 사람의 이야기를 듣느라 몸을 숨기고 숨을 죽였더랬다.

"그네를 뛰러 가지 않았니?"

이 씨가 다정하게 자경의 머리를 쓰다듬으며 말을 건넸다.

"아까 목간을 하다가 바람이 잘못 들어간 탓인지, 몸이 으슬으슬해서 그네 뛸 기분이 아니라서 돌아왔습니다."

"그래? 방금 덖은 차 한 잔 주랴? 안 그래도 사랑채에 내어갈 차를 내리려던 참이었거든."

"사랑채에 손님들 오셨습니까?"

"늘 모이시는 분들이 오늘도 모이셨지."

찻상을 정리하던 이 씨를 물끄러미 보던 자경이 손을 내밀었다.

"제가 들고 가겠습니다."

"네가?"

자경의 말에 송 씨가 눈을 치켜떴다.

"또 사랑채에 가서 끼어 있으려고?"

"형님."

자경의 혼인이 늦어지고 주변에서 그것에 대해서 건네는 말들이 많아지면서, 어질고 유순하다는 평이 무색하게 송 씨는 요즘 자경에 대해서만큼은 부쩍 예민했다.

이 씨가 송 씨의 눈치를 살피며 찻상을 자경에게 건넸다.

"몸도 안 좋다니 얼른 드리고 건너오너라. 오면 내 아주 맛있게 차를 내려주마."

"네."

자경이 찻상을 건네받으며 흘깃 송 씨를 살폈다. 어느새 몸을 돌린 송 씨는 벌써 새로운 차를 내리는 중이었다. 이 씨가 어서 가라는 듯 자경에게 눈짓했다. 자경이 고맙다는 눈인사를 건넨 뒤 돌아섰다.

***

“이 시중의 행태가 점입가경입니다.”

“이제 눈치 볼 사람이 아무도 없으니 그리될 수밖에요. 명덕태후 마마께서 돌아가셨을 때, 이미 예견된 일 아니었습니까.”

“전하라도 정신을 차리시면 좋을 텐데.”

“전하께서 정신을 차리신다 한들, 뾰족한 수가 있습니까. 누가 전하에게 힘을 실어드릴 것입니까. 그나마 이 시중에 대응할만한 병력을 가진 최 장군이 이 시중 옆에 있는데요. 대책이 없지 않습니까.”

몽주의 일갈에 사랑채가 조용해졌다.

“그래서 이 시중이 이 장군을 경계하는 거 아닌가. 최 장군은 이미 제 사람으로 만들어뒀으니, 이 장군만 함주에 붙들어놓으면 된다 이거지.”

“최 장군도 참으로 답답하십니다. 이 시중이 어떤 인간인 줄 뻔히 알면서 그리 엮여 있다니.”

“최 장군은 이 시중보다 우리가 더 싫을 테니, 그럴 수밖에요. 을묘년의 일을 잊으셨습니까?”

왕의 즉위년인 을묘년에 새로운 권력자가 된 이인임은 명나라와의 외교를 중단하고 원나라와의 외교를 회복했다. 명나라 사신들을 죽이기까지 하는 이인임의 횡포에 성균관을 중심으로 한 젊은 유학자들이 일제히 반대하면서 정국은 긴장 관계에 휩싸였더랬다.

“이 시중이 저리 기세등등하니 삼봉(정도전)의 복귀는 물 건너간 것 같습니다.”

“때를 기다려 볼 수밖에.”

"삼봉재는 또 이사를 했다던데."

"이젠 연락도 잘 안 됩니다."

"무소식이 희소식이라지 않나. 잘 있겠지. 너무 걱정 마시게."

시무룩한 권근을 남재가 위로했다. 생각하는 걱정거리는 다들 같았으나, 난국을 타개할 뾰족한 수를 모두 찾지 못하고 있다는 것이 가장 큰 문제였다. 삼삼오오 사랑채에 모이는 인물들도 다 거기서 거기였고, 회합의 장소도 늘 정해져 있었으며, 하는 말들도 어제나 오늘이나 내일이나 다 비슷했다.

둘러앉은 이들을 보며 민제가 한숨을 내쉬었다. 사실 가장 큰 문제는 이들을 하나로 묶을 구심점이 없다는 거였다. 어설프게 제 목소리를 냈다가는 어찌 보복당하는지 이미 뼈저리게 겪었기 때문이다. 심지어 그러는 과정에서 아까운 동지를 잃기까지 하지 않았던가. 아직 을묘년의 악몽이 생생한데 선뜻 용기를 내서 앞장서는 것이 쉽지 않은 게 당연했다.

"너는 안 나가고 거기 계속 앉아 있을 참이냐?"

사랑채 제일 가장자리 쪽에 앉은 자경을 보며 몽주가 인상을 찌푸렸다.

"한두 번도 아닌데 새삼스레 왜 그러십니까?"

"어릴 때야 그러려니 했습니다만, 이제 내일모레 시집을 가야 할 과년한 여식이 이리 버티고 있으니 불편해서요."

"시집을 가야 하니 더 버티고 있어야지요. 이런 것들을 열심히 알아둬야 혼인한 뒤 지아비에게 도움이 되는 내조를 할 수 있지 않겠습니까."

남재가 웃으며 자경을 두둔했다.

"그만 나가보거라."

"이성계 장군님께서 개경에서 새로이 아드님을 보셨다는데, 그 아드님을 핑계 삼아 개경에 눌러앉으실 순 없으십니까."

나가라는 민제의 말에 대한 자경의 대꾸였다. 당돌한 자경의 물음에 좌중이 모두 놀라 잠시간 숨소리조차 들리지 않았다. 잠깐의 침묵이 흐른 뒤 남재가 입을 열었다.

"아들을 핑계 삼아 개경에 자주 들를 수야 있겠지만, 그렇다고 해서 정치를 할 순 없지 않느냐."

"그래도 이전보다 개경에 자주 오시면, 여러모로 좀 낫지 않을까요."

"이 장군이 개경에 올 확실한 핑계가 생긴 것은 좋은 일이나, 오히려 그로 인해 이 시중의 신경을 건드리게 되면 오히려 좋을 게 없지."

"최 장군이 이 장군을 매우 신임하고 좋아하긴 하던데. 이 시중이 이 장군을 치지 못하는 이유가 최 장군 때문 아닙니까."

"최 장군이 이 장군을 좋아하는 것이 과연 우리에게 이득일까. 그것 역시 깊이 생각해 봐야 할 문제야."

낮게 읊조리는 권근의 낯빛이 어두웠다.

"이 장군은 무인이지만 최 장군과는 매우 다르네."

한때 그의 군사로 있어 본 적이 있는 몽주가 이 장군을 두둔했다.

"아직 정치를 본격적으로 해본 것은 아니니, 확신할 수 없는 일입니다. 본디 사람의 앞날이란 쉬이 예상할 수 없기에 걱정스러운 것 아니겠습니까."

"하긴 신돈이 있을 때만 해도 이 시중은 개혁가라고 불렸으니까."

어느새 다시 냉소적으로 되어버린 이들을 보며 자경이 저도 모르게 눈살을 찌푸렸다. 그 모습을 멀리서 보며 민제가 슬쩍 웃었다. 자경이 무슨 생각을 하는지 알 만했다. 나이가 어리고 성격이 호쾌한 자경이 이런 식으로 제자리를 돌고 도는 대화를 이해하긴 어려울 것이다.

이들은 아는 게 너무 많았고, 그래서 생각이 너무 많았다. 개경에서 나고 자라 어려서부터 지나치게 서로를 잘 알 뿐만 아니라 정치에 대해서 몸에 익을 때로 익어서 너무나 익숙한 이들이 개혁을 할 수 없었다. 그래서 공민왕도 위험을 감수하고서라도 신돈이란 인물을 끌어들였을 거다.

실제 신돈은 처음 등장해서 공민왕이 바라는 대로 개혁을 실행했다. 신돈을 싫어하지만, 신돈이 한 개혁의 가장 큰 수혜자들이 결국 목은 이색이 길러냈던 젊은 유학자들인 것을 보면 그 개혁이 마냥 의미 없다고 폄하할 것만은 아니었다. 신돈은 밑바닥 인생이었던 만큼 백성들에게 무엇이 필요한지 잘 알고 있었고 현 고려의 문제점에 대해서도 인식하고 있었다. 허나 그는 배우지 못했고 견문이 얕아 그 이상 나아가지 못했다. 신돈의 부족한 부분을 받쳐줘야 하는 것이 유학자들의 역할이었는데, 유학자들은 불교를 배척하였기에 승려인 신돈에게 거부감을 느꼈고, 그의 편이 되어주지 않았다. 신돈의 개혁은 끝내 반쪽짜리로 실패할 수밖에 없었다. 만약 신돈을 잘 이용했다면, 그 후 결과가 이보단 나았을까. 역사에 가정은 없다지만, 민제는 요즘 부쩍 그런 생각을 하곤 했다.

"이런, 벌써 해가 지고 있습니다. 이만 일어나야겠는데요."

하늘이 울긋불긋한 것이 노을이 지는 모양이었다. 해가 떨어지고 나면 곧 날이 어두워질 것이고 그럼 단오제가 시작될 거다.

"그러게요. 더 늦으면 거리를 지나다니기도 힘들지 않습니까."

"자경이도 밤마실 갈 준비를 해야겠구나."

자리에서 일어나 나갈 채비를 하며 다들 자경을 보고 부러운 듯 미소 지었다. 자경이 대꾸 없이 고개를 숙이며 배웅했다.

사랑채 앞에서 모두와 인사를 나누고 돌아선 민제가 자경을 보았다.

"찻잔은 아랫것들을 불러 치울 터이니, 이만 나가보아라."

"여쭙고 싶은 게 있습니다."

"그럼 들어오너라."

민제가 상석에 앉자 자경이 그 맞은편에 자리했다.

"을묘년에 있었던 일을 자세히 말해주세요. 왜 그리 최영 장군을 못 미더워하시는 것입니까?"

자경은 단순히 최영 장군이 유학자들의 뜻대로 움직여주지 않아서 싫어하는 줄 알았다. 허나 오늘 대화를 들어보니 최영에 대한 불신이 그보단 훨씬 더 뿌리 깊은 듯했다.

"네가 어릴 때 있었던 일인 데다 애써 곱씹을 정도로 좋은 일이 아니니 굳이 입 밖으로 내지 않아 네가 잘 모를 수도 있겠구나."

"을묘년에 원나라 사신의 접대 문제와 명나라 사대에 대한 일로 인해 수많은 젊은 유학자들이 이 시중에게 반발했다가 유배를 가고 고문을 당했다는 것을 알고 있습니다. 그때 박상충 어른께서 돌아가시지 않으셨습니까. 어리다곤 하나 은이가 무구, 무질이의 가까운 벗인데, 어찌 그간의 사정을 모르겠습니까."

"박상충 대감이 누구 때문에 죽었는지 아느냐?"

"설마 최 장군이 그리하셨단 말입니까."

"그랬다."

"왜 그리, 유모 장 씨 때도 그러시더니 대체 왜 그러셨답니까. 충신이지 않습니까. 사심도 없으신 분 아니십니까."

"그렇지. 충신이지. 백성들의 신망을 한 몸에 받고 있지. 여전히 초가집에 살며 아침마다 자신이 쓸 땔감을 직접 도끼질을 하는 분이시지. 헌데 그는 이 시중과 가까이 지내고, 이 시중의 횡포를 모른 척하며, 유학자들을 고문했고 전하로부터 유모 장 씨를 떼어 내는 데 누구보다 열을 올렸다."

이해할 수 없었다. 자경의 짧은 소견으로는 상식적으로 납득할 수 없는 행보였다.

"아주 일관적이지 않느냐?"

"일관적이라고요? 일관성이 없는 것이 아니고요?"

"일관적이지. 전형적인 장군의 행보이니 말이다."

"그것이 장군다운 행보라고요?"

"여기 호수가 있다고 생각해 보자. 누군가 최 장군에게 그 호수를 맡겼어. 그럼 장군은 어찌하겠느냐?"

"지키시겠지요."

"그렇지. 책임 있게 지킬 게다. 그게 최 장군이야. 자신이 지켜야 할 것을 그대로 지키는 게 인생의 유일한 목표인 사람이니까. 그것 외엔 다른 생각을 할 수 없는, 하고 싶지도 않아 하는 굳건한 무인이란 말이다. 최 장군에게 호수를 지키라고 한다면 그는 목숨을 걸고 지킬 게야. 문제는 말이다. 장군에게 맡겨진 호수가 저 아래서부터 썩어들어가고 있는데 장군은 썩어가는 호수를 지키기만 하고 있다는 거야. 호수 저 아래가 썩고 있어도 그 호수를 그대로 지키는 게 우선이니까, 일단 겉으로만 흠이 나지 않게 완벽하게 그대로 두는 게 자신의 할 일이라고 생각하니 말이다. 최 장군은 분명 충신이다.

충신이기에 을묘년에 유학자들을 고문했지. 유모 장 씨를 축출한 것도 같은 이유야. 그는 고려를 지키기 위해서 그리 한 게다. 충신이라서. 그게 그가 호수를 지키는 방식인 게야."

이제야 비로소 자경은 최영과 개혁적인 신료들 사이의 갈등이 무엇인지 이해할 수 있었다. 태생적으로 현상을 바라보는 시선이 둘은 전혀 달랐다. 호수를 지키고 싶어 하는 마음은 같다 해도 그 '지킨다'는 의미와 방법이 전혀 다르니 첨예하게 대립할 수밖에 없었던 것이다.

"최 장군은 호수를 고쳐야 한다는 걸 이해 못 하시는 게로군요. 그래서 개혁을 혼란만 일으킬 뿐이라고 싫어하시는 거고요."

"맞아. 개혁이란 호수의 아래에 고여서 썩은 아랫물을 다 퍼내고 새 물을 담는 거다. 더러운 물을 퍼내는 과정에서 호숫물을 더 더럽게 만들 수도 있어. 아니 한동안은 오히려 물이 더 더러워질 게다. 악취가 나고 주변도 너저분해지겠지. 대신 그 과정을 뚝심 있게 잘 버티면 깨끗한 물을 얻을 수 있어. 진정한 개혁자의 훌륭한 정치란 그렇게 더러운 물을 한 바탕 휘저어 모두 없앤 후 새로이 깨끗하고 맑은 물을 거기에 채워 넣을 때까지 흔들리지 않고 모두를 독려하며 이끌고 나가는 것이다. 거기서 더 멀리 볼 줄 아는 인물이라면 호수의 근본적인 한계를 깨닫고 수로를 만들어 강과 통하여 바다까지 흘러갈 수 있도록 하겠지. 그럼 다시는 물이 썩어들어가는 일이 없을 테니 말이다. 허나 생각해 보거라. 그러기 위해선 얼마나 많은 시간과 노력이 필요하며 또 그로 인해 얼마나 많은 변화가 일어날 것인지를. 필히 주변의 많은 것들이 변화할 것이다. 변할 수밖에 없을 게야. 과연 모두가 그 변화를 쉬이 받아들일 수 있을까?"

"어렵겠지요."

"그러니 개혁이 쉽지 않은 게지. 대부분 범인(凡人)은 눈앞의 현실만을 보거든. 그래서 잠깐 물이 더러워지는 것을 견디지 못할 뿐 아니라 잠깐이나마 더 더러워지는 것처럼 보이는 순간마다 불안해서 어쩔 줄 모를 거야. 그런데 거기다 더해서 호수 주변을 아예 싹 다 고쳐야 한다고 하면 어느 누가 쉬이 그러라고 하겠느냐. 그 결과가 진정 좋을 수 있느냐 다들 의문을 가지고 항의하는 게 보통 아니겠느냐. 그 항의를 받으면서도 꺾이지 않고 끝까지 밀고 나가기 위해선 많은 노력과 도움이 필요하다. 단지 개인의 의지만으로 되는 게 아니야."

지금껏 개혁은 수없이 많은 이들이 다양한 방식으로 여러 번 시도했다. 허나 대부분 흙탕물을 휘젓는데 그쳤을 뿐, 거기서 더 나아가지 못했다. 초조한 마음으로 급히 처리하다 보니 아니함만 못한 결과를 얻게 되는 경우가 태반이었다.

"개혁의 과정이 혼란스럽고 힘든 것은 알겠으나 그렇다고 해서 시도하는 것조차 막으시다니, 최 장군은 그럼 물이 깨끗해야 한다는 필요성마저 모르시는 분이란 말입니까?"

"필요성은 알지. 필요성은 알지만, 그것을 위해서 호수를 다 헤집는 걸 이해하지 못한다. 지금 상태에서 최대한 더 나빠지지 않도록 노력하는 게 우리가 할 일이라고 생각하거든. 그게 최영이란 인물의 한계다. 평화로운 시기에 태어났다면 그는 더할 나위 없이 훌륭한, 역사에 남는 그런 장군이 되었을 게다. 허나 지금은 그런 시대가 아니지 않느냐. 이젠 더 쓸 수가 없을 정도로 물이 썩다 못해 악취가 나는데 그거라도 지켜야 한다고 하고 있으니, 어리석다고 할 수밖에."

최영은 유학자들은 탁상공론이나 일삼는 한가한 족속들이며 젊은 신료들은 불평불만만을 늘어놓는 한심한 인물들이라고 생각했다. 현시대의 문제점을 지적하는 것조차 그는 견디지 못했다. 견딜 수가 없는 거다. 그가 일생을 지켜온 호수가 썩었다는 것을 인정하고 싶지 않을 테니 말이다.

"아버지는 최 장군이 개혁에 적절치 못할 뿐만 아니라 방해가 되는 인물이라고 이미 결론을 내리신 게로군요."

"오래전에, 아주 오래전부터 나는 그리 결론을 내렸다."

"허면 아버지가 늘 어울리시는 유학자들은 개혁을 어찌해야 하는지 알고 있습니까. 그들은 확실히 최 장군과는 다릅니까?"

"내 사랑채에 모이는 이들은 모두 개혁이 필요하며 어찌해야 하는지 알지. 책으로는 배웠으니 머릿속으로는 모두 다 알고는 있지. 허나 머리로 아는 것과 실천하는 건 전혀 다른 문제다. 개혁이 시작되면 필히 혼란스럽고, 불안한 순간들이 닥쳐올 것이다. 유학자들의 문제는 개혁의 과정에서 혼란스러운 시간이 닥쳐왔을 때 그것을 견디면서 끝까지 뚝심 있게 밀고 나갈만한 신념과 정신을 가진 있는 이가 많지 않다는 것이다. 아니, 거의 없지. 흔치 않아."

민제가 자조적으로 읊조렸다. 당장 목은 이색만 해도 견디지 못했다. 극단적인 것을 싫어하는 성정 탓이라고 모두가 그랬지만, 민제는 그것이 어쩌면 지나치게 많이 아는 이의 한계일지도 모른다는 생각을 하곤 했다.

그러니까 대부분 두려운 거다. 막상 제가 머릿속으로 알고 있던 것이 제대로 실현되지 않을까 봐, 그리고 그것이 실현될 때까지 자길 지켜주는 이가 없을까 봐, 그 모든 게 겁이 나서 결정적인 순간 망설일 수밖에 없는 것이 문인들의 현실이자 한계였다.

“유학자라 해봤자 다들 귀족 아니냐. 개혁은 내 손에 쥔 것을 모두 놓을 결심을 해야만 가능하다. 내 온몸을 버릴 수도 있고, 내 것을 모두 잃을지도 모른다는 각오를 해야 해. 그런 각오로 뛰어들어도 성공할까 말까 한 어려운 일이야. 허나 개경 귀족 가문에서 곱게 자란 이들에게 어찌 그럴 용기가 있겠느냐.”

“자신의 소신을 지키기 위해 죽음도 불사하는 것이 유학자들 아닙니까.”

“무언가를 지키기 위해 죽는 건 쉽다. 오히려 새로운 변화에 몸을 던지는 게 어렵지. 내가 이미 손에 쥔 것은 지키다 보면 최악의 경우 그것만이라도 얻게 되지만, 새로운 변화에 나를 던지는 것은 후에 어떤 평가를 받을지 스스로도 알 수 없는 일 아니냐. 둘은 전혀 다른 문제야. 너는 염흥방이 다른 유학자들보다 특별히 더 비겁하여 그런 선택을 했다고 생각하느냐.”

한때 이색이 옛것을 좋아하고 몸을 닦으며 참된 마음을 간직하고 사물을 사랑하는 사람이라고 극찬했던 염흥방은 을묘년의 일을 겪은 뒤 변절하여 누구보다 충실한 이인임의 조력자가 되었다.

“그렇지 않아. 염흥방은 현재 유학자들이 가진 한계를 분명히 보여 주는 아주 솔직한 인물일 뿐이야. 그 역시 무언가를 지키기 위해 변절한 것이거든. 소신을 지키기 위해 목숨을 던지는 것이나 재산을 지키기 위해 변절하는 것이나 본질은 그리 다르지 않다.”

모두가 염흥방을 손가락질하고 비난했으나 민제는 그러지 않았다. 침 뱉고 돌아서는 건 쉬운 일이었으나, 마음이 편한 일은 아니었기 때문이다.

"수없이 시도했던 토지 개혁이 왜 실패했겠느냐? 막상 제 것을 빼앗아간다고 하면 입으로는 개혁을 부르짖던 이들도 멈칫하기 마련이라서 그런 게야."

"허면 이 나라의 개혁은 대체 누가 할 수 있단 말입니까."

"아래에서 위로 올라와야지. 개혁은 반드시 아래에서 시작돼야 성공할 수 있다."

민제가 단호히 대답했다. 이러한 생각은 명나라 사신으로 다녀오면서 더더욱 확고해졌다.

"손에 쥔 게 없어야 잃을 게 없고, 잃을 게 없어야 겁날 것도 거칠 것도 없거든. 결국 개경 귀족들은 이 판을 바꾸지 못할 게다. 그들은 바꿀 수 없어."

중원에서 도적이 황제가 된 것을 모두가 신기하게 여겼으나, 민제는 그것이 당연하다고 생각했다. 주원장은 개혁의 선봉에 서서 끝내 권력을 쟁취할 수 있는 모든 요건을 갖추고 있었다.

그는 오랫동안 밑바닥 생활을 하여 누구보다 백성들의 처지를 잘 알고 있었고, 도적 출신이라 군사력이 있었으며, 도적 생활을 오래 한 덕분에 무엇이든 빼앗아 제 것으로 만드는데 능했다. 민제는 그를 보고 깨달았다. 세상을 전복시키는 건 바로 그런 자들이라야 할 수 있는 것이라는 걸 말이다. 높은 지붕 아래에서 비를 피하면서, 두툼한 외벽으로 바람을 막아가면서, 따뜻한 밥을 먹고 자란 이들은 감히 할 수 없는 일이었다.

"아버님이 보시기에 개경 귀족 출신의 유학자들은 아무것도 할 수 없단 말씀이십니까?"

"할 일이 없다고는 하지 않았다. 각자 할 일이 다르다는 것이지."

주원장이 단지 도적에 그치지 아니하고 황제가 된 데에는 그의 장자방인 '유기'가 있었기 때문이었다. 유기는 과거에 급제한 문인이었다. 그의 지식이 주원장을 도적에서 황제로 만들었다. 글조차 제대로 읽지 못하는 주원장이 명나라를 세우고 기틀을 닦을 수 있었던 것은 유기와 같은 학자들의 도움 덕분이었다.

"고작 조력자이지 않습니까."

"그건 고작이 아니다. 그나마도 할 수 있다는 것이 대단한 것이지. 그런 조력자로 몸을 싣는 일도 쉽지 않은 법이거든."

"변화에 온몸을 던진다는 것이 그리 어려운 일이란 말입니까."

"네가 살면서 무언가를 크게 잃어본 적이 없어서 아직 모르는 게야. 잃는다는 건 쉬운 일이 아니다. 그것이 단지 부귀나 영화일 때도 쉽지 않은데, 목숨이라면 어떻겠느냐. 거기다 내 목숨만이 아니라 내가 아끼는 이들의 목숨까지 이어져 있다면, 더더욱 쉬운 일이 아니지. 너는 전하께서 단지 유모 장 씨를 잃어서 저리되었다고 생각하느냐?"

"그런 것 아닙니까. 공민왕께서 노국공주를 잃은 뒤부터 정신을 놓으신 것처럼요."

"아니. 공민왕 전하와 지금의 전하는 다르다. 노국공주는 난산으로 인해 목숨을 잃은 거지만 유모 장 씨는 전하의 친정을 위해 애쓰다가 정치적으로 제거된 것이 아니냐. 전하께서는 무슨 수를 써서라도 유모 장 씨를 살리고 싶어 하셨다. 허나 끝내 실패했지. 전하께서 그리 애를 썼음에도 이 세상에서 제일 살리고 싶은 한 사람을 살리지 못한 거다. 그쯤 되면 무슨 생각이 들 것 같으냐. 내가 끝까지 반대해도 가장 아끼는 사람을 제 눈앞에서 무참히 죽이는데, 저런 자들은 나를 죽이는 일도 아무것도 아니겠구나, 그런 생각이 들지 않겠느냐? 그러니 미칠 수밖에. 아니, 미친 척이라도 해서 제 목숨을 보전할 수밖에. 저것도 정치다. 저 미친 짓도 전하께서 하시는 정치인 게야."

자경은 이제야 비로소 이 긴 대화의 끝이 무엇을 가리키는지 알 것 같았다.

"결국 군사력이 매우 중요하고 필요하다 그 말씀이시군요."

"그렇지. 호수가 휘저어지는 동안 여기저기서 온갖 난리를 다 칠 터인데, 그것을 무엇으로 막겠느냐. 불안해서 흔들리는 이들을 겁박해서라도 안정시키려면 무력이 필요하다. 보호받지 못한다면 스스로를 지키기 위해 인간은 흔들리고 비굴해질 수밖에 없어. 감정적 동요 없이 끝까지 이성적으로 개혁을 성공시키려면 안정적인 군사력이 반드시 있어야 해."

"그래서 둘째 언니를 이 장군의 가문에 시집보낸 것입니까?"

민제가 둘째 딸을 이천우에게 시집보내기로 했을 때 사람들은 꽤 의아해하며 수군거렸다. 둘째가 인물로 보나 재주로 보나 민제의 자식 중 제일 처진다는 평이 있긴 했지만 그래도 여흥 민 씨 가문의 여식이었다. 그런 민제가 이성계의 아들도 아니고 이성계 이복형의 아들과 제 딸을 혼인시킨 것은 매우 놀라운 일이었다. 이천우의 풍채가 훤칠하여 그리 손해 보는 장사는 아니라고 혼인날 사람들이 우스갯소리를 하긴 했으나 확실히 그 혼인은 누가 봐도 민제의 가문이 손해 보는 것이었다.

"방원이를 제자로 받은 것도 그런 이유입니까?"

그저 똑똑해서 받았다는 아버지의 말은 처음부터 믿지 않았다. 허나 이리 깊은 생각으로 오래전부터 꼼꼼하게 줄을 대고 있을 줄은 몰랐다. 민제는 그저 최영이 아닌 새로운 장군을 찾는 게 아니라 더 큰 그림을 그리고 있는 게 분명했다. 과연 문지방을 닳도록 이곳에 드나드는 유학자들 중에 민제의 이런 생각을 알고 있는 사람이 몇이나 될까. 자경이 새삼스럽게 민제를 바라보았다. 민제가 대답 대신 빙긋 웃으며 자경을 가만히 쳐다보았다.

"너는 오늘 왜 그네를 뛰러 가지 않고 이리 일찍 집에 들어왔느냐? 단오에 집에 얌전히 있는 네가 아니지 않으냐."

예상치 못한 민제의 물음에 자경이 순간 당황했다.

"혹 방원이가 놀러 나가지 않고 집에 책을 읽는다며 틀어박힌 게 신경 쓰여서 그러는 게냐."

"무슨 말씀을 하시는 것입니까."

"아니, 단옷날 다른 이들은 다 놀러 나갔는데 너희 둘만 집에 일찍 들어온 게 이상해서 말이다."

발끈한 자경이 자리에서 벌떡 일어났다.

"저는 몸이 안 좋아서 일찍 들어온 것뿐입니다. 쓸데없는 생각 마시어요."

획 돌아서서 나가던 자경이 몸을 돌렸다.

"혹 아버지의 그림에 저를 넣을 생각은 하지 마셔요. 저는 아버지 뜻대로 살지 않을 것입니다. 저를 바둑알로 생각하시고 수를 두듯 놓으신다면 큰코다치실 거예요. 모자랄 정도로 순해서 아버지가 죽으라면 죽는시늉도 하던 둘째 언니랑 저는 달라요!"

눈을 크게 부라리며 당부한 자경이 신경질적으로 사랑채 문을 열고 나섰다. 방에 혼자 남은 민제가 싱긋 웃었다.

***

사랑채에서 나온 자경이 별당으로 가려다 말고 몸을 돌려 사랑채 뒤쪽으로 향했다. 사랑채 뒤편엔 방원이 묵고 있는 별채가 있었다. 문밖으로 환한 불빛과 함께 방원의 책 읽는 소리가 흘러나오고 있었다.

"여문 왈, 능자득사자는 왕이오(能自得師者王), 위인막기야자는 망이라(謂人莫己若者亡). 스스로 스승을 얻을 수 있는 사람은 왕 노릇을 할 것이요. 남은 자기만 같지 못하다고 말하는 사람은 망할 것이다."

서경(書經)의 중훼지고(仲虺之誥)였다. 탕왕의 재상 중훼가 했던 말을 적은 것으로 공민왕이 특히 서경 중에서도 중훼지고를 즐겨 읽었다고 했다.

"호문칙유(好問則裕)하면 자용칙소(自用則小)라. 묻기를 좋아하면 넉넉하여지고 자기의 뜻만을 쓰면 작아지느니."

죽죽 읽어 내려가는데 조금의 머뭇거림이나 막힘이 없었다. 내년에 일단 국자감시를 치를 것이라고 들었다. 아마도 방원 정도면 무난히 합격할 거라고 했다. 글 읽는 소리를 듣고 있자니 강 씨가 왜 내 배에서 낳지 않았나 한탄하는 마음이 어떤 것인지 이해가 갈 것 같았다.

강 씨가 태어나 자라온 가문은 쟁취하는 것에 익숙한 집안이었다. 역모 사건에 휘말리는 바람에 완전히 몰락당할 뻔한 가문을 강 씨의 오라비와 사촌 오라비가 전쟁에서 공을 세우면서 극적으로 회복시켰다. 강 씨는 특히 가장 가까이서 제 가문의 사내들이 어찌 권력을 잃는지, 또 잃은 권력을 다시 어찌 되찾는지를 생생히 지켜본 인물이다. 공민왕이 괜히 스물한 살이나 어린 강 씨를 이성계에게 이어 준 것이 아닐 거다. 이성계 역시 그저 강 씨가 어리고 예뻐서 그 혼사를 받아들였을 리 없다. 개경에 처를 뒀다는 것은 이성계가 변방의 무인으로만 그칠 생각이 없다는 것을 의미했다. 문제는 이성계가 어디까지 올라가냐는 것이다. 제 아비는 이미 이성계를 가운데 두고 그림을 그리고 있었다. 그렇다면 방원은…….

"아씨."

낭랑한 방원의 글 읽는 소리를 흘려들으며 생각에 빠져있는 사이로 낮고 고요한 목소리가 비집고 들어왔다. 자경이 화들짝 놀라 돌아보았다. 상인이 고개를 숙인 채 서 있었다.

"무슨 일이냐. 어머니가 찾으시더냐?"

"그것이 아니라……."

상인이 쉬이 말하지 못하고 머뭇거리며 자경의 눈치를 살폈다. 평소답지 않은 상인의 태도에 자경이 미간을 찌푸렸다.

"왜? 무슨 일이기에 이러는 게야?"

"마님께서 제게 혼인하라고 하셨습니다."

말을 내뱉은 뒤 상인이 뚫어져라 자경을 쳐다보았다. 처음엔 이해를 못 한 듯 두 눈을 끔뻑 자경이 이내 놀라움을 숨기지 못하고 입을 딱 벌렸다. 커다래진 두 눈을 보며 상인이 그제야 안도한 듯 한숨을 내쉬었다.

"아씨도 모르셨습니까."

"몰랐다."

"아씨가 마님께 말씀드린 게 아닌 거군요."

"아니야, 아니다! 어머니는 나한테도 말씀하시지 않으셨어. 언제 그러시더냐?"

"방금요. 아씨가 말씀하신 게 아니라면 됐습니다."

"갑자기 왜 그런 말씀을 하셨지? 대체 누구랑 하라시더냐?"

"그게……."

상인이 쉬이 대꾸하지 못하고 망설였다. 기다리다 답답해진 자경이 상인의 팔을 흔들며 재촉했다.

"누구랑 하랬냐니까?"

"행아."

"뭐?"

"행아랑 하는 게 어떻겠냐고."

"세상에."

자경이 기함했다.

"저랑 행아를 불러서 나란히 앉혀놓고 말씀을 하셨습니다. 행아는 놀래서 울고불고 달려나갔고, 저는 일단 대꾸 없이 물러나긴 했습니다만."

"나한테 물어보지도 않고 어머니는 대체 왜 그런 말씀을 하셨다더냐?"

셋이 늘 다니는 걸 뻔히 알면서, 게다가 자경이 행아와 상인을 끔찍이 챙긴다는 걸 누구보다 잘 알면서 정작 자경은 쏙 빼놓고 행아와 상인만을 불러 그런 말을 물었다는 게 이해가 가지 않았다.

"저는 혹여나 아씨의 뜻인데 차마 저희한테 말씀을 직접 못 하시어 마님께서 말씀을 대신 한 것일까 했습니다."

"무슨 말도 안 되는! 날 그럴 사람으로 생각했단 말이냐?"

"아닐 거라 생각했습니다만, 마님께서 하도 뜬금없는 말을 난데없이 하시기에 놀라서 그만. 죄송합니다."

"어머니가 대체 뭐라 하시면서 너희 둘이 혼인하라고 했기에 그런 생각을 했단 말이냐?"

그럴 수 없는 일이라고 흥분해서 펄펄 뛰는 것을 보니 마음이 놓였다. 자경의 뜻이 아니라면 되었다. 상인이 다시 한번 마음을 쓸어내렸다.

"화내지 마십시오. 마님은 그저 아씨를 걱정하셔서."

"그러니까 대체 무엇을 걱정하셨기에 그런 말씀을 하신 거냐니까?"

"아씨가 혼인할 때 행아와 제가 아씨를 모시고 갈 터인데, 그럼 둘이 부부 사이인 것이 더 자연스럽지 않겠느냐고요. 둘 다 혼인하지 않은 채 아씨를 모시고 가면 신랑 될 분이 부담스럽지 않을까 걱정하셨습니다."

송 씨의 말이 이치에 그르지는 않았기에 상인은 차마 싫다는 대답을 할 수가 없었다. 그나마 행아가 울고불고하며 뛰쳐나가는 바람에 그 자리가 흐지부지되어 망정이었지, 아니었다면 꽤 난처했을 것이다. 저는 아마 대놓고 싫다는 말을 하지 못했을 테니, 아니할 수 없었을 테니 말이다. 만일 행아와 혼인하지 않으면 자경을 따라가지 못하게 될까 겁이 났기 때문이다.

"어머니는 어찌 쓸데없는 말씀을 하신다더냐? 내가 내 사람을 데리고 가는데 신랑 될 사람 눈치를 봐야 한다니 그런 말도 안 되는 소리가 어디 있느냐? 그런 눈치를 봐야 하는 혼인 따윈 하지도 않을 테다. 내게 한 번 묻지도 않으시고 대체 왜 그런……!"

제 어미가 자꾸 늦어지는 자신의 혼인 때문에 예민하다는 것을 알고 있었다. 본래도 너무 잘나서 여러 사람 입에 오르내리는 딸을 탐탁지 않게 여겼는데 혼인까지 늦어지니 더 그랬다. 헌데 아무리 그렇다 쳐도 아직 있지도 않을 신랑 눈치를 미리 살펴서 제 사람들을 관리하려 드는 것은 용납할 수 없었다.

"내 어머니께 앞으로 절대 그런 말씀 마시라고 말씀드려 놓으마."

"행아도 달래셔야 할 겁니다."

"그래야겠다. 많이 울더냐?"

"울면서 그 자리를 박차고 나갔으니 나가서도 혼자 꽤 울었겠지요."

"저런, 아직 어려서는."

행아를 생각하며 혀를 끌끌 차던 자경이 문득 떠오르는 생각에 새삼스럽게 상인을 보았다.

"행아는 아직 어리지만 너는 그리 어리지 않구나."

어느새 키가 커서 제가 올려다보게 된 지도 한참이었다. 제 나이를 모른다며 제대로 답하지 않아서 정확히 상인의 나이를 알 순 없었지만 아마도 자경과 비슷할 거다. 어쩌면 더 많을 수도 있고.

"그러고 보니 너는 혼인할 때가 되긴 했구나."

"아씨."

"혹 행아가 아니라 누구 따로 마음에 둔 이가 있더냐?"

문득 혼인을 하기 싫어서가 아니라 행아가 싫어서 제게 이런 말을 전하는 걸지도 모르겠단 생각이 들었다. 하긴 언제부턴가 상인과 함께 지나다니다 보면 계집애들이 저보단 상인을 더 많이 흘끔거리고 얼굴을 붉혔다. 그저 무심히, 이제 네가 인물이 좀 나는 모양이구나, 농을 치며 넘겼던 일들이 새삼스럽게 떠올랐다.

"있으면 어머니께 내 말씀드리마."

상인이 대꾸 없이 물끄러미 자경을 쳐다보았다.

이 다정한 아가씨가 진심으로 염려해 하는 말임을 알았다. 대차고 거칠 것 없고 매사에 당당하지만 속은 누구보다 따뜻하고 정 많고 제 사람에겐 더할 나위 없이 살뜰하다는 것을 누구보다 잘 알고 있었다. 지금 건네는 말 역시 그래서 하는 말임을 알았다. 알고 있었다. 알고 있지만, 그런데도 아팠다. 아픈 것 역시 어쩔 수 없었다.

"제가 혼인을 하지 않으면 아씨를 앞으로 모시기 어려울까요?"

"어찌 그런 말을 하느냐."

"혼인하지 않아도 아씨를 모실 수 있는 게지요?"

"그럼. 당연하지."

"그렇다면, 혼인하고 싶지 않습니다."

"뭐?"

"혼인하고 싶지 않습니다. 평생 혼인하고 싶지 않습니다. 혼인하지 않은 채 아씨를 모시고 싶습니다. 허락해주세요."

"어찌 혼인을 하지 않겠다는 게야? 혼인을 해야 새끼를 보지. 너는 사내니 네 스스로 자식을 볼 수 없다. 자손을 보려면 여인의 몸을 빌어야 할 게 아니냐."

"자식을 낳고 싶지 않습니다. 자식을 보고 싶은 생각이 없으니 굳이 혼인할 필요도 없지요. 제 한 몸 건사하는 것도 힘이 든데, 어찌 다른 식구를 두겠습니까."

"혹 내가 너를 끝까지 주지 않을까 봐 그것을 걱정하는 것이냐? 혼인한 뒤 딸려올 식구를 내가 모른 척할 거 같아서?"

조심스러운 자경의 물음에 상인이 급히 고개를 저었다.

"그런 것이 아닙니다. 저는 다만 제 인생이 너무 불우하여 제 씨앗을 이 세상에 뿌리고 싶지 않을 따름입니다."

"상인아."

"아씨를 만나지 않았다면 어느 골짜기에서 어찌 죽었어도 아무도 모를 목숨이었습니다. 아씨를 만나 그나마 사람 꼴을 하고 살게 되었지요. 그것만으로도 큰 복이라 생각합니다. 그래서 저는 과욕을 부리지 않으려 합니다. 죽을 목숨이 산 것만도 기적인데 이보다 더 욕심을 내면, 벌을 받지나 않을까 두렵습니다. 그저 제 한 몸 깨끗이 사는 것으로, 그것으로 끝내고 싶습니다. 혼인하지 않아도 아씨를 모실 수 있게 해주신다면 그것으로 족합니다."

긴 잠에 빠졌다가 누군가 흔드는 손길에 힘겹게 눈을 떴을 때, 햇빛이 한줄기 비치고, 흰 손이 제 이마를 쓰다듬고 있었다. 죽어서 하늘나라에 온 줄 알았다. 눈앞에 있는 어여쁜 계집애가 선녀인 줄 알았다.

한참이 지나고 나서야 저는 아직 안 죽었다는 것을, 저를 구해준 어리고 예쁜 계집애가 선녀가 아니라 어느 귀족 집 아씨라는 것을 알았다. 허나 그런 건 아무 상관없었다. 눈을 떠서 정신을 차린 그 순간부터 자경은 상인에겐 선녀님이었다. 제 목숨을 구해주고, 제게 새로운 인생을 살게 해준 선녀님. 왜냐면 자경을 만난 그 순간부터 상인은 다시 태어난 것처럼 완전히 다른 인생을 살게 되었으니 말이다.

"상인아."

자경을 만나기 전에 좋은 기억 따윈 하나도 없었다. 아버지는 매일 화가 나 있었고, 어머니는 늘 울었으며 동생들은 태어나서 울음이 채 터지기도 전에 죽었다. 그나마 동네에 시주를 받으러 돌아다니던 스님이 상인을 귀엽게 여겨 챙겨준 덕분에 상인은, 상인만은 그 집에서 유일하게 죽지 않고 살 수 있었다. 그마저도 긴 흉년엔 장사가 없었지만.

"허니 혼인하라 하지 마시고 곁에 두고 써주세요. 허락해주신다면 죽을 때까지 아씨를 지켜드리고 싶습니다. 아씨께서 살려주신 목숨이니 아씨께서 거둬주십시오."

자경을 만나면서 더운밥을 먹고 해지지 않은 옷을 입게 되었다. 민제에게 글을 배웠고, 민제가 부탁한 덕에 남은의 병졸로부터 말 타는 법과 칼 쓰는 법을 배웠다. 최선을 다했던 건 제가 잘하는 모습을 자경이 좋아했기 때문이다. 괜한 놈 구해왔다는 소리가 듣기 싫어서, 자경이 역시나 내가 사람 보는 눈이 좋지, 하며 으쓱하는 게 좋아서 죽을힘을 다했다.

"그래, 내 말씀드리마. 허나 언제든 생각이 바뀌면 말해야 한다. 좋아하는 사람이 생기면 꼭 말해줘. 혼인하면 네 부인까지 내가 가까이 둘 터이니 염려하지 말고 내게 꼭 알려다오."

"예."

좋아하는 사람은 이미 있었다. 허나 자경에겐 평생 말할 수 없을 것이다. 말하지 않을 것이다. 저는 제 처지를 잘 알고 있었다. 되도 않을 욕심을 부려서 벌 받고 싶지 않았다. 지금도 충분히 모든 것이 상인에겐 과분했다. 과분하기만 했다.

"행아에게 가보시지요."

"그래, 그래야겠구나. 울어서 눈 부으면 그거 정말 볼품없는데."

가벼이 농을 치며 자경이 별당을 향해 걷기 시작했다. 상인이 조심히 그 뒤를 따랐다. 중문을 나서기 직전, 자경이 몸을 반쯤 돌린 채 방원의 책 읽는 소리에 가만히 귀를 기울였다. 서너 발자국 떨어진 뒤에서 그 모습을 보던 상인이 괴롭게 고개를 돌렸다.

5장

# 임술년 국자감시

壬戌年 國子監試

단언컨대 본래 남의 말을 엿듣는 것을 즐기는 성품은 아니었다.

"이래 형님의 부인은 아이를 가졌다고 하고요."

허나 그저 지나가기에는 밖으로 새어나오는 무구의 목소리가 너무 컸다.

"그래서?"

그리고 받아치는 카랑카랑한 목소리가 하필 자경의 것이었다. 그래서 방원은 저도 모르게 걸음을 멈추고 말았다.

"그래서라니요? 이직 형님은 벌써 아들을 낳았대도요?"

"그러니까 대체 그런 것들이 나랑 무슨 상관이라고 아까부터 귀찮게 이러는 게야?"

"누이가 그때 시집갔으면 누이도 지금 뱃속에 애가 있거나 벌써 애를 하나 낳았거나 그렇지 않겠소? 이직 형님 애 보니까 아주 똘망하니 예쁘던데. 누가 아오? 그때 누이가 이직 형님이랑 혼인했으면 그 애가 누이 애였을지."

"모자란 게냐, 모자란 척을 하는 게냐. 내가 그때 이래나 이직의 청혼을 받아들였다 한들 지금 애를 낳았을지 안 낳았을지도 모르는 일이거니와 지금 이직이 얻은 자식은 이직과 이직의 부인 사이에서 태어났으니 그 둘을 닮았을 것인데, 어찌 그 아이가 내 아이가 된단 것이냐? 낳는 어미가 다른데 애가 태어나기만 하면 어미와 상관없이 다 똑같다더냐?"

자경은 무구의 말을 세상 다시없이 아둔한 소리라고 생각하는 게 분명했다. 보지 않고 목소리만 듣는 것인데 어떤 표정으로 말하고 있는지 상상이 갈 정도였다. 측간에 가려다 말고 멈춰선 채 이야기를 엿듣던 방원이 저도 모르게 튀어나오는 웃음을 참기 손으로 입을 급히 막았다. 그러고는 혹여나 들킬세라 어둠 속에 몸을 좀 더 숨긴 채 귀를 쫑긋 세웠다.

해가 바뀌고 국자감시가 코앞으로 다가오자 방원은 아예 민제의 집으로 짐을 싸서 옮겨온 참이었다. 민제의 제안을 방원이 감사히 받은 거였다. 강 씨는 과거를 치르기 전까지는 제가 뒷바라지하고 싶다며 내키지 않아 했으나, 민제가 학문에 정진할 수 있도록 도와주는 것이 진짜 뒷바라지 아니겠냐며 완곡히 달랬다. 민제가 그렇게까지 말하니 강 씨가 더 고집부리지 못하고 뒤로 물러났고, 덕분에 방원은 맘 편히 민제의 집에서 기거할 수 있었다. 제가 굳이 말하지 않았는데도 그 집에서 지내는 게 편치 않음을 알아주고 신경 써주는 민제가 고마웠다.

"아, 내가 그런 말을 하는 게 아니잖소!"

이런 내밀한 남매의 대화를 우연찮게 훔쳐 듣는 일 같은 건 감히 상상하지도 못한 일이었는데, 확실히 배우기 위해 드나드는 것과 숙식을 하는 것이 다르긴 했다.

"아니면 뭔데?"

"대체 왜 혼인을 안 하는 거요? 혼인을 하자는 사내가 없는 것도 아닌데, 대체 왜 그리 족족 다 거절하냔 말이오? 아니, 그래 다른 사내야 다 그렇다 쳐도 이래 형님까지 거절하는 건 대체 뭐요?"

이직은 알고 있었지만 이래의 청혼은 이번에 처음 알게 된 사실이었다. 그래서 한동안 자경이 후원 모임에 나오지 않았던 걸까 싶었다.

"이래 형님 정도면 무엇 하나 빠지는 게 없지 않소. 가문이나 그 부친이나 모두 덕망이 높고 이래 형님도 학문이 매우 깊은 데다 성정도 그만한 사람이 없고, 인물도 그만하면 사내다운데 대체 왜 거절한 거요?"

무구의 말대로 이래는 무엇 하나 모자라다고 할 게 없는 인물이었다. 키도 훤칠하고 인물도 좋은 편이니 자경과 나란히 섰다면 꽤 어울릴 것이다. 왠지 모르게 머릿속으로 상상하는 것만으로도 기분이 처져 시무룩해졌다. 더 이상 듣고 싶지 않았다. 방원이 발소리를 죽여 가며 뒤로 돌아섰다.

"학문이 무에 그리 깊다고."

"아니 이래 형님이 누구 아들인데 그런 말을 하는 거요?"

"누구 아들이냐가 무에 중요하냐. 스스로 무엇을 이뤘느냐가 중요한 거지. 이래는 과거도 아직 붙지 않았는데, 너는 내가 과거도 붙지 않은 사내와 혼인하길 바라는 것이냐?"

"이래 형님 정도면 과거야 이미 따 놓은거나 마찬가지 아니요."

"따 놓은 거나 마찬가지인 건 인생에 없어. 따야 비로소 제 것이 되는 거지. 그리 미래가 불확실한 사내랑 엮이고 싶지 않다."

참으로 단호한 대답이었다. 그리고 그래서 참으로 자경다웠다. 방원의 마음이 두 개로 쩍 하고 갈라지더니 그 사이로 참 바람이 휭 하고 지나갔다. 방원이 발소리를 죽여 가며 천천히 걸어 그곳을 빠져나왔다.

하긴 개경 최고의 사내와 혼인하고 싶다고 했었지.

예전에 직접 자경에게 들었던, 이미 알고 있던 사실이었다. 그때도 듣고 마냥 유쾌하진 않았는데 다시 한번 확인하니 꼭 바닥으로 내팽개쳐지는 기분이었다. 이래 정도 되는 사내도 자경에겐 우스운 거다. 이래 정도도 자경의 성에 차지 않는, 택도 없는 사내라는 거다.

이래 형님이 저리 우스우면, 맘대로 하대를 하고 놀리는 나는 사내일 리 없겠구나.

이래는 부친이 무려 이존오이고, 그로 인해 고작 열 살의 나이에 전객녹사로 특임된 인물이었다. 학문이 깊고 성정이 좋아 드나드는 어른들이 칭찬을 아니한 적이 없는데, 그런 인물조차 과거에 급제하지 않았으니 스스로 성취한 게 없다고 청혼을 단칼에 거절했다니. 생각해 보면 정말 놀라운 일이었다. 무구가 이해하지 못하고 닦달할 만도 했다.

한숨을 푹푹 내쉬며 바닥만 보고 걷던 방원이 갑자기 우뚝, 걸음을 멈췄다. 생각이 묘하게 흘러가고 있었다.

과거에 붙는 것은 스스로 성취한 것이니까 가문보다 더 인정해준다는 것일까. 아주 대단한 사내까지는 아니라고 해도 조금은 괜찮은 사내라고 생각해줄까. 과거에 붙으면 마냥 어린 동생이 아니라 사내로 봐주려나.

대체 언제부터 어찌 시작된 욕심인지는 자신도 알지 못했다. 방간은 처음부터 그럴 줄 알았다고 놀리긴 하는데. 그래, 방간의 말대로 진짜 처음부터였는지도 모른다.

자경에게 사내로 보이고 싶었다. 마음껏 하대하고 놀려도 되는 나이 어린 동생이 아니라, 사내이고 싶었다. 저 대단한 여자가 저를 사내로 봐주는 것이 감히 바라도 되는 소원일지, 이루어질 수 있는 소원일지 알 수 없었으나 방원은 자경이 저를 사내로 봐줬으면 했다.

하지만 과거에 붙는다고 해서 개경 최고의 사내가 되는 건 아니지 않나.

제가 아무리 노력해서 무엇인가를 성취한다 해도 이미 타고난 것은 어찌할 수가 없었다. 저는 명망 높은 개경 귀족 가문의 아들이 아니라 함주가 본가인 이성계의 아들이었다.

방원이 다시 어깨를 축 늘어뜨렸다.

만약 과거에 높은 성적으로 붙으면? 그럼 타고난 것을 어느 정도 극복할 수 있는 거 아닌가. 스스로가 성취한 게 더 중요하지 않았나.

이러나저러나 일단은 과거에 붙는 게 중요했다. 자경도 그것을 중요하게 생각하는 모양이니, 그것을 확인한 만큼 더더욱 과거에 붙어야 했다. 방원이 크게 심호흡하자 차가운 공기가 머리를 맑게 만들었다. 잠깐 피곤했었는데 순식간에 잠이 달아났다.

분명 처음 이곳에 올 때만 해도 아버지와 어머니를 위해서 과거에 붙고 싶었다. 허나 지금은 단지 그것만은 아니었다. 이제 과거는 제가 어떤 능력을 얼마나 갖췄는지 스스로 증명할 수 있는 것이 되었다. 그 증명이 단지 아버지와 어머니를 기쁘게 하는 것만을 넘어서는 다른 의미를 갖기 시작했다. 이젠 그 다른 의미가 방원으로 하여금 학문에 더 집중하게 만들고 있었다.

***

"아니, 학문도 깊고 성품도 그리 좋은데."

"지금 그게 좋아봤자 무슨 상관이더냐. 사내는 열두 번도 더 변하는 것인데. 전하께서도 한때는 왕재(王才)라는 소리를 들었다. 허나 지금은 어떠하냐? 이제 고작 글줄이나 읽는 사내를 보고 성품이 좋네, 재목이네, 그런 소리 아무 의미 없는 거 아니냐?"

계집은 커서 혼인한대 봤자 어차피 사는 공간이 별당에서 안채로 옮겨질 뿐, 하는 일이 거기서 거기라 딱히 성품이 달라질 만큼 부침을 겪는 일이 많지 않았다. 돌부처도 돌아앉는다는, 사내가 밖에서 다른 씨앗을 보는 일 정도가 계집이 살면서 겪는 가장 큰 위기라면 위기였다.

허나 사내는 달랐다. 사내들은 자라면서 열두 번도 더 변했다. 앞에 붙는 수식어가 누구 아비가 되느냐, 어떤 벼슬을 얻느냐, 또 그것이 실패하느냐 성공하느냐에 따라 전혀 다른 인물이 되는 것을 수도 없이 보았다. 특히 지금처럼 난세에 사내가 겪게 되는 위기는 매우 많았고, 그 위기마다 어떤 선택을 하느냐에 따라 많은 것이 달라졌다. 허니 지금 아버지 그늘 아래서 편히 생활할 때 모습만 보고 그 사내를 다 안다고 자신하는 것은 매우 어리석은 일이었다.

"거기다 과거도 아직 안 붙었고. 이러나저러나 해도 결국 증명된 게 아무것도 없지 않냔 말이다."

"그러니까 결론은 과거에 안 붙어서 이래 형님을 거절했다, 그거요?"

"그렇다니까. 아니 근데 내 혼인을 네가 무슨 상관이라고 이리 사람을 들볶는 게야?"

왜 이런 대화를 왜 길게 하고 있어야 하는 거야.

곱씹어보니 지금 이 상황이 참으로 짜증스러웠다. 있는 대로 짜증이 난 자경이 무구를 잡아 죽일 듯이 노려보았다. 허나 무구는 눈썹 하나 까딱하지 않았다. 해가 바뀌고 자경이 열여덟이 되자 이젠 어머니뿐만 아니라 동생 무구까지도 자경의 혼인을 가지고 이리 난리를 쳐댔다. 정작 본인은 아직 느긋한데 주변은 세상이라도 끝난 것처럼 굴었다.

"말도 안 되는 소리!"

말도 안 되는 소리긴 했다. 솔직히 말하자면 과거에 붙지 않아서 이래를 거절했다는 건 둘러대기 위해 되는대로 꺼내 놓은 대답이었으니 말이다. 이래를 거절한 가장 큰 이유는 그냥 마음이 안 내켜서였다. 이래와 혼인할 마음이 생기지 않았다. 어쨌거나 평생을 함께 살아야 하는 사내인데, 조금이라도 마음이 동해야 할 것 아닌가. 헌데 이래는 조금도 흥미롭지 않았다.

"말이 안 되긴 뭐가 말이 안 돼?"

거기다 이래는 딱히 탐나는 사내도 아니었다. 만약 이래가 가진 것들이 자경을 혹하게 만들었다면 내키지 않는 마음을 뚫고 어떻게든 시작해야겠단 생각이 조금이라도 들었을 텐데 그렇지도 않았단 말이다. 이래는 그저 흔한 유학자였다. 또래에 비해 학문이 깊다고 칭찬을 받는다고 한들, 어쨌거나 그는 그저 유학자였다. 개경에서 발에 챌 정도로 흔하디흔한 유학자와 굳이 혼인할 이유를 자경은 도무지 찾을 수가 없었다. 그래서 거절한 거였다. 그런데 이리 말해봤자 무구는 못 알아들을 테니 이런저런 온갖 이유를 다 끌어들인 거였다.

"과거에 붙질 않아서 이래 형님을 거절한 거라면 그럼 이직 형님은 왜 거절했소? 이직 형님은 과거에 붙은 뒤 청혼했잖소?"

"이직은 성격이 나쁘잖아. 그릇도 작고. 고작 그런 사내랑 혼인하란 게야?"

자경이 발끈했다. 이번엔 좀 진심으로 화가 났다. 이직이라니! 어디 그런 사내에게 자신을 갖다 붙이는 건지 이해할 수 없었다.

"이직 형님이 어때서! 사내답지! 게다가 그 집안이 지금 고려를 주무르고 있는데 그만한 데가 또 어딨다고."

보통의 계집이라면 이직을 최고의 사내라고 칠 것이다. 이직은 현재 최고 권세가 이인임의 조카이니 말이다. 허나 그건 현재만 사는 보통의 계집이나 원할 혼처였지, 자경이 바라는 혼처는 아니었다.

"대체 어떤 사내랑 혼인하고 싶은 거요? 얼마나 잘난 사내를 찾는 거냔 말이요. 어느 정도 되는 사내여야 누이 성에 차는 거요?"

"고려 최고의 사내."

"뭐?"

"고려 최고의 사내를 원해. 나를 고려 최고의 여인으로 만들어 줄 고려 최고의 사내. 인생은 현재보다 더 나은 미래를 기대하며 사는 게 아니냐? 미래가 현재보다 못해질 것이 분명하다면 굳이 애쓰며 살 사람이 누가 있겠냔 말이다. 혼인도 그래. 이보다 나아진단 보장이 있어야 혼인을 하지. 그렇지 않다면 굳이 왜 해야 해? 여인에게 혼인이란 건 인생을 거는 거잖아. 결정하면 쉬이 무를 수도 없는데, 게다가 나뿐 아니라 앞으로 태어날 내 자식들까지 걸린 문제인데 신중하게 선택해야 하는 건 당연한 일 아니냐? 눈앞에 보이는 현실만 보고 쉽게 결정할 수 있는 일이 아니잖아. 혼인은 그저 나 하나 지아비를 만나는 일이 아니라 대를 잇는 일이야. 삼십 년, 사십 년, 내 인생은 물론이거니와 백 년, 이백 년 내 자식들 인생이 걸린 문제라고. 그러니 네 맘대로 내 혼인에 왈가왈부하지 마. 세상에서 내 혼인을 제일 열심히 고민하고 있는 건 그 누구보다도 바로 나니까. 내 인생이다. 네가 대신 살아줄 것도 아니잖아?"

자경은 숨도 쉬지 않고 쏘아붙이고 자리에서 벌떡 일어나 밖으로 나왔다. 후원을 왔다 갔다 하자 비로소 무구와 말하는 동안 머리끝까지 올랐던 열이 식었다. 요즘 민제를 제외하고 다른 가족들과의 대화는 늘 이런 식으로 끝이 나곤 했다. 혼인이 얼마나 중요한 일인데, 저를 무슨 짐짝 내다 버리듯이 해치우려 드는 것을 자경은 이해할 수 없었다.

제가 사내였다면 이리 신중하게 고민하지도 않았을 거다. 사내라면 저만 잘나도 괜찮았으니 말이다. 자식까지 잘나면 더할 나위 없지만, 자식이 그만 못해도 저 하나 빼어나게 잘나면 사내는 역사에 이름을 남길 수 있었다. 허나 계집은 아니었다. 과거를 치를 수도 없으니 관직을 얻을 수 없었고, 관직을 얻지 못하니 족적을 남길 도리가 없었다. 왕실과 혼인을 하거나 기생으로 이름이 난다면 혹시 또 모르겠다. 허나 그 두 개는 이미 자경에겐 불가능한 일이었다.

힘든 일이었으나 그래도 이왕 태어난 이상 자경은 역사에 이름이 남는 여인이 되고 싶었다. 이리 잘났는데 그저 어느 부인 민 씨로 죽긴 싫었다.

자경은 자신이 바라는 대로 되기 위해선 비단 남편뿐 아니라 자식까지도 빼어나게 잘나야 한다는 것을 깨달았다. 흔하디흔한 김 씨 부인, 이 씨 부인을 넘어서서 무언가가 되기 위해선 남편뿐 아니라 자식 역시 이름이 남을 만큼 대단해야 했다. 그 말인즉, 여인이 그나마 역사와 시대에 제 흔적을 남기기 위해선 보통의 사내들보다 훨씬 더 많은 노력이 필요하다는 것을 의미했다.

계집으로 태어난 게 천추의 한이었다. 이리 잘났는데, 사내로 태어났다면 정말 누구보다 근사하고 멋지게 한세상을 살았을 터인데, 계집이라 어쩔 수 없는 한계에 갇혀야 했다. 허나 이미 주어진 것을 가지고 불평하며 주저앉아 버리는 건 그야말로 어리석고 모자란 인물이나 하는 바보 같은 일이었다. 이미 계집으로 태어난 것은 바꿀 수 없는 일이었다. 이미 정해져 버린 것 때문에 세상을 원망하다 한심하게 저물고 싶진 않았다. 그보단 제게 주어진 세상에서 자신이 할 수 있는 최선을 다하고 싶었다.

그래서 자경에게 혼인은 단순히 그저 혼인일 수 없었다. 과연 어느 사내가 역사에 길이 남을 만큼 훌륭한 사내인지 따져 봐야 했다. 그뿐 아니라 그 사내에게서 좋은 자식을 구할 수 있을 것인지도 살펴야 했다. 남편과 자식이 모두 위대해야 비로소 저 역시도 이름 남는 계집이 될 수 있었다. 여인으로 태어난 것은 어쩔 수 없지만, 여인으로 태어나 여인으로 할 수 있는 최고의 자리에 오르고 싶었다. 그게 자경의 바람이었다.

근래 혼인 때문에 누구보다 예민한 사람은 자경이었다. 제게 선택할 수 있는 시간이 얼마 남지 않았다는 것을 잘 알고 있었다. 하지만 최고의 자리에 오르고자 하는 자경이 평생을 혼인할 사람을 쉬이 결정한다는 것은 스스로 납득할 수 없었다. 특히 지금처럼 격변하는 시대에 눈앞의 현실만을 보고 신랑감을 고르는 건 절대로 안 될 일이었다. 제 아버지처럼 멀리, 다른 이들은 보지 못하는 것을 봐야 했다.

긴 한숨을 내쉬며 자경이 하늘을 바라보았다. 커다랗고 둥근 보름달이 마치 자경을 위로하듯 내려다보고 있었다.

***

"도련님, 대감마님께서 사랑채로 오시랍니다."

"나를? 지금?"

"예. 도련님을 지금 모시고 오라고 하셨습니다요."

자리에서 일어나며 방원이 고개를 갸웃했다. 쉬는 날도 아니고, 아직 날이 어두워지지도 않은 이런 때, 민제가 사랑채로 부른 것은 처음이기 때문이다.

방원이 공식적으로 사랑채를 방문하여 학문을 배우는 날은 민제의 휴일이었다. 고려의 관리들은 매달 첫째날, 여드렛날, 보름날, 그리고 스물셋째날 쉬었고, 여기에 더해서 명절 휴가가 주어졌다.

휴일에 휴가까지 더하면 민제가 쉬는 날이 결코 적지 않았기에 휴일만으로도 공부하는 데 딱히 부족함은 없었다. 그래서 방원은 되도록 약속된 날 외엔 민제의 사랑채에 방문하지 않는 편이었다. 좀 더 솔직히 말하자면 자주 들르고 싶어도 그럴 수 없는 곳이기도 했고.

민제의 사랑채는 언제나 접빈객으로 북적였다. 그래서 방원이 감히 편하게 드나들기가 어려웠다. 정말로 급히 민제에게 여쭙고 싶은 게 생기면 방원은 늦은 밤, 손님이 없을 만한 시간을 이용하곤 했다. 민제 역시 당부할 말이 있으면 주로 해가 진 뒤거나 이른 아침에 방원을 부르곤 했다. 그렇기에 이런 평일에, 게다가 아직 해가 있어서 접빈객이 있을 게 분명한 시간에 민제의 사랑채로 가는 것은 방원에겐 매우 낯선 일이었다.

"어서 들어오너라."

사랑채 앞마당에 방원이 들어서자마자 민제가 급히 손짓했다.

"이 아이가 바로 이성계 장군의 다섯째 아들 이방원입니다."

사랑채엔 민제와 비슷한 연배의 두 사람이 앉아 있었는데, 얼굴이 영 낯선 것을 보아하니 이 사랑채에 자주 드나드는 인물들은 아닌 모양이다.

"올라와서 두 분께 인사를 올리거라. 이번 과거의 지공거와 동지공거를 맡으신 정당문학 안종원 대감과 판후덕부사 윤진 대감이시다."

지공거는 과거를 주관하는 시험관이었고, 동지공거는 부시험관이었다. 둘은 좌주라고도 불렸는데, 이 좌주가 실시한 시험에서 합격한 이들을 문생이라 일컬었다. 문생에게 있어 좌주는 관직의 첫 시작을 열어준 아버지와 같은 인물이었다. 그러니 문생은 좌주를 평생 깍듯이 모셨으며, 좌주 역시 문생에게 책임감을 가지고 벼슬길에 나선 그를 이끌어주고 여러 도움과 가르침을 주는 것이 관례였다.

"올해 국자감시를 치르면 내년에 과거를 치르겠군요. 국자감시야 고작 진사시에 불과하고 과거는 내년이라, 내년의 지공거와 동지공거가 이 아이에겐 더 중요하지 않겠습니까."

"그렇긴 하나 두 분께서 국자감시까지 관리하시지 않습니까. 허니 인사를 드리는 것이 예의지요."

좌주와 문생의 특별한 관계는 문벌로 이어질 수밖에 없었기 때문에 특히 공민왕은 이러한 관습을 타파하기 위한 많은 노력을 기울였다. 예를 들어 시험관을 하루 전날 임명하여 미리 지공거와 동지공거가 누구인지 알 수 없게 하거나 시험관의 수를 늘려 좌주와 문생의 유대를 약하게 하는 식의 개혁방안들이었는데 모두 미봉책에 그쳤을 뿐 근본적인 변화를 이끌어내지는 못했다.

"민 대감께서 가르치셨는데 오죽 하려고요."

"이번에도 국자감시에는 시경과 논어, 주례에서 문제를 내실 것입니까?"

"그것이 학문의 기본이니 그래야 하지 않겠습니까."

관습을 쉬이 깰 수 없었던 것이 애초에 성균관을 장악한 이들 자체가 이제현에서 이색으로 이어져 내려오는 학맥으로 개혁적인 성향의 유학자들이었기 때문이다. 거기에 그들이 사가에서 직접 길러낸 제자들이 과거를 치는 식이었으니 왕이 아무리 애써본들 문벌을 완벽하게 타파하는 데는 무리가 있었다. 애초에 과거란 것이 완벽하게 공정한 시험일 수가 없었기 때문에 뒤늦게 결과를 바로잡으려는 노력에도 한계가 있었다.

개경 귀족 가문 내에서 과거 시험관을 할 만한 이들은 정해져 있기 마련이니, 아무리 시험관을 전날 발표한다 해도 그 전부터 대략 예측 가능했다. 거기다 어차피 그 스승에 그 제자라, 가르친 대로 시험을 내고 배운 대로 답을 쓰니 시험지에 이름을 안 쓴다고 해도 문체와 내용을 보면 누군지 아는 게 당연했다. 게다가 서로 다 아는 사이인데, 팔이 안으로 굽는 것 역시 자연스러운 현상이었다.

"이 아이의 학문이 깊어 민 대감께서 귀애한다고 개경에 소문이 자자하던데, 진사시 정도야 가벼이 붙지 않겠습니까."

"게다가 아직 나이 어리니, 올해 진사시가 떨어진다 해도, 뭐 그리 큰 걱정이겠습니까."

"그러게요. 이 아이보다 대감의 맏사위를 더 걱정하셔야 하는 것 아닙니까."

"맏사위야 나이가 몇인데 제 알아서 해야지요. 방원인 이번이 첫 시험이니 두 대감께 인사를 드리는 것이 마땅하니 부른 것이고요."

방원 역시 과거를 시작하면서 좌주와 문생에 대한 이야기를 숱하게 들었다. 특히 올해 과거를 치는 이들은 모이기만 하면 누가 지공거와 동지공거가 될지 예측하는 게 제일 큰일이었다. 그런 이들을 보면서 방원은 내심 한심하다고 생각했다. 제 실력이 뛰어나다면 시험관이 누군들 무슨 걱정이란 말인가. 그 시간에 책을 한 자 더 들여다보는 게 낫다, 생각하며 혀를 찼었다.

그리 생각했는데 저는 고작 진사시를 앞두고서 지공거와 동지공거에게 인사를 드리고 있었다.

"이 장군의 넷째도 과거를 준비한다고 하지 않았습니까?"

"예. 헌데 넷째는 아직 준비가 덜 되어 이번엔 이 아이만 시험을 보려 합니다."

"민 대감께서 그리 판단하셨다면 그것이 옳겠지요. 이 장군께서는 좀 아쉽겠습니다. 이왕이면 두 아이가 다 과거에서 좋은 성적을 거두기를 기대하고 계실 터인데."

"하나라도 붙으면 가문의 영광이지요. 이 장군 가문에서 아직 과거 급제자가 나오지 않았으니, 아마도 오매불망 학수고대하고 계실 것입니다."

"오죽하면 민 대감 댁으로 유학을 보내셨겠습니까."

"아주 잘하신 게지요. 개경에서 민 대감만한 스승이 어디 있으려고요. 제자가 되고 싶다는 이들이 줄을 섰지 않습니까."

"과찬이십니다."

갑자기 방원은 모든 것이 한심스럽게만 느껴졌다. 싫다는 저를 아비가 굳이 개경의 민제 집에 보낸 이유는 학문을 정진하라는 뜻보다는 결국 이런 것을 기대한 것인가. 만약 제가 합격하게 된다면 실력이 아니라 민제의 제자이자 이성계의 아들이기 때문인 것일까. 그렇다면 저는 왜 그리 최선을 다해 애를 썼단 말인가. 무엇을 얻기 위해 그토록 노력했단 말인가.

"이번 진사시가 네 실력이 기본은 되는지 아니 되는지 모두에게 선보이는 첫 번째 관문이니 최선을 다해야 한다."

"단번에 우수한 성적으로 통과하면 아버님이 얼마나 좋아하시겠느냐."

"명심하겠습니다."

"침착하고 차분한 성정처럼 보이는데 서체는 어떠합니까?"

"보시는 대로입니다. 아주 달필입니다."

"허면 공부한 것을 실수 없이 제대로 쓰기만 하면 되겠습니다."

"예. 꽤 좋은 성적을 받지 않을까, 크게 기대하고 있습니다."

"민 대감께서 그리 기대하실 정도라니, 저희 역시 기대하겠습니다."

호쾌한 웃음소리가 사랑채를 울렸다. 허나 방원만은 도무지 웃을 수가 없었다.

***

"자경아, 참으로 오랜만이구나."

"오셨습니까."

밝게 인사하며 자경이 후원의 누각으로 올라섰다. 누각엔 강 씨와 송 씨가 마주 앉아 차를 마시고 있었고, 두 사람과 조금 떨어진 곳에선 아직 기어다니는 어린아이를 유모가 쫓아다니며 돌보는 중이었다.

"어디 나가려던 참이었느냐?"

"예. 시전에 잠깐 다녀오려던 차였습니다."

"시전엔 왜?"

"차도 사고 옷감도 좀 볼까 해서요."

송 씨는 자경의 대답이 영 마땅치 않은 듯했으나 강 씨가 있어 무어라 더 말하지 못하고 입을 다물었다. 뭐 굳이 자세히 이야기하지 않아도 송 씨가 할 말이 무엇일지 자경은 짐작할 수 있었다. 과년한 딸년이 사람들 많은 데를 돌아다니는 게 마음에 안 들어서 저러는 거다. 송 씨는 요즘 부쩍 자경의 외출을 탐탁지 않아 했다. 이제 열여덟인데 여전히 혼처를 정하지 못한 딸이 여러 사람 눈에 띄고 입에 오르내리는 게 싫은 거다. 어미로선 당연히 할 수 있는 걱정이었다. 자경은 이해할 수 없었지만.

"아휴, 나도 몸만 이러지 않다면 직접 시전에 가서 물건을 보고 골랐을 터인데, 그럴 수가 없어서 아랫것들을 시켰지 뭡니까."

"찬거리야 그 아이들이 자네보다 더 잘 고를 것인데 무얼."

"제가 직접 못 사서 이러는 것입니까. 그런 것이 다 정성이니 그러는 게지요."

강 씨가 샐쭉하니 입을 삐죽였다. 그러는 사이 어느새 어미 가까이 다가온 어린아이가 안아 달라는 듯 손을 내밀자 급히 다가온 유모가 아이를 대신 안아주었다. 허나 아이는 엄마의 품으로 가고 싶은 듯 칭얼거렸고, 그 모습을 보며 강 씨가 미안한 얼굴을 했다.

"미안하구나. 어미가 당분간은 안아줄 수가 없어."

"어디가 많이 편찮으십니까."

"태기가 있어서 조심해야 하거든."

자랑스럽고 뿌듯한 얼굴로 강 씨가 납작한 아랫배를 문질렀다.

"연이어 애가 생길 줄은 꿈에도 생각지 못해서 정말 놀랐습니다. 그리 원할 때는 도통 애가 들어서지 않아 애를 태우더니."

젖까지 일찍 말리고 더 늦기 전에 하나를 더 보기 위해 서두른 것을 개경 사람들이 다 아는데 예상치 못한 아이라니 너무 뻔뻔했다. 자경이 표정을 숨기기 위해 급히 고개를 숙이며 찻잔에 입술을 대었다.

"오래 기다리게 한 것이 미안하여 삼신할미께서 한꺼번에 복을 주시나 보네."

"그런 모양입니다. 이번에도 아들 같거든요."

"그래?"

강 씨는 아주 자신만만했다.

"예. 그래서 벌써 걱정입니다. 연이어 사내아이 둘은 키우기가 너무 고단하지 않을까요."

"하긴 한 녀석이 한창 사고 칠 때 하나는 갓난쟁이이니 정신없긴 하겠네."

"그러니까요. 터울 좀 있게 주시지, 삼신할미도 참 너무 하십니다."

"미리 공부한다 생각하시게. 인생에서 가장 뜻대로 되지 않는 게 자식이거든."

송씨의 말끝에 긴 한숨이 묻어 나왔다. 비단 강 씨에게만 하는 말이 아닌 거다. 이러려고 저를 부른 건가 싶어서 자경은 마음이 영 불편했다.

"몸도 안 좋으신 분이 어찌 아직 어린아이를 데리고 여기까지 걸음하셨습니까."

제 상황이 유쾌하지 않으니 나오는 말이 고울 수가 없었다. 자경의 말이 채 떨어지기도 전에 안 그래도 심기가 불편한 송 씨의 미간에는 주름이 깊어지자 자경 역시 제가 너무 퉁명스러웠나 싶어서 찔끔했다.

"방원이에 대해서 좀 물으려고 왔지."

허나 강 씨는 아무렇지 않은 모양이었다. 아니, 아무렇지 않은 척하는 건가.

"방원이에 대해 물으러 온 겐가? 무엇이 궁금해서?"

"방원이가 무엇을 잘 먹습니까? 내일 시험이니 조반은 방원이가 제일 좋아하는 걸로만 차려주려고요. 따져보면 제가 데리고 있었던 시간보다 이 댁에 머문 시간이 더 길지 않습니까. 게다가 근래엔 방원이가 계속 여기서 지냈으니, 석명이네 가는 것보다도 이곳에 와서 묻는 것이 요즈음 방원이 무얼 좋아하는지 정확히 알 수 있을 것 같아서 이리로 온 것입니다."

"방원이야 딱히 가리는 음식은 없었네. 아, 물비린내 나는 음식은 좋아하지 않는 것 같았네. 특히 생선비린내를 못 참겠겠다더군. 그래서 생선보단 고기가 상에 올라가는 것을 더 좋아했어."

"아, 그래요?"

"헌데 시험날 아침에 고기반찬은 별로야. 올리지 말게."

"그렇습니까?"

"긴장한 속에 고기가 잘못 들어가면 체하기 쉬우니까요. 잣죽을 끓여주세요. 방원이 잣죽 좋아합니다. 시험 치는 날 아침엔 잣죽처럼 부드러우면서도 든든한 것이 좋거든요."

송 씨가 대답하기 전에 자경이 먼저 막힘없이 이야기를 이어가자 강 씨가 꽤 흥미로운 시선으로 자경을 쳐다보았다.

"방원이가 잣죽을 좋아하느냐?"

묻는 말이 은근한 것이 단순한 확인이 아니었다. 대체 왜 이런 식으로 묻는 건가 싶어 자경이 미간을 찌푸렸다.

"나도 몰랐던 것을 네가 알고 있는 것을 보니 방원이와 제법 가깝게 지낸 모양이다."

"자네, 무슨 말을 하는 겐가."

안 그래도 요즘 자경이 문제에 예민한 송 씨가 왈칵 신경질을 냈다. 그러자 강 씨가 대단히 재밌다는 듯 배를 잡고 웃었다.

"실성한 사람처럼 갑자기 왜 이러는 것이야?"

"방간이한테 들은 말이 떠올라서 그럽니다."

"무슨 말?"

"방원이가 자경이를 좋아한다고 하더이다."

제가 들은 말이 하도 뜬금없는지라 송 씨는 눈을 끔뻑거리며 당황했으나, 자경은 눈썹을 치켜들며 강 씨를 노려보았다. 갑자기 내뱉는 말인 것처럼 보이지만, 강 씨가 그럴 리 없었다. 이 말을 하는 데 속셈이 있는 게 분명했다.

"방간이가 실없는 소리를 한 거겠지."

"방간이가 실이 없긴 해도 거짓말을 하진 않지요. 방간이 말로는 방원이가 처음 볼 때부터 자경이에게 넋이 나갔다고 하던데요."

"그런 내색은 전혀 없었는데……. 방간이가 잘못 안 거 아닌가."

"아니요. 방원이야 아직 계집에게 숙맥이지만 방간인 알 거 다 아는 사내입니다. 허튼소리를 했을 리 없습니다."

강 씨는 자신만만한 태도로 단호히 확신했다. 딱히 반박할 말을 찾지 못한 송 씨가 머뭇거리는 사이 강 씨가 자경을 빤히 쳐다보면서 말을 이었다.

"처음 방간이에게 그런 말을 들었을 땐 그저 방원이가 귀엽고 재밌었는데, 돌이켜 보니 참으로 짠하더이다. 하필 골라도 자경이라니, 방원이가 절대로 못 오를 나무 아닙니까. 못 오를 나무라 차마 티도 내지 못하고 꾹꾹 참고 지낼 것을 생각하니 어찌나 안쓰럽던지요. 헌데 자경이는 방원이 속도 모른 채 이리 동생처럼 챙기니 이 상황이 재밌기도 하고 방원이가 불쌍하기도 해서 저도 모르게 웃음이 터지고 말았습니다."

태기가 있어 조심해야 하는 시기에, 아직 데리고 다니기 편치 않은 어린 아들과 함께 유모까지 끌고 여기까지 온 이유는 저 말을 하고 싶어서였던 거다. 저 말을 하려고 굳이 자경이를 불러 달라고 했을 게 뻔했다. 순진한 송 씨는 그저 인사를 하려나 보다, 그리 생각하고 자경을 불렀을 거고. 송 씨는 지금도 강 씨가 저 말을 하는 게 무슨 의미인지 모를 테지만, 자경은 단번에 알아차렸다. 강 씨가 굳이 저를 불러 저 이야기를 하는 속내를.

"재밌지 않느냐, 자경아."

"네, 재밌습니다. 참으로 흥미로운 이야기입니다."

강 씨의 가문은 이미 몰락한 지 오래였다. 허나 여흥 민 씨는 단 한 번도 몰락한 적이 없는, 고려에서 손꼽히는 귀족 가문이었다. 이미 이천우와의 혼례만으로도 성계는 아주 훌륭한 집안과 연을 맺게 되었다며 기뻐했더랬다. 성계와 직접 사돈이 된 게 아닌데도 그랬다. 헌데 만약 자경이 방원과 혼인하게 된다면, 여흥 민 씨는 성계가 직접 사돈을 맺은 집안 중 가장 좋은 가문이 된다. 거기다 자경 역시 성계가 여태 본 며느리 중 제일이라 할 만했다. 그리된다면 당연히 강 씨의 입지에도 영향을 끼칠 수밖에 없었다.

지금까지 강 씨는 마치 저 덕분에 성계가 개경 바닥에 발을 들여놓을 수 있었던 것처럼 방자하게 굴었는데, 자경이 며느리로 들어오게 된다면 그런 좋은 날도 이제 끝나는 것이다. 허니 생각만 해도 싫은 거다. 아들을 낳지 못했어도 싫을 것인데, 이제 제 아들까지 얻게 된 마당에 배다른 자식이 눈이 번쩍 뜨일 만큼 잘난 며느리를 데려오는 것을 곱게 볼 수 있을 리 없었다. 게다가 방원은 성계의 자식 중 유일하게 관직에 나아갈 것이 기대되는 아들이었다. 이전에야 똑똑한 것이 기특하여 왜 내 배에서 낳지 않았나 아까웠겠지만, 이미 제 배에서 낳은 아들이 저리 바닥을 기어다니고 있는 이상, 지금 강 씨에게 방원은 제 아들에게 가장 위협이 되는 상대일 뿐이었다.

"저는 방원이가 저를 여인으로 보고 있을 줄은 꿈에도 몰랐습니다. 어머니도 모르셨지요?"

"나도 몰랐지. 그 아이가 조금도 내색하지 않았는데 어찌 감히 상상이나 했겠느냐."

"오르지 못할 나무이니 내색할 수 없었던 게지요. 아니 그렇습니까, 형님."

얼핏 들으면 자경을 추켜세우고 방원을 낮추는 말이었지만, 강 씨의 속을 빤히 들여다보는 자경으로서는 강 씨가 왜 저 말을 유독 강조하는지 짐작할 수 있었다. 너처럼 잘난 계집이 어찌 고작 이방원으로 성이 차겠느냐, 라고 긁기 위해서 부러 저러는 것이다. 혹 자경이 방원을 마음에 두고 있다 해도 차마 자존심이 상해서 선택하지 못하도록 만들기 위함이었다. 강 씨는 처음부터 그럴 목적으로 여기 온 게 분명했다.

“그런 말은 하는 게 아니네. 이 장군이 알면 섭섭해하시지 않겠나. 귀한 아들인데.”

여기서 발끈하면 하수다. 자경이 아무것도 모른다는 듯 눈을 동그랗게 뜬 채 함빡 웃으며 강 씨를 보았다.

“그러게요. 저는 방원이가 절 그리 좋아해 준다니 기분이 좋은데요.”

“기분이, 좋아?”

강 씨가 떨떠름한 표정을 숨기지 못한 채 자경을 쳐다보았다. 당황한 낯빛을 보자 이젠 정말로 즐거워졌다. 자경이 좀 더 환하게 웃었다.

“그럼요. 두 살이나 어린 데다 훤칠하니 잘생긴 사내가 절 보고 첫눈에 반했다는데 기분 나쁠 여인이 어디 있습니까. 아니 그렇습니까, 어머니?”

“그렇지. 그거야 고마운 일이지.”

역시나 순한 송 씨가 순진하게 자경의 말에 동조했다.

“너야 그런 사내가 한둘도 아닌데, 고작 방원이 정도가 그러는 게 무에 고맙다고.”

“그거야 다 한때지요. 벌써 저도 열여덟이라 이제 그런 사내가 흔치 않아 방원이가 그러는 것이 고맙습니다. 저희 어머니만 해도 제가 시집 못 갈까 봐 걱정이 크십니다. 어머니 저 아직 괜찮은가 봅니다. 방원이가 저를 두고 애달파 한다질 않습니까.”

자경의 호들갑에 송 씨가 피식 웃었다.

“그래, 아직은 썩 봐줄 만한 모양이다.”

“과거에만 붙으면 방원이가 그리 모자라다고 할 순 없지요. 내일 조반 정성껏 차려주시어요. 방원이가 과거 잘 볼 수 있도록 말입니다.”

강 씨를 보며 자경이 그 어느 때보다 환하게 미소 지었다. 억지로 입꼬리를 끌어당겨 보지만 차마 웃을 수 없는 강 씨의 양 볼이 보기 싫게 실룩거렸다. 그 모습을 보고 있자니 진심으로 기뻐서 자경의 웃음이 조금 더 화사해졌다.

***

"아까부터 왜 그리 표정이 어두운 게냐."

안정원과 윤진을 마중하고 돌아온 방원의 안색이 어두운 것이 민제의 마음에 걸렸다.

"내일이 시험인데, 어디 몸이 불편한 게냐?"

"그런 것이 아닙니다."

"허면? 왜 그러는 게야?"

"저분들이 저를 보고 가셨으니, 이제 저는 합격은 떼어 놓은 것입니까?"

"뭐?"

"만약 그렇다면 저는 왜 그리 열심히 공부 한 것입니까?"

그제야 민제는 방원이 내도록 시무룩해 있었던 이유가 무엇인지 깨달았다.

"무슨 말도 안 되는 소리를 하는 게냐. 안면이 있다 하여 다 합격시켜 준다면 내 맏사위인 조박은 왜 아직도 과거에 급제하지 못하고 저러고 있겠느냐. 아무리 인맥이 있다 한들 과거에 붙고 떨어지는 것은 오롯이 제 실력이다. 아는 사이라고 해서 영 실력이 안 되는 이를 붙일 수는 없음이야. 어찌 학문을 배운 유학자들이 그리 근본 없는 짓을 하겠어."

"허면 왜……."

"너는 개경에서 나고 자라지 않았으니, 네 학문이 어느 정도인지 아는 사람이 나밖에 없지 않으냐. 네가 혹여나 불이익을 받을까 염려되어 그리 한 것이다."

"혹 제 학문이 못 미더우셨던 겝니까."

"아니래도. 너를 못 믿은 게 아니야."

"그럼 인사시키지 마시지."

방원이 저도 모르게 중얼거렸다.

"그저 실력대로 시험을 치르고 싶었습니다. 저를 믿으신다면 끝까지 믿어주시지 그러셨습니까."

시무룩하게 읊조리는 사이 방원의 어깨가 아래로 축 처졌다. 저는 진짜 제 실력으로 시험에 합격하고 싶었다. 그래서 자경에게 자랑하고 싶었는데, 이리되어버린 게 속상했다. 이젠 합격한다 해도 떳떳할 수 없을 것 같았다.

"너를 도와주려 한 것인데, 내 생각이 짧았다. 미안하구나."

민제가 사과의 말을 건네고 나서야 정신이 번쩍 들었다. 따져보면 이 모든 게 다 실은 저를 위해서 민제가 애써준 것인데 너무 어린아이 같은 투정을 부렸다 싶었다.

뒤늦게 방원이 급히 고개를 저었다.

"아닙니다. 신경 써 주셔서 감사합니다. 다만, 저는……."

무어라 설명해야 좋을지 몰라 방원이 입만 벙긋거리며 망설이는 사이 민제가 빙긋 미소 지었다.

"국자감시를 다른 말로 무어라 하는지 아느냐?"

"진사시라 하지 않습니까."

"그래. 국자감시에 붙으면 진사가 되지. 그게 뭐 관직은 아니다만 그래도 사회적으로 하나의 직책을 얻게 되는 게야. 처음으로 네가 누군가의 아들이 아니라 사회적 인간으로서 자리하게 되는 것이지. 그것을 오롯이 너의 힘으로 구하고 싶었다는 네 마음이 아주 어여쁘구나. 그 생각만으로도 너는 이미 네 또래보다 훨씬 앞선 게야. 아니, 네가 오히려 나보다도 앞선 게지. 참으로 기특하고 대견하구나."

뜻밖의 칭찬에 방원의 양 볼에 발그레하게 열이 올랐다. 제 마음을 이해해주는 민제가 고마웠고, 이런 식의 칭찬이 무어라 말할 수 없을 만큼 기뻤다.

"진사가 되면, 내 앞으로 하대하지 않을 게다. 진사시에 합격했다는 것은 이제 언제든 궐에서 만날 수도 있는 예비 신료란 말인데, 어찌 함부로 할 수 있겠느냐. 정치를 시작하게 되면 모두 동등한 동료인데 나이가 어리다고 함부로 이름을 부르며 하대해선 안 되는 법이지."

"하지만 국자감시에 합격해본들 무슨 직책을 받는 건 아니지 않습니까."

"왜 직책이 없어? 내 합격하면 선달이라 부를 것인데?"

"선달이요?"

"그래. 선달, 이 선달."

"이 선달."

민제를 따라 중얼거리던 방원이 쑥스러운 듯 머리를 긁적였다.

"시험 잘 치러서 꼭 합격하거라. 내가 앞으로 너를 이 선달이라고 부를 수 있게 말이다."

어찌 보면 참으로 별 것 아닌 말인데 왠지 왈칵 눈물이 났다. 아직 과거에 붙지 않아서 선달이라는 호칭이 제 것이 아님에도 불구하고 민제의 마음이 참으로 따뜻하고 깊게 느껴져 마음이 충만해졌다.

"이 선달, 과거 잘 치르고 오시게나. 내 오래전부터 그대를 궐에서 동지로서 만나기를 고대했다네."

환하게 웃는 민제의 두 눈을 차마 더 마주치지 못하고 방원이 고개를 숙였다. 뚝뚝 굵게 떨어진 눈물로 방원의 무릎께가 어느새 젖었다. 가늘게 떨리는 어깨를 모른 척하면서 민제가 방원을 따스하게 바라보았다.

***

"비단을 사신다면서요."

"응."

"근데 뭘 그리 목을 길게 빼고 이리저리 찾으시는 겝니까?"

행아의 지적에 그제야 제 행동을 깨달은 자경이 얼른 자세를 바로 했다. 그러고 보니 시전에 들어선 뒤 내내 머리가 어지러울 정도로 이쪽저쪽을 살피며 걸었다. 행아가 이상하게 여길 만했다.

"혹시 엿장수를 찾으시는 겝니까?"

"어찌 알았느냐?"

놀란 자경이 저도 모르게 고함을 빽 질렀다가 급히 입을 막았다. 행아가 어이없다는 듯 웃었다.

"내일 시험이잖습니까. 아씨의 주변에 시험 치는 이들이 많으니 챙길 수도 있겠다 싶었지요."

"그래, 그렇지."

안도한 얼굴로 자경이 고개를 끄덕였다. 그러다 이내 귀를 쫑긋 세웠다.

"저쪽에 가위질 소리가 나는 거 같지 않니?"

"그런 것 같습니다."

"어서 가보자."

서두르는 자경을 뒤쫓아 가며 행아가 슬쩍 뒤를 돌아보았다. 서너 걸음 떨어진 곳에서 상인이 뒤를 따라오고 있었다. 평소보다 좀 더 굳은 얼굴을 보자 한숨이 절로 나왔다.

시험 전날 자경이 굳이 엿을 사러 나온 건 처음 있는 일이었다. 자경은 알아차리지 못한 거 같았지만 행아는 알고 있었다. 그리고 아마 상인도 알고 있을 거다. 본래 이런 건 가까이서 지켜보는 이들이 본인보다 더 잘 알아차리게 마련이니까.

"방원 도련님 것만 챙기실 것입니까?"

엿장수를 드디어 만난 뒤 신이 나서 이것저것 사는 자경의 옆에서 행아가 넌지시 말을 던지자 자경이 움찔했다.

"방원이 것만 챙기다니, 방원이 것도 챙기는 거지. 아버지가 아끼시는 애제자인데 모른 척 할 수 있겠느냐."

"마님도 마님이지만 아씨도 방원 도련님은 유독 잘 챙기시는 것 같습니다."

"동생 같으니 마음이 쓰여 그러는 게지. 원래 내가 어린 사람들에게 후하지 않니."

절반은 맞고 절반은 틀렸다. 어린 사람들에게 후한 건 맞지만 그게 방원을 챙기는 이유는 아니었다. 일단 자경은 방원을 동생으로 보고 있지 않으니 말이다. 허나 행아는 더 반박하지 않고 입을 꾹 다물었다.

순식간에 여러 묶음의 엿 꾸러미가 만들어졌다. 자경이 값을 계산하는 사이 어느새 다가온 상인이 그 꾸러미들을 가져갔다. 무뚝뚝한 상인의 옆모습을 물끄러미 보던 행아가 급히 눈을 돌렸다. 왠지 눈이 시렸다.

"어서 가자."

엿을 산 뒤 자경은 신이 나 보였다. 비단을 사러 나왔다는 건 확실히 핑계였던 듯, 선전엔 눈길조차 주지 않고 스쳐 지나갔다. 이리 챙기면서도 자경은 아직 방원에 대한 제 마음이 무엇인지 정확히 모르는 모양이다.

허나 행아는 이미 오래전부터 알고 있었다. 그건 단지 가까이서 자경을 모시기에 알 수 있었던 게 아니었다. 자경이 방원에게 마음이 향하기 시작하면서 누군가의 얼굴에 깊이 그늘이 드리워졌기 때문에 알게 된 거였다. 제가 얼굴에 깊이 그늘이 지는 그 사내를 좋아했기 때문에.

"어어."

멀리서 뛰어오던 어린아이가 자경과 크게 부딪히며 지나가는 바람에 자경이 몸을 비틀거렸다. 놀란 행아가 자경을 붙잡기도 전에 어느새 다가온 상인이 자경의 팔을 부축했다.

"괜찮으십니까."

"괜찮다. 고맙다."

잠깐 놀랐던 자경 역시 상인과 눈이 마주치자 안도한 얼굴로 두 눈을 휘어가며 웃었다. 자경의 미소에 흔치 않게 상인의 입꼬리가 위로 슬쩍 올라갔다. 더 보고 싶은데, 더 보기 싫었다. 행아가 애써 고개를 돌렸다.

언제부터 좋아했는지, 대체 언제부터 좋아진 건지는 저도 모르겠다. 정신을 차려보니 어느새 제 두 눈은 저 말 수 없고 무뚝뚝한 사내만을 쫓고 있었다.

그저 좋았다. 다 좋았다. 행아는 상인을 좋아하기 시작하면서부터 처음으로 명경을 들여다보기 시작했다. 자경과 함께 길을 지나다닐 때마다 자경이 옆의 계집애도 반반하지 않냐는 말도 귀에 들어왔다. 부러 예쁜 척을 하며 상인의 앞을 얼쩡거리기도 하고 힘이 들다 칭얼거리며 도움을 청하기도 했다. 그럴 때마다 상인은 묵묵히 원하는 대로 다 해주어서 잠깐이나마 희망을 품은 적도 있었다.

그래서 송 씨가 둘을 불러 나란히 앉혀 놓고 혼인하라는 말을 꺼냈을 때, 행아는 매우 기뻤다. 고개를 돌려 옆에 앉은 상인을 보기 전까지는 그랬다. 기뻐서 터질 것 같은 마음을 애써 숨기며 상인을 보았을 때, 상인의 얼굴에 죽음과 같이 어두운 그늘이 드리운 것을 보고 나서야 깨달았다. 상인의 애정하는 사람이 저는 아니라는 것을 말이다. 지금까지 제가 설렜던 그 모든 순간들은 상인에게는 그저 주어진 일에 불과했고, 제게 친절하게 대했던 건 그저 인간적인 호감 그 이상도 이하도 아니었던 거다.

잠깐이나마 기뻐했던 스스로가 너무 창피해서, 희망을 품고 어쩔 줄 몰라 했던 것이 너무 부끄러워서 울면서 그 자리를 뛰쳐나갔다. 울다 지쳐 쓰러진 그날 밤, 자경이 행아를 달래러 왔었다. 행아의 속을 알 리 없는 자경은 억지로 시집보내지 않겠다며 달랬다. 그런 게 아니라고 고함을 지르려는 순간, 자경이 그랬다. 상인 역시 평생 혼인하기를 원치 않는다, 라고. 그 이야기를 듣고 나서야 상인의 얼굴에 드리워진 그림자의 주인이 누구인지 알게 되었다. 그 사실을 알고 나니 상인이 저를 결코 봐줄 리 없다는 현실은 슬펐으나, 동시에 상인이 그 어디에도 가지 않고 평생 자경의 곁에 머물러 주리라는 확신에 기뻤다.

저도 혼인하지 않고 자경의 곁에 계속 머무른다면 상인을 계속 볼 수 있다. 그렇게 시간이 계속 흐른다면, 계속 그리 흘러간다면 언젠가는 제게도 기회가 오지 않을까. 어리석지만 그것이 지금 현재 상황에선 행아가 기대할 수 있는 최선이었다.

"아씨."

"응?"

"혼인하면 저랑 상인이 둘 다 아씨를 따라가는 거지요?"

"얘는 대체 그걸 몇 번이나 묻는 게야. 그렇대도?"

"약조하셨습니다."

"그래, 약조했다. 내가 언제 약조한 것 안 지키는 것 봤니. 걱정할 것 없다. 꼭 데려가마."

몇 번이고 확답을 주는 자경의 얼굴을 빤히 쳐다보던 행아가 와락 자경의 허리를 껴안았다.

"얘가 갑자기 길가에서 왜 이래?"

"저 데려가시는 겁니다. 데려 가주셔야 해요."

"참나, 아직 다섯 살짜리 어린애라니까. 이런 널 두고 어딜 가겠니. 걱정 마라. 절대로 안 놓고 간다. 꼭 데려가마."

잠깐 자경을 미워하기도 했다. 미운 마음이 전혀 들지 않았다면 거짓말이다. 하필 상인이 좋아하는 게 왜 자경인지 원망스러웠다. 허나 그 원망은 길게 가지 못했다. 길게 가져가기엔 행아 역시 자경을 너무 좋아했기 때문이다.

자경이 아니었다면 행아가 이리 살 수는 없었을 거다. 누구보다 그걸 잘 알고 있었다. 어느 집 종년이랑 애길 해봐도 저처럼 편히 종살이하는 년은 없었다. 험한 말을 들은 적도 없고 매를 맞은 적도 없었다. 수없이 많은 사내가 민제의 집을 드나들었지만, 개중 행아를 유심히 본 사내가 없지는 않았지만 감히 허튼 짓을 하는 이는 하나도 없었다. 그 모든 게 자경 덕분이라는 것을 알고 있었다. 제 또래 아이 중 엄한 도련님께 끌려가서 몹쓸 짓 당하는 애가 한둘이 아니었다. 그러다 저도 모르는 사이에 배불러 쫓겨난 년도 여럿이었다. 사실 종년이 얼굴이 고운 건 오히려 독이면 독이었지 득일 게 하나도 없었다. 허나 행아는 그런 걱정 없이 살 수 있었다. 모두 자경의 덕분이었다.

따지고 보면 상인 역시 자경이 아니었다면 애초에 만날 수도 없었던 인연이었다. 자경이 상인을 구해오지 않았다면 어찌 행아가 상인의 존재를 알 수 있었겠는가. 그리 생각하자 제가 자경을 잠시나마 원망한 게 미안했다. 상인이 행아를 좋아하는 마음 역시 이해할 수 있었다. 생명의 은인인데, 어찌 마음이 가지 않으랴. 자경은 상인에게 베풀어 준 게 많았다. 허나 저는 상인에게 해준 게 없었다. 그러니 지금 당장 상인의 애정이 저를 향하지 않는다고 원망하는 것은 못된 마음이었다. 행아는 그렇게 제 마음을 다잡았다.

"서둘러야겠습니다. 방원 도련님이 해가 지기 전에 댁으로 가신다고 하셨거든요."

"그래?"

"예. 저녁을 댁에 가서 드신다고 하셨습니다."

"그럼 서두르자."

아마도 자경은 방원과 혼인할 것이다. 태어나서 자경이 원하는 것을 하지 못한 적은 없었으니 혼인 역시 자경의 마음 가는 대로 치러질 거다. 그리고 방원이라면 행아와 상인을 데려간다는 자경의 통보를 거절하지 못할 것이다. 그리된다면 자경이 호언장담한 대로 행아와 상인은 자경이 혼인한 후에도 한집에서 같이 살 수 있다.

그럼 됐다. 일단은 그걸로 되었다. 저 역시도 혼인하기 싫다고 한다면 억지로 시집가라고 등 떠밀 자경이 아니었다. 그렇다면 계속 이대로 가까이서 상인을 보고 살 수 있었다. 상인도 혼인을 하지 않는다면 공평한 일이니 괜찮았다.

그렇게 세월이 계속 흘러가다 보면 언젠가는, 언젠가는 제가 원하는 모든 게 이루어질지도 모른다. 모두가 자신을 보고 복 많은 아이라고 했으니까, 종내는 제가 원하는 것을 모두 이룰 수 있을 수도 있다.

서두르는 자경을 뒤따라가며 행아가 고개를 돌려 상인을 보았다. 상인이 굳은 얼굴로 자경의 주위를 살피며 걸음을 빨리해서 좇아오고 있었다. 저리 두어 걸음 뒤에만 늘 있어 준다면 괜찮았다. 아직은 저 두 눈이 자경만을 향해 있지만, 언젠가는 그 옆에 있는 행아를 봐 줄 날이 올 테니까 그때까지 제가 지치지만 않으면 되는 것이다.

***

방원이 민제의 사랑채에서 나오자마자 자경과 마주쳤다. 뜻밖의 만남에 꽤 놀랐지만, 방원은 티를 내지 않으려 애썼다.

"이제 집으로 갈 것이냐?"

"네."

"그 전에 나 좀 보자."

후원 쪽으로 향하는 자경을 방원이 가만히 선 채 쳐다보고 있었다.

"어서 안 오고 뭐 하느냐?"

할 말이 목 끝까지 차올랐으나, 이곳은 민제의 사랑채 근처였다. 방원이 굳은 얼굴로 자경의 뒤를 따라갔다. 누각에 오르고 나서야 자경이 뒤를 돌아보았다.

"무슨 일입니까?"

무뚝뚝하게 묻는 방원에게 자경이 불쑥 붉은 실로 묶어진 꾸러미 하나를 내밀었다.

"이게 무엇입니까?"

"엿이다. 내일 시험 잘 치라고."

한지로 네모반듯하게 포장된 꾸러미 안에 엿이 들어있는 모양이다. 방원이 제 앞에 내밀어진 흰 손을 한 번 자경을 한 번 번갈아 보았다. 예전이었다면 챙겨주는 것에 마냥 고마워 어쩔 줄 몰라 했을 거다. 허나 지금은 마음이 그렇지 못했다. 무구를 챙기듯이 저를 챙기는 거라면 이젠 사양하고 싶었다.

"어서 받지 않고 무얼 하니?"

"저만 주시는 겁니까?"

방원의 물음에 자경이 잠깐 당황했다. 아까 행아도 그러더니 이런 게 왜 궁금할까.

이해하기 어려웠다. 허나 아까 행아에게 했던 것과 같은 대답이 나오지는 않았다. 저를 쳐다보는 깊은 두 눈이 행아에게 했던 것과 같은 대답을 내어놓을 수 없게 만들었다. 친한 동생이니 주는 거지, 라는 대답을 했다가는 오늘 이 자리로 모든 게 다 끝일 거라는 직감이 들었다. 그건 여인로서의 본능이었다. 그리 끝내고 싶지 않았다. 이건 여인로서의 바람이었다.

"왜 묻는 것이냐."

어떤 대답을 원하는지 이미 짐작할 수 있었으나 쉽게 원하는 대로 해주고 싶지 않았다. 대답 대신 돌아온 물음에 방원이 눈썹을 치켜들었다.

"저만 주는 게 아니라면 받지 않으려고요."

방원의 대답은 예상했던 것보다 훨씬 더 솔직했고 과감했다. 언제나 모든 일에 늘 두어 걸음 물러선 듯한 모습을 보여서 이런 문제에서도 으레 그럴 거라 예상했기 때문에 방원의 대답은 뜻밖이라 놀라웠다.

"더 이상 편히 하대하는 동생은 하고 싶지 않습니다."

"그게 무슨 뜻이더냐?"

"사내이고 싶습니다."

"뭐라?"

"이제 사내와 계집으로 마주 서고 싶다는 것입니다."

놀란 자경이 긴장된 시선으로 방원을 올려다보았다. 지금까지 단 한 번도 본 적 없는 눈을 한 방원이 자경을 쏘아보고 있었다. 저도 모르게 자경이 주춤하며 두어 걸음 뒤로 물러났다. 그 모습을 본 방원의 눈썹이 슬프게 아래로 처졌다. 말을 꺼내기 무섭게 이리 저를 피할 줄은 몰랐다. 서글펐다.

"딱히 제가 그런 것을 당당히 요구할 만큼 자격이 없다는 것은 알고 있습니다."

그래서 그런 게 아닌데 오해한 모양이다. 당황한 자경이 정정해주려다 멈추었다. 그대로 내버려 두면 어떤 결론에 도달할지 궁금했기 때문이다.

"그래도 국자감시에 붙으면 이전보단 자격이 생기는 것 아닙니까. 그땐 저도 아무것도 아니진 않으니까요."

애써 당당하려 하지만 어투나 표정이 매우 애절한 것이 이건 누가 봐도 슬픈 구애의 몸짓이었다.

"만약 국자감시에 네가 합격하게 된다면……."

자경은 잠시 뜸을 들였다.

"그리된다면 내 더 이상 하대를 하지 않으마."

방원이 놀란 얼굴로 자경을 보았다.

"약조하마."

진심인 걸까. 아니면 제가 애초에 합격하지 못할 거라 생각해서 장난처럼 던져보는 말인 걸까. 살피듯이 자경의 얼굴을 뚫어져라 보았지만 아무것도 읽을 수 없었다.

오기가 났다. 그래, 어떤 마음으로 했냐는 이제 더 이상 중요치 않았다. 제가 원하는 결론만 얻으면 그만이었다.

"약조하셨습니다."

방원이 자경의 손에서 엿 꾸러미를 낚아챘다.

"내일 과거가 끝나면 이곳에서 다시 뵙지요. 사내로."

자경은 동생을 챙기는 마음으로 가져온 엿일지 모르겠으나 방원은 이 선물을 사내로 받았다. 그리고 앞으로 쭉 사내로 이 앞에 서면 될 일이다. 제가 그리 만들 거다. 방원이 자신만만한 얼굴로 자경을 내려다보았다.

***

늦은 오후 형부인 조박이 과거에 급제했다는 소식이 전해지자 안채는 난리가 났다. 소란스러운 틈을 타서 자경이 슬그머니 밖으로 나왔다. 상인이 숨을 헐떡이며 중문에 서 있었다.

"어찌 되었느냐?"

"일곱 명을 뽑았는데 그중 이 등을 하셨습니다."

상인이 말을 내뱉을 때마다 더운 숨이 흩어졌다.

"결과를 보자마자 말을 타고 달리시기에, 그보다 빨리 오느라."

"고생했다."

어깨를 두드려준 자경이 약속된 후원으로 향했다.

"따라올 필요 없다."

고개를 숙이며 상인이 뒤로 물러났다. 천천히 후원으로 향하는 문을 통과하는 자경을 상인과 행아가 뒤에서 지켜보았다.

방원이 국자감시에서 이 등을 했다라…….

반박할 수 없이 우수한 성적이었다. 이미 국자감시에서 눈도장을 단단히 찍었으니 이만하면 무난히 과거에 급제할 것이다. 벌써 개경 바닥엔 이성계의 다섯째 아들이 똑똑하다고 소문이 짜하게 났을 거다. 나쁘지 않은 시작이었다. 먼 곳을 바라보며 선 자경의 미간에 깊이 주름이 졌다.

곧 뒤쪽이 매우 소란스러워졌다. 자경이 천천히 돌아보자 방원이 숨을 헐떡이며 급한 걸음으로 달려오고 있었다. 그리 허둥대는 모습은 처음이었다.

"오셨습니까."

자경이 고개를 숙여 인사했다. 처음으로 쓰는 존대였다. 허나 방원은 그런 것을 알아차리지 못했다. 알아차릴 정신이 없어 보였다.

"합격, 합격했습니다. 이 등이랍니다."

급히 누각으로 올라온 방원이 숨을 헐떡이며 자경에게 털어놓았다.

"감축드립니다."

"합격했어요, 합격했습니다."

자경의 앞에 선 방원이 흥분하여 저도 모르게 덥석 자경의 손을 붙잡았다.

"합격했어요."

"장한 일을 하셨습니다."

방원이 감격에 겨워 자경을 와락 껴안았다. 제 스스로 주체가 안 되는 모양이었다. 세상 어른스럽고 점잖은 척 굴더니 이럴 땐 영판 아이였다. 자경이 부스러지게 웃으며 다정하게 방원의 등을 쓰다듬었다.

"장한 일을 하셨어요."

잠깐 눈을 감은 채 뿌듯한 미소를 짓던 방원이 놀란 얼굴로 후다닥 자경에게서 떨어졌다.

"방금 무어라고……."

"장한 일을 하셨다고 했습니다."

자연스러운 대답에 방원의 눈이 휘둥그레졌다.

"왜요, 이상합니까? 아까 처음 이곳에 들어설 때부터 존대하였는데도 모르시더니."

"처음부터?"

"네. 과거에 합격했다는 사실을 말씀하시기 전부터 존대를 했는걸요."

"왜, 왜 그런."

"과거에 합격하든 말든 상관없이 하대를 그만하겠다고 결심했으니까요."

방원의 두 눈이 어지러이 흔들렸다. 자경이 대체 왜 이러는지 도통 짐작할 수 없어 이젠 불안해 보이기까지 했다. 그 얼굴을 보며 자경이 싱긋 미소 지었다.

"사내로 보이면 하대를 그만해달라고 하지 않으셨습니까."

"그랬지요. 과거에 합격하여 제가 사내 자격이 있다 생각되면 그리 해달라고."

"과거에 합격하지 않아도 이미 제겐 사내로 보였기에 하대를 그만한 것입니다."

방원이 오기 전에 이미 상인으로부터 소식을 들었다는 것은 방원이 평생 알 수 없는 일이었다. 알 필요도 없었고.

"헌데."

꽤 감격한 얼굴로 어쩔 줄 몰라 하는 방원을 보던 자경이 고개를 갸웃했다.

"사내가 되어 저와 무엇을 하고 싶으셨던 겝니까?"

"네?"

"우린 이미 함께 사냥도 했고, 격구도 했고, 책도 읽었고, 다점도 같이 가지 않았습니까. 헌데 굳이 하대하지 않는 사내가 되고 싶다고 하시니, 그런 사내가 되어 저랑 무엇을 하고 싶으셨던 것입니까."

자경의 단도직입적인 물음에 방원이 잠깐 멍한 얼굴을 했다.

"그저 저와 노닥거리고 싶으셨던 것은 아닌 거 같고."

"아니요, 그런 것은 결코 아닙니다."

"허면, 혼인하시렵니까?"

금방이라도 튀어나올 것처럼 방원의 두 눈이 더 커질 수 없을 만큼 커다래졌다.

"왜요? 저와 혼인하고 싶지 않습니까?"

"네?"

"나와 혼인하고 싶지 않냐고 물었습니다."

잠깐 숨 쉬는 것조차 잊은 방원이 멍하니 자경을 보았다. 모든 것이 너무나 갑작스럽고 너무나 빨라서 지금 상황이 도무지 이해가 가지 않았다.

"내키지 않으시나 봅니다. 대답이 없으신 걸 보니."

"아니, 아니, 그런 것이 아닌데."

빤히 쳐다보는 자경의 두 눈이 너무 말개서 방원은 목이 탔다. 대체 이게 어찌 흘러가는 대화인지 어떻게 이런 대화를 자경과 자신이 나누고 있는 건지, 모든 상황이 낯설었다.

"그걸 내게 왜, 왜 묻는 건지……."

세상 이보다 더 등신 같을 수가 없었다. 스스로가 한심해 죽겠는데, 지금 제가 내어놓을 수 있는 말은 이런 게 전부였다.

"나는 혼인하고 싶거든요."

내가 듣고 있는 게 진짜 저 입에서 나오는 말이 맞단 말인가. 분명 눈앞의 입이 벙긋거리고 있고, 그 입으로 무슨 말인가 하고 있고, 그 입에서 나오는 말을 제 귀가 듣고 있는데, 무슨 말인지 이해할 수 없었다. 이해가 가지 않았다.

"우리 둘의 마음이 같다면, 올해가 가기 전에 혼인했으면 해서요."

도무지 믿기지 않는다는 듯 방원의 두 눈과 입이 커다랗게 벌어졌다. 어쩔 줄 몰라 하는 방원을 보며 자경이 싱긋 웃었다. 자경의 웃는 얼굴을 보자 뒤늦게 정신이 돌아왔다. 방원이 급히 머리를 흔들었다.

"정녕 나랑 혼인하고 싶으신 겝니까? 나요? 내가 맞습니까?"

방원은 자경을 사랑했다. 방간이 말한 대로 그게 처음부터였는지는 모르겠지만, 아무튼 정신을 차려보니 어느새 저는 자경을 깊이 사랑하고 있었다. 사랑이 아니라면 자경 앞에 사내로 서고 싶다는 욕심 같은 것을 가졌을 리 없다. 사랑이 아니었다면 자경이 저를 봐주기를, 저만을 봐주기를 바라지 않았을 거다.

눈앞에 있어도, 보고 있어도 가끔 손을 뻗어 이게 진짜인가 만져 보고 싶을 때가 있었다. 책을 읽다가도 어른거렸고, 그저 마당을 가로질러 가는 동안에도 혹여나 마주칠까 신경이 곤두섰다. 잠이 들기 전에 반드시 생각했고, 꿈을 꾼 것도 벌써 여러 번이었다.

"그렇대두요."

"왜 나입니까? 원한다면, 마음만 먹는다면 개경에 있는 어느 사내든 고를 수 있으시지 않습니까. 헌데 왜 나를 고르신 겝니까."

허나 자경은 아니었다. 방원은 자경이 저를 그리 사모하고 있다고는 생각하지 않았다. 이제 하대를 하지는 않았지만, 그렇다고 해서 저를 사내로 봐주는 건 아니었다. 자경이 저를 보는 눈이 제가 자경을 보는 눈과 같지 않았다. 아무리 모자라도 그 정도는 알 수 있었다. 자경에게 저는 아직 사내도 사랑도 아니었다.

"혹 이성계 장군의 아들이라서 나를 택한 것입니까."

자경을 사랑했다. 사랑하니 당연히 방원은 자경과 혼인하기를 바랐다. 허나 혼인 이전에 더 먼저 바란 것은 저를 사랑하는 것이었다. 방원이 바라는 혼인은 사랑으로 맺어지는 거였다. 집안 덕분에, 배경 때문에 자경이 자신을 선택하는 것은 싫었다. 애정이 없고 목적이 있는 혼인 따윈 하지 않겠다고, 밤을 지새우며 우는 어미 곁에서 수백, 수천 번을 넘게 다짐했던 오래된 결심이었다.

"방간 오라버니는 이성계 장군님의 아들이 아니랍니까?"

자경이 기가 찬다는 듯 코웃음 쳤다.

"가문을 봤다면 오히려 이성계 장군님 가문은 아니 골랐겠지요. 이미 둘째 언니가 이 장군님 가문에 시집 가 있는데, 그거면 됐지, 저까지 갈 필요가 무에 있어서요."

"그것이 아니라……."

"그리고 이성계 장군님이 훌륭하긴 합니다만, 여흥 민 씨 가문이 그만 못합니까? 나나 우리 가문이 이성계 장군님 덕을 보기 위해 굽신거리며 연이은 혼약을 맺어야 할 정도로 모자라답니까?"

"아니요, 아닙니다. 그렇지 않아요."

조금은 무시하는 듯한 자경의 태도에 자존심이 상하긴 했으나, 틀린 말이 아니라 무어라 반박할 수 없었다. 누구나 고를 수 있는 자경이었다. 그런 자경의 앞에 놓인 수많은 선택지 중에서 이성계 장군의 아들이라는 것은, 제가 생각해도 굳이 골라질 정도로 훌륭한 건 아니었다.

"저를 좋아하십니까?"

사실 방원이 처음부터 진짜 묻고 싶은 건 이거였다. 진짜 듣고 싶은 것은 이 물음의 대답이었다. 어찌나 긴장했던지 묻는 말의 끝이 가늘게 떨렸다. 차마 눈을 길게 마주치지 못하고 방원이 고개를 숙였다.

"혼인을 하고 싶을 만큼 좋아합니다."

화들짝 놀란 방원이 고개를 들어 자경을 보았다. 자경이 싱긋 웃었다.

"허나 저는 좋아하는 마음만으로 혼인을 결정하는, 그런 여인은 아닙니다."

잔뜩 부풀어 올라서 터질 것 같던 마음이 한순간 훅 꺼졌다. 입을 헤, 벌린 채 좋아하던 방원이 순식간에 시무룩해진 얼굴로 자경을 보았다.

"허면."

"예전에 내게 사람 보는 눈이 누구 못지않다고 했던 것을 기억하십니까?"

"기억합니다."

"그래서요. 그래서 혼인하고 싶은 겝니다. 누구에게도 뒤지지 않는 사람 보는 그 눈으로 살펴보니 이방원이란 사내가 보였거든요."

좋아한다, 사랑한다는 말보다 방원에겐 더 큰 칭찬이었다. 감히 제가 자경에게 이러한 인정을 받았다는 게 믿기지 않을 정도였다.

"그런데 아직 아무도 모르는 것을 보면 내 눈에만 보이는 모양이에요. 그래서 혼인하여 지금 내게 보이는 모습대로 다른 사람들도 알아차릴 수 있게 한번 만들어 보면 어떨까 싶어서요. 그리 해보고 싶어서 혼인하려고요."

자신만만한 얼굴을 보자 등 뒤로 소름이 돋았다. 온몸의 솜털이 쭈뼛 섰다. 자경에게 제가 혼인하고 싶은 남자, 혼인하여 출세시켜 보고 싶을 만큼 가능성 있어 보이는 남자로 보였다는 게 놀라웠다. 그리고 기뻤다. 오늘 과거에 급제한 것보다 이 사실이 더 기뻤다.

"말 보는 눈만큼은 누구와 겨뤄도 자신 있다고 했지요? 나와 혼인하면 이제 말뿐 아니라 사람 보는 눈 역시 누구에게도 지지 않는 사내가 될 겝니다. 자, 이제 제대로 대답해 보세요. 나와 혼인하겠습니까?"

방원이 마른침을 꿀꺽 삼켰다. 그런데 내내 어찌나 긴장했던지 그 침조차 제대로 넘기지를 못하고 딸꾹질이 터져 나왔다. 놀란 방원이 급히 두 손으로 입을 막았다. 딸꾹, 그러나 딸꾹질은 그치지 않았다. 그 모습을 보던 자경의 웃음보가 터졌다.

"이런, 거절입니까?"

놀리듯 빙글거리자 방원이 울 것 같은 눈으로 고개를 가로젓는다. 여전히 두 손으로 꼭 막은 입에선 딸꾹, 딸꾹, 딸꾹질이 나오고 있었다.

"대답을 못 하시잖아요."

"그, 딸꾹."

입을 여는 순간 다시 크게 딸꾹질이 터졌다. 자경의 웃음소리가 좀 더 커졌다. 배를 잡은 채 웃느라 정신이 없는 자경을 보며 애가 탄 방원이 발을 동동 굴렀다.

6장

# 임술년 혼례

壬戌年 婚禮

"아니, 어찌 형수님만 이리 오신 겝니까?"

놀란 이화가 버선발로 달려 나와 한 씨를 맞이했다.

"형님은요?"

방원이 자경과 혼인하기로 했다는 소식은 민 씨 가문과 이 씨 가문뿐만 아니라 개경 바닥이 모두 뒤집어질 만한 사건이었다. 둘째 딸에 이어 셋째 딸까지 이성계 가문과 민제가 사돈을 맺는다는 것도 놀라운 일이었지만, 그 주인공이 다른 이도 아니고 자경이라는 게 더 큰 충격이었다. 개경에서 제일 잘나서 콧대가 높은 것으로 유명한 민자경이었다. 그런 민자경이 이방원을 택한 거다. 이게 대체 어찌 된 일이냐고 사람들은 삼삼오오 모이기만 하면 시끄러웠다.

방원으로부터 헛소문이 아니라 사실이라는 것을 확인하자마자 이화는 당장에 조영규를 함주로 보내 이 사실을 알렸고, 소식을 들은 성계는 그날부로 한 씨와 함께 개경으로 향했다.

"개경 집으로 갔습네다. 요 앞까지는 조 장군이 데려다 주었습네다. 내래 여기 데려다주고 나서 조 장군은 곧장 방원이한테로 갔디요. 이리로 오지 말고 개경 집에 먼저 들르라고 이르러요."

"왜요? 왜 그리하셨습니까? 방원이가 제 아내 될 이는 꼭 형수님한테 먼저 선보인다고 그랬었는데요."

두 양주가 개경으로 오고 있다는 소식이 전해지자마자, 방원은 이화의 집에서 먼저 한 씨에게 인사를 한 뒤 강 씨에게 인사를 드리러 가겠다고 결정했다. 한 씨를 향한 방원의 애틋한 마음을 잘 아는 이화 역시 그게 예법에 맞다며 방원을 두둔했다. 그래서 본래 계획대로라면 오늘 성계와 한 씨가 같이 이화의 집으로 왔어야 했다. 헌데 성계는 오지 않고 한 씨만 예정된 시간보다 훨씬 더 일찍 이곳에 왔으니 이화가 놀랄 수밖에 없었다.

"그 아이 보기 전에 서방님께 내 쪼매 여쭤볼게 있어서리."

한 씨가 조금 무안한 얼굴로 이화를 보며 머쓱하게 웃었다. 이화가 굳이 더 캐묻지 않고 고개를 끄덕였다.

"일단 어서 안으로 들어오세요."

이화가 별채로 한 씨를 안내했다. 이화의 모친이 죽기 전까지 기거했고, 한 씨가 개경에 올 때마다 머무는 곳이었다.

"먼길 서둘러 오시느라 고단하진 않으셨습니까?"

"무에요. 아직 고거이 움직였다고 고단해질 정도는 아이라요."

"생각보다 좀 일찍 도착하셨습니다."

"이리 올 작정으로다가 이른 새벽부터 내래 좀 서둘렀지요. 마이 놀라게 해서 죄송합네다."

"대체 무슨 일이시기에 이리하신 겝니까?"

이화의 물음에 한 씨가 고개를 숙이며 치마 끝을 매만졌다. 긴 침묵이 이어졌으나 이화는 굳이 재촉하지 않았다. 처음부터 꺼내 놓기 쉽지 않은 말이니 새벽부터 서둘러서 성계를 다른 데 보내놓고 방원이마저 이곳에 들르지 못하게 하고선 저를 찾아온 거겠지, 싶었기 때문이다.

"그 아이, 자경이라든가요."

한참의 시간이 흐른 후 한 씨가 어렵게 입을 열었다.

"자경이? 아, 방원이 처 될 사람 말입니까?"

"예. 그 아이, 어떤 아입네까?"

"네?"

"고거이 가문이 특히 좋다던데, 들어온 다른 메누리들보다 훨씬 좋다던데요."

더듬거리며, 이화의 눈치를 살피며 한 씨가 조심스럽게 꺼낸 말의 속내가 무엇인지 짐작할 수 있었다. 구부정하게 굽은 어깨를 보고 있자니 괜스레 코끝이 찡해져서 이화가 급히 고개를 돌렸다.

"두란 서방님이 그라대요. 방원이가 제일로 잘난 딸아랑 혼인하는 거이라고. 집안도 다른 메누리들이랑은 비교도 아이 되게 잘났고 인물도 좋은 데다 영특해가 뭐이가 하나 빠지는 기 없어서리 개경에서도 함부로 못 할 아라고. 방원이 참 대단한 아랑 혼인을 한다고, 어째 그런 아가 방원이 몫이 되었는가 엄청 놀라시고 좋아하시데요. 소식 듣자마자 개경으로 가야 한다고 너 나 할 거 없이 서두른 거 보믄 그거이 허튼소리도 아인 거 같고. 서방님이 보시기에도 그래 잘난 아입네까?"

성계가 개경 귀족 사회에 자리를 잡기 위해 자신의 혼인뿐 아니라 가까운 모든 사람과 개경 귀족들의 혼맥을 적극적으로 추진했다.

이화의 첫 혼인은 대대로 벼슬을 한 순흥 안씨 가문 안기의 딸이었고, 두 번째 혼인 역시 경원군 노은의 딸이었다. 한 발 더 나가 두란의 두 번째 혼인은 아예 강 씨의 조카였다. 이자천과 민제의 둘째 딸이 혼인한 것도 성계가 중매를 선 것이었다. 자식들의 혼인 역시 이와 비슷해서 첫째 이방우는 지윤의 딸과 혼인하였고 이방과는 밀직사승지 김문중의 여식과 이방의는 증찬성사 최인두의 여식과 각각 결합시켰던 것이다.

개경에서 나고 자란 여인들은 혼인한 후에도 친정에 머물거나 친정 근처에 살림을 냈다. 혼인 전에 함주로 인사를 오는 이는 단 한 명도 없었을 뿐 아니라 심지어 가끔 한 씨가 개경으로 오더라도 먼저 안부를 묻는 경우가 드물었다. 무엇보다 개경에서 나고 자라 가깝게 지내면서 서로를 잘 아는 이들은 같은 개경 귀족 출신인 강 씨에게 더 친밀감을 느끼고 가까이 지냈다. 이미 성계가 강 씨 쪽으로 기울어 있으니 강 씨와 잘 지내는 것만으로도 충분히 시댁에 예를 갖추는 것이라 여기기도 했을 것이다. 실제로 그 정도만 해도 성계가 더 이상 문제 삼지 않기도 했다.

"원계 아주버님 댁 형님이 그라시대요. 메누리가 순해서 암말도 안 하는데도 괜히 눈치가 보인다고. 헌데 우리 메누리랑 비교도 안 될 만큼 그 여동생은 더 대단하다던데 동서 어쩌냐고 하시서. 참 쓸데없지요. 또 그런 말을 들으니 사람 맘이 괜히 그래서는."

며느리들이 살갑지 않은 거야 서운하긴 했지만 그렇다고 해서 크게 맘 상할 일이 있는 건 아니어서 무심히 넘길 수 있었다. 허나 문제는 아들들이었다. 가뜩이나 아버지를 좇아다니느라 바쁜 아들들은 살림까지 개경에 나자 얼굴 보기가 어려울 지경이었다. 상황이 그쯤 되자 처음엔 괜찮다고 생각됐던 일들이 점점 서운하고 서럽게 느껴졌다.

"걱정되시는 겝니까."

소외감을 느끼는 것이 당연한 일이었는데, 그렇다고 해서 그것을 까놓고 말하기도 참 애매했다. 다 늙은 주제에 투기를 해서 남편이랑 자식 앞길 막는 속 좁고 소견머리 없는 여인네처럼 보일까 봐 염려스럽기도 했고, 자격지심에 괜히 혼자만 예민한 건가 싶기도 했기 때문이다.

"무에, 걱정되는 거는 아이고, 그런 건 아이고. 다만 딸아가 너무 똑똑하고 잘났다니까."

방원은 한 씨에게 다른 아들들보다 특별했다. 막상 키울 때는 유달리 정을 주며 기르지도 못했는데 다 크고 나자, 아니 상황이 이리 되자 한 씨에겐 방원이 제일 특별해졌다. 유독 어미 치마꼬리에 오래 매달려 있던 아들, 보통의 사내놈들답지 않게 다정해서 어미의 눈물을 닦아주던 아들, 제일 똑똑해서 자식 중 유일하게 아비의 정치에 도움이 될 만한 아들, 방원을 생각하면 떠올리게 되는 그 모든 수식어가 방원을 특별하게 만들었다. 특히 지금 한 씨 입장에선 유일하게 믿을 만한, 아니 유일하게 믿어야 하는 아들이 방원이니 더 했다.

"내래 괜한 말을 한 모양입니다. 한 귀로 듣고 흘리시라요. 괜히 쓸데없는 생각이 많아져서는."

"우리 처가 방원이 장모 될 사람이랑 가까이 지냅니다. 방원이 장모 될 분이 처에게 그랬답니다. 방원이가 아주 효자라고, 제 어미를 생각하는 마음이 아주 끔찍해서 옆에 보면 참으로 기특하고 탐이 날 정도라고요."

부친 이자춘이 돌아가신 뒤 성계는 이화의 모친과 이화를 개경으로 옮겨 살 수 있게 배려했다. 이자춘도 없는 집에 처첩이 같이 사는 모양새가 좋지 않기도 했겠지만, 무엇보다 이화의 모친이 여종 출신이었기에 이자춘의 사후 혹시 성계의 모친에게 괄시받거나 눈치 보는 일이 생겨 처지가 곤궁해지거나 이화의 심경이 상할까 싶어 특히 본가로부터 멀리 떨어뜨려 놓은 거였다.

"방원이가 평소에 함주에 무얼 보낸단 말을 그리 많이 했답니다. 그러니 적어도 그 집안은 방원이가 누구 아들인지 분명히 알고 있을 겝니다."

덕분에 이화는 일찍부터 개경에서 어머니를 모시고 편히 살 수 있었다. 자신과 어머니를 배려해준 성계의 마음 씀에 이화는 무척 감사했으나, 그것이 오롯이 성계의 생각만은 아님을 알고 있었다.

본래 집안일보다는 바깥일에 더 열중하며 산 성계였다. 가별초에 매달리느라, 툭하면 전쟁터에 불려 나가느라 제사조차 까먹기 일쑤였다. 그런 성계가 아버지가 돌아가신 뒤 아버지의 첩과 첩의 아들을 함주에서 먼 개경으로 보내는 게 모두에게 이롭다고 생각할만한 정신이 있었을 리 없다. 그건 보통의 사내도 쉬이 하기 어려운 사려 깊음인데, 이화가 가까이서 본 화통하고 사내다운 성계가 그러긴 어려웠을 것이다.

"학문이 깊다고 소문난 민제 대감이 자식 중 가장 총명하다고 칭찬하는 아이가 방원이 처 될 사람인데, 그런 애가 어찌 어리석은 행동을 하겠습니까. 걱정 마세요, 형수님. 영특한 아이이니 오히려 더 똑똑하게 굴겠지요. 이미 제 서방 될 사람의 효심을 다 알고 있을 텐데요."

모든 것을 그리 배려한 것은 바로 한 씨일 거라고 이화는 짐작하고 있었다. 이자춘 생전에도 두 시어머니를 모시면서 안색 한 번 붉힌 적이 없었고 오히려 성계의 모친이 이화의 모친을 불편하게 하면 그 사이에서 양쪽 모두 맘 상하지 않게 애를 쓰던 한 씨였다. 이자춘의 병색이 완연해지면서부터는 개경에 있는 전주 이 씨 종친회 활동을 이제 이화가 하는 게 좋지 않겠냐고 한 씨는 넌지시 성계에게 운을 띄우곤 했었다. 그리하여 이자춘 사후 표면적으로는 개경에 있는 전주 이 씨 종친회 활동을 위해서라는 명목으로, 실제로는 이화의 모친에게 따로 살림 내주기 위해서 성계는 개경에 이화의 집을 마련해주었던 것이다.

"아이고, 내래 그런 것을 속 좁게 걱정한 것은 아인데."

"형수님 심경을 어찌 제가 모르겠습니까. 허나 염려하지 마세요. 방원의 이번 혼사가 그 누구보다 형수님께 큰 이득이 될 겝니다."

이득이 안 된다면, 이득이 되게라도 만들어야 했다. 이화뿐 아니라 한 씨를 알고 지내는 모두가 그런 마음이었다. 다른 아들도 아닌 방원이었으니 더더욱 그랬다. 방원은 성계의 자식 중 가장 관직에 진출할 가능성이 높은 아이였다. 그런 아이가 유독 한 씨에게 효성이 깊은 것은 정말 고마운 일이었다. 다들 고맙고 기특하게 여기면서 방원에게 큰 기대를 걸고 있었다. 비단 한 씨뿐 아니라 성계의 집을 드나들며 가까이 지내는 모두가 그랬다.

성계의 집을 드나드는 이 중 한 씨 덕을 안 본 사람은 드물었다. 바깥일을 하느라 정신없이 지내는 성계를 대신해서 함주 본가에 개경 집안일까지 두루 챙기는 건 모두 한 씨의 몫이었다. 그리고 한 씨는 그 일들은 모두 해내면서 단 한 번도 불평하거나 싫은 기색을 비친 적이 없었다.

"서방님."

"걱정 마세요, 형수님. 두란 형님이 늘 그러지 않습니까. 개도 밥 줘 키운 사람은 알아보는데 하물며 사람이 그만도 못하면 어쩌냐고요. 저 형수님의 은덕 잊지 않습니다. 두란 형님도 마찬가지고요. 우리 누구도 형수님 모른 척 안 합니다."

함주의 큰살림을 꾸려가며 개경을 챙겨가며 그 와중에 다섯 손가락이 넘어가게 아들을 낳고 그들을 모두 건강하게 길러냈다. 성계가 전쟁터에 나가고 나면 가별초에 남은 모든 식구들을 챙기고 집에 드나드는 이들에게 언제나 더운밥을 해서 먹였다. 이 모든 게 한 씨의 노력이 아니었다면 불가능한 일이었다. 그리 살뜰히 집안 관리를 해주지 않았다면 어찌 성계가 맘 편히 큰일을 할 수 있었겠는가.

키우는 개도 밥 준 사람을 알아보는데, 그걸 몰라보면 사람이냐, 라고 일갈하는 두란의 말이 무슨 의미인지 성계 주변에 있는 이들은 모두 다 알았다. 성계의 애정이 강 씨에게 기울었기에 어쩔 수 없이 강 씨에게 예의는 차렸으나 자연스레 괴는 마음은 한 씨에게 더 깊었다. 오죽하면 두란이 성계가 시키는 대로 혼인하여 개경에 어린 처를 두고서도 자주 드나들지 못할까. 두란이 그럴 진데 다른 이들은 말할 것도 없었다. 차라리 대놓고 무어라 내색이라도 좀 하면 같이 대거리하며 뻔뻔해질 수 있을 터인데 한 씨는 늘 괜찮다고만 했다. 마음 쓰는 티를 내면 자기가 더 어쩔 줄 몰라 했다. 그래서 오히려 더 미안했고, 더 마음이 쓰였다.

"다른 아이도 아닌 방원이가 제일 힘 있는 집안의 여식이랑 혼인하는 거 감사할 일입니다. 만약 이대로 방원이가 과거에 급제하게 되면, 방원이랑 그 부인 가문의 덕으로 형님이 정치를 하게 되는 겝니다. 그리된 뒤 방원이가 형수님을 모시게 된다면 더 바랄 게 무에 있겠습니까."

다들 방원을 주목하는 데는 그가 제일 영특한 까닭도 있었지만, 성계의 아 중 가장 효심이 깊은 게 기특해서이기도 했다. 그래도 다른 아들보단 방원이가 제일 잘 되는 게 형수님한테 좋지 않을까, 모두 그리 생각하며 은근히 기대하는 분위기가 있는 것도 사실이었다.

"그리 되겠습네까."

"방원이는 속 깊은 애입니다. 그만한 생각을 하는 놈이니 오늘 개경 집보다 저희 집에 먼저 와서 형수님을 뵙겠다고 한 게지요."

"방원이 마음이 아무리 그렇다 쳐도 들어오는 새애기도 그럴지는."

"말씀드렸잖습니까. 민 대감의 자식 중 제일 똑똑한 아이라고 소문이 자자하다고요. 똑똑한 아이가 제 서방의 마음을 모르겠습니까. 걱정 마셔요. 분명 새아기는 방원이와 성계 형님, 그리고 형수님께도 큰 도움이 될 겝니다. 지금까지 많이 애태우신 거 누구보다 제가 잘 압니다. 조금만 더 기다리세요. 반드시 좋은 날이 올 겝니다."

"그래 똑똑하고 잘난 아이가 어째 우리 방원이 몫이 되었을지."

"아, 그거야 방원이도 그만큼 잘났으니 그런 거지요. 집안끼리 먼저 나서서 추진한 것도 아니고 둘이 정분이 나서 혼인하겠다고 어른들께 알려온 걸요. 그리 똑똑한 계집애가 방원이를 괜히 골랐겠습니까. 제가 봐도 서방으로 맞이해도 좋을 만큼 인물이 난놈이니 그런 게지요. 난다 긴다 하는 가문에서 혼담을 보냈어도 콧방귀도 안 뀐 애랍니다. 그런 애가 방원이를 고른 거예요. 얼마나 기쁜 일입니까.

다른 아들도 아닌 방원이가 이리 일이 잘 풀리는 게 형수님께 얼마나 다행한 일입니까. 저는 정말 기쁩니다. 허니 형수님도 그만 마음 놓으세요."

이화의 거듭된 위로에 한 씨가 겨우 굳은 얼굴을 풀었다.

"이따 오면 찬찬히 보세요. 아마 직접 보고 나면 마음이 놓이실 겁니다."

"예. 서방님이 이래 말씀해주시기만 해도 마음이 한결 낫습니다."

"헌데 영규가 형수님을 모시고 여기 왔다니, 허면 두란 형님은 개경 집으로 가신 겝니까?"

"무얼요. 두란 서방님은 함주에 처리할 일이 있어 저희보다 늦게 출발하신다고 하셨습네다. 아마 저녁 무렵에 도착하실 겝니다."

"하긴 술잔치가 벌어질 터인데 두란 형님이 빠질 리 없지요."

"암요. 그 바쁜 와중에 저더러 육포 챙기라고 하신걸요."

"뭐요?"

"제가 말린 육포가 술안주로 제일이라고요."

"참나, 그 형님 진짜."

이화가 기막혀하자 한 씨가 그제야 웃음을 터뜨렸다. 한 씨의 미소 띤 얼굴을 보며 이화가 비로소 마음을 놓았다.

***

"앉아라, 어서 자리에 앉아라."

나붓이 절을 올리는 자경에게서 성계는 눈을 떼지 못했다. 나란히 선 방원은 보이지도 않는다는 듯이 아까부터 성계는 입을 헤, 벌린 채 자경만을 보고 있었다.

"민 대감님은 평안하시지?"

"예, 별고 없으십니다."

"내 오자마자 민 대감님을 뵈려고 했는데."

"애들 인사 먼저 받고 가시는 게 옳지요."

"그래, 그렇긴 한데, 내래 마음이 급해서. 아 영 꿈만 같으니 아예 민 대감을 만나 꽝꽝 도장 박아둬야 마음이 놓일 거 같아설래무네."

좋아서 어쩔 줄 몰라 하는 성계 옆에 앉은 강 씨는 아까부터 입만 웃고 있었다. 위로 올라간 입매와 달리, 눈은 내내 서늘한 것을 방원은 놓치지 않았다.

"너희가 참으로 혼인을 하는 게냐?"

"예."

"자경아, 네가 참으로 우리 집 식구가 되는 거이가?"

"그렇습니다."

"이리 기쁠 데가 있나. 그래, 둘이 언제부터 정이 통한 거이가?"

"아버지."

자경이 얼굴을 붉히며 고개를 숙이자 방원이 엉덩이를 들썩이며 어쩔 줄 몰라 했다. 그 모습을 본 성계가 호쾌하게 웃었다.

"너무 주책이가? 아, 자경이 같은 애가 우리 집에 들어오게 된 게 아이 믿겨서 내 그러는 거이지."

"제가 열심히 쫓아다녔습니다."

방원의 말에 강 씨와 성계는 물론이거니와 자경조차 놀라 눈이 동그랗게 뜬 채 쳐다보았다. 고개를 외로 꼰 채 시선을 피하는 방원의 양쪽 귀가 모두 발갛게 달아올라 있었다.

"하하, 네가? 이거 영 숙맥인 줄 알았더니 재주도 좋다, 야. 얌전한 괭이 부뚜막에 먼저 올라간다더니, 너가 그 짝이구나."

"그러게나 말입니다. 방원이가 계집 꽁무니를 쫓아다닐 줄은 상상도 못했습니다."

"쫓아다녀 준다고 넘어와 준 거이가? 자경이 쫓아다니는 사내는 한 둘이 아니었을 텐데?"

"쫓아다녀 준 사내 중에 제일 낫더이다."

앙큼한 자경의 대답에 이번엔 방원이 놀랐다. 성계가 박장대소하며 무릎을 두드렸다. 강 씨는 샐쭉한 얼굴로 고개를 돌리며 피식 웃었다.

"내 아들이 잘나긴 잘난 모양이구나. 네가 그리 말해주는 걸 보니. 기뻐, 아주 기쁜 일이야. 올해 어찌 이리 경사가 잦은지. 아니 그렇소, 부인?"

"그러게 말입니다. 집안이 잘되려나 봅니다."

기뻐 어쩔 줄 몰라 하는 성계를 보며 마주 웃던 강 씨가 고개를 돌려 자경과 방원을 보았다.

"그래, 혼인을 한 뒤 신혼집은 친정에 차릴 것이냐?"

"아닙니다. 아버지가 일찍이 숭교리에 집을 하나 봐두셨다고 합니다. 그곳으로 살림을 나라 하셨어요."

"방원이 과거 치를 때까지 친정에 있지 않고 왜."

"지난 국자감시는 어머니께서 손수 더운 밥 먹여 이 사람 뒷바라지를 하셨으니, 이번 과거는 제가 그리하고 싶어서요. 그래야 혼인한 기분이 나지 않겠습니까."

뜻밖의 대답에 성계와 강 씨는 물론이거니와 방원까지도 놀란 얼굴로 자경을 보았다.

"그렇지, 그랬지. 지난번에 내가 방원이 바라지를 하였지."

정신을 차린 강 씨가 이내 가슴을 펴며 뿌듯한 얼굴로 좌중을 둘러보았다.

"막 입덧이 시작했는데도 과거 바라지는 내가 하였어."

"이제 막 살림을 시작하는 제가 어머님이 하신 만큼이야 감히 할 수 있겠습니까. 새살림 나면 많이 도와주세요. 이곳에서 그리 멀지 않으니."

"어, 그래. 숭교리면 사돈댁보다 여기랑 더 가깝지. 아니 그렇소?"

"그렇습니다."

"친정은 저 말고도 아직 손 가는 자식들이 많아 혼인한 뒤에도 어머니께 도움을 청하기가 송구합니다. 허니 어머님이 많이 도와주세요."

첫인사에서 납죽 어머님이라고 부르면서 깍듯이 대하는 자경이 싫지 않았다. 평소 자경의 성정으로 보아 당연히 저와 신경전을 벌일 줄 알고 잔뜩 긴장해서 미리 경계했던 강 씨는 제 어림짐작이 민망하여 더 과장되게 목소리를 높였다.

"그럼, 당연히 도와줘야지. 내가 아니면 누가 너를 돕겠느냐."

"예."

"궁금하거나 도움을 청할 일이 있거든 언제든 말하거라. 내 도와주마."

"나고 자랄 때부터 가까이 지냈던 분을 어머님으로 모시게 되어 참으로 기쁩니다."

"그래. 한데서 나고 자랐으니 비슷한 점이 많은 우리 아니냐. 어려운 시에미가 아니라 친동기간이라 여기거라. 친동기간이랑 진배없지 않으냐."

개경 귀족 가문의 여식이라는 공통점을 강조하는 자경의 발언은 강 씨를 매우 기쁘게 했다. 방원이 유독 한 씨에게 애틋해 보여서 혹여나 둘 다 한 씨에게 엎어지지 않을까 염려했는데 그런 걱정은 아니 해도 될 듯한 것이 벌써부터 마음이 흡족했다.

"시어머니와 며느리 사이가 이래 다정하니, 내 아주 보기가 좋소이다. 앞으로도 그리 잘 지내 주구려."

"여부가 있겠습니까."

담뿍 미소 띤 얼굴로 하는 강 씨의 대답에 성계가 뿌듯한 미소를 지었다.

"방원아."

"예."

"부모 아래 있는 것과 한집안의 가장이 되는 거는 천양지차다. 다행히 네 아내 될 이는 보통 여인네들보다 훨씬 현명한 사람이니까네 서로 뜻을 맞추어 살면 네 앞날에 광영이 있을 거이야."

"명심하겠습니다."

"아가."

"네."

"호박이 넝쿨째 굴러들어온다는 말이 이럴 때 말이구나 싶다. 어찌 너처럼 차고 넘치는 아이가 우리 집에 오기로 결심했는지 너무나 기특하고 고맙구나. 네 서방이 크게 될 수 있도록 옆에서 많이 도와주거라."

"예."

처음 아버지를 따라 개경에 왔을 때 저를 보며 괄시하던 눈빛들을 성계는 아직 잊지 않았다. 젊어서 혈기가 넘쳐났을 땐, 왜 이런 시선들 속에서 굳이 살아야 하나 싶어서 침 뱉고 돌아서기도 했었다. 하지만 마냥 피할 수만은 없다는 것을 깨달은 후엔 어떻게든 살아남기 위해 죽을힘을 다했더랬다. 허나 아무리 목숨을 걸고 싸워 전투에서 매양 승리해도, 이성계 장군이라는 이름이 백성들 사이에서 드높아져도 언제나 무언가 부족했다. 아무리 해도 성계의 성에 차는 결과물을 얻을 수는 없었다.

"그래, 이만 나가보거라. 이화 숙부께서 기다리시겠다."

헌데 방원이 단 일 년 사이에 성계가 그토록 바랐던 일들을 모두 해내고 있었다. 국자감시에 이 등으로 붙었고 개경 최고의 귀족 여흥 민 씨 가문에서 제일 잘난 여식을 차지해 그 집안 사위가 된 것이다. 내년에 과거까지 합격한다면 성계가 지난 이십여 년간 해왔던 노력에 버금가는 결과를 방원이 얻게 되는 것이다. 아니 어쩌면 지난 이십여 년간 성계가 노력해온 결실의 첫 열매가 이것일지도 모르겠다. 나란히 서서 인사하는 방원과 자경을 보는 성계의 두 눈에 눈물이 글썽했다.

***

절을 하면서 처음 본 한 씨는 강 씨와는 전혀 달랐다. 자경이 알고 지내는 개경의 여느 귀족 집 여인들과도 달랐다.

"어여쁘지요, 형수님? 이 아이가 자경입니다."

"예. 참으로 자태가 고와서리, 꼭 선녀님이 내려온 것 같습네다."

한 씨는 강 씨에 비하면 할머니 같았는데, 그건 단순히 나이 차이가 문제가 아니었다. 한 씨의 외양엔 노동의 흔적이 배여 있었다. 거친 손등이나 주름진 얼굴을 보건대 한 씨는 자신이 직접 일을 하며 고생한 사람이었다.

약간 부은 듯한 체형에 굽어진 어깨와 새하얗게 쉰 머리는 비슷한 연배인 자경의 어미 송 씨보다도 더 나이 들어 보였다. 큰살림이니 사람을 쓰기도 썼겠지만, 그것만으로도 모자라서 자신이 직접 모든 일을 주관한 게 분명했다. 게다가 분 화장조차 하지 않은 것을 보면 꾸미는 데 별 관심이 없는 모양이다. 성계가 왜 그리 어린 강 씨에게 폭삭 넘어갔는지 알 만했다. 한 씨를 보다 강 씨를 보면 어린 것도 어린 것이고 예쁘기도 예뻤겠지만, 계집답게 그 꾸미는 태가 고운 것에 아마도 눈이 번쩍했으리라.

"형수님 젊은 시절과 꼭 닮지 않았습니까. 처음 형님에게 시집와서 인사하실 때 자태가 꼭 이랬는데요."

허나 그건 아내로서 강 씨와 한 씨를 거느리는 성계의 입장이었고, 성계 주변 사람들이 그와 같은 마음으로 강 씨와 한 씨를 바라볼 리 없었다. 그들은 성계처럼 바라보는 게 아니라 성계와 정반대로 보고 있는 게 분명했다.

"망측하게 서방님은 무슨 그런 말씀을."

한 씨가 화들짝 놀라며 손사래를 쳤다. 이화가 그런 한 씨를 애달프게 바라보는 것을, 자경은 놓치지 않았다.

어머니구나. 사내들이 원하고 바라는, 그런 어머니의 모습이야.

인자한 눈매, 차마 앞으로 나서지 못하고 수줍어하는 모습, 굽은 허리, 고생하여 주름지고 터진 손등에 넉넉한 성품까지. 한 씨의 모습은 사내들이 이상적으로 그리는 어머니의 그것과 꼭 닮아 있었다. 성계의 애정이 강 씨에게 있으니 예의범절은 강 씨에게 차릴 테지만, 모두가 정겹게 아는 체를 하는 건 한 씨였다. 그 모습만 보더라도 성계의 측근들이 강 씨보다 한 씨를 훨씬 더 심정적으로 가깝게 느끼고 있다는 것을 알 수 있었다.

두란이 저녁에 곧장 이화의 집으로 온다는 이야기를 들을 때부터, 그리고 같이 온 영규가 아주 반갑게 한 씨에게 아는 체를 할 때부터, 자경은 강 씨와 한 씨를 둘러싼 성계 측근들의 관계가 성계가 예상하는 것과 전혀 다르다는 것을 이미 짐작한 터였다. 제가 안을 여인으로는 강 씨가 좋겠지만, 안주인으로 삼고 싶은 여인은 한 씨인 거다. 그것은 그리 이상한 일만은 아니었다. 이런 식의 속이 빤히 보이는 사내들의 모순은 무척이나 흔한 일이었으니 말이다.

"참으로 어여쁩니다."

차마 자신의 눈을 똑바로 마주치지조차 못하고 치마 끝자락을 매만지는 한 씨를 보던 자경이 무릎걸음으로 가까이 다가갔다. 화들짝 놀라는 한 씨의 앞에 자경이 머리를 숙였다.

"이제 며느리인데 편히 말씀하셔요, 어머님."

다정한 자경의 말투에 한 씨가 놀랐다.

"개경에 오시면 늘 이곳에 머무르시는 것입니까?"

"그렇단다."

당황하여 머뭇거리는 한 씨 대신 이화가 답했다.

"불편하시지 않습니까. 숙부님께서야 잘해주시겠지만 그래도 개경 근처에 머무를 댁이 있으면 함주에서 개경에 좀 더 자주, 편히 오실 수 있지 않으시겠습니까. 이제 곧 저희가 아이를 낳으면 손주도 보실 터인데, 어린 손주가 눈에 삼삼하지 않으시겠습니까."

"자주, 자주 보면 좋겠지만……."

"거기다 저희 어머니는 제 몸조리를 도와주실 형편이 아니 되시거든요. 어머님이 가까이 계시면서 봐주시면 참 감사할 텐데요."
"그래, 그리되면 나도 좋겠지만……."
한 씨가 시원스레 대답을 하지 못하고 머뭇거렸다. 개경에 한 씨가 머물 집을 따로 내지 못하는 이유를 자경이 모를 리 없었다. 똑똑한 아이가 대체 왜 저런 말을 길게 하는 걸까, 이화가 눈을 가늘게 떴다.
"포천에 제 몫으로 물려받은 농장이 하나 있습니다. 과수원인데 작은 집도 한 채 딸려 있다고 들었습니다. 사람을 시켜 수리해 두겠으니, 이제 그곳에서 지내도록 하세요. 제가 어머님께 드리겠습니다."
전혀 예상치 못한 자경의 말에 방 안에 있는 이들이 모두 놀랐다. 눈이 휘둥그레진 방원을 보며 자경이 빙긋 웃었다.
사내들은 강 씨 같은 여인을 제 옆에 두고 싶어 하면서도 멀리서는 한 씨 같은 여인을 동경했다. 정작 제 옆에 있는 부인이나 어미는 제대로 돌보지도 않으면서 이상적으로 여기는 어머니나 조강지처 같은 모습을 한 여인은 존경하는 것이다. 정작 그 여인이 제 옆에 있으면 늙고 추하다고 쳐다도 보지 않을 거면서 남의 부인이 단아하고 고생한 티가 나는 건 왜 그리 부러워하는 건지. 정말 우스운 일이나 그 우스운 일이 현실에선 흔하디흔했다.
"막내 도련님도 이제 곧 과거 준비를 하셔야 하지 않겠습니까. 거기다 조만간 아버님이 개경에 자리 잡으시면 어머님도 함주를 정리하고 이리로 오셔야지요. 허나 개경에 살림을 하나 더 내시기엔 어머님이 불편하실 터이니, 포천으로 오세요. 제가 다 마련해 두겠습니다. 포천이면 개경에서 그리 멀지도 않고요."
"내가 어찌, 어찌 그것을 받겠느냐."

"자식들 것이 곧 부모님들의 것이지요. 제가 제 것을 어머님이 쓰시도록 한다는데 감히 누가 무어라 하겠습니까. 처음부터 제 몫으로 아버지가 주신 것이고, 혼수로 가져오는 것인데요."

"그래두……."

한 씨가 어쩔 줄 몰라 하며 이화를 보았다. 이화가 편안한 얼굴로 고개를 끄덕였다.

"기특하구나. 어찌 그런 생각을 하였느냐."

"이 사람이 효자 아닙니까. 그러니 가까이서 어머님을 모시면 좋아할 거 같아서요. 부창부수라, 이 사람이 좋은 일이 제게도 좋은 일 아니겠습니까."

"아가."

감격한 한 씨가 저도 모르게 자경의 손을 덥석 잡았다. 거친 손바닥이 자경의 손등을 스치고 지나갔다. 자경이 부드럽게 한 씨의 손을 어루만졌다.

"너가, 너가 개경에서 제일 잘난 딸아라던데, 어찌 너가 우리 집에 오게 되었을꼬."

강 씨 집에서 나설 때 영규뿐 아니라 측근들 모두 술자리를 갖기로 했다며 방원과 같이 물러나 이곳으로 왔다. 강 씨는 성계가 여기로 움직이지 않는 것과 다들 이화의 집보다 자신의 집에 먼저 들러서 인사하는 것을 가지고 제가 이긴 듯이 좋아했으나 어리석은 일이었다. 그것은 그저 예의범절에 불과했다. 그리고 깍듯이 예의를 차리는 사이일수록 마음은 거기 없다는 반증이었다. 마음이 없는데 있는 체하기 위해서는 예의라도 챙겨야 했다.

"모두 어머님이 자식을 잘 키우신 덕이지요. 나중에 제가 어머님만큼 아들들을 키워낼 수 있으면 좋겠습니다."

한 씨는 비록 성계의 마음을 붙들어 두진 못했으나 그로 인해 다른 이들의 마음을 제게 묶어두는 데 성공했다. 성계가 한 씨를 홀대하는 바람에 오히려 주변인들이 한 씨에게 미안해하게 되었으니 말이다. 이러한 감정은 후에 한 씨에겐 무엇과도 바꿀 수 없는 큰 자산이 될 것이다. 한 씨는 물론이거니와 강 씨조차도 이런 상황을 꿈에도 모를 것이다. 어쩌면 앞으로도 모를 테지만 말이다.

그리고 자경은 이제부터 한 씨가 가진 이 자산을 저와 방원의 몫으로 돌릴 작정이었다.

"포천에 머무시면서 저희 아이 키우는 거 도와주시어요. 제가 누구에게 도움을 구하겠습니까."

"암, 그래야지. 그게 옳은 일이지."

이화가 크게 고개를 끄덕이며 동조하자 울컥한 한 씨의 눈에 눈물이 고였다. 그 모습을 보며 자경이 얌전히 고개를 숙였다.

정치란 결국 사람이 하는 일이다. 탁상공론이 어리석은 이유는 거기엔 사람이 없기 때문이다. 학문을 배운 이들의 계산속엔 언제나 사람과 사람, 사람과 사람 사이의 감정이 빠져 있었다. 그래서 그들은 자주 실패했다. 머리보단 가슴이 움직이는 일들이 많고 그 가슴 때문에 의외의 일이 성사되기도 하고 완벽하다고 생각한 일이 망가지기도 한다는 것을 잊어버린 탓이었다.

"저도 여인입니다. 이제 혼인하였으니 곧 제 아이를 가지겠지요. 배불러 아이를 가진다는 것, 그 아이를 목숨 걸고 낳아 키운다는 게 어떤 의미인지 어찌 모르겠습니까. 세상 사람들이 다 모른 척해도 저랑 이 사람은 압니다. 어머님의 아들이 누구인지 말입니다."

사람을 다룰 줄 알아야만 전쟁에서 승리하는 무신들은 지나치게 그 감정에만 충실했다. 그래서 멀리 보지 못하는 바람에 정권을 탈취한다 해도 그것을 유지하는 법은 모르는 게 문제였다.

성계 측근들은 모두 무신들이었다. 그리고 이 순박하고 우직한 무신들은 옆에서 고생만 하다가 그 공을 모두 젊은 계집에게 고스란히 빼앗길 위기에 처한 한 씨에게 깊은 연민을 느끼고 있었다. 자경은 이 감정을 고대로 저와 방원에게 가져올 작정이었다. 이 무신들의 뒷배를 가진 채, 문신의 머리로 방원이 정치하게 되기를 바랐다.

"역시 민 대감께서 가장 아끼는 자식이라더니, 틀린 말이 아니었구나. 어찌 이리 생각이 깊을꼬."

혼인이 결정되자마자 자경은 강 씨의 재산을 은밀히 조사했다. 그래서 강 씨가 몇 해 전에 포천에 농장을 하나 사 두었음을 알게 되었다. 그 사실을 알게 된 뒤 거기서 그리 멀지 않은 곳에 농장을 하나 준비해두었다. 사실 본래는 강 씨에게 친밀감을 느끼게 하려고 마련해 둔 거였다.

허나 오늘 강 씨와 한 씨를 둘러싼 성계 측근들의 모습을 보고 자경은 그 농장을 강 씨가 아닌 한 씨의 앞에서 내보이기로 결정했다. 후에 포천에 강 씨의 농장이 있다는 것을 알게 되면 아마 그들은 자경에게 더 큰 고마움을 느낄 것이다. 자칫 초라해질 뻔한 한 씨가 자경 덕분에 당당해질 수 있게 되었음에 다들 통쾌해할 것이다.

본래 아비가 잘날수록 그 아비가 일궈낸 몫을 아들이 고스란히 물려받는 것은 힘든 일이다. 거의 불가능에 가까웠다. 오히려 잘못하면 아비의 측근들과 척을 지기 십상이었다. 허나 만약 이대로 일이 순조롭게 흘러간다면 방원은 성계가 이십여 년간 고생해서 일궈낸

이 인맥을 고스란히 물려받게 될 게다. 별다른 고생 없이, 아무런 거부감도 없이 아주 자연스럽게 말이다.

"고맙다, 아가. 고맙다."

한 씨가 끝내 울음을 터뜨렸다. 자경의 보드라운 흰 손에 이마를 댄 채 한 씨가 한참을 울었다. 방원과 이화가 차마 그 모습을 더 보지 못하고 고개를 돌렸다.

***

별채에서 나오자마자 방원이 급히 자경의 손목을 붙들었다. 그리고 사람이 없는 후원으로 향했다.

"고맙소. 고마워요. 고맙습니다."

후원에 도착하자마자 제 마음을 더 이상 어찌 표현해야 좋을지 모르겠다는 얼굴로 방원이 몇 번이나 자경에게 고맙다고 읊조렸다. 이 말을 내내 하고 싶었던 모양이다. 온몸으로 어쩔 줄 몰라 하는 방원을 보며 자경이 피식 웃었다.

"이젠 화가 풀렸습니까?"

"응?"

"아까 화났잖아요. 아버님께 인사드리고 나올 때는 입이 이렇게 튀어 나왔던데?"

자경의 말에 방원이 머쓱한 얼굴로 뒷머리를 긁적였다. 사실 강 씨에게 살갑게 어머니라고 굴면서 개경에서 나고 자란 것을 강조하는 자경의 모습에 방원은 좀 실망을 했더랬다. 행여나 형수들처럼 제 어미를 무시할까 봐 염려하기도 했었고.

"그건."

"제 진정은 방금 어머님께 드린 말씀이 맞습니다. 허니 오해하지 마세요."

"오해하지 않소."

오해하지 않겠다고 말은 하는데 여전히 자경을 보는 두 눈엔 약간의 의문이 있었다. 왜 그리 강 씨에게도 살갑게 굴었나, 의아함이 다 안 풀린 모양이었다. 자경이 어깨를 으쓱했다.

"사냥이랑 똑같다고 생각하시면 됩니다."

"사냥?"

"네. 사냥이요. 전에 원하는 것을 잡기 위해선 몸을 숨기고 납작 엎드려 기회를 노려야 한다고 하지 않았습니까?"

"그랬지."

"제 의도를 겉으로 다 드러낸다면 원하는 것을 사냥할 수 없는 법이지요. 앞으로 하실 정치도 그와 비슷합니다. 허니 아버님의 총애를 가져간 강 씨가 밉다 해도 절대로 티를 내지 마세요. 그리한다 해서 아버님의 총애가 어머님께 옮겨 오는 것도 아니고 강 씨가 구박에 못 이겨 제 발로 나가 줄 리도 없으니까요. 결국 아무것도 얻지 못하고 내 속 좁음만 오만 데 다 보이는 꼴입니다. 그리되면 웃는 자는 강 씨뿐일 겝니다."

"알고 있어요. 알고는 있는데 나도 사람이라 그게 그리 뜻대로 되지만은 않는 게 문제지요."

"꼽추 흉내를 내는 광대들을 본 적 있지요?"

"연등제 때 보았지요."

"꼽추 흉내를 내는 광대처럼, 효자 흉내를 내세요."

"효자 흉내?"

"네. 어머님을 제대로 반석 위에 세우고 싶다면 절대로 강 씨 앞에서 싫은 티를 내선 안 됩니다. 진심으로 우러나지 않는다면 흉내라도 내세요. 강 씨뿐 아니라 모두에게 효자처럼 보일 정도로, 그래서 모두가 효자라고 인정할 정도로 상대를 방만하고 느슨하게 만드세요. 그리하여 가장 믿는 사람이 될 수 있게 신뢰를 얻으세요. 사냥감이 비로소 마음을 놓고 마음껏 눈앞에서 뛰어놀 때, 그때 활을 잡으시는 겝니다. 아시겠습니까?"

그저 마음을 다잡으라는 것보다 훨씬 더 큰 주문이었다. 방원이 미간을 찌푸렸다.

"그렇게까지 해야 할까요. 그건 기만 아닙니까?"

"목표가 숭고하고 옳다면 그 목표에 이르기 위해서 흙탕물에 몸을 버릴 각오도 해야 하는 법입니다. 마른자리만 밟으면서 원하는 것을 얻을 수는 없는 법이에요. 마른자리만 밟으려다 아버지 사랑채에 더 이상 드나들지 못하는 이들을 수없이 많이 봤어요. 자신은 신념을 지켰다고 자신하겠지만 처자식들은 굶어 죽어가고 나라 꼴은 점점 망해 가는데 자기 신념 지킨 게 뭐 그리 자랑할 거리란 말입니까? 자신의 감정에 부끄럽지 않으려고, 혼자 뿌듯하고 떳떳하자고 어머님을 부끄럽게 만들지 마세요. 어미는 결국 자식으로 세상에 드러나는 법입니다. 서방님은 누구의 아들입니까. 어떤 아들이고 싶으십니까. 어떤 아들을 둔 어머니로 알려지길 바라십니까."

"알았습니다. 무슨 말인지 알아들었어요."

"강 씨에게 효자가 되어 아버님 마음을 흡족케 하세요. 강 씨가 안도하게 하세요. 지금은 그래야 합니다. 일단은 그리하셔야 하는 겝니다."

"그리하겠습니다. 몸을 납작 엎드리고 기회를 노리지요. 시키는 대로 하리다."

고개를 끄덕이는 방원을 보며 비로소 자경이 환하게 미소 지었다. 군말 없이 제 말을 알아듣는 영특함이 썩 마음에 들었다.

"여러모로 정말 고맙습니다. 마음 써준 것 어느 하나도 내 절대로 잊지 않겠습니다."

하지만 이어지는 말은 너무 딱딱하여 마음에 들지 않았다. 자경이 인상을 찌푸렸다.

"우리 혼인하는 사이 아닙니까?"

"응?"

"혼인하는 사이인데 무슨 물건 사고파는 사이나 빚이라도 주고받는 사이인 것처럼 고맙다, 잊지 않겠다, 너무 딱딱하지 않습니까?"

"그럼 뭐 어떻게 해야."

쩔쩔매는 방원의 얼굴을 보며 자경이 입을 삐죽였다. 아직 어려서인 건지 어쩐 건지 방원은 확실히 너무 서툴렀다. 능글맞은 사내들은 질색이었지만, 방원처럼 이리 모자라고 어리숙한 것도 썩 마음에 드는 건 아니었다. 물 좋고 경치 좋은 정자 자리 없다더니, 자경이 속으로 한탄했다.

"됐습니다."

자경이 쌜쭉하니 돌아섰다. 그러자 방원이 급히 자경을 붙잡았다.

"그러지 말아요. 그러지 말고 가르쳐 주면 될 게 아닙니까. 내가 어떻게 해야 합니까? 어떻게 할까요?"

답답해진 방원이 자경을 보며 동동거렸다. 가만히 보던 자경이 성큼 방원의 앞으로 다가가 손을 덥석 잡았다.

"고맙소."

그다음으로는 손을 뻗어 방원의 어깨를 껴안았다.

"고맙소."

멍하니 선 채 뻣뻣하게 굳은 방원의 볼에 자경이 입술을 대었다가 뗐다.

"고맙소."

그리고 자경이 뒤로 물러나는 순간, 방원이 재빨리 허리를 감싸 안았다. 순식간에 둘의 사이가 좁아지더니 코가 닿을 정도로 둘의 얼굴이 가까워졌다.

"고맙소."

씩 웃으며 방원이 감사의 말을 전했다. 놀란 자경이 무어라 입을 여는 순간, 방원의 입술이 닿았다. 벌어진 입술 사이로 새어 나온 숨이 한 움큼, 방원의 안으로 사라졌다. 잠깐 놀라 눈이 커다래졌던 자경이 이내 눈을 감은 채 방원에게 몸을 기댔다.

틈 없이 바싹 붙은 두 사람이 급히 서로의 호흡을 나누었다. 때론 입술이 짓눌리고, 이가 부딪힐 만큼 서툴렀음에도 불구하고 이내 귀가 울릴 만큼 가슴이 뛰더니 숨이 가빠졌다.

두 사람의 첫 번째 입맞춤이었다.

***

방원의 혼인을 축하하기 위해 이화의 집에서 벌어진 술자리는 초저녁부터 시작해서 자정 너머까지 길게 이어졌다. 긴 술자리에 지친 이들이 하나둘씩 자리를 떠나더니 결국 마지막엔 두란과 이화 그리고 조영규 셋만 남았다.

"방간이 혼인까지 하게 되믄 벌써 가문에 여흥 민 씨 집안 며느리가 셋이나 생기는 거 아이네?"

"해 봐야 아는 거지요. 그놈아가 괜히 방원이 질투 나서 그냥 던진 말인 줄 누가 압니까."

방원의 혼인을 축하하기 위해 벌어진 술자리에 뒤늦게 나타난 방간이 저도 여흥 민 씨 가문 여식과 혼인할 거라 터뜨린 바람에 난리가 났던 것이다. 처음 듣는 소식인지라 방원뿐 아니라 모인 이들이 모두 기절할 듯이 놀랐는데 방간은 아주 태연했다. 문제는 너무 태연해서 오히려 진짜로 믿어야 할지 의심스러웠다는 거지만.

"자경이가 소개시켜 준거라니까 영 없는 말은 아니지 않겠습니까. 가까운 친척이라는데."

"되기만 한다믄야 그놈아 그거 업고 다닐 일이다. 이방간이 태어나 제일 장한 일을 한 게다."

"같은 여흥 민 씨 가문이긴 하나 민 대감네에 비하면 여러모로 부족하지 않습니까."

"고거야 방간이가 방원이에 비하믄 택 없는데 당연한 거이지. 그래도 그놈아 그거 딸래미들 숱하게 만나고 다니더니 결국 지 색시 될 계집애 하나는 제대로 꼬였는데 무에 그래."

"그러게요. 되기만 한다면야 장군님께서 얼마나 기뻐하시겠습니까."

영규와 두란이 두둔했지만, 이화는 여전히 못마땅한 얼굴이었다. 술자리에 갑자기 뛰어들어서는 드러내놓고 방원의 혼인을 이죽거린 방간의 행실 때문에 마음이 상한 탓이었다. 방간이 그 난리를 친 덕분에 방원은 제대로 혼인 축하를 받지도 못했다.

"방원이 참 어른스러워졌어요."

방간과 방원의 모습을 떠올리던 이화가 저도 모르게 중얼거렸다. 방간이 보통 기승스러운 게 아니라 어려서부터 늘 방원이 치이기 마련이었는데, 머리가 커지면서부터 방원 역시 그런 방간에게 지지 않으려 해서 둘이 썩 사이가 좋은 편은 아니었기 때문이다.

"덩치도 아주 몇 달 새 아주 몰라보게 쑥 컸드만."

"덩치가 아니라요."

"나도 안다. 아까 방간이한테 하는 거 보고 하는 말 아이가."

보통 때였다면 방원의 경사에 방간이 아까처럼 시비를 걸면 방원도 발끈하여 싸움이 되곤 했는데 오늘은 오히려 방원이 방간을 달랬다. 놀라운 일이었다.

"저도 놀랐습니다. 이제 곧 색시를 맞게 되니, 철이 났나 봅니다."

"부인 될 자리가 잘 들어와서 더 점잖아 진 거 아닐까 합니다."

"그럴 만도 하지. 자경이가 보통 아이가 아니잖나."

"야, 아무리 그래도 계집애 잘나봤자 계집애지 무얼."

"형님."

"방원이가 그마이 잘난 아니까 그런 계집애가 지 발로 들어와 준 게지. 계집애 잘났다고 감탄할 거 없다. 방원이 잘난 거 칭찬할 일이지."

어려서부터 유독 방원이라면 애틋했던 두란다운 말이었다.

"그래도 소문으로만 듣다가 말하는 거나 행동거지하는 걸 눈앞에서 직접 보니 흠잡을 데 없이 영특했습니다. 민 대감이 괜히 아끼는 게 아니구나 싶었습니다. 같은 자매 맞나 싶을 만큼 자천이 처와는 영 딴판이던걸요. 포천 농장 이야기를 꺼낼 때는 어찌나 놀랐던지 꿈인가 싶어 허벅다리를 꼬집어 봤다니까요."

"아, 그래, 고거. 아까 방간이가 하두 설쳐대서리 내 제대로 말을 못 했는데 말이다."

앞에 놓인 술잔으로 입술을 축인 두란이 말을 이었다.

"거, 아마 개경 형수도 포천에 농장이 있을 거를."

"개경 형수가요?"

"나 알기로는 몇 년 전에 포천에 개간한 땅을 차지하는 거이 요 개경 귀족 가문 사이에 유행이었다드라. 그때 개경 형수가 같이 얻잲는데, 우리 집은 그럴 여유가 없기도 하고 내가 그런 땅 놀음 싫어해서 못했거든. 혹시 민 대감네도 그때 구해놓은 거 아이까? 그때 마련해두고는 딸내미 시집 가믄 줄라고 깔고 있었던 거 같은데 말이지비."

"그럴 수도 있겠습니다. 자경이 혼인할 나이가 가까웠으니, 민 대감네에서 미리 혼수로 준비해둔 걸지도요."

"설마 자경이가 개경 형수가 포천에 농장 있는 거를 알고 함주 형수님한테 드린 건 아니겠지비?"

"에?"

"에이, 형님 그게 무슨 말씀이십니까."

두란의 말에 이화와 영규가 펄쩍 뛰었다.

"아니 그럼 자경이가 뭐 개경 형수 약이라도 올리려는 심경으로다가 그리했단 말입니까?"

"아니, 그런 건 아이고. 함주 형수님 기 세워주려고 준 건 아닐까 했지비."

"어느 쪽이든 말도 안 됩니다. 아무리 영특하다 해도 그런 생각까지 어린애가 어찌하겠습니까."

"그러니까요."

영규와 이화가 둘 다 펄쩍 뛰자 두란이 머쓱한 얼굴로 뒷머리를 긁적였다.

“개경 형수님이 포천에 농장이 있다니까 저는 오히려 걱정이 됩니다. 나중에 자경이가 난처해지지나 않을까 싶어요.”

“잘못하면 괜히 트집잡힐 수도 있을 거 같은데요. 만약 알았으면 자경이가 오히려 농장을 안 드렸겠지요. 괜히 개경 형수님 비위 건드리는 일이 될 수도 있을 터인데 그런 일을 굳이 왜 하겠습니까.”

“그런가.”

두란이 고개를 갸웃했다. 포천의 농장을 자경이 한 씨에게 줬다는 말을 듣자마자 강 씨 앞에서 한 씨가 어깨 좀 펼 수 있겠구나 싶어서 두란은 자경이 기특했기 때문이다.

“만약 나중에 혹 문제가 된다면, 우리가 자경일 두둔해줘야겠습니다. 제 나름으로는 서방 생각해서 좋은 마음으로 기특한 생각을 한 것인데 개경 형수가 괜히 생트집을 잡으면 어쩝니까.”

“도와야지요. 어린애가 그리 마음을 써줬는데 괜한 오해를 사게 내버려 둘 순 없지 않습니까.”

“아무렴, 그래선 아니 되지비. 뭐 의도를 했든 안 했든 얼마나 잘한 일이가. 아 덕분에 함주 형수가 여 오기도 편케 됐고, 또 개경 형수 앞에서 어깨 좀 피게 생겼으이 얼마나 좋으냔 말이지.”

“그러게요. 저도 기쁩니다.”

“이제 내년에 방원이 과거만 급제하면 걱정 없습니다.”

“방원이는 그리만 되믄 아주 탄탄대로지비. 아 장인이 민제고 마누라는 자경이고 아버지는 이성계인데 어이구. 누가 감히 뭐랄 기야.”

“방원이뿐 아니라 성계 형님에게도 더할 나위 없지요. 아들이 과거 급제자고 사돈이 민 대감이고 며느리가 자경이 아닙니까.”

"그래, 그것도 그리되지."

"기쁜 날입니다. 제가 소식을 들고 갔을 때 장군님이 그리 기뻐하는 모습은 참으로 오랜만에 뵈었습니다. 방원이가 과거에서 이 등했다는 소식보다 더 기뻐하시더라니까요."

"아 그거야 고작 진사시니 그렇지. 내년에 방원이가 제대로 과거 급제 해보라우. 아마 형님이 좋아서 눈물을 흘릴 게다."

"이러나저러나 방원이는 효자입니다."

"아, 효자지. 어미랑 아비에게 모두 효자지. 그런 효자 흔치 않아."

술잔을 부딪치며 세 사람이 기분 좋게 껄껄 웃었다.

***

"도대체가 이해가 안 갑니다. 그리 재고 따지고 난리를 치더니, 고작 이방원이라니요."

안채로 향하던 자경이 그대로 걸음을 멈추었다. 앞서가던 상인 역시 놀라서 돌아보며 자경의 눈치를 살폈다. 자경은 가만히 자리에 서서 들려오는 말들을 귀에 담았다.

"방원이가 무에 어때서."

"누이가 거절한 수많은 혼처가 어디 그만 못합니까? 우리끼리니까 까놓고 말하지만, 감히 혼담도 넣지 못할 가문 아닙니까. 중매쟁이가 가져온 가문 중 그보다 못한 집안이 어디 있습니까?"

"같이 수학한 동기간이면서 어찌 그리 말을 사납게 하느냐. 게다가 곧 처남 매형 사이가 될 터인데."

"둘째 누이 시집보낼 때도 사람들이 얼마나 수군거렸는지 아십니까? 계집애한테 무슨 문제가 있는 게 아니면 어찌 저리 낮춰 보내느냐고 말이 얼마나 많았는데 셋째 누이까지 고작 그런 집안에 가다니요! 아니 고려 천지에 사내는 그 집밖에 없답니까? 어찌 연이어 계속 이 씨 집안이란 말입니까?"

송 씨가 혀를 차며 말렸으나 흥분한 무구의 목소리는 여전히 커서 밖으로 다 흘러나왔다. 가만히 선 자경은 미동도 없었다. 아무 표정 없는 얼굴을 한 채 꼿꼿하게 선 자경을 보는 상인의 입안이 바싹 말랐다.

"어머님은 정녕 이 혼인이 마음에 드십니까?"

"방원이는 마음에 든다."

"진정이세요?"

"딱히 트집 잡을 게 없지 않니. 성품이 차분하고 침착하고, 속도 깊고 영리하고. 거기다 쓸데없이 언성 높이거나 고집부리는 법이 없으니 자경이랑 잘 맞을 게다. 무슨 일이든 누구든 부드럽게 잘 받아주지 않느냐. 거기다 자경이를 많이 좋아하기까지 하니 어지간한 일은 다 져줄 거고. 자경이는 그런 사람을 만나야 해. 둘은 맞춤이야."

"둘은 맞춤이지요. 헌데 둘만 맞춤이면 뭐합니까? 혼인은 집안끼리의 결합인데. 어머니도 그 집안은 우리만 못하다고 생각하시지 않습니까?"

"무구야."

"부친이 이성계인 것 빼고는 하나 볼 거 없지 않습니까. 그런 집에 하나도 아니고 둘씩이나 딸을 시집보내다니요. 아버지도 정말 참 너무 하십니다."

"그만해라."

"본래 며느리는 조금 낮은 집에서 봐도 딸은 높은 집으로 보내는 거라고 했습니다. 헌데 이리 낮춰 보내는 법이 어디 있습니까. 그리고 둘째 누이까지는 양보해서 그렇다고 쳐요. 헌데 셋째 누이가 어디 보통 여자입니까? 개경 바닥에 모르는 사람이 없게 호들갑에 유난을 떨어놓고서는 고작……."

"그만하래도! 이미 아버지가 흔쾌히 허락하신 일인데 더 말할 것 없다."

"어머니!"

"사내가 왜 이리 말이 많아! 아버지께 혼이 나야 그만하겠느냐!"

몸을 돌린 자경이 빠르게 걷기 시작했다. 상인이 급히 뒤를 따랐다.

"아씨."

한참을 걸어간 자경이 후원 뒤쪽에 놓인 커다란 느티나무를 붙든 채 멈춰 서서 숨을 몰아쉬었다.

"아씨."

무구만 저리 생각하는 게 아닐 게다. 자경 역시 이미 짐작한 일이었다. 방원과 혼인하겠다고 했을 때, 민제만이 기꺼워했을 뿐 평소에 방원을 예뻐한 송 씨조차도 떨떠름한 얼굴을 했었다. 시집 언제 가느냐고 아무나 데려와도 좋으니 제발 좀 시집을 가라고 난리를 한 제 어미가 그랬을 정도인데 다른 사람은 말해 무엇 하랴. 너나 할 것 없이 입방아를 찧어대고 있을 게 분명했다.

"너도 저리 생각하느냐?"

하나같이 참으로 모자란 것들이다. 내가 누군데, 지들 말대로 천하의 민자경인데. 내가 고른 사내면 그 사내가 얼마나 대단한가 눈을 크게 부릅뜨고 살펴봐도 모자랄 판에, 나를 무시해? 지들 눈이 삐뚤어져서 못 본 게지, 내 선택이 틀렸을까 봐?

"너도 내가 한참 모자란 사내에게 시집을 간다, 그리 여기느냐?"

곱씹을수록 기가 막혔다. 허고 많은 사내 중에 고른 게 이방원이면 자신들이 이방원보다 무에 못났나 반성은 못할망정 자경이 눈이 삐뚤어졌거나 잠깐 정신이 나가서 실수한 거라고 착각하고 있는 모양이다. 어쩌면 자경이 사랑에 빠져서 제정신이 아닌 거라고 그리 믿고 싶은 건지도 모르겠다. 세상 그보다 어리석은 말은 들어본 적이 없다. 천하의 민자경이 고작 사랑 같은 하찮은 감정에 빠져서 일생을 좌우하는 혼사를 결정지을 거라고 여기다니, 진짜 미친 건 저들이 아니냔 말이다. 생각하는 수준이 고작 그따위니 망하지. 무슨 발전이 있으려고.

"어느 사내를 데려와도 아씨에겐 한참 모자랍니다."

팽팽하게 곤두서서 바늘 하나 들어갈 틈도 없던 자경의 신경이 그제야 느슨해졌다. 상인의 대답에 마음이 풀리자 비로소 몸에서 힘이 쭉 빠졌다. 비틀거리는 자경을 상인이 부축했다. 자연스레 상인의 손을 밀어내며 자경이 나무에 기대앉았다. 머뭇거리던 상인이 그 앞에 마주 앉았다.

"그럼 네 눈에는 이방원이 어찌 보이니?"

"어찌 제가 감히 평가를 하겠습니까."

"해보아라."

"아씨."

"해야 할 게다. 앞으로 네가 모셔야 할 분이니 말이다."

상인이 놀란 눈으로 자경을 보았다.

"맘에 안 드는 사람을 주인으로 모실 수는 없지 않으냐."

"그것이 무슨 말씀이십니까."

"내가 혼인한 뒤에도 나를 모시고 싶다고 하지 않았더냐?"

"그랬사옵니다만, 하지만 저는 아씨를 지키고 싶어 그리한 것이지."

"내 지아비를 지키는 것이 혼인한 나를 지키는 것이다. 전쟁이 일어나지 않는 한 안채에만 들어앉아 있을 나한테 네가 뭐 그리 큰 소용이 있겠느냐. 바깥일 하느라 돌아다니는 사람을 보호해줘야지."

"허나, 아씨."

"왜? 이방원은 네가 지키기엔 모자란 인물이더냐? 마음으로 존경할 수가 없을 거 같아?"

자경의 물음에 상인이 고개를 숙였다. 잠깐 가만히 생각하던 상인이 고개를 저었다.

"아닙니다."

"아니야?"

"예, 아닙니다."

자주 보진 않았지만 지켜본 결과 방원은 확실히 영리했다. 그리고 그 또래 사내들이 흔히 가진 허세나 경솔함도 그에게선 찾아보기 어려웠다. 나이에 비해 진중했고, 말을 아끼는 편이었다. 치사하거나 비겁한 모습을 보인 적도 없었다. 상인을 마치 제 종처럼 부리려는 다른 이들과 달리 방원은 단 한 번도 상인에게 무례하게 굴지도 않았다. 그래, 그리 나쁜 떡잎은 아니었다. 자경에게 대기엔 부족했지만 말이다.

"허면 모실 수 있겠느냐?"

긴장한 상인이 마른침을 삼켰다. 자경이 유심히 그런 상인을 지켜보았다. 이내 상인이 고개를 끄덕였다.

"그리하겠습니다."

그를 지키는 게 자경을 위한 일이라면 그리해야 했다. 그리할 수 있었다. 고개를 숙이며 조용히 복종하는 상인을 보던 자경이 고개를 돌리며 긴 한숨을 내쉬었다.

"사내는 혼인하면 서방님이라고도 불렸다가 대감이라고도 불리고 나으리라고도 불리지만, 계집은 혼인하는 순간부터 언제나 부인이야. 그 호칭밖에 갖지 못해. 부인, 누군가의 부인 그걸로 끝이다."

꾹꾹 눌러 내뱉는 말끝에 서러움이 묻어 있었다.

"하다못해 집에서도 그렇단 말이다. 바깥일은 말할 것도 없이 집에서도, 계집은 사내를 부르는 호칭이 달라지지만 사내에게 계집은 언제나 부인이야. 이름도 직책도 없는, 그저 부인."

자경의 눈에 물기가 어렸다. 상인이 애틋한 시선으로 그런 자경을 보았다.

"그래서 나는 이 혼인이, 이 선택이 옳아야 해. 옳아야만 한다. 내겐 이게 전부니까."

이 똑똑한 여자는 모두가 미심쩍어하는 이 혼인의 옳음을 증명하기 위해 최선을 다할 거다. 이 혼인이 잘못되면 자신이 어리석었다거나 자신의 선택이 틀렸음을 인정해야 하는데, 그러한 인정을 하고 싶지는 않을 테니 말이다. 그런 건 감히 상상할 수도 없을 테니까 반드시 이 혼인이 성공해야 했다. 이 혼인의 옳음을 모두에게 보여 주는 게 지금부터 이 여자 인생의 목표가 될 게 분명했다.

"전에 아씨가 사내들은 열두 번도 더 변하는 거라고 하셨지요."

방원 역시 앞으로 열두 번도 더 변할 것이다. 그리고 혼인을 앞둔 자경을 불안케 하는 건 방원이 나쁘게 변할지도 모른다는 걱정일 테다. 자신이 지금 보는 사내가 어쩌면 인생에서 제일 나은 모습을 하고 있는지도 모른다는, 사람 보는 눈이 기가 막히다고 자신했는데 그 자만심에 빠져서 최악의 선택을 했을 수도 있다는 걱정.

"그 열두 번의 변화가 더 좋은 쪽일 수 있도록 최선을 다해서 모시겠나이다."

한없이 부족한 자신이 이 여인을 위해서 해줄 수 있는 건 바로 자경이 일생 해야 하는 그 투쟁이 외롭지 않도록 돕는 일이다. 그러니까 방원을 돕는 것은 자경을 지키기 위함이다. 방원은 반드시 좋은 사람, 위대한 인물이 되어야만 했다. 자경을 위해서 반드시 그리 만들어야만 했다. 그것은 단순히 출세를 위함이 아니었다. 모두가 비웃으며 의아해하는 자경의 이 선택이 결국은 옳았다는 것을 모두에게 확인시키기 위해서 그래야 했다. 그리되어야 상인이 사랑하는 자신만만하고 재기발랄한 자경의 아름다운 모습을 평생 볼 수 있었다.

천천히 자리에서 일어난 자경이 상인을 향해 손을 내밀었다. 무릎을 꿇고 자세를 바로 한 상인이 조심스럽게 내밀어진 그 손바닥에 입을 맞추었다.

"부탁한다."

"성심을 다하겠나이다."

***

더운 여름이 다 지나가고 선선한 가을바람이 솔솔 불어오기 시작하는 팔월에 자경과 방원은 혼인했다. 혼례 하는 그날까지도 자경이 기껏 고른 상대가 방원이라는 것을 수군거리는 이들이 있었다.

천우와 방원에 이어 방간까지 여흥 민 씨 집안과 이성계 가문이 무려 셋이나 겹사돈 맺게 되었다는 사실이 알려지자 개경 귀족 사회는 크게 술렁거렸다. 혼례를 치르는 내내 성계는 입이 찢어질 것처럼 기쁜 기색을 감추지 못했고, 민제는 은은한 미소로 하객들을 맞이했다. 강 씨는 산달이 얼마 남지 않아 부풀어 오른 배가 당긴다고 나타나지 않았다. 덕분에 한 씨는 편한 마음으로 방원의 혼인에 참석할 수 있었다.

"서답일배(壻答一拜, 신랑이 답으로 한 번 절하라)!"

집사자가 크게 소리치자 방원이 절을 하기 시작했다. 행아의 부축을 받으며 선 자경이 흘끔 눈을 들어 맞은편을 쳐다보았다. 방원의 높은 사모관대가 햇빛이 반사되어 반질거리는 것이 보였다.

"부우선재배(婦又先再拜, 신부가 다시 두 번 절하라)!"

내 저 사모관대보다 더 높고 위대한 것을 저이의 머리에 씌울 것이다. 두고 보라지. 어디 한 번 두고 보라지. 신나게 지껄여댄 그 입을 돌로 짓찧고 싶게 만들어 줄 테니.

행아의 부축을 받아 절하면서 자경이 자신만만한 미소를 지었다.

7장

# 출사

出仕

마당 가운데 선 성계가 대궐을 향하여 크게 절하더니 감격에 북받치어 차마 자리에서 일어나지 못하고 엎드린 채 눈물을 흘렸다.

"아버지."

옆에 서 있던 방원이 급히 성계 옆에 주저앉았다.

"어찌 이러십니까."

"좋아서, 내래 좋아서 이카는 거 아이가. 사람이 너무 좋아도 눈물이 날 수도 있다더니만, 내 평생 고거이 무슨 말인지 모르고 살았는데 오늘에서야 비로소 그게 뭔 말인지 알갔구나."

성계가 감격한 얼굴로 방원을 쳐다보았다.

"내래 일찍이 내 뜻을 성취할 사람이 반드시 너일 것 같더라니, 니가 드디어 내 오랜 한을 풀어주누나."

계해년, 방원이 문과에 합격하였다. 합격자 서른세 명 중 십 등이며 병과 칠 등인 아주 우수한 성적이었다. 소식을 들은 성계는 곧장 함주에서 개경으로 달려왔고, 방원을 만나자마자 그 두 손을 부여잡은 채 기뻐 어쩔 줄 몰라 하더니 결국 벅차오르는 감정을 이기지 못하고 궐을 향해 절을 올리기까지 했다.

"일찍이 가문에 유학을 업으로 삼는 이가 없어 내래 얼마나 속이 상하였는디 모르지비. 너가 천성이 성실하고 바지런하더니 종내 내 한을 풀어주누나. 고맙다, 참말로 고마워."

"어찌 제가 성덕을 성취한 것이 제 천성 덕분이겠습니까. 아버지께서 평소에 학문을 권하심이 부지런하셨던 덕분이지요."

"내래 아무리 시켰어도 너가 공부 안 했으면 말짱 헛것 아이가. 고맙다, 참으로 고마워."

다정스레 방원의 얼굴을 쓰다듬던 성계가 와락 방원을 껴안았다. 아비의 단단한 가슴에 안긴 채 방원이 지그시 눈을 감았다. 방원도 참으로 오랫동안 바랐던 순간이었다. 드디어 아비에게 온전히 인정받게 되다니, 방원 역시 매우 기뻤다.

"거기서 계속 그러고 있으실 겝니까?"

앙칼진 목소리가 난 방향으로 고개를 돌리자, 멀찍이 선 강 씨가 둘을 쳐다보고 있었다.

"후원에 사람들이 기다리고 있습니다. 술상을 차려두었으니 어서 오세요."

"어, 그래. 그래야지. 좋은 날인데 당연히 술 한잔하자꾸나."

신이 난 성계가 방원의 손을 단단히 붙잡은 채 걷기 시작했다. 굳게 맞잡은 부자의 손을 보던 강 씨가 급히 눈을 돌렸다가 방원과 눈이 마주치자 활짝 핀 모란처럼 환한 미소를 지었다.

"고생하였다. 축하한다."

"감사합니다."

"큰 시험 앞둔 아이를 혼인시키고 나서 혹 색시랑 노는 재미에 빠져 학문을 게을리할까 내 염려하였는데, 장한 결과를 얻었으니 기특하구나."

"부인은 어째 고런 말씀을. 방원이도 아둔하지 않지만, 자경이도 어떤 아인데 시험 앞둔 지아비를 방해할 리 있소이까."

"그러게요. 제가 너무 쓸데없는 걱정이 많았나 봅니다."

방원의 과거 급제는 성계가 매우 고대한 일이었으며 온 가문이 기뻐 날뛸만한 일이라는 것을 모르지 않았다. 허나 성계가 잠시도 제 옆에서 방원을 떼어놓지 않고 손이나 어깨를 두드리고 등허리를 쓰다듬으며 좋아 어쩔 줄 몰라 하는 모습을 보고 있자니 배알이 뒤틀렸다. 성계에게 더할 나위 없이 좋은 일인데, 그런데도 마냥 유쾌할 수 없는 것은 이미 강 씨에게 아들이 둘이나 생겼기 때문일 것이다.

"그럼 먼저 가 계세요. 안주를 좀 더 챙겨 뒤따라가겠습니다."

강 씨가 고개를 숙이며 뒤로 슬그머니 빠졌다. 성계가 무심히 고개를 끄덕이며 방원이 손을 붙잡은 채 중문을 지나 후원으로 향했다.

"아, 거 와 그리 느적거립네까. 안주 다 식겠수다."

술상이 마련된 후원 정자에서 기다리고 있던 두란이 느긋하게 걸어오는 둘을 보고 투덜거렸다.

"주인공을 빼놓고 술잔을 돌릴 수도 없는 노릇이라 거 한참 기다렸네, 진짜."

두란이 겉으로 내보이는 툴툴거림이 비단 성계와 방원이 담소를 나누느라 늦게 와서가 아니라 기특한 방원을 어서 칭찬해주고 싶어서라는 것을 알고 있었다. 아니나 다를까 방원이 웃으며 정자에 올라서자마자 두란이 와락 방원을 껴안았다.

“이놈자식, 내래 너 이리 합격할 줄 알았지비. 내래 알아봤어야. 너 나중에 잘 나가더라도 내가 제일 먼저 알아본 거 잊으믄 아이 된다.”

“그럼요. 숙부님 은덕을 제가 어찌 잊겠습니까.”

잊을 리 없었다. 잊을 수 있을 리 없었다. 잘난 이성계 장군의 수많은 아이 중 가장 별 볼 일 없는 다섯째 아들이던 저를 챙겨준 최초의 사람이었다. 꼭 칼 들고 싸우지 않아도 할 일이 있다고 용기를 북돋아준 사람이었다. 처음 책을 보기 시작했을 때, 스스로도 반신반의하던 방원에게 너라면 충분히 할 수 있을 거라고 격려해준 것도 두란이었다. 그 어린 시절의 방원에게 넉살 좋고 오지랖 넓은 두란의 애정은 마치 가뭄 끝의 단비와 같았다. 그 덕에 버티고 견딜 수 있었다.

“어서 이리 와 술 한 잔 받아라.”

이화가 재촉하자 그제야 두란이 방원을 놓아주었다. 성계가 상석에 앉자, 방원이 이화와 두란 사이에 자리했다. 맞은편엔 방우와 방과, 방의가 앉았다.

“방간이는?”

“그놈아가 여 나타날 면목이 있겠수?”

“과거도 아니고 국자감시를 똑 떨어졌으니, 면목은 둘째 치고 민망해서라도 어찌 이 자리에 함께 하겠습니까. 모른 척하세요.”

성계가 차마 더 말을 보태지 못하고 혀를 끌끌 차는 사이, 각자의 앞에 놓인 술잔이 채워졌다.

“이거, 제가 늦었습니다.”

“너래 안 오는 줄 알았다야, 와 이래 늦었네?”

숨을 채 고르지도 못한 채 정자에 올라서는 영규를 보고 두란이 반색했다.

"구박하지 마시우. 숨도 안 쉬고 달려온 거외다. 말이 지쳐 나가떨어졌구만."

입으로는 툴툴거리면서도 표정은 한껏 상기된 영규가 두란과 방원의 사이를 비집고 들어가 앉았다. 이내 모든 잔에 술이 채워지자 두란이 슬쩍 성계를 보았다.

"성님, 한 마디 하시라요."

"오늘 주인공은 방원이니 방원이가 해야지."

"아무리 그래도 큰 어른인데 성님이 먼저 하셔야지요. 방원이야 여기서 제일 어린안데요."

"나이가 뭔 상관이가. 큰일 한 놈이 하는 게 맞다. 방원아, 일어나서 한 마디 하라."

"아버지."

"어서."

성계의 재촉에 방원이 얼떨떨한 얼굴로 자리에서 일어났다. 모두가 기특해하며 방원을 쳐다보았다. 천천히 그들을 둘러본 방원이 술잔을 내려놓더니 큰절을 올렸다.

"제가 합격한 것이, 제가 잘난 탓이 아니라 모두가 한마음으로 빌어 준 덕분이라는 것을 압니다. 감사합니다. 꼭 잘 해내겠습니다."

"이야, 아새끼래 이제 진짜 다 컸구나."

두란이 저도 모르게 감탄하자 좌중에서 와르르 웃음이 터졌다.

"금마, 다 큰 거 축하한다."

이화가 한 마디 덧붙인 뒤 잔을 높게 든 후 술을 들이켰다. 모두들 그를 따라 잔을 비웠다. 방원 역시 자리에 앉아 기쁜 마음으로 술을 달게 마셨다.

더운 술이 속을 뜨끈히 데우자 이젠 너나 할 것 없이 상 위에 놓인 음식을 집어 먹기 시작했다. 방원 역시 손을 뻗어 전을 집어 드는 순간, 영규가 슬그머니 방원의 허벅지에 손을 올렸다. 방원이 놀라서 쳐다보자 영규가 주위를 쓱 둘러본 뒤 재빨리 방원에게 몸을 기울인 후 낮게 속삭였다.

"마님께서 좋아서 우셨습니다."

방원의 과거 합격 소식을 함주로 알리러 간 이가 영규였다. 어째 성계보다 좀 늦게 함주에서 출발했다 싶었더니, 아마 한 씨를 만나 뵙고 이야기를 나누느라 뒤처졌던 모양이다.

"너무너무 좋아하시더이다. 잘했다고, 기특하다고, 자랑스럽다고 전해달라 하셨습니다."

"어머니가 많이 우셨습니까?"

"많이 우셨지요. 달래드리느라 늦은 걸요."

"어머님도 오셨으면 좋았을 것을요."

"안 그래도 조만간 걸음한다 하셨습니다."

한마디 한마디 힘주어 내뱉는 영규의 어투에도 자랑스러움이 역력히 배여 있었다. 두 눈이 마주치자 영규가 씩 웃었다.

"잘하셨습니다, 도련님. 정말 잘하셨습니다."

"다녀오느라 수고하셨습니다."

"무에요. 마님이 기뻐하시는 모습을 보니, 하나도 안 힘들었습니다."

영규가 방원과 자신의 빈 잔에 술을 채웠다. 둘이 웃으며 잔을 부딪친 뒤 술을 들이켰다.

"죄송합니다, 아버님. 늦었습니다."

시끄러운 사내들의 수다를 뚫고 정자 아래에서 고운 목소리가 울려왔다. 모두가 놀라 고개를 돌리자 다소곳한 자태의 자경이 선 채 인사를 올리고 있었다.

"오, 아가. 그래, 어째 네가 안 오나 궁금하였다."

"친정에서 음식을 했으니 꼭 가져가야 한다고 하는 바람에, 받아 오느라 늦었습니다."

자경이 고갯짓하자 뒤에 서 있던 상인이 정자 위로 올라와 등 뒤에 메고 왔던 짐 보따리를 풀었다. 두 개의 소쿠리와 하나의 커다란 항아리가 나왔다. 한 소쿠리는 여러 가지 종류의 전으로 가득 차 있어서 보자기를 풀자마자 고소한 기름 냄새가 코끝을 자극했고, 다른 한 소쿠리엔 아직도 김이 펄펄 나는 뜨끈한 돼지 수육이 가득 담겨 있었다.

"아이고야, 사우가 급제했다고 새애기 친정이 돼지라도 잡은 모양이외다."

신이 난 두란이 잘 삶겨진 돼지고기 한 점을 집어 먹었다.

"아주 야들야들하니 입에서 살살 녹네. 잘 삶았다. 솜씨가 좋아."

"이 항아리는 뭡니까, 제수씨."

다들 전과 고기에 신경이 팔린 사이, 방우가 항아리를 뚜껑을 열었다.

"이거 더덕주 아닙니까."

향긋하면서도 쌉쌀한 더덕향이 코끝을 자극하자 소문난 주당인 방우의 얼굴이 환해졌다.

"예. 지난봄에 좋은 더덕이 들어왔을 때 술을 담그신 거랍니다. 귀한 것이니만큼 오늘 같은 날 마셔야 한다며 내어 주셨습니다."

"제대로 담그신 모양입니다. 향이 아주 기가 막혀요."

가져온 술과 음식을 상 위로 모두 나른 상인이 인사를 하고 물러나자 자경이 그제야 정자 위로 올라왔다. 내도록 앉아 있던 성계가 자리에서 몸을 반쯤 일으켜 자경을 향해 이리 오라 손짓했다.

"너한테 정말 고맙다."

"아버님."

"아무리 봐도 너가 복덩이인 게야. 허니 이리 좋은 일만 생기지."

성계가 다정히 자경의 손등을 두드렸다. 자경이 쑥스러운 듯 고개를 숙이며 미소 지었다.

"앞으로도 잘 부탁하마. 너만 믿는다."

"성심을 다하겠나이다."

"이런, 안주가 떨어졌을 것 같아 가져왔는데 이게 무엡니까?"

자경이 말을 채 다 끝맺지도 못한 채 고개를 돌렸다. 얼굴을 잔뜩 찌푸린 채 상 위를 살피던 강 씨가 자경과 눈이 마주치자 눈매가 사나워졌다.

"자경이가 가져왔습니다. 친정에서 보냈다고 합니다."

방의가 급히 대꾸하며 강 씨가 가져온 상을 건네받았다. 강 씨를 본 자경이 자리에서 일어나 고개 숙여 인사를 올렸다.

"너가 온 줄 몰랐구나. 왔으면 안채로 와서 인사를 먼저 할 일이지, 후원으로 곧장 왔더냐."

"어머님도 후원에 계실 줄 알았습니다. 제 생각이 모자랐습니다."

술자리가 시작하면 한동안은 방원에 대한 치사가 이어질 게 분명하니 그 꼴을 보기 싫어서 부러 천천히 온 거였다. 저가 부러 그리한 것을 알고 말하는 건 아닐 테지만, 지레 찔리는 맘에 자경의 대꾸가 맘에 들지 않았다. 강 씨가 더 말하지 않고 상석으로 가 성계 옆에 자리했다. 자경이 움찔하며 뒤로 물러났다.

"이런, 고기가 온 줄 알았으면 젓갈이나 나물을 좀 더 가져올 걸 그랬습니다. 상 위가 온통 기름진 음식뿐이네요."

상 위를 살피던 강 씨가 인상을 찌푸렸다. 그러더니 이내 좋은 생각이 난 듯 자경을 쳐다보았다.

"아가?"

"네, 어머니."

"빈 그릇들 치워서 안에 가져다주고, 젓갈이나 나물 같은 담백한 안주류 좀 만들어서 가져오너라."

말을 마친 강 씨가 우아하게 웃으며 자경을 빤히 쳐다보았다. 저는 미동도 없이 앉아 있으면서 자경만 쳐다보면서 하는 말로 보건대 누가 봐도 영락없이 자경더러 일하라는 거였다. 누가 봐도 오늘의 주인공은 방원과 자경이고, 강 씨가 대접을 해야 하는 입장이었다. 시어머니와 며느리라는 구도를 이용해서 상한 제 심경에 대한 분풀이를 하려는 게 뻔했다. 여기서 무어라고 반박하면 예민하다고 할 거고, 받아들이면 등신이 되는 일이었다.

"형수님, 괜찮습니다. 안주 많은데요."

"기름진 것만 많이 먹으면 내일 탈 납니다. 경사스러운 날 뱃병이라도 나면 큰일 아닙니까."

"아랫것들 불러 시키면 될 일이지, 자경이가 뭣 하러 이런 일을."

"아랫것들이 지금 없으니까요. 그렇다고 제가 할 수는 없는 노릇 아닙니까. 정 그러면 내려가서 아랫것들이라도 불러오너라, 자경아."

이화나 성계가 분위기를 바꾸어보려 했으나 강 씨는 꿈쩍도 하지 않았다. 술상에 둘러앉은 이들이 모두 은근히 긴장했다. 이러지도 저러지도 못할 상황에 대한 불쾌함에 방원이 차마 표정을 숨기지 못한 채 얼굴을 굳혔다.

"아닙니다. 제가 하지요. 아랫것들 불러올 시간에 제가 하는 게 빠르겠습니다."

허나 자경은 방긋 웃으며 아무렇지도 않다는 듯 소매를 걷었다.

"우욱."

그런데 빈 접시들을 제 쪽으로 가져오던 자경이 갑자기 입을 가로막으며 허리를 꺾었다.

"우욱."

자경이 한 번 더 헛구역질을 했다. 방원이 얼른 자리에서 일어나 자경에게로 다가갔다.

"왜 그러오? 어디가 안 좋은 게요?"

"그게 아니라, 욱……."

세 번째로 자경이 몸을 깊이 숙이자 이젠 아주 방원의 얼굴이 허옇게 질렸다.

"왜 이러는 거요? 응?"

현명한 사람이 어찌 이 상황에서 이런 식으로 대응하는 건가, 이해가 가지 않았다. 헌데 옆에서 안절부절 어쩔 줄 몰라 하는 방원을 보던 두란이 갑자기 손뼉을 짝치며 웃음을 터뜨렸다.

"아이고, 저놈아 저거 과거 공부하면서도 할 건 다 했구만. 이야, 재주 좋다, 너."

두란의 넉살에 잠깐 멍하니 앉아 있던 이들이 이내 무슨 말인지 알아듣고 일제히 웃음을 터뜨렸다. 허나 방원의 미간에 주름은 더 깊어졌다. 대체 무슨 소리를 하는 건지 이해할 수 없었기 때문이다.

그리고 방원과는 전혀 다른 이유로 강 씨의 이마에도 내 천(川) 자가 그려졌다.

"축하한다, 방원아. 그러고 보니 이거야말로 겹경사네, 그려."

"대체 무슨 말씀을 하시는 겁니까?"

방원이 발을 구르며 어쩔 줄 몰라 하는 사이, 강 씨가 천천히 방원과 자경 쪽으로 다가왔다. 방원이 긴장한 얼굴로 강 씨를 보자 강 씨가 차분히 자경의 손목을 붙들었다.

"새아가, 너 혹시."

"혹시나 자시나 뻔하지 뭘. 아, 혼인한 지 얼마 안 된 새색시가 헛구역질하면 알조지."

"뭐가, 뭐가 알 만한 일이란 말입니까?"

여전히 모르겠다는 얼굴로 방원이 초조하게 좌중을 둘러보았다. 그런 방원의 반응이 재밌어서 모여 앉은 이들이 다시 한번 크게 웃음을 터뜨렸다.

"이번 달에 몸에 것이, 있었느냐?"

그러거나 말거나 강 씨가 몸을 숙인 채 작게 자경의 귓가에 속삭였다. 가슴을 두드리던 자경이 이내 작게 고개를 저었다.

"두어 달째 없었습니다."

이어지는 대답에 강 씨의 눈앞이 순간 아득해졌다. 잠깐 멍하니 있던 강 씨가 이내 결심한 듯 웃는 낯으로 고개를 들었다.

"축하하네. 자네 이제 아버지가 되겠어."

강 씨의 말에 방원이 놀란 얼굴을 했고 술자리에선 다시 함성이 터져 나왔다.

"안채로 의원을 부르겠습니다."

"안채로 부를 게 무에 있소이까? 이리로 부르시라요. 좋은 소식인데 다 같이 모인 자리에서 들어야지. 아니 그렇소, 형님? 아 보통 아도 아니고 지아비 과거 급제한 날 나 여기 있소, 알린 기특한 알라인데 그럼 우리도 그만한 그릇에 맞게 축하를 해줘야지."

"그래, 네 말이 맞다. 의원을 이리 부르시오, 부인."

강 씨가 굳은 얼굴로 몸을 돌려 후원을 빠져나가자 자경이 방원의 부축을 받아 조용히 자리에 앉았다.

"정말이오?"

다른 사람들은 차마 들을 수 없을 만큼 작은 목소리였다. 처음 헛구역질을 할 때만 해도 강 씨를 약 올리려고 부러 그러는 줄 알았는데 그게 아니라 태기였다니, 아직까지 믿기지 않았다.

"의원이 오면 확실히 알게 될 터이니 기다려보셔요."

"부인."

"확실치는 않습니다, 입덧도 방금 처음 한 것이고요. 허나 두 달간 달거리가 없었던 것은 사실입니다."

자경도 이런 식으로 자신이 아이를 가졌다는 것을 알릴 생각은 없었다. 태기가 있었다는 것은 이미 짐작하고 있었지만, 의원을 불러 묻지는 않았다. 방원이 관직을 얻고 나면 알릴 생각이었다. 지금은 과거 급제라는 큰일을 치른 방원이 자신이 이룬 성취만으로 축하받기를 바랐기 때문이다. 단 한 번도 온전히 부모에게 저만의 일로 관심받지 못한 방원이었다는 것을 알고 있다. 그래서 이번만큼은 방원이 자신만의 일로 주목받기를 바랐다.

헌데 아까 강 씨가 저에게 분풀이를 하려는 순간, 이대로 당해줄 수는 없다는 생각이 들었다. 무엇보다 만약 제 예상대로 복중에 아이가 있는 게 맞다면 아직 조심하고 안정을 취해야 하는 시기였다. 이런 때 강 씨의 신경질을 받아주다 잘못하면 아이를 놓칠지도 모른다는 걱정이 들었다. 그래서 부러 없는 입덧을 만들어 낸 것이다. 귀한 첫 아이를 가졌다는 사실을 이런 식으로 알린 것이 방원에겐 조금 미안했지만, 자경으로선 어쩔 수 없는 일이었다.

"그랬으면 진즉 의원을 부르지."

"서방님이 과거를 치르고 나면, 그때 부르려 했지요."

"허면 내 과거 때문에 미루고 있었던 거요?"

"네."

"이런 미안할 데가 있나. 첫 아이인데, 이리 미안할 데가 있나."

"서방님."

"내 과거가 대체 무어라고. 그거야 나 혼자 시험 치면 될 일인데, 이 아이는 우리 둘의 아이인데. 그것도 첫 아이인데, 하마터면 큰일 날 뻔했잖소. 응?"

허나 다행히도 방원은 오늘은 제가 주인공이라거나 그런 건 안중에도 없고 자경과 자신의 아이가 훨씬 더 중한 모양이었다.

"미안하긴 뭐가 미안하네? 너 뭐 잘못했네?"

옆에서 술을 마시다 방원의 말을 엿들은 두란이 놀란 얼굴을 했다.

"뱃속에 니 애 품은 여자 서운하게 하믄 못 쓰는 법이다. 도대체 뭐를 잘못한 거이네? 너 설마 공부한답시고 유세 떨면서 새애기 힘들게 한 거가? 너래 그랬으믄 아주 몹쓸 놈이야."

잔뜩 걱정스러운 얼굴로 방원을 향해 눈을 부라리는 두란을 보던 자경이 웃음을 터뜨렸다. 피 한 방울 섞이지 않은 시아버지의 의형제에게조차 이리 귀한 대접을 받다니, 참으로 제가 복이 많구나 싶었다.

"그런 거 아닙니다."

"아이야? 아인데 뭐가 미안하네?"

"왜 그러오?"

"무슨 일입니까?"

"거기 뭐 그리 시끄럽나?"

목청 큰 두란의 소란에 결국 모두의 시선이 한곳으로 모였다. 무안한 방원의 얼굴이 순식간에 벌게졌다.

"의원이 왔습니다."

때마침 강 씨가 의원을 데리고 와 사람들의 시선이 흩어진 덕분에 방원은 위기를 모면할 수 있었다.

"어서 올라오시오."

들썩 이며 자리를 마련해주는 이들 사이에서 몰래 가슴을 쓸어내리는 방원을 보며 자경이 웃음을 터뜨렸다.

"우스운 일도 없는데 왜 그리 웃는 게야. 그리 헤프게 웃으며 의원이 맥을 짚는 데 어렵지 않겠니."

"예, 조심하겠습니다."

곱지 않은 강 씨의 말에 사내들조차 움찔했지만, 자경은 아무렇지도 않은 듯 흔연했다. 이내 가느다란 자경의 손목을 의원이 붙잡았다. 의원이 눈을 지그시 감고 맥을 짚는 동안 일순 모두 숨을 멈춘 듯한 정적이 흘렀다.

"태기가 맞습니다."

자경이 기쁜 얼굴로 방원을 올려다보았다. 이 감정을 도무지 어찌 표현해야 할지 모르겠다는 얼굴을 한 방원이 양 볼을 씰룩였다.

"겹경사야. 겹경사야!"

두란이 크게 고함을 지르더니 이내 호쾌하게 웃음을 터뜨렸다. 이내 후원이 사내들의 떠들썩한 웃음소리로 가득 찼다.

***

새살림을 내면서 안채에서 쓰는 사람들은 대부분 자경이 친정에서 데려왔지만, 유일하게 찬비만은 한 씨에게 사람을 보내 달라고 부탁했다. 함주식으로 음식 하는 사람을 하나쯤 집에 있는 게 좋겠다고 생각했기 때문이다. 자경의 부탁에 한 씨는 자신이 오랫동안 데리고 있었던 소근 어멈을 보내주었다. 소근이도 마침 방원이를 모시고 있으니 아들과 함께 지내라는 배려이기도 했다.

손맛 좋은 소근 어멈이 차린 상을 방원은 무척이나 좋아했고 성계나 이화, 두란 역시 자신들에게 익숙한 상을 받는 것을 매우 기꺼워했다. 얼마 지나지 않아 이화의 집보다 방원의 집에서 두란과 이화, 성계가 모이는 것이 자연스러워졌다. 자경이 원하던 바였다.

"어째, 도련님이 꼼짝도 안 혀요."

자경은 이른 아침부터 자경은 소근 어멈을 시켜 엄청난 양의 만두를 빚게 했다. 같은 만두여도 개경식과 함흥식은 확실히 달라서 개경 사람들에겐 큰 별미로 느껴졌기 때문이다.

"와 그러신다네?"

소근이 만두를 빚느라 정신이 없는 제 어미 곁에 털썩 주저앉았다.

"아이 간다는 게지 뭐."

"아씨한테는 말씀드렸네?"

아직 자식이 없어서인지 소근 어멈은 여전히 방원을 도련님으로 자경을 아씨로 불렀다. 자경 역시 방원이 아직 관직도 없고 두 사람 사이에 자식도 없는데 마님으로 불리는 게 부담스러워서 별말 없이 내버려 두고 있는 참이었다.

"말씀드리니까 사랑채로 뛰어가시는 게, 다투실 거 같지비."

"다투셔도 어짜겠네. 아이고, 이래 준비를 다 했는데 아이 간다고 고집은 와 부리시누."

소근 어멈이 혀를 끌끌 차며 만두로 가득 찬 광주리를 보자기로 단단히 쌌다. 이게 벌써 다섯 광주리째였다.

"이래 있지 말고, 너 안채로 가보라."

"왜에."

"밖에서 가만 보다 너무 심하게 다투시믄 만두 다 됐다고 고함을 질러버리라. 한창 싸우다가도 그라믄 한풀 꺾여서 쪼매 나은뱁이라."

"그랬다가 혼나믄."

"니 말도 안 먹히믄 나한테 다시 오라. 고때는 내 알아서 하마."

찬비긴 해도 시어머니가 보낸 사람이라서인지 자경은 소근 어멈을 함부로 대하지 않았다. 소근이도 그것을 알고 있었기에, 제 어미의 당부에 그제야 겨우 자리에서 몸을 일으켰다.

"일 생기믄 어무이가 책임지는 거요."

"아이고, 거 사내새끼가 간이 고래 작아서는 어따 쓰네."

"간이 크믄 또 어따 쓸 거요? 종놈 간이 이만하믄 됐지 무에."

소근이 툴툴거리며 안채로 향했다.

***

다투고 있으리라는 소근의 예상은 딱 맞아떨어져서, 중문을 넘어서

자마자 안채에서 까랑까랑한 자경의 목소리가 흘러나오고 있었다.

"대체 왜 이리 고집을 부리십니까. 이른 새벽부터 준비를 다 해뒀는데 안 간다니요. 철행을 아니 가시면 어찌합니까. 벼슬을 아니 하실 작정이 아니시라면 철행은 가셔야 하는 거라고 벌써 몇 번이나 말씀드리지 않았습니까."

고려 시대 나라를 혼탁게 만들고 관리들의 부정부패를 심하게 만드는 두 가지 악습이 바로 분경과 철행이었다. 분경은 분추경리의 줄임말로, 이미 관직에 있는 관리들이 더 좋은 벼슬을 얻기 위해 정권 실세들에게 뇌물을 바치는 일종의 엽관 운동이었다. 철행은 과거에 합격한 뒤 관리들에게 인사를 드리는 것으로, 말이 좋아 문안 인사였지 좋은 자리를 얻기 위해 뇌물을 갖다 바치는 거였다.

"이른 새벽부터 소근 어멈이 만두를 얼마나 빚었는지 아십니까. 다들 얼마나 애를 쓰는데 아니 가시겠다니요. 이러시면 어찌합니까."

"아무리 생각해도 이건 옳지 않소. 옳지 않아서 내키지 않아요."

"서방님."

"치사하지 않소? 과거 성적대로 벼슬을 내리면 될 일이지 대체 왜 인사를 하러 다녀야 한단 말이오? 그리고 그 인사의 크기에 따라 벼슬을 내린다? 이럴 거면 과거를 왜 치른 거요, 대체?"

"악습인 것을 저도 압니다. 하지만 어찌합니까. 모두 다 그리하는 것을요."

"모두 다 그리 한 대도 나는 그리하고 싶지 않소이다. 만약 나보다 실력 좋은 이들이 집안이 한미하단 이유로 나보다 낮은 관직을 얻게 된다면 견딜 수 없을 거 같단 말이오."

"만약 서방님보다 실력이 좋음에도 철행을 제대로 하지 않아 벼슬을 못 얻는 자가 있다면."

자경이 잠시 말을 멈춘 채 방원을 빤히 쳐다보았다. 방원이 긴장된 시선으로 자경을 보았다.

"그건, 어찌할 수 없는 일이지요."

"부인!"

"어쩔 수 없는 겝니다. 지금 당장 서방님이 그 악습을 바꿀 수도 없지 않습니까!"

"내가 당장 바꿀 수는 없지만, 아니할 수는 있지요. 그리고 나처럼 동조하지 않는 이들이 하나둘 늘어나면……."

"어리석은 소리! 그런 식으로 해서 어느 천년에요!"

자경이 버럭 신경질을 내며 언성을 높였다. 그때 마당을 서성이는 사람의 그림자가 문에 어른거렸다.

"누구냐!"

자경이 날카롭게 고함을 지르자 움직이던 이가 그대로 멈추었다. 그러더니 덜덜 떠는 가느다란 목소리가 들려왔다.

"저, 소근이입니다. 그게, 저 어머님이 만두를……."

"썩 물러가거라!"

머뭇거리는 말을 다 듣지도 않고 자경이 일갈했다.

"필요해서 부를 때까지 멀리 물러가 있어라. 다시 한번 내 눈에 보이면 용서치 않겠다!"

"예."

순식간에 소근이 사라졌다. 자경이 다시 방원을 보았다.

"서방님이 말하는 방식으로는 절대로 악습을 없앨 수 없어요. 그렇다고 해서 서방님이 낮은 관직을 얻는 것은 더 어리석은 일이고요."

"그게 왜 어리석단 거요?"

"서방님 말씀대로 서방님이 철행을 하지 않아 낮은 관직을 얻었다고 칩시다. 그럼 서방님보다 실력 안 되는 이가 서방님보다 높은 관직을 얻게 되겠지요?"

미처 거기까진 생각하지 못했다. 뒤통수를 한 대 얻어맞은 듯했다.

"그건 두고 보실 수 있으십니까? 그런 자보다는 내가 깨끗하니 괜찮다 여기시렵니까?"

날카로운 자경의 물음에 방원이 볼 안쪽을 질겅거리다 겨우 입을 열었다.

"스스로 비겁한 짓을 하지 않았으니 다른 자들보다는 깨끗한 셈이고, 그럼 모두에게 떳떳한 것 아니겠소?"

"아니요, 그건 어리석은 게지요. 가진 게 없어 어쩔 수 없이 밀려난다면 모를까, 같이 경쟁할 수 있는데 그 방법을 쓰지 않아 뒤처지고선 나 혼자 올바른 짓을 했으니 깨끗하다고 하는 건 그저 자위, 그 이상도 이하도 아닙니다. 그리해서 대체 남는 게 뭐랍니까? 자존심? 그게 뭔데요? 그게 그리 중요합니까? 서방님 한 사람의 그 잘난 자존심을 위해서 더 많은 사람이 피해볼 수도 있다는 생각은 안 해 보셨습니까? 서방님보다 모자란 사람이 높은 자리를 차지해서 그자가 권력을 함부로 휘두르게 된다면 고통은 누가 받을까요? 서방님이야 나는 저 자리에 오를 수 있었지만 가지 않았을 뿐이라고 자위한다지만, 애초에 그 자리에 갈 수조차 없던 이들은 어떤 생각을 하게 될까요? 얼마나 비참할까요?"

방원이 입을 꾹 다물었다.

"철행은 악습이나 모두가 그 악습을 받아들이는데, 나 혼자 학처럼 꼿꼿하게 거부하는 게 잘하는 짓이랄 순 없어요. 서방님이 누리실 수 있는 특권은 누리세요. 다만 그게 특권이란 걸 잊지 않고, 남용하지 말고 온당하게 쓰면 될 일입니다. 제가 말씀드리지 않았습니까. 때론 어쩔 수 없이 진자리도 밟아야 하는 법이라고요. 진자리라도 밟고 위로 올라가야 더 많은 것을 바꿀 수 있는 힘을 얻으실 수 있습니다. 그래야 비로소 서방님께서 원하시는 정치를 하실 수 있어요. 어찌 그걸 모르십니까."

방원이 입을 꾹 다물었다. 그러고는 자경이 한 말을 하나씩 곱씹는지, 긴 속눈썹 아래 새카만 두 눈은 생각에 잠겨 있었다. 자경이 재촉하지 않고 기다려주었다.

"알겠소. 부인 말이 무슨 말인지 알겠으니 따르리다."

한참 만에 입을 연 방원이 퉁명스럽게 대꾸했다.

"헌데 아무리 그래도 나 그대 서방이오. 어린아이 혼내듯이 그러지 마시오."

잘 나가다가 갑자기 이게 뭔 말이래, 자경이 눈을 크게 뜨고 방원을 쳐다보았다.

"하긴, 서방인지 잊을 만도 하지. 도통 부부 같지 않으니 서방처럼 보일 게 무에야. 공부 배우겠다고 집 드나들던 어린 동생처럼 보이는 게 당연하지."

"갑자기 무슨 말을 하는 겁니까?"

진심으로 돌아가는 상황이 이해가 가지 않는 자경이 저도 모르게 방원의 코앞에 얼굴을 디밀었다.

"아니 갑자기 제가 서방인 걸 잊었느니 어쩌니 그런 말이 왜 나오는 겁니까?"

"아, 우리 상황이 지금 부부 같지 않잖소."

"우리가 왜 부부 같지 않아요? 대체 무어가 부부 같지 않다는 거예요?"

"서방을 이리 혼내는 아내가 어디 있다고."

"부부니까 혼을 내는 게지요. 생판 남이면 어찌 살든 무슨 상관이라고 이리 안달을 낼까요."

"아주 뚝 떨어져서 사는데 부부는 무슨……."

눈을 아래로 내리깔며 중얼거리는 말을 듣고 나서야 자경은 비로소 방원이 무슨 말을 하는지 알아차렸다. 오늘뿐 아니라 요 며칠 계속 떫은 감이라도 먹은 마냥 부은 얼굴을 하고 있었던 까닭도 이제야 비로소 짐작이 갔다.

"안채에 못 들어오시는 게 그리 서운합니까?"

혼인한 뒤 첫날밤만 해도 둘 다 대단히 서툴러서 우왕좌왕 어쩔 줄 몰라 했는데, 시간이 흐를수록 낮에 사이가 좋은 만큼 밤에 정분도 깊어갔다. 한창 재미가 좋아서 하룻밤이 짧게 느껴지고 낮이 길다고 불평을 하게 될 때쯤, 방원의 과거가 한 달 앞으로 다가왔다. 이러다간 과거 공부가 영 뒷전이 될 것 같다고 둘 다 생각했고, 그래서 과거를 치를 때까지 한 달 동안 각방을 쓰기로 약조했다.

"그리 서운하냐고? 허면 당신은 아무렇지도 않단 거요? 그런 모양이군. 그래, 맨날 나만 애가 타지. 나 혼자만 이리 애가 닳지."

당연히 과거에 합격하고 난 뒤 합방할 것을 기대했다. 허나 아이가 들어선 지 얼마 되지 않아 따로 자는 게 좋다고 어른들이 난리인지라 둘의 각방 생활은 예상보다 길어졌다. 한창때의 방원으로선 이런 모든 상황이 불만스러울 수밖에 없었다. 과거조차 합격하고 나니 이젠 딱히 할 일도 없어 밤이 유독 더 길게 느껴졌고, 그럴수록 짜증이 점점 더 커져가고 있는 중이었다.

"어느새 당신은 내가 사내라는 건 아주 까맣게 잊어먹었잖소. 그러니 그리 말짱한 얼굴로 날 보면서 어린 동생 나무라듯 나무라는 게지."

"뱃속에 애가 누구 애인데요. 서방님이 만든 애인데, 어찌 서방님이 사내라는 걸 잊어요?"

웃으며 자경이 가까이 다가가자 방원이 움찔하며 뒤로 물러났다.

"가까이 오지 말아요. 부인은 아무렇지도 않겠지만 난 아니란 말이오. 내 속 닳는 걸 부인이 알 리 없겠지만."

입을 삐죽이는 방원을 가만히 보던 자경이 방원의 손을 덥석 잡았다. 방원이 움찔하며 자경을 보았다.

"밤이 허전한 게 어찌 서방님뿐이겠습니까. 우린 부부인데요."

"우는 애 떡 하나 주는 거요?"

"진짜라니까요."

"누가 믿을 줄 알고."

"어제 양 의원에게 물어보기까지 했는 걸요? 이제 합방해도 좋으냐고."

수줍은 듯 눈을 내리깔며 종알거리는 자경의 말에 방원의 눈이 휘둥그레졌다.

"정말이오? 부인이 그걸 물었단 말이요?"

"제가 직접 물으면 채신머리 떨어지니 소근 어멈이 대신 물어주었지요. 혼인한 지 일 년도 안 된 부부가 떨어져 있으니 안 됐다고, 이제 위험하지 않으면 서방님이 안채에 오셔도 되는 거 아니냐고요."

"그러니 양 의원이 뭐랍디까?"

초조한지 방원이 마른침을 삼켰다. 꿀떡, 침 넘어가는 소리를 들으며 자경이 천천히 입을 뗐다.

"양 의원이 합방은 괜찮은데……."

"괜찮은데?"

"서방님 씨가 제 몸에 들어가면 아이에게 좋지 않으니 조심하라고 하더이다. 복중 태아에게 좋지 않을 거라고."

"뭐요, 그건 손만 잡고 자란 거잖소."

실망한 방원의 눈썹이 아래로 축 처졌다. 다른 이유도 아니고 복중 태아에게 안 좋다니 더 조를 수도 없어서 방원이 어깨를 축 늘어뜨렸다. 겨우 기다려서 들은 대답이 이거라니, 실망스러웠다.

"그럴 바에야 각방이 낫겠소. 이건 뭐 고신하는 것도 아니고, 한방에 있으면서 손만 잡고 자라니."

투덜거리는 방원을 빤히 보던 자경이 쌜쭉하니 토라진 얼굴로 몸을 반쯤 돌렸다.

"바보 같아."

"뭐요? 바보 같다고?"

"모자란가 봐."

"얼씨구? 내가 왜 모자라단 거요?"

"씨만 안 들어가면 되게 조심하면 되는 건데, 그걸 가지고 손만 잡고 자야 한다고 실망하니 모자란 게지요."

"아니, 그러니까 씨만 안 들어가게 조심해야 한다면 그게 곧……."

흥분하여 말하던 방원이 순간 말을 멈추더니 개구리처럼 눈을 커다랗게 떴다. 그러더니 순식간에 목에서부터 머리끝까지 시뻘게졌다.

"그러니까 그게, 그게 그러니까. 부인이 하는 말이 그러니까."

자경이 새초롬하니 눈을 아래로 내리깔았다. 멍하니 그 모습을 보던 방원의 입이 이내 헤, 벌어졌다.

"그러니까 그것만 조심하면 된다는 게, 그러니까."

"맞아요."

자경이 방원을 올려다보았다.

"그게 맞다고요."

"……하하, 하하하하!"

방원이 호쾌하게 웃으며 자경을 와락 껴안았다.

"그렇다고 해서 절 너무 힘들게 하시면."

"아, 내가 진짜 모지리인 줄 아오? 합방해도 된다 했다고 복중 아이가 있는 부인을 힘들게 할 정도로 보채게? 손만 잡고 자는 게 아니면 됐어요. 그것만 해도 감개가 무량합니다."

"이제 철행 다녀오실 게지요?"

"아, 다녀와야지. 내 얼른 다녀오리다."

"술상 봐 놓고 기다릴 터이니, 얼른 다녀오세요."

"그래요. 다녀오리다. 다녀올게요."

신이 난 방원이 나갈 채비를 서둘렀다. 신이 나서 날아갈 기세인 방원을 보며 자경이 피식 웃었다.

***

이인복은 동생 이인임을 가리켜 나라를 결딴내고 집안을 망칠 자라고 했다. 이인임을 직접 만나본 적 없던 방원 역시 내도록, 이인임을 그리 생각했다. 기본적인 도덕조차 없는, 사리사욕에 미친 탐관오리가 바로 방원이 생각하는 이인임이었다.

"이번 문과 급제자 이방원, 시중 어른께 인사 올리옵니다."

허나 직접 본 이인임은 방원이 막연히 생각하던 인물과 전혀 달랐다.

"어서 오세요. 훌륭한 인재를 직접 보게 되니 감개가 무량합니다. 어찌 내게 인사 올 생각을 다 하셨습니까. 참으로 몸 둘 바를 모르겠습니다."

그는 대단히 소탈했으며 아주 유순한 얼굴을 하고 있었다. 권세를 잡은 지 오래되었음에도 누굴 만나든 부드럽게 아첨하여 비위를 기가 막히게 잘 맞추어 뜰에 가득한 문객들이 저마다 자기를 더 후하게 대접하는 것으로 착각한다고 하더니 정말 그럴 만도 했다. 방원조차도 그가 다정히 웃으며 양손을 내밀어 반갑게 제 손을 잡고 흔드는 것에 깜빡 속을 뻔했으니 말이다. 바로 전에 들른 변안렬이 거만하게 눈을 내리깐 채 하대를 하며 방원을 무시했던 까닭에 둘의 태도가 비교되어 더 그랬다.

"그래, 아버님은 평안하십니까."

"예, 무탈하십니다. 대감, 까마득히 어린 사람입니다. 부디 말씀을 낮추세요."

"아이고, 어찌 함부로 하대를 하겠습니까. 이제 곧 이 늙은이들이 물러나고 나면 이 나라를 이끌어갈 훌륭한 재목인데요."

"과찬이십니다. 아직 한참 모자란 사람입니다. 부디 많이 가르쳐 주시고 이끌어주셔야 합니다."

"내가 무에 그리 큰 도움이 되겠습니까. 그대 곁엔 나 같은 사람과는 비교도 아니 되게 좋은 분들이 많지 않소이까. 장인어른인 민제 대감만 해도 덕망 높고 인품이 좋아 누구나 다 존경하는 분인 것을요. 게다가 아버지인 이성계 장군은 또 어떻고요. 주위 사람들이 이리 훌륭하니 참으로 복이 많으신 분입니다. 앞으로 더 잘 될 겁니다."

인임이 성계를 경계할 뿐 아니라 최영과 성계 사이를 갈라놓기 위해 이간질한다는 것은 널리 알려진 사실이었다. 성계는 야심이 큰 자이니 조심해야 한다고 인임은 대놓고 여러 번 말하기까지 했다. 그 소문을 익히 들어 누구보다 잘 알고 있었다. 헌데 방원의 앞에서 인자하게 웃으며 하는 말 속엔 조금의 가시도 느껴지지 않아서 놀라웠다. 말하는 것만 듣고 있자면 제가 잘못 알고 있는 게 아닌가 착각할 정도였다.

"이리 모자란 사람에게까지 인사를 오시고, 정말 고맙습니다."

"이러지 마십시오. 송구스럽습니다."

상대가 이리 나오자 진심으로 당황스러웠다. 이곳에 오기 전에 전의를 불태운 것이 민망할 정도였다.

"과거에 급제했으니 한 고비는 넘긴 것이고, 이제 관직을 얻으셔야겠지요. 그래, 무슨 자리를 원하십니까."

순간 머리끝이 찡하게 울리면서 노곤노곤하게 풀어졌던 마음이 순식간에 차게 얼어붙었다. 그제야 깨달았다. 인임이 너그러운 것은 다 가진 자의 여유이지, 결코 진심 어린 겸손이 아니라는 것을.

뭐든 원하는 대로 제 뜻대로 할 수 있을 뿐 아니라 누구에게도 견제받지 않고, 누구를 경계할 필요도 없을 만큼 굳건한 권력이기 때문에 그는 제 힘을 과시할 이유가 없는 거였다. 그건 배가 한껏 부른 호랑이가 눈앞에서 뛰어노는 토끼를 그냥 보고 있는 것과 다를 바 없었다. 언제든 제가 원한다면 목덜미를 잡아 누를 수 있으니, 그전까진 그냥 내버려 두는 거였다. 초조할 리 없으니 느긋했고, 경쟁자가 없으니 자상할 수밖에 없었다. 어떤 벼슬이든 자신이 원하는 대로 누구에게든 줄 수 있는 위치였는데 무엇을 두려워하랴.

그런 줄도 모르고 인임의 태도에 잠깐이나마 탄복했던 스스로가 한심했다. 얼마나 많은 이들이 저처럼 인임 앞에서 감격스러워했을까. 그런 이들을 보며 또 얼마나 비웃었을까. 곱씹을수록 우스운 일이었다. 방원이 부끄러움을 숨기기 위해 고개를 더 깊이 숙였다.

"어찌 제가 감히 말씀을 올리오리까. 어느 자리에 가든 그저 성심을 다하겠나이다."

"아무래도 장인어른이 민제 대감이니 성균관이 좋겠지요? 아니면 아버님을 도울 수 있게 병영과 관련된 자리를 줄까요?"

"두 곳 모두 제겐 과분합니다."

인임이 하는 말을 곧이들어선 안 된다는 것을 깨달았기에 그가 건네는 두 가지 제안에 모두 손사래를 치며 거절했다. 대단히 배려해준다고 해서 마음을 놓아선 안 될 일이었다. 또 그렇다고 해서 너무 경계하는 티를 내는 것도 위험했다. 방원은 한껏 겸손한 태도로 몸을 낮추었다.

"두 곳 모두 과분하다니, 그렇다고 해서 사설서 같은 곳에 보낼 수도 없는 노릇 아닙니까."

사설서는 왕실의 각종 행사 때나 임금의 행사 때 장막을 치고 자리를 마련하고 음식을 준비하는 등의 허드렛일을 하는 곳이었다.

"사설서라면 사설사령을 말씀하시는 것입니까?"

"맞습니다. 막 과거를 급제한 뒤 마땅히 갈 곳 없는 이들이 많이 가는 곳이지요."

자경은 방원에게 철행을 해서라도 높은 자리에 오르는 것이 우선이라고 했다. 맞는 말이긴 했지만, 이인임의 세상에서 이성계의 아들이 그 말대로 할 수는 없는 노릇이었다.

"청컨대 제겐 그 일이 적당한 듯합니다."

제가 냉큼 높은 자리를 탐낸다면 가뜩이나 성계를 향한 인임의 경계가 더욱 삼엄해질 것이다. 절대로 긴장을 놓지 않은 채 방원의 일거수일투족을 살필 게 분명했다. 그러다 방원이 혹 실수라도 한다면, 그것을 핑계 삼아 아비에 장인까지 줄줄이 끌어들이려 할 것이다. 어쩌면 그것을 바라고 제게 좋은 자리를 주려는 것일지도 모른다. 제 눈앞에 던져진 게 미끼인 줄 뻔히 알면서도 그것을 물 수는 없는 노릇이었다.

"정녕 그 자리를 원하십니까?"

"저처럼 아무것도 모르는 어린 사람이 하기엔 적절한 일 아닙니까. 아직 벼슬이 무엇인지 아무것도 모르는 제가 어찌 큰일을 맡겠습니까. 낮은 일부터 시작해서 하나씩 배워나가겠습니다."

사설서의 일은 분명 허드렛일이었다. 나라의 모든 행사를 관장했으니 당연히 일이 많았는데 또 막상 고생하는 것에 비해 일한 티는 안 났다. 허나 누군가는 반드시 해야만 하는 일이라, 중요하다면 매우 중요한 자리였다.

"함주에서 험하게 자란 까닭에 책상 앞에 오래 앉아 있으면 좀이 쑤십니다. 아직 나이 어리니 몸을 쓰는 일을 하고 싶습니다."

"그렇다면 병영과 관련된 자리로 보내줄 수도 있습니다만."

"그런 일은 또 제 형님들만 못합니다. 그곳에 가 봤자 도움이 되긴커녕 짐이 될 게 뻔합니다."

사설서는 자연스레 전반적인 국가의 모든 업무를 파악할 수 있는 곳이기도 했다. 무엇보다 예산을 다룰 수도 있었고, 백성들과 가까이 만날 수도 있는 자리였다. 생각할수록 여러모로 좋았다. 제겐 맞춤이었다.

"혹 제가 그 자리조차 못 맡을 만큼 모자라 보이시는 건지."

"아니요, 그럴 리 있습니까. 오히려 가진 능력에 비해 너무 약소한 자리라 그런다니까요."

인임이 펄쩍 뛰며 고개를 저었다.

"소인은 여러모로 많이 부족합니다. 허니 부디 저를 사설서로 보내주십시오."

이렇게까지 나오니 인임의 입장에서도 거절할 수가 없었다. 무언가 말린 거 같긴 한데, 그렇다고 딱 꼬집어 찝찝하다고 말하기도 뭣했다. 인임이 어색한 미소를 지으며 입맛을 다셨다.

"그리하지요, 그럼. 일단 그곳에서부터 일을 시작해 보세요."

정육품 사설서령, 방원이 처음으로 얻은 관직이었다.

***

"그 자리는 굳이 과거에 합격하지 않아도 음서로도 많이 시작하는 자리인데. 성부 오라버니가 음서로 사설서령 하다가 이번에 과거를 봤다고요."

방원의 첫 출근 준비를 도우면서 자경이 툴툴거렸다. 머리로는 방원이 왜 그 자리를 택했는지 이해했지만, 마음으로 서운한 것은 어쩔 수가 없었기 때문이다. 빙긋이 웃으며 그 모습을 보던 방원이 두 팔을 벌렸다.

"나 좀 안아주세요."

"네?"

"첫 출근이잖소. 아주 떨린단 말이오. 응? 좀 안아주시오."

어린아이처럼 칭얼대는 방원의 조름에 자경이 무어라 더 말하지 못하고 방원의 품에 안겼다. 떨린다는 말은 거짓이 아닌 듯 가슴이 두근거리며 뛰는 것이 자경의 귓가를 울렸다.

"사설서령도 이리 떨리는데, 더 큰 자리를 내가 어찌 감당하겠소이까."

다정히 귓가에 속삭이는 말에 자경이 한숨을 내쉬었다.

"알아요."

"응?"

"무슨 말씀인지 안다고요. 알지만, 그래도 서운한 걸요."

"내가 모자라서 미안합니다."

"모자란 게 아니지요. 너무 잘나서 그런 게지."

몸을 떨어뜨린 자경이 방원을 올려다보았다.

"보통 사람이면 모르고서 그냥 이 시중이 하란 대로 했을 테니까요. 능구렁이 같은 이 시중의 속을 알아차릴 만큼 너무 잘나서, 오히려 서방님은 그게 문제인 겝니다."

그제야 방원이 기쁜 듯 활짝 웃었다.

"그리 잘난 서방보다 더 잘난 부인이 조언 좀 해주세요. 정치는 대체 어찌해야 합니까."

인임을 만나고 난 뒤부터 방원은 앞으로 제가 해야 하는 그 정치라는 게 결코 만만치 않은 일임을 실감했다. 막연히 머릿속으로 짐작하던 것과 막상 몸으로 부딪쳐 본 현실은 전혀 달랐다. 왜 살얼음판을 걷는 것처럼 매사 조심해야 한다고들 했는지 비로소 알 것 같았다. 거기다 저를 기대하고 있는 수많은 이들을 떠올리면 더더욱 운신의 폭이 좁아질 수밖에 없었는데, 그렇다고 해서 아무것도 안 하기엔 방원이 해야 할 일이 너무나 많다는 게 또 문제였다.

"이것만 기억하시면 됩니다. 정치가 결국 사람들이 하는 일이라는 것을요."

"그건 당연한 거 아니오?"

"그 당연한 것을 많이들 잊는답니다. 책상 앞에 앉은 채 수두룩이 쌓인 문서들을 보다 보면 어느 순간 잊게 되지요. 그 문서를 내게 갖다 준 이도 사람이고, 그 문서의 내용을 함께 의논해야 하는 이도 사람이고, 심지어 그 문서 속의 내용 역시 사람들이 먹고사는 이야기라는 것을, 쉬이 잊는단 말입니다. 지나치게 감정적으로 삿된 감정과 이익만을 추구하는 것 역시 옳지 못하지만, 또 지나치게 그 모든 것들을 이론적으로만 다루는 것 역시 바람직하지 않습니다."

"무슨 말인지 알 것 같소."

"그런 점에서 보자면 서방님의 시작이 사설서령인 것이 나쁘지만은 않을 겁니다. 끊임없이 사람과 사람 사이를 오가며 여러 가지를 조율하는 게 바로 서방님이 해야 하는 일이니까요. 현명하신 분이니 조금 지나면 자연스레 모든 일들을 깨닫게 되실 겁니다. 제가 서운해서 그런 게지 자리는 잘 고르신 겁니다."

"부인."

"그래서 저는 걱정하지 않습니다. 처음부터 걱정하지 않았습니다."

방원이 감격한 얼굴로 와락 자경을 품에 안았다. 넓고 단단한 방원의 등허리를 쓰다듬으며 자경이 행복한 미소를 지었다.

* * *

"거 관교 좀 가져 오너라. 네가 벼슬이 정육품이라니, 믿기지가 않누나."

방원이 관교를 가져와 성계에게 건네자 성계가 울 것 같은 눈으로 한참이나 그것을 읽고 또 읽었다.

"거기 무에라 적혀 있습네까?"

옆에 앉아 같이 관교를 들여다보던 한 씨가 답답한지 성계를 재촉했다.

"여기 적힌 글자가 궁금하오?"

"궁금하디요. 방원이랑 관련 있는 말이 분명한데 어이 안 궁금하겠습네까? 뭐라 적혀 있는 것입네까?"

성계가 대꾸 대신 불쑥, 방원에게 관교를 내밀었다.

"네가 읽어 보아라."

"예?"

"읽어 보란 말이다. 네 목소리로 읽는 걸 듣고 싶어서 그런다."

"병과 칠 등 이방원을 정육품 사설서령으로 임명하노라."

"다시 읽어 보라."

"병과 칠 등 이방원을 정육품 사설서령으로 임명하노라."

"다시."

성계는 거듭 방원에게 읽기를 시켰다. 열 번도 넘게 읽고 또 읽었으나 방원은 단 한 번의 불평 없이 시키는 대로 하였다. 제 아비가 이 정도로 기뻐하고 있다는 것이 방원에게도 큰 기쁨이었기 때문이다.

"이 말이 무슨 말이냐면 말이오, 부인. 우리 방원이가 정육품 사설서령이 되었다, 그 말이외다."

"장합네다."

"장하지, 장하구 말구. 턱하니 단번에 과거도 합격하더니 정육품이나 되는 관직에 올랐으니, 이보다 더 기특한 일이 어디 있겠소?"

본래 오늘의 자리는 자경의 임신을 축하하기 위한다는 목적으로 모인 것이지만 성계 부부에겐 방원이 관직에 나아간 것이, 자경의 뱃속에 아이가 있다는 사실보다 더 기쁜 것은 어쩔 수가 없었다. 그리하여 도착하자마자 방원의 사랑채에 자리를 잡고 앉은 두 양주는, 자경을 부르는 것도 잊은 채 방원의 손을 붙들고 또다시 치사가 늘어졌다.

"어머님, 아버님 오셨습니까."

"어, 자경아!"

자경이 사랑채에 모습을 드러내고 나서야 오늘 왜 이곳에 온 것인지 깨달은 성계가 자리에서 벌떡 일어났다. 도둑이 제 발이 저린 까닭에 저도 모르게 크게 반응하고 만 것인데, 그 바람에 온몸이 크게 들썩이느라 도포 안쪽의 허리춤에 넣어두었던 책이 바닥으로 떨어지고 말았다.

"아버님, 요즘 이것을 읽으십니까?"

자경이 바닥에 떨어진 책을 주워 성계에게 건네며 놀라운 기색을 감추지 못했다.

"어, 허허……."

"어렵지 않으십니까."

"어렵지. 아주 어렵다. 그래도 계속 읽고 또 읽으니 좀 알 만하다."

성계가 도포 안으로 책을 밀어 넣으며 어색하게 웃었다. 무안한 얼굴로 성계가 급히 감춘 책은 대학연의였다.

"어찌 다른 것도 아니고 어찌 이것을 보실 생각을 하셨습니까."

"문정 선생 문병을 갔다가 추천받았다."

문정은 이달충의 호였다. 이달충은 성계가 아주 가까이 지내는 몇 안 되는 문인이었는데, 최근 몸이 좋지 않아 자리를 보전하고 누워 있는지라 개경에 올 때마다 성계가 꼭 병문안을 가곤 했다. 아주 훌륭한 학자여서 민제 역시 믿고 따르는 어르신이었다. 그런 사람이 다른 이도 아닌 성계에게 무려 대학연의를 권한 것이다. 이건 결코 쉬이 넘길 수 없는 일이었다.

"읽으신지 얼마나 되셨습니까."

"얼마 아이 되었다."

"문정 선생께서 참으로 좋은 책을 추천해주셨습니다."

허나 궁금한 속내를 숨긴 채 자경이 미소 지으며 말을 매듭지었다. 자세히 더 묻고 싶었지만 아직은 적절치 않았다. 말이 길어지자 한 씨가 지겨운 기색을 비추고 있었고, 방원 역시도 자경이 왜 그러는지 이해하지 못하는 얼굴이었는데다가 무엇보다 성계가 부담스러운 듯 눈도 마주치지 못하고 있는 까닭이었다. 자경이 급히 저녁상을 안으로 들였다.

"어서 식사하세요. 어머님과 아버님이 오신다고 소근 어멈이 이른 아침부터 애를 썼습니다."

"입덧은 가라앉았네? 심하다더니."

"한창 기승을 부리더니 며칠 전부터 괜찮아졌습니다."

"고거이 참말로 다행이구나."

마치 아무 일도 없었던 것처럼, 한 씨가 묻는 말에 답하는 자경은 흔연했으나, 이미 머릿속엔 대학연의로 꽉 차 있었다. 성계가 대학연의를 읽고 있다, 방원이 과거에 급제했다, 전혀 이어질 것 같지 않은 두 사실이 머릿속에서 꼬리를 물기 시작하자 순식간에 머릿속이 오일장 한가운데 선 것처럼 복잡하고 시끄러워졌다.

***

성계와 한 씨가 묵는 방에 불이 꺼졌다는 사실을 행아가 알리자마자 자경이 쪽문을 통해 사랑채로 향했다. 어른들이 오셨으니, 합방은 하지 않기로 약조한 까닭에 오늘은 각각 안채와 사랑에 자리를 깔았다.

"이 밤에 갑자기 무슨 일이오?"

자려고 누웠던 방원은 자경이 나타나자 반색하며 와락 껴안았다. 당장 가슴으로 향하는 손을 붙들어 제지하며 자경이 급히 입을 열었다.

"아버님이 대학연의를 읽고 계시는 걸 알고 계셨습니까?"

"아니? 나도 오늘에서야 알았습니다."

"정확히 언제부터 그것을 읽으셨는지 모르십니까?"

"아버지께서 그런 책을 읽기 시작한 것은 오래전 일이라오. 내가 개경을 오가면서 본격적으로 글공부에 매진할 때쯤, 아버지도 자식들 보기 부끄럽지 않아야 한다며 논어나 맹자 같은 것을 읽기 시작하셨어요."

"대학연의는 그런 책이 아닙니다."

답답해하는 자경이 기색이 심상치 않다는 것을 눈치챈 방원이 그제야 자세를 바로 했다.

"왜 그러는 거요?"

"대학연의는 논어나 맹자 같이 수신을 위한 책이 아닙니다. 아버님이 대학연의를 읽으셨다는 것은 곧 대단히 큰 뜻을 품으셨다는 의미입니다. 쉬이 넘겨선 안 될 일입니다."

"대학연의는 그저 대학을 풀어쓴 책 아니오? 아버님이 그 책을 읽는 것을 왜 쉬이 넘겨선 안 된다는 것이오?"

"대학연의는 대학을 풀어쓴 책이긴 하나, 그 목적이 군왕을 가르치기 위함입니다. 선비들이 몸을 갈고 닦기 위함이 아니라 군왕을 교육시키는 제왕서란 말입니다."

"정관정요와 같은 책이란 말이오?"

"그보다 훨씬 더 구체적이고 자세하지요. 군왕이 가져야 하는 마음가짐에서부터 실제로 어찌 권력을 잡아 운용해야 하는지를 보여주는 책이니까요. 그래서 실제로 선비들은 그다지 깊이 공부하지 않는 책이기도 합니다. 선비들에겐 굳이 필요치 않거든요. 그러니 서방님도 잘 모르셨을 겝니다."

"부인은 어찌 그 책에 대해 이리 자세히 압니까?"

"우연히 아버지의 책상 위에서 발견하여 읽게 되었는데, 다른 책보다 유독 재밌어서 자세히 보았습니다. 전국 시대와 한나라 시대의 실제 사례들을 빗대어 설명하였으니, 무심히 보면 그냥 역사서거든요. 그저 이래야 한다, 저래야 한다는 당위성만을 열거한 다른 책보다 월등히 재밌어서 한동안 꽤 빠져 있었더랬습니다. 읽을 때는 제왕학의 교과서와 같은 책이라는 걸 몰랐습니다. 다 읽고 나니 아버지가 그리 말씀하시더이다."

새삼 자경의 학문적 깊이가 놀라웠다.

"장인어른은 그 책을 어찌 보셨다고 하오?"

"아버지야 그 책이 딱히 제왕서라서 보셨겠습니까. 그저 학문에 대한 호기심이었겠지요. 온갖 책을 다 읽으시는, 학자인 저희 아버지가 대학연의를 읽는 것은 그리 놀라운 일이 아닙니다. 허나 전장의 장군인 아버님께서 그 바쁜 와중에 틈틈이, 그것도 품에 끼고 다니시면서까지 대학연의를 보시는 것은 매우 놀라운 일이지요."

자경의 지적은 옳았다. 수백 권의 책 속에 파묻혀 지내는 민제의 사랑채에서 대학연의 한 권이 발견된 것과 말 위에서 오랜 시간을 보내는 제 아비가 품속에 대학연의 한 권을 넣어 다니는 게 같은 의미일 리 없었다.

"아버님이 대학연의를 읽으신다는 것은 그저 변방의 무인으로만 머물겠다는 의미가 아닙니다."

"그보다 더 큰 꿈을 가진 분이라는 것은 이미 알고 있던 사실 아닙니까."

"어쩌면 저희가 예측했던 것보다 훨씬 더 먼 곳을 그리고 계신 걸지도 모릅니다."

자경과 방원이 의미심장한 눈빛을 교환했다. 늦은 밤, 엿듣는 사람도 없는데도 자경이 방원에게 몸을 가까이하며 목소리를 한껏 낮추었다.

"아버님께 장자방이 필요합니다."

방원이 놀라 저도 모르게 움찔했다. 머릿속으로 막연히 생각하던 것과 입 밖으로 꺼내어 놓는 것은 느낌이 전혀 달랐다.

"누구 떠오르는 분이 없으십니까."

"부인은 누구 생각나는 분이 없으십니까?"

"몇몇이 떠오르긴 합니다만 제가 아는 분들은 서방님도 잘 아는 분들이니, 혹 그런 분들 말고 새로운 사람이 누구 없나 해서요. 조정에서 여러 사람을 만나시지 않으셨습니까."

"없어요."

단호히 대꾸하며 방원이 고개를 저었다.

"어차피 장인어른의 사랑채에 드나드는 이들도 다 조정 사람들 아닙니까. 그런 사람 중에 아버지와 호흡을 맞출만한 사람은 없어요."

"왜 그리 생각하십니까."

"그분들이 훌륭하지 않아서 이러는 게 아닙니다. 장인어른은 물론이거니와 남재, 권근, 조준, 우현보, 정몽주 등등 모두 훌륭합니다. 훌륭하지요. 허나 그 중엔 채 잡을 사람이 없어요. 부인이 말하는 가장 가까이서 가장 많은 것을 의논할 수 있는 장자방 역할을 하기엔 하나같이 무언가 부족하단 생각이 들어요."

"왜 그리 생각하십니까?"

"그들은 다 귀족이오. 허니 아버지와 상성이 맞을 리 없어요."

"어찌 그런, 정몽주 대감만 해도 아버님과 얼마나 서로 존중하며 잘 지내십니까. 정몽주 대감도 마음에 안 드시는 겝니까? 실은 제일 먼저 제가 떠올린 것이 정몽주 대감입니다만."

"정몽주 대감은 현명한 분이시지요. 심지도 굳고 백성을 살피는 마음도 어질고 드물게 소탈하시고 멀리 볼 줄 알고 더할 나위 없지요. 허나 아버지와는 어울리지 않습니다."

"대체 무슨 연유로 그리 단호히 아니라고 하시는 겝니까? 무에가 맘에 안 들어서요?"

하긴 자경으로선 이해하기 어려운 게 당연했다. 자경의 성격상 스스로 납득하지 못한다면 물러나지도 않을 것이다. 긴 한숨을 쉰 방원이 어렵게 입을 뗐다.

"우리 현조께서 어찌하여 전주에서 함주로 갔는지, 거기서 또 어찌 자리를 잡았는지 부인도 이미 알고 계실 겁니다."

꿈에도 생각지 못한 말이 방원의 입에서 나옴에 놀란 자경이 움찔했다. 방원의 현조란 이안사를 뜻했는데, 그 이야기는 암암리에 금기였기 때문이다.

이안사는 약관 무렵, 고을 수령과의 문제로 인해 야반도주를 강행했다. 삼척에 잠깐 머물렀던 이안사는 끝내 함주에 자리를 잡았는데, 약 백여 가구가 내도록 이안사와 함께 했다. 이들이 바로 현재 성계가 그토록 자랑스럽게 여기는 가별초의 시초였다.

이안사가 전주에서 도망친 연유에 대해서 혹자는 수령의 여자를 건드려서라고도 했고, 혹자는 탐관오리인 수령의 파렴치한 행위를 차마 두고 보지 못하고 젊은 혈기에 대들어서라고도 했다. 이성계 가문을 깎아내리고 싶은 이들은 전자를 주로 이야기했고, 그와 반대되는 이들은 후자라고 주장했다. 연유야 어쨌든 간에 결과적으로 백여 호 넘게 이안사를 따라서 함주까지 온 걸 보면 그가 아랫사람들에겐 호인이었던 모양이라고 추측할 뿐이었다.

"갑자기 그 얘길 왜 하시는 겁니까."

이안사가 전주를 떠난 이유가 그리 썩 명쾌하지 않은 점도 소소하게 말이 나오긴 했지만, 그보다 더 큰 문제는 함주에 자리 잡은 이후이다. 자신이 데려온 이들과 그 일대 고려인들의 세력을 규합하여 우두머리가 된 이후 원나라에 항복하여 벼슬을 얻어낸 것이다. 그 이후부터 이안사의 후예들은 변발을 하고 원나라와 밀접한 관계를 맺으며 함주에서 지내왔다. 성계의 부친이 공민왕에게 충성 맹세를 하기 전까지 그랬다.

"한때 나는 우리 가문이 부끄러웠어요. 왜 지조도 절개도 없이 이리 붙었다 저리 붙었다 했을까, 선대가 원망스러웠던 적도 있습니다."

한때 원나라 관리로 생활했다는 조상들의 과거가 오랫동안 성계의 발목을 잡았더랬다. 성계가 고려를 위해 수없이 많은 전쟁에 나가 단 한 번의 예외 없이 모두 승리하고 들어오고 난 이후에야 그러한 논란이 조금 사그라지긴 했지만, 아직까지 그 문제로 트집 잡는 이들은 여전히 존재했다. 선대의 과거는 종종 성계의 가문을 무시하고 함부로 해도 된다는 근거가 되기도 했다.

"허나 이젠 그리 생각하지 않아요. 나의 조상들은 비단 자신의 출세만을 위해 그리 한 것이 아니라는 것을 이제는 알고 있습니다. 자신을 믿고 함주까지 따라온 이들과 그 일대에서 제대로 뿌리박지 못한 채 흩어져 살다가 우리를 보고 희망을 얻어 정착하게 된 이들, 그들을 책임지기 위해서 그게 진자리인 줄 알면서도 밟으셨던 거요. 그게 지도자가 해야 할 일이라고 생각하신 게지. 가별초가 아버지를 믿고 전쟁터에서 목숨 걸고 싸울 수 있는 이유는 그러한 과거 속에서 켜켜이 쌓여온 믿음 덕분일 겁니다. 혹 자신이 전쟁에서 죽더라도 남은 가솔들을 아버지가 책임져 주리라, 믿기 때문에. 아버지나 조상님들은 그러한 가별초의 믿음을 지키기 위해 최선을 다하셨어요. 우리는 흉작이 들면 우리 밥상의 가짓수를 줄여 가별초의 사람들을 구휼했습니다. 전쟁 나가는 가별초 식구들을 위해 수백 인분의 밥을 해내는 게 어머니의 일이었고요. 백성들을 위해 귀족 여인이 구정물에 손 담그는 게 함주에선 당연한 일이었단 말입니다."

한 씨의 거친 손과 깊은 주름들이 떠올랐다. 성계의 주변 사람들이 한 씨에 대해 동정하는구나, 그저 막연히 그리 생각했는데, 함께 지내온 세월 속에서 쌓아온 아주 구체적이고 실제적인 사건과 감정들이 거기 있는 모양이다. 아무리 애를 써도 강 씨는 절대로 한 씨를 이기지 못하리라, 그런 확신이 더 강해졌다.

"우리 가문은 가지고 있던 모든 걸 버리고 처음부터 다시 시작하기를 꽤 여러 번 해낸 가문입니다. 그리고 모두 성공했지요. 그것이 고려 귀족들과 아버지가 태생적으로 다른 이유입니다. 고작 개경 밖으로 귀양 가는 걸 큰 일로 여기는 고려 귀족들과 아버지가 어울릴 리가 없습니다. 아버지가 그리는 그림을 아직 자세히 알 순 없지만, 아마 고려 귀족들은 차마 상상도 못할 그림일 것입니다."

"그래서 개경 귀족 출신의 관리는 아버님의 장자방이 될 수 없다는 것입니까."

"맞아요."

가만히 고개를 끄덕이던 방원이 그윽하게 자경을 바라보았다.

"내가 부인에게 제일 고마웠던 게 무엇인 줄 아세요?"

"무엇입니까?"

"개경으로 온 뒤 나는 쭉 우리 조상이 부끄러웠어요. 어리석게도 그런 생각에 아주 오랫동안 사로잡혀 있었지요. 그래서 부인에게 진자리 마른자리 이야기를 들었을 때 대단히 충격이었습니다. 그리 생각할 수도 있으리라곤, 정말 꿈에도 생각지 못한 일이거든요. 유학은 지조와 절개를 목숨보다 더 중시하니까 그것을 공부하면 할수록 가문이 부끄럽게만 생각되었는데 부인의 말을 듣고 나서야 우리 가문이 보통의 개경 귀족 가문보다 훨씬 더 잘나고 떳떳하단 생각이 들더이다. 아버지와 가별초가 왜 서로 그리 목숨보다 애틋한지도 알겠더이다. 그러고 나니 내 출신이, 우리 선조들이 위기의 순간마다 했던 선택들이 어찌나 자랑스럽던지. 그러고 나서 나는 깨달았지요. 우리 조상님들을 본받아 나 역시 그런 정치를 해야겠다고요. 그게 후손으로서 해야 할 일이라고요. 모두 부인 덕분이에요."

그런 의도로 한 말은 아니지만 방원에게 위안이 되었다니 다행이었다. 다정하게 저를 보는 방원을 향해 자경이 미소를 보였다.

"허면 서방님은 어떤 사람이 아버님의 장자방으로 적당하다고 생각되십니까."

"일단은 현실적이고 실리적인 사람이어야 합니다. 우리 가문은 명분보다는 실리를 더 중요하게 생각했으니까요. 지조와 절개도 있어야 합니다. 허나 그것은 권력과 돈을 탐하는 데 있어서 깨끗하고 올곧아야 하는 것이지, 쌀 한 톨 안 나오는 명분에 매달려서는 안 될 일이에요. 그리고 백성들을 아주 많이 사랑해야 할 겝니다. 아버지는 언제나 가별초와 생사를 같이 하셨어요. 흔히들 최영 장군은 엄한 무인이고 아버지는 인자한 무인이라고 하시는데 그럴 밖에요. 최영 장군은 전쟁 때마다 생판 모르는 이들을 한데로 모아 그들을 통솔해야 하니 군령을 엄히 세워야겠지만 아버지는 서로 얼굴도 다 알고 집안 사정도 다 아는 이들인데 굳이 엄히 굴 이유가 없는 게지요. 보통의 귀족들이 상상할 수 없을 만큼 백성들과 가까이 지내시는 분입니다. 허니 백성들의 생활을 제 생활처럼 온몸으로 느끼는 사람이라야 아버지가 그의 생각을 온전히 믿고 따를 것입니다. 사감을 넘어서는 냉철함으로 과감한 개혁을 시행할 수 있어야겠지만 약자에겐 따뜻해야 합니다. 우리 아버지도 한 고집하시는지라 아무에게나 머리 숙이진 않으실 테니까요."

"쉽지 않겠습니다, 그런 사람."

방원의 말대로 개경 귀족 중엔 그런 이가 없었다. 당장 정몽주만 해도 방원이 원하는 만큼 개혁적이긴 어려울, 아주 고지식한 유학자였기 때문이다.

"아버지에게 한 번 여쭤볼게요."

"그러지 마세요. 장인어른께서 사람을 구하기 시작하면 아마 말이 나올 겁니다."

하긴 민제와 성계가 사돈을 맺은 것에 대해서 의심의 눈초리로 지켜보는 이들이 꽤 있었다. 그런데 사람을 찾는다고 민제가 보통 만나던 이들이 아닌 낯선 이들을 불러들이게 된다면 분명 말이 나올 테다.

"그렇겠군요."

"조급해할 건 없어요. 정 안되면 내가 머리가 좀 더 굵어진 뒤에 아버지를 도와드려도 되니까요."

그건 별로 바람직하단 생각은 들지 않았다. 아들에게 지도를 받고 싶은 아비는 세상에 없을 테니 말이다. 허나 이런 말을 하면 방원은 우리 아버지는 그럴 분이 아니다, 라고 말할 게 분명했다. 굳이 입씨름하고 싶지 않아서 자경이 대꾸 없이 고개를 끄덕였다.

"알겠습니다. 일단 아버지께는 아무 말씀도 안 드리겠어요."

대신 제가 할 수 있는 한 사람을 좀 찾아봐야겠다고 생각하며 자경이 자리에서 일어났다.

"그럼 이만 주무세요. 너무 늦었습니다."

"이대로 가려고요?"

방원이 급히 자경의 치마꼬리를 붙잡았다.

"아니, 여기까지 와서 이 시간에 이리 그냥 가는 법이 어디 있습니까?"

"의논드릴 일이 끝났으니 자러 가야지요."

"그냥 자러 간다고요?"

"허면요?"

방원이 손에 힘을 주어 자경을 끌어 앉혔다. 그러고는 자경의 손을 끌어 제 이불 속으로 끌어들였다. 멍하니 방원이 하는 대로 있던 자경이 제 손에 잡히는 것에 놀라서 얼른 손을 뺐다.

"망측해라!"

"망측하기는, 야밤에 소복 입은 당신을 보고도 아무렇지 않으면 그게 이상한 게지."

"그런 문제가 아니잖아요. 아니 그 정신으로 아까 그리 말짱한 얘기는 어찌했대?"

"아 그것도 정사고, 이것도 정사 아니오."

"아버님 어머님 계세요. 합방한 거 아시면 큰일 납니다. 아까 하시는 말 못 들으셨어요? 복중 아이 생각해서 좀 떨어져 지내라고 하셨잖아요."

"모르시게 하면 될 거 아니오? 아 그리고 부부 사이가 좋아야 뱃속의 아이한테도 좋지, 부부 사이에 냉기가 돌아 애한테 좋을 게 뭐 있어?"

"모르시게 어떻게요? 설마 뱃속에 아이가 있는 나더러 새벽에 고양이 걸음하여 안채로 몰래 돌아가기라도 하라고?"

"누가 그러래요?"

"그럼요? 그럼 어찌 모르시게 할 건데요?"

"아, 내가 데려다주면 될 거 아니요? 이불에 싸안아서 안채까지 데려다주리다."

"누가 보면 어쩌려구!"

"새벽에 누가 본다고요. 걱정 말아요. 스쳐 지나가는 바람조차 모르게 꽁꽁 싸안아서 데려다줄 터이니."

안채와 사랑채를 연결하는 쪽문은 딱 한 사람이 지나다닐 만큼 좁고 낮았다. 자경을 이불에 싸안은 채 방원이 그 문을 지날 수 있을 리 없었다. 결국 제 발로 걸어가야 할 게다. 세 살짜리 아이도 짐작할만한 일인데, 자경의 생각이 미치지 못할 리 없었다.

"내가 못 살아."

알면서도 그것에 대해선 굳이 이야기 꺼내지 않고 못 이기는 척 방원이 이끄는 대로 이불에 몸을 뉘이는 것은, 이리 저를 보고 탐을 내는 방원이 싫지 않기 때문이다. 방원 말대로 야밤에 저를 보고도 곱게 돌려보내면, 오히려 서운했을 게다.

만약 그런 날이 오게 되면 참말로 서럽겠지.

어느새 더운 숨을 헐떡이며 자경이 방원의 맨 어깨에 이마를 기댔다.

***

가지고 있는 차가 복중 아이가 있을 때 마시면 좋지 않은 것들뿐이라 자경이 오랜만에 다점으로 나들이를 나왔다. 헌데 점원이 권해주는 차들의 향이 하나같이 마음에 들지 않았다. 입이 쓴데 마실 게 마땅찮다며 불평하자 한 씨가 감잎을 말려주마 했는데, 그걸 마셔야 하나 싶어 자경이 시큰둥한 얼굴로 막 돌아설 때였다.

"이게 누구야, 너 자경이 아니냐!"

익숙하면서도 낯선 목소리였다. 놀라서 소리가 난 쪽을 쳐다보자 멀찍이서 중년의 한 사내가 반가운 얼굴로 저를 향해 허둥허둥 걸어오고 있었다.

"아저씨?"

사내가 거의 코앞에 오고 나서야, 자경은 비로소 그를 알아보고서 놀람과 반가움에 펄쩍 뛰었다.

"삼봉 아저씨, 맞죠?"

그는 삼봉 정도전이었다.

"그래, 맞다. 내가 기억이 나느냐?"

어린 시절 민제의 무릎에서 많은 시간을 보낸 덕분에 자경은 민제의 자식 중 사랑채에 드나드는 이들에게 가장 많은 예쁨을 받았더랬다.

"기억하다마다요. 한때 얼마나 저희 집에 자주 오셨는데! 십 년 만에 뵙는 건가요? 그동안 어찌 지내셨어요? 이제 개경에 이리 오셔도 되는 거여요?"

"그래. 와도 된다. 안 그래도 며칠 전에 민 대감께 네가 시집갔다는 소식을 들었었지. 세월이 하도 오래되어서 길 가다 보면 못 알아보겠거니 했는데, 넌 어찌 어릴 때랑 얼굴이 변한 게 없구나. 어릴 때도 똑 떨어지게 예쁘더니만 고대로 아주 잘 자랐어."

입이 야문 데다가 얼굴도 예쁘고 영리하여 잔심부름도 잘하는 자경을 모두가 좋아했다. 자경이 크면서는 이미 장성한 계집이 여전히 사랑채에 턱을 괴고 끼려는 것을 꺼리는 이들이 생겨나긴 했지만, 도전은 자경이 어린 시절 귀양길에 올라 더 이상 민제의 사랑채에 오지 못했으니 열 살 무렵 가장 깜찍하던 시절의 자경만을 알 뿐이었다. 자경 역시 어렸을 때 아저씨 아저씨, 하고 따르던 소탈하고 사람 좋은, 제게 목마를 자주 태워주던 젊은 도전이 제 기억의 전부였다.

"아저씨도 참. 그동안 어찌 지내셨어요?"

반갑게 자경이 말을 건네는 순간, 지나가던 이가 길이 막힌 게 화가 났는지 거칠게 자경을 밀쳤다. 비틀하는 자경을 도전이 급히 붙잡았다.

"여기서 이럴 게 아니라 바쁘지 않으면 차 한잔 할까?"

"제가 대낮에 바쁠 일이 무에 있겠습니까. 저야 좋지요."

다른 어른들은 커나가면서 자연스레 호칭이 바뀌었지만 오랜만에 본 도전은 여전히 자경에게 아저씨였다. 오랜만에 부르는 그 호칭이 무척이나 정다워서, 그리고 어린 시절 어여쁘던 저를 기억해주는 게 기꺼워서 자경은 매우 기분이 좋았다.

"작설차로 주시오. 너는 무엇으로 하련?"

"혹 감잎차가 있는가?"

"그런 건 없습니다."

"허면 그냥 따끈한 보리차로 주시게."

"예."

점원이 주문을 받고 물러간 뒤 도전이 의아한 얼굴로 자경을 보았다.

"너는 어린 나이답지 않게 여러 차를 즐기지 않았더냐? 헌데 어찌하여."

"그것이……."

열 살 무렵의 저를 기억하는 이에게 아이를 가졌다는 말을 하기가 무척이나 쑥스러워서 자경이답지 않게 말을 잇지 못하고 머뭇거렸다. 고개를 갸웃하던 도전이 이내 알겠다는 듯 빙긋이 웃었다.

"미안하구나. 네가 혼인하였다는 것을 잊어먹었어."

수줍음에 자경의 양 볼이 곱게 달아올랐다.

"그래, 이성계 장군의 며느리가 되었다고?"

"예."

"어른들이 맺어준 결합이 아니라 둘이 서로 좋아서 한 혼인이라는 말은 들었다. 훌륭한 일이야."

"그러고 보니 아저씨가 처음 제게 그리 말씀하셨지요. 눈 크게 뜨고 좋은 사람을 직접 고르라고. 부모님이 시키는 대로 혼인하지 말고 꼭 네가 선택한 사람과 살아야 한다고요."

도전은 오래전부터 혼인에서 빈부를 기준으로 배우자를 선택하고 버리는 것은 마치 장사꾼이 물건을 매매하는 것과 같아서 혼인의 본뜻과 어긋나는 것이라고 주장해왔다. 그래서 도전 자신도 최습의 서녀와 혼인하는 바람에 혼인으로 인해 이득 본 게 없었다. 스승 이색뿐 아니라 많은 동지 역시 도전의 그러한 선택을 안타까워했다. 좀 더 좋은 가문과 혼인하여 처가가 받쳐주기라도 했으면 이인임이 그토록 가혹하게 도전을 대하진 못했을 거라고 말이다.

"그럼. 배우자를 택하는 기준은 상대의 덕행이어야지, 다른 게 있어서는 아니 되는 법이거든. 그래, 지아비는 어떠하냐. 잘해주느냐?"

"다정한 사람입니다. 어진 사람이에요."

"그럼 되었다. 네가 복이 많구나."

점원이 차를 가져다주었다. 잠시 뜨거운 차를 불어가며 마시느라 두 사람은 말이 없었다.

반가움이 가시고 나자 자경은 슬슬 이 상황이 의아하게 느껴졌다. 도전과 가까이 지내긴 했다. 허나 꼭 도전과만 가까이 지낸 것이 아니라 그 당시 자경은 사랑채에 드나드는 모든 이들에게 예쁨을 받으며 가까이 지냈더랬다. 알고 지낸 인연이 있으니, 오랜만에 만난 것이 반갑기는 하지만 그렇다고 해서 이리 따로 차를 마실만큼 애틋한 사이는 아니었다. 또 이 다점은 도전이 자주 드나들 만한 곳도 아니지 않은가.

유학자들은 대부분 불교를 좋아하지 않았지만, 특히 그중에서 도전은 가장 불교에 적대적이었다. 당시 자경이 본 도전은 대단히 꼿꼿하여 제가 옳다고 생각하면 죽어도 굽히지 않고 절대로 불의에 타협하지 않는 인물이었다. 오죽하면 그는 불교를 두둔하는 스승 이색의 면전에서 대들기까지 했다. 그런 성격이었기에 무리 중 가장 오래 귀양살이를 했을 뿐 아니라 그 이후로도 여전히 벼슬길에 복귀를 하지 못하고 있는 것이었다.

헌데 이 다점은 도전이 그리 싫어하는 스님들이 만든 것이었다. 물론 십여 년이면 강산도 바뀌는 세월이라지만, 그렇다고 해도 도전이 이런 다점을 즐기는 것은 영 어울리지 않는 변화였다.

"그래, 집 떠나서 혼인하여 살아보니 어떠하냐?"

곰곰이 생각하던 자경은 도전의 물음에 얼른 얼굴을 풀고 방긋 웃었다. 도전은 똑똑한 사람이었다. 한참 나이 어린 그를 몽주가 친구처럼 대우해줬던 기억이 생생했다. 몽주가 보기에 제가 인정할 만한 사람이 아니라면 그런 아량을 베풀었을 리 없다. 도전 같은 이가 이런 상황을 만든 것엔 분명 연유가 있을 거다. 허나 대놓고 궁금해하면 절대로 알려주지 않을 것이다. 티 나지 않게 그 이유를 찾아내는 게 자경이 이제부터 할 일이었다.

"이제 어리광부리던 민 대감님의 셋째 딸로서는 더 이상 못 사는 게지요. 그래도 아직 혼인한 지 얼마 되지 않아서인지 제 살림을 꾸리는 것이 재밌습니다."

"얼굴에 그늘이 없는 것을 보니 지내는 생활이 기꺼운 것 같구나."

"예. 아저씨는 어떠세요? 어찌 지내고 계십니까?"

자경의 물음에 도전이 쓴웃음을 지었다.

"아내가 너희 집에 도움을 청하려 여러 번 갔었다는 말을 들었다."

"예. 아주머니 고생 많이 하셨어요. 아저씨 잘 해주셔야 해요."

도전은 자경이 별로 좋아하지 않는, 저 하나 신념 지키자고 주변 사람 여럿 고생시키는 그런 사내였다.

날 통해 벼슬길을 열고자 하는 걸까. 아니지, 그럴 거라면 아버지께 가서 부탁하거나 포은 선생을 찾아가는 게 훨씬 빠를 터인데. 까마득히 어린 나를 통해 얻을 게 없을 텐데.

"제가 혼인을 하고 보니 아주머니가 참으로 훌륭하다는 생각이 들더이다. 저라면 지아비가 저를 그리 고생을 시켰다면 아주 미워했을 거 같아요."

"그래?"

"네. 혼인할 때 그렇게 고생 안 시킬만한 사람인가도 살펴보았는 걸요?"

"그랬느냐? 그래, 너 밥 안 굶기겠든?"

"네. 아주 현실적인 사람이에요. 개경에서 나고 자라지 않아서 오히려 시야도 더 넓고, 백성들과 부대끼며 살아서 약자들에게 아주 너그럽고요."

"잘 골랐구나. 아들이 그 정도면 아버지도 훌륭하겠어."

도전의 입에서 아버지, 라는 단어가 나오는 순간 자경의 머릿속으로 번개가 번쩍 치고 지나갔다.

아버님이구나, 아버님에 대해서 알아보고 싶어서 나를 찾아온 게야.

그러고 보니 만나고 얼마 안 되지 않아 이성계 장군의 며느리가 되었냐며 물었더랬다. 그땐 그저 무심히 넘겼는데, 이제 와서 보니 처음부터 작정한 거다. 물론 민제나 다른 이를 통해서도 도전은 성계에 대한 이야기를 충분히 들었을 거고 제가 원하는 만큼 궁금한 점을 묻기도 했으리라. 허나 도전은 이미 나이 먹을 대로 먹은, 중년의 정치인들이 지껄이는 그 사람에 대한 평가를 순수하게 믿을 수가 없었던 게 분명했다. 그보다는 좀 더 인간적으로 가까운, 그러면서도 영특하여 사람 보는 눈이 매운 이에게서 어떤 사람인지 알고 싶었던 것 아닐까. 도전이 아는 사람 중 아마도 자경이 제일 적당한 인물이었을 거고.

"아저씨 제가 저희 아버지 얼마나 좋아하는지 아시지요?"

"그럼. 어려서부터 너는 농으로라도 자경이 커서 우리한테 시집올래, 하면 네 아버지만 못하니 아니 된다고 한 애 아니냐."

"네. 그래서 제가 혼인도 늦은 게지요. 어떤 사내를 만나도 아버지랑 비교가 되니 성에 차야 말이죠."

"그런 네 눈에 들었으니, 네 남편도 보통은 아니구나."

"그럼요. 헌데 혼인하고 보니 시아버님 자리가 더 좋네요. 옛 어른들이 말씀하시기를 아비 복이 많으면 시아버지 복도 많다더니 옛말 그른 건 없나 봐요."

도전의 눈이 순간적으로 반짝, 한 것을 자경은 놓치지 않았다.

"일단 아저씨랑은 영 딴판이죠. 아저씨는 처자식 고생시켰지만, 우리 아버님은 아니니까요."

"무에야? 맹랑한 것!"

자경의 도발에 도전이 너털웃음을 터뜨렸다.

"그래, 밥 먹이는 걸로만 보자면 나는 지아비로는 여러모로 부족하긴 하지. 네 말이 맞다."

"후회하세요?"

"무얼?"

"아저씨는 예전부터 지조와 절개가 대단하셨잖아요. 젊은 혈기에 부러지느니 휘지는 않겠다고 하셨던 거, 후회하시냐고요."

"아니. 후회하진 않는다. 세월을 따라 성장하지 않으면 인간이 아니지. 내 처자식이 아무 이유 없이 십여 년간 고생한 게 아니다. 나 역시 아무 생각 없이 허송세월한 게 아니야. 나는 내가 보낸 그 시간이 아주 소중하다. 다시 돌아가도 나는 똑같이 할 게다. 아내에겐 미안하지만."

"무엇이 그리 좋으셨어요?"

"공기, 산, 바람, 강, 들판. 개경을 떠나니 이제껏 보지 못했던 게 보이더라. 개중 제일 좋은 건 사람이었지."

"사람이요?"

"그래. 사람이 꽃이더구나. 나는 그걸 몰랐어. 모른 채 살았지. 내가 보는 사람들은 다 징글징글한 얼굴들뿐이어서 사람이 얼마나 귀한지, 아름다운지 몰랐었다. 지난 십 년간 그걸 배웠지. 아내를 고생시키는 게 미안하다는 것도, 그 고생에 보답해줘야 한다는 것도 이제는 안다. 이젠 내가 너보다 내가 더 잘 알아. 그러니 구박 그만해라."

"제가 언제 구박을 했다고. 아저씨도 참."

웃는 사이, 며칠 전 방원과 함께 나누었던 대화가 떠올랐다.

"허면 이제부터는 꽃을 피우려고 노력하시는 건가요?"

자경의 말에 도전이 잠깐 놀란 얼굴을 했다가 이내 웃으며 고개를 끄덕였다.

"그래야지. 그럴 게다. 들판 가득 꽃을 피워볼 작정이야."

"후원을 가꾸어봐서 아는데, 꽃 피우는 일 쉽지 않습니다. 꽃 한 송이 곱게 피우는 데 보통 공이 드는 게 아니어요."

"나는 담장 안에서 곱게 자라는 꽃을 피울 생각 없다. 이제 그런 꽃은 아니 예뻐. 들판에 이름도 없이 피는 꽃들이 아름답더라. 바람이 불고 우박이 내리고 태풍이 휘몰아쳐도 끝내 제 꽃을 피워내는 그 생명력이 참으로 귀한 게야. 나는 그런 꽃들을 피우기 위해 노력하련다."

"들판의 꽃들을 피우느라 울타리가 망가지고, 들과 밭의 경계가 없어져도요?"

"그럼. 세상에 사람보다 중요한 게 무에 있더냐."

도전은 지조와 절개가 있고 현실적이면서 백성을 사랑하는 사람이었다. 그의 말대로 지난 십 년의 세월은 결코 헛되지 않았다. 본래도 또래 중 가장 학문이 깊다고 명성이 높았던 이였다. 다른 이들이 쓸데없는 정쟁에 골몰하는 시간에 책을 읽었다면 지금 학문적 소양이 훨씬 앞서 있을 게 분명했다.

도전은 성계에게 딱 맞는, 방원이 찾던 그 장자방이었다. 이 정도 그릇이면 아마 성계 역시도 그의 됨됨이에 탄복하여 마음을 열 것이다. 모든 게 딱 맞춤이었다. 헌데 자경은 조금 찝찝했다. 도전을 못 믿어서가 아니었다. 애초에 방원이 언급한 장자방의 조건이 자경의 마음에 썩 마뜩잖은 까닭이었다.

기존의 틀을 모두 부수고 새것을 만들 수 있을 만큼의 식견과 지식을 가진 사람, 지조와 절개가 곧은 사람은 한 번 마음을 준 이상 그것을 쉬이 거두지 않는 법이다. 성계에게 좋은 장자방이지만 그 아들들에게는 그가 결코 좋은 이가 아닐 수도 있다는 말이다.

만약 성계와 방원의 의견이 달라 대립하게 될 때, 이 정도 인물이 성계 편에 서서 모든 것을 든든히 받쳐준다면 결코 판을 뒤엎기 쉽지 않을 것이다. 무엇보다 성계와 도전은 기존의 틀을 깨고 뭐든 새로 만들기를 바라고 또 그래야만 하는 사람들이지만, 아들인 방원은 그리 만들어진 새 틀을 곱게 물려받아야 하는 사람이다. 둘의 성향이 다른 만큼 끝내 부딪힐 수밖에 없으리라.

게다가 일찍부터 방원과 한 씨를 아는 다른 이들처럼, 방원과 도전이 그러한 감정적인 유착 관계가 될 수도 없을 테니 더더욱, 도전의 존재는 방원에게 부담이 될 것이다. 무엇이든 베는 칼은 그 칼에 언제든 나도 베일 수 있다고 각오해야만 했다. 특히나 도전은 아주 아름답고 아주 위험한 장도(長刀)였다.

"저희 아버님도 그런 말씀을 하셨습니다."

허나 지금 당장 도전은 필요하다. 지금의 상황에서는 성계에겐 도전이 있어야 했다.

"아버님이?"

"그럼요. 아버님이 사람을 얼마나 중히 여기시는데요. 가별초를 아끼시는 것만 봐도 마음이 어찌나 지극하신지 모릅니다."

"그런 분이 어찌 새 장가를 드셨을꼬."

"그것은 어쩔 수 없는 일이었어요. 아버님이 기꺼워하신 일이 아닙니다. 어찌 보면 더 많은 것을 지키기 위해서 본인은 희생하신 게지요. 함주 어머니를 얼마나 소중히 여기시고 대우해주시는데요. 양쪽 모두 서운하게 하지 않으려 언제나 노력하셔요. 아들들도 그 마음을 알아서 모두 효자고요."

"그래?"

아무래도 도전이 끝까지 마음에 걸린 것은 성계가 처를 두 명이나 뒀다는 사실인 모양이었다. 본처를 내팽개치고 권력만을 위해서 스물한 살이나 어린 여자를 개경에 둔 게 영 불편하고 그 사람 됨됨이를 믿을 수 없게 만들었던 게다. 그래서 다른 누구보다도 자경에게 성계에 관해서 물으러 오고 싶었던 거다. 보통이 사내들이라면 이런 문제를 조금도 신경 쓰지 않아서 도전이 무엇을 물어본들 성에 차는 대답을 듣지 못했을 테니까.

이리 꼼꼼한 사내를 후에 곱게 굴복시킬 수 있을 리 없다. 분명 방원과 도전은 부딪힐 테다. 그것도 아주 크게. 둘 다 성격이 보통이 아니니, 대립하게 된다면 아마 끝까지 갈 게 분명했다.

"아버님은 주로 함주에 계세요. 개경에 벼슬자리를 준다고 해도 가별초 때문에 마음이 그리 동하지 않으시는 모양입니다. 영 뜻이 없는 건 아니신 듯한데."

그래도 지금은 이 사람이 필요하다. 나중 일은 나중에 생각할 일이다. 구더기 무섭다고 장을 못 담글까.

"그래?"

"예. 요즘 책을 아주 열심히 읽으시거든요."

쓸 만큼 쓰고 필요 없어지면 버리면 될 일이다. 후에 도전이 방원에게 해가 된다면 자경은 언제든 도전을 제거할 자신이 있었다. 제가 누군데, 고작 그게 무서울까.

"이름난 무인이신데 학문까지 열심히 하시다니, 욕심이 많으시구나."

"그럼요. 세상에 대학연의를 읽으시더라니까요? 과거에 급제한 저희 서방님도 잘 모르는 책인데, 아들보다 아비가 더 잘나야 하는 거 아니냐며 그것을 보시더이다."

아무것도 모르는 사람처럼, 세상에서 가장 생각 없는 여자처럼 환하게 웃으면서 자경이 조잘거렸다. 허나 눈이 보이지 않을 정도로 웃는 와중에도 도전의 눈이 순간 커지는 것을 놓치지 않았다.

어찌 일이 이리도 순조로울꼬. 참으로 하늘이 돕는구나. 네가 복덩이인 모양이다.

이제 막 티가 나려고 하는 배를 조심스럽게 문지르며, 자경이 다시 한번 환하게 미소 지었다.

8장

# 위화도 회군

威化島 回軍

돌아누운 자경의 등에 눈이 시렸다. 행아가 조심스럽게 품에 안고 온 여자아이를 방에 내려놓았다. 아이는 발이 땅에 닫기 무섭게 누운 자경을 향해 달려갔다.

"엄마."

고집과 떼가 늘어서 흔히들 미운 네 살이라고 하지만 그만큼 또 하루하루 예쁜 짓이 늘어나는 나이기도 했다. 거기다 자경의 어린 시절을 꼭 빼닮은 방원과 자경의 첫째 딸은 앙증맞을 정도로 귀엽고 예뻐서 지나다니는 이들도 모두 걸음을 멈추고 돌아보며 아는 체를 할 정도였다.

"데려가라."

눈에 넣어도 안 아플 딸이지만 지금은 그런 딸조차 보고 싶지 않았다.

"마님."

"데려가래도. 보고 싶지 않다."

자경이 눈을 감은 채 이불을 더 높이 끌어당겨 얼굴을 덮었다. 한창 달려가던 아이는 막 엄마에게 도착하기 직전에 행아에게 붙잡혀 다시 들어 올려졌다.

"왜애, 엄마, 엄마."

엄마 품이 그리운지, 아이는 버둥거리면서 칭얼거렸다.

"어머니가 피곤하시대요. 아씨, 우리 나가서 놀아요."

행아가 도닥이며 달랬으나 끝내 아이는 울음을 터뜨리고 말았다. 그러나 자경은 여전히 눈을 꼭 감은 채 미동도 없이 누워 있을 뿐이었다. 행아가 한숨을 내쉬며 아이를 안고 방을 나갔다. 문이 여닫는 소리가 들리고 우는 아이의 소리가 멀어지다 끝내 조용해지고 나서야 자경이 눈을 떴다. 눈가가 눈물로 얼룩져 있었다.

혼인하고 자경은 세 명의 아이를 낳았다. 허나 남은 것은 두 번째로 낳은 딸 아이, 단 하나였다. 첫째로 낳은 아들은 난산 끝에 태어나고 얼마 지나지 않아 숨을 멈추었다. 세 번째로 낳은 사내아이는 백일을 넘기지 못하고 끝내 세상을 떠났다. 짧은 시간 자식을 둘이나 놓친 것이다.

혼인하고 얼마 지나지 않아 쉬이 아이를 가졌기에 첫 아이를 잃었을 때만 해도 그리 충격이 크지 않았다. 속상하긴 했지만 그럴 수 있다 생각했었다. 아이를 낳다가 산모나 아이 둘 중 하나가 잘못되거나 혹은 둘 다 잘못되는 일은 흔히 있는 일이었기 때문이다. 상심하는 자경에게 방원은 그래도 부인이 건강하니 나는 괜찮다고 우리 둘다 아직 나이 어리니 또 낳으면 될 거 아니냐고 위로했고, 성계와 한씨 부인 역시 하나도 상심할 거 없다고 오히려 자경의 건강을 걱정했더랬다. 그래서 첫 아이를 잃고 나서는, 자경은 크게 앓지 않고 금세 자리를 털고 일어났었다.

부부 금실은 여전히 좋았으니 얼마 지나지 않아 둘째가 생겼다. 건강하게 태어난 여자아이는 잔병치레 하나 없이 잘 자랐다. 방원은 하나를 놓친 뒤에 얻은 첫 딸이라서인지 품에 끼고서 예뻐 어쩔 줄 몰라 했고, 그런 방원의 모습을 보면 제 아비가 저를 예뻐할 때가 떠올라 기뻤다.

그러다 셋째로 아들을 낳았을 때는 세상의 복은 다 제 것인가 보다 했었다. 태어난 아이는 이성계 가문의 자손답게 기골이 장대했고 울음소리도 우렁차서 모두가 장군감이라고 입을 모았다. 몇 달간 애써 수소문해 구한 유모는 제가 키워본 아이 중 제일 건강하다고 감탄하기까지 해서 자경은 그제야 맘을 놓았는데, 그게 문제였을까. 찬바람이 불기 시작할 무렵, 아이는 감기에 걸렸다. 건강한 아이였으니 이내 나으리라 생각했는데, 기침이 도무지 그치지 않았다. 끊이지 않던 기침은 끝내 폐병으로 번졌고, 각혈을 하더니 괴로워하다 세상을 떠나고 말았다. 그리고 아이의 숨이 끊어지는 순간, 자경 역시 뒤로 넘어갔다.

아직 나이 어리고 건강하니 자식은 금방 또 낳으면 되는 거라는 말을 모두가 위로랍시고 지껄여댔지만 그게 자식 잃은 부모에게 위안이 될 리 없었다. 다른 사람도 아니고 제 부모조차 그리 말하는데 왈칵 신경질이 나서 어느 날인가는 울고불고하며 원망을 쏟아냈더랬다. 그랬더니 그날 이후로 민제와 송 씨 모두 자경의 집에 오는 것을 삼가고 있었다.

달랜답시고 자경을 안으려 들었다가 방원조차도 싫은 소리를 들으며 크게 밀려났다. 몸에 손이 닿는 것조차 끔찍하다며 자경이 서럽게 엉엉 울어서 방원은 크게 당황하여 잘못했다고 무릎을 꿇고 빌어야 했다.

제 감정을 스스로도 조절하지 못하고 있다는 것을 알고 있지만 어쩔 수 없었다. 그냥 다 싫었다. 세상이 싫고 사람이 싫고 모든 게 다 싫고 끔찍스럽기만 했다. 대체 제가 뭘 그리 잘못하고 살았다고 저에게만 이런 일이 생기는 건지 이해할 수 없었다. 본래 어린 생명은 여려서 백일을 넘기기 어려운 거라고들 하지만, 귀족 가문에서 이리 짧은 기간에 자식을 여럿 잃는 일은 흔치 않았다. 끝없이 우울했다가 누군가에게로 향하는지 모를 화가 났다가 갑자기 눈물이 미친 듯이 났다가, 하루에도 열두 번도 넘게 감정이 널을 뛰었다. 이제 그만 자리에서 일어나야 한다고 스스로 생각하면서도 아무것도, 손가락 하나도 까딱하기 싫어서 몇 달째 자경은 누운 채 꼼짝도 안 하는 중이었다.

어느덧 꽃이 활짝 피고 만물이 생동하는 춘삼월이었지만, 자경의 집은 여전히 한겨울이라 특히 안채 근처는 찬바람이 불어 썰렁하기까지 했다. 지나다니는 이들은 발소리조차 조심하여 숨조차 크게 내쉬지 못했고 웃음소리를 내는 것은 감히 상상도 할 수 없는 일이었다.

대낮이지만 개미 새끼 한 마리 얼씬거리지 않는 안채 앞마당에 상인이 조심스럽게 발을 들였다.

"마님."

안에선 아무런 기척이 없었다. 허나 이대로 물러갈 수는 없는 노릇이었다. 상인이 좀 더 가까이 다가갔다.

"마님, 급한 일입니다. 답이 없으셔도 들어가겠습니다."

단호한 말이 떨어지고 나서야 안에서 부스럭거리며 움직이는 소리가 들렸다. 천천히 수를 세며 상인이 기다렸다.

"들어오너라."

스물까지 셌을 때, 잔뜩 잠긴 목소리가 흘러나왔다. 거칠고 꽉 막힌 목소리가 지금 자경의 마음을 대변해주는 것 같아 속이 쓰렸다. 상인이 굳은 얼굴로 방문을 열고 안으로 들어갔다.

자경은 소복을 입은 채 이불에서 몸을 반쯤 일으켜 앉아 있었다. 그사이 흐트러진 머리를 매만진 듯 누워 있다 일어난 사람답지 않게 단정했다.

"궐에 있어야 할 시간에 여긴 어찌 온 게야?"

"놓고 온 물건이 있다고 둘러대고 빠져나왔습니다. 아무래도 마님이 아셔야 할 거 같아서요."

"무슨 일인데?"

"며칠 전 최영 장군의 집에서 잔치가 벌어진 것을 아시지요?"

지난 팔월 이인임은 노환으로 사임했다. 절대로 무너질 것 같지 않던 권력도 세월과 나이 앞에선 어쩔 수 없었다. 호랑이가 사라진 곳에서는 여우가 왕이라고, 이인임이 떠나자 염흥방과 임견미 등이 권세를 부렸다. 이인임이 없으니 마음껏 저들 세상이 되리라 여긴 그들은 매우 어리석었다. 영리한 이들이었다면 이인임이 사라진 뒤 언제 철퇴가 날아올지 모르니 몸을 사렸을 것이다. 허나 이인임의 그늘 아래서 배만 불린 이들은 세상이 바뀐 줄 모르고 날뛰었다.

정월에 염흥방의 가노 이광이 밀직부사 조반의 토지를 빼앗았다. 일개 가노가 관리의 토지를 마음대로 빼앗을 정도였으니 얼마나 염흥방과 그 무리의 기세가 등등했는지 알 만한 일이었다. 허나 조반 역시 만만찮은 사내였다. 그는 이 일을 조용히 넘어가지 않았다. 그는 자신이 데리고 있는 사병 수십을 끌고 와 염흥방의 집 앞에서 크게 싸움을 걸어 끝내 이광을 때려죽였다. 뒤늦게 이 모든 사실을 안 염흥방이 크게 분개하여 조반을 국가모반죄로 몰아 순군에 가두고 심하게 고문하였다.

따져보자면 이인임의 시대에 흔히 일어났던 싸움이었다. 좋은 토지를 가진 사람들에게 수청목으로 만든 몽둥이를 들린 가노를 보내 마구 때려 그 토지를 빼앗았다. 관청에서 발급한 증서가 있어도 아무 소용없었다. 오죽하면 사람들 사이에선 수청목 공문이라는 말이 떠돌 정도였다.

아마 그들은 자신들이 늘 해왔던 일이니 아무 거리낌 없이 그리했을 것이다. 과거와 달리 이인임이 더 이상 존재하지 않는다는 생각은 하지 못한 채 말이다.

이들이 일으킨 사고는 호시탐탐 뒤엎을 때만을 노리고 있던 이들에게는 절호의 기회였다. 왕은 기다렸다는 듯이 최영에게 도움을 청했다. 최영은 혼자만의 힘으로 부족하다 여겨 이성계를 끌어들였다. 그들은 순식간에 염흥방, 임견미, 염정수, 이성림, 도길수 등을 잡아들인 뒤 재빨리 사형에 처했다. 무어라 반박할 수도 없을 정도로 속전속결이었다. 어린 아내와 딸들은 노비가 되었고, 아들들은 모두 강에 빠뜨려 죽였다. 정말 눈 깜짝할 사이에 태산처럼 굳건하던 권력이 사라지고 만 것이다.

이 사건으로 인해 조정의 인물들은 완전히 다 바뀌어 최영이 문하시중, 성계가 수문하시중이 되고 이색이 판삼사사로 임명되었다. 드디어 성계가 완벽하게 조정에 입성한 것이다. 비로소 그의 명성에 걸맞은 자리였다.

"그런 말을 들은 것 같기도 하고."

"최영 장군의 서녀와 전하께서 혼인하셨습니다. 그로 인해 며칠 전 최영 장군의 집에서 크게 잔치가 벌어졌고요."

"그랬구나."

헌데 수문하시중이 된 성계로 인해 온 집안이 기쁨에 겨워 있을 그때, 자경은 아이를 잃었다. 드디어 성계가 조정에 들어갔는데 저는 금쪽같은 아들을 잃은 것이다. 실은 성계가 수문하시중이 되었기에 잃어버린 아들이 더 아까웠다.

계집이 사내보다 못난 게 무엇이냐고 외치면서 사내들을 무시하며 자랐지만, 그런 자경조차도 이미 정해진 사회적 관습이나 제도를 바꿀 수는 없는 노릇이었다. 분하지만 관직에 나아가 입신양명하여 가문을 영위시키는 것은 아들이었다. 만약 방원과 자경에게 아들이 없다면, 성계가 아무리 잘나본들 성계의 다음을 방원이 잇겠다, 당당히 말할 수 없었다. 가문은 영속되어야만 의미가 있는 것이다. 당장 방과조차 정실에게서 아들을 얻지 못하고 있다는 이유로 은근히 괄시받고 있으니 말이다. 삼 년 전 아들을 낳은 방간은 대놓고 형님이 계속 아들을 보지 못하면 가별초는 우리에게 넘겨야 하는 게 아니냐고 하는 판이었다. 자신의 아들을 형님께 양자로 보낼 수도 있긴 한데 어차피 그 아이가 가별초를 이어받으면 결국 제가 이어받는 것과 무어가 다르냐면서 말이다. 방과가 아직 아들을 생산 가능한 나이라며 딱 잘라내긴 했지만, 만약 방과에게 아들만 있었다면 결코 당하지 않았을 모욕이었다. 성계의 아들 중 제일 부족하다는 말을 들었던 방간은 고작 아들 하나 낳았다고 아주 기세가 대단치도 않았는데, 방과가 당한 그 수모를 방원과 제가 당해야 한다고 생각하면

울화통이 터져서 자경은 자다가도 벌떡 자리에서 일어나 열을 식힐 정도였다.

"허면 명나라가 강계에 철령위를 설치하려 한다는 이야기도 듣지 못하셨습니까?"

멍한 얼굴로 자경이 고개를 저었다. 그런 일이 있었는지 꿈에도 모르는 눈치였다. 상인이 애가 타서 저도 모르게 무릎걸음으로 자경에게 좀 더 가까이 다가갔다.

"혼인 잔치날 이야기 들었사온데, 이자송 대감이 최 장군에게 반대하다가 맞아 죽었다고 하더이다. 그래서 잔치 앞두고 그런 일이 있었던 게 영 찝찝하다고들 하더이다."

"이자송 대감이 맞아 죽어? 왜?"

자경이 놀란 눈으로 상인을 보았다. 흐릿하던 눈매가 다시 초롱초롱해진 것을 보자 상인은 비로소 마음이 좀 놓였다.

"요동 정벌에 반대하다 맞아 죽었다고 하더이다."

"요동 정벌? 대체 이게 다 무슨 말이냐?"

이제야 상인에게 들었던 문장들이 머릿속에서 다시 떠오르기 시작했다. 허나 아무리 애를 써도 각각의 문장들이 서로 연결되지 않았다. 제가 오래 누워 있었구나 싶어서 자경은 순간 눈앞이 아찔했다. 초조해진 자경이 좀 더 상인의 가까이 다가갔다. 그 모습을 보며 상인의 입가에 보일 듯 말 듯한 미소가 떠올랐다.

"명나라가 강계에 철령위를 설치한다는 말이 나올 때부터 조정에선 그 문제를 가지고 시끄러웠습니다. 그때 최 장군께서 여차하면 요동 정벌이라도 해서 본때를 보여줘야 하는 게 아니냐, 그런 말을 했다고 하더이다. 허나 이색을 비롯한 문신들이 강하게 반대하여 더 주장하지는 못하고 물러났다고 들었습니다. 헌데 문신들도 요동 땅을 뺏기는 것은 또 원치 않았다고 하더이다. 그래서 최 장군이 전쟁 준비를 하는 게 눈에 보이는데도 그것을 '전쟁 준비'라고 선불리 공표하지 못했다 들었습니다. 최 장군이 나라의 영토를 지키기 위함이라 하니 누구 하나 나서서 반대하지 못한 채 머뭇거리고 있다고 하더이다."

명나라의 황제 주원장은 변덕스러운 자였다. 주원장이 가진 권력의 기반은 그 자신의 예측할 수 없는 기질과 그에 따르는 피도 눈물도 없는 잔혹함이었다. 백성들에게 보이는 인자함과 달리 관리와 주변국들에겐 마치 지옥에서 온 야차와도 같은 살육자여서 주원장의 특성을 제대로 간파하지 못한 이들의 피로 강물을 이룰 지경이었다. 그리고 그 중엔 고려 사신들의 피도 제법 섞여 있었다.

국내정치가 엉망이었는데 외교를 잘했을 리 없었다. 주원장 눈엔 그런 고려가 가당찮아 보였을 게 분명했다. 고려는 고려대로 주원장의 변덕에 지친 지 오래였다. 특히 최영같이 앞뒤 양옆이 똑같은 무인의 눈에 주원장은 근본 없고 제멋대로인, 아주 형편없는 인물에 불과했다. 그런 인물이 이미 끝난 영토 문제를 두고 시비를 걸었으니 최영의 성정으로는 이리 수모를 당할 바에야 나아가 싸우는 게 낫다고 판단하는 게 당연했다. 요동 정벌을 반대하지만 나라의 땅을 빼앗기는 건 또 자존심상 용납할 수 없다는 문신들 역시 그 상대가 주원장이라서 더 그리 주장하는 걸 테다. 고작 도적 출신에게 땅을 빼앗기랴, 이전 시대에도 빼앗긴 적 없는 우리 영토인데, 라는 생각을 아니할 리 없었다.

"아버님은? 아버님의 생각은 어떠시더냐?"

"그게 이성계 장군님과도 전혀 의논하지 않은 채 일을 벌이시는 듯합니다."

"무어라? 아버님과 의논도 없이?"

"예. 전하와 최 장군만 주로 의논하시고 장군님을 그 자리에 부른 적이 없다고 하시더이다. 그래서 차마 내색하진 못하지만 분개하고 계신 걸로 아옵니다."

"문신들의 정확한 의견은 대체 무어라더냐?"

"요동 정벌이 기습적인 국지전에 그치는 게 아니라 대대적인 전투로 번지지 않을까 우려하고 있다 하옵니다. 허나 아직 정확하게 최 장군이 정책을 내어놓은 게 아니니 벌써부터 반대를 할 수도 없는 노릇이라 그저 기다리며 눈치만 살피고 있는 듯합니다."

골똘히 생각에 잠긴 채 말이 없는 자경을 상인이 가만히 지켜보았다. 아까까지만 해도 얼굴도 푸석하고 눈에도 기운이 다 빠져 있었는데, 얼굴에 생기가 돌았다. 이제야 상인이 알던 자경 같았다. 다행이다, 상인이 가슴을 쓸어내리며 안도했다.

"아버지를 뵙고 싶구나."

한참의 시간이 흐른 후 입을 뗀 자경의 첫 마디였다.

"아주 조용히 아버지를 모시고 올 수 있겠느냐?"

"예."

고개 숙여 인사한 상인이 자리에서 일어나 밖으로 나갔다. 문이 닫히자마자 이불을 걷어치운 자경이 몸을 일으켰다.

그래, 아들은 언제든 낳을 수 있었다. 제가 석녀도 아니고 이미 둘이나 낳았는데 또 못 낳을 리 없었다. 허나 지아비는 하나였다. 당장 있지도 않은 아들 생각에 애면글면하느니 있는 지아비부터 제 몫을 하게 만드는 게 우선이었다. 아들은 그다음 문제였다.

***

"아프다더니?"

옷을 다 차려입었을 뿐 아니라 옅게 분 화장까지 한 자경을 본 민제가 얼떨떨한 얼굴을 했다.

"상인이 아파서 날 찾는다기에 급히 달려온 것인데 이게 어찌 된 일이냐?"

조용히 모시고 오랬더니 상인이가 거짓말을 한 모양이다. 하긴 딸이 아프다고 하는 게 민제에겐 제일 잘 먹힐 말이긴 했다. 상인의 말을 듣자마자 최선을 다해서 가장 빨리 달려온 걸 게다.

"일단 앉으세요, 아버지. 이리 선 채로 이야기를 할 순 없지 않습니까."

속은 게 마음에 들지 않는지 민제가 떨떠름한 얼굴로 자리에 앉았다.

"여쭙고 싶은 게 많은데 사람들의 눈을 피하고 싶어서 이리 한 것이니 용서해주세요."

"몸은 괜찮으냐?"

화가 나는 와중에도 자경의 몸을 살피며 걱정스러운 표정을 짓는 것이 참으로 민제다웠다. 자경이 미소 지으며 고개를 끄덕였다.

"괜찮습니다."

"털고 일어났다니 다행이다. 이 서방이 내도록 코를 빼놓고 다녀서 볼 때마다 마음이 얼마나 안 좋던지. 열 달 배불러 힘들게 낳은 너만 하겠냐마는 자식 잃어 아픈 건 너뿐만이 아니야. 태어난 아이 보며 기뻐하고 예뻐한 건 이 서방도 마찬가지 아니냐. 네 속상한 것만 생각하고 지아비를 그리 내팽개쳐두는 건 서로 못할 짓이다. 그리하면 부부 사이만 나빠져."

"조심할게요."

자라는 동안 싫은 소리라곤 해본 적 없는 민제가 오죽했으면 저리 말할까 싶어 자경은 군말 없이 꾸중을 달게 들었다.

"그래 무슨 일 때문에 이리 날 부른 게냐?"

"제가 자리보전한 지 오래라 최근 돌아가는 정세를 이제야 들었어요. 어찌하여 전하께서 최 장군의 서녀와 혼인하신 겝니까?"

"그거야 뭐 전하께서 불안하셨기 때문 아니겠느냐."

"불안하셔요?"

"최 장군을 가장 믿으면서도 가장 경계할 수밖에 없을 테니 말이다. 한때 이인임은 전하의 보호자였다. 어린 시절 전하를 보위에 올릴 때만 해도 이 시중은 스스로 가장 강력한 보호자를 자청했어. 전하 역시 이 시중을 아버지처럼 따르던 때도 있었지. 둘이 본격적으로 사이가 벌어진 건 유모 장 씨 사건 때문이야. 장 씨 사건은 제 보호자를 자청한 이가 저를 죽일 수도 있다는 걸 전하께 가르쳐준 게다. 전하 입장에서는 최 장군 역시 언제든 자신에게서 등을 돌릴지도 모르는 인물이다. 더구나 장 씨를 숙청하는 데 앞장섰던 최 장군이니만큼 더더욱 완전히 안도하기엔 어려우신 게고."

"그러니까 일종의 볼모 삼아, 최 장군의 서녀를 궐 안으로 끌어들인 거군요."

"그렇다기보단 동맹을 좀 더 공고히 하고 싶었던 거라고 할 수 있겠지. 전하는 제대로 정치를 해본 적이 없으니 신하의 마음을 어찌 붙들어둬야 하는지도 배우지 못하셨어. 그래서 최 장군을 붙들어 두기 위해 최 장군 집안의 사람과 혼인하여야 한다고 생각하신 게야. 그게 전하가 생각하는 세상의 전부이니 말이다."

"아버지 그럼 최 장군의 요동 정벌에 대해선 어찌 생각하세요?"

"그거야 말도 안 되는 소리지."

"허나 최 장군은 하고 싶어 하신다면서요?"

"최 장군께서는 그러실 수도 있지. 전쟁을 두려워 않는 무인이고, 나라를 지키는 게 세상에서 제일 중요한 일이니 당연한 것 아니겠느냐. 허나 해선 안 되는 일이야. 그걸 말리는 게 우리 몫 아니겠느냐."

"문신들은 어찌할 작정이랍니까?"

"말했잖느냐. 말리는 게 우리가 할 일이라고. 곰곰이 생각해 보면 가당키나 한 일이더냐. 엉망인 나라 안을 정비하기도 전에 전쟁을 하자니 말이다. 그럴 여력이 어디 있겠느냐?"

"허나 아버지, 전하처럼 의심 많으신 분이 최 장군에게 군사를 들려 요동으로 가라고 보낼까요?"

"그게 무슨 말이냐?"

"아버님께서 그러셨잖아요. 전하께서 최 장군의 서녀를 굳이 부인으로 맞이한 건 불안해서라고요. 불안하다는 건 완전히 다 믿지 못한다는 거죠. 아니 그렇습니까?"

"그렇지."

"요동 정벌을 위해선 아마 온 나라의 군사들을 다 모아야 할 거예요. 어마어마한 병력이 한곳으로 모인단 말입니다. 그런 곳에 전하께서 최 장군을 보내려 할까요? 최 장군이 전하만 두고 궐을 비우는 것도 전하는 불안하실 겁니다. 염흥방과 그 일당이 완벽하게 제거되었다고 생각하지 않으실 테니까요. 개미 새끼 한 마리 없는 개경에,

심지어 최 장군조차 없는데 누군가가 반란을 꾀한다면 어느 누가 전하를 지킬 수 있겠습니까? 첫째로 전하는 그게 맘이 놓이지 않아 최 장군을 못 보냅니다. 두 번째로는 그 군사들을 지휘하게 될 최 장군이 아마도 못 미더우실 거예요. 만약 그 수많은 군사를 이끌고 최 장군이 요동이 아닌 궐로 쳐들어온다면 전하가 무슨 힘이 있어 그것을 막겠습니까?"

"그러니까 네 말은."

"제 말은 요동 정벌을 한다 해도, 거기에 최영 장군은 따라가지 못할 거란 말씀을 드리는 겁니다. 아마 저희 아버님이 그 군사 모두를 통솔하게 될 거라고요."

순간 민제의 머리가 띵했다. 문신들끼리 모이면 어찌해야 최 장군의 요동 정벌을 막을 수 있나만 의논했었다. 요동 정벌엔 최영이 적극적이었고 성계는 시큰둥했기 때문이다. 무엇보다 성계는 제게 단 한 마디 의논도 없이 이 모든 일을 최영이 진두지휘하는 것이 자신을 무시하는 처사라고 느껴서 크게 실망하고 있는 참이었다. 그래서 대부분의 문신들의 목적은 어떻게 하면 최영을 주저앉힐까에 집중되어 있었다. 애초에 최영이 요동 정벌을 떠날 수 없을지도 모른다는 생각은 해보지 않았다.

"만약 최 장군이 간다고 나서더라도 못 가도록 주저앉혀야 하고요."

"왜?"

"환갑이 넘은 최 장군이 전장에서 직접 뛰시겠습니까? 후방에서 지휘나 하시겠지요. 그러니 누가 화살받이가 되겠습니까? 그리고 최 장군은 그럴 분이 아니지만, 만약 음험한 사람이라면 부러 작정을 하고 험지로 끌고 갈 수도 있는 일 아닙니까? 또 최 장군이 그런 분이 아니라고 해도 의도치 않게 그리될 수도 있고요. 두 분이 가면 아버님 목숨이 매우 위험합니다."

전장에서 성계는 늘 일반 군사들과 같이 싸우는 것으로 유명했다. 성계는 가장 앞장서서 싸움을 독려했다. 그것이 군사들로부터 존경받는 이유긴 했으나 사실 대단히 위험한 일이긴 했다. 성계의 실력이 압도적인 데다 하늘이 도와 아직까지 무탈했으나, 벌써 성계의 나이도 장년을 지나 중년이니 마냥 안심할 순 없는 일이었다.

"아마 최 장군을 주저앉히는 데는 전하의 불안감을 이용하면 될 거예요. 요동 정벌 때문에 군사가 모두 떠나서 개경이 비게 된다는 식으로 요동 정벌을 반대한다면, 분명히 전하는 불안해하실 겁니다. 혼자 남는 것에 두려움을 느낀 전하께서 최 장군을 개경에 묶어둔다면."

자경이 잠시 말을 멈춘 채 민제를 빤히 쳐다보았다. 민제가 천천히 고개를 끄덕였다.

"그리된다면, 요동 정벌이 나쁘지 않지."

최영이 개경에 발이 묶인 채 모든 군사를 성계가 이끌게 된다면, 그리고 그 군사들을 이끌고 요동에 가지 아니하고 개경에 돌아오게 된다면 이번에야말로 권력을 제대로 뒤엎을 절호의 기회였다.

"헌데 어찌하여 아무도 이런 생각을 여태 못하신 겝니까. 누군가는 했으리라 여겼는데요. 아버지나 포은 선생이야 워낙에 반듯하시니 그렇다 쳐도 삼봉 선생조차 생각하지 못하셨다니 놀랐습니다."

"삼봉은 남양에 있지 않느냐."

"아직도 안 올라오셨단 말입니까?"

자경과 도전이 만난 그해 가을, 도전은 성계의 함주 막사로 찾아갔다. 짧은 만남이었지만 둘이 서로를 알아보는 데는 충분했다. 도전을 만나고 다음 달, 호발도를 물리친 성계가 지어 올린 '변방을 안정시키는 계책'을 보면 그사이 둘이 매우 가까운 사이가 되었음을 짐작할 수 있었다. 변방을 안정시키는 계책의 내용은 성계가 평소 가별초를 관리하던 방법이었기에 새롭지 않았다. 허나 그 표현과 문장력이 매우 유려한 것이 눈에 띄었다. 성계가 썼다고는 보기 어려운 수준의 필력이었다. 짐작건대 성계가 불러준 것을 도전이 정리했을 것이다. 어느새 그런 이야기를 서로 자연스럽게 나누고 대필을 해줄 정도로 가까워진 것이다.

"상황이 변했다고 냉큼 올라올 수도 없지 않으냐. 보기 좋은 모양새도 아니고 또 그리되면 이 장군과 삼봉의 사이를 경계하는 이들의 감시가 더 심해질 터이니."

다음 해, 도전은 함주 막사를 두어 번 더 방문했다. 그리고 곧 전의 부령으로 관직에 복귀했다. 표면적으로는 이인임과 대거리하며 도전의 복귀를 가장 적극적으로 추진한 이는 몽주였다. 허나 몽주에게 도전의 복귀를 도와 달라 부탁하며 일이 돌아가도록 만든 것은 성계였다.

천하의 이인임이 도전과 성계가 같이 있는 꼴을 곱게 볼 리 없었다. 부러 몽주가 명나라에 갈 때 도전을 서장관으로 삼아 데려가기도 하고 성계가 여러 사람과 두루 어울리며 도전과 딱히 가까운 내색을 보이지 않으려 애를 썼지만, 귀신같은 인임을 다 속이기는 역부족이었다.

결국 지난해 도전은 남양부사라는 외직근무를 자청했다. 어떻게든 제게서 흠을 찾으려 드는 중앙 정치로부터도 좀 멀리 떨어져 있고 싶은 마음 반, 부사로서 실제 지역을 직접 다스려 보면서 제가 꿈

꾸는 것의 밑그림을 미리 그려보고 싶은 마음 반이었다.

그리 먼 곳은 아니었지만 어쨌거나 떨어져 있으니 개경에서 일어나는 일에 도전이 적극적으로 반응하기는 어려웠다. 하루가 멀다하고 새로운 일이 터지는 데다 그중 반은 아무 의미 없는 것들인데, 그것들을 전부 도전에게 알릴 수도 없는 노릇이었다. 그래서 이번 요동 정벌 역시 좀 더 사태가 분명해질 때까지 기다리는 중이었다.

"아버님이 따로 사람을 보내 물어보진 않으셨을까요?"

"그랬을지도 모르지. 딱히 들은 말은 없지만 그러셨을 수도 있지. 아마 그랬다면 삼봉도 이와 비슷한 말을 했을 게다."

"허면 아버지, 여론을 모아주세요."

"여론?"

"요동에 가기 전에 아버님은 군사를 돌려 개경으로 오셔야 합니다. 허나 아무 명분 없이 돌아오신다면 그것은 권력 찬탈 그 이상도 이하도 아니지 않습니까. 고려를 위태롭게 하는 일을 강요하여 억지로 나섰다가 나라를 생각하는 마음에 돌아왔다, 이리 주장해야 합니다. 그러기 위해서는."

"명분을 미리 만들어두라는 게로구나."

민제가 여유롭게 빙긋 미소 지었다.

"요동 정벌은 옳지 못하다, 반대를 해야 하지만 너무 강하게 주장해서는 아니 되겠지."

"너무 강하게 주장하면 나가는 것도 돌아오는 것도 애매해질 테니까요. 가장 나쁜 건 최 장군께서 아니 간다고 하실 수도 있고요."

"최 장군은 고집이 있으신 분이니 본인이 한 번 하겠다고 나선 이상 그만둘 인물이 아니야."

특히 나이가 들면서 더 대쪽 같아진 최영을 떠올리며 민제가 단호히 고개를 저었다.

"우리가 반대하면 더 하려고 하실 게야. 예전부터 우리말이라면 콩으로 메주를 쑨 데도 믿지 않으셨으니."

"그래도 혹시 모르니 너무 강하게 할 필요는 없고 적당히, 적당히만 반대하는 여론이면 됩니다."

"적당히?"

"네. 전하 때문에 최 장군이 어쩔 수 없이 개경에 남아야 하는 상황임에도 끝까지 요동 정벌을 하겠다고 고집을 부릴 정도, 딱 그만큼 만요."

자경의 주문에 민제가 너털웃음을 터뜨렸다.

"참으로 까다롭구나."

"까다로울 수밖에 없지 않습니까. 이런 기회가 언제 또 올 줄 알고요? 허니 이번에야말로 사력을 다해야지요."

권력을 잡기 위해선 군사력이 필수였다. 허나 지금까지 성계는 개경 귀족들에게 경계를 받은 탓에 가별초를 이끌고 개경 안까지 들어오지 못했다. 충성도가 높고 전투력이 좋은 성계의 가별초를 두려워했기 때문이다.

만약 요동으로 출전했다가 일이 여의치 않아 되돌아오게 된다면, 그 군사력을 고대로 이끌고 개경으로 들어올 수 있다. 앞으로도 성계가 제 군대를 개경에 주둔시킬 수 있게 된다는 말이다. 이십여 년 동안 그리 바라면서도 못한 일이 드디어 이루어지는 것이다.

"그리고 아버지."

자경이 은근히 민제를 부른 후 잠깐 숨을 들이켰다.

"저는 병이 더 심하게 난 겁니다."

자경의 선언에 민제가 놀라 쳐다보았다.

"제가 아프다고 해야 아마 최 장군의 경계가 느슨해질 겁니다. 저는 아픈 거예요. 병이 더 깊어진 겁니다. 아버지도 그리 말씀하고 다니셔야 해요."

민제가 고개를 끄덕였다.

"알았다. 더 할 말은 없느냐?"

"없습니다. 이만 일어나셔요. 너무 오래 계셨습니다."

"위급하여 병문안을 다녀왔다고 하면 될 일이다. 돌아가는 길엔 박 의원에게 보약도 한 재 지어 보내라 일러둘 거고."

"예."

"그리 알고 모두에게 네 병이 위중하다 알릴 테지만……."

잠시 말을 멈춘 민제가 애틋하게 자경을 쳐다보았다.

"허나 진짜 아프지는 말아라. 너도 내겐 자식이다. 너만 자식 둔 부모가 아니야. 너는 내겐 무엇과도 바꿀 수 없는 귀한 딸이다. 백일도 안된 아들의 죽음이 그리 애통하고 원통하면, 스물도 넘은 딸아이가 수척해지는 꼴을 보는 부모 마음은 어떻겠느냐? 네가 자식을 수십 두고 머리에 백발이 성성해지는 날이 와도, 너는 내게 어린 자식이다. 잊지 말아라."

단호히 말한 민제가 방을 나섰다. 자경이 입을 틀어막은 채 오랫동안 어깨를 들썩이며 울었다.

***

급히 안채로 들어서는 방원을 상인이 막아섰다.

"비켜라."

"마님께서 이따가."

"비키라 하지 않느냐! 어찌 부인의 병환이 더 깊어졌단 소리를 남의 입을 통해 들을 수가 있단 말이냐! 그런 사내가 대체 무슨 지아비의 자격이 있어? 비켜라. 내 옆에서 직접 부인을 돌볼 것이야."

자경이 매우 위독하여 민제가 병문안을 다녀왔단 소문을 듣고 방원은 혼비백산하여 집으로 달려온 참이었다. 민제가 하던 일을 멈추고 집에 다녀올 정도인데 저는 까맣게 모르고 있었다는 게 한심했다. 내버려 둬 달래서 숨죽인 채 기다린 것인데, 아침저녁으로 들여다보면서도 더 나빠지고 있다는 것을 보지 못하고 회복하는 줄로만 알았다니 기가 찰 노릇이었다.

"비키래도!"

"나으리."

방원이 버럭 고함을 지르는 순간 안채에서 행아가 달려 나왔다.

"마님과 아씨가 주무십니다. 방금 잠드셨습니다. 소리를 낮춰 주시어요."

목소리를 낮추고 조심히 말하는 행아의 태도에 겨우 방원이 흥분을 가라앉혔다.

"몸이 얼마나 안 좋은 게야? 대체 어떻기에 장인어른이……."

"이제 나아지셨습니다. 대감마님께서 제발 몸을 추스르라 이르고 가셨다고 합니다. 그 뒤에 미음을 달라 해서 한술 뜨시고 약도 챙겨 드시더니 기력을 많이 회복하셨어요. 아씨도 데려오라고 하셔서는 오랜만에 머리도 직접 묶어 주시고 이야기도 나누시다 직접 재우기까지 하셨습니다. 걱정 마셔요."

행아의 말에 안도한 방원의 몸이 비틀하는 것을 상인이 급히 붙들었다. 잔뜩 긴장했다가 몸에 힘이 풀리면서 눈앞이 일순 노래졌다가 비로소 제 색을 되찾았다. 긴 한숨을 내쉬며 겨우 진정시킨 방원이 상인에게서 몸을 떼며 자세를 바로 했다.

"부인은 주무신다고?"

"예."

"기침하시면 내게 알려다오."

"마님께 여쭤볼게요."

"그래, 알았다."

겨우 마음을 놓긴 했지만, 여전히 몸엔 힘이 하나도 없었다. 기운이 쭉 빠진 방원이 어깨를 늘어뜨린 채 터덜터덜 걸어 사랑채로 향했다.

행아가 안쓰러운 시선으로 방원을 보다 이내 난처한 얼굴로 상인을 올려다보았다.

"마님께서 밤늦게까지 나리를 들이지 말라고 하셨습니다."

"그러시더냐?"

"네. 늦은 밤 조용히 건너갈 거라며 다른 사람들이 나리가 안채로 들어오는 거 모르게 하라고 하셨어요."

"알았다. 그건 내 알아서 해볼 테니 걱정 말아라. 마님은? 마님은 정말 괜찮으시냐?"

조심스럽게 물으며 행아를 살피는 상인의 두 눈은 아까 방원과 별반 다르지 않았다. 왠지 뾰로통해진 행아가 대충 고개를 두어 번 주억거린 뒤 몸을 돌렸다.

"그럼 오라버니가 책임져 주세요. 아씨 깨시겠네, 얼른 들어가야지."

휙 하니 바람처럼 사라지는 행아의 모습에 잠깐 멍하던 상인이 이내 너털웃음을 터뜨렸다.

시종들조차 별일 없으면 안채 근처엔 얼씬도 하지 않는 까닭에 어느새 모두가 사라진 주변은 쥐 죽은 듯이 조용했다. 그럼에도 주변을 둘러보고 인적이 없는 것을 확인한 후에야 상인이 조심스럽게 중문에 기대섰다. 그 후로 오랫동안, 해가 져서 주변이 모두 어둑해질 때까지 상인은 안채를 바라보며 서 있었다.

***

입으로는 쉼 없이 글을 외고 있었고, 때에 맞추어 책장도 술술 넘어가고 있지만 머릿속에는 단 한 자도 들어오지 않았다. 벌써 몇 달째 독수공방이었다. 게다가 낮에 자경이 위독했다는 말까지 들은 터라 속이 더 시끄러웠다. 아까 저녁에 잠깐 안채로 가려고 했으나 그마저도 자경이 자리에 일찍 들었다는 이유로 거절당했다. 이른 아침에도 등만 보고 나갔으니 결국 온종일 자경의 얼굴을 보지 못한 것이다.

어린 시절 실수로 우물 속에 빠진 적이 있었다. 다행히 두란이 알고 급히 구해주었기에 살았지, 안 그랬다면 큰일 났을 터였다. 두란이 알아채기 전까지 컴컴한 우물 속에 홀로 갇혀 있었던 기억은 아직까지 생생했다. 위는 까마득하니 멀기만 하고 사방은 온통 돌로 꽉 막혀 있는 데다 눈앞은 깜깜한데 가슴이 답답하고 숨이 턱턱 막혀서 고함조차 나오지 않았더랬다. 어찌나 암담했던지, 아주 짧은 시간 갇혀 있었을 뿐인데도 꽤 오랫동안 악몽을 꾸다 잠에서 깰 정도였다.

지금 방원의 상황이 꼭 그랬다. 그때는 두란이 동아줄을 내려주어 그것을 붙들고 올라온 덕분에 살았는데, 지금은 누가 도움을 줄 수도 없고, 누구에게 도움을 청할 수도 없는 상황이었다. 책장을 넘기며 방원이 다시금 땅이 꺼져라 긴 한숨을 내쉬었다.

"들어가겠습니다."

그때 문밖에서 들리는 익숙한 기척에 방원이 화들짝 놀랐다. 몇 달 만에 들어보는 자경의 고운 목소리였다. 분명 제가 아는 자경의 목소리가 맞았다. 헌데 어찌 자경의 목소리가 밖에서 들린단 말인가? 얼떨떨한 얼굴로 멍하니 앉아 있는 사이, 문이 열리더니 소복을 입은 자경이 안으로 들어왔다. 자경을 본 방원의 눈이 더 커졌다. 귀신에 홀린 걸까? 아님 여우가 둔갑을 한 건가? 넋을 잃고 자경을 보던 방원이 제 허벅지를 세게 꼬집었다.

"아얏!"

"왜 그러세요?"

고통에 방원이 자리에서 들썩이며 멍든 허벅지를 문질렀다. 눈꼬리에 눈물이 그렁그렁한 방원을 보며 자경이 의아한 얼굴을 했다. 코앞에 다가온 얼굴이 반가웠다. 감격한 방원이 저도 모르게 와락 자경을 껴안았다.

"부인!"

"어머나."

"정말 보고 싶었소. 이게 꿈이 아니지요? 아니 꿈이어도 좋소. 가지 마시오. 가지 마시오, 부인."

"아잇, 서방님. 좀 놓아 보셔요, 네?"

"싫소, 안 놓을 거요. 절대 안 놓을 거요."

"숨 막혀요!"

버둥거리는 자경이 혹시나 빠져나갈까 봐 방원이 더 세게 목을 끌어안았다. 켁켁거리던 자경이 결국 방원의 팔뚝을 세게 꼬집었다.

"아야!"

방원이 화들짝 놀라며 자경에게서 떨어졌다. 헝클어진 옷매무새와 머리를 정리하며 자경이 밉지 않게 방원에게 눈을 흘겼다.

"책상을 사이에 두고 그게 뭐예요? 허리 아파 죽는 줄 알았네."

자경이었다. 제가 알던 민자경이었다. 안도와 기쁨에 입에 헤, 벌어진 방원이 서둘러 책상을 돌아 나와 자경을 보며 팔을 크게 벌렸다.

"부인."

헌데 품에 안길 줄 알았던 자경이 냉큼 자리에 앉는 바람에 방원은 기다란 두 팔로 저를 껴안고 말았다.

"어서 앉으세요. 긴히 드릴 말씀이 있어 보는 눈이 없는 야심한 밤을 택한 것이니까요."

무안함에 뒷목을 긁적이며 방원이 자리에 앉았다. 그러고 보니 이리 늦은 밤에 사랑채에서 보는 것은 참으로 오랜만이었다. 가까이서 보니 파리하게 마른 얼굴이 불빛에 비치는 게 더더욱 안쓰러워 방원이 저도 모르게 자경의 얼굴을 향해 손을 뻗었다가 제지당했다.

"아이, 참."

"알았소."

자경이 눈을 치켜뜨고 나서야 방원이 비로소 자세를 바르게 했다.

"무슨 일인데 그러오?"

"요동 정벌 이야기가 나오고 있다면서요?"

"부인이 어찌 그걸 아시오?"

놀라며 묻는 방원의 태도에 자경이 순간 당황했다. 곧이 대로 상인에게 이야기를 들었다고 말하면 방원이 편치 않을 것이다. 망설이는 사이 방원이 이내 고개를 끄덕였다.

"낮에 들른 장인어른이 이런저런 말씀을 하고 가신 게로군요."

"예, 그렇습니다."

자경이 냉큼 대답했다. 민제와 이런저런 이야기를 나눈 것은 사실이었으니까.

"그래, 그런 이야기를 나누다가 기력을 회복한 거요?"

"네. 요즘 정세를 듣다 보니 누워 있어선 안 될 거 같아서 자리를 털고 일어났습니다."

"그럴 줄 알았으면 나도 아침저녁으로 들를 때마다 그런 말을 건넬 것을……. 부인 속 시끄러울까 봐 아무 말도 안 했는데, 잘못하였구려."

"아니어요. 저도 그만 일어날 때가 되니 그런 말도 들린 게지요. 그 전엔 말씀하셨어도 그 이야기가 귀에 들어왔겠습니까. 자책하지 마세요. 서방님이 절 생각하시어 그동안 얼마나 애쓰셨는지 제가 제일 잘 알아요."

"혼자 앓는데 아무 도움이 못 된 거 같아 미안했어요."

시무룩한 얼굴로 방원이 가느다란 자경의 손목을 쓰다듬었다. 그 사이 어찌나 말랐는지 한 줌은커녕 반 줌도 안 되니 안쓰러웠다. 그 모습에 울컥하여 눈물이 날 거 같아 방원이 애써 밝은 얼굴로 고개를 들었다.

"그래, 대체 무슨 소식 때문에 부인이 자리를 털고 일어나신 거요? 야밤에 여기까지 온 것을 보면 큰일 일터인데, 말해 보세요."

자경은 낮에 민제와 있었던 대화를 짧게 방원에게 이야기하며 방원의 눈치를 살폈다. 혹 방원이 성계로부터 무언가 다른 언질을 들은 게 있는 것은 아닌가 궁금했기 때문이다. 이미 도전과 성계 사이에 어떤 계획이 세워져 있을 수도 있었으니 말이다. 허나 자경의 이야기를 듣는 방원은 그저 놀란 얼굴이었다.

"그럴 줄은, 그리 생각할 수도 있을 줄은 몰랐어요."

"아버님으로부터 무슨 이야기 들은 것 없으십니까."

"딱히 없습니다. 아버님과 개경 어머님 두 분 다 이번 요동 정벌에 대해서 내켜 하지 않고 계시다는 것은 알지만요. 특히 개경 어머니는 강경하셔서 최 장군이 딴생각이 있는 거 아니냐고 하셨다가 아버지에게 한 소리를 들으셨어요. 아버지가 아무리 그래도 최 장군은 그러실 분이 아니라면서 함부로 말하지 말라며 화를 내셨지요."

"허면 아버님과 삼봉 선생 사이에도 어떤 교류가 오가는 낌새가 없더이까?"

"두 분이서 서찰을 간간이 주고받는 거 같긴 하던데, 이번 일에 대해 별다른 말을 듣지는 못했습니다."

아마도 아직 도전이 이 일을 모르는 게 분명했다. 최영이 조용히 물밑작업만 하는 상황이라 문신들이 선불리 공론화시키기 애매한 것처럼 성계 역시도 벌써부터 도전에게도 무어라 말을 하기가 머뭇거려진 모양이다.

"아마 아버지가 여론을 모아 요동 정벌을 가더라도 최 장군은 개경에 머물도록 만들어주실 겝니다. 헌데 그것만 믿으면 아니 되고, 이쪽에서도 나름대로 준비해둘 게 있어요."

"그게 뭐요?"

"여론은 아버님이 모아주신다 쳐도, 정확히 정리된 근거를 가지고 요동 정벌을 반대해야 합니다. 기록에 남을만한 이야기가 있어야 해요."

"기록?"

"예. 기록이 남아야 해요. 기록이 남지 않으면 훗날 호사가들이 어찌 이야기를 바꿀지 알 수 없는 노릇이고 자칫하면 반대 측에게 꼬투리를 잡힐 수도 있음이에요. 애초에 회군하여 쳐들어올 작정으로 적당히 반대하는 모양새만 비친 게 아니냐, 후에 트집거리가 될 수 있단 말입니다. 허니 처음부터 분명히 우린 회군에 반대했으나 최 장군이 억지로 강행했다는 증좌를 남겨야 합니다. 최 장군이 강제로 밀어붙여 울며 겨자 먹기로 나갔는데, 역시나 가보니 우리 예상대로라 돌아올 수밖에 없었다고 주장해야 하니까요. 명분을 잡지 못하면 우리가 반란군이 될 위험이 있어요."

"무슨 말인지 알겠소이다."

"반대의 명분은 삼봉 선생께 부탁드려서 만들도록 하세요."

"장인어른이 해주실 수도 있지 않소?"

"개경 귀족들이 모두 아버님과 아버지 편이 아니지 않습니까. 여긴 좁고 소문이 나기 쉬운 곳이에요. 잘못하다가 우리 측 의견이 저쪽으로 새어나가기라도 하면 저쪽에서 반박할 내용을 미리 준비해 둘 수 있을 거예요. 아버지는 아버지 대로 문신들을 움직여 반대하시겠지만 그것과는 전혀 다른 아버님만의 언어로 할 이야기가 있어야 합니다. 그리고 그것은 되도록이면 개경에서 멀리 떨어진 곳에 있는 사람이 조용히 작업하여 보내주어야 하고요. 그래서 최 장군이 요동 정벌을 이야기하는 순간 기다렸다는 듯이 내어놓아야 합니다. 그래야 저쪽이 당황하지요."

"그렇겠구려."

"무엇보다 거기엔 단순히 요동 정벌만을 반대하는 내용만 담겨선 아니 됩니다. 그것을 근거로 하여 회군하기 위함입니다. 허나 회군할 뜻이 드러나선 아니되고요."

"무슨 말인지 알겠소이다. 굳이 설명하지 않아도 삼봉 선생은 알아서 적당한 말을 써서 보내주실 듯하오."

"저도 그리 생각합니다."

도전이라면 아마 요동 정벌 이야기를 듣자마자 뜻을 간파하여 대단히 교묘한 글을 써 줄 것이다. 겉으로 보기엔 요동 정벌을 반대하는 것이지만 실은 회군의 근거가 되는 글을 쓸 사람으로는 도전보다 더 적임자를 찾기는 어려웠다.

"허면 상인을 보내서."

"보는 눈이 많은 시기인데 혹 상인이 오가는 것을 누가 보기라도 하면 반드시 말이 나올 겝니다. 상인인 서방님을 따라 궐에도 다닌 인물이라 얼굴을 아는 이들이 많지 않습니까."

"허면……."

"소근이를 보내세요. 장사치처럼 꾸며 내려보내면 어느 누가 알겠습니까."

하긴 소근이 역시 함주에서 나고 자라 말을 타는 데는 귀신이라 상인만큼이나 빠르게 다녀올 수 있을 것이다.

"내일 동이 트면 곧장 아버님께 가서 서방님의 생각이라고 하시며 말씀 올리셔요. 이해하실 겝니다."

"그러리다."

고개를 끄덕이며 모두 다 수긍하던 방원의 얼굴이 금세 심각해졌다. 곰곰이 생각에 빠진 얼굴을 보며 자경이 가만히 기다렸다. 잠시 후 방원이 어두운 얼굴로 자경을 보았다.

"부인, 피해 있으세요."

기다리던 말이었으나 자경은 모른 척 눈을 크게 떴다.

"왜요?"

"회군할 때를 대비해야지요. 만약 아버지가 회군하시면 최 장군이 우리 가족을 가만 둘리 없어요."

"그래서 저는 이곳에 가만히 있을 작정입니다. 그것도 몸이 아주 위독한 채 말입니다."

"그게 무슨 말이오?"

"아버지한테 부러 제가 아직 아프다고 소문을 내어 달라고 했습니다. 허니 서방님도 내일 제가 여전히 많이 아프다고 앓는 소리를 하세요. 그러면서 아픈 저 때문에 집안이 엉망이라 함주에서 어머니가 오기로 하셨다고 떠벌리세요. 그리고 실제로도 함주의 어머니를 모시고 와 포천 농장에 가 계시도록 하시고요. 개경 어머니는 저 때문에 절을 다닌단 이유로 포천에 내려가 계시면 될 겝니다."

"부인은?"

"전 여기 있을 거예요."

"대체 무슨 소리를 하는 거요?"

"상인이를 아버님의 군졸로 위장시켜 보낸 뒤 회군하겠단 기미가 있으면 빠져나와 개경으로 달려오라고 시키세요. 방과 아주버님께 미리 언지를 드리면 손을 써주실 겝니다. 상인이가 집으로 오면, 행아가 궐로 서방님을 찾아갈 거고요. 궐 앞에서 행아는 보란 듯이 난리를 칠 거예요. 제가 죽게 생겼다고요. 그 말을 듣자마자 사색이 되어 뛰어나오시면 됩니다. 그리고 바깥에 준비해둔 말을 타고 포천으로 가 두 어머니를 모시고 피난 가세요."

"부인은요?"

태연히 다른 사람의 말만 하면서 정작 자신의 이야기는 하나도 하지 않는 자경이 답답해 죽을 것 같았다.

"저는 여기 있는 다니까요?"

"어찌 그게, 그게 말이 된다고 생각하오?"

"제가 여기 있어야 최 장군이 안심합니다. 제가 개경에서 몸을 빼면 최 장군의 의심이 깊어질 게고, 그럼 우리 가문 모두가 살아남지 못합니다."

"허면 내게 부인을 인질로 두고 빠져나가란 거요? 대체 날 뭘로 보고!"

"저는 이성계 장군의 며느리 이전에 민제 대감의 여식입니다. 여흥 민 씨 가문 민제의 딸, 그것도 민제 대감이 제일 사랑하는 딸이에요. 여기 홀로 남아 있어도 최 장군은 제게 손가락 하나 까딱 못합니다. 믿으세요."

"말도 안 되는 소리요. 회군해서 돌아오면 개경에서 일전이 벌어질 터인데, 내게 부인을 이 안에 두고 싸우란 거요?"

"이인임이었다면 저도 이런 수를 감히 내어놓지 못합니다. 허나 최영 장군은 이인임과는 다릅니다. 그는 진정한 무인이에요. 치사하게 뒤통수를 치거나 여자나 아이들을 인질로 삼아 상대를 자극하는 질 낮은 수법은 쓰지 않습니다. 그는 정공법을 쓸 거예요. 싸움 끝에 아버님이 지신다면 제가 노비가 될 수도 있겠지요. 허나 아버님이 진다면 서방님도 이 자리에 없으실 터인데 제가 노비가 된들 무에 그리 억울하겠습니까? 허니 싸움이 끝나기 전에는 전 안전합니다. 제가 안에 있다 해도 있는 힘껏 싸우세요. 싸워서 이겨 주세요. 그럼 저를 볼 수 있으실 겁니다."

"말도 안 되오. 난 부인도 데려갈 거요."

"함주 어머님에 방연 도련님에, 개경 어머님에 방번, 방석 도련님들까지 혼자 다 데려가시기에도 버겁습니다. 거기에 저는 몸도 온전치 못해서 피난길에 짐이 될 뿐이에요. 상대가 최영 장군인게 우리에겐 복이지요. 허니 안심하고 절 두고 가세요. 그래야 모든 일이 쉬이 풀립니다."

수없이 혼자 머릿속으로 생각하고 생각한 끝에 나온 결론인 게 틀림없었다. 아무리 말해도 고집을 꺾지 않을 것이다. 그리고 당장 방원조차도 저 고집을 꺾고 끌고 갈만큼 좋은 생각이 떠오르지 않기도 했다.

자경의 말대로 자경이 개경에 머무른다면, 그것도 아픈 채 자경에게 제가 쩔쩔매는 모습을 보인다면 최영은 안심할 것이다. 방원과 자경은 본래도 금실이 좋기로도 유명했는데 연이어 아이들을 잃은 덕분에 더더욱 애틋해졌다고 모두가 알고 있기 때문이다. 성계의 자식 중 가장 활발히 정치를 하는 방원을 최영이 제일 유심히 살펴볼 게 당연했다. 허니 방원을 보며 최영이 안심하는 것은 매우 중요한 일이 아닐 수 없었다. 얼마 전까지 아프던 자경을 굳이 개경 밖으로 옮기는 게 오히려 최영의 의심을 더 깊게 만든다는 지적 역시도 정확했다.

기가 차고 하기 싫은데, 다른 방법이 없어서 해야 한다는 현실이 끔찍했다. 무기력하게 우는 어머니를 지켜볼 수밖에 없었던 그 옛날 어린 시절로 되돌아간 것 같은 기분이었다. 이 나이가 되어 자식까지 두었는데도 사랑하는 여자 하나 제 맘대로 지키지 못한다니, 참으로 참담했다.

"방원아."

다정하면서도 낯선 호칭에 방원이 놀라 고개를 들었다. 옆으로 얼굴을 기울인 자경이 방원을 보며 환하게 미소 짓더니 이내 손을 내밀었다.

"잘 다녀와, 여기서 기다릴게."

처음 제게 내밀었을 때보다는 확실히 커졌지만, 그때처럼 여전히 곱고 흰 손이 눈앞에서 까딱했다. 처음 방원에게 말을 태워주겠다며 당당히 말하던 여자애의 모습이 지금의 자경과 겹쳐졌다.

그래, 생각해 보면 저는 그 어린 시절 그때부터 자경에게 반했다. 저도 어린 주제에 처음 보는 말이 예쁘니 타겠다고 고집을 부리고, 떨어진 후에는 시원스럽게 자신의 잘못이라고 인정했더랬지. 그런 여자이니 지금 이리 당당하게 제게 혼자 남겠다고 말하는 거다. 그리고 그렇기에 방원은 자경을 사랑했다.

감격에 겨운 눈으로 자경을 보던 방원이 눈앞에 내어진 손을 붙잡았다. 그리고 한동안 가만히 손을 붙들고 있다가 이내 힘을 주어 제 쪽으로 끌어당겼다. 와락, 자경이 방원의 단단한 가슴팍에 안겼다.

"원, 꼬챙이처럼 이리 말라서는 안는 재미도 없겠어."

"어머, 못된 소리."

"잘 먹고 건강하게 있어야 하오. 보약도 챙겨 먹고 몸에 좋다는 건 다 챙겨 먹어서 예전 모습으로 돌아와 있어야 합니다. 기껏 돌아왔는데 여전히 이렇게 말라 있으면 화낼 거요."

꾹꾹 누르는 말끝에 물기가 배어 있었다. 자경이 웃으며 팔을 들어 방원을 감싸 안았다.

"그리할게요."

"약조한 거요."

"네. 약조했습니다."

"두고 보라지. 몇 달 치 독수공방시킨 값 아주 톡톡히 받아낼 터이니."

농을 치며 와락 껴안았지만, 자경의 어깨가 물기로 젖어가는 것이 느껴졌다. 자경이 말없이 방원의 동글동글한 뒤통수를 다정히 쓰다듬었다.

***

"함주 어머니를 개경으로 모시고 왔다고?"

"예. 그렇다고 하더이다."

개경 가까이 성계의 가족이 오는 것은 최영의 입장에선 나쁘지 않았다. 혹여나 성계가 딴마음을 먹었을 때 쉬이 그 가족들을 인질로 삼을 수 있으니 말이다. 헌데 그것을 뻔히 알 만한 성계나 방원이 하필 이 시기에 어찌 가족을 개경 근처로 옮기는 것인지 그게 의아했다. 아마도 딴 마음이 없으니 그럴 수 있는 거겠지만 그렇다고 해도 굳이 위험을 감수할 필요가 있나 싶었던 것이다.

"연유는?"

"그게, 이 정랑의 부인이 많이 위독한 모양입니다."

"근래 민 대감도 눈 아래가 쑥 꺼지긴 했던데."

"아주 심각한 모양입니다. 어린 자식을 잃고 자리보전하며 통 회복을 못 하는 모양이에요."

"어느 정도길래?"

"개경에 있는 이 장군의 부인 강 씨는 매일 같이 절에 다니려고 아주 포천으로 내려갔다고 들었습니다. 말로는 이 장군을 위한 보시라고 하는데 아무래도 앓아누운 며느리 때문이 아니냐고 죄다 수군거린다고 들었어요. 거기다 함주에 있는 부인 한 씨까지 내려오는 것을 보면 정말 오늘내일하는 것 아니겠습니까? 에휴, 그리도 금실이 좋았는데 이 정랑만 아니 되었지요. 요즘 보면 아주 안쓰러워 죽겠습니다."

우현보의 말끝에 걱정이 듬뿍 묻어났다. 현보는 계해년에 문하부 찬성사를 맡아 과거를 관장한 지공거였기에 방원과는 좌주와 문생의 관계였다. 그래서 성계와 최영 중에서는 당연히 최영의 편에 섰지만, 방원만큼은 예외적으로 현보에게 특별할 수밖에 없었다.

"허면 이 정랑은 요즘 통 정신이 없겠구먼."

"정신없습니다. 평소와 달리 실수가 잦은 모양인데 다들 상황이 상황이니만큼 이해해주고 있다고 합니다."

젊은 부부의 불행이 안쓰럽기는 했지만, 최영의 입장에선 이 소식이 혹시나 하며 조금은 불안했던 마음을 완전히 씻을 수 있게 해주어 좋았다. 사실, 성계에게 모든 병권을 맡겨 요동으로 보낸다는 것이 저 역시도 그리 썩 기껍지는 않았던 탓이다. 인임의 말을 믿지 않는다고 해도 그가 계속해서 성계를 조심하라고 경고했던 것이 개운치 않은 것은 사실이었다. 또 성계가 내세운 사불가론이 모두 틀린 말은 아닌데 어찌 자세히 뜯어보면 꼭 돌아올 거라고 선언하는 내용 같아서 영 불쾌하기도 했고.

헌데 개중 제일 똑똑한 아들이라는 방원이 저렇게 넋이 나가 있는데다 집안 사정 역시 함주에 있던 모친까지 개경으로 불러와 자경에게 매달려 있어야 할 정도라면 최영이 걱정하는 게 무의미했다.

"거 상황이 이래서야 멀리 떠나는 이 장군의 마음이 영 불편하겠군."

말은 그렇게 하면서도 조금 전보다 최영의 얼굴은 한결 풀려 있었다. 여전히 걱정스러운 얼굴로 고개를 끄덕이는 현보를 보며 최영이 소리 없이 가슴을 쓸어내렸다.

***

위화도에 도착하기 전부터 쏟아 내리던 폭우가 십여 일 만에 그치더니 드디어 파란 하늘에 해가 떴다. 오랜만에 뜬 해를 반가워하며 젖은 옷가지를 말리는 군사들 사이를 성계가 돌아다니며 격려했다. 불어난 물에 벌써 수백 명이 익사한 까닭에 군사들의 분위기는 대체로 흉흉했다. 불평불만을 늘어놓는 군사들 사이를 겨우 빠져나오자 방과가 기다리고 있었다.

"무슨 일이냐?"

"조정에서 답이 왔습니다."

어차피 처음부터 압록강을 건널 생각 없이 온 것이었기에 성계는 비가 반가웠더랬다. 비를 핑계 삼아 이곳에 머물며 시간을 끌 수 있었으니 말이다. 홍수에 군사를 잃고 난 뒤에는 제 좁은 소견머리를 자책하긴 했으나 어쨌거나 모든 상황이 성계에게 유리하게 돌아가고 있었다.

"거절이더냐?"

"예. 나아갈 것을 거듭 독촉하더이다."

요동 정벌에 대한 말이 나오고 얼마 지나지 않아 왕은 사냥을 떠났다. 그것이 사냥을 핑계 삼아 군사를 모으고 주변을 둘러보려는 계략이라는 것을 성계는 모르지 않았지만, 모른 척해야 했다. 최영이 아무런 말도 해주지 않았기 때문이다. 문신들 사이에서 갑론을박이 오갈 때도 최영은 성계에게 요동 정벌에 대한 것을 의논하지 않았다. 사냥을 한다는 명목으로 대대적으로 군사를 선발한 뒤 성계에게 같이 가자고 할 때조차도 최영은 요동 정벌에 대한 이야기를 꺼내지 않았다. 그쯤 되었을 땐 바보가 아니라면 누구나 그것이 사냥이 아니라는 것을 알아차릴 수 있었는데도 그 상황에서조차 최영은 성계에게 침묵했다. 처음으로 최영이 성계에게 요동 정벌이라는 네 글자를 정확히 말한 것은 봉주에서였다. 해주에서 출발한 군사들이 황주에 이르러서야 비로소 요동 정벌이라는 말을 성계는 최영과 왕으로부터 들을 수 있었다.

"조민수는?"

"여전히 우왕좌왕하고 있습니다."

"아직도 결정을 내리지 못하다니."

"소견머리가 없는 자이니 어쩌겠습니까. 어찌 보면 그자도 불쌍하지요. 그릇이 안 되는데 원치 않는 자리에 앉았으니까요."

무시당했다고밖엔 생각할 수 없는 처사였다. 제게 주어진 수문하시중이란 자리는 그저 사냥을 잘한 사냥개에게 주어진 고기 찌꺼기에 불과했을 뿐, 권력이나 위엄은 조금도 없었다. 아니 애초에 최영은 성계에게 권위를 줄 생각도 없었던 것이다. 강 씨의 말처럼 설마 저를 데리고 나가 죽일 작정이라고까진 생각지는 않았지만, 인임과 그 일파를 몰아내기 위해 단지 이용했을 뿐이구나 싶었다. 그게 아니라면 아랫사람 대하듯 그리 처신할 순 없는 노릇이었으니 말이다.

"가별초에게 거짓 소문을 내라."

"뭐라고요?"

너무 분해서 본래는 꼼짝도 안 하거나 함주로 돌아가거나 둘 중 하나를 할 작정이었다. 허나 방원의 설득에 더해서 도전 역시 그와 같은 의견이어서 마음을 바꿀 수 있었다. 마음을 바꾸자 모든 게 맞춘 것처럼 딱 떨어졌다.

"내가 돌아갈 거라고. 가별초가 웅성거리면 다른 군사들 역시 동요할 게다."

"허면 초조해진 조민수가 마음을 정할 수밖에 없겠군요."

이리될 것을 알아차리지 못했다니, 어리석은 사람.

인임은 최영에게 수없이 경고했다. 성계는 위험한 인물이니 조심하라고 말이다. 허나 그럴 때마다 최영은 성계를 감싸며 두둔했다. 그런 최영이 고마워서 결코 최영이 살아생전에는 딴맘을 먹지 않으리다, 결심했더랬다. 인임의 예상한 대로 움직여주고 싶지 않기도 했고.

허나 결국 인임이 옳았다. 그러고 보면 인임이 오랫동안 권세를 누릴 수 있었던 것이 비단 운이 좋아서만은 아니었던 모양이다.

***

"이성계 장군이 휘하의 친병을 거느리고 동북면으로 떠나신다네!"

"뭐라고?"

"그게 사실이오?"

"그럼! 벌써 말에 올랐다는데?"

"그럼 우린 어쩌라고?"

"우리도 도망쳐야 하는 거 아냐?"

"저쪽에 붙어, 아님 여기 있어?"

군사들의 분위기가 삽시간에 어지러워졌다. 상인이 조용히 뒷걸음질 쳐 무리에서 빠져나와 방과의 막사로 향했다. 때마침 막사 밖을 서성이던 방과가 상인을 발견하고 조용히 눈짓했다. 상인이 주위를 두리번거리며 적당한 거리를 두고서 방과의 뒤를 쫓아갔다. 방과가 한참을 걸어 사람이 없는 한적한 곳에 이르자, 그제야 상인이 얼른 방과의 곁으로 다가섰다.

"어찌 된 것입니까?"

"헛소문이야. 조민수가 도통 움직이질 않으니 동요 시키려고 괜한 말을 퍼뜨린 게야. 안 그래도 너를 찾던 참이었는데 때마침 잘 움직여주었구나. 방원이가 꽤 똑똑하다고 자랑할 만하군."

"허면."

"이 길을 따라 쭉 가다 보면 미리 준비해둔 말이 나무에 매여 있을 게다. 그 말을 타고 곧장 달려가거라. 회군이다. 조민수가 드디어 마음을 정했어."

"예."

"방우 형님과 두란 숙부에게 먼저 이 소식을 전해야 한다. 아마 두란 숙부가 말을 바꿔 주실 게다. 그럼 그 말을 타고 개경으로 가는 게야."

"그리하겠습니다."

인사한 상인이 앞으로 달려가기 시작했다. 상인이 눈앞에서 보이지 않고서야 방과가 비로소 몸을 돌렸다. 그리고 날카로운 시선으로 주위를 두리번거렸다. 근처엔 아무도 없었다. 저 멀리 말을 타고 나온 성계를 에워싼 군사들의 모습이 보였다. 그 모습을 보며 방과가 미소 지었다.

***

역시 최영은 위대한 장수였다. 누가 봐도 대단히 불리한 상황이었음에도 최영은 쉬이 꺾이지 않았다. 백전노장이 이런 거구나, 성계는 내심 속으로 감탄했다. 굳이 거세게 치고 들어가지 않는 것은 이 전투 자체가 내전이었기에 큰 싸움을 벌여봤자 민심을 이반시킬 뿐이라 게 가장 큰 이유였지만 개인적으로는 무인으로서 최영을 존중하기 때문이었다. 그의 마지막을 그 스스로 택하게 하고 싶었다. 그가 무인답게 끝날 수 있기를 바랐다.

"시간을 더 오래 끄는 것은 좋지 못합니다. 위기에 몰리면 최영이 안에 있는 사람들에게 무슨 짓을 할지 알 수 없지 않습니까. 쥐도 궁지에 몰리면 고양이를 문다고 했습니다. 아무리 평소에 의로운 사람이었다 해도 이런 위기 상황에서조차 의로우리라 확신할 순 없는 법이에요."

"온 백성이 우리 편인데 굳이 서두를 게 뭐간디."

"최 장군을 신망하는 백성들도 많아요. 본래 지키는 것보다 뺏는 것이 어려운 법이고, 지키는 사람보다 뺏으려는 사람에 대한 여론이 좋지 못하게 마련입니다. 시간이 길어지면 안에 있는 사람들은 아쉬울 게 없지만, 밖에 진을 친 우리는 힘이 들 것이고 지켜보는 이들 역시 우리를 더 불편하게 여기기 마련입니다."

"금세 가라앉긴 했지만, 유만수가 패배한 것 때문에 군사들이 좀 웅성거리긴 했습니다."

"서둘러 정리해야 합니다. 이 많은 군사가 개경에 다 모여 있다가 또다시 왜구가 득세하면 결국 민심은 우리를 떠나게 되어 있어요."

"조민수 고거 제대로 안 하는 거 아이가? 아무리 전력을 다한 데도 그렇지, 아직도 선의문 하나 못 뚫는 게 말이 되는 거이가?"

"그쪽은 그쪽대로 불만이 있을 겝니다. 어찌 이곳을 자기에게만 맡기고 아무것도 안 하냐고 생각하지 않겠습니까."

허나 주위 사람들의 의견은 성계와 달랐다. 특히 성 안에 처자식을 두고 온 이들의 마음은 여유로울 수가 없었다. 재촉하는 이들을 둘러보던 성계가 결국 입을 열었다.

"방과가 군사를 끌고 선의문으로 가라. 이화가 방과를 보좌해주도록 하고."

"이미 선의문에는 충분히 많은 병력이 가 있습니다."

"더 공세를 취하라는 게다."

"어째서요?"

"어차피 성내 군사는 얼마 되지 않을 터, 우리가 선의문에 더 공세를 취하면 자연스레 숭의문의 군사들을 빼서 선의문으로 보낼 수밖에 없을 것이다."

"허면 형님은 숭의문으로 갈라고요?"

"그래, 너랑 나는 숭의문을 통과해 선의문으로 가서 조민수와 합류한다."

며칠 동안 말에 안장조차 치운 채 느긋하게 굴었던 이유는 진심으로 최영이 스스로 마무리 짓기를 바랐기 때문이다. 헌데 최영은 그럴 생각이 없어 보였고 성계 주변의 사람들도 여유롭게 두지를 않으니 다시 말 위에 오르는 수밖에 없었다.

"명심하라. 이것은 내전이야. 성 안의 군사들도 우리 백성들이다. 허니 싸워서 서로 해를 입기보단 기세를 몰아 스스로 도망가게 해야 한다. 깃발과 북을 많이 준비하고 병사들로 하여금 안으로 들어갈 때 크게 고함을 지르도록 하라. 죽이는 게 목적이 되어선 안 돼. 쫓아 보내는 거다. 알겠느냐?"

"예."

크게 대답한 이들이 서둘러 막사 밖으로 나갔다. 성계 역시 막사를 나와 준비된 말 위에 올랐다. 밀고 밀리고 실랑이할 생각이 없었다. 오늘의 싸움이 처음이자 마지막이어야 했다. 이대로 말 위에 오른 이상 내려올 때, 성계는 성 안에 발을 디딜 작정이었다.

"가자!"

성계의 호령에 두란이 군사들에게 손짓했다. 군사들이 북을 치고 목소리를 높이며 진격했다.

* * *

마침내 담장이 무너졌다. 위화도에서 성계가 회군을 결정한 지 열흘 만이었다. 최영은 자신의 손을 잡고 우는 왕에게 두 차례 절을 하고 곽충보를 따라 밖으로 나왔다. 성계가 기다리고 있었다. 최영은 담담히 성계를 보았으나 성계는 왠지 모르게 울컥하는 마음에 눈물이 솟았다.

아마도 사람들은 성계가 꾸며내는 것이라 할 거다. 허나 이미 장년의 사내가 꾸며서 눈물을 흘리는 건 매우 어려운 일이었다. 저 자신도 알 수 없는 일이지만, 흐르는 눈물은 진심이었다. 그사이 매우 늙은 듯한 최영의 모습이 안쓰러웠고 패했음에도 불구하고 끝까지 꼿꼿한 그의 태도가 존경스러웠다. 진심으로 존중하는 무인이었다. 최영 역시 무인으로서 성계를 존중했다.

정치를 하면서 갈라서지만 않았으면 얼마나 좋았을까. 본디 정이 많은 성계가 정치에 비정함을 느낄 때는 바로 이런 순간이었다. 사람이 좋고 사람을 좋아해서 적의 우두머리도 재주만 좋으면 제 사람으로 만드는 게 성계였다.

허나 전쟁터에서 서로 피 튀기며 싸우는 적군은 의형제가 될 수 있지만, 정치에선 그렇지 못했다. 서로 피 한 방울 흘리지 않았음에도 어제의 동지가 오늘의 적이 되는 것이 정치였다. 정치는 비정했다. 이미 작정한 이상, 성계는 이 비정한 현실 역시 받아들여야 했다.

"이 같은 사변은 저의 본심은 아닙니다. 다만 이 모든 일이 대의에만 어긋나는 것이 아니라 국가가 편치 못하고 백성들이 피곤하여 민심의 원통함이 하늘까지 이르게 된 까닭으로 부득이 이리 한 것이니."

우느라 잠시 말을 멈춘 성계가 숨을 들이켰다.

"부디 잘 가십시오. 잘 가시오."

울며 성계가 최영을 쳐다보았다. 최영은 해탈한 얼굴이었다.

"이 시중의 경고가 맞았군."

인임의 일파를 몰아내던 때 최영은 병든 인임이 밤새도록 그의 집 대문을 두드려도 받아주지 않았지만, 인임에게 처벌을 내리는 건 반대 했다. 덕분에 인임이 화를 면하는 것을 보고 사람들은 제일 큰 도둑이 빠져나갔다며 비아냥거렸다. 모두가 최영이 나이가 들어 마음이 약해졌다며 혀를 찼지만, 성계만은 최영을 이해했다. 최영이 인임의 인물됨을 몰라서거나 그에게 득 본 게 있어 그러는 게 아니었다. 최영은 그 나름대로 제 목숨을 살려준 보은을 한 것이다. 인임 주변에도 최영을 죽여야 한다는 이들이 많았다. 허나 인임은 그러한 말을 모두 물리치고 최영을 끝까지 보호했다. 어차피 인임의 병이 깊어 다시 정치에 복귀 못 할 것이란 이유도 있었지만, 자신을 알아봐 준 것에 대한 최소한의 도리로서 최영은 인임을 죽이지 못한 것이다.

그런 최영에 비하면 성계는 최소한의 도리조차 지키지 못하는 인간이 된 셈이다. 그 단 한 마디에 담긴 수많은 의미에 성계는 순간 등골이 서늘해졌다.

"허나 끝이 이 시중 같아서는 아니 되네. 부디 내 죽음을 헛되이 하지 말게."

고향 집에 내려가 있으라고 했지만, 그런들 끝내 자신이 죽으리라는 것을 최영은 이미 짐작한 것이다. 그럼에도 성계의 곁을 스쳐 지나가는 최영은 여전히 꿋꿋했다. 잔뜩 몰려와 있던 군사들조차 눈치를 보며 최영이 지나갈 수 있도록 길을 터 주었다.

고려의 마지막 장군으로 기록될 이는 최영이겠구나.

그의 뒷모습을 보던 성계가 씁쓸히 돌아섰다.

"오셨습니까."

마중 나온 이색이 성계에게 인사했다. 성계가 이색에게 맞절했다.

허면 나는 다른 이름을 얻어야만 하겠다. 고려의 마지막이 될 수 없다면, 다른 것의 시작이 되면 될 것 아니냐.

"들어갑시다."

"예."

성계와 이색이 나란히 걸어 궐로 향했다. 조금 떨어진 곳에서 그런 아버지의 모습을 지켜보던 방원이 옆에 선 방과를 조심스럽게 쳐다보다 입을 열었다.

"군사를 이만 성문 밖으로 내보내도 되지 않겠습니까."

"아버지가 내보내라고 하셔야 내보내지. 내가 무슨 권한이 있어서."

"허면 이리 계속 기다려야 하는 것입니까?"

방과가 초조해하는 방원을 보다 이내 알겠다는 듯 씩 웃었다.

"제수씨가 걱정되느냐?"

"네."

기다렸다는 듯이 냉큼 대답하는 것에 방과가 오히려 당황했다.

"야."

"난 먼저 가면 안 되오?"

"집에?"

"예."

"야, 우리 다 이러고 있는데."

"난 어차피 군사를 모는 사람도 아니잖아요. 나 하나 빠진다고 아버지가 알아볼 것도 아닌데."

군사가 개경에 도착하자 방원 역시 포천에서 올라와 합류했는데, 개 중 가장 궐 안의 동태에 신경을 곤두세운 게 방원이었다. 덕분에 넉살 좋은 두란을 비롯해 방간이나 다른 형들에게도 애처가라고 단단히 놀림을 받았는데, 방원은 별반 부끄러워하지도 않고 오히려 형수들이 자경이만 못해서 그러는 게지, 라며 뻔뻔하게 굴었다.

어휴, 하며 방과가 한숨지었다.

"가라, 가."

"진짜요?"

"그래, 가. 마음이 이미 콩밭에 가 있는 애 데리고 있어봤자 뭐하겠냐."

방과가 혀를 끌끌 찼다. 그러거나 말거나 신이 난 방원이 곧장 말을 달리기 시작했다. 달려가는 방원의 등 뒤로 어느새 해가 뉘엿뉘엿 지고 있었다.

* * *

"괜찮소?"

자경의 어깨를 쓸어내리는 방원의 손길은 여전히 조심스러웠으나 바라보는 눈빛이 점점 뜨거워지는 것은 감출 수 없었다. 아이를 잃고 슬퍼하느라 한동안 서로를 피한 데다 일이 터져 떨어져 있기까지 하느라 꽤 오랜만에 함께하는 것이니, 그럴 만도 했다. 보채는 것을 받아주기 벅찰 만큼 방원은 노상 자경을 원해서 아이를 가졌을 때도 잠자리를 가지곤 했으니, 이 정도로 오래 떨어져 있었던 것은 처음이었다.

"괜찮습니다."

말이 떨어지기 무섭게 방원의 손이 급하게 자경의 가슴을 파고들었다. 오랜만이라서인지, 아니면 힘든 한고비를 넘기고 다시 만나서인지 자경 역시 첫날밤처럼 가슴이 뛰고 벅차서 손끝이 떨렸다. 어느새 날가슴이 된 방원이 자경을 깊이 안으며 숨을 토해냈다. 자경 역시 방원의 등허리를 껴안으며 단단한 어깨에 입을 맞추었다.

"그리웠소. 얼마나 보고 싶었는지 모를 거요."

말끝에 투정이 묻어났다. 꼭 어미에게 투정을 부리는 막내아들과 같은 어투에 자경이 더운 숨과 함께 웃음을 토해냈다. 그가 이렇게 자신을 온몸으로 원하는 것이 좋았다. 단 한 번도 어미를 독점해본 적이 없는 어린 사내의 욕망이 이런 식으로 튀어나온다는 것을 알고 있었다. 자경 역시도 단 한 번도 부모에게 단 하나뿐인 자식이었던 적이 없기에, 방원이 이렇게 자신만을 원하는 게 싫지 않았다. 누군가에게 절대 없어서는 안 될 단 한 사람이 된다는 건 정말 달콤한 일이었다. 서로에게 서로밖에 없다는, 단지 그 생각만으로도 몸은 쉬이 더워지곤 했다.

"자식 따윈 아무래도 상관없소. 나한테는 그대만 있으면 되니, 신경 쓰지 마오."

몸을 깊숙이 밀어 넣으며 방원이 낮게 속삭였다. 자경이 땀에 젖은 그의 이마를 닦으며 고개를 저었다.

"서방님보다 더 위대한 아들을 낳을 겁니다."

혼인을 하고 임신을 하고 나서야 알았다. 여자가 자식을 낳는다는 것이 얼마나 큰 권력인지를. 임신은 대단히 괴롭고 출산은 무척 위험한 일이었으나, 그것은 권력을 얻기 위한 통과의례였다. 사내가 아무리 잘나본들 후손을 못 남긴다면 역사에 그 사내가 어찌 기록될 것인가. 사내가 어떤 여인에게서 어떤 자식을 낳느냐에 따라서 그의 역사가 달라진다. 임신하고 나서야 자경은 그것을 알게 되었다.

"무어라? 나보다 더 위대한 아들?"

"예. 꼭 그런 아들을 낳을 겁니다."

그래서 이것은 단지 정사(情事)가 아니었다. 이것은 언제든 정사(正史)가 될 수 있는 일이었다. 방원은 이해할 수 없을지도 모르지만, 그러한 상상은 자경을 좀 더 흥분케 했다.

이를 악물었던 방원이 긴 숨을 토해내며 자경의 어깻죽지를 깨물었다. 자경이 작게 신음하며 그를 끌어안았다.

"하긴, 그대가 아들을 낳으면 당연히 나보다 낫겠지."

숨을 고른 방원이 빙긋 웃으며 자경을 보았다.

"허나 너무 애쓰지 마시오. 나한텐 당신이 제일 중하니."

젖은 입술을 이마에 문지르며 방원이 자경을 품으로 끌어안았다. 따끈하고 부드러운 몸이 품에 안겨 오자 다시 아랫도리에 열이 올랐다. 어쩌면 이 밤, 또다시 아이가 그들을 찾아올지도 모르겠다는 생각이 들었다.

***

"조민수, 이 쉐끼! 능구렁이 같은 쌍노무 새끼들!"

"거 말 함부로 하지 마라."

"지금 입 조심하게 생겼수까? 죽 쒀서 개 주게 생겼고만!"

"거, 참."

펄펄 뛰는 두란을 성계가 말리긴 했지만, 사실 성계의 속내 역시 그와 별반 다르지 않았다. 성계뿐 아니라 사랑채에 모인 모든 이들의 심정이 그러했다.

최영은 백성들의 지극한 존경을 받는 인물이었다. 그는 단 한 번도 사사로운 욕심을 드러낸 적이 없었다. 아니 그런 생각을 가진 적조차 없었을 것이다. 늘 초가집에서 살았고 스스로 장작을 패고 밭을 갈았다. 모든 관리가 농사를 망치는 까마귀처럼 보일 때에 최영은 유일한 백로였던 것이다. 그러니 어찌 그를 따르지 않으랴.

"아니 이 꼴을 그냥 두고 봐야 하는 거요?"

"이미 결정 난 일을 어찌하겠습니까."

최영이 패전하여 고향으로 내려간 뒤부터 민심이 돌아서기 시작했다. 그 전만 해도 성계는 백성들의 영웅으로 어딜 가나 환호를 받았으나 최영이 실각한 뒤부터는 아니었다. 대놓고 성계에 대한 비판을 하는 이들도 여럿이었다. 민심이 천심이라고, 그 뜻을 따르는 게 우리의 할 일이라고 생각했던 성계의 무리는 이러한 반응에 적잖이 당황할 수밖에 없었다. 그래서 백성들의 눈치를 살피며 잠시 몸을 낮춘 사이, 이색과 손을 잡은 조민수가 대비를 움직여 폐주의 아들을 보위에 올린 것이다.

"허면 방원이도 명나라에 가야 한단 거요?"

폐주의 아들이 보위에 앉은 상황은 위화도 회군을 주도한 성계의 무리에겐 위기였다. 이는 회군의 정당성 자체를 부정하는 일이었기 때문이다. 같이 회군을 했음에도 조민수가 성계를 버리고 이색과 손을 잡은 건, 자신이 과거 인임의 일파에 속해 있었다는 근본적인 한계를 스스로 알아서였다. 그래서 끝내 자신은 성계와 함께할 수 없으리라 판단했기에 그 전에 제 나름대로 머리를 굴린 것이다.

"방원인 보낼 수 없다."

비록 보위에 오르긴 했지만 폐위된 왕의 자식, 왕 노릇을 제대로 못 해 쫓겨난 아비의 아들이라는 한계가 있었다. 왕의 정통성을 굳건히 하기 위해선 명나라에 가서 황제의 확인을 받아야 했다. 이색은 본래 왕과 함께 갈 생각이었으나 길이 너무 험하고 왕이 너무 어리단 이유로 대비가 반대했다. 이색은 어린 왕을 조민수에게만 맡겨두고 먼 명나라 길을 다녀오는 것이 걱정되어 성계에게 함께 가자고 했으나 말이 채 끝나기도 전에 주변에서 반대했다.

그리하여 대안으로 제안한 것이 성계의 아들 중 하나를 데려가겠다는 것이었다. 일종의 인질을 삼겠다는 작정인 듯한데, 하필이면 이색과 함께 명나라에 갈만한 인물이 방원이 외엔 마땅찮다는 게 문제였다.

"방원인 몸도 약하고 아직 아들도 없는데 어찌 그 먼 길을 보낸단 말이냐?"

"방우 형님은 장남이고 방과 형님은 가별초를 지켜야 하니, 제가 가지요."

온화하고 사리에 밝은 방의가 먼저 자청했다.

"안 된다. 방우 형님이나 나나, 둘 중 누구 하나라도 잘못되면 곧장 그 자리에 가서 대신 일 해야 하는 게 너다. 양쪽 일을 다 잘 아는 건 우리 중 너밖에 없는데, 이 혼란한 때에 네가 자리를 비우면 어찌하느냐. 얼마 전 자객단이 아버지와 우리 목숨을 노린 것만 봐도 아직 안정된 시기가 아닌데, 너는 이곳을 지켜야 한다."

얼마 전 폐주가 내시 팔십여 명을 무장시켜 야밤에 성계와 조민수의 집에 보낸 일을 말하는 것이다. 다행히 성계와 조민수 모두 군영에 있어 화를 면했지만, 만약 집에 있었다고 생각해 보면 아찔한 일이었다.

"아, 그라이 지금 갈만한 건 방원이뿐 아이가. 방간이를 보낼 수는 없는 거 아이네."

"숙부는 내가 어째서 그러오? 가자면 가지. 난 못 갈 거 없소."

발끈한 방간이 대거리했지만, 모두 은연 중에 두란의 말에 동조했기에 아무도 편을 들어주지 않아 시시하게 끝나고 말았다. 다시 사랑채에 어둡고 긴 침묵이 내렸다.

"아무래도 그대가 다녀오는 수밖엔 없겠소이다."

한참의 시간이 흐른 후 도전이 방원을 쳐다보며 나직이 말했다. 모두의 시선이 도전에게 쏠렸다.

"어쨌거나 명나라는 대국이고 우리는 사대를 해야 하는 입장입니다. 그리고 이건 외교에요. 우리끼리 사이가 좋지 않다거나 우리가 내키지 않는 왕을 저들이 옹립했다는 건 우리 문제에요. 굳이 그런 흠을 명나라에게 보일 필요는 없단 말입니다. 헌데 서로 잘 모르고 불편한 이와 함께 사행에 오르게 되면 가뜩이나 피곤하고 먼 길에 서로 실수하게 될 게고 불편한 감정을 드러낼 수밖에 없을 것입니다. 그것을 황제께서 보게 된다면 약점만 잡힐 뿐이에요. 그럼 훗날 우리에게도 좋을 리 없습니다. 이왕이면 목은 선생과 서로 잘 알아 편히 다녀올 수 있는 사람이 가는 게 낫지요. 허니 이 정랑이 가야 할 듯싶습니다."

하긴 지금 당장 황제가 왕을 인정해주는 것이 싫다고 해서 굳이 못 볼 꼴을 보이는 것은 어리석고 소견머리 없는 자들이나 할 만한 모자란 일이었다. 후에 나라를 이끌 생각을 하고서 크고 멀리 본다면 되도록 명나라에 흠 잡히지 않고 이번 사행이 무사히 끝나기를 바라야 했다.

"목은 선생이 싫다 해도 우리 측에서 한 사람 정도 딸려 보내야 하는 일이었습니다. 가서 저들이 어떤 말을 했는지 우리도 알아야 하지 않겠습니까? 어찌 보면 저들이 우리의 최측근을 보내 달라 요청한 것이 우리에겐 고마운 일이에요. 저들이 명나라에 가서 헛짓하지 못하게 감시할 수도 있고, 무슨 소릴 어찌 했는지 저들의 입이 아니라 우리의 입을 통해 듣게 될 테니 말입니다. 좋게 생각하면 더할 나위 없이 좋은 기회입니다."

"그카이 말하니 반박할 말은 없소이다."

입을 불퉁히 내민 채 두란이 툴툴거렸다. 성계 역시 입을 꾹 다문 채 더 이상 말이 없었다. 방원은 성계의 자식 중 유일하게 정치적이었다. 그래서 소중한 아들이었다. 헌데 오히려 그런 아들이니 명나라로 보내야 한다는 도전의 말에도 그른 게 없었다. 아들이 이리 많은데 보낼 놈이 방원이 딱 하나뿐이라니, 한편으로는 기가 막히기도 했다.

"너 다녀올 수 있간디?"

"다녀와야 하면 다녀와야지요. 제게 주어진 소임이 그러하다면 최선을 다하는 게 사내가 할 일 아니겠습니까."

단정한 대답이었고, 표정에도 별다른 감정이 드러나지 않았다. 성계가 한숨을 내쉬며 고개를 돌렸다. 더 이상 말이 없다는 건 이미 그리 결정 났다는 거였다. 결국 명나라 사행은 방원이 가는구나, 아비의 안색을 확인한 방간이 가슴을 쓸어내렸다. 티나게 좋아하는 모습을 본 방과가 옆에서 혀를 끌끌 찼다.

***

"나 가기 싫어요."

방원이 시무룩한 얼굴로 불룩하니 볼을 부풀렸다.

"정말 가기 싫어요. 왜 하필 내가 가야 하는 거요? 형님들이 그리 수두룩한데, 만만한 게 나지. 난 잘못되도 아무렇지도 않단 거지, 그러니까."

꼭 그것만은 아니라는 것을 누구보다 잘 알지만 불쑥불쑥 솟아나는 서운하고 서러운 마음은 어쩔 수가 없었다.

"게다가 홀몸도 아닌 당신을 두고!"

"홀몸이었으면 홀몸이었으니 가기 싫으셨을 걸요? 아직 아들인지 아닌지는 알 수 없지만 뱃속에 아이가 있으니 그래도 마음이 좀 놓이지 않아요?"

"마음이 놓이긴 뭐가."

유독 긴 투정은 아마 최근에 있었던 여러 일들로 일해 맘 졸였던 것이 다 풀리지도 않았는데, 자경만을 두고 또 떠나야 함이 영 내키지 않아서일 거다. 자경이 다 안다는 얼굴로 방원의 손을 다정히 감쌌다.

"삼봉 선생의 말씀이 모두 옳아요. 볼모가 아니라 감시자로 가시는 거고, 그 수많은 아버님의 자식 중 서방님이 가장 인재라 그 역할에 뽑히신 거예요."

"말은 옳지. 하도 옳아서 반박 한 마디 못 한걸."

"티 안 내셨어요?"

"하나도 티 안 냈지."

"어른스럽게 잘하셨네요."

"어른스럽기는, 벌써 오래전에 어른 됐수다."

그 자리에선 하나도 티 내지 못했다더니, 그게 분해서 더 이러는 모양이다. 이럴 땐 꼭 막내아들 같았다. 자경이 미소를 지으며 고개를 푹 숙인 방원의 턱 밑에 제 얼굴을 가까이 가져갔다.

"그만 풀지, 응?"

"푸울지이?"

괜스레 반말한 것에 방원이 발끈하며 눈을 치켜떴다.

"애처럼."

"애처러엄? 나 떨어뜨려 그리 좋소? 왜 나 없이 살아보니 편해서 쭉 없었으면 좋겠습디까?"

"참나."

갑작스러운 억지에 자경이 웃음을 터뜨렸다. 그제야 얼굴을 조금 푼 방원이 자경을 끌어당겨 품에 안았다.

"정말 나 없이 괜찮겠소?"

"뱃속의 아이가 복덩이인걸요?"

"복덩이?"

"아버지가 황제를 알현하고 와서 그 이야기를 해줄 터이니, 얼마나 복덩이입니까."

황제, 라는 말에 방원이 저도 모르게 움찔했다. 명나라 사행만 생각했지 그 길의 끝에 황제가 있다는 것은 깊이 생각지 못했기 때문이다. 하긴 그 멀고 험한 길은 결국 황제를 보기 위함이었다.

"목은 선생은 최 장군처럼 소견이 좁은 사람입니다. 아마 그는 도적 출신으로 황제가 된 주원장을 제대로 보지 못할 거예요. 우물 안 개구리가 어찌 바다를 가늠할 수 있겠습니까. 아마 그는 자신의 뜻을 이루지 못할 겝니다. 산전수전 다 겪은 귀신 같은 황제가 목은 선생의 속내를 간파하지 못하겠습니까? 무시당한다고 생각하는 순간 아무것도 해주지 않을 거예요. 허니 실패할 수밖에요."

"황제가 궁금하긴 하오, 대체 어떤 자인지."

"가까이서 황제를 볼 수 있는 너무나 좋은 기회입니다. 제대로 보고 오세요. 어찌하여 한낱 도적이던 자가 황제라는 자리에 오를 수 있었는지, 그 자리를 어찌 유지하는지, 대국이 왜 대국인지 모두 보고 배워오세요. 다른 형님들은 모르는 걸, 알 수 없는 걸, 서방님을 아시게 되는 겁니다. 이게 얼마나 큰 자산입니까."

방원에게서 조심스럽게 몸을 뗀 자경이 그와 눈을 마주쳤다.

"외교를 흔히 나라와 나라 사이의 일이라고 하지만, 결국 외교도 사람과 사람이 하는 일입니다. 외교의 기본은 상대 나라 지도자의 성향을 알고, 그것을 인정하고 존중하며 그 성향에 기반을 두어 우리가 원하는 것을 끌어낼 수 있도록 협상하는 거예요. 호불호나 옳고 그름으로 상대를 판단하려고 하면 절대로 외교가 되지 않습니다. 허나 목은 선생은 그럴 거예요. 그런 그가 어찌 실패하는지도 옆에서 잘 보고 오세요. 그리고 서방님은 그리하지 않으시면 되는 겁니다."

"알겠소."

"후에 아버님이 이보다 더 높은 자리에 오르실 때, 서방님이 주원장의 성향을 잘 알고 있는 것이 얼마나 큰 도움이 되겠습니까. 오늘날 이색은 실패할 테지만, 훗날 서방님은 성공하실 테니까요. 비교되겠지요. 아니 그렇습니까?"

명나라는 대국이었다. 그리고 국익을 위해 그 대국에 사대하는 것이 외교의 기본이었다. 허나 사대라고 해서 무조건 그 나라가 시키는 대로 하면서 휘둘려선 나라에 망조가 든다는 것을 이미 원나라의 경험으로 알고 있었다. 그래서 더욱이 외교는 중요했다. 방원 역시 잘 알고 있었다. 알고는 있었지만 다만 투정 부리고 싶었을 뿐이다. 아마 자경은 그런 제 속내까지도 다 알고 있었을 것이다. 방금까지 억지를 쓴 제가 무안해서 방원이 머쓱하게 웃었다. 그 모습을 보던 자경이 벙긋 미소 지으며 방원의 손을 제 배로 가져갔다.

"아무래도 이 아이, 그 밤에 생긴 아이인 듯해요."

"그 밤에 생긴 아이?"

"회군 후에 재회한 날 말입니다."

"아아, 그날."

"아들이라면 역사적인 아이가 태어나는 겝니다."

"허니 위대한 아버지가 되어달란 게로군. 알았어요. 알겠소이다."

방원이 너털웃음을 지으며 자경을 껴안았다. 자경이 가볍게 방원의 볼에 입술을 눌렀다. 꼭 안은 채 귓가에 흩어지는 자경의 숨소리를 듣던 방원의 손이 천천히 자경이 등허리를 쓰다듬으며 위로 올라왔다. 자연스레 두 몸이 이불 위로 쓰러졌다.

9장

# 폐가입진

廢假立眞

새치름한 첫째와 달리 방원의 둘째 딸은 대대로 무인 가문의 자식답게 계집애치곤 벌써부터 기골이 장대할 뿐 아니라 아주 활발했다. 기어다니기 시작하면서부터는 잠시도 가만있지 않아서 행아와 자경의 혼이 쏙 빠질 정도였다.

어렸을 적에 자경이 워낙에 예민해서 따로 유모를 붙였다는 어머니의 말을, 둘째를 낳고서야 비로소 이해할 수 있었다. 자경 역시 둘째 젖 물리는 유모를 내보내지 않고 계속 아이를 봐달라고 부탁해야 할 정도였기 때문이다. 문제는 그럼에도 불구하고 아직 돌도 안 된 어린애 하나를 어른 셋이 감당하기엔 버겁다는 거였지만.

"어이구, 우리 아가씨, 오늘도 여전히 기운이 넘치시는구랴."

방바닥에 내려놓기 무섭게, 아이는 방원을 향해 기어가더니 어느새 방원의 다리에 척 하니 매달렸다. 기어다니는 데도 눈 깜짝할 사이에 움직인다 싶을 만큼 아이는 아주 재빨랐다. 아비의 발치에서 아이는 어서 저를 안아 달라 손을 뻗은 채 칭얼거렸다. 방원이 웃으며 아이를 안아 올렸다.

"우르르르 까꿍!"

방원이 안고서 높이 올렸다가 내렸다가 하는 것을 무척이나 좋아하는 아이는 숨이 넘어가게 웃어댔다. 그러자 방원이 힘을 주어 더 높이 들어올렸다. 아이의 웃음소리가 더 커졌다.

뱃속에 있는 동안 내도록 고기만 먹고 싶었던 데다 태동도 아주 유별나서 당연히 아들이라고 확신했기에 막상 태어난 아이가 딸이었을 때 자경은 크게 실망했다. 저도 여자면서 딸을 낳았다고 실망하는 스스로가 참 싫었는데, 또 그럴 수밖에 없는 현실이 너무나 서글퍼서 자경은 아이를 낳고 아주 오랫동안 참 많이 우울하고 슬펐더랬다. 가뜩이나 애를 낳고 나면 이상할 정도로 감정이 제 뜻대로 되지 않고 멋대로 날뛰어서 힘든데 온갖 생각에 머리까지 복잡해서 더더욱 자경을 지치게 했다. 몸이 힘든 게 아니라 마음이 감당할 수 없을 정도로 버거워서 아이를 낳고 삼칠일이 지난 후에도 한참 동안 자경은 쉬이 몸을 회복하지 못해 자리를 보전하고 누워 있어야 했다.

"이 녀석 지치지도 않는데?"

헌데 그런 자경과 달리 방원은 참 놀랄 만큼 이 모든 일에 아무렇지도 않아 했다. 딸이라고 서운해하는 기색은 조금도 찾아볼 수 없었고 아주 귀하게 얻은 자식인 것마냥 둘째 딸을 매우 예뻐했다. 자경을 생각해서 부러 그러는 게 아니라 진정으로 방원은 둘째 딸을 좋아했다. 첫째보다 둘째가 더 자경을 닮았다며 하루하루 이목구비가 또렷해지는 아이의 얼굴을 들여다보면서 바보 같을 정도로 벙긋벙긋 웃기 일쑤였다. 물론 첫째 딸을 낳고도 방원은 참 좋아했지만, 그래도 그때는 첫 자식이라 그러는 거겠거니 했었다. 헌데 둘째에도 그러는 것을 보니 그저 방원은 아이이기만 하면 다 좋은 모양이었다.

하필 놓친 아이들은 모두 아들이고 건강히 태어나 자라는 건 모두 딸인 데다 어느덧 자경과 방원의 나이도 이십 대 중반이었다. 이쯤 되면 자식 중 아들이 하나 없는 것에 속상해하거나 초조해할 만도 한데, 방원은 조금도 그런 기색이 없었다. 자경이 아이를 가졌다고 하면 언제나 처음 그 소식을 들은 사람마냥 기뻐했고, 자경이 아들일까 딸일까 궁금해할 때 저는 어느 쪽이 좋다 싫다 입 한 번 뗀 적이 없었다. 자경이 굳이 물어도 방원은 그저 아무 흠 없이 건강한 아이가 태어나면 그뿐이고, 이번에 아이를 낳을 땐 자경이 좀 덜 힘들었으면 하는 게 유일한 바람이라고 대답하는 게 전부였다.

"그만해요. 당신이 힘들겠어요. 개 성에 차게 해주려면 한정 없어요. 얼마나 체력이 좋은데."

돌이켜보면 방원이 태어난 아이들이 무엇이건 간에 아주 끔찍이 예뻐하면서, 그 어떤 일이 일어나도 감정적 동요를 보이지 않았기 때문에 힘든 순간들을 별로 힘들지 않게 지나올 수 있었다. 만약 방원이 자경처럼 아이의 성별에 신경 쓰고 예민하게 굴고 아이가 죽을 때마다 대단히 슬퍼했다면 이리 계속해서 아이를 낳지 못했을 것이다. 신경이 곤두서고 몸이 굳어서 자경이 잠자리를 꺼렸을 테니 말이다. 허나 방원이 대수롭지 않게 굴었기 때문에 대수로운 일이 대수롭지 않게 되었다. 그래서 어느 순간 자경 역시 속상한 감정을 털어내고 자리에서 일어나 평소처럼 생활할 수 있었다.

"저리 별날 거면 사내로나 태어나던가."

중얼거리는 자경에게 방원이 그러지 말라는 듯 눈을 찡긋했다. 자경이 모른 척 딴청을 피웠다.

저를 생각해서 부러 그리 노력하는 것인지 아니면 타고난 성정인지 분간할 수는 없었지만 여튼 자경은 방원의 그런 태도가 좋았다. 가끔 자경이 이렇게 딸을 보고 왜 아들이 아닐까 무심코 한탄할 때 눈을 흘기는 것도, 솔직히 말하자면 아주 좋았다. 저는 이렇게 말하면서도 막상 방원이 계집애를 보고 왜 아들이 아니냐 했으면 자경은 가만있지 않았을 테니 말이다. 분명 너를 낳아준 어미는 계집이 아니냐 대거리하면서 크게 싸웠겠지.

"이제 아이는 그만 행아 주어요."

방원이 아이를 행아에게 넘겨주었다. 어지간히 놀았는지 아이는 군말 없이 행아의 품으로 옮겨가더니 이내 졸린 듯 품에 얼굴을 비벼댔다.

"유모에게 데려가렴."

"네."

아이를 품에 안은 채 행아가 밖으로 나가자 방원이 그제야 자리에 앉았다. 자경이 미리 내린 차를 건네주었다.

"새로 덖은 거요?"

"네. 향이 좋지요?"

"응."

차 맛이 뭔지도 모르던 소년은 어느새 냄새만 맡고도 언제 덖은 것인지 알 정도가 되었다. 새삼스레 그 변화가 신기하고도 낯설어서 자경이 고개를 숙인 채 조용히 미소 지었다.

"왜 웃는 거요?"

"아니, 아무것도 아니에요."

십여 년 전 촌스러웠던 어떤 소년을 떠올렸다고 하면 방원은 꽤 쑥스러워할 게다. 아이가 생기고 나선 좀 더 가장으로 대접해주기로 마음먹은지라 놀리고 싶은 마음을 내리누른 채 자경이 얼른 고개를 저었다.

"그나저나 무슨 일이기에 오늘 이리 늦으신 겝니까?"

하루만 못 보아도 둘째 얼굴이 달라졌다며 요즘 방원은 술자리도 마다한 채 퇴청하기 무섭게 귀가했기에 오늘처럼 저녁까지 밖에서 먹고 들어온 것은 아주 오랜만의 일이었다.

"아버지가 부르셔서 다녀왔어요."

"아버님이요?"

고개를 끄덕인 방원이 자경에게 슬쩍 눈짓했다. 긴히 할 말이 있으니 바깥에 애들을 물러달라는 거였다. 무슨 일이 생기긴 생긴 모양이었다. 긴장한 자경이 마른 침을 삼킨 뒤 허리를 곧게 펴고 목을 길게 뺐다.

"상인이 있느냐?"

"네, 마님."

"안채 근처에 아무도 오지 못하게 하거라. 너도 멀리 떨어져 있고."

"예."

문밖을 어른거리던 상인의 그림자가 완전히 사라지고 나서야 자경이 좀 더 방원의 가까이 다가가 앉았다. 방원이 찻상을 옆으로 밀어낸 뒤 몸을 숙였다.

"곽충보가 아버지를 찾아와서 밀고를 했답니다."

"곽충보가 밀고요?"

"예. 폐주가 김저와 정득후에게 아버지를 죽이라고 시켰다더이다."

놀란 자경이 크게 숨을 들이켰다. 방원이 급히 입술에 손을 대며 조용히 하라 손짓했다.

"사실입니까?"

"폐주가 내린 칼을 들고 왔으니 사실 아니겠소?"

"함정이 아니고요?"

"함정?"

"김저와 정득후야 최 장군의 측근이고 폐주와도 가까운 사이이니 그렇다 쳐도 그들 사이에 곽충보가 낀 것이 영 이상하지 않습니까? 혹시 다른 속셈이 있는 함정은 아닐까요?"

김저는 최영의 외종질 사위였고 정득후는 최영의 수하로 부령을 지낸 자였다.

"곽충보는 회군 당시 폐주의 가까이 있는 최 장군을 데리러 간 인물입니다. 폐주가 그 꼴을 모두 봤을 터인데 어찌 곽충보를 끌어들일 수 있단 말입니까? 오히려 그들이 곽충보를 미끼로 쓰는 거 아닐까요?"

"안 그래도 우리도 그게 의심스러워서 곽충보를 닦달했어요. 제 입으로 모두 털어놓진 않지만 눈치로 보건대 이 자가 그쪽에도 쭉 줄을 대고 있었던 거 같아요."

"그쪽에 줄을 대요?"

"회군 당시 최 장군을 데려온 게 곽충보라고 개경 바닥에 소문이 퍼져서 얼굴을 들고 살 수 없는 처지가 되었다고 하더이다. 길을 지나가면 돌을 던지고 도망치는 이들이 있었다니 오죽했겠소. 차마 아버지와 측근들에겐 그리할 수 없으니 만만한 곽충보에게 사람들이 온갖 시비를 다 건 모양이에요."

최영은 백성들의 신망이 두터운 인물이었다. 오죽하면 최영이 죽었다는 소식이 전해진 이후 개경이 모든 시장이 문을 닫고 사람들이 모두 길거리에 나와 통곡을 할 정도였다. 성계에 대한 백성들의 신망이 떨어지기 시작한 것도 그때부터였다. 사공명주생중달(死孔明走生仲達)이라 할 만했다.

"그래서 제 나름대로 살아보겠다고 최 장군과 폐주 쪽으로 선을 댄 모양입니다. 자기가 일부러 그런 게 아니라고 자기도 어쩔 수 없이 선봉에 선 것일 뿐이라고 하면서 먹을 것도 대주고 사는 곳도 들여다봐 주고 한 모양입니다."

"그것만 했겠습니까? 가서 아버님 욕도 어지간히 하고 이쪽 정보도 꽤 갖다 바쳤을 겝니다."

"나도 그리 생각합니다. 그래서 아버님에게 못 믿을 자이니 길게 쓰면 안 된다고 했어요. 토끼 사냥이 끝나고 나서 필요 없어지면 처리해야지요."

"아니, 그러지 마세요."

자경이 급히 고개를 저었다.

"그런 자를 오히려 우리 편으로 포섭한 뒤 앞으로도 후히 잘 대우해줘야 합니다. 그래야 그 모습을 보고 반대편에 선 다른 이들이 나중에 쉬이 우리 사람이 됩니다. 너무 맑은 물에는 고기가 살지 않는다고 했습니다. 약점이 있는 자일수록 자신의 결점을 염려하여 더 열심히 충성하는 법입니다. 그리고 그런 자를 타박하지 않고 아량 넓게 품는 모습을 보여줘야 다른 이들 역시 우리 사람이 되겠다 마음먹을 수 있을 거고요."

"그럼 너무 어중이떠중이만 모이게 되는 거 아닙니까."

"모으기는 어중이떠중이 다 모아야지요. 그 어중이떠중이 중 쓸

만한 사람을 골라내서 적절한 자리에 두는 게 지도자가 할 일이고요. 변절한 것은 그 개인의 흠이지 우리가 신경 쓸 일이 아닙니다. 변절한 뒤 다시 우리를 배신하면 그땐 응징을 해야 하는 것이지만, 그러지 아니하고 충성한다면 그자의 분수에 맞는 적절한 보상을 해주는 것이 승자가 응당 베풀어야 하는 아량인 겝니다."

하긴 생각해 보면 곽충보는 최영을 배신한 것이지 성계에겐 오히려 충성을 바친 것이다. 그런데 최영을 배신한 죄를 굳이 성계 측에서 다룰 필요는 없었다. 오히려 그 충성에 대해서 보답해주는 게 할 일이었다. 흠 없는 사람은 없다. 흠 있는 사람도 능숙하게 얼마나 잘 다루느냐가 중요한 거다. 자경의 뜻을 이해한 방원이 고개를 끄덕였다.

"헌데 곽충보가 민심에 떠밀려 폐주에게 줄을 댔다니, 허면 폐주도 민심을 등에 업고 무서운 줄 모르고 일을 꾸몄나 봅니다."

비록 강화도로 쫓겨나긴 했으나 폐주는 전 왕으로서 충분히 예우받았다. 폐주가 예뻐서가 아니라 최영의 죽음 이후 성계와 조정의 신료들 역시 민심의 눈치를 봤기 때문에 그리한 것이긴 하지만 말이다. 그렇다곤 해도 생일날 도당의 사람들이 직접 강화도로 찾아가서 축하하기도 하고 성계가 직접 찾아가 잔치를 베풀기까지 했으니, 왕자리에서 물러났을 뿐 결코 사는데 부족하진 않았다.

"안 그래도 곽충보가 그리 말하더이다. 최 장군이 죽은 이후 강화도 사람들뿐만 저 멀리서도 폐주를 찾아와 서럽게 울고 가는 백성들이 하나둘 늘어나면서부터 딴 마음을 품게 된 듯하다고요."

폐주가 진정 한량이었다면 그는 강화도에서 만족하며 행복하게 살았을 것이다. 오히려 짐스럽던 왕 자리를 내던질 수 있어 다행이라고 여겼을지도 모른다. 허나 폐주는 살아남기 위해 건달패를 자청한 것일 뿐 진정은 그렇지 않았다. 그는 한때 성군을 꿈꾸며 학문에 열중하던 인물이었다. 인임이 자리에서 물러나기 무섭게 최영을 끌어들여 정권을 회복한 것만 봐도 그는 권력욕뿐만 아니라 정치력도 제법 있는 인물이었다. 허니 쫓겨나 있는 현실에 만족했을 리가 없었다.

"내가 이해할 수 없는 것은 아버지만 죽이면 된다고 생각했다는 거요. 곽충보를 끌어들인 것도 아버지의 동태를 알 만한 이 중 자신들이 아는 유일한 연결고리가 곽충보여서 선택의 여지가 없었던 듯하더이다. 결국 그게 독이 되어 이리 꼬리가 잡히게 됐지만 말이오. 난 그게 신기합니다. 아버지만 죽이면 자신이 다시 왕이 될 수 있다고 생각했다니, 참으로 어리석지 않습니까?"

"참으로 현명한 게지요."

"현명해요? 어째서요?"

"생각해 보세요. 아버님과 아버님의 최측근들을 제외하고 나면 나머지는 모두 이색학당의 동기간입니다. 아버님이 실권하고 나면 자연스레 목은 선생이 다시 권력을 잡으실 진데, 그들이 어찌 지금처럼 대놓고 서로를 비방할 수 있겠나이까? 결국 모든 것은 목은 선생의 뜻대로 돌아갈 게 분명합니다."

이색은 아주 보수적인 인물이었다. 그가 조민수와 손을 잡은 것은, 조민수의 인물됨 때문이 아니라 폐주의 아들을 왕으로 올리기 위함이었다. 그는 정통을 매우 중시했고 급진적인 개혁을 아주 경계했다. 최영과의 차이점은 최영은 아예 나쁜 것을 보지 않으려 했다면 이색은 그래도 나쁜 것은 고쳐야 한다는 대명제에는 동의했다는 점이다. 다만 이색 역시 최영처럼 그것을 고치기 위해 급작스러운 변화를 일으키는 것은 더 큰 혼란을 가져올 뿐이라고 생각하는 인물이었다. 그래서 그는 성계 측이 하고자 하는 사전 개혁에도 아주 부정적인 입장을 보이며 반대해서 성계를 난처하게 만들었다.

"목은 선생은 조민수와 손을 잡고 폐주의 아들을 보위에 올리셨어요. 폐주의 아들을 보위에 올렸는데 폐주를 복위하지 못하겠습니까?"

최영의 죽음 이후 그가 고려를 지탱하는 또 다른 기둥처럼 사람들에게 보인 까닭에 민심이 이색에게 모였다. 그래서 성계 측은 조민수를 쳐낸 것처럼 이색을 처리할 수 없었다. 이색 역시 조민수처럼 아둔하게 제 잇속을 채우느라 허점을 보이지 않았다. 그리하여 성계는 이숭인이나 권근 같은, 이색이 매우 아끼는 제자들을 탄핵했다. 이색은 권근과 이숭인이 유배형에 처해지자 끝내 개경을 떠났다.

"아버님이 중심이자 기둥이신 겝니다. 허니 아버님만 없으면 자신들의 세상이 되리라는 생각이 매우 옳지요. 큰 군사를 일으킬 필요도 많은 피도 필요 없다고 판단했다니 얼마나 영리하고 예리합니까? 백성들을 불편하게 만들지도 않고 싸우는 것을 보여 주지도 않으면서 아버님만 제거한다면, 가뜩이나 최 장군 때문에 아버님을 원망하는 백성들은 박수를 치며 기뻐할 겝니다. 그리되면 그들은 암살자가 아니라 영웅이 되는 거예요."

얼마나 애를 써서 잡은 권력인데, 그리 쉽게 무너질 수 있단 말인가. 자경의 설명에 방원이 잠깐 멍한 얼굴이 되었다. 긴 시간과 노력 끝에 겨우 잡은 권력이었다. 심지어 권력을 잡고 자신들의 사람들로 도당을 채웠음에도 불구하고 자신들이 원하는 대로 원하는 만큼 돌아가진 않아서 답답할 정도였다. 헌데 이것이 단 한 사람이 사라지는 것만으로도 전부 다 물거품처럼 사라질 수도 있다니 무서운 일이었다.

"하긴 생각해 보면 최영, 하나가 사라지고 모든 것이 변했지."

최영처럼 성계 역시 이젠 단순한 지도자가 아니라 모두의 중심에 선 상징적인 인물이 된 것이다. 단지 그의 존재 여부에 따라서 모든 것이 변할 정도로 말이다. 상대편은 그것을 꿰뚫고 있다. 자경이 과거에 폐주를 정치적이라고 평한 이유를 이제야 알 것 같았다.

"그래서 거사 일은 언제랍니까?"

"팔관회 소회일이라더오."

팔관회는 연등회와 더불어 가장 성대한 국가적인 행사 중 하나로 대회(大會)일과 소회(小會)일, 양일에 걸쳐서 행해졌다. 연등회가 정통적으로 불교적인 행사라면 팔관회는 불교의례에 건국 공신들을 추모하는 위령제 기능에다 토속신앙을 결합한 고려 최고의 축제였다.

"소회일 낮이랍니까, 밤이랍니까?"

소회일에는 왕이 의봉문까지 행차하여 태조의 초상 앞에 술을 올리고, 전각에 앉아 각 지역의 지방관들이 올리는 하표와 그들의 하례를 받았다. 이후 왕은 법왕사로 행차하여 향을 올렸다.

"낮 아니겠소이까? 길가에 사람들이 모두 나와 행차를 구경하느라 번잡하니 그 틈을 노리지 않겠소이까?"

"아니오. 그들은 그리 대낮에 보는 사람 눈이 많을 때는 일을 행하지 못할 겝니다. 번잡하다는 것은 다른 말로 하면 행동거지를 뜻대로 할 수 없다는 것과 같습니다. 그리고 해가 높게 떠서 환하니 움직임이 모두에게 드러날 것이고 보는 눈이 많으니 그들이 모두 후에 증인이 될 수도 있을 터인데 그 정도의 일을 벌일 정도로 간이 큰 인물은 흔치 않습니다. 그들은 그럴 그릇이 못 됩니다."

"허면 밤에?"

"대낮보다야 밤이 여러모로 낫지 않겠습니까."

본래 대회날에는 외국 사신들이나 상인들의 조하를 받은 후 연회가 벌어지는 것이 전통이었다. 한때 고려가 해상 무역으로 이름을 떨칠 때는 송나라 상인, 탐라인, 여진인들이 모두 들어와 조하하고 공물을 바쳤다. 허나 지금은 공물을 바칠 나라도 없을 뿐 더러 고려 역시 공물을 받을 형편도 아니었다.

"낮보다 밤이 훨씬 더 혼잡한데, 거기서 어찌 일을 꾸민단 말이오?"

왕실의 재정이 악화되면서 팔관회는 왕이 답례로 보여 주던 백희가무를 가산이 넉넉한 자들이 대신하게 되었다. 팔관회 이틀 동안 야간통행 금지를 해제하고 사방에 등을 달아 밤새 온 개경을 환하게 밝혔다. 도성 곳곳에 장식 무대인 채붕을 설치하고 산대잡극을 공연하여 백성들이 밤새 춤추고 술 마시고 노래하며 즐길 수 있도록 했다. 그러니 팔관회가 벌어지는 이틀 동안 개경은 온통 떠들썩하고 거리엔 사람들로 넘쳐나서 밤새 북적였다.

"밤은 어둡지요. 등불로 아무리 환하게 밝힌다 하여도 낮의 해와는 천양지차라, 여전히 밤은 어둡습니다. 그리고 어둠은 나쁜 일을 하는 자들을 숨겨주고요. 거기다 사람들이 혼잡하고 주변이 떠들썩한 것 역시 그들에겐 도움이 되지요. 사람들에게 떠밀리고 휩쓸려 서로 부딪히기 십상이니, 스쳐 지나가며 부딪치는 순간 칼로 찌른 후 재빨리 도망친다면 감히 어느 누가 그 자를 잡을 수 있겠습니까."

하긴 방원도 처음 개경에 와서 팔관회를 구경한 날 사람들에게 떠밀리고 휩쓸려 길을 잃었더랬다. 팔관회 자체가 서경과 개경 단 두 곳에서만 치르는 축제였기에 태어나서 처음 보는 구경이었는데, 그 화려함에 넋을 놓고 있다가 하마터면 봉변을 당할 뻔하기도 했었다.
"대비는 어찌하기로 하셨습니까."
"대비랄 게 무에 있겠소. 그날 아버지는 집 밖으로 나가지 않기로 하셨소. 집은 경계를 엄히 하기로 했고요."
"그러면 아니 되지요. 아무 행사에도 나타나지 않으면 그들이 자신들의 음모가 어딘가에서 샜음을 눈치챌 게 아닙니까."
"그렇다고 해서 아버지를 미끼 삼을 순 없는 노릇 아닙니까. 아버지가 움직이지 않으면 아쉬운 그들이 호랑이 굴로 찾아 들어오겠지요. 그때를 노려 잡으면 되지 않겠습니까."
"그러지 마시고, 밤엔 집에 계시고서 낮의 행차는 참여하시라고 하세요. 아무 일도 없을 테니 안심하시라고요."
"그랬다가 부인 혹 무슨 일이라도 있으면."
"낮에 행차에도 감시를 삼엄히 하면 될 일 아닙니까. 어린 왕을 보호하기 위한 감시라고 둘러대고 경계를 다른 때보다 좀 더 엄히 하면 될 일입니다. 걱정 마세요. 그들은 절대로 낮에 일을 벌일 자들이 못됩니다."
"그렇긴 하나."
"만약 그들이 팔관회날에 아무 일도 저지르지 않고 지나가면 어쩌시려고요? 폐주의 칼 하나를 증좌랍시고 들이밀면서 김저와 정득후를 잡아들일 순 없지 않습니까. 그들은 분명 발뺌할 거고, 곽충보의 증언은 힘을 얻지 못할 겝니다. 자칫하면 반대편에게 억울한 누명을 씌운다는 의심이나 사고 원망 들을 게 뻔해요. 자칫해서 말이 잘못 새어나가기라도 하면 민심은 더 어지러이 흩어질 게고요. 만약 그걸 노리고 그들이 영악하게 곽충보를 이용하는 것이면 또 어쩝니까? 부러 보란 듯이 흘린 뒤 성공하면 암살하는 것이고, 일이 잘못되어 미리 잡혀 들어간 대도 자신들이 누명을 쓴 피해자라고 주장할 수 있으니 어느 쪽이든 그들 입장에선 꽃놀이패 아닙니까."

"허면 어쩌란 말이오?"

"아무것도 모르는 척 아버님이 낮에 하는 행차엔 참여하셔야 합니다. 대신 밤엔 아니 나오시고 집에 계시는 겝니다. 낮의 행차를 멀쩡히 참여했으니 그들은 아마 자신들의 계획이 들킨 것을 알지 못하고 밤을 기다리며 준비할 겝니다. 그리고 아버님이 밤에 나오지 아니하시면 그들은 별다른 의심 없이 집으로 갈 거예요. 낮의 행차에 모습을 드러냈으니 밤에 안 나온 건 그저 몸이 안 좋다거나 귀찮아서 안 나왔겠거니 하고요. 연로한 관리 중에 팔관회 밤 행사를 나오지 않는 일은 흔한 일이기도 하고요. 그리하여 그들이 집을 급습하면 그때 붙잡는 겝니다. 그래야 전세를 뒤집을 수 있어요. 고신 끝에 그들 입에서 우리가 원하는 이들의 이름이 모두 나와 준다면, 이야말로 회군 때만큼이나 우리에겐 좋은 기회 아닙니까."

"정말 그들이 밤을 노릴까요?"

"확실합니다. 그들은 곽충보를 의심해서라도 낮은 가만있을 겝니다. 낮에 아버님이 나오시면 곽충보가 믿을 만한 자인 거고, 낮에도 모습을 드러내지 않으면 곽충보를 버리고 다른 이와 다른 날을 택일할 수도 있어요. 그땐 잘못하면 꼼짝없이 당할지도 모릅니다. 허니 말이 나왔을 때 이번에 잡아야 해요. 낮엔 행차를 나오시라고 권하세요. 그리하셔야 합니다."

"하긴 포은 선생이 그들에게 계속 감시를 붙이자 하니 삼봉 선생께서 반대하시더이다. 그럼 우리가 이미 알아차린 것을 들킬 거고,

그게 더 위험하다고 말이오."

"제 말이 그 말입니다. 감시 붙이지 마세요. 어차피 그들은 밤에 모습을 드러낼 거고 그때부터 뒤를 쫓아도 충분합니다. 우리가 그들을 감시할 수 있다면 그들도 우리를 감시할 수도 있다고 의심해야 합니다. 아버님의 믿을 만한 측근들은 그들도 이미 알고 있을 거예요. 허니 함부로 감시를 붙이면 아니함만 못합니다."

"허면 그 밤에 그들을 뒤쫓는 건 상인이를 시키는 게 어떻소?"

방원의 제안에 잠깐 생각하던 자경이 이내 고개를 끄덕였다.

"괜찮을 성싶습니다. 보통 무인들보다 상인이가 몸이 가볍고 날래니 어둠 속에서 소리 없이 움직이는 데는 더 나을 겝니다."

"알겠소이다. 허면 내 아버지께 말씀드리고 오겠어요."

자리에서 일어나려는 방원을 자경이 급히 붙잡았다.

"당장 움직이지 마세요."

"왜요?"

"그리 가시면 저와 의논을 했다는 게 티가 나기도 할 뿐더러 혹 염탐하는 이가 있다면 이리 자주 드나드는 서방님의 모습이 매우 의심스럽다고 생각할 게 분명합니다. 내일 아침 입궐하기 전에 들르세요. 아버님께는 서방님께서 밤새 고민하였다고 말씀드리시고요."

방원이 썩 감동한 얼굴로 자경을 와락 껴안았다.

"어머, 찻상 쏟겠어요."

"어찌 그대가 내 차지가 되었을까. 내가 전생에 아주 좋은 일을 많이 한 사람이었던가 보오."

자경의 등을 문지르며 몸을 양옆으로 흔드는 방원은 온몸으로 행복하다고 말하고 있었다. 방원의 품에 편안히 안긴 채 자경 역시 기분 좋은 미소를 지었다. 지나온 일들이나 겪어야 할 일 중 어느 것 하나 수월한 게 없었지만 그래도 이 품과 함께라면 무슨 일이든 할 수 있었다. 어떤 일이든 겁날 게 없었다.

***

오색비단 장막을 늘인 다락을 채붕이라 하였는데 그러한 채붕의 모양이 마치 산과 같다고 하여 산대라고도 불렀다. 산대잡극이란 산대 위에서 공연하는 가무백희를 뜻했다. 산대잡극에는 성현의 관나희, 명나라 사신 동월의 조선부, 송만재의 관우희가 포함되어 있었으며 죽방울 놀리기, 장대타기, 줄타기, 땅재주, 사발 돌리기, 광대탈, 꼭두각시놀음 등 신라 시대부터 내려온 가무백희를 전승하는 내용으로 구성되었다.

팔관회 이틀 동안 개경 곳곳엔 크고 작은 채붕이 세워지고 그 위에서 산대잡극이 공연되었는데 법왕사 앞마당에 세워지는 채붕이 개중 제일 크고 화려했다. 태조 왕건이 즉위하여 제일 먼저 창건한 사찰이 법왕사였고, 팔관회를 공식적인 국가 행사로 규정한 사람이 바로 태조 왕건이었기 때문이다. 소회일 낮엔 왕과 대소신료들이 직접 행차하여 향을 올렸고 밤엔 가장 크고 화려한 산대잡극을 공연하는 곳이 바로 법왕사였던 것이다,

방원과 자경은 첫째 딸을 데리고 채붕과 제일 가까운 곳 한가운데 자리했다. 아직 어린 둘째는 유모와 함께 집에 두고 나왔고, 이제 제법 커서 이런 구경이 신이 나서 여기저기 뛰어다니는 첫째는 행아가 가까이서 돌보는 중이었다.

오늘따라 유달리 화려하게 치장한 까닭에 법왕사에 모인 사람들

의 시선이 모두 자경에게 쏟아졌다. 부러 가까이 다가와서 방원과 자경에게 눈도장을 찍고 가는 이들도 여럿이었다. 방원과 자경은 우아하게 그들의 인사를 받았다. 방원과 자경의 안부를 물은 뒤 대부분의 사람들은 성계가 어디 있는지 물었는데 그때마다 방원은 아주 또렷하게 성계가 몸이 좋지 않아 일찍 잠자리에 들었다고 대꾸했다. 그럼 안면이 있는 이들은 하긴 늦은 밤 이런 곳까지 이 장군이 나오지는 않을 줄 알았다는 대답을 했고 가깝지 않은 이들은 성계의 건강을 진심으로 걱정했다. 어떤 대답이 돌아오든 방원은 그저 편안히 미소 지을 뿐이었다.

꽤 멀찍이 떨어진 곳에서 방원과 자경의 주변을 살피는 상인의 두 눈이 날카롭게 빛났다. 아래위 모두 검은 옷을 입은 채 등불이 비치지 않는 그늘에 몸을 숨긴 까닭에 아주 가까이서 지나가는 이들조차도 상인이 거기 서 있다는 것을 모를 정도였다. 숨소리조차 죽인 채 상인은 이미 며칠 전부터 얼굴을 익혀 둔 김저와 정득후를 찾으려 애를 썼다. 수없이 많은 사람들로 인해 정신없는 와중에도 상인은 꼿꼿하여 조금의 흔들림도 없었다. 결국 어느 순간 상인의 두 눈이 반짝 빛이 났다. 뒷걸음질 친 상인이 어둠 속에서 재빨리 몸을 움직이기 시작했다.

김저와 정득후는 방원과 자경이 앉은 곳 근처 커다란 나무 그늘 아래에 몸을 숨긴 채 서 있었다. 상인이 어둠 속에 몸을 숨긴 채 사람들을 피해 오느라 꽤 멀리 돌아왔음에도 불구하고 다행히 그들은 상인이 도착할 때까지도 여전히 거기 있었다. 들키지 않기 위해 상인이 잠시 숨을 멈추고 발소리조차 죽인 채 아주 조심히 그들 가까이 다가갔다.

"집에 혼자 있는 게 확실하겠지?"

"저 아들이 저리 멀쩡한 얼굴로 저기 앉아 있는 거 보면 확실하다니까. 재가 그나마 저 가문에서 제일 머리 좋은 놈이라 목은 선생이 명나라 갈 때 인질로 끌고 간 놈 아닌가. 근데 저놈이 저리 있잖아?"

"그럼 여기서 어물거릴 거 없이 어서 가자고."

"근데 말이야. 이왕 이리된 거 저놈도 처리하고 가는 거 어때?"

"저놈? 저 아들놈? 왜?"

"이성계가 죽어도 그 밑에 아들이 다섯이야. 게다가 둘째가 그 아비만큼이나 병권을 쥐고 있으니 이성계가 죽는다고 해서 전하의 뜻대로 그리 쉽게 저 무리가 다 흩어질 거 같지 않단 말이지."

"그래서?"

"그러니 이성계뿐 아니라 아들 하나쯤은 더 죽여야 좀 더 마음이 놓일 거 같은데, 둘째는 눈에 안 보이니 다섯째라도 죽이자고. 저놈이 영 쓸모없는 놈도 아니고 나름 저 집안의 머리이니 아비를 죽이고 다섯째를 죽이면 저 집안에서 머리와 수족을 다 잘리는 거 아니겠어? 그럼 지들이 뭐 어쩔 거냔 말이지."

"그럴듯하네."

"분명 저놈 저거 한 번은 자리에서 일어나지 않겠어? 그때 쓱 지나가는 척하면서 죽이면 누가 알겠어? 그러고 우린 이성계 집으로 가는 거야."

그때 뒤엉킨 남녀 한 쌍이 나무 근처로 다가왔다. 상인이 놀라서 뒷걸음질 치는 사이, 김저와 정득후가 어느새 사라지고 말았다. 뒤늦게 번뜩 정신을 차린 상인이 달려 나와 아무리 주위를 두리번거려도 이미 사람들 틈에 섞여 들어가 버린 건지, 김저와 정득후는 보이지 않았다.

당황한 상인이 놓친 이들을 찾기 위해 두리번거리던 중 앉아 있던 방원과 눈이 마주쳤다. 아마도 방원은 상인이 자신의 가까이서 두리번거리는 것이 저를 부르는 거라고 생각한 모양이다. 방원과 눈이 마주치는 순간 상인의 머릿속이 새하얗게 변했다. 상인이 급히 어둠 속으로 몸을 숨겼다.

본래 대로라면 김저와 정득후를 찾아낸 후 성계의 집으로 향하는지를 확인하고 방원에게 그 사실을 알려주는 것이 상인에게 주어진 역할이었다. 그리고 난 뒤 방원이 곧장 성계의 집으로 가고 나면 상인은 이곳에 남아서 방원이 돌아올 때까지 자경과 그 딸을 보호하기로 했다.

헌데 저들은 지금 성계의 집으로 가기 전에 방원을 죽일 작정이다. 만약 원래 계획대로 방원을 혼자 성계의 집으로 보낸다면, 방원을 죽일 거다. 어둠 속에서 기습하는 무사 두 사람을 상대해서 살아남기란 매우 어려운 일이었다.

방원이 죽으면 자경은 과부가 된다. 재혼은 가능할 테지만, 만약 재혼을 하게 되면 이전 결혼보다는 더 낮은 조건의 남자와 할 수밖에 없을 거다. 그리고 그리할 바에는 자경은 차라리 재혼을 하지 않고 혼자 사는 길을 택할 여자였다. 아들이 있다면 그 아들로 하여금 아비의 뒤를 잇게 하려는 야심을 꿈꿀 수도 있겠지만, 지금 자경에겐 딸만 둘이다. 딸 둘과 자경이 혼자 남겨지는 거다. 방원 없이.

절대로 일어나서는 안 될 비극이지만, 그 절대로 일어나서는 안 될 비극을 상상하는 것이 마냥 싫지만은 않다는 게 문제였다. 참 못됐고 치사스럽고 사내답지 못한 비열한 생각이었지만, 그 역시도 어쩔 수 없는 사내의 욕심이었다. 절대로 제 차지가 될 수 없다는 걸 알기에 감히 꿈꿔본 적 없는 여자지만, 만약 어찌할 수 없는 비극이 닥친다면, 그리된다면 어쩌면 그때는…….

상인은 다리가 후들거려 서 있을 수조차 없었다. 급히 눈에 보이는 기둥을 붙들었다. 심장이 너무 쿵쿵 뛰어서 귀가 다 멍멍했다. 손끝이 벌벌 떨리고 눈앞이 흐릿해졌다. 빌어먹을 놈이라고 스스로를 향해 욕을 퍼붓는 와중에도 모른 체하는 게 꼭 잘못일까, 라는 생각이 자꾸만 드는 건 어쩔 수가 없었다.

미쳤다, 미쳤다. 네가 진짜 미쳐 버렸구나.

한참 동안 숨을 들이켜고 내쉬고를 반복하고 나서야 겨우 눈앞에 있는 것들이 제 형태대로 보이기 시작했다. 여전히 기둥을 붙든 채 상인이 어둠 속을 겨우 빠져나왔다. 그리고 방원과 자경이 앉은 쪽을 향해 천천히 고개를 돌렸다. 근데 거기에 방원이 없었다. 앉아 있는 것은 자경과 행아, 그리고 아이들뿐이었다. 상인이 눈을 질끈 감았다가 다시 떴다. 여전히 방원이 없었다. 놀란 상인이 저도 모르게 앞으로 달려갔다.

"마님."

"너, 어찌."

상인은 오늘 밤 모습을 드러내면 안 되는 자였다. 놀란 자경이 무어라 질책하려는 순간 상인의 얼굴이 샛노랗게 질려 있는 것이 눈에 들어왔다.

"나으리는요?"

"널……."

널 만나기로 하지 않았냐고 하려다가 주위 사람들을 의식한 자경이 급히 입을 닫았다.

"마님."

"아버님께 가지 않았느냐. 아버님 몸이 안 좋으셔서."

부러 목청을 높인 자경의 대답이 채 끝나기도 전에 상인이 부리나케 사라졌다. 평소답지 않은 상인의 태도에 행아와 자경이 걱정스러운 시선을 교환했다.

"왜 저러는 걸까요."

"쉿."

저 역시도 궁금했지만 이곳에서 이야기를 나눌 수는 없는 노릇이었다. 행아의 입단속을 시킨 자경이 걱정스러운 표정을 억지로 푼 채 무대로 고개를 돌렸다. 평소라면 매우 좋아했을 화려한 공연이 단 하나도 눈에 들어오지 않았다.

***

열다섯 보쯤 전부터 뒤에 누군가 따라오는 이들이 있다는 것을 알아차렸다. 걸음을 더 빨리하거나 느리게 한다면 자신이 눈치챘다는 것을 들킬 것 같아서 방원은 뛰는 가슴을 애써 진정하며 걸음 속도를 아까와 같이 유지하려 애를 썼다. 대신 추운 척 가슴팍에 손을 넣어 단도를 확인했다.

손에 쥔 단도를 언제쯤 뽑아야 하나 고민하는 사이, 좇아오는 걸음이 뜀박질로 변했다. 이쯤 됐는데 돌아보지 않는다면 오히려 더 이상하게 보일 것이다. 단도를 손에 단단히 쥔 채 방원이 몸을 돌리며 부러 크게 고함을 질렀다.

"이얏!"

"나으리."

상인이었다.

"나으리."

익숙한 얼굴을 하자마자 순간 다리에 힘이 풀렸다. 휘청하는 방원을 상인이 급히 부축했다.

"어찌 된 게냐?"

"한 바퀴 둘러보고 오는 사이, 나으리가 이미 가셨다는 말씀을 듣고 급히 쫓아온 것입니다. 아무래도 밤길에 혼자 가시게 하는 게 마음에 걸려서요."

"나보다는."

"그들은 최영 장군의 측근입니다. 그들이 설마 보는 사람 많은 곳에서 계집과 아이에게 해를 끼치겠습니까? 마님과 아씨보다는 나으리가 더 위험하다 생각되어 이리 온 것입니다. 장군님의 댁까지 모셔다드린 후 마님께 돌아가겠습니다."

방원이 묘한 얼굴로 상인을 빤히 쳐다보았다. 괜스레 찔린 상인이 저도 모르게 반보 물러나며 눈치를 살폈다.

"왜 그리 보십니까? 제가 뭐 잘못했습니까?"

"나는 네가 나를 별로 안 좋아하는 줄 알았다."

찔끔한 상인이 차마 대꾸하지 못하고 마른침을 삼켰다.

"이상하게 그리 생각했다. 너는 늘 깍듯하게 내게 예의를 다했고 무슨 일이든 시키는 것은 뭐든 다 했으며 흠잡을 데 없었지만 이상하게 나는 네가 어려웠다. 부인이 친정에서 데려온 부인의 사람, 부인의 사람이라서 나를 돕기는 하지만 마음은 내게 없는 사람, 그리 생각했었다. 헌데 오늘 보니 그건 그저 내 자격지심이었나 보구나.

오해해서 미안하다. 그리고 고맙다."

자경에게서 사람 보는 법을 배웠다더니, 사실인 모양이다. 절대로 아무한테도, 심지어 자경에게조차 알아차리지 못한 진심을 조금이나마 들킨 걸 보면 말이다. 아니, 이건 눈이 매운 덕이 아니라 사내로서 사내를 인지하는 본능 덕분인지도 모른다. 정확히 무엇인지는 자신도 모르지만, 자경을 향한 상인의 마음을 방원은 사내의 본능으로 알아차린 것일지도. 어느 쪽이든 부끄러운 일이 아닐 수 없었다. 차마 무어라 대꾸할 말이 없는 상인이 말없이 고개를 숙였다.

"그러지 마라. 네가 무엇을 잘못해서 내가 그리 생각한 게 아니라 내 소견이 부족했던 것인데, 무얼."

허나 방원은 그런 상인의 모습을 보고 오히려 제가 더 미안해했다. 솔직하게 털어놓을 수도 없는 처지였지만 그렇다고 해서 더 깊이 오해를 하게 만들어선 안 되겠단 생각에 상인이 급히 몸을 비켜섰다.

"어서 가시지요. 늦겠습니다."

"그래, 그러자."

격려하듯 상인의 어깨를 두어 번 두드린 방원이 앞장서서 걷기 시작했다. 뒤를 따라가는 상인의 발걸음이 그 어느 때보다 무거웠다.

조금만 늦었다면 방원은 봉변을 당했을 것이다. 턱 끝까지 숨이 찰 정도로 뛰어서 방원이 근처에 도착했을 때, 상인의 발걸음 소리에 놀라서 흩어지는 이들이 있었다. 기회를 노리다가 누군가가 근처로 다가오니 놀라서 도망친 게 분명했다.

만약 조금만 늦었더라면 어찌 되었을까. 생각할수록 아찔했다. 그럼 차마 얼굴을 들고 자경을 다시 보지 못했을 것이다. 잠시나마 한심할 정도로 어리석은 생각을 했던 스스로를 용서할 수 없었다.

"이런, 벌써 잡힌 모양이다."

고개를 푹 숙인 채 방원의 발뒤꿈치만 보고 따라가던 상인이 그제야 고개를 들었다. 성계의 집 대문이 활짝 열려 있었고 온 집안에 불을 밝혀 마치 대낮처럼 환했다.

"그런 모양입니다."

방원을 두고 곧장 성계의 집으로 달려간 모양이다. 그자들의 얼굴을 다시 보고 싶지 않았다. 상인이 걸음을 멈추었다.

"그럼 전 이만 마님과 아씨에게 돌아가 보겠습니다."

"그러는 게 좋겠다. 어차피 여기선 네가 할 일도 없을 터이니."

집 근처로 다가갈수록 왁왁거리는 두란의 목소리가 밖으로 새어나오고 있었다. 죽었네 살았네, 하는 걸 보니 아무래도 둘 다 생포하진 못한 듯했다.

"들어가시는 것을 보고 가겠습니다."

"알았다."

방원이 대문 안으로 들어서기 무섭게 상인이 몸을 돌렸다. 얼마 지나지 않아 한 사내의 고통스러운 고함소리가 들려왔다. 마치 그 소리가 제 마음의 소리 같아서 괴로웠다. 두 눈을 질끈 감은 상인이 어둠 속을 달리기 시작했다.

***

자경이 초조하게 마당을 서성였다. 오늘은 홍덕사에 성계를 비롯한 아홉 대신들이 모여서 폐주와 그 아들을 어찌할지 결정하기로 한 날이었던 것이다.

팔관회 소회날 밤, 성계의 집으로 뛰어 들어갔던 김저와 정득후 중 정득후는 그 자리에서 자결했고 김저는 산채로 붙잡혔다. 김저는 고신 끝에 모든 사실을 털어놓았을 뿐 아니라 성계 측이 바라는 인물들의 이름까지 술술 다 말한 뒤에 고맙게도 죽어주었다. 그리하여 우현보, 변안렬, 왕안덕 등은 모두 귀양을 갔고 창왕은 폐위하기로 했다. 자연스레 논의 주제는 다음 왕의 자리에 누구를 올릴 것인가가 되었다.

방원은 흥덕사 안에는 들어가지 못했지만 밖에서 기다리고 있다가 결과가 정해지면 곧장 달려와 제일 먼저 자경에게 알려주겠노라 약조했다. 아직 오시도 지나지 않은 시간이니 한참은 더 기다려야 할 게 분명했지만 도무지 곱게 방에 앉아 있을 수가 없어서 밖으로 나온 참이었다. 초조했다. 살면서 이렇게까지 초조해서 어쩔 줄 몰랐던 적은 처음이었다.

김저와 정득후가 붙잡히고 난 뒤 폐주와 지금의 왕을 어찌 처리해야 할 것인가 논의하는 과정에서 성계를 왕으로 추대하자는 이야기가 나왔다. 회군 당시에도 이런 이야기가 있긴 했으나 그때는 그저 하는 말이었을 뿐, 말을 하는 이나 듣는 사람이나 모두 그게 실현 가능성이 있는 이야기라고 생각하지 않았다. 하지만 지금은 아니었다. 지금은 성계를 왕으로 추대하는 일이 가능성 있는 선택지 중에 하나가 된 것이다.

이러한 이야기를 방원으로부터 처음 들었을 때 자경은 큰 충격을 받았다. 그 말인즉슨 자경의 인생에도 '부인' 이상의 다른 선택지가 나타났다는 의미였다. 기생이 되거나 왕실의 여인이 되지 않는 한 귀족 가문의 여인이 혼인한 뒤 가질 수 있는 호칭은 부인이 전부였다. 그리고 자경은 왕실에 뽑히지 않았으니 그저 부인이 제 인생의 전부라고 생각하고 살았다. 그나마 그 '부인' 중에서 좀 특별나게 기록되고 싶어서 신경을 썼더랬다. 헌데 만약 성계가 왕이 되면 자경은 왕실의 여인이 된다. 그리되면 방원이 무엇이 되냐에 따라서 자경의 호칭은 계속 달라진다. 부인, 그 이상을 가질 수 있을 뿐만 아니라 그저 자경의 존재 자체만으로도 역사에 기록될 수 있는 길이 열린 것이다.

생각이 거기까지 미치자 뛸 듯이 기뻤다. 정말 머리가 하늘에 닿을 수도 있겠다 싶을 만큼 순식간에 마음이 두둥실 떠올랐다. 허나 구름 위에 떠 있는 것 같은 그 기분은 오래 가지 않았다. 제게 아들이 없다는 것을 깨달았기 때문이다.

성계의 아들은 한 씨에게서 다섯, 강 씨에게서 둘, 총 일곱이었다. 내도록 몸이 약했던 방원의 동생 방연이 얼마 전에 세상을 떠서 이제 방원은 다섯째 아들이자 한 씨의 막내아들이 되었다. 성계가 당장 왕이 된다면 고작 다섯째 아들인 방원이 후계자가 될 확률은 지극히 낮았다.

순서로도 밀리지만 공으로 따져도 방원은 방과보다 아래였다. 방원이 성계에게 정치적 도움을 많이 줬다 한들 전쟁터에서 함께 싸우면서 아비의 목숨을 구한 방과보다 공이 더 크다고 할 수 없었기 때문이다. 그나마 다행인 것은 방과에겐 오랜 기간 정실이 낳은 아들이 없으니 후계자로 선택되지 못할 확률이 높다는 거였다. 왕실은 대를 잇는 것을 중시하기 때문이다. 허나 문제는 방원과 자경에게도 아들이 없다는 거였다.

방원과 자경에게는 시간이 더 필요했다. 방원에게는 공을 세워 자신이 부각 될 만한 시간이, 자경에게는 자신과 방원을 닮은 성계의 마음에 쏙 들 총명한 아들을 낳을 시간이 필요했다.

기껏 왕실의 여인이 되었는데 자식이 없어서 뒷방으로 밀려나는 건 싫었다. 성계가 왕이 된다면 그다음 자리는 의당 방원의 차지여야 했다. 천하의 민자경이 제 남편을 그저 왕실의 일족으로만 머무르게 둘 순 없는 노릇이었다. 그런 건 있을 수도 있어서도 안 될 일이었다.

하늘 높이 떴던 해가 어느새 뉘엿뉘엿 지고 있었다. 그 사이 행아가 몇 번이나 와서 안으로 들어가서 기다리라고 권했으나 자경은 손을 휘저어 쫓아냈다. 초조해서 가만히 서 있을 수조차 없는데, 방에 들어앉아 얌전히 기다릴 수 있을 리 만무했다. 방원이 올 때가 가까워질수록 입안이 바싹 말랐다. 자그마한 소리에도 자경이 소스라치게 놀랐다. 이렇게 신경 줄이 예민해지다가는 종내는 끊어지고 말겠다 싶을 때, 익숙한 발자국 소리가 들리더니 방원이 나타났다.

"어찌 되었습니까."

방원을 보자마자 자경이 단걸음에 달려갔다.

"정창군 왕요를 보위에 올리기로 했습니다."

긴장하여 잠깐 숨조차 멈췄던 자경이 방원의 대답에 비로소 긴 숨을 토해냈다. 긴장한 자경을 위로하기 위해 손을 붙잡았던 방원이 차게 굳은 손에 화들짝 놀랐다.

"이런, 밖에서 얼마나 기다렸기에 손이 이리 얼음장 같은 게요?"

그러고 보니 어찌나 긴장했던지 내도록 찬바람을 맞으면서도 추운 줄도 몰랐다. 뒤늦게 밀려오는 한기에 자경이 몸을 부르르 떨자 방원이 급히 자경의 어깨를 끌어안았다.

"가서 따뜻한 생강차 좀 만들어서 가져오라고 일러라."

"네."

상인이 급히 달려가는 것을 확인한 뒤 방원이 자경을 달랑 품에 안아들었다.

"내려주세요."

"온몸이 꽁꽁 얼었어요. 안에서 기다리지 무에 큰일이라고 밖에서 기다려서는, 고뿔이라도 들면 어쩌려고."

방원이 혀를 끌끌 차며 자경을 안은 채 안방으로 들어가 보료 위에 조심스럽게 내려놓았다. 그런 뒤 이불을 꺼내서는 자경의 온몸이 폭 감싸도록 덮어준 뒤 뒤에서 그대로 끌어안았다.

"생강차가 올 때까지만 이러고 있읍시다."

"자세히 말씀해주세요. 어찌하여 정창군 왕요를 왕으로 세우기로 한 겝니까. 아버님이 추대될 가능성도 높다고 하지 않으셨습니까."

"그 말이 오늘도 나오지 않은 것은 아니나, 아버지께서 극구 사양하셨소. 실은 이미 흥덕사에 가기 전에 삼봉 선생과 아버지는 말을 맞추셨다고 하더오."

"어떻게요?"

"아직은 때가 아니라고요. 최영의 죽음에 대한 백성들의 충격이 아직 다 가시지 않았는데 아버지가 지금 왕의 자리에 오르게 되면 결코 민심을 얻지 못하리라는 게 삼봉 선생의 생각이셨소. 아버지 역시 그 생각에 동의했고요. 아버지가 추대된다면 그건 철저하게 민심의 뜻이어야 한다는 겝니다. 더 이상 고려로는 어찌할 수가 없어서 새 나라를 세운다고 해야 하는데 아직은 민심이 그리 모이지 않았다는 게지요. 우선은 조정 사람들부터 아버지의 사람들로 모두 채

운 후에 그다음 일을 도모하자고요. 그러기 위해서 적당히 왕의 자리에 앉아서 뒤처리를 해줄 사람, 후에 아버지에게 순순히 그 자리를 내놓을 사람이 필요하다고 결론을 내렸고, 그리하여 고른 게 정창군이었소."

"아버님과 사돈지간인 것이 부디 후에 도움이 되면 좋겠네요."

"그것도 고려하여 고른 것이긴 해요."

정창군의 형 정양군 왕우의 딸이 성계와 강 씨의 첫째 아들 이방번과 혼인했던 것이다.

"그래서 정창군은 그러겠답디까?"

"절대 못하겠다고 울고불고 난리를 치긴 했습니다만, 끝내는 받아들이더이다. 순한 사람이니 큰 문제 일으키지 않고 얌전히 굴지 않을까 합니다. 주변이 모두 정리되고 적당한 때가 되면 아버지께 곱게 자리를 넘겨주었으면 하는데, 그리하겠지요?"

아니, 그리하지 않을 거다. 그 누구라도 그럴 수 있는 사람은 없었다. 자식과도 부모 형제와도 나누지 않는 게 권력이라고 했다. 하물며 제 손에 들어온 권력을 그리 순순히 호락호락 내어줄 이는 흔치 않았다.

특히 절대로 제 것이 될 리 없었던 것이 우연처럼 제게 오면, 사람들은 오히려 더욱더 기승스럽게 탐욕이 심해졌다. 애초에 제 것이 아니었는데도 마치 처음부터 제 것이 될 게 운명이었던 것처럼 착각하면서 난리를 치는 게 미욱한 인간의 한계였다.

왕요는 본래대로라면 절대로 보위에 오를 리 없는, 왕족이긴 하나 왕좌와는 매우 거리가 먼 인물이었다. 헌데 형인 왕우가 성계와 사돈이라는 이유로 하루아침에 왕으로 간택된 것이다. 아마 그가 겁이 많고 권력욕이 없으며 대신 돈 욕심이 많다는 평도 그가 보위에 오르는데 상당한 도움이 됐을 것이다.

허나 가끔은 그런 세간의 평을 곧이 해석하기 보다는 반대로 해석하는 게 더 옳을 때가 있었다. 무엇보다 왕실의 일족으로 태어났으면서도 스스로 권력욕이 없다고 자청하는 것을 한 번쯤은 의심해야 했다. 그리고 돈 욕심이 많은 사내는 권력 욕심이 많기 마련이었다. 어쩔 수 없이 둘 중 하나만을 택했을 뿐, 진정으로 둘 중 하나만 관심 있는 사내는 없었다.

만약 모두가 말하는 대로 그가 진정으로 권력욕이 없는 자라면 이번에도 끝까지 거절했을 것이다. 허나 그는 못 이기는 척 받아들였다. 그 말은 곧, 그가 세간의 평처럼 그리 만만한 인물이 아니라는 것을 뜻했다.

"마님, 찻상이옵니다. 들어가겠습니다."

"되었다. 문 앞에 두고 가거라."

크게 소리친 방원이 자리에서 일어났다.

"그대로 있어요. 내 금방 가지고 들어오리다."

"예."

그가 만만치 않은 인물인 것이 오히려 자경에겐 다행이었다. 그가 되도록 그 자리에서 오래 버티어 주는 게 좋았다. 자경이 충분히 대비할 수 있도록 말이다.

"따끈한 생강차가 몸을 데워줄 것이니 어서 마시도록 해요."

"이리, 가까이 가져다주세요."

일단 방원을 단지 많은 아들 중 하나가 아니라 개중 유일한 아들로 만들어야 했다. 지금은 그저 아들 중 좀 똑똑한 다섯째에 불과했다. 그것으론 부족했다.

방원이 찻잔을 두 손으로 받쳐든 채 자경의 가까이 다가왔다. 이불 속에 파묻힌 자경의 입가로 방원이 조심스럽게 찻잔을 가져다 대는 순간, 자경이 손을 내밀어 방원을 제 쪽으로 끌어당겼다. 방원이 찻잔을 쏟지 않기 위해 버둥거리는 사이 자경의 입술이 방원의 볼에 닿았다.

"체온이 떨어졌을 땐, 사람의 몸으로 데우는 게 제일이라고 하더이다."

그리고 무엇보다 먼저, 아들을 낳아야 했다. 가장 급한 일은 그것이었다.

끝내 방원이 바닥으로 찻잔을 떨어뜨리고 말았다. 보료 끝이 젖어 들어갔지만 둘 다 그것을 신경 쓸 새가 없었다. 숨을 헐떡이며 방원이 허리를 뒤채었다. 자경이 잠시도 떨어지지 않겠다는 듯 방원을 꽉 끌어안았다.

아들을 낳아야 했다. 반드시 아들을 낳아야 했다.

10장

# 초상

初喪

이성계의 향처 한 씨가 쉰다섯의 나이로 세상을 떠났다. 위독하다는 소식을 듣고 방원과 자경이 급히 짐을 싸서 함주로 달려온 지 열흘만이었고, 뒤이어 성계가 도착한 지 닷새만이었다.

덕분에 한 씨는 자식들과 며느리, 사위에 남편까지 모두 얼굴을 보고 마지막 인사를 나눌 수 있었다. 한 씨는 개중 방원의 손을 잡고 오랫동안 울었고, 방원 역시 자식 중 가장 서럽게 오열했다. 며느리 중 가장 많은 눈물을 흘린 것은 자경이었다.

본래 고려는 불교 국가답게 모든 장례를 불교식으로 치렀으나 뒤에 유교가 들어오면서 개경 귀족들 사이에선 유교식으로 장례를 치르는 것이 유행이었다. 허나 한 씨는 생전에 신실한 불교 신자였던 까닭에 불교식으로 장례를 치르기로 결정했다. 그래서 발인까지 십여 일간은 집에서 문상객들의 조문을 받았다. 한 씨가 자주 가던 절에서 화장을 한 후 사십구재까지는 그 유골함을 절에 모시고 그 뒤엔 그것을 무덤에 안장하기로 했다.

“이 서방은 사십구재까지 여기서 꼼짝도 안 하겠지?”

민제의 물음에 자경이 고개를 끄덕였다.

“효자 아닙니까.”

고려 관리들의 경우 부모의 상에는 백일까지 휴가를 주도록 되어 있었다. 기본적으로는 백일재까지 올리는 것이 불교 장례의 전통이었던 까닭이었다. 그래서 한 씨도 백일재까지 함주에서 치르느냐 사십구재까지만 하느냐를 가지고 오래 의논되었는데 때가 때이니만큼 모든 자식들이 함주에 백일동안 머무르는 것은 어렵다고 보아 사십구재로 결론을 내린 것이었다.

“장례가 성대하구나.”

“아버님이 지금 어떤 위치이신지 보여 주는 것이지요.”

며느리로서 바쁘게 움직여야 하는 자경이 여유롭게 마당을 내려다보며 민제와 이야기를 나눌 수 있는 까닭은 뱃속에 아이가 있기 때문이었다.

백여 칸의 집은 어찌나 등불을 많이 켰는지 밤인데도 대낮처럼 환했다. 한 씨의 부고 소식이 개경에 알려지자마자 사람들이 낮밤을 가리지 않고 쉴 새 없이 밀려들어 빈소가 차려진 곳까지 길게 줄을 설 정도였다. 생전에 한 씨가 단 한 번도 받아본 적 없는 환대를 죽은 뒤에야 비로소 받는 것이다. 물론 그것이 온전한 한 씨를 향한 환대는 아니었지만.

“오래 줄을 서셨지요?”

“무얼. 대문 앞에 상인이가 서 있더구나. 상인이가 곧장 이 서방에게 데려다주어 기다리지 않았다. 이 서방이 상인이에게 대문 근처에서 있다가 중요한 손님이 오면 따로 안내하라고 알린 모양이더라.

혹시 이 서방이 아니라 네가 시킨 게냐?"

"아니오. 그것까진 미처 저도 생각지 못했습니다. 제가 그럴 정신이 어디 있습니까. 상을 치르는 일이 낯설기만 한데요."

"하긴 할아버지 초상 이후 이것이 네겐 처음이던가."

"예. 그리고 할아버지 때는 아직 어린애였으니까요. 이리 가까이서 모두 지켜본 적은 이번이 처음입니다."

"어떻느냐."

"꼭 연등제 같습니다. 우습지요. 사람을 세상을 떠났는데 겉으로 보기에는 꼭 축제를 치르는 것 같으니까요."

"어찌 보면 축제지. 이 세상은 끝이지만 다른 세상은 새로운 시작이니 말이다. 아이가 태어났을 때 우린 모두 기뻐하지만 그 아이가 건너온 다른 세상에선 슬퍼하지 않았겠느냐? 죽음도 마찬가지지. 우린 슬프지만 다른 세상에선 기쁘게 그의 혼을 받아들이지 않겠느냐. 그러니 떠나보내는 이들도 마냥 슬퍼하지 말고 잘 보내줘야 다른 세상에서 새로이 잘 시작할 수 있겠지."

민제는 유학자이나 불교에 대한 이해가 깊었다. 불교를 종교가 아닌 학문으로 접근했기 때문인데 그런 부분은 이색과 일견 통하는 게 있었다. 차이점이라면 이색의 경우 공부하다 너무 심취하여 끝내 그에겐 불교가 종교가 되고 말았는데, 민제는 여전히 학문에만 머무르고 있었다는 것이었다.

"개경의 분위기는 어떻습니까. 마침 우리가 모두 개경을 비웠으니 전하와 포은 선생에겐 다시없을 좋은 기회일 텐데요."

"전하는 그럴지 모르지만, 포은은 그런 사람이 아니다. 사람이 죽었어. 그것도 보통 사람이냐? 이 장군과 사십 년 가까이 해로한 부인이다. 그런 사람의 죽음을 이용하여 얕은 술수를 쓸 사람은 아니다. 그럴 사람이면 애초에 우리와 폐가입진까지 함께 하지도 않았을 게야. 어쩔 수 없이 전하 편에 서기는 했으나 그게 전하의 사람됨이 좋아서 그리하는 게 아니지 않느냐. 말 그대로 어쩔 수 없는 선택인 것이지. 고려를 지키기 위한."

폐가입진까지 성계 측과 뜻을 같이 했던 정몽주는 정창군을 보위에 올린 이후부터 성계와는 다른 길을 가기 시작했다. 당시 성계를 왕위에 올리느냐 마느냐, 라는 논의를 진지하게 한 것이 몽주에겐 충격이었던 모양이다. 그는 기본적인 개혁에는 동의했다. 허나 성계 측의 사람들이 도당을 장악하는 데는 반대했으며 그들의 권력이 커지는 것도 경계했다.

몽주가 성계의 대척점에 서자 왕은 몽주에게 크게 의지했다. 역시나 정창군은 만만한 인물도, 곱게 있다가 물러나 줄 위인도 아니었다. 성계의 예상이 완전히 빗나간 것이다. 몽주와 힘을 모은 정창군은 겉으로는 심약한 척, 어쩔 줄 모르는 척하면서 자신의 권력을 공고히 하는 데 몰두했다. 그리하여 정창군이 왕이 된 뒤 성계 측은 예상치 못한 수세에 몰리고 있었다.

그리고 이러한 왕과 몽주의 배신은 그 누구보다 성계에겐 뼈아픈 것이었다. 도전을 만나기 훨씬 이전부터 몽주를 알고 가까이 지냈던 성계는 꽤 오랜 시간 그와 친분을 쌓으면서 좋은 관계를 유지해왔다. 성계는 몽주 역시 제 사람이라 확신했다.

허나 몽주는 도전과 같지만 달랐다. 그는 도전보다 훨씬 진중하고 예민한 사람이었고 도전보다 훨씬 더 중앙 정치에 깊숙하게 관계한 사람이었다. 도전이 백성들의 삶과 죽음에 대해서 고민했다면 그는 권력자들과 정치인들의 삶과 죽음이 역사와 어떤 관계를 맺을 수 있는가를 오랫동안 고찰한 사람이었다. 그런 몽주에게 있어 수많은 사람의 피와 눈물 위에서 버텨온 고려라는 나라가 이성계라는 한 인간의 욕망 아래 스러지는 꼴을 차마 두고 볼 수는 없었을 것이다. 성계의 인물됨을 인정하지 못하는 것도 아니었고 현재 왕의 자질이 빼어나서는 더더욱 아니었다. 그럼에도 불구하고 오백여 년이나 이어온 나라를 굳이 없애고 성계를 왕으로 하여 새 나라를 열어야만 하는 당위성이 몽주에겐 부족했다.

"아버님이나 포은 선생이나 둘 다 내도록 주장하는 것은 결국 민심이라, 결국 이대로 지지부진한 시간이 꽤 오래 지속될 듯합니다."

나라를 세우겠다는 성계 측도 그것에 반발하려 고려를 지키겠다는 몽주 측도 결국 내세우는 것은 민심이었다. 그래서 둘 다 결정적인 행동은 취할 수가 없었다. 양측 다 혹 민심을 거스를까 염려하기 때문이었다. 그로 인해 별 소득 없는 신경전이 길게 이어지고 있었고 덕분에 노난 것은 뜻밖의 기회로 왕위에 오른 정창군이었다.

"복중 아이에게 좋지 않다. 깊이 생각하지 마라."

시간을 길게 끌면서 무언가 방원이 주목받을 수 있는 기회를 잡기를 바랐다. 허나 지지부진한 상황이 지속되자 그 속에서 방원이 취할 수 있는 행동은 많지 않았다. 그저 열심히 성계와 신료들의 술자리에 참석하여 얼굴을 들이미는 게 전부였는데 거기서 시조 몇 수 읊는 게 그리 큰 도움이 될 것 같지도 않아서 자경은 속이 답답하기만 했다.

"이 서방이나 잘 위로해주어라. 효자인데 얼마나 상심이 크겠느냐."

거기다 한 씨의 죽음 이후로 오히려 정창군이 보위에 오른 게 방원에겐 더 나쁜 결과로 돌아온 게 아닌가 싶기만 했다. 한 씨는 자신이 아무 힘도 없다고 했지만, 사실 존재해주는 것 자체가 방원과 그의 형제들에게는 든든한 배경이었다. 만약 성계가 보위에 오른다면 단 하나뿐인 비의 자리가 누구에게 돌아갈 것이냐가 논쟁이 될 게 분명한데, 여러 말이 있긴 하겠지만 더 오랜 시간 부부로 같이 산 데다 자식도 모두 훌륭히 키워낸 한 씨가 강 씨보다 우위일 게 분명했다.

무엇보다 이미 장성하여 아비가 왕이 되는 데 실질적으로 더 많은 도움을 주고 많은 노력을 기울인 아들들이 제 어미가 뒤로 밀려나는 꼴을 두고 볼 리가 없었다. 그리하여 한 씨가 왕의 첫 번째 비가 된다면 그 자식들 역시 강 씨의 자식들보다 왕위 계승에 있어서 유리했다.

헌데 한 씨가 죽었다. 그럼 당연히 강 씨가 새 나라의 첫 번째 비가 될 것이다. 강 씨가 비가 된다면 그 아들들이 왕위 계승에 있어 한 씨의 아들들보다 더 높은 지위를 차지하게 되는 것이다. 게다가 강 씨는 욕심 많은 여자였다. 자신이 왕비가 되었는데 제 아들들이 뒤로 밀려나는 꼴을 두고 볼 리 없었다. 자경의 입장에서는 일이 훨씬 더 복잡하게 된 것이다.

"뱃속의 아이가 아들이기라도 하면 다행인데."

그나마 유일한 희망은 자경이 현재 아이를 가졌다는 것이었지만, 이마저도 딸이거나 아들을 낳는다고 해도 명이 길지 못하면 아무 소용이 없었다. 둥글게 부풀어 오른 배를 쓸어내리며 자경이 긴 한숨을 내쉬었다. 민제가 안쓰러운 시선으로 자경을 바라보았다.

"아버지가 왜 저를 예뻐하셨는지 이제야 알겠어요."

"무슨 말이냐?"

"저까지 연이어 셋이 딸이었을 때, 어머니와 아버지의 상심이 얼마나 컸겠습니까. 그런데 저 이후로 연이어 아들이 태어났으니, 제가 예뻐 보일 밖에요. 제가 예뻤던 게 아니라 제 뒤에 사내들이 태어난 게 좋아서 제가 예뻐 보인 거겠지요."

"쓸데없는 소리! 부모에게 자식은."

"다 똑같지 않습니다. 다 똑같다고 하지 마세요. 그건 거짓말이니까요. 이제 저도 부모에요. 키워보니 알겠어요. 다 귀한 자식이긴 하나 그렇다곤 해도 다 똑같지는 않습디다. 열 달 뱃속에서 품다가 죽을 고생 끝에 세상에 내어놓는 어미가 이럴 진데 아비들은 더 하겠지요. 이번에 이 아이가 또 아들이 아니거나, 아들이어도 약하게 태어나 얼마 살지 못할까 봐 정말 걱정입니다."

"이 서방이 무어라 하느냐?"

"아니오. 저만 이러지요. 속으로야 어떨지 모르겠지만 겉으로 보기에 그 사람은 아무렇지도 않아요. 오히려 제가 이러면 그 사람은 뱃속 아이가 듣는다고 화를 내는 걸요."

"헌데 너는 왜 그러는 게야?"

"자랄 때는 계집이랑 사내가 무에가 다르냐, 했는데 다르더이다. 제가 벼슬을 할 수 없는 노릇 아닙니까. 여자애가 아무리 잘나본들 왕이 될 수도 없는 노릇이고요."

"자경아!"

"제가 아무리 억울해한들 여자가 벼슬을 하고 왕이 되도록 사내들이 두고 보지도 않을 거고요. 허니 어쩌겠습니까. 세상의 기준에 맞추려면 억울하고 서러워도 제가 아들을 낳아야 하는 걸요. 아들을 낳아서 제대로 키워야 이 세상에 제 이름 석 자를 자식 덕에 같이 남길 수 있는 것을요."

확실히 복중에 아이가 있으면 감정이 제멋대로 날뛰었다. 그럴 작정이 아니었는데, 어느새 눈물이 주르륵 쏟아져서 어느새 턱을 타고 뚝뚝 떨어졌다. 자경이 급히 손수건을 꺼내 눈물을 훔쳤다. 민제가 아픈 시선으로 그 모습을 한참 보다가 고개를 돌렸다.

"내가 잘못했다. 네가 어려서 너무 예쁘고 영특하기에, 그 재주가 아까워 아들이었으면 좋겠다, 속으로 그리 바란 적이 몇 번 있었는데 그게 실수였나 보다. 그 바람에 네 가슴에 멍이 든 모양이야."

"무슨 그런 말씀을. 그게 어찌 아버지 탓입니까."

"사내들 판인 이 사회를 나 역시 바꿀 생각을 조금도 하지 않았으니 그것도 잘못 아니냐."

민제의 농에 자경이 끝내 웃음을 터뜨렸다.

"그게 어찌 아버지 혼자 애쓴다고 되는 일이랍니까. 그리고 제가 아버지였어도 그런 생각은 못 했을 텐데요."

"용서해주련?"

"아버지는, 참."

민제가 다정히 자경의 어깨를 어루만졌다.

"자식을 못 낳는 몸도 아니고 팔자에 아들이 없는 것도 아니지 않느냐. 살다 보니 사람에겐 다 때가 있더라. 그리고 오래 기다렸다 얻을수록 귀하고 좋은 것도 있더구나. 네 지아비 될 사람도 더 오랜 시간을 들여 고르지 않았더냐. 네 자식도 그럴 게다. 오래 기다리게 한 만큼 네 마음에 쏙 드는 아들일 게야. 나는 하나도 걱정하지 않는다. 허니 너도 그리 안달 낼 것 없다."

진심어리고 다정한 민제의 위로에 울컥한 자경이 다시 울음을 터뜨리고 말았다. 소리 내어 엉엉 우는 자경을 민제가 다정히 안아 달래주었다.

***

십여 일에 걸친 장례가 끝나고 절에 가서 화장을 끝낸 뒤 방원은 만 하루 동안 꼬박 쓰러져 잠을 잤다. 끼니조차 거른 채 자는 방원을 자경은 굳이 깨우지 않았다. 상인을 시켜 방원을 찾으러 오는 사람들에게도 몸살이 났다며 모두 돌려보내라고 이른 후 자경 역시 방원의 곁에서 떨어지지 않고 내도록 같이 지냈다. 아이를 가진 덕에 큰일은 하지 않고 간간이 쪽잠을 잘 수 있었던 저도 이리 피곤한데, 열흘간 거의 자지 못한 방원은 오죽할까 싶었다.

"배가 고프오."

만 하루가 지난 뒤 일어난 방원의 첫 마디였다. 자경은 미리 쑤어 둔 잣죽을 가져오라 일렀다. 그리하여 아주 오랜만에 자경과 방원은 한상에 마주 앉았다. 가까이서 보니 둘 다 양 볼이 완전히 내려앉아 얼굴이 영 꺼칠했다. 제 몰골도 목불인견인데 방원은 자경의 얼굴을 쓸어내리면서 인상을 찌푸렸다.

"도통 안 먹은 거요? 뱃속에 아이도 있는 사람이 어쩌려구."

"주변에서 챙겨주어 그래도 전 좀 먹었습니다. 저보다 서방님 얼굴이 더 해요. 보약을 지을 수도 없는 노릇이고, 참."

"보약은 무슨. 시묘살이 하면서 보약 먹는다고 하면 소가 웃을 거요."

"네? 시묘살이요?"

"아, 내 부인에게 말하지 않았던가요? 내가 시묘살이를 하기로 했소. 그 덕에 어머니 묘소를 개경 근처에 두기로 한 거요."

방원은 태연히 웃으며 말했으나 자경은 순간 눈앞이 새하얗게 변했다. 시묘살이라니, 이런 중요한 시기에 어머니 묘소 옆에 붙어 있겠다니, 제정신인가 싶었다.

"얼마나요?"

"본래를 삼 년을 해야 하는 것이라던데 그리 길게 할 수는 없는 노릇이고 일 년은 해야 하지 않겠소?"

일각이 여삼추였다. 언제 어떤 기회가 찾아와 지금의 왕을 밀어내고 성계가 보위에 오를지도 모르는 시기였다. 헌데 일 년씩이나 자리를 비우겠다니 도무지 이해가 가지 않았다. 왈칵 신경질이 나서 온갖 말이 다 쏟아낼 뻔했으나 그 상대가 한 씨라는 것을 깨닫고 자경은 억지로 마음을 가라앉혔다. 방원이 세상에서 가장 사랑하는 여인이다. 시묘살이 그딴 걸 왜 하냐고 했다간 돌이킬 수 없어질 거다. 자경이 급히 머릿속으로 말을 골랐다.

"서방님은 다섯째 아들입니다. 형님이 위로 네 분이나 계신데 어찌 다 제치고 서방님이 시묘살이를 하신단 말씀입니까. 예법에 어긋나지 않습니까."

"예법에 꼭 장남이 시묘살이를 해야 한다는 법은 없어요. 사실 법도대로 따지면 시묘살이는 유교의 풍습이라 불교에선 아니 하는 것이지요. 헌데 우리 집안에서 유가를 제대로 배운 사람이 나 하나 아닙니까. 그래서 내가 하겠다고 했습니다. 여러모로 내가 하는 게 맞지 않소이까?"

"이리 중요한 시기에……."

"이리 중요한 시기이니, 더더욱 해야지요. 아버지께서 세우시는 나라는 유교의 나라일 겝니다. 고려와 반대되는 나라를 세우려 하실 게고 아버지 주변의 유학자들 역시 불교에 비판적이니 유교의 나라를 세울 것이에요. 허니 자식 중 누군가는 반드시 시묘살이를 해야 합니다. 그래야 아버지의 면이 서요. 그뿐이 아니에요. 어머니는 이미 돌아가셨으니, 아버지가 보위에 오르신다해도 비의 자리에 오르실 수 없습니다. 만약 우리 중 누구도 시묘살이를 하지 않는다면 어쩌면 어머니는 아버지의 정실 취급을 제대로 못 받으실 지도 몰라요. 해서 시묘살이를 하려는 겝니다."

"형님들이 다섯 분이나 계시잖아요. 왜 굳이 서방님이."

"말했잖아요. 내가 유일한 유학자니까 내가 하는 게 제일 낫다고요. 또 다른 형님들은 다 마땅찮아요. 방우 형님은 영 몸이 부실해서 한데서 잤다가는 줄초상을 치러야 할 겝니다. 방과 형님은 아버지의 대를 이어야 하니 곁에서 준비하기 바쁘고요. 방의 형님은 방우 형님 대신 문중을 오가야 하고 방간이 형님은 방과 형님 대신 가별초를 이어받아야 하고 다들 할 일이 많아요. 허니 내가 할 밖에요."

너무나 태연하게 무에가 문제냐는 어투로 방원은 하나하나 짚으며 설명하였으나 모든 문장이, 아니 단어 하나하나가 다 자경의 귓가엔 턱턱 걸렸다.

"방과 형님이 아버님 대를 잇는다는 건 무슨 뜻입니까?"

"무슨 뜻이긴 무슨 뜻입니까. 말 그대로지요. 아버지가 보위에 오르시면 의당 세자는 방과 형님 아니겠습니까."

하도 기가 막혀서 자경은 순간 숨 쉬는 것조차 잊은 채 멍하니 방원을 쳐다보았다. 허나 태연히 숟가락질을 멈추지 않는 방원은 자경이 놀란 것을 조금도 알아차리지 못하는 눈치였다. 한참 있다 겨우 숨을 토해낸 자경이 방원의 가까이 몸을 당겨 앉았다.

"세자가 의당 방과 아주버님이라니, 그러기로 다들 뜻을 모으신 겝니까?"

"뜻을 모으고 말고 할 게 무에 있습니까. 방과 형님이 세자가 되시는 게 당연하지요."

"어째서요?"

"어째서라니요? 방우 형님은 어차피 몸이 약해서 대업을 하기는 무리이니 장자 상속으로 따져도 둘째인 방과 형님이 맞는 게 당연하고 공 있는 아들로 따져도 의당 방과 형님밖에는 없지 않습니까. 매번 아버지와 같이 전쟁터를 뛰어다니며 공을 일군 것이 방과 형님이지 않습니까. 허니 세자는 당연히 방과 형님이 되어야지요."

"그게 그리 당연합니까. 단 한 번 의구심조차 가지신 적이 없으십니까. 혹시 방과 형님이 아니라면."

자경의 말에 방원이 어이없다는 듯 웃음을 터뜨렸다.

"그런 생각 조금도 해본 적 없어요. 대체 왜 그런 생각을 한단 말입니까."

방원은 자신이 세자가 될 마음 따윈 조금도 없었다. 그 비슷한 꿈조차 꾸지 않았던 모양이다. 자경이 지금까지 수없이 그렸던 미래가 한순간에 물거품처럼 사라지고 있었다.

"내가 생각한 것은 그저 어머님이 살아계셨으면 더할 나위 없이 좋았겠지만, 돌아가셨어도 방과 형님이 저리 든든하게 계시니 참으로 다행이구나, 그것뿐이에요. 방과 형님이 세자가 되시면 어머님 역시 왕비로 제대로 대접받고 추존되실 겝니다. 그럼 됐어요. 그거면 돼요. 추존되실 때 아 중 어느 하나도 시묘살이 안 했다, 그런 말이 나오면 민망하니 내가 시묘살이를 가려는 겝니다. 어머니가 애써 키운 다섯 아들, 어느 하나 부족하지 않게 제 할 몫 하고 있다, 어머니를 부끄럽지 않게 만들기 위해 최선을 다했다, 모두에게 보여 주려고요. 그럼 살아생전 비 자리에 못 올랐다 하더라도 어느 누가 우리 어머니에게 함부로 할 수 있겠습니까. 남편이 왕이고 아들이 세자고, 그 아들들에게 한결같이 대접받는 어머니, 죽어서도 위대한 어머니로 기리 남을 겝니다. 내가 꼭 그리 만들 겝니다."

이 사람은 그저 제 어머니의 이름이 남는 것 외엔 아무것도 바라는 게 없었다. 그에겐 야심이 없었다. 과거 준비를 할 때 했던, 제 가족을 위해서 성공하고 싶다던 그 꿈에서 단 한 발자국도 더 나가지 못했다. 나이만 들고 몸만 커졌을 뿐 생각은 거기 고대로 머물러 있었다.

이런 남자인 줄 모르고서, 이런 남자를 믿고 일생을 도모하려 했다니.

기가 찼다. 믿는 도끼에 발등을 찍힌다는 게 이런 걸 말하는 모양이다. 눈앞이 새하얗게 변하고 숨이 턱턱 막혔다. 부들부들 떨리는 손을 감추기 위해 자경이 급히 수저를 놓았다.

"왜 그것 밖에 안 먹는 겝니까?"

"입맛이 없습니다."

"입맛이 없대도 먹어야지요. 복중 아이가 있는데 그리 안 먹어서 어쩝니까."

방원이 하는 그 어떤 말도 귀에 들어오지 않았다. 자신이 지금까지 갖은 애를 썼던 것이 모두 다 무의미한 몸짓이었다는 것이 황당하고 어이가 없었다. 동상이몽이라더니, 같은 베개를 베고 한 이불을 덮고 자면서 지금까지 완전히 딴 꿈을 꾸고 있었던 거다.

"시묘살이가 무척 고되어서, 다녀와서 건강을 크게 잃는 사람도 많다고 하더이다."

"그렇다고 합디다. 그래서 방우 형님 대신 내가 가는 거 아닙니까."

"서방님도 그리 강건하시진 않으시면서."

"무슨 그런 쓸데없는 걱정을. 나는 방우 형님보다 한참 어려요. 부인의 걱정은 알겠으니, 조심할 테니 너무 염려하지 마세요."

"저희는 아직 아들도 없는데."

"부인, 또 그 소리. 우리 아직 젊고 금슬도 이리 좋은데 언젠가는 생기겠지요. 아 정 안 되면 형님들에게는 이미 자식이 여럿이니 하나 달라 하면 되지요. 그게 대체 무에 걱정이라고요."

이제야 알았다. 꿈이 고작 제 어미의 아들, 그것뿐이었기에 자신의 아들에 대해선 집착하지 않았던 거다. 여전히 방원은 어린 시절 그때 그 다섯째 아들이었다. 아버지에게 인정받고 싶고 어머니를 기쁘게 하고 싶은 다섯째 아들에서 조금도 자라지 않았다.

"아."

그가 말하는 가족 속에 자경과 그 아이들은 없었다. 방원의 자경은 여전히 함주의 어머니와 아버지 그리고 형제들, 그게 전부였다. 자식은 그저 있어도 좋고 없어도 좋을, 그런 것에 불과했다. 그저 제가 제 아비에게 인정받고 제 어미를 기쁘게 해주면 그것으로 족하는, 고작 이것밖에 안 되는 남자였다. 이것밖에는 안 되는 천치였다. 이런 천치를 지아비랍시고 믿고 살았다. 믿고 살다가 이제야 알았다. 세상에서 제일 아둔한 계집이 바로 여기 있었다.

자경이 스스로의 어리석음을 한심하게 여기는 순간, 갑자기 뱃속의 아이가 몸부림을 쳐댔다.

"아아."

배를 붙잡은 채 자경이 앞으로 고꾸라졌다.

"왜 그러오, 왜 그러오, 부인?"

"배가, 아, 배가."

놀란 방원이 밥상을 밀친 채 가까이 다가왔을 땐 이미 자경의 치마 아래가 흠뻑 젖어 있었다.

"행아야! 상인아! 게 누구 없느냐!"

놀란 방원이 자경을 끌어안은 채 급히 고함을 질렀다.

"무슨 일이십니까?"

"의원을 불러라, 산파를 불러! 아무래도 아이가 나오려나 보다!"

"아직 안 돼, 안 되는데, 아악!"

"부인, 괜찮을 거요. 괜찮을 거예요."

뱃속의 아이는 이제 고작 여덟 달이었다. 배를 끌어안은 채 자경이 울부짖기 시작했다.

***

여덟 달 만에 태어난 아이는 아들이었다. 팔삭둥이라 유모도 구하지 못한 데다 자경 역시 아직 젖이 제대로 돌지 않아 아이는 아쉬운 대로 가별초 식구 중 최근에 몸을 푼 여러 부인들에게 젖동냥을 받아야 했다. 태어나고 열흘이 지나서야 송 씨 부인이 급히 보내준 유모가 도착했다.

열흘간 동냥젖을 먹었는데도 아이는 건강했다. 유모 역시 보고는 걱정했는데 이르게 태어난 아이 같지 않다며 놀랄 정도였다. 좋은 젖을 먹자 아이는 하루가 다르게 쑥쑥 커서 모두를 안심시켰고 방원을 기쁘게 했으나, 자경은 조금도 기쁘지 않았다. 그토록 기다리던 아들이었는데도 자경은 딸을 낳았을 때보다 더 오랫동안 더 깊이 우울해해서 행아와 상인을 걱정시켰다.

"마님."

"입맛이 없대두."

"어찌 이리 못 드십니까. 네?"

팔삭둥이가 태어난 것도 자경의 인생에선 있을 수 없는 수치였다. 지금이야 건강해 보일지 몰라도 나중엔 어찌 될지 알 수 없었다. 지금껏 살면서 본 다소 모자라거나 아둔한 아이들은 모두 달수를 다 채우지 못하고 태어난 애들이었다. 감히 민자경의 자식이 그렇다는 건 있을 수 없는 일이었다.

기껏 애를 써서 겨우 하나 본 아들이 모자란 놈이면 대체 어쩌란 말인가.

"서방님은?"

"시묘살이 갈 짐을 싸고 계십니다."

"벌써? 뭐 그리 급한 일이라고!"

버럭 고함을 지르며 자리에서 일어났던 자경이 머리를 감싸며 다시 드러누웠다. 그동안 제대로 먹지 못한 까닭에 눈앞이 노래지면서 머리가 핑 돌았기 때문이다. 놀란 행아가 급히 자경의 가까이 다가가 안색을 살폈다.

"사십구재까지 이제 열흘밖에 안 남았잖습니까. 사십구재가 끝나자마자 마님과 아이들 개경에 데려다주고 곧장 시묘살이를 하러 가려면 미리미리 준비해둬야 한다고 하시더이다."

행아의 말을 들을수록 점점 자경의 얼굴에선 핏기가 사라졌다. 자경의 기색을 살피던 행아가 거북이처럼 목을 움츠렸다.

아들을 낳고 싶었던 것은 그 아이가 세상을 호령하길 바랐기 때문이다. 아비에 이어 아들까지 세상을 호령하는 아이가 되면 그 부인이자 어미인 저는 다른 계집들과 달리 이 세상에 이름을 남길 수 있으리라 기대한 까닭이었다.

문제는 자경이 크게 기대를 걸었던 사내의 꿈이 고작 도토리만한 것이었다는 거다. 그는 세상을 호령할 욕심 같은 건 애초에 없었고 그저 제 불쌍한 어미 생각에 매몰되어 있었다. 제 어미가 행복하고 제 아비에게 기특한 아들이란 소리만 듣는다면, 저는 초야에 묻혀도 좋다고 여기는 고작 그 정도 그릇밖에 안 되는 인물이었다. 그런 인물이 아비라면 기껏 애를 써서 아들을 낳아봤자 대체 무슨 의미가 있단 말인가. 보위를 이어받지 못하는 왕실의 똑똑한 친족은 오히려 가장 먼저 제거 대상이 될 뿐이다. 죽어라 아들을 낳기 위해 노력을 했는데, 아무 소용 없는 짓을 한 거였던가.

"서방님을 모셔 오너라."

"지금요?"

"그래. 지금 당장."

허나 이대로 포기할 순 없었다. 어쩌면 방원이 아직 현실을 다 깨닫지 못한 걸 수도 있다. 좀 더 현실을 알게 된다면 마음이 바뀔지도 모른다. 설득시킬 수 있을 거다. 아니 그래야만 한다.

행아가 방에서 나가자마자 자리에서 일어난 자경이 명경을 들여다보며 머리를 매만졌다. 그리고 행아가 자리끼로 놔둔 물을 마시며 목을 가다듬었다.

화를 내선 안 된다. 울컥해서 짜증을 부려서도 안 된다. 자경이 깊은 숨을 내쉬면서 마음을 정리하려 애를 썼다.

***

“방과 형님이 세자가 못 될 수도 있다니요? 그게 무슨 말입니까?”

“아들이 없잖습니까.”

“무슨 그런. 형님도 형수님도 아직 젊어요. 비록 정실에게서 난 자식은 없지만 서자들은 벌써 여럿인 것을 보면 형님 문제 아니에요. 그래서 형수님이 불공 열심히 드리고 있습니다. 조만간 낳을 겝니다.”

“혼인한 지 십 년이 훌쩍 넘었는데 지금까지 없던 아이가 어찌 생길 수 있단 말입니까. 우리처럼 가졌다가 놓친 것도 아니고 단 한 번 가지지도 못했는데요.”

“이십 년씩 없다가도 생기는 경우도 있다고 합디다. 뭐 정 없으면 다른 형제들 자식을 입후해도 되지요. 그게 무에 문제라고요.”

입후라, 그러고 보니 방과에게 아들이 없기 때문에 방의나 방간 역시 별 욕심 없는 척 뒤로 물러나 있는 것인지도 모르겠다는 생각이 번뜩 들었다. 방원이야 진심으로 모자라서 권력욕이 없고, 방의야 점잖아서 내색하지 못한대도 방간은 아니었다. 자경이 보기에 방간은 형제 중 가장 야망이 큰 인물이었다. 그런 인물이 뒤로 밀리는 것에 대해 조금의 불만도 내색하지 않는 것은 벌써부터 제 자식을 방과의 아들로 만들 작정을 했기 때문일 수도 있다. 이전부터 방과에게 제 아들을 주니 마니, 주접을 떠는 꼴을 여러 번 봤었다. 그땐 그저 실없는 농이라 여겼는데, 어쩌면 그때부터 이런 날을 대비하여 영악한 수를 쓴 것일지도 모르겠다.

그래, 방간 같은 인물은 제 아들을 방과의 아들로 보내고도 그놈이 세자만 된다면 희희낙락할 수 있는 그릇이었다. 어쨌거나 내 씨가 아니냐며 흰소리를 해댈 게 안 봐도 뻔했다.

허나 자경은 아니었다. 아비와 어미에게 무슨 문제가 있는 것도 아니고, 다른 사람들보다 멀쩡하다 못해 뛰어나기까지 한 부모를 두고 제 자식을 남의 집 양자로 보낼 생각은 눈곱만큼도 없었다. 거기로 간 자식이 아무리 잘나도 그 공은 방과와 그 부인에게 다 가지, 낳은 부모 차지일 리 없는데, 죽 쒀서 개 주는 그런 쓸개 빠진 짓을 하고 싶지 않았다. 차라리 방원이 세제가 된다면 또 모를까.

세제, 세제는 될 수 있으려나. 잠깐 고민하던 자경이 고개를 저었다. 방원이 방과의 세제가 되려고 하지도 않을 거고 그리 내버려둘 이도 없을 거다. 방과조차도 세제가 되는 이방원은 부담스러워할 게 분명했다. 오히려 방과를 제치고 방원이 세자가 되는 것보다 방과가 세제로 방원을 지목하는 게 더 불가능한 일이었다.

"아버님이 방과 형님을 부담스러워할 수도 있어요."

"아버지가 방과 형님을? 왜요?"

"아버님이 새 나라를 세우신다면 고려와는 완전히 다른 나라를 세우려고 하실 겝니다. 불교가 아닌 유교를 택하신 것처럼 말입니다."

"그건 나도 그래야 한다고 생각합니다."

"그때가 되면 아버님이 혼맥을 맺은 고려 귀족들이 성가스러워지지 않으시겠습니까? 아들들 모두 난다 긴다 하는 고려 귀족들과 연을 맺었어요. 그런 연을 끊고 싶어질 게 분명하지 않습니까."

"뭐 그런 생각이야 하실 수도 있지만, 이미 벌어진 일 어쩌겠소? 모두 다 자식 낳은 부인들 내다 버리라고 할 수도 없는 노릇이고, 그리 따지면 아버지의 부인도 고려 귀족인 것을요? 공은 공이고 사는 사지요. 아 다들 그리 혼인했는데, 그런 식이면 아들 중에서 세자 될 사람 누가 있다구."

"본래 즉위 초에는 장자 상속이 아니라 택현하는 경우가 많습니다. 아버님 마음에 드는 게 제일 우선이니."

"방과 형님이 무슨 흠이 있어 아버지 마음에 안 든다는 말입니까. 괜한 걱정이에요."

형제들이 다 비슷하게 성계의 마음에 똑 들어차지 않을 테니 노력하면 세자로 간택될 수도 있다고 설득하고 싶었다. 허나 애초에 조금도 세자 자리에 대해서 생각해 보지 않은 방원에게 자경의 말은 쇠귀에 경 읽기였다.

"방과 아주버님께서 세자가 되시면 저희는 어찌 되는 것입니까?"

"어찌 되다니요?"

"그러니까 그 관계나 저희의 위치가."

"거야 뭐 우린 왕실의 일족이 되는 거지요. 사는 거야 뭐 큰 변화가 있겠습니까. 지금처럼 편히 살게 되겠지요."

방원은 방과가 세자가 된 뒤 일어날 수도 있는 불행한 사건 같은 건 까맣게 모르는 게 분명했다. 혹은 알고 있더라도 그러한 일들이 제 형제들에겐 일어나지 않으리라 자신하거나.

방과는 무인이었다. 정치는 조금도 모르고 학문은 다소 부족한 우직한 무인이었다. 헌데 방원은 정치인이었다. 그것도 과거를 급제한 아주 똑똑한 정치인 말이다.

과연 세자에게 동생의 존재 자체가 위험하다고 이간질하는 간신배들이 없을까? 차라리 방원이 세자가 되는 게 낫지 않았겠느냐고 지껄이는 아둔한 무리들은 또 없을까? 한두 번이야 헛소리 말라고 쫓아내겠지만, 듣기 좋은 꽃노래도 삼세번이라고 그게 반복되면 인간의 감정이 나빠질 수밖에 없기 마련이다. 그리되면 방원이 역심을 품지 않았더라도 어느새 역모의 주동자가 된다. 그게 대대로 왕실에서 아버지가 아들을 죽이고, 아들이 아버지를 죽이고, 형제가 형제를 죽였던 과정이다. 역사 속에서 수없이 반복되었던 그 비극이 자신들만 피해가리라 생각하는 것이야말로 미욱한 오만이고 어리석은 착각이 아닐 수 없었다.

"대체 부인은 뭐가 그리 걱정되시는 겝니까? 방과 형님 말고 세자 자리에 앉을 사람이 누가 있다고요. 모두가 당연히 방과 형님이라고 여기는데 부인은 왜 이러시는 겐지 내가 더 당황스럽습니다. 혹 누구 생각해 둔 사람이라도 있습니까."

하긴, 방원뿐 아니라 성계 주변의 대부분의 사람들은 방과를 세자로 생각할 게 분명했다. 방과는 자식 중 성계를 가장 많이 닮은 아들이라, 자손이 없다는 것을 제외하면 딱히 흠잡을 게 없었다. 당연히 성계는 고려와의 인연을 끊길 바랄 것이고 외척을 부담스러워할 테지만, 방원의 말대로 그렇다고 해서 아들들을 모두 이혼시킬 수는 없는 노릇이니 어쩔 수 없이 감수해야 하는 문제였다. 그리고 외척의 발호로 따진다면 결코 자경이 유리할 수도 없는 입장이었기에 길게 우기기도 뭣했다.

가만, 모두 다 혼인을 한 것은 아니지 않은가.

순간 자경의 눈앞이 번쩍했다. 다 무너진 하늘에서 비추는 한 줄기 서광이었다.

"방석 도련님은 혼인을 안 하셨지요."

"응?"

"만약 아버님이 방석 도련님을 세자로 삼으신다면 어쩌시겠습니까?"

자경의 물음에 방원이 순간 멍한 얼굴을 했다. 그러다 이내 어이없다는 듯 웃음을 터뜨렸다.

"그 무슨 말도 안 되는."

"방석 도련님은 혼인을 안 하셨어요. 허니 외척의 발호를 걱정하지 않아도 됩니다. 아직 나이가 어리니 아버님 뜻하는 대로 가르칠 수 있고요. 혼인 역시 아버님이 원하시는 집안과 사돈 맺을 수 있습니다."

순간 방원의 눈빛이 변했다.

"게다가 무엇보다 방석 도련님에겐 어머님이 있지요."

"부인!"

눈앞에 있던 밥상이 뒤집어졌다. 자경 앞에서 방원이 큰 소리를 내거나 무언가를 던지는 폭력적인 모습을 보인 것은 이번이 처음이었다.

"그런 일은 있을 수 없고, 있어서도 안 됩니다."

최대한 낮게 내리누른 목소리였으나 말끝이 바르르 떨리고 있었다.

"그리되면, 어머니는, 내 어머니는 대체 뭐가 되는 겝니까? 죽어 비의 자리에도 오르지 못하는데 아들이 세자조차 되지 못한다면, 내 어머니는 대체 뭐가 되냔 말입니다!"

이글거리는 두 눈에서 새파란 빛이 뿜어져 나오고 있었다. 기에 눌린 자경이 차마 입을 열지 못하고 마른 침만 삼켰다.

"그런 참혹한 일은 입 밖으로 다시 꺼내지도 마세요. 세자 자리는 방과 형님 것입니다. 부인이 무엇을 걱정하는지는 내 알 만하나, 이 일은 감히 생각조차 해서는 아니 되는 일입니다. 아시겠습니까."

이거구나. 꽉 막힌 줄 알았던 하늘 가운데 그 어느 때보다 눈부신 빛 한 줄기가 쏟아지고 있었다. 두근거리는 가슴을 내리누른 채 자경이 방원을 빤히 쳐다보며 입을 열었다.

"헌데 만약 그 참혹한 일이 일어난다면."

"부인!"

"일어난다면 어찌하시겠습니까."

분노로 방원의 두 눈이 시뻘겋게 핏줄이 섰다. 허나 자경은 물러서지 않았다. 분명한 대답을 들어야만 했다. 더 이상 혼자 착각하며 살 수는 없었다. 한 번 속은 걸로 족했다. 두 번 어리석고 싶지 않았다.

"그럴 일은 절대 없을 겁니다."

"없겠지만, 없어야겠지만, 만약 그리되면요."

"없을 일을 뭐 하러 생각한단 말입니까."

"없을 일이어도 생각은 할 수 있지 않습니까."

"부인 대체 무슨!"

절대 놓지 않는 집요함에 방원이 질린다는 얼굴로 자경을 노려보았다. 허나 자경은 눈을 피하지 않았다. 결국 방원이 어금니를 문 채 입을 열었다.

"바로 잡기 위해 칼이라도 들어야지 어쩌겠습니까."

"아버님께 너무나 큰 불충이 되겠군요."

"그러니 그런 일이 없어야지요!"

버럭 신경질을 낸 방원이 자리에서 일어났다.

"아이가 태어나고 나면 한동안 부인, 정말 이상할 만큼 평소와 다른 모습을 보이는 걸 알기에 이 정도에서 넘어가는 겁니다. 아니면 정말 크게 화를 냈을 거예요. 대체 왜 이리 말도 안 되는 소릴 길게 해서 사람 진을 빼는 겝니까!"

씩씩거리며 방원이 방을 나갔다. 밖에 서 있던 행아가 엉망인 방꼴을 보고 놀라 뛰어 들어왔다.

"다투신 겝니까?"

"아니다."

"헌데 어찌 이리."

"치워라. 그리고 주전부리 좀 챙겨 사랑채에 넣어드려라. 시장하실 게다."

"네."

함주 어머니가 돌아가신 데다 야망 없는 남편 때문에 세상이 다 끝난 줄 알았다. 하늘이 무너졌다. 그런데 분명 하늘은 무너졌는데 솟아날 구멍이 아주 커다랗게 생겼다. 구멍을 확인했으니 되었다. 된 것이다.

방을 닦는 행아가 걱정스럽게 자신을 흘끔거리는 것을 알고 있었지만 비실비실 새어나오는 웃음을 참을 수가 없었다. 결국 자경이 고개를 외로 꼬며 아래로 숙였다. 기뻤다. 오랜만에 정말로 기뻐서 가슴이 뛰었다.

***

사십구재가 끝났다. 자경은 아이들과 함께 개경으로 돌아왔고 방원은 예정대로 시묘살이를 하러 떠났다. 성계가 개경으로 돌아오자마자 몽주와 왕은 성계의 수족들을 잘라내기 위해 애를 썼다. 성계는 고군분투했으나 대응하기란 쉽지 않았다. 방원은 상인에게 매일매일 개경의 상황을 알려 달라고 부탁했으나, 자경은 방원에게 가는 정보를 어느 정도 통제했다. 통제된 정보엔 일찍 태어난 아들이 아프기 시작했다는 것도 포함되어 있었다.

잘 자라던 아이는 백일을 코앞에 두고 아프기 시작했다. 안 그래도 일찍 태어난 아이가 아프기까지 하자 집안에선 걱정이 컸으나 자경은 태연했다. 자경은 사실 아프기를 바랐다. 자신과 방원의 첫 아들이 팔삭둥이라는 것을 용납할 수 없기도 했고 또 팔삭둥이로 태어난 아이가 끝까지 잘 자라줄지 의문이었기 때문이다.

자경은 자신의 첫 아들이, 무려 장남이 다른 아이들보다 잘나지는 못할망정 모자란 꼴을 볼 순 없었다. 어차피 약하게 태어난 아이라면 길게 속 썩이지 말았으면 하는 게 자경의 솔직한 속내였다. 피도 눈물도 없이 냉정한 어미라고 손가락질 하겠지만 어쩔 수 없다. 이미 성계가 왕이 되기로 한 순간부터 자경이 낳은 아이들은 왕족이 될 팔자였고, 왕족이란 태어나는 그 순간부터 정치적인 존재였다. 허니 제 자식 중에 정치적으로 흠이 될 만한 아이는 있을 수도 있어서도 안 되는 거였다. 저는 이런 생각까지 하면서 자식조차 가리는데 방원은 전혀 그런 생각을 하지 않았다. 단순히 제 어미만을 위해 사는 단순한 사내라니, 그 단순함에 자경은 치가 떨렸다.

냉정히 보면 방원은 무엇으로 보나 보위를 물려받기엔 턱없이 불리했다. 순서로도 공으로도 형제들에게 밀렸다. 하다못해 아버지의 총애를 받는 어머니란 존재조차 없었다. 그나마 방원이 가진 것 중 유일하게 다른 형제들보다 앞서는 것은 오로지 자경의 존재뿐이었다.

자경이 두 발 벗고 나서고 방원이 그대로 순히 움직여준다 해도 방원을 세자로 만드는 것은 결코 쉽지 않은 일이었다. 그래도 장자 상속만 벗어나 택현을 하도록 신료들을 움직인다면, 어쩌면 무인인 방과보다는 유교 국가에 걸맞게 과거에 급제한 문인 방원에게 좀 더 유리하게 판을 만들 수 있으리라 생각했다. 그리 만들 작정이었다. 아들 하나만 낳고, 기회를 잘 노려 두드러지는 업적 하나만 세운다면 방원을 세자로 만들 자신이 있었다. 헌데 방원은 아둔하게도 자경이 그리는 큰 그림의 그림자조차 쫓아오지 못하고 있었다. 방과가 세자가 되는 것이 그저 꿈의 전부라니, 얼마나 한심한 일이란 말인가.

"행아야."

생각할수록 방원의 현실인식이란 참으로 기가 막히고 어이가 없었지만, 그럼에도 희망은 있었다. 한겨울 뒤덮인 눈 속에서도 새순이 피어나는 것처럼 말이다.

"네, 마님."

어차피 지금 당장 방원은 세자가 될 마음이 없다. 아니, 마음이 없을 뿐만 아니라 그런 생각조차 해본 적이 없다. 이 남자는 지금 아무리 자극한다 한들 그리 움직여줄 사내가 아니다.

"너 개경 어머니 댁으로 갈 수 있겠니?"

허나 만약 방석이가 세자가 된다면 모든 것이 달라진다. 방석이 세자가 된다는 것을 상상하는 것만으로도 눈이 뒤집힌 방원이었다. 그 상상이 현실이 된다면 방원의 입장에서는 최악의 상황이겠지만, 자경의 입장에서는 최고의 수가 될 수 있다. 방원의 분노를 야심으로 뒤바꾸는 일은 어렵지 않을 테니 말이다. 방원은 지금 가지고 싶은 게 없다. 궁하지 않으니 의지도 없고, 야망도 없는 게다. 방원에게 왕좌를 미치도록 갖고 싶은 걸로 만들어야 했다. 그래야 형제고 아비고 상관없이 칼을 들 수 있을 테니 말이다. 그리 만들어야 했다. 자경은 그리 만들어 줄 작정이었다.

"심부름 시키실 일이 있으신 겝니까?"

아무리 생각해도 방과가 세자가 되는 것보다 방석이 세자가 되는 게 지금 현재로선 자경에겐 훨씬 나았다. 방과가 세자가 되면 방원은 안도하며 물러난 뒤 아무런 욕망을 가지지 않을 거다. 그러다가 혹 누가 방과에게 이간질이라도 한다면 왕족으로서 죽음을 당하는 것밖에는 방원에게 남는 것이 없었다.

"아니, 그게 아니야. 시종으로서 앞으로 개경 어머니를 뫼실 수가 있겠느냐 묻는 거다."

분명 영악한 강 씨는 방과가 세자가 되리라는 것을 이미 알고 있을 게다. 그리고 아무리 제가 성계에게 총애받는 부인이라도 그 판도를 뒤엎는 게 쉽지는 않다는 것도, 잘못했다가는 기세등등한 한 씨의 아들들에게 맞아 죽을 수도 있다는 것도 이미 알고 있을 것이다. 강 씨는 당장 방석이나 방번이를 세자로 만드는 것을 더 경계할지도 모른다. 어차피 방과에겐 아들이 없었다. 방간이 제 자식을 방과 밑에 넣어 대를 잇게 할 꿈을 꾸는 것처럼 강 씨 역시 방석이나 방번이로 하여금 방과의 뒤를 잇게 하는, 그런 꿈을 꾸고 있을 확률이 높았다.

꼭 방석이나 방번이를 세제로 만들 작정이 아니라고 해도 일단 방과를 세자로 만든 뒤 후일을 도모하는 게 여러모로 강 씨에겐 유리했다. 일단 방과를 세자로 만든 뒤 그를 앞세워 그 형제들을 제거해 나가면 될 일이니 말이다.

이간질은 순식간이다. 정치판에 발가락 끝도 담가보지 못한 우직한 무인 방과가 중상모략에 흔들리지 않으리란 보장이 없었다. 방과를 흔들어 형제들 사이를 갈라치기하고 형제들을 모두 제거하고 나면 그땐 방과에게 자식이 없다거나 다른 여러 핑계를 대어 방과마저 그 자리에서 끌어내리면 될 일이다. 상황이 그쯤 되면 이미 방과를 지켜줄 이들도 없을 테니 무주공산 아닌가. 시간은 좀 걸리겠지만 훨씬 더 안전하게 방석을 보위에 올릴 수 있는 방법이다. 아마 자경이가 강 씨 입장이라도 이런 수를 쓸 것이다. 자경이가 생각해내는 수를 강 씨가 떠올리지 못할 리 없었다.

"어찌, 왜 그래야 합니까? 왜요?"

성계가 세자를 택하게 하는데 강 씨는 최대한 나서지 않으려 할 게 분명했다. 그래야 자신과 자신의 아들들이 안전하다고 생각할 테니 말이다. 절대로 제 아들을 일개 왕족으로 내버려둘 여자는 아니니까 방과가 세자가 되고 나면 그때 강 씨는 움직이려 들 것이다. 한 씨의 다른 아들들이 안심한 사이에.

그렇게 되면 안 된다. 강 씨가 먼저 움직이도록 만들어야 했다. 강 씨가 나서서 방과가 아닌 방번이나 방석을 세자로 만들도록 해야 했다. 그래서 방원이 그 사실을 알고 분노해야 했다. 방원이 분노해야, 자경의 아들이 세자가 되어 왕실의 대를 이을 것이다. 그래야 자경이 역사에 기록될 이름을 얻을 수 있다.

"가서 방번이나 방석이가 세자로 책봉되도록 네가 힘을 써줘야겠다."

강 씨는 벌써부터 궐에 들어갈 것을 대비하여 내보낼 시종들은 집에서 내보내고 그 자리를 새로운 시종들로 채우고 있었다. 자경에게도 혹 보내줄 사람이 없느냐 물어왔다. 자경은 그때 아무도 없다고 했고 강 씨는 그 대답에 놀랐다. 염탐꾼으로 자경이 하나쯤은 시종을 보내리라 확신했기 때문일 거다.

실제로 방원을 제외한 다른 형제들의 집에서는 강 씨 집에 하나둘

씩 시종을 보내주었다. 그들은 염탐꾼으로 쓰기 위해 그 시종들을 보냈을 거다. 허나 강 씨는 역으로 그 시종들을 이용하여 언제든 필요할 때 시종들의 전 주인들을 드잡이할 작정을 하고 있을 게 분명했다. 그 속내를 빤히 짐작했기에 자경은 아무도 보내지 않았다. 허나 지금은 그 속내를 알지만 누군가를 보내야 했다. 호랑이 굴에 들어가야 호랑이를 잡지 않겠는가.

"제가 어찌, 제가 어찌 그런 짓을 할 수 있단 말입니까? 그리고 어찌 그런 일을 한단 말입니까? 나으리와 마님께 몹쓸 짓 아닙니까요?"

행아가 자경이 가장 아끼는 몸종인 것은 강 씨도 익히 아는 사실이다. 그래서 행아를 보내면 강 씨는 자경이 머리를 굴려서 제일 믿을 만한 애를 염탐꾼으로 보냈으리라 생각할 게다. 어쩌면 자경이 생각보다 모자라다고 비웃을지도 모른다. 그리고 언젠가 행아를 이용해서 방원과 자경을 치려고 계획을 세울 게 분명하다. 재수 없다면 그 함정에 빠질 수도 있다. 자경도 이 모든 게 얼마나 위험한 일인지 알고 있다. 그러니 가장 믿을 만한 사람을 보내야 했다.

"아니다. 나으리가 보위에 오르기 위해선 당장은 강 씨의 소생 중에 누군가가 세자가 되어야 한다. 그리되도록 만들거라."

"제가 무슨 수로요?"

"무슨 수를 쓰면 좋을지는, 차차 알려주마. 일단은 이것만 기억해라. 우리 집이 방과 아주버님의 댁과 가장 가까이 지내는 거다. 다른 형제들보다 유독 우리 집안이 방과 아주버님 댁과 가까운 거야. 그것을 머릿속에 새겨라. 그리고 모든 대답을 거기에 맞추어서 해. 알겠니?"

강 씨에게 오래전부터 방과의 후손으로 누군가 정해져 있다고 믿게 해야 했다. 그렇게 된다면 강 씨는 초조해서 제 자식을 세자로 세우려고 무슨 수든 쓸 것이다. 그리고 그 일이 방원의 귀에 들어가야 했다. 그래야 방원을 움직이게 할 수 있다. 방원이 강 씨의 계략에 분노하여 무엇이든 하겠다고 결심하게 된다면, 자경은 방원을 왕으로 만들 수 있게 되는 것이다.

"그것과 상관없는 질문에 대한 답은 무엇이든 네 맘대로 해도 된다. 나는 너를 믿으니까."

"제가 어찌 그런 일을."

"길게 거기 두진 않을 게다. 적당할 때 빼주마. 부탁한다."

"마님."

"너 밖에 믿을 만한 사람이 없어. 응? 부탁하마."

행아의 손을 붙잡은 채 자경이 소리 없이 눈물을 뚝뚝 흘렸다. 쉴 새 없이 떨어지는 눈물에 행아가 차마 무어라 더 말하지 못한 채 고개를 숙였다.

본디 종년의 목숨이란 주인에게 달린 거였다. 게다가 자경은 지금까지 더할 나위 없이 좋은 주인이었다. 그리고 가장 가까이 있으면서 자경이 어떤 꿈을 꾸는지 무엇을 바라는지 누구보다 잘 알고 있다. 자경이 바라는 일이 이루어지도록 해주고 싶었다.

"다시 아씨께 돌아올 수 있는 거지요?"

"그럼, 당연하지. 오래 걸리지 않을 게다. 걱정 마라."

다만 마음에 걸리는 것은 단 하나밖에 없었다. 따뜻하게 제 손등을 감싸는 자경의 손을 보며 행아가 눈을 질끈 감았다. 어느새 행아의 양 볼도 흠뻑 젖어 있었다.

***

급히 걸어 들어오던 상인이 어둠 속을 서성이는 사람의 모습에 놀라 걸음을 멈추었다. 이미 자정이 훌쩍 지난 늦은 밤이었다. 상인이 저도 모르게 발걸음 소리를 죽이는 순간, 서 있던 이가 고개를 돌렸다. 구름이 달을 비켜나자, 달빛에 익숙한 얼굴이 드러났다. 행아였다.

"늦은 밤에 게서 뭐하는 게야."

"오라버니를 기다렸어요."

"나를? 왜?"

멀뚱히 서 있는 상인에게 행아가 성큼 가까이 다가섰다. 어느새 둘의 사이가 한 뼘도 채 되지 않았다. 놀라서 주춤하며 물러서려는 상인을 행아가 붙잡았다.

"나 내일이면 여기 떠나요."

"뭐?"

"내일부터 나 여기 없다고요."

"그게 무슨 말이냐?"

꽤 놀란 듯 상인의 목소리가 커지고 눈썹도 위로 치켜올라갔다. 그 모습을 보자 갑자기 행아의 기분이 좋아졌다. 평소에 거의 감정을 드러내지 않는 상인이었다. 그런 상인이 저 때문에 이만큼이나마 동요한다는 것이 기뻤다.

"무슨 말이냐니까?"

"나 개경 마님 댁으로 가게 됐어요."

"개경 마님 댁? 강 씨 부인한테 말이냐?"

"네."

"거길 네가 왜 가?"

어디까지 말하면 좋을까 행아가 고민하던 사이 상인이 이내 알겠다는 듯 고개를 끄덕였다.

"마님이 시키신 일이냐?"

"네."

"그럴만하니 시키신 거겠지. 잘 다녀와라."

한창 관심을 기울이다 자경이 시킨 일이라는 것을 확인하자마자 무덤덤해지는 상인의 태도가 속상했다.

"그게 다예요?"

"뭐가?"

"그거밖에 할 말이 없냐고요. 마님이 시킨 일이면 그게 뭐든 난 해야 하는 거예요? 내가 위험해지고 다쳐두? 시킨 일이니까? 난 종년이니까?"

저 역시도 그리 생각하고 있었으면서도 상인을 보면서 새삼 상처받은 거다. 왈칵 신경질이 나서 고개를 쳐든 행아가 상인을 노려보며 다다다다 쏘아붙이기 시작했다.

"그럼 오라버니도 마님이 시키는 일이면 뭐든 해요? 그게 뭐라두? 도둑질도? 사람을 죽이는 것도? 그리고 또, 그 뭐냐, 아무튼 그러니까 뭐든? 뭐든 다 한다고요?"

진짜 묻고 싶은 것은 혹 나랑 결혼해야 하는 것도 마님이 시키는 일이면 할 거냐는 거였다. 그렇다는 대답이 나와도 그렇지 않다는 대답이 나와도 상처받을 거면서, 뭐라 할지 궁금했다.

"행아야."

"됐수. 내가 뭐 좋은 말을 들을 거라고 이 시간까지 굳이 기다렸을까. 혹시나 마지막일까 싶어서 기다린 건데, 오라버니는 뭐 이게 마지막이든 말든 신경도 안 쓰일 텐데 쓸데없는 생각을 했네요."

울컥한 행아가 돌아섰다. 상인이 급히 행아를 붙잡았다.

"놔요."

"행아야."

"놓으라구요!"

"별일 없을 게야. 잘 다녀와서 보자."

"무슨 일을, 무슨 일을 시킨 줄 알고 별일 없대요? 무슨 일인 줄 알고!"

이렇게 상인에게 화를 낼 일이 아니라는 걸 알고 있었다. 엄한 데 화풀이하고 있는 꼴이라는 것도 인정했다. 그럼에도 서럽고 분한 것은 어쩔 수 없었다.

"설마 마님이 너한테 아주 위험한 일을 시키셨을 리가."

"시키셨으면요! 위험한 일이면요! 그럼 어쩔 건데요?"

"무슨 일인데? 무슨 일을 시키셨기에 이래?"

상인의 물음에 행아가 입을 꾹 다물었다. 어린 소견에도 함부로 지껄이고 다녀선 안 된다는 것쯤은 알았다. 그게 설혹 상인이라 할지라도.

"됐어요. 내가 위험한 일을 한데두 오라버니한테 무슨 상관이유. 종년의 팔자 시키는 일이나 하다 재수 없음 죽는 거지 뭐."

울컥하여 되는대로 내뱉는 말끝에 울음이 터졌다. 훌쩍이는 행아의 눈앞에 흰 손수건 하나가 불쑥 내밀어졌다. 안 받으려고 고개를 젓는데, 손수건 끝에 아주 서툰 솜씨로 자수가 놓인 것이 눈에 들어왔다. 자경이 만든 거였다.

한창 자경이 수를 배우기 시작할 때 처음으로 만든 거였다. 제일 처음 만든 것을 자경은 상인에게 기념이라고 건넸더랬다. 그것을 이리 오래도록 품고다녔나 보다. 그 마음을 직접 눈으로 확인하자 서러움이 북받쳐서 눈물이 더 터졌다. 애써 고개를 돌리는 순간 상인이 손수건으로 눈물을 닦아 주었다.

"이거 너 하려무나."

놀란 행아가 상인을 보았다. 상인이 행아의 손에 손수건을 쥐어 주었다.

"위험하지 않을 일이라고 믿는다. 만약 위험한 일이라면, 그래서 네 목숨이 위험해진다면 내가 필히 구해주마."

"정말요?"

행아의 눈이 휘둥그레졌다. 그런 말을 상인이 할 줄은 꿈에도 몰랐기 때문이다.

"정말로."

"아씨가 그러지 마라고 해도요?"

"그래."

강 씨에게 행아를 보낼 수밖에 없는 것은 강 씨와 자경 사이를 오가는 믿을 만한 사람이 필요해졌기 때문일 거다. 그리고 그런 일을 하다 보면 어쩔 수 없이 행아는 위험에 빠지는 순간이 올 수밖에 없었다.

상인이 아는 자경은 행아의 목숨이 위험해질 때까지 모른 척할 리 없었다. 만약 자경이 행아를 모른 척해야 하는 상황이 온다면 그땐 행아의 목숨뿐 아니라 자경의 목숨까지도 위험해졌기 때문일 것이다. 그때 자신이 행아의 편에 서리라 확신할 수 없었다. 자신은 아마도 끝까지 자경의 편일 거다.

"약조한 거예요?"

"약조하마."

허나 지금 이런 거짓 약조라도 하면서 행아를 달랠 수밖에 없는 이유는 그래야 행아가 가서 무슨 상황에 처하든 간에 최대한 자경을 보호할 것이기 때문이었다. 이 약조에 기대를 건 행아가 끝까지 자경을 보호해준다면, 그래서 자경이 안전해진다면, 마지막엔 제가 자경을 대신 해 행아를 구하러 가줄 수 있을 지도 모른다.

"잘 다녀오거라."

"정말 기다려 줄 거예요?"

"기다리고 있으마."

허나 이런 속내를 모두 다 행아에게 말할 필요는 없었다. 행아에겐 미안하지만, 어쩔 수 없는 일이었다. 다만 행아가 무사히 돌아오기를 바라는 마음은, 기다리겠다고 약조한 마음만은 진심이었다. 그 마음이 비록 행아가 원하는 것과 꼭 같지 않다고는 해도, 상인이 가진 마음이 처음부터 끝까지 모두 다 거짓은 아니었다.

문제는 종종 이런 아주 작은 진심이 섞인 거짓이 온전한 거짓보단 때론 더 위험하다는 데 있었다. 그마저도 상인은 이미 알고 있었다. 다만 이번만큼은 이 위험이 행아를 피해가기를 바랄 수밖에 없었다.

11장

# 개국

開國

임신년 삼월 무술일, 왕은 정양군 왕우와 성계에게 황주에 나가 돌아오는 세자를 맞이하도록 명하였다. 그때까지만 해도 그 일이 후에 큰 문제가 되는 사건을 불러오리라 예상한 이는 아무도 없었다. 설마 말 귀신인 성계가 출영을 마치고 돌아오는 길에 해주에서 사냥하다가 낙마하여 중상을 입을 줄은 감히 누구도 예상치 못 했을 테니 말이다.

그리고 그런 사고가 벌어질 줄 가장 예측하지 못한 이는 성계 자신일 것이다. 조금 과장하여 말하자면 말 아래보다 말 위에서 생활한 시간이 더 길다고 할 정도였고, 땅 위에서 하는 모든 일들을 말 위에서도 할 수 있었다. 그뿐인가, 범인이라면 상상도 못 할 갖은 묘기를 말을 타고 부리는 인물이 바로 성계였다. 그런 이에게 낙마라는, 감히 상상할 수 없는 일이 일어난 것이다.

성계의 낙마가 조정에 알려진 것은 그로부터 며칠 뒤인 갑진일이었다. 낙마하여 드러누워 있을 정도로 상태가 심각하여 당분간 개경엔 올 수 없다는 소식에 성계 측은 당황했고 몽주와 왕은 기뻐했다. 몽주는 곧장 좌산기상시 김진양 등을 움직여 조준과 정도전 등을 사형에 청할 것을 요청하는 상소를 올리도록 만들었다. 반격의 시작이었다.

"아무래도 돌아가는 일이 심상치 않긴 한 모양이다."

어지간하면 바깥일에 입을 떼지 않던 송 씨가 한숨을 쉬며 넋두리를 늘어놓았다.

"요 며칠 사랑채에 통 드나드는 사람들이 없어. 인심이 참 무섭지 않느냐."

팽팽히 맞서던 긴장 관계에서 흐름이 한 번 깨지자 기우는 건 순식간이었다. 그것엔 이때다 싶은 몽주가 쉬지 않고 몰아붙이는 것에 비해 중심을 잃은 성계 측이 너무 쉽사리 승기를 내어준 탓도 있었다.

"아버지는."

"며칠째 꼼짝도 안 하시고 들어앉아 바둑만 두신다."

답이 없는 문제가 있으면 민제는 혼자 사랑채에 앉아 바둑을 두곤 했다. 어려서는 그런 아버지를 도무지 이해할 수 없었는데, 이젠 그게 어떤 마음인지 어렴풋이 알 것 같기도 했다.

"하필 이럴 때 이 서방마저 자리를 비워서는. 어제 저녁땐가 시묘살이는 잘하고 있으려나, 지나가는 말처럼 그러시더라. 그래서 안 그래도 네가 부탁해서 며칠 전에 방과 댁에 다녀왔는데 거기서 말하기를 이 서방이 잘 지내고 있다는 연락이 왔다 하더라고 말씀드렸지. 그러니 고개만 끄덕이고 별말씀은 없으시던데, 돌아서서 생각해보니 그게 꼭 이 서방을 찾는 게 아니라 아무래도 널 좀 부르라는 말씀이 아니신가 싶더라. 그래서 부른 게야."

"네."

"근데 어째 혼자 온 게냐? 오랜만에 같이 와서 아이들 좀 보여드리지. 특히 요새 둘째가 하루가 멀다고 얼굴이 달라지는 게 꼭 너 어릴 때 보는 거 같다고 얼마나 좋아하시는데."

"방과 아주버님 댁에 심부름 보냈어요. 심부름 마치고 이리로 오라고 일러두었으니 이따 올 겁니다."

"방과 댁에?"

"네. 자신이 해야 하는 시묘살이를 우리 서방님이 하고 계시다며 고맙다고 이것저것 잘 챙겨주시거든요. 그래서 답례로 이번에 덖은 차를 좀 보내드렸지요. 원래 제가 가려했는데 어머니께 연락이 와서 애들 편으로요. 형님도 우리 애들을 워낙에 예뻐하시거든요."

"거기도 자식이 없으니. 이번에 또 백일치성을 드리러 가네 마네 하긴 하드만은."

"그러시다가 마셨대요. 아주버님이 말리셔서."

"하기사 그리해서 생길 거 같으면 벌써 생겼어야지. 금슬이 나쁘지도 않고 방과가 사내구실을 못 하는 것도 아닌데 자식이 없는 거 보면 그 부인이 석녀인 게다. 뭐 그러다가도 이십 년 만에 애가 생기는 집도 있다고는 하던데 그런 복이 아무한테나 오는 것도 아니고."

미리 따끈하게 데워둔 다기를 챙겨 든 자경이 자리에서 일어났다.

"저 없는 사이 애들 오면 좀 봐주셔요."

"그래. 온 김에 저녁까지 먹고 가거라. 준비해두마."

"네."

찻물이 쏟아지지 않게 조심하며 자경이 빠르게 걸어 안채와 사랑채 사이에 난 쪽문을 지났다. 굳게 닫힌 사랑채 앞에 선 자경이 그제야 숨을 고르며 조심히 신을 벗었다.

"아버지, 자경입니다. 차 가져왔어요."

문을 열고 안으로 들어서자 민제가 바둑판 위에 조심스럽게 흰 돌을 놓고 있었다. 민제가 하는 것은 뭐든 다 따라했고, 민제가 가르치는 것은 무엇이든 다 배우려 애를 썼음에도 불구하고 자경이 절대로 배우지 못했을 뿐 아니라 즐겨하지도 않는 민제의 취미가 바로 낚시와 바둑이었다.

"그만하시고 차 드세요."

"음."

"아버지."

"음."

"아버지."

그러고도 두어 번 자경이 더 재촉하고 나서야 민제가 비로소 바둑판에서 눈을 떼고 자경을 바라보았다. 분명 송 씨의 말에 따르면 이른 아침부터 지금까지 쭉 사랑채에 틀어박힌 채 바둑만 뒀다고 했는데, 민제의 두 눈엔 피로한 기색이 없었다.

"이번에 제가 덖은 차에요."

"그래?"

"네. 어머니만은 못해도 제 솜씨도 제법 괜찮아요."

"어머니만 못해야지. 어머니랑 네가 삼십 년 가까이 차이 나는데, 벌써부터 그만큼 잘하면 세월이 억울해서 어쩌누."

편안하고 여유롭게 농을 건네는 민제의 얼굴엔 조금의 불안이나 긴장을 찾아볼 수가 없었다. 걱정스러워 굳이 송 씨가 자경을 찾았다는 말이 무색할 정도였다.

"어찌 그리 태연하세요?"

"응?"

"어머니가 걱정하시던걸요. 조만간에 몽땅 다 귀양 갈 거 같다고요."

"네 어머니가 그러시더냐?"

"제가 보기에도 그런 것을요. 포은 선생께서 칼을 뽑으셨는데 이 정도에 그칠 리 없잖아요. 아마 형부까지 손을 뻗칠 거예요. 그리되면 아버지도 안전할 리 없고요."

"그럴 게다. 조만간 일게야. 안 그래도 남은 남재 형제에 윤소종까지 탄핵을 준비하고 있다는 소식을 들었거든. 거기에 한둘 더 늘어난다면 나나 조 서방이겠지."

"어찌 그리 남의 일처럼 그러세요?"

"남의 일처럼 멀리서 봐야 수가 더 잘 떠오르니까. 전체적인 그림을 바라보지 못하고 내 상황에만 매몰되면 악수를 두게 마련이거든."

"악수를 두기라도 하면요. 지금은 아무것도 안 하고 꼼짝없이 당하는 꼴 아닙니까. 이럴 때 서방님이라도 있으면 어찌 해보기라도 할 텐데. 시묘살이하고 있는 사람을 드잡이해 끌고 올 수도 없는 노릇이고."

"그래서야 쓰나."

"무슨 방도라도 생각해두신 게 있으세요?"

차를 홀짝이던 민제의 시선이 다시 바둑판으로 향했다.

"포은이 저리 나올 수 있는 이유는."

민제가 찻잔을 내려놓았다.

"이 장군이 모든 것을 법대로 절차대로, 민심을 거스르지 않으면서 치르고 싶어 함을 알기 때문이야. 아무리 불리해지더라도 무조건 무력으로 밀고 들어와 왕권을 찬탈하는 행동 따윈 하지 않으리라 확신하기에 저러는 게지. 그게 사실이라 이리 당할 수밖에 없는 거고 말이다."

"그것은 포은 선생도 마찬가지지요. 그러니 예전에 신돈이 그랬던 것처럼 무작정 아버님과 그 측근을 역도로 몰아 잡아 죽이지 않고, 상소를 올리고 탄핵을 하는 절차를 밟아가는 것 아닙니까. 양측이 똑같아서 팽팽하게 기세를 겨루고 있었는데, 그 힘의 균형이 무너지니 맥없이 밀려난 거고요. 이 모든 게 아버님이 자리를 비워 일어난 일입니다. 제가 이해할 수 없는 것은 어찌 아무도 아버님을 개경으로 모시고 오는 이가 없냐는 것입니다. 심지어 방과 아주버님 말씀으로는 아버님이 조정의 일을 잘 모르고 계실 거라고 하시던데요. 건강을 회복하는 게 우선이라 소상히 알리지 않았다고요. 지병으로 위독한 것도 아니고 사고로 다친 것에 불과한데 이런 사실을 알리지도 못할 연유가 무업니까. 대체 일이 어찌 이리 돌아가는 것입니까."

"그래, 그게 가장 간단한 해결책이긴 하지. 헌데 그리할 순 없어. 특히 우리가 그리할 순 없다."

"무슨 뜻입니까."

"너는 이것이 단지 포은과 이 장군의 싸움이라 여기느냐?"

선문답이었다. 질문을 이해하지 못한 자경이 미간을 찌푸렸다.

"이것은 평범한 권력 다툼이 아니다. 고려를 어찌할 것이냐가 이번 갈등의 주된 이유란 말이다. 그래서 양쪽 다 민심을 얻으려는 게야. 단순히 권력만이 그 목적이라면 민심 따윈 신경 쓸 필요가 없지. 허나 둘은 고려라는 국가를 사이에 둔 채 그것을 어찌할지에 대한 의견을 달리해서 다른 길을 가는 것이다. 그렇기에 통상적인 권력 다툼과는 그 양상이 다를 수밖에 없어. 그저 권력만을 탐하는 것이라면 우리 중 누군가가 얼른 이 장군을 개경으로 모시고 왔겠지. 그럼 포은은 뒤로 물러났을 게고 말이다. 권력이란 결국 누군가 한 사람이 모두 가지는 구조니까. 허나 이번은 달라. 이 장군이 개경으로 와서 포은이 물러나는 그림을 가장 원하지 않는 게 바로 이 장군 쪽이야. 그리된다면 새 나라를 세우더라도 개인적인 권력욕 때문에 멀쩡한 나라를 뒤엎었다는 것을 스스로 인정하는 꼴이 되고 마니까. 명분이 올바르다면 이 장군 없이도 어떻게든 일이 돌아가야 해. 민심이 하늘이 우리 편임을 이번 기회에 스스로 증명해내야 한단 말이다. 그래서 이 장군을 모시고 올 수 없는 게야."

정말로 선비들이나 할 법한 탁상공론이 아닐 수 없었다. 자경이 어이없다는 얼굴로 코웃음을 쳤다.

"그런 거면 버텼어야지요. 결국은 물러나지 않았습니까. 명분이 무엇이든 간에 결국 권력의 속성과 본질은 똑같아서 한 사람이 자리를 비움으로 인해서 힘이 이미 기울고 있지 않습니까."

"그래, 그렇긴 하지. 허나 그렇다고 해서 명분을 포기할 순 없다. 역사에 기록되는 것은 결국 명분이니까. 명분이 그르다면 후세의 평가가 형편없을 테고 지금 아무리 우리가 판단하여 그것이 옳은 일이라 해도 그것은 옳은 일이라 할 수 없어."

"그럼 이대로 당하고만 있어야 한단 말입니까?"

"그럴 순 없지. 이 장군이 개경으로 오긴 와야 해. 그런데 우리가 부를 순 없어. 우리가 불러서 와선 안 돼. 허면 포은 쪽에 너무나 큰 책이 잡혀."

"그럼 대체 어쩌란."

버럭 신경질을 내던 자경이 말을 멈춘 채 민제를 쳐다보았다. 민제가 지그시 자경을 바라보았다.

"조정의 신료들이 아버님을 개경으로 부를 순 없다는 게지요. 불러선 아니 된다는 게지요."

"그렇지."

"하지만 가족이 부르는 건 정치와 상관이 없으니."

"허나 방과나 방우가 나서면 아니 돼."

"방간 아주버님의 말씀은 어차피 아버님이 듣지도 않으실 테고."

"지금 벼슬에서 물러난 사람이 움직이면 좋겠지만, 그를 움직이게 하는 게 너여서도 나여서도 아니 된다."

민제가 자신을 찾은 이유를 비로소 알 것 같았다. 고개를 끄덕인 자경이 그제야 찻잔을 들어 차를 머금었다. 이미 다 식어 미지근한 차는 마시기엔 수월했으나 향은 다 날아가 별맛이 없었다. 빠르게 잔을 비운 자경이 자리에서 일어났다.

"안채에 들르지 않겠습니다. 어머니께 대신 인사 전해주셔요. 아이들은 오늘 밤 이곳에서 재우고 내일 집으로 보내주시고요."

"그리하마."

다시 민제의 시선이 바둑판으로 향했다. 이번에 쥔 것은 검은 돌이었다. 민제가 그것을 바둑판 위에 내려놓기 전에 자경이 사랑채를 나섰다.

***

"오늘 또 방과 나으리 댁에 아이들을 보냈다고 합니다."

"또? 송 씨 부인이 다녀간 지 며칠이나 되었다고? 아주 풀 방구리에 쥐 드나들 듯하는구나."

"오가는 핑계는 시묘살이인 듯합니다. 방과 나으리 댁에서는 동생 고생한다고 챙겨주고 방원 나으리 쪽에서는 형님 마음 씀이 고맙다고 보답하는 식으로요."

"애초에 그걸 바라고 시묘살이를 하겠다 자청한 것 아니겠느냐. 그게 아니면 욕심 많은 자경이가 이리 중요한 때 지 서방더러 시묘살이를 하라고 했을 리 없지."

유모의 말을 들으며 강 씨가 이를 으드득 갈았다.

"핏줄끼리 서로 싸고 덮으며 공을 들이는 것을 내가 무어라 할 수도 없고. 거기에 끼어들어봤자 꼴만 우스워질 뿐이니, 참으로 답답하구나. 하필 또 이럴 때 나으리는 아파서 꼼짝도 못하고 계시니 이 일을 어이 할꼬."

아직 덥지도 않은데 몸에 열이 오르는지 강 씨가 풀썩 거리자 유모가 얼른 부채질을 해주었다.

"행아인가 뭔가는 어떤가?"

"지켜보고 있는데 입 댈 곳이 없습니다. 일도 잘하고 행동거지도 참하고요."

"감시는?"

"드나들 때마다 붙여두는데, 방원 나으리 댁에 간 적은 없습니다. 나가서 누굴 따로 만나지도 않고요. 장에 가서 제가 필요한 것을 사오는 게 전부입니다."

"그래도 감시를 게을리하지 마라. 아직은 몸을 사리는 걸 수도 있어."

"예."

이제 그만 되었다는 듯 강 씨가 손을 내젓자 유모가 부채질을 관두었다. 그때 다급한 발걸음 소리가 나더니 이내 강 씨를 찾기 시작했다.

"마님, 마님."

"왜? 무슨 일이더냐?"

"방원 나으리 댁 마님이 오셨습니다요."

"무어라? 자경이가?"

강 씨가 놀라 눈이 휘둥그레졌다. 유모도 목을 움츠리며 눈치를 살폈다.

"혹 사람을 붙인 걸 알았을까?"

"설마요. 얼마나 조심했는데요."

"헌데 미리 연락도 없이 어쩐 일이지?"

"몸이 불편하다고 할까요?"

"아니다, 아니 보면 더 이상하게 생각할지도 몰라. 모셔라."

"예."

유모가 자리에서 일어났다.

"아, 찻상은 행아에게 들라고 해라."

"그리하겠습니다."

명경을 끌어온 강 씨가 안색을 살폈다. 입술에 핏기가 없는 것 같아 새로이 연지를 바른 뒤 명경을 닫자마자, 자경이 방 안으로 들어섰다.

"어머님, 그간 강녕하셨습니까."

"오, 그래. 오랜만이구나. 설에 보고 처음이지?"

"네. 더 자주 찾아뵈었어야 하는데, 그간 격조했습니다. 요새 제가 맥이 없어 살림에 손을 놔서요."

"왜? 어디 몸이 불편하기라도 한 겐가?"

"그런 건 아니구, 늘 있던 사람이 없으니까요. 새삼 사는데 아무 재미가 없습니다."

과장되게 한숨을 쉬며 자리에 주저앉는 자경을 보며 강 씨가 어이없다는 듯 웃음을 터뜨렸다.

"아이구 참, 망측스러워라. 금슬이 아무리 좋다지만 혼인한 지 벌써 몇 년인데 아직도 그래."

"부부사이인데 망측할 게 무에 있어요. 잠자리가 썰렁하니 낮에도 기운이 하나도 없고 맥이 풀려 살림하는 재미도 하나도 없어요. 그나마 엊그제 차를 새로 덖으니 좀 기분이 나아져서 오늘 아주 오랜만에 친정에도 다녀오는 길입니다. 어머님께도 좀 드리려구 가져왔어요. 생각해 보니 어머님도 요즘 기운이 없으실 듯하여."

"나야 혼인하고 나서 잠자리 썰렁한 적이 더 많아서 그 심정은 모르겠다만, 멀리 떨어진 사람이 아프다고 하는데 가서 간호해줄 수도 없으니 기운이 좀 없긴 하구나. 마음 써 주어 고맙다."

"아버님은 차도가 좀 있으시답니까?"

"좀 나아지긴 했다는데 아직까지 걷는 데는 영 편치 않다더구나. 허리를 크게 다친 모양이야. 말에서 떨어진 적이 없는 사람이니 낙마하는 기술이 없어 더 크게 다쳤을 거라고 두란 서방님이 그러시긴 하더라. 내가 간다고 해도 오지 말라고 하고, 또 이리 와서 요양하라고 해도 움직이기 불편하다고 싫다 하니 어찌해야 할지 모르겠다."

"오라고 하시긴 하셨습니까."

"그럼, 여러 번 그랬지. 헌데 내 말은 듣지 아니하구, 다른 신료들에게 부탁하니 자신들이 권하는 건 옳지 못하다며 거절하더라."

강 씨가 오라고 여러 번 권했음에도 성계가 움직이지 않는 것을 보면 강 씨의 권유만으로 움직이기엔 성계는 아직 상황의 심각성을 인지하지 못하고 있는 게 분명했다. 그렇다면 강 씨가 더 권유해봤자 아녀자의 간섭이라 치부할 게 분명했다. 강 씨의 정치력을 높이 사면서도 성계는 지나친 간섭을 경계했다. 전형적인 무인이라 정치 같은 바깥일에 계집이 끼어드는 게 내키지 않는 거다.

"헌데 돌아가는 상황이 영 불안하니, 아무래도 아버님이 오셔야 할 듯한데."

"내 말이 그 말이다. 오늘 아침에도 어서 오길 권하는 서찰을 써서 보냈는데, 들으실지 원. 두란 서방님이나 이화 서방님이 움직여주시면 좋으련만 일단은 내버려두라고만 하시고. 그래, 친정이 다녀왔다니 소식을 좀 들었겠구나. 사돈어른께서는 뭐라고 하시더냐?"

"아버지께서도 아무래도 이 장군이 개경으로 오시는 게 좋을 거 같다고 하시더이다."

"그렇지? 내 말이 맞대두."

"헌데 신료들이 권하기는 모양새가 좋지 못하다고."

"아니 대체 그게 왜 좋지 못한 모양새란 말인가?"

"자칫하면 권력 다툼에서 힘에 밀려 아픈 사람을 개경까지 불러들이는 꼴이 되니, 경계할 만하지 않습니까. 걷지도 못하신다면서요."

"하긴 것도 그렇긴 하겠군."

강 씨는 돌아가는 상황이 심상치 않다는 것은 짐작하고 있었지만 그 상황에 대한 깊이 있는 해석까지는 하지 못하고 있는 게 분명했다. 자경에겐 참으로 다행스러운 일이 아닐 수 없었다.

"어찌하면 좋을까? 내가 권하는 말은 장군께서 도통 듣질 않으시니."

"어머님이 저희 서방님께 서찰을 보내 아버님을 설득하라고 하시면 어떻습니까?"

"방원이한테?"

"네. 현재 벼슬을 사임했으니 신료는 아니지만 유학자라, 서방님의 판단은 정치적이라고 아버님이 생각하시지 않겠습니까. 또 다른 한편으로는 가족이니, 아들이 아픈 아버지를 모시고 개경으로 오는 것이 다른 사람들 보기에 그리 보기 흉한 모양새도 아니고요."

"그런 거라면 방과를 보내도 될 일 아닌가."

"방과 아주버님은 지금 벼슬을 하고 계시니까요. 벼슬을 하는 사람이면 단지 아들만이 아니라 조정 신료이니, 자칫하면 순수한 효가 그 빛을 바라지 않겠습니까. 정치적인 판단은 할 줄 알되 지금은 벼슬을 하지 않는 사람이라야 저쪽에 트집 잡히지 않을 겝니다."

"트집? 무슨 트집?"

"아파서 개경에 치료 차 돌아온 게 아니라 정치적으로 위기라 아픈 사람을 억지로 데려왔다는 트집이요. 지금 조정의 상황을 보면 콩으로 메주를 쑨 데도 시비를 걸 판인데, 그런 억지를 부리지 않으리란 보장이 어디 있습니까."

자경의 말에 강 씨는 한동안 아무 말이 없었다. 자경은 재촉하지 않고 가만히 기다렸다.

"찻상 들이겠습니다."

그때 문이 열리더니 행아가 차를 가지고 들어왔다. 생각에 잠겨 있던 강 씨가 순간 눈을 반짝이며 두 사람을 빤히 쳐다보았다.

"오랜만이구나."

"네, 마님."

"잘 지내고 있느냐? 어머님께서 잘 해주시지?"

"네, 불편한 곳 없이 잘 있습니다."

"성심을 다하여 모시거라."

"여부가 있겠습니까."

평범한 대화였다. 딱히 서로를 불편해하지도 않았고 또 특별히 애틋해 보이지도 않았다. 눈치를 보는 것 같지도 않았고, 신경을 곤두세우는 기색도 없었다. 찻잔을 놓아둔 행아가 이내 밖으로 나갔다. 조금 흥미를 잃은 강 씨가 약간 시큰둥한 얼굴로 자경을 보았다.

"워낙에 아끼던 아이라던데, 내게 주고 나서 불편하진 않은가."

"무얼요. 시종이 하는 일이란 거기서 거기인데요."

"그렇다 해도 입에 맞는 아이 찾기 쉽지 않을 터인데. 난 좀 의외였다네. 내게 저 아이를 준 것이. 좀 의심스럽기도 하고."

부러 툭 던져 내놓은 미끼였다. 허나 자경은 큰 동요 없이 가벼이 웃기만 했다. 강 씨가 눈썹을 치켜올렸다.

"왜 웃는 게야?"

"제가 어머님이라도 의심할 듯해서요. 그런 불필요한 오해를 살 걸 뻔히 알면서도 저 아이를 어머님께 보낼 수밖에 없었던 저는 오죽할까요."

"그게 무슨 말이야? 저 아이를 내보낸 게 단지 내가 부탁해서가 아니라 또 다른 연유가 있단 말인가?"

"어머님은 워낙에 미모가 출중하셔서 모르시겠지만, 저는 점점 저 아이 데리고 있는 게 불편해지더이다."

전혀 예상치 못한 말이었다.

"시집은 죽어도 아니 가겠다고 하고, 죽은 유모와의 약조도 있고 저 아이와 함께 지낸 정도 있어 제 맘대로 어디 보낼 수도 없는 노릇인데, 나이가 들수록 인물이 왜 저리 피는지. 그에 비해 저는 애가 하나둘 늘어날수록 점점 시들고요. 언제부턴가 저 아이가 집에 왔다 갔다 하는 게 어찌나 신경이 거슬리던지. 서방님이 집에 있을 땐 부러 부르지도 않고 그랬어요. 이런 마음 천하절색이신 어머님은 모르시겠지요."

"무슨 그런, 자네야말로 한때 개경 바닥을 쥐락펴락 한 인물인데."

"저야 잔재주가 많아서였지, 어머님처럼 오로지 인물만으로 사내들의 혼을 쏙 빼놓을 정도는 아니지 않았습니까. 아직도 어머님은 저랑 비슷한 연배로 보일 만큼 고우신 걸요. 그에 비해 저는 혼인하고부터 계속 애를 낳아서인가 영 예전 같지 않습니다."

눈썹을 늘어뜨린 자경이 한숨을 길게 내쉬었다.

"그러던 차에 어머님이 궐에 데려갈 처녀 아이가 필요하니 보내 달라고 하신 거예요. 처음엔 저도 저 아이를 내놓을 생각을 못해서 없다고 했는데, 돌아서서 생각해 보니 시집도 가기 싫다지, 인물도 괜찮지, 저 아이가 딱이다 싶더이다. 보내는 곳이 궐이면, 나름 직을 얻게 되는 것이니 죽은 유모에게도 미안할 일은 아니겠다 싶었고요. 물어보니 마침 저도 제 마음이 예전 같지 않은 걸 눈치챘는지 흔쾌히 가겠다고 하고요. 그래서 보낸 겝니다. 안 그래도 보내면서 어머님이 이상하게 여기시겠다 싶긴 했습니다만, 그래도 어쩔 수 없지요. 보내놓고 나니 저는 한결 마음이 좋거든요."

말을 마친 자경이 부끄러운 듯 강 씨의 눈치를 살폈다.

"이런 말씀을 솔직히 다 올리고 나니 민망합니다. 여인이란 게 참 뭔지. 천하의 민자경이 이리될 줄 누가 알았겠습니까."

"무얼, 계집의 팔자라는 게 다 그런 게지. 내 자네 마음 아네. 나도 나이가 들수록 한 해 가는 게 무서울 지경인데."

"그래도 어머님은 저처럼 행아가 왔다 갔다 하는 걸 보면서 신경질이 나진 않으실 거 아니에요."

강 씨 역시 행아를 성계 앞에서 내어놓은 적은 없었다. 성계가 올 때면 부러 행아를 멀리 심부름 보내거나 부엌에서 나오지 못하도록 했기 때문이다. 허나 그런 말들을 솔직히 다 털어놓을 생각은 조금도 없었기에 강 씨는 모른 체하며 짐짓 훈계했다.

"그렇긴 하지만, 그랬대도 뭐 부끄러울 게 뭔가. 원래 사내 관리하는 게 안사람이 할 일이거늘."

"네, 이해해주셔서 감사합니다."

벌써 자경은 상인을 통해 강 씨가 행아를 어찌 대하는지 다 들은 이후였다. 하지만 자경이 두말없이 공손히 고개를 숙이며 순종했다.

"참, 아이들은?"

"친정에 있습니다. 아버지께서 보고 싶어 하셔서요."

"오, 그래? 하긴 한창 예쁠 때이지."

"네."

이어지는 말들은 지지부진한 일상의 대화였다. 강 씨가 묻는 대로 대꾸했지만 입만 움직일 뿐 도통 대화에 집중할 수 없었다. 자경은 제일 처음 이야기했던, 방원을 성계에게 보내는 일에 대해 한 번 더 오금을 박아두고 싶었다. 허나 강 씨가 그 이야기를 다시 꺼내지 않으니 어쩔 수가 없었다. 굳이 그 말을 한 번 더 꺼냈다가 잘못하면 오히려 강 씨는 엇나갈 것이다.

일단 말을 해뒀으니 그걸로 됐다, 알아들었겠지.

초조해지려는 마음을 애써 내리누르며 자경이 태연히 미소 지었다. 무릎 위에 놓인 두 손이 파르르 떨리는 것을 감추기 위해 자경이 급히 치마를 구겨 잡았다.

***

사월 초하루 임자일에 김진양, 이확, 이래, 이감, 권홍, 유기 등이 삼사좌사 조준과 정도전, 남은, 윤소종, 남재, 청주목사 조박 등을 탄핵했다. 결국 정도전은 봉화에서 보주로 옮겨지고 조준 등은 먼 지방으로 유배되었다. 그쯤 되자 그제야 강 씨가 방원에게 사람을 보내 성계에게 가도록 했다. 일이 이토록 급박해지고 난 뒤에야 강 씨가 움직였단 소식을 듣고 자경은 혀를 찼다. 더 늦지 않아서 다행이라고 해야 할지, 그나마 이제라도 말을 들어서 고맙다고 해야 할지 모를 일이었다.

강 씨의 연락을 받은 방원은 곧장 성계에게 달려가서 개경으로 돌아가야 한다고 설득했다. 처음에 성계는 방원에게 시묘살이를 하러 가라고 호통을 쳤으나 방원이 조르는 사이 끝내 오사충마저 유배되었다는 소식을 듣고 결국 개경으로 돌아오기로 결정했다. 상인이 한발 앞서 달려와 성계가 방원과 함께 개경으로 돌아올 것이라 알려왔다. 방원은 말을 타고 가마에 실린 성계를 호위하여 함께 온다고 했다. 상인이 전해준 소식에 자경은 오랜만에 사랑채와 안방을 모두 치우고 이불을 새로 갈았다.

자시가 다 되어서야 방원이 집에 도착했다. 집 안팎을 대낮처럼 환히 불을 켜놓고 기다리던 자경이 버선발로 달려나갔다.

"부인."

반년만의 재회였다. 자경이 와락 방원의 품에 안겼다. 여전히 단단하고 너른 가슴이었으나, 고된 생활에 몸은 마르고 얼굴은 까칠해져 있었다. 눈 아래가 쑥 꺼진 것을 보자 눈물이 왈칵 고였다.

"울지 말아요."

방원이 자경의 양 볼을 감쌌다. 까슬한 손바닥에선 익숙한 냄새가 났다. 자경이 저도 모르게 손바닥에 볼을 비비며 응석을 부렸다. 방원이 난처한 얼굴을 했다.

"이러지 말아요. 우리 오늘 같이 밤을 보낼 수도 없는데."

시묘살이하는 동안에는 부부 관계도 금지였다. 아이를 가졌을 때도 혼자 밤을 지내는 걸 유독 힘들어한 방원이었다. 몸을 풀고 삼칠일이 지나기 무섭게 방으로 밀고 들어와 안고라도 자게 해 달라 투정 부리는 사내였다. 그런데도 이리 참는 걸 보면 참 효성이 지극하긴 하구나 싶어서 시무룩한 방원의 얼굴에 자경이 저도 모르게 웃음을 터뜨렸다.

"어서 들어오세요. 부부가 회포를 푸는 방법이 어찌 잠자리만 있겠습니까. 할 말이 많지 않습니까. 의논할 것도 많고요."

다독이는 자경의 위로에 방원이 고개를 끄덕이며 방으로 들어갔다. 미리 준비해둔 타래죽이 곧 방원의 앞에 놓였다. 배가 고팠던 모양인지 방원이 군말 없이 그것을 아주 달게 먹었다.

"그래, 아버님 건강은 어떠십니까?"

"아직 걷는 건 편치 않아요. 앉는 것도 영 불편한 데다 긴 시간 앉아있지도 못하시고요. 아무래도 허리에 단단히 탈이 나신 성싶습니다. 의원 말로는 워낙에 강골이셔서 이만한 거라고, 한동안 조심하면 예전처럼 움직일 수 있다고는 하던데."

"이제 어쩌실 거랍니까?"

"내일 방과 형님 편으로 매제랑 몇몇 사람을 더해서 궐에 들어가 조준 대감 등을 두둔하게 한다고 하시더이다. 오늘 밤에 당장 그 일을 의논하기 위해 사랑채에 여럿이 모였어요. 나는 시묘살이 중이라 그 자리에 참석하는 게 적절치 못하다 싶어 곧장 이리 온 것이고요."

"잘하셨습니다. 헌데 그들을 두둔한다하여 왕이 우리 말을 들어주겠습니까. 이미 대세가 기울은 것을요."

자경의 말에 막 수저를 놓은 방원이 분통을 터뜨렸다.

"대체 일이 이리되도록 다들 무에 하고 있었던 겝니까? 아버지가 사고로 잠깐 자리를 비우셨다고 순식간에 이리되는 게 말이 됩니까? 어찌하여 여기까지 왔는데요, 이리되기까지 다 같이 얼마나 고생을 했냔 말입니다. 어머니로부터 소식을 듣고 얼마나 놀랐는지 아세요? 오죽하면 시묘살이를 작파하고 아버지한테 뛰어갔겠습니까."

"서방님 마음을 누가 모르겠어요. 그래서 저도 차마 연락을 못 드린 것을요. 괜히 속상하실까 봐."

"정말 속상해요. 결국 포은 선생 하나를 어쩌지 못해서 이리된 것 아닙니까. 저쪽은 포은 선생 없으면 허수아비에요. 아무것도 아니란 말입니다. 헌데 그 사람 하나를 다루지 못해 일을 이리 만들어요?"

"대의와 명분 때문에 함부로 못 한다더이다."

"권력이 넘어가는 순간 대의고 명분이고 모두 끝입니다. 칼자루를 누가 쥐느냐에 따라 대의와 명분은 움직이는 거예요. 역사는 승자의 기록이에요. 전쟁터에서 아무리 잘 싸워봤자 누가 패자의 전투를 기록이나 한다더이까? 사냥터에서 아무리 말을 잘 타고 활을 잘 쏘아 본들 사냥감을 못 잡으면 아무 소용없는 노릇인 것을요. 대의나 명분 따지다가 모두 다 빼기고 잃고 나면 그땐 누가 그걸 알아주기라도 한답니까? 어리석은 이들의 자기 위안이 될 뿐 아닙니까."

"저도 그리 생각합니다만, 어쩝니까. 벌써 일은 이리되어 버린 것을요. 이제 와 이 판을 뒤집으려면 글쎄, 포은 선생이 아버님처럼 말에서 떨어져 앓아눕기라도 한다면 모를까."

"말도 안 되는 소리. 설혹 그런 일이 일어난다 해도, 그런 일로 잡은 권력을 얼마나 대의와 명분이 있어서요. 참, 한심한 노릇이에요. 아버지가 잠깐 자리를 비웠다고 해서 이리되다니. 고작 포은 선생 하나를 어쩌지 못해서 일을 이 지경으로 만들다니."

"포은 하나만, 포은 하나만 그만 하세요. 어쩌잔 겁니까. 일은 이미 이리 벌어진 것을, 이제 수습할 생각이나 해야지 뒤늦게 포은 하나를 어쩌지 못해서, 포은 하나만 처리하면 될 것을 그래 봤자 무슨 소용이랍니까."

"아, 그게 사실이잖아요. 포은 선생 하나를 고작 어쩌질 못해서."

"아휴, 포은 하나를 그래서 어쩌자고요. 죽이기라도 하잔 겝니까."

앵 돌아선 자경이 씨근덕거렸다. 이제 와 포은 하나만 포은 하나만 해봤자 뭘 어쩌냔 말이다. 포은을 없앨 수도 없는 노릇인데.

"뭐 그런 말씀을, 누가 그러잔 겁니까. 답답하니 그러는 게지요. 그거 외엔 방법이 없으니."

방원이 무거운 한숨을 내쉬었다.

"그 사람 하나가 문젠데, 아, 문제를 문제라고 할 수밖에요."

방원의 말에 그른 것이 없었다. 상황을 정확히 파악하고 있기도 했다. 아니 방원뿐 아니라 모두가 다 알고 있었다. 문제는 그 포은을 없앨 방도가 요원하다는 거였다.

"일단 탄핵하여 국문이라도 보내면, 그럼 죽일 수 있을 텐데."

"뭐요?"

"고신 때 매를 세게 치라고 시키면 되지 않습니까. 실수인 척 숨통을 끊어 놓을 수 있는 방도야 많으니."

"고신 때 부러 매를 치는 게 유학자들의 도리와 명분이랍니까? 치사스럽게 그런 짓을 할 바에야 그냥 죽이고 말겠습니다. 그게 차라리 사내답고 떳떳하지."

어찌 그럴 수야 있겠나, 대거리하려던 자경이 입을 다물었다. 방원의 수가 그다지 나쁘지만은 않다는 것을 깨달은 것이다.

"부인?"

몽주가 죽지 않는 한, 이 상황을 타개할 묘책이 없었다. 허나 지금 상황에서 기존의 유학자들의 관습대로 움직여 몽주를 죽일 수 있는 방법은 없었다.

"왜 그리 빤히 보세요? 내 얼굴에 뭐가 묻었습니까?"

우아하고 고매한 유학자들 사이에서 명성에 흠이 나고 온몸에 똥물을 뒤집어쓰는 것을 기꺼워하는 사람, 짐승의 피를 온몸에 뒤집어쓴 채 바로 이것이 명분이라고 주장할 수 있는 과감함을 가진 사람이 지금 필요했다. 아마 그 사람은 대의와 명분에 얽매여 예의를 차리느라 욕망을 순수하게 드러내지 못하는 이들 사이에서 저속할 정도로 솔직하게 속내를 모두 드러내는 것으로 모두의 마음을 사로잡을 수 있을 것이다.

"서방님."

"왜요?"

"포은 선생을, 정몽주를 죽이세요."

무인이지만 점잖은 시아버지처럼 예의를 차리는 무신들, 머리끝부터 발끝까지 학문으로 위장한 정도전을 위시한 유학자들은 결코 이런 짓을 저지를 수 없었다. 허나 방원은 할 수 있었다. 가장 인간적이고 가장 솔직하고 가장 감정적이지만 동시에 무서울 정도로 똑똑하고 냉철하며 이성적인 사람이니까. 방원은 똥물을 뒤집어써도 더럽다고 손가락질받지 않을 만큼 이름이 높고, 칼이 피로 뒤덮여도 잔혹하다 욕하지 않을 만큼 고귀했다.

“그게 무슨 말입니까?”

소년등과해서 조정에 출사했으니 그의 일거수일투족 정치적이라 할 만했다. 허나 현재는 벼슬에서 물러나 시묘살이 중이니 동시에 그의 행동은 가족과 아비를 위해 책임지고 저지른 감정적인 결과물이라 할 수도 있었다.

“정몽주를 서방님이 죽이셔야 한단 말입니다.”

언제나 결정적인 순간이 권력을 잡는 것은 무인이었다. 허나 방원은 단 한 번도 군사들을 이끌어본 적이 없었다. 허나 이 사건을 일으킨다면 유학자인 그에겐 피가 뒤집어쓰고 장군과 같은 이름을 얻게 될 것이다. 가족을 위해 선봉에 서서 고려의 마지막 숨통을 끝장내어 놓는다면, 개경 귀족으로 태어나 뼛속까지 정치인으로 자란 사내보다 더 정치적인 남자라 일컬어지게 될 거다.

“암살을 하란 말이에요?”

“아니오. 절대로 암살을 해선 아니 됩니다. 어두운 밤 몰래 죽이면 그것은 범죄가 되니까요.”

“그럼요?”

“대낮에 모두가 보는 앞에서 죽이세요. 그리고 전하께 달려가 역도를 처단했다고 하세요. 암살은 사적인 살인이지만, 대낮에 하는 살인은 공적인 일이 되니까요."

왕조를 지탱하던 권력자가 새 왕조를 열고자 하는 인물에 의해서 대낮에 모두가 보는 앞에서 맞아 죽는다. 그 죽음 자체만으로도 고려가 이제 끝났음을 모두에게 보여 주는 일이 될 것이다. 권력의 속성과 그 민낯을 가장 솔직하게 드러내는 살인이다. 그리고 그 살인 한 번으로 인해 허무할 정도로 속절없이 모든 것이 무너져 내린다면, 그 살인을 지시한 이방원은 곧 새로운 권력의 중심으로 단숨에 급부상할 것이다.

이게 바로 자경이 그토록 내내 기다려왔던 그 기회였다. 일개 이성계 장군의 다섯째 아들에서 이방원이라는 권력자로 모두의 주목을 받을 기회 말이다.

"부인 대체 무슨 말씀을……."

"정몽주를 죽여야 합니다. 정몽주를 죽이지 않고서는 이 난국을 타개할 방법이 없지 않습니까. 서방님도 내도록 포은 하나를, 포은 하나를 하시지 않으셨습니까."

"그랬지요."

"그러니 죽여야지요. 포은 하나만 죽고 나면 이제 더 이상 고려는 지탱하지 못합니다. 포은이 없으면 왕은 양위를 하고 물러날 수밖에 없어요. 아버님이 원하는 그림이 비로소 만들어지는 거란 말입니다."

"아무리 그렇다고 해도 대낮에 때려죽이라니."

"역적은 즉결 처형이 가능합니다. 역적이니 대낮에 모두가 보는 앞에서 죽는 게지요. 어차피 지금 판을 뒤집지 못하면 우리 가문은 모두 죽습니다. 가만히 앉아서 당할 수는 없는 노릇 아닙니까."

방원의 두 눈이 어지러이 흔들렸다. 자경이 몸을 당겨 가까이 앉았다.

"내일 이화 숙부님과 두란 숙부님과 아주버님들을 모시고 말씀하세요. 가문을 위해 정몽주를 죽여야 하니 허락해달라고요."

"허락해주실 리 없지 않습니까."

"없겠지요. 허락해주시면 아니 되는 거고요. 허락 안 해주실 겝니다. 허락 안 해주시는 증좌를 남기기 위해 내일 말하라는 겝니다."

"그게 또 무슨 말이오?"

"허락을 안 해주셔야 백분지 분의 일의 확률로 실패할 때 그래도 우리가 살아나갈 구멍이 생기는 거니까요. 허니 허락을 아니 하신다는 확답을 받은 뒤 서방님은 분개하여 뛰쳐나오세요. 아마 이화 숙부님 정도는 서방님이 뜻을 알아차려주실 겝니다."

"그래서요?"

"소문이 날 거예요. 우리가 정몽주를 죽이려 한다는 소문이요. 아마 그 소문을 들으면 포은 선생께선 제 발로 아버님을 찾아오실 겝니다."

"왜요?"

"믿지 않으실 테니까요. 특히나 그 죽음을 처음 모의한 이가 서방님이기에 더 믿지 않으실 겝니다. 유학자인 서방님이 그런 제안을 절대 했을 리 없다고 생각할 테니 더더욱 헛소문이라고 믿을 거예요. 헛소문에 겁을 먹었다는 말을 듣기 싫어서 오히려 당당히 행동하려 하실 거고요. 아마 병문안을 핑계 삼아 오실 겝니다. 그럼 한 번 더 숙부님들에게 죽여야 한다고 하세요. 반대하시면 또 뛰쳐나가세요. 그리고 돌아가는 포은 선생을 뒤에서 습격하여 죽이는 겝니다."

"대낮에, 모두가 보는 앞에서?"

"대낮에, 모두가 보는 앞에서."

미간을 찌푸린 방원이 생각에 잠겼다. 자경은 재촉하지 않고 내버려 두었다. 그는 아주 현실적인 사내였다. 대의나 명분에 매여서 아무것도 못하느니, 할 수 있는 방도를 쓰는 게 낫다고 결론을 내릴 거다.

"누군가 해야 한다면 내가 하는 게 제일 낫겠지요. 형님들이 했다가 잘못되면 가문이 모두 위험해지니까. 그리고 형님들은 흠이 없어야 하니까."

방원은 어차피 왕이 되지 않을 것이니 자신의 이름이 좀 더럽혀진다 해도 괜찮다고, 오히려 그것이 자신이 해야 할 몫이라고 여기는 모양이었다.

방원의 예상은 절반은 맞고 절반은 틀렸다. 자경이 생각건대 방원은 애초에 더럽혀질 이름 같은 것도 없었다. 방원은 그저 성계의 다섯째 아들, 에 불과했다. 헌데 이 일을 성사시킨다면 방원은 그제야 이방원, 이라는 이름으로 알려지게 될 것이다. 물론 그 알려지는 이름이 깨끗하진 못할 거다. 허나 초야에 묻힐 바에야 다소 흠집 난 명성이라도 얻어야 했다. 일단은 알려지는 게 우선이었다. 이런 짓도 과감히 저지를 수 있는 이방원, 이란 인물로 알려져야 했다. 그래야 성계의 다섯째 아들이라는 타고난 위치가 아니라 이방원이란 이름 석 자에 기대어 다음 일을 도모할 수 있게 될 거다. 자경이 바라는 것은 그것이었다.

"서방님이 하셔야지요. 서방님 외에 적임자는 없습니다."

이것은 가장 노골적으로 권력을 찬탈한 살인으로 역사에 기록될 것이다. 이런 과감한 살인은 이 전에도 없었고 이후에도 없을 테니 말이다. 효심에 눈이 어두운 방원은 미처 인지하지 못하고 있지만, 이건 너무나 속물적인 욕망이 적나라하게 드러나는 살인이다. 고로 이 살인의 주동자로 방원이 지목되는 순간, 예상치 못하게 자신의 뜻이 꺾여 좌절한 이들이 가장 먼저 찾아오는 인물이 방원이 될 게다. 굳이 애를 써서 장자방을 찾지 않아도 자청하여 고개를 숙이는 이들로 문전성시를 이룰 게다.

"누굴 시켜야 하나. 상인이를 시킬까요?"

"상인이는 너무나 서방님의 최측근입니다. 위험해요."

"어차피 내가 시켰다고 손을 드는 순간, 우린 다 위험해지는 것을요."

"그래도 상인이는 너무 위험합니다."

위험부담이 큰일일수록 성공하면 그 대가도 큰 법이다. 이 일이 그랬다. 그래서 이 일은 방원이 꼭 해야만 하는 일이었다. 하지만 자칫하면 가문이 멸문지화를 당할 수도 있는 일인 만큼 진짜로 그 일을 행한 사람마저 방원의 최측근이면 살아남을 구멍이 없었다. 빠져나올 수 있는 마지막 통로는 마련해 두어야 했다.

"허면요?"

"조 장군을 시키세요. 그는 우리 측 사람이면서 우리 가문 사람은 아니잖습니까. 책임을 서방님이 모두 진다고 하면 조 장군은 아버님께 충성스러운 무인이니 뜻을 따라줄 겝니다. 일단 내일 숙부님들과 형님들을 불러 서방님의 뜻을 밝히세요."

"그리하리다."

한 일 자로 입을 다문 방원이 굳은 얼굴로 고개를 끄덕였다. 무릎 위에 놓인 손이 가늘게 떨리고 있었다. 자경이 그 손을 부드럽게 감쌌다. 둘의 눈이 마주쳤다. 자경이 위로하듯 고개를 끄덕여주었다.

쓰러지듯 방원이 자경의 어깨에 이마를 기댔다.

***

두란과 이화, 방과와 이제가 모인 자리에서 방원은 몽주를 죽여야 한다고 주장했다. 두란은 성계가 반대하는 일을 할 수 없다며 자리를 피했고 이화와 방과 역시도 난처한 기색을 보였다. 그럼에도 방원은 조영규와 조영무, 고여, 이부 등으로 하여금 도평의사사에 들어가 정몽주를 칠 계획을 세웠다. 그러는 사이, 이원계의 사위인 변계량의 형 변중량이 이 소식을 몽주에게 알렸다.

을묘일, 몽주가 성계를 병문안을 왔다. 아무 호위무사 없이 말 한 필만을 탄 채였다. 몽주가 성계와 담소를 나누는 사이, 방원은 다시 숙부들과 형들을 불러 모았다.

"죽여야 합니다. 저는 죽일 것입니다."

"방원아."

"모든 일은 제가 책임지겠습니다."

"너 어쩌려고 이러는 거이가? 야밤에 암살자를 보내는 것도 아이고 대낮에 사람을 때려죽이자니 머리가 어케된 거 아이네?"

두란이 펄펄 뛰며 반대했다.

"나는 반대다. 형님이 허락할 리도 없고 이런 거는 시정잡배도 안 하는 짓거리라. 대체 과거 급제까지 한 놈이 갑자기 와 이러는 거이가?"

"제 뜻을 말씀드렸으니, 이만 나가보겠습니다."

"야! 안 된다고 했다!"

큰 절을 올린 방원이 밖으로 나갔다. 흥분한 두란이 곧장 뒤쫓아 나가려는 것을, 이화가 급히 붙잡았다.

"내버려두세요."

"뭐?"

"방원이가 가문을 위해 악역을 자청하는 겝니다. 기특한 일이라 칭찬할 수는 없는 노릇이지만, 일단은 우리 모두 재한테 빚을 질 수밖에 다른 도리가 없어요."

"빚이라니?"

"정몽주 하나만 없으면 다 끝나는 일이라고 우리 모두 그리 말하지 않았습니까? 헌데 방법이 없어 속수무책으로 당했던 게지요. 그런데 방원이 제 목을 걸고 정몽주를 죽여주겠다고 하질 않습니까. 정몽주만 죽으면 우리가 모두 삽니다. 허니 방원이에게 빚을 지는 게지요."

"야, 아무리 그렇다 해도 대낮에……."

"대낮에 저지르면 정몽주가 역도가 되지만, 밤에 저지르면 우리가 역도가 됩니다."

"그렇다고 해서 너 이거를……."

"형님이 이리 길길이 뛰며 반대를 하셨고, 나랑 방과랑 이제는 입을 꾹 다물고 아무 말도 안했으니 아마 잘못되면 방원이 혼자 대역죄인이 되어 큰 칼을 찰 겝니다. 그럴 작정으로 우릴 설득조차 하지 않고 저리 뛰쳐나간 거고요."

이화의 차분한 설명이 두란이 벙찐 얼굴을 했다.

"혼자 저지를 수도 있었지만, 그랬다가 만약 일이 제대로 수습되지 못하면 가문이 멸문지화를 당할 수도 있는 노릇이라, 우리한테 도망칠 구석을 마련해주기 위해 이런 자리를 만든 겝니다. 평소라면 차분히 설득하고 조용히 움직였을 아이가 왜 부러 시끄럽게 일을 벌였겠습니까. 저 아이 마음을 그리 모르시겠습니까?"

털썩, 두란이 엉덩방아를 찧으며 바닥에 주저앉았다.

"방원이의 사지가 찢어 죽는 꼴을 안 보려면 방원이가 목숨 걸고 마련해준 이 기회를 살려야 합니다."

"어찌해야 되겠습니까."

어두운 낯빛으로 내내 바닥만 쳐다보던 방과가 그제야 고개를 들어 이화를 보았다.

"너는 정몽주가 죽었다는 말이 들리면 곧장 궐로 들어가 왕과 독대해라. 포은이 대역죄를 저질러 죽였으니 참수하라고 하라. 그리 아니할 거면 우릴 버리라고. 이미 포은이 죽었다는 사실만으로도 왕에겐 공포라, 원하는 대로 해줄 게다. 반드시 정몽주의 목을 사거리에 내걸도록 만들어야 한다. 알겠느냐?"

"예."

"거기까지 하고 나면 뒷수습은 형님이 하실 게다. 서둘러 입궐 준비를 해라."

"예."

방과가 밖으로 나가자마자 두란이 넋이 나간 얼굴로 이화를 보았다.

"정말 이 수밖에는 없는 거이가?"

"더 좋은 수가 있음 당장 내놓아보세요. 허면 제가 나서서 방원이를 말리지요."

두란이 괴롭게 고개를 저었다.

"사람이 할 짓이 아이다."

"이것도 전쟁입니다. 꼭 군사를 끌고 서로 대치해야만 전쟁이 아니잖습니까. 패전 직전에 방원이가 마지막으로 아주 좋은 수를 써서

극적으로 승리하려는 참인데 어찌 그리 괴로워하십니까."

뒷방에 모여 있던 조영규를 비롯한 군사들이 움직이는 소란스러운 소리가 들려왔다. 나갈 채비를 하는 모양이다. 두란과 이제가 걱정스러운 시선을 교환했다. 이화가 눈을 내리깐 채 다 식은 찻잔을 들어 입술을 축였다.

***

선죽교에서 조영규의 무리와 몽주가 마주쳤다. 몽주는 꾸짖어 그 자리를 빠져나가려 했으나 끝내 좇아가 영규가 말머리를 쳐 넘어뜨린 뒤 고여 등이 그를 쳐 죽였다. 일이 터진 뒤 방과가 곧장 궐에 들어가 왕과 담판을 지어 몽주를 참수해 개경 거리에 내걸었다.

유배되었던 이들은 모두 돌아왔고, 탄핵했던 이들은 모두 유배당했다. 왕은 새로이 성계와 군신 동맹까지 맺어가며 그 자리에서 내려오지 않으려 애를 썼으나 아무 의미 없는 행동들에 불과했다.

결국 정몽주가 죽고 석 달 뒤, 성계가 왕의 자리에 올랐다. 성계가 바라던 양위의 방식이긴 했으나 민심의 뜻이라 할 수는 없었다. 최영의 죽음에 이은 몽주의 죽음까지 더해져 이미 성계는 개경 백성들의 민심을 많이 잃은 뒤였기 때문이다.

민심의 이반을 염려한 성계는 새 왕조를 열지 아니하고 고려를 잇겠다고 선언했다. 당장 백성들을 혼란케 하는 일을 하고 싶지 않았기 때문이다. 허나 그것이 미봉책에 불과하다는 것을 모르는 이는 아무도 없었다.

여러 왕자들은 모두 군이라는 작위를 받았다. 강 씨는 왕비가 되었고 현비라고 일컬었다. 당연히 각오한 일이지만 막상 그 꼴을 확인하자 배알이 꼬였다. 방원의 심기가 뒤틀리기 시작한 것은 그때부터였다.

그리고 자경이 복중에 아이가 자라고 있음을 느끼기 시작한 것 역시 그때쯤이었다.

***

"행아가 자경이 심부름을 한 거 같다?"

"예. 궐에 들어오고 딱 한 번 외출을 한 적이 있는데, 그때 정안군 댁에 갔다가 무언가 꾸러미 같은 것을 가지고 영안군 댁으로 가더이다. 그리고 나올 때는 빈손이었습니다."

박 상궁의 대답에 싸늘한 미소를 지었다.

"이년이, 제가 드나드는 건 눈치가 보이니 제 어미더러 문턱이 닳도록 방과 집을 드나들게 드나들게 하는 걸로도 모자라 이젠 행아까지 빼돌려? 미색이 어쩌고 하는 게 모두 거짓일 줄은 내 익히 알았으나 이리 빨리 본색을 드러낼 줄이야."

"사가에 있을 땐 가만히 내버려두다가 궐에 들어간 뒤 손을 쓴다는 것은."

"내게 끈이 닿아있는 제 사람이 있다는 것을 영안군에게 보여 주기 위함이 아니겠느냐."

"영안군이 세자가 될 때를 대비하여 참 꼼꼼히도 준비를 하고 있는 모양입니다."

"흥, 그래봤자 영안군이 세자가 안 되면 아무 소용없는 일 아니더냐."

겉으로는 코웃음을 치고 있었지만 강 씨의 두 눈은 불안하게 흔들리고 있었다. 박 상궁이 걱정스럽게 강 씨를 보았다.

"마마."

"삼봉 선생을 모셔라. 내 긴히 드릴 말씀이 있다고."

"예."

세자는 방과의 몫이었다. 모두가 그렇게 알았고, 강 씨 역시 일찍이 체념했다. 그나마 강 씨가 바랄 수 있는 유일한 방법은 일단 그를 세자로 세운 뒤 다음을 노리는 거였다. 방과에겐 자식이 없었으니까 충분히 가능성 있었다.

그리하여 강 씨가 방과에게 공을 들이려던 찰나, 자경이 한발 빠르게 움직였다. 자신뿐 아니라 친정까지 이용해서 방과에게 지극하게 굴기 시작했다. 찝찝하여 행아를 불러 확인하자 이 전부터 둘은 다섯 중 유독 사이가 좋은 형제라고 흔연히 대답했다. 뭐 그런 당연한 걸 묻냐는 태도였다. 특히 자식을 자주 놓치는 자경의 처지를 방과의 처가 깊이 동정하여 유독 챙긴다고 했다. 방과 역시 학문이 깊은 방원을 동생임에도 존중하기도 하고 말이다.

거기다 정몽주의 죽음을 방원이 책임지면서 방과가 특히 고마워하는 것이 제 눈에도 보일 정도였다. 이대로라면 방과가 세자가 되는 순간 그다음이 방원인 것은 정해진 수순처럼 보였다.

방과 다음이 제 아들이란 보장이 없어지자 강 씨는 더 이상 방과가 세자가 되는 것을 느긋하게 두고 볼 수 없었다. 방과에 이어 방원이 세자가 된다는 생각만으로도 눈앞이 캄캄해졌다. 점점 입맛이 떨어지고 맥이 없어 이유도 없이 강 씨는 비실비실 앓기 시작했다.

성계가 이미 맺은 고려 귀족들과의 혼맥이 부담스럽다는 기색을 비친 것이 그때쯤이었다. 측간에 들어갈 때와 나갈 때의 마음이 달라진 것이다. 왕이 되기까지는 든든한 사돈들이 도움이 되었으나,

왕이 되고 나자 그 든든한 사돈들이 걸림돌처럼 느껴지는 듯했다. 강 씨에게 그것은 희망의 빛이었다. 자식 중 유일하게 막내 의안군 방석만이 혼인을 하지 않아 사돈이랄 게 없으니 말이다.

"찾으셨다고요?"

"어서 들어오세요, 대감."

문제는 고려 귀족들이 외척이 되는 게 부담스러워 장성하고 공 많은 아들들을 다 내버려두고 막내 방석이를 세자로 세우겠다고 하는 건 거의 미친 짓이라는 데 있었다. 만약 성계가 그런 속내를 조금이라도 드러낸다면 개국을 도운 고려 귀족 사돈들이 가만있지 않을 테니 말이다. 거기다 너무나 당연히 모두가 방과가 세자가 되리라 생각하고 있었다. 판을 뒤집기는 쉽지 않아 보였다. 허나 뒤집어야 했다. 반드시 제 자식이 세자가 되어야 했으니까.

"세자 책봉 문제 때문에 의논드릴 게 있어 대감을 이리 오시라 했습니다."

"그 문제는 전하께서 결정하실 일인 것을요."

도전이 불쾌한 낯빛을 숨기지 않았다. 세자는 곧 국본이었다. 나라의 근간이 될 중요한 일이니만큼 공식적으로 다뤄야지 내전에서 참견할 문제가 아니었다.

"걱정 마세요. 나는 무지랭이 아낙이 아닙니다. 권력이 눈이 어두워 무조건 내 아들을 세자로 만들어 달라 그딴 부탁을 하러 대감을 이리 모신 게 아닙니다."

"허면 왜 부르셨습니까?"

"전하의 어심이 영안군에 머물러 있지 않음을 대감께서도 아시지요?"

성계가 방과를 썩 마뜩잖아하지 않는다는 것은 이미 알고 있는 사실이었다. 허나 방과를 대신할 다른 아들 역시 마땅찮았기에 별 대안이 없었다.

"전하는 의안군을 세자로 삼고 싶어 하십니다."

"꼭 그렇다고는."

아예 제일 어린 방석이를 제대로 키우는 게 어떨까, 그런 말을 성계가 두어 번 꺼내긴 했는데 신료 중 누구도 그것을 심각하게 생각하진 않았다. 딱히 방석이 싹수가 보일 만큼 똑똑하지도 않은 데다 무엇보다 공이 많은 다른 아들을 제치고 제일 막내가 세자가 되어야만 하는 이유를 그 누구도 찾지 못했기 때문이었다.

"전하께서는 단지 나를 총애하시어 의안군을 세자로 세우고 싶어 하시는 게 아닙니다. 고려 귀족들과 맺은 혼맥이 뒤늦게 부담스러워 그들을 왕실의 외척으로 만들고 싶지 않아 혼인하지 않은 의안군을 세자로 세우시려는 거예요."

내내 눈을 비스듬히 내리깐 채로 앉아 있던 도전이 그제야 강 씨를 보았다. 그것은 도전과 단둘이 있을 때 조심스럽게 털어놓은 성계의 진심이었다. 누구에게도 말하지 않았다고, 혹 딴생각을 할까 봐 강 씨에게조차 말하지 않았다고 했는데 강 씨가 그것을 이미 눈치채고 있었다는 게 놀라웠다.

"쉽지 않은 일입니다. 장성한 아들들이 모두 발 벗고 뛰어 아버지를 왕으로 만드는데 크게 기여하였는데, 세자 자리를 쉬이 내놓으려 하겠습니까. 게다가 고려 귀족들이 이제 와서 자신들이 부담스럽다는 전하의 속내를 알게 되면 가만있겠습니까."

"압니다. 그래서 전하는 아마도 의안군을 세자로 만들고 싶다고 솔직하게 말씀하시지 못하실 겝니다. 대감 역시 가르칠 게 많은 어린 왕자가 더 입맛에 맞겠지만 그리 말씀하실 수 없는 것처럼요."

강 씨의 말에 그제야 도전이 빙긋 웃었다.

"예, 그렇습니다."

"내전에서 이 일에 관여하는 것이 옳지 못하다고 생각하시는 대감의 뜻을 모르는 것도 아니지만 어쩌면 이 일은 내전에서 관여하는 게 대감과 전하, 모두에게 이로울지도 모릅니다. 그래서 대감을 부른 겁니다."

"무슨 말씀이십니까."

"전하의 뜻을 받들어 의안군을 세자로 만들어주세요."

"마마."

"대신 모든 것을 다 나한테 뒤집어씌우세요. 내가 권력이 눈이 뒤집혀 어린 아들을 세자로 만들었다고, 내 베갯머리송사에 못 이겨 전하께서 넘어가신 거고, 대감은 그런 전하의 뜻을 받든 것뿐이라고 하세요. 그럼 전하와 대감은 원하는 바를 이루시게 될 겁니다."

"마마는요?"

"나 역시도 내 아들이 세자가 되니, 바라는 바지요."

"누명을 쓰는 건요?"

"상관없어요. 그렇다고 해서 감히 누가 나를 이 자리에서 끌어내리겠습니까, 아님 죽이겠습니까. 전하와 대감이 있는데 설마 세자를 해하기라도 하겠습니까."

강 씨의 말대로 하는 게 사실 복잡한 일을 아주 간단히 해결할 수 있는 방법이긴 했다. 본디 권력자들일수록 계집에겐 약했고, 간하기 좋아하는 신하들마저도 계집이 얽히면 말을 삼가는 법이니 말이다.

"왕자들이 가만있지 않으실 텐데요."

"나를 원망이야 하겠지만, 그 화살을 아버지께 돌리진 못할 거예요. 하나같이 끔찍한 효자라 감히 전하가 계신데 함부로 움직일 리도 없어요. 군사가 가장 많은 것이 영안군인데 자식 중 제일 효자거든요. 개중 제일 똑똑하고 죽은 모친에게 효성이 깊은 정안군에겐 군사가 없고요. 오히려 신료들이 전하께 등을 돌릴까 그것이 걱정이지 나는 왕자들은 크게 염려하지 않습니다. 신료들의 반발을 잠재우면서 전하의 뜻을 이룰 수 있는 방법은 이것밖에 없어요. 나를 파세요."

가만 듣고 있던 도전이 고개를 갸웃했다.

"헌데 왜 이런 말씀을 굳이 절 불러 하시는 겝니까? 어차피 누명까지 쓸 작정을 하셨다면 직접 전하를 좀 더 조르셔서 전하가 움직이시게 하셔도 됐을 텐데요."

"제가 전하께 그리했다면 그야말로 베갯머리송사, 옳지 못한 일이지요. 또 만약 제 조름에 전하의 마음이 흔들리셔서 의안군을 세자로 만든다고 하셨다면 당장 대감께서 먼저 국본을 그리 세우는 것은 옳지 못하다고 반대하셨을 거고요. 허나 제가 대감을 불러 나를 팔아도 좋으니 전하의 뜻을 받들어 달라 부탁하는 것은, 정치지요. 정녕 차이를 모르시겠습니까?"

"제가 여태껏 마마를 과소평가한 듯싶습니다."

도전이 감탄한 얼굴로 허리를 깊이 숙여 인사했다.

"개경 한가운데에서 자란 계집입니다. 아무리 빼어나 본들 미모는 한철이고 보다 보면 익숙해져서 감흥이 없기 마련이에요. 머리가 모자랐다면 어찌 전하의 마음을 여태껏 붙들고 있었겠습니까."

"송구합니다."

"부디 전하를, 그리고 세자를 도와주세요. 대감만 믿습니다."

"성심을 다하겠나이다."

다시 한 번 허리를 깊이 숙여 절한 도전이 뒷걸음질 쳐 물러났다. 문 앞에 서 있던 행아가 때맞추어 문을 열었다가 소리 없이 닫았다.

됐다. 자경이 성공했다. 이건 강 씨가 아니라 자경의 승리였다. 자꾸만 비죽이 올라오는 입꼬리를 감추기 위해 행아가 깊이 허리를 숙였다.

***

임신년 팔월 기사일 성계는 개국 공신들을 발표한 후 의안군 이방석을 세자로 책봉했다. 영안군 이방과가 아닌 막내 의안군이 세자가 된 것도 충격이었지만, 개국 공신에 한 씨 소생 아들들이 모두 빠진 것은 더 큰 충격이었다. 모두 그것이 강 씨의 속살거림에 늙은 성계가 흠뻑 넘어가서라고 쑥덕거렸다. 강 씨의 치마폭에 성계가 폭 싸여서 빠져나오질 못한다고들 했다.

"이럴 수는, 이럴 수는 없음이에요!"

강 씨가 방석이를 세자로 만들기 위해 어떤 노력을 기울였는지, 그 구구절절한 내용을 행아가 상인에게 전했고 상인은 토씨 하나 안 틀리고 고대로 자경에게 고했다. 자경은 거기다 풍문으로 들은 베갯머리송사까지 엮어서 방원에게 말해주었다. 이야기를 듣는 내내 방원은 얼굴이 벌게진 채 방 안을 서성였다. 말을 마친 자경은 한 쪽에 물러앉아 방원의 분이 가라앉기를 조용히 기다렸다.

"부인은 왜 그리 침착한 겝니까? 화가 나질 않아요? 하긴 부인에게 뭐랄 것도 없지. 형님들도 나만큼 화를 내진 않으니까. 하나같이 한다는 말이 아바마마의 뜻이 그러하니 어찌하겠냐, 그러더이다. 어찌 그럴 수가 있습니까. 아바마마만 부모예요? 어머니는요? 일이 이리되면 어머니는 대체 어찌 되는데요? 대체 왜 아무도 돌아가신 어머니 생각은 조금도 하지 아니할 수가 있어요? 겨우 개중 화를 낸다는 방간 형님이 한단 소리는 공신록에서 왜 우리 이름이 빠졌냐, 그 딴 거 뿐이에요. 세자 자리가 넘어가서 어머니의 처지가 어찌 되었는지 관심 있는 사람은 아무도 없어요. 이럴 수가 있는 일입니까?"

"서방님."

"비가 됐으면 그걸로 만족할 것이지, 끝내 지 아들을 세자로 만들어? 그렇게까지 해서 우리 어머니를 없는 사람으로 만들어 깔아뭉개고 싶답니까? 한 나라의 국모가 되어 고작 하는 짓이 그런 거예요? 그런 계집이 어찌 국모라 할 수 있어요?"

펄펄 뛰는 모습이 꼭 활활 타오르는 불같았다. 자경이 바라던 분노였다. 자경이 원한 모습 그대로였다.

"바로 잡으셔야지요."

"당연하지! 나는 형님들도 이해할 수 없어요. 오히려 숙부님들이 이럴 수 없다고 화를 내는데, 형님들은 하나같이 바로잡을 생각 따윈 조금도 하지 않더이다! 배 아파 낳은 자식들이 두란 숙부나 이화 숙부보다도 못하다니, 내 참 기가 막혀서!"

"바로잡긴 해야 하는데, 사냥꾼을 누구로 하면 좋지요?"

"뜬금없이 무슨 말을 하는 거요?"

방원이 인상을 잔뜩 찌푸린 채 신경질을 버럭 냈다. 허나 자경은 당황하지 않고 침착하게 말을 이었다.

"세자 자리를 되찾아야 모든 게 바로 잡히는 것 아닙니까. 허니 세자 자리를 목표로 사냥 준비를 해야겠지요. 문제는 그 세자 자리를 목표로 사냥을 하는 사냥꾼을 누구로 하면 좋을까, 싶어서요. 영안군께서 사냥꾼이 되려 하실까요?"

열을 식힌 방원이 자리에 털썩 주저앉았다. 낯빛이 어두웠다.

"형제 중 제일 효자인데 아바마마 뜻에 반하는 일을 하려 들지 않으실 겝니다. 그렇지요?"

"그럴 거요."

"큰아주버님은 몸이 안 좋으시고."

"사람 잡을 일 있소?"

"허면 누가 사냥꾼이 되어야 할까요?"

정말 모르겠다는 듯 자경이 고개를 갸웃했다. 미간에 깊게 골을 팬 채 방원이 입술을 뜯었다. 꽤 고민스러운 모양이었다.

"그만 하세요."

자경이 방원의 입술을 손끝으로 매만져 하지 못하게 한 후 자연스레 방원의 손을 끌어들여 제 배로 가져갔다. 이제 막 부풀어 오르기 시작하는 배를 확인한 방원이 화들짝 놀랐다.

"넉 달째에요."

"부인."

"왠지 조심스러워서 안정될 때까지 기다렸습니다. 아마도 그 밤에 들어선 아이인 듯합니다."

"그 밤에?"

"을묘일에요."

정몽주가 죽은 날이었다. 그날, 방원은 성계에게 불려가 크게 혼이 났다. 집안을 위해 한 일인데도 화를 내는 성계에게도 서운했고, 속내를 뻔히 짐작했으면서도 내버려두는 강 씨에게도 서운해서 방원은 잔뜩 부은 얼굴로 집에 돌아왔다.

그날 처음으로 방원은 대단히 배려 없이 자경을 안았다. 허나 자경은 평소보다 훨씬 더 다정히 방원을 대했다. 끝내 방원은 자경의 젖가슴에 얼굴을 묻은 채 울음을 터뜨렸다. 그 서러움을 자경은 온몸으로 받아들였다.

"아무래도 서방님을 위로하기 위해 어머님이 보내주신 아이인 것 같아요."

"그럴까."

"그럼요. 생각해 보면 새로운 나라가 생긴 뒤 처음 태어나는 자식입니다. 아들이면 더할 나위 없이 좋겠지요. 여러모로 의미 있는 아이니까요."

"그렇겠지요."

"저는 이 아이가 제 할머니가 누군지 제대로 알기를 바랍니다."

자경의 말에 방원의 두 눈에 순간 불이 번쩍했다.

"형님들이 아바마마께 밉보이는 게 싫어 뒤로 물러난다고 해서 서방님마저 그리하시면 돌아가신 어머님이 너무 가엽지 않습니까. 태어날 우리 아이들에게 너무 부끄럽지 않습니까."

입을 꾹 다문 방원이 힘주어 고개를 끄덕였다. 자경이 좀 더 방원의 손을 끌어당겨 제 배를 어루만지게 했다.

"서방님이 사냥꾼이 되시어요. 어머님은 죽기 직전 서방님을 쳐다보시던 눈빛을 기억하신다면 이대로 가만있는 것은 너무나 큰 불효니까요."

"하긴 어차피 정몽주를 죽이는 순간 어차피 나는 아바마마 눈 밖에 난 자식이었소. 좀 더 어긋난다고 해서 나쁠 것도 없지요. 어머니의 신원을 회복할 수만 있다면, 나는 아바마마께는 당분간 몹쓸놈이 되겠소이다."

"끝내는 아바마마도 서방님의 진심을 알아주실 겝니다. 현명하고 어지신 아바마마의 눈을 가린 계집이 문제지, 어찌 아바마마의 잘못이겠습니까."

"맞아. 아바마마의 잘못이 아니에요. 부인의 말이 맞아요. 내가 사냥꾼이 되겠소. 그래서 모든 것을 다 바로잡겠소. 바로잡고 말겠소이다."

굳게 결심한 방원이 맹세하듯 몸을 숙여 자경의 부풀어 오른 배에 입을 맞추었다. 방원의 뒤통수를 쓰다듬으며 자경이 싱긋 미소 지었다.

〈2권에서 계속〉

# 원경 1

**3쇄 발행** 2025년 1월 22일

**지은이** 서자영
**펴낸이** 배선아
**펴낸곳** 고즈넉이엔티

**출판등록** 2017년 3월 13일 제2022-000078호
**주　소** 서울특별시 강서구 마곡중앙2로 15, 테크노타워2차 311-312호
**대표전화** 02-6269-8166 **팩스** 02-6166-9199
**이 메 일** gozknockent@gozknock.com
**홈페이지** www.gozknock.com
**블 로 그** blog.naver.com/gozknock
**페이스북** www.facebook.com/gozknock
**인스타그램** www.instagram.com/gozknock


ISBN 979-11-6316-987-1 04810
979-11-6316-986-4 (세트)

표지 그래픽 Getty Images Bank